Susan Hill

Schattenrisse

Simon Serraillers erster Fall

Roman

Aus dem Englischen von Susanne Aeckerle

Kampa

Die englische Originalausgabe erschien 2004 unter dem Titel
The Various Haunts of Men im Verlag Chatto & Windus, London.
Die deutsche Erstausgabe erschien 2005 unter dem Titel
Der Menschen dunkles Sehnen im Verlag Knaur, München.

Für den Blick hinter die Verlagskulissen:
www.kampaverlag.ch/newsletter

www.kampaverlag.ch
Satz: Tristan Walkhoefer, Leipzig
Gesetzt aus der Stempel Garamond LT/210150
Druck und Bindung: Friedruch Pustet Regensburg
Auch als E-Book erhältlich
ISBN 978 3 311 12018 6

Für meinen innig geliebten Geist

The various haunts of men
Require the pencil, they defy the pen.

Der Menschen vielfältige Refugien
Bedürfen des Bleistifts, verweigern sich der Feder.

George Crabbe, The Borough

Das Tonband

Letzte Woche habe ich einen Brief von dir gefunden. Ich dachte, ich hätte keinen einzigen aufgehoben. Ich dachte, ich hätte alles von dir vernichtet. Aber diesen einen habe ich offenbar übersehen. Ich habe ihn zwischen Steuererklärungen gefunden, die älter als sieben Jahre waren und daher weggeworfen werden konnten. Ich wollte den Brief nicht lesen. Kaum sah ich deine Handschrift, wurde mir übel. Ich warf den Brief in den Mülleimer. Aber später habe ich ihn wieder herausgeholt und ihn doch gelesen. Darin hast du dich mehrfach beschwert, dass ich dir nie etwas erzählen würde. »Du hast mir nie mehr etwas erzählt, seit du ein kleiner Junge warst«, hast du geschrieben.

Wenn du nur wüsstest, wie wenig ich dir selbst damals erzählt habe. Du wusstest fast gar nichts von mir.

Nachdem ich deinen Brief gelesen hatte, begann ich nachzudenken, und mir ging auf, dass ich dir jetzt vieles erzählen kann. Ich muss es dir erzählen. Es wird mir guttun, endlich einige Geständnisse abzulegen. Viel zu lange habe ich meine Geheimnisse für mich behalten.

Schließlich kannst du jetzt nichts mehr dagegen unternehmen.

Seit mir dein Brief in die Hände gefallen ist, habe ich viel Zeit damit verbracht, einfach nur dazusitzen, mich zu erinnern und mir Notizen zu machen. Es kommt mir so vor, als hätte ich eine Geschichte zu erzählen.

Also fange ich an.

Als Erstes muss ich dir sagen, dass ich schon sehr früh gelernt habe, wie man lügt. Es mag noch andere Lügen gegeben haben, aber die erste, an die ich mich erinnern kann, ist die Lüge über den Pier. Ich ging dorthin, auch wenn ich behauptete, es nicht zu tun, und das nicht nur einmal. Ich ging sehr oft hin. Ich sparte Geld oder fand es im Rinnstein. Dauernd schaute ich in den Rinnstein, nur für den Fall. Manchmal, wenn es keine andere Möglichkeit gab, stahl ich Geld; eine Brieftasche, einen Geldbeutel, eine Handtasche – für gewöhnlich lagen sie einfach herum. Dafür schäme ich mich heute noch. Es gibt kaum etwas Verachtenswerteres, als Geld zu stehlen.

Aber, verstehst du, ich musste immer wieder dorthin, um die Hinrichtung zu sehen. Ich konnte mich nicht lange fernhalten. Nachdem ich sie gesehen hatte, war ich ein paar Tage lang befriedigt, aber dann wurde der Drang, sie sehen zu müssen, wieder stärker, wie ein ständiger Juckreiz.

Du erinnerst dich doch an den Guckkasten, oder? Die Münze wurde in den Schlitz gesteckt und fiel nach unten, bis sie auf die verborgene Klappe prallte, die alles in Bewegung setzte. Zuerst ging das Licht an. Dann kamen drei kleine Figuren mit ruckhaften Bewegungen in die Hinrichtungskammer: der Pfarrer mit seinem Chorhemd und der Bibel, der Henker und, zwischen ihnen, der Verurteilte. Sie blieben stehen. Die Bibel des Pfarrers ruckte hoch, sein Kopf nickte, danach fiel die Schlinge herunter, und der Henker trat mit einem Ruck vor, hob die Arme, nahm die Schlinge und legte sie dem Verurteilten um den Hals. Dann öffnete sich unter dessen Füßen die Falltür, und er fiel und baumelte dort für ein paar Sekunden, bevor das Licht wieder ausging und alles vorbei war.

Ich habe keine Ahnung, wie oft ich mir das angesehen habe, aber wenn ich es wüsste, würde ich es dir sagen, weil ich jetzt vorhabe, dir alles zu erzählen.

Erst als der Guckkasten abmontiert wurde, hörte es auf. Eines Tages ging ich zum Pier, und der Kasten war nicht mehr da. Ich möchte dir erklären, wie ich mich gefühlt habe. Wütend – ja, ich war sicherlich wütend. Aber ich spürte auch eine Art verzweifelter Enttäuschung, die lange Zeit in mir brodelte. Ich wusste nicht, wie ich sie loswerden sollte.

Ich habe all die Jahre gebraucht, um das herauszufinden.

Kommt es dir nicht seltsam vor, dass mir seitdem Geld unwichtig ist, mir über die bloßen Notwendigkeiten hinaus nichts bedeutet? Ich verdiene ziemlich viel, aber es ist mir egal. Das Meiste gebe ich weg. Vielleicht hast du die ganze Zeit gewusst, dass ich ungehorsam war und zum Pier ging, denn du hast mal gesagt: »Ich weiß alles.« Das machte mich wütend. Ich brauchte Geheimnisse, Dinge, die nur mir gehörten und niemals dir.

Aber jetzt will ich mit dir reden. Ich möchte, dass du Dinge erfährst, und wenn ich immer noch Geheimnisse habe – was der Fall ist –, möchte ich sie mit dir teilen. Und jetzt kann ich entscheiden, was ich dir erzähle und wie viel und wann. Jetzt bin ich derjenige, der entscheidet.

I

Ein Donnerstagmorgen im Dezember. Halb sieben. Immer noch dunkel. Neblig. So war es den ganzen Herbst über gewesen, mild, feucht, bedrückend.

Angela Randall fürchtete sich nicht vor der Dunkelheit, aber zu dieser trostlosen Uhrzeit und am Ende einer schwierigen Nachtschicht durch die dicke Nebelsuppe heimzufahren, war anstrengend. Im Stadtzentrum waren bereits Menschen auf den Beinen, doch die wenigen Lichter wirkten wie ferne, flauschige kleine Inseln aus Bernstein, deren Glühen weder Licht noch Trost spendete.

Sie fuhr langsam. Am meisten fürchtete sie sich vor Radfahrern, die plötzlich vor ihr auftauchten, aus der Dunkelheit oder dem Nebel, für gewöhnlich ohne reflektierende Streifen an der Kleidung, oftmals sogar ohne Licht. Sie war eine recht gute, aber keine selbstsichere Fahrerin. Die Angst, nicht so sehr vor dem Zusammenstoß mit einem anderen Auto, sondern davor, einen Fahrradfahrer oder Fußgänger zu überfahren, war immer gegenwärtig. Sie hatte allen Mut zusammennehmen müssen, um überhaupt Fahren zu lernen. Manchmal dachte sie, es sei das Mutigste, dass ihr je abverlangt werden würde. Sie wusste, wie viel Entsetzen und Schock und Trauer ein tödlicher Autounfall bei den Hinterbliebenen auslöste. Immer noch hörte sie das Klopfen an der Haustür, sah die Polizeihelme durch die Milchglasscheibe.

Damals war sie fünfzehn gewesen. Jetzt war sie dreiundfünfzig. Es fiel ihr schwer, sich an ihre Mutter als lebendigen Menschen zu erinnern, gesund und glücklich, denn die Bilder wurden für immer von diesen anderen überlagert – das so sehr geliebte Gesicht, zerschlagen und zusammengeflickt, und der kleine, flache Körper unter dem Laken im kalten, blau-weißen Licht der Leichenhalle. Niemand sonst hatte Elsa Randall identifizieren können. Angela war ihre nächste Angehörige. Sie hatten eine Einheit gebildet, waren einander alles gewesen. Angelas Vater war gestorben, als sie ein Jahr alt war. Sie hatte kein Foto von ihm. Keine Erinnerung.

Mit fünfzehn war sie plötzlich auf niederschmetternde Weise vollkommen allein gewesen, hatte aber in den folgenden vierzig Jahren gelernt, das Beste daraus zu machen. Keine Eltern, Geschwister, Tanten oder Cousinen. Die Vorstellung einer Großfamilie war ihr völlig fremd.

Bis vor Kurzem hatte sie geglaubt, sie käme nicht nur sehr gut mit dem Alleinleben zurecht, sondern wolle es auch nie mehr anders haben. Für sie war es ein natürlicher Zustand. Sie hatte wenig Freunde, mochte ihre Arbeit, hatte ein Fernstudium absolviert und gerade mit einem zweiten begonnen. Vor allem segnete sie den Tag vor zwölf Jahren, als es ihr endlich gelungen war, aus Bevham wegzuziehen und mit ihrem Ersparten, zusammen mit dem Erlös aus dem Verkauf ihrer Wohnung, das kleine Haus im zwanzig Meilen entfernten Lafferton zu kaufen.

Lafferton war genau das Richtige für sie. Der Ort war klein, aber nicht zu klein, hatte breite, begrünte Straßen, ein paar hübsche viktorianische Reihenhäuser und im Kathedralenhof schöne georgianische Häuser. Die Kathedrale selbst war prachtvoll – Angela nahm von Zeit zu Zeit am Gottesdienst teil –, und es gab gute Geschäfte, gemütliche Cafés. Ihre Mutter hätte außerdem gesagt, mit diesem komischen, steifen kleinen Lächeln, dass Lafferton »eine angenehm gehobene Einwohnerschicht« habe.

Angela Randall fühlte sich wohl in Lafferton, angekommen, zu Hause. Sicher. Als sie sich im Frühling dieses Jahres verliebt hatte, war sie zuerst verwirrt gewesen, ein Neuling auf dem Gebiet dieser überwältigenden, alles verzehrenden Gefühle, war aber rasch zu der Überzeugung gelangt, dass ihr Umzug nach Lafferton Teil eines Plans war, der zu diesem Höhepunkt führte. Angela Randall liebte mit einer Versunkenheit und Hingabe, die inzwischen ihr Leben beherrschten. Bald, das wusste sie, würde es auch das Leben des anderen beherrschen. Wenn er akzeptierte, was sie für ihn empfand, wenn sie bereit war, ihre Gefühle zu enthüllen, wenn der Augenblick stimmte.

Bevor sie ihn kennengelernt hatte, war ihr das Leben allmählich etwas hohl vorgekommen. Furcht vor zukünftiger Krankheit, Gebrechlichkeit, Alter war am Rande ihres Bewusstseins aufgetaucht und hatte sie angegrinst. Es hatte sie erschreckt, in ein Alter zu kommen, das ihre Mutter nie erreicht hatte. Sie hatte das Gefühl, kein Recht darauf zu haben. Aber seit diesem Tag im April, als sie ihn kennenlernte, war die Hohlheit einer intensiven und leidenschaftlichen Gewissheit, dem festen Glauben an das Schicksal gewichen. An Einsamkeit, Alter und Krankheit verschwendete sie keinen Gedanken mehr. Sie war gerettet worden. Schließlich war dreiundfünfzig nicht dreiundsechzig oder dreiundsiebzig, sondern die Blüte des Lebens. Mit fünfzig war ihre Mutter regelrecht alt gewesen. Heutzutage blieben die Menschen viel länger jung.

Als sie die schützenden Mauern des Stadtzentrums hinter sich ließ, schlossen sich Dunkelheit und Nebel um das Auto. Sie bog in die seltsamerweise nur Domesday genannte Straße und dann links in den Devonshire Drive. In einigen Schlafzimmern der großen Einfamilienhäuser brannte Licht, das aber nur trüb durch den Nebel schien. Sie reduzierte das Tempo auf dreißig und dann auf fünfundzwanzig Stundenkilometer.

Bei diesem Wetter ließ sich unmöglich erkennen, dass dies einer der anziehendsten und begehrtesten Stadtteile Laffertons war. Sie wusste, wie glücklich sie sich schätzen konnte, das kleine Haus im Barn Close gefunden zu haben, eins von nur fünf Häusern hier, und noch dazu zu einem Preis, den sie aufbringen konnte. Es hatte nach dem Tod des alten Paares, das hier über sechzig Jahre lang gewohnt hatte, mehr als ein Jahr lang leer gestanden. Damals war Barn Close noch keine Sackgasse gewesen, und die meisten der beeindruckenden Häuser am Devonshire Drive waren erst später gebaut worden.

Das Haus war nie modernisiert worden und hatte sich in ziemlich schlechtem Zustand befunden, aber Angela Randall war kaum hinter der jungen Immobilienmaklerin eingetreten, da hatte sie gewusst, dass sie hier leben wollte.

»Ich fürchte, es müsste einiges daran getan werden.«

Doch das alles spielte keine Rolle, weil das Haus sie sofort auf ganz besondere Weise umfing.

»Hier haben glückliche Menschen gelebt«, sagte sie.

Die junge Frau warf ihr einen seltsamen Blick zu.

»Ich möchte ein Angebot abgeben.«

Sie ging in die frostige kleine, nilgrün gestrichene Küche mit dem Emaillegasherd und den braun lackierten Küchenschränken und sah daran vorbei aus dem Fenster, auf das Feld hinter der Hecke und den dahinter aufragenden Hügel. Die Wolken jagten das Sonnenlicht darüber, neckend, ließen die grünen Hänge erst aufleuchten, um sie dann wieder zu verdunkeln, wie spielende Kinder.

Zum ersten Mal seit jenem Klopfen an der Tür vor so vielen Jahren hatte Angela Randall etwas gespürt, das sie nach kurzem Zögern als Glück erkannte.

Ihre Augen brannten vor Müdigkeit und der Anstrengung, im wabernden Nebel durch die Windschutzscheibe zu schauen. Die Nacht war hart gewesen. Manchmal waren die alten Leute ganz ruhig und friedlich, und sie wurden kaum gerufen. Dann sahen sie nur alle zwei Stunden nach dem

Rechten und sortierten ansonsten Wäsche oder erledigten andere Routinearbeiten, die ihnen die Tagschicht hinterlassen hatte. In solchen Nächten hatte Angela Randall im Personalraum des Pflegeheims einen Großteil ihrer Aufgaben für das Fernstudium erledigen können. Aber in der letzten Nacht war sie kaum dazu gekommen, ihre Bücher zu öffnen. Fünf Heimbewohner, einschließlich einiger der gebrechlichsten und schwächsten, waren an einer akuten Virusgrippe erkrankt, und um zwei Uhr hatten sie Dr. Deerborn rufen müssen, die eine der alten Damen direkt ins Krankenhaus bringen ließ. Mr Gantleys Medikamente hatten umgestellt werden müssen, und die neuen Tabletten hatten ihm Albträume beschert, wilde, Angst einjagende, schreiende Albträume, von denen die Bewohner der beiden angrenzenden Zimmer wach wurden. Miss Parkinson hatte wieder geschlafwandelt und war bis zur Haustür gelangt, hatte sie aufgeschlossen und entriegelt und war schon halb den Weg hinunter, bis irgendjemand – in der Aufregung über all die Krankheitsfälle – es bemerkte. Demenz war nicht schön. Man konnte nur Schadensbegrenzung betreiben und für sichere Unterbringung sorgen, natürlich zusammen mit einer sauberen, angenehmen Umgebung, vernünftigem Essen und freundlicher Betreuung. Angela Randall fragte sich, wie sie damit fertig geworden wäre, wenn ihre Mutter, hätte sie weitergelebt, eine Krankheit bekommen hätte, die einem die eigene Identität raubt – Persönlichkeit, Gedächtnis, Geist, Würde, die Fähigkeit, sich auf andere zu beziehen –, alles, was das Leben lebenswert macht, kostbar und wertvoll. »Sie nehmen mich doch hier auf, nicht wahr«, hatte sie mehr als einmal spaßhaft zu Carol Ashton gesagt, der Leiterin vom Four-Ways-Pflegeheim, »falls ich je so werden sollte?« Sie hatten gelacht und über etwas anderes gesprochen, aber Angelas Frage war wie die eines Kindes gewesen, das Bestätigung und Schutz sucht. Nun ja, darum brauchte sie sich jetzt keine Sorgen mehr zu machen. Sie würde nicht allein alt werden, in welchem Zustand auch immer, das wusste sie nun.

Als sie das Ende des Devonshire Drive erreichte, riss der Nebel auf und verwandelte sich von einer dichten Bank in dünnere Schwaden und Schleier, die sich um die Motorhaube des Wagens wanden. Jetzt wurden dunkle Flecken sichtbar, in denen Häuser und Straßenlaternen in deutlichem Orange und Gold leuchteten. Nach dem Abbiegen in den Barn Close konnte Angela Randall ihr eigenes, weiß gestrichenes Gartentor erkennen. Sie stieß einen langen Seufzer aus, entspannte Nacken und Schultern. Ihre Hände krampften sich schweißnass um das Lenkrad. Doch sie war zu Hause. Vor ihr lagen ein langer Schlaf und vier freie Tage.

Als sie aus dem Auto stieg, legte sich der Nebel wie feuchte Spinnweben auf ihre Haut, aber vom Hügel wehte eine leichte Brise auf sie zu. Vielleicht würde sich dadurch der Nebel völlig auflösen, bis sie bereit war, im ersten Morgenlicht wieder hinauszugehen. Sie war müder als gewöhnlich nach dieser schlimmen Nacht und der unerfreulichen Fahrt, aber es wäre ihr nie eingefallen, den üblichen Ablauf zu verändern. Angela Randall war eine ordentliche Frau mit festen Gewohnheiten. In letzter Zeit war nur eines passiert, was den um sie aufgebauten schützenden Kokon durchbrochen und Unordnung und Chaos prophezeit hatte. Doch in diesem Fall schmeckte die Aussicht auf Unordnung und Chaos süß, und sie hatte es, zu ihrer eigenen Verwunderung, begrüßt.

Trotzdem hielt sie sich zunächst weiterhin an ihren Ablauf. Außerdem würde es sich sofort bemerkbar machen, wenn sie das Laufen auch nur einen Tag ausfallen ließe. Sie würde sich beim nächsten Mal etwas weniger geschmeidig fühlen, etwas weniger leicht atmen können. Der Doktor hatte ihr geraten, Sport zu treiben, und sie vertraute ihm blind. Selbst wenn er von ihr verlangt hätte, sich kopfüber drei Wochen lang an einen Ast zu hängen, hätte sie es getan. Aber keine

Sportart reizte sie, darum hatte sie mit dem Laufen begonnen – zuerst nur flottes Gehen, dann Jogging, wobei sie ihre Geschwindigkeit stets gesteigert hatte und mittlerweile täglich drei Meilen lief.

»Ein ausgeglichenes Leben«, hatte er gesagt, als sie ihm erzählte, dass sie sich für ein zweites Fernstudium angemeldet hatte.

»Man muss sich sowohl um den Geist wie auch den Körper kümmern. Ein altmodischer Ratschlag, aber deswegen kein schlechter.«

Sie betrat ihr aufgeräumtes, blitzsauberes Haus. Die Teppiche, ein Luxus, für den sie sorgsam gespart hatte, waren dick und exakt ausgemessen. Als sie die Haustür schloss, umfing sie die Stille, die sie so sehr genoss, eine weiche, tiefe Stille, wattiert, tröstlich.

Alles war an seinem Platz. In gewissem Sinne war das Haus bis vor Kurzem ihr Leben gewesen und mehr, als jede Familie, jedes menschliche Wesen oder Haustier ihr hätte geben können. Auf beruhigende Weise war es genau so, wie sie es am Abend zuvor verlassen hatte. Es gab niemanden, der etwas hätte umstellen können. Angela Randall verließ sich auf Barn Close 4, und es hatte sie nie enttäuscht.

Während der nächsten Stunde aß sie ein Müsli mit klein geschnittener Banane und trank eine Tasse Tee. Ein Ei auf Toast mit einer Scheibe magerem Speck, Tomaten und mehr Tee würden nach dem Laufen folgen. Jetzt deckte sie alles mit einem Tuch ab, die Pfanne, den Brotlaib, die Butter, füllte den Wasserkessel auf, leerte und spülte die Teekanne aus. Alles war bereit für später, nach dem Lauf und der Dusche.

Sie hörte sich die Nachrichten im Radio an und las die Titelseite der Zeitung, die der Zeitungsbote gerade gebracht hatte, ging dann nach oben in ihr hellblaues Schlafzimmer, zog ihre Uniform aus, warf sie in den Wäschekorb, streifte ein sauberes, frisch gebügeltes weißes T-Shirt und einen hellgrünen Trainingsanzug über, dazu weiße Socken und Laufschuhe. Das gebürstete Haar wurde von einem weißen Elastikstirnband zurückgehalten. Sie steckte sich drei eingewickelte Traubenzucker in die Tasche und hängte sich den Ersatzhausschlüssel an einem Band unter der Trainingsjacke um den Hals.

Als sie die Haustür hinter sich schloss, war in den Nachbarhäusern mehr Licht zu sehen, und über dem Hügel brach eine dünne, nasskalte Morgendämmerung an. Der Nebel hing immer noch in der Luft, waberte zwischen den Bäumen und Büschen an den Hängen, wirbelte hoch, wurde dichter, verzog und lichtete sich wieder.

Aber in den Häusern waren die Vorhänge noch nicht zurückgezogen. Keiner schaute aus dem Fenster, begierig darauf, den Tag zu erblicken, zu sehen, was passierte oder wer schon draußen war. So ein Morgen war es nicht. An der Ecke zum Barn Close, ein paar Meter von ihrem Haus entfernt und am Anfang des Weges, der zum Feld führte, verfiel Angela Randall in einen leichten Dauerlauf. Ein paar Minuten später lief sie in vollem Tempo, gleichmäßig, zielbewusst und weitgehend unbeobachtet über die offene Grünfläche und auf den Hügel zu, wo sie, nach ein paar weiteren Metern, in einer plötzlichen dichten, klammen, jedes Geräusch dämpfenden Nebelschwade verschwand.

2

Sonntagmorgen, Viertel nach fünf, und draußen stürmte es. Cat Deerborn hob beim zweiten Klingeln ab.

»Dr. Deerborn.«

»Oje …« Die ältliche Stimme versagte. »Entschuldigen Sie, ich störe Sie nur ungern mitten in der Nacht, entschuldigen Sie …«

»Dafür bin ich ja da. Wer ist dran?«

»Iris Chater. Es geht um Harry – ich hab ihn gehört. Und als ich runterkam, machte er so komische Geräusche beim Atmen. Und er sieht aus … na ja … Irgendwas stimmt mit ihm nicht, Dr. Deerborn.«

»Ich bin gleich da.«

Der Anruf kam nicht unerwartet. Harry Chater war achtzig. Er hatte zwei schwere Schlaganfälle hinter sich, war Diabetiker mit einem schwachen Herzen, und vor Kurzem hatte Cat ein langsam wachsendes Karzinom im Darm diagnostiziert. Eigentlich gehörte er ins Krankenhaus, aber er und seine Frau hatten darauf bestanden, dass er zu Hause besser aufgehoben sei. Was, dachte Cat, während sie leise die Haustür hinter sich schloss, höchstwahrscheinlich auch stimmte. Er war auch zufriedener in dem Bett, das sie unten im Vorderzimmer für ihn hatten aufstellen lassen, wo er die Gesellschaft seiner beiden Wellensittiche genoss.

Rückwärts fuhr sie auf die Straße hinaus. Die Bäume um die Koppel bogen sich im Wind, tauchten kurz im Scheinwerferlicht auf, aber die Pferde waren sicher im Stall untergebracht, und Cats Familie lag in tiefem Schlaf.

Heutzutage wurden kaum noch Wellensittiche gehalten

außer von ganz besonderen Vogelliebhabern. Käfigvögel waren aus der Mode gekommen, genau wie Pudel. Cat versuchte sich zu erinnern, während sie einem heruntergefallenen Ast auswich, wann sie zum letzten Mal jemanden mit einem Pudel gesehen hatte, zurechtgestutzt wie die Wollpompons, die Sam und Hannah im Kindergarten angefertigt hatten. Was hatten sie sonst nach an Basteleien mit nach Hause gebracht? Cat stellte im Kopf eine Liste zusammen. Vom Dorf Atch Sedby bis Lafferton waren es acht Meilen, es war stockdunkel, regnete in Strömen, und weit und breit war kein anderes Auto auf der Straße; jahrelang hatte sich Cat, um ihr Gedächtnis zu trainieren und beim Nachtdienst wach zu bleiben, gezwungen, laut Gedichte aufzusagen, die sie in der Schule gelernt hatte … »Von Eule und Katz«, »Ein Wetter, wie's der Kuckuck mag«, »Ich hatte einen Silberpenny und einen Aprikosenbaum« … und, aus den Examensjahren, Szenen aus *Heinrich V.* und Monologe aus *Hamlet.* Radio zu hören schien sie nur schläfriger zu machen, aber Lyrik oder chemische Formeln oder Kopfrechnen hielten sie wach. Oder Listen. Wollpompons, dachte sie, und Nudelbilder und Ferngläser aus Klopapierrollen; Muttertagskarten mit Osterglocken aus gelbem Seidenpapier, schiefe Bastkörbchen, Tiere aus Pappmaché, Mosaike aus kleinen Fetzen gummierten Buntpapiers.

Der Mond kam hinter den jagenden Wolken hervor, als sie gerade nach Lafferton einbog und die Kathedrale vor sich aufragen sah, den großen Kirchturm im Silberlicht, die Fenster mit rätselhaftem Glanz.

Langsam und still zieht der Mond
Silbern er am Himmel thront …

Ihr wollte einfach nicht einfallen, wie es weiterging.

Die Nelson Street gehörte zu zwölf sich kreuzenden Reihenhausstraßen, die als The Apostles bekannt waren. In Nummer 37, fast am Ende der Straße, brannte Licht.

Harry Chater würde vermutlich innerhalb der nächsten Stunde sterben. Das erkannte Cat, als sie in das stickige, vollgestellte kleine Vorderzimmer trat, in dem das Gasfeuer hoch aufgedreht war und der halb antiseptische, halb übel riechende Krankheitsgeruch in der Luft hing. Harry war ein einstmals kräftiger Mann, der jetzt geschrumpft und in sich zusammengesunken war und den all seine Stärke und ein großer Teil seiner Lebenskraft verlassen hatten.

Iris Chater setzte sich wieder auf den Stuhl neben Harrys Bett und nahm seine Hand, rieb sie sanft zwischen ihren Händen, wobei ihr furchtsamer Blick zwischen seinem faltigen, grauen Gesicht und dem von Cat hin- und herflackerte.

»Nun komm, Harry, schau mal, wer hier ist. Dr. Deerborn kommt dich besuchen, Dr. Cat … Darüber freust du dich doch immer.«

Cat kniete sich neben das niedrige Bett und spürte die Hitze des Gasfeuers in ihrem Rücken. Über dem Wellensittichkäfig hing ein goldfarbenes Samttuch mit Fransen, und die beiden Vögel waren still.

Cat konnte nicht viel für Harry Chater tun, aber sie würde auf keinen Fall einen Krankenwagen rufen und Harry zum Sterben wegschicken, vermutlich auf einer harten Rolltrage im Krankenhaus von Bevham. Sie konnte es ihm so angenehm wie möglich machen, das Sauerstoffgerät aus dem Auto holen, um Harry das Atmen zu erleichtern, und bei den beiden bleiben, wenn sie nicht anderswohin gerufen wurde.

Cat Deerborn war vierunddreißig, eine junge Allgemeinärztin. Sie stammte aus einer vier Generationen zurückreichenden Arztfamilie und hatte die Überzeugung geerbt, dass manche der alten Methoden immer noch die besten sind, wenn es um einzelne Patienten geht.

»Nun komm, Harry.« Als Cat mit dem Sauerstoffgerät zurückkam, streichelte Iris Chater die eingefallenen Wangen ihres Mannes und redete leise mit ihm. Sein Puls war schwach, sein Atem ging unregelmäßig, seine Hände waren sehr kalt. »Sie können doch etwas für ihn tun, Dr. Deerborn?«

»Ich kann es ihm bequemer machen. Helfen Sie mir nur, ihn etwas höher zu betten, Mrs Chater.«

Von draußen drückte der Sturm gegen die Fenster. Das Gasfeuer flackerte. Wenn Harry länger als die nächste Stunde oder so durchhielt, würde Cat die Gemeindeschwester herbitten.

»Er leidet doch nicht, oder?« Iris Chater hielt immer noch die Hand ihres Mannes. »Das kann doch nicht angenehm sein mit dieser Maske über seinem armen Gesicht.«

»Dadurch fällt ihm das Atmen leichter. Ich glaube, er hat es so bequem wie möglich, wissen Sie.«

Die Frau sah Cat an. Auch ihr Gesicht war grau und faltig vor Anspannung, die Augen tief eingesunken, die Haut darunter aufgequollen und lila vor Müdigkeit. Sie war neun Jahre jünger als ihr Mann, eine adrette, energiegeladene Frau, doch jetzt sah sie so alt und krank aus wie er.

»Das war doch kein Leben mehr für ihn, schon seit dem Frühjahr nicht.«

»Ich weiß.«

»Es war ihm zuwider … abhängig zu sein, schwach zu sein. Er hat nicht mehr gegessen. Ich hab es kaum geschafft, ihm mehr als einen Löffel voll einzuflößen.«

Cat rückte die Sauerstoffmaske auf Harrys Gesicht zurecht. Seine Nase war gebogen und ragte hervor, da die Wangen zu beiden Seiten eingefallen waren. Der Schädel war deutlich unter der fast transparenten Haut zu erkennen. Selbst mithilfe des Sauerstoffs fiel ihm das Atmen schwer.

»Harry, Lieber …« Seine Frau strich ihm über die Stirn.

Wie viele solcher Paare gibt es heute noch?, dachte Cat. Seit über fünfzig Jahren verheiratet und immer noch zufrieden in ihrer Zweisamkeit? Wie viele aus ihrer Generation würden das durchhalten, alles so nehmen, wie es kommt, weil man das so tat, weil man es versprochen hatte?

Sie stand auf. »Ich glaube, wir könnten beide eine Tasse Tee vertragen. Macht es Ihnen etwas aus, wenn ich in Ihrer Küche herumkrame?«

Iris Chater wollte ebenfalls aufstehen. »Du meine Güte, das kann ich doch nicht zulassen, Dr. Deerborn. Ich mach das schon.«

»Nein«, erwiderte Cat sanft, »bleiben Sie bei Harry. Er weiß, dass Sie bei ihm sind. Er möchte, dass Sie bleiben.«

Sie ging hinaus in die kleine Küche. Jedes Bord, jede Fläche war nicht nur mit Küchenutensilien und dem üblichen Geschirr vollgestellt, sondern auch mit Nippes und Zierrat, Kalendern, Figürchen, Bildern, gerahmten Sprüchen, Honigtöpfen in Form von Bienenkörben, Eierbechern mit lächelnden Gesichtern, Thermometern in Messinghaltern und Uhren mit Blumenmuster. Auf der Fensterbank senkte ein Plastikvogel den Kopf, um aus einem Wasserglas zu trinken, als Cat ihn berührte. Sie konnte sich vorstellen, wie begeistert Hannah davon wäre – fast so sehr wie von der rosa Häkelpuppe, deren Rock die Zuckerdose bedeckte.

Cat zündete den Gasherd an und füllte den Wasserkessel. Draußen ließ der Wind ein Tor zuknallen. Das Haus passte zu seinen Bewohnern und sie zu ihm – wie Hände in Handschuhe. Wie konnten sich andere über Becher mit Porträts der königlichen Familie und Handtücher mit dem Aufdruck *Zu Hause ist's am besten* und *Desiderata* lustig machen?

Sie betete darum, dass ihr Handy nicht klingelte. Zeit mit einem sterbenden Patienten zu verbringen – etwas so Gewöhnliches zu tun, wie in dieser Küche Tee aufzugießen, einem ganz gewöhnlichen Paar über die folgenschwerste und belastendste aller Trennungen hinwegzuhelfen –, rückte die Mühen und zunehmenden administrativen Bürden einer Allgemeinpraxis an den richtigen Platz. Die Medizin veränderte sich oder wurde von den grauen Männern verändert, die sie nur noch verwalteten, aber nicht mehr verstanden. Viele von Cat und Chris Deerborns Kollegen wurden zynisch, waren ausgebrannt und demoralisiert. Es wäre leicht, einfach nachzugeben, Patienten in der Sprechstunde wie am Fließband abzufertigen und den Bereitschaftsdienst einer Vertretung zu überlassen. So bekam man nachts genug Schlaf – und sehr wenig Befriedigung durch die Arbeit. Dazu hatte Cat keine Lust. Was sie jetzt tat, war nicht kosteneffektiv, und niemand konnte einen Preis dafür benennen. Harry Chater beim Sterben zu helfen und sich so gut es ging um seine Frau zu kümmern, waren die Aufgaben, auf die es ankam, und ihr ebenso wichtig wie ihnen.

Sie goss den Tee auf und griff nach einem Tablett.

Eine halbe Stunde später, während seine Frau die eine Hand hielt und seine Ärztin die andere, machte Harry Chater seinen letzten, unsicheren Atemzug und starb.

Die Stille in dem erstickend warmen Raum war immens, eine Stille, die eine besondere Qualität besaß, wie Cat bei Sterbenden immer wieder feststellte, als hätte die Erde für einen Augenblick aufgehört, sich zu drehen, und als seien alle Trivialität und Dringlichkeit aus der Welt verschwunden.

»Danke, dass Sie geblieben sind, Dr. Deerborn. Ich bin froh, dass Sie hier waren.«

»Ich auch.«

»Jetzt gibt es viel zu tun, oder? Ich weiß nicht, wo ich anfangen soll.«

Cat griff nach der Hand der Frau. »Das hat keine Eile. Bleiben Sie so lange bei ihm sitzen, wie Sie wollen. Reden Sie mit ihm. Verabschieden Sie sich von ihm auf Ihre eigene Weise. Das ist jetzt das Wichtigste. Der Rest kann warten.«

Als sie ging, hatte der Sturm nachgelassen. Es war kurz vor Tagesanbruch. Cat stand neben dem Auto und kühlte ihr Gesicht nach der Hitze im Vorderzimmer der Chaters. Der Mann vom Beerdigungsinstitut war unterwegs, und Iris Chaters Nachbarin war bei ihr. Der Friede war vorbei, und all die trübsinnigen, notwendigen Dinge, die bei einem Todesfall zu erledigen sind, liefen an.

Ihre Aufgabe war beendet.

Von der Nelson Street brauchte man an einem Sonntagmorgen nur zwei Minuten bis zum Kathedralenhof. Es gab einen Frühgottesdienst mit Abendmahl um sieben Uhr, an dem Cat teilzunehmen beschloss, nachdem sie zu Hause angerufen hatte.

»Hallo. Du bist ja wach.«

»Ha ha!« Chris Deerborn hielt den Hörer von sich weg, damit Cat das vertraute Geräusch ihrer miteinander rangelnden Kinder hören konnte.

»Und du?«

»Geht so. Harry Chater ist gestorben. Ich bin bei ihnen geblieben. Wenn es dir recht ist, gehe ich zum Frühgottesdienst und trinke hinterher bei meinem Bruder Kaffee.«

»Simon ist zurück?«

»Er muss gestern Abend angekommen sein.«

»Mach das. Ich geh mit den beiden raus zu den Ponys. Du hast sicher einiges mit Si zu besprechen.«

»Ja, wegen Dads Siebzigstem …«

»Da wirst du vorher eine spirituelle Stärkung brauchen.« Chris war Atheist, respektierte zwar im Allgemeinen Cats Gläubigkeit, konnte sich jedoch ab und zu eine scharfe Bemerkung nicht verkneifen. »Tut mir leid wegen Harry Chater. Das Salz der Erde, die beiden.«

»Er hatte genug. Ich bin nur froh, dass ich dort war.«

»Du bist eine gute Ärztin, weißt du das?«

Cat lächelte. Chris war ihr Mann, aber auch ihr ärztlicher Partner und, wie sie fand, ein besserer Kliniker, als sie je sein würde. Berufliches Lob von ihm bedeutete ihr viel.

Die Seitentür der Kathedrale von St. Michael and All Angels schloss sich fast geräuschlos. Vieles von dem großen Gebäude lag im Dunkeln, aber in einer Seitenkapelle brannten Licht und Kerzen. Cat blieb stehen und schaute hinauf in den hohen Raum, der sich zum Fächergewölbe des Dachs zu bauschen schien. Hier im Halbdunkel zu stehen, war, als wäre man Jonas im Bauch des Wals. Wie anders war es heute als bei ihrem letzten Besuch; damals war die Kirche voll besetzt gewesen mit amtlichen Würdenträgern und einer für einen königlichen Gottesdienst herausgeputzten Gemeinde. Musik hatte den Raum erfüllt, bunte Banner und festliche Messgewänder hatten ihm Farbe verliehen. Diese ruhige, intime Zeit am Morgen gefiel Cat besser.

Sie fand einen Platz unter den bereits knienden zwei Dutzend Menschen, während der Küster den Priester zum Altar geleitete.

Ohne die Kraft, die sie aus ihrem Glauben bezog, hätte sie ihre Aufgaben als Ärztin nicht bewältigen können. Die meisten anderen, die sie kannte und mit denen sie arbeitete, schienen auch so bestens zurechtzukommen, und sie stach auch aus ihrer Familie hervor – obwohl Simon, dachte sie, ihre Überzeugung noch am ehesten teilte.

Auf dem Weg zur Kommunionbank fiel ihr lebhaft das letzte Mal wieder ein, als ihr Bruder und sie hier Seite an Seite gesessen hatten. Das war bei der Beerdigung der drei jungen Brüder gewesen, die von ihrem Onkel ermordet worden waren. Simon war aus beruflichen Gründen hier gewesen, als Leiter der polizeilichen Ermittlungen, Cat als die Ärztin der Familie. Der Gottesdienst war herzzerreißend gewesen. Auf der anderen Seite hatte Paula Osgood gesessen, als forensische Pathologin am Tatort und bei der Obduktion tätig, und hatte Cat später gestanden, dass sie ihr zweites Kind erwartete. Cat fragte sich nach wie vor, wie Paula es geschafft hatte, mit professioneller Distanz und Ruhe die drei kleinen Leichen zu obduzieren, ermordet mit einer Axt und einem Fleischermesser. Menschen wie Paula, Polizisten wie Simon – das waren diejenigen, die alle Kraft und Unterstützung brauchten, die sie bekommen konnten. Dagegen war Cats Beruf als Allgemeinärztin in einem so freundlichen Ort wie Lafferton ein Klacks.

Der kurze Gottesdienst endete, und Rauchwölkchen von den gelöschten Kerzen schwebten auf Cat zu … Sie erhob sich. Eine Frau, die bereits den Gang hinunterging, fing Cats Blick auf und direkt danach noch eine zweite. Beide lächelten.

Cat blieb noch ein paar Sekunden, ließ die anderen vorausgehen und schlüpfte dann rasch aus der Tür auf der anderen Seite des Mittelgangs. Von hier aus konnte sie über den Kirchplatz entkommen und den Pfad zum Kathedralenhof einschlagen, bevor es jemandem gelang, sie abzufangen und entschuldigend um eine inoffizielle Beratung zu bitten.

Außer den Geistlichen der Kathedrale wohnte jetzt kaum noch jemand in den schönen georgianischen Häusern des kleinen Hofs, die größtenteils in Büros umgewandelt worden waren.

Das Haus, in dem Simon Serrailler wohnte, hatte Fenster, die auf den Innenhof und, auf der anderen Seite, zum Fluss Gleen hinausgingen, einem ruhigen Flüsschen, das durch diesen Teil Laffertons floss. Der Eingang zu St. Michael's 6 befand sich auf dieser Seite, neben einer gewölbten Eisenbrücke, die zum gegenüberliegenden Treidelpfad führte. Eine Entenschar paddelte darunter herum. Weiter oben trat ein Schwan Wasser. Im Frühjahr konnte man von Simons Fenster aus Eisvögel an den Ufern schwirren sehen.

Case und Chaundy. Anwälte
Diözesanbüro
Parker, Phipps, Burns. Steuerberater
Davies, Davies. Anwaltssozietät

Cat drückte auf die oberste Klingel über den Messingschildern, neben einem schmalen, elegant beschrifteten Holzschild. *Serrailler.*

Da sie ihren Bruder gut kannte – und besser hätte ihn wohl niemand kennen können –, hatte es sie nie überrascht, dass er es vorzog, allein im obersten Stock eines Hauses zu wohnen, unter sich Büros, die meist leer waren, wenn er zu Hause war, und nur mit Enten, dem dunklen Wasser vor dem Fenster und den Kirchenglocken als Gesellschaft.

Si war anders – anders als seine beiden Drillingsgeschwister Cat und Ivo, und auch ganz anders als ihre Eltern und die sonstige Serrailler-Familie. Er war schon immer ein Sonderling gewesen, schon in frühester Kindheit, hatte nie so recht zu einer Familie lärmender, streitlustiger, immer zu Streichen aufgelegter Mediziner gepasst. Wie so ein stiller, selbstzufriedener Mann zur Polizei passte, und das auch noch außerordentlich gut, war ein weiteres Rätsel.

Im Haus war es düster und still. Cats Schritte hallten auf der Holztreppe, die immer höher hinaufführte, vier schmale Stockwerke. An jeder Etage drückte sie auf den Schalter des Treppenlichts, das immer ausging, bevor sie den nächsten Absatz erreichte. *Serrailler.* Dieselbe Schrift wie auf dem Schild an der Klingel.

»Cat! Hallo!« Ihr Bruder mit seinen ein Meter zweiundneunzig beugte sich herab und schloss Cat in die Arme.

»Ich musste einen frühen Hausbesuch machen und war dann im Frühgottesdienst.«

»Also möchtest du hier frühstücken.«

»Zumindest Kaffee trinken. Ich glaube, ich bring jetzt noch nichts anderes runter. Wie war's in Italien?«

Simon ging in die Küche, aber Cat folgte ihm noch nicht, wollte erst dieses Zimmer genießen. Es erstreckte sich über die ganze Länge des Hauses und hatte hohe Fenster. Von der Küche konnte man einen Blick auf den Hügel erhaschen.

Die weiß gestrichenen Fensterläden waren zurückgeklappt. Auf den lackierten alten Ulmendielen lagen zwei große, wertvolle Teppiche. Licht floss herein auf Simons Zeichnungen und seine wenigen, sorgfältig ausgewählten Möbelstücke, die souverän Antikes mit klassischer Moderne vereinten. Hinter diesem großen Raum befanden sich ein kleines Schlafzimmer und ein Badezimmer, dann gab es noch die schmale Küche. Alles war auf das hier ausgerichtet, auf diesen einen ruhigen Raum, und Cat kam, dachte sie, aus denselben Gründen hierher, aus denen sie in die Kirche ging – Frieden, Ruhe, Schönheit, zum geistigen wie auch visuellen Aufladen ihrer Akkus. Nichts an der Wohnung ihres Bruders hatte auch nur entfernte Ähnlichkeit mit Cats unordentlichem Bauernhaus, immer laut und unaufgeräumt, voller Kinder, Hunde, Gummistiefel, Zaumzeug und medizinischer Zeitschriften. Sie liebte das Haus, dort befand sich ihr Herz, waren ihre tiefsten Wurzeln. Aber ein kleiner, lebenswichtiger Teil ihrer selbst gehörte hierher, an diesen Zufluchtsort aus Licht und Friedlichkeit. Vermutlich war es das, womit sich Simon seine geistige Gesundheit erhielt und was es ihm möglich machte, seinen oftmals anstrengenden und bedrückenden Beruf so gut auszuüben, wie er es tat.

Auf einem Tablett trug er eine Cafetiere und Becher herein und stellte es auf den Buchenholztisch am Fenster, das auf den Kathedralenhof und die Rückseite der Kirche hinausging. Cat legte ihre Hände um den warmen Keramikbecher und hörte zu, wie ihr Bruder von Siena, Verona und Florenz erzählte, wo er gerade jeweils vier Tage verbracht hatte.

»War es immer noch warm?«

»Goldene Tage, kühle Nächte. Genau richtig, um tagsüber draußen zu arbeiten.«

»Kann ich schon etwas anschauen?«

»Ist noch alles verpackt.«

»Na gut.«

Sie dachte nicht daran, Simon zu drängen, ihr seine Zeichnungen zu zeigen, bevor er diejenigen ausgewählt hatte, die er für die besten und vorzeigbarsten hielt.

Nach dem Schulabschluss war Simon auf die Kunstakademie gegangen, gegen den Wunsch, den Rat und alle Ambitionen ihrer Eltern. Nie hatte er auch nur das geringste Interesse an Medizin gezeigt, anders als jeder Serrailler seit Generationen, und kein Druckmittel hatte ihn dazu bringen können, sich in der Schule länger als notwendig mit Naturwissenschaften zu beschäftigen. Er hatte gezeichnet. Er hatte immer gezeichnet. Auf die Kunstakademie war er gegangen, um zu zeichnen – nicht um Fotos zu machen, Mode zu entwerfen oder Computergrafik zu lernen, und schon gar nicht, um Installation oder Konzeptkunst zu studieren. Er zeichnete hervorragend, Menschen, Tiere, Pflanzen, Gebäude und merkwürdige Winkel aus dem Alltagsleben, auf Straßen, Märkten und allen möglichen öffentlichen Plätzen. Cat mochte seinen inspirierten Strich und die Kreuzschraffierungen, seine raschen Skizzen, die wunderbar beobachteten und ausgeführten Details. Zweimal im Jahr und wann immer er ein Wochenende dazwischen freimachen konnte, flog er zum Zeichnen nach Italien, Spanien, Frankreich, Griechenland oder noch weiter weg. Er hatte Wochen in Russland verbracht, einen ganzen Monat in Lateinamerika.

Aber er hatte die Kunstakademie nicht abgeschlossen. Er war enttäuscht und desillusioniert gewesen. Niemand, sagte er, wollte, dass er zeichnete, oder war auch nur im Geringsten daran interessiert, Zeichnen zu unterrichten oder zu fördern. Stattdessen war er aufs King's College in London gegangen und hatte Jura studiert, hatte das Erste Staatsexamen abgelegt und war sofort bei der Polizei eingetreten, seiner anderen Leidenschaft seit der Kindheit. Rasch war er zur Kriminalpolizei gekommen und mit zweiunddreißig zum Detective Chief Inspector befördert worden.

Bei der Polizei war der Künstler, der seine Arbeiten mit Simon Osler – Osler war sein Mittelname – signierte, unbekannt, ebenso wie DCI Simon Serrailler jenen unbekannt war, die zu seinen Verkaufsausstellungen in Orten fern von Bevham und Lafferton kamen.

Cat füllte ihren Becher auf. Sie hatten sich über Simons Urlaub, Cats Familie und den örtlichen Klatsch unterhalten. Was jetzt folgte, würde schwieriger werden.

»Da ist noch was, Si.«

Er blickte auf, hatte ihren Tonfall bemerkt, bekam einen wachsamen Gesichtsausdruck. Wie merkwürdig, dachte Cat, dass er und Ivo die männlichen Drillinge und doch so unterschiedlich sind, als wären sie nicht einmal Brüder. Simon war seit Generationen der Einzige mit blondem Haar, obwohl er Serrailler-Augen hatte, dunkel wie Schlehen. Sie selbst war erkennbar Ivos Schwester, wenn auch sie alle ihn jetzt nicht mehr oft sahen. Ivo arbeitete seit sechs Jahren als fliegender Arzt im australischen Outback und fühlte sich dort pudelwohl. Cat bezweifelte, dass er je wieder nach Hause kommen würde.

»Dad hat nächsten Sonntag Geburtstag.«

Simon sah auf die ziehenden Wolken über der Kirche. Er schwieg.

»Mum lädt uns zum Mittagessen ein. Du kommst doch, oder?«

»Ja.« Seine Stimme verriet nichts.

»Ihm wird das viel bedeuten.«

»Das bezweifle ich.«

»Sei nicht kindisch. Hör auf damit. Du weißt, dass du in der Menge untertauchen kannst – wir werden weiß Gott genügend sein.«

Sie ging, um ihren Kaffeebecher im Stahlbecken auszuspülen. Simons Küche, in der kaum jemals mehr als Kaffee und Toast zubereitet wurde, war schwierig einzubauen gewesen und hatte ein kleines Vermögen gekostet. Cat fragte sich oft, wozu.

»Ich muss nach Hause und Chris beim Ponydienst ablösen. Arbeitest du morgen wieder?«

Simons Gesicht entspannte sich. Sie waren wieder auf sicherem Terrain. Zwei Wochen im Ausland, völlig abgeschnitten von zu Hause und seiner Arbeit, waren mehr als genug für ihn, wie Cat wusste. Ihr Bruder lebte für seine Arbeit und sein Zeichnen – und darüber hinaus für sein Leben hier in dieser Wohnung. Sie akzeptierte alles an ihm und wünschte sich nur gelegentlich, dass es da mehr gäbe. Von einer Sache wusste sie, aber sie sprachen nur darüber, wenn er das Thema anschnitt. Was er selten tat.

Sie umarmte ihn erneut und ging dann rasch. »Bis nächsten Sonntag.«

»Ich werde da sein.«

Nachdem seine Schwester gegangen war, duschte Simon Serrailler, zog sich an und machte sich eine weitere Kanne Kaffee. Nachher würde er auspacken und die Arbeiten aus Italien begutachten, aber davor rief er im Kriminaldezernat Lafferton an. Er musste erst am nächsten Tag offiziell wieder zum Dienst erscheinen, doch er konnte nicht bis dahin warten, um sich auf den neusten Stand bringen zu lassen, nachzuhören, welche Fälle, wenn überhaupt, in seiner Abwesenheit abgeschlossen worden waren, und, wichtiger noch, herauszufinden, was es Neues gab. Zwei Wochen waren eine lange Zeit.

Das Tonband

Hast du eigentlich je gemerkt, wie sehr ich den Hund gehasst habe? Wir hatten nie ein Haustier. Und dann, als ich eines Nachmittags aus der Schule kam, war er da. Ich sehe dich immer noch in deinem Sessel sitzen, den braunen Lederhocker unter deinen Füßen, deine Brille und das Büchereibuch auf dem Tischchen neben dir. Im ersten Moment bemerkte ich ihn nicht. Ich ging zu dir, um dich wie immer zu küssen, und da sah ich ihn – den Hund. Ein sehr kleiner Hund, aber kein Welpe.

»Was ist das?«

»Mein Hund.«

»Warum hast du den?«

»Ich wollte schon immer einen haben.«

Die Augen des Hundes, schimmernd wie Perlen, funkelten unter langen seidigen Fellsträhnen hervor. Ich hasste ihn.

»Ist er nicht süß?«

Ich kann dir gar nicht sagen, wie sehr ich den Hund hasste, ihn hasste, weil er dein Schoßtier war und du ihn geliebt hast, aber ich hasste ihn auch um seiner selbst willen. Der Hund saß auf deinem Schoß. Der Hund leckte dein Gesicht mit seiner rosa Zunge ab. Der Hund fraß dir Leckerbissen aus der Hand. Der Hund schlief in deinem Bett. Der Hund hasste mich genauso wie ich ihn. Das wusste ich.

Aber seltsam genug, wenn es den Hund nicht gegeben hätte, dann hätte ich vielleicht nie entdeckt, was ich werden wollte, was mein Schicksal war.

Ich weiß, dass du dich an den Tag erinnerst. Ich lag auf dem Kaminvorleger und neckte den Hund, wedelte mit den

Fingern unter seiner Nase, bis er zuschnappte, dann riss ich sie weg. Ich wurde sehr gut darin, genau den richtigen Moment abzupassen, und ich weiß, dass er mich nie gekriegt hätte, wenn ich auf dieselbe Weise weitergemacht, dieselbe Sache immer und immer wieder getan hätte. Aber ich habe einen Fehler gemacht. Später war ich wegen meiner eigenen Dummheit wütend auf mich. Ich lernte daraus, einen Plan aufzustellen und mich an ihn zu halten. Ich lernte sehr viel an diesem Tag, nicht wahr, und das aus einem einzigen Fehler. Statt mit meinen Fingern unter der Nase des Hundes zu wedeln, beugte ich mich vor und machte ein Knurrgeräusch, dachte, damit würde ich ihn verwirren und er würde Angst vor mir bekommen. Ich wollte, dass er Angst vor mir hatte. Stattdessen sprang er hoch und biss mich ins Gesicht, riss mir ein Stück aus der Oberlippe.

Ich war sicher, dass du den Hund einschläfern lassen würdest, weil er mir das angetan hatte, aber du sagtest nur, ich sei selbst schuld.

»Vielleicht wird dich das lehren, ihn nicht zu necken«, hast du gesagt. Kannst du verstehen, wie sehr mich das verletzte? Kannst du das?

Ich war noch nie im Krankenhaus gewesen. Du hast mich mit dem Bus dorthin gebracht, ein sauberes Taschentuch an meine Lippe gedrückt. Ich wusste nicht, wie es in einem Krankenhaus zugehen würde. Ich hatte keine Ahnung, dass es ein so aufregender, schöner und gefährlicher Ort sein würde, aber gleichzeitig ein Ort größter Behaglichkeit und Sicherheit. Ich wollte für immer zwischen den weißen Betten und schimmernden Rolltragen und mächtigen Menschen bleiben.

Was sie mit mir machten, tat weh. Sie betupften meine Lippe mit einem Antiseptikum. Ich mochte den Geruch. Dann nähten sie die Oberlippe. Der Schmerz war unbeschreiblich, doch ich mochte den Arzt, der die Wunde vernähte, und die

Schwester mit dem strahlend weißen Häubchen, die meine Hand hielt. Du bist draußen geblieben.

Also, verstehst du, die Tatsache, dass du den Hund mehr geliebt und mich mit ihm betrogen hast, spielte am Ende keine Rolle, denn ich hatte meinen Weg gefunden. Ich kann dir den Betrug sogar verzeihen, weil deiner nicht der schlimmste war. Der kam später. Deinen Betrug habe ich überwunden, aber den anderen nie, weil ich von dem betrogen wurde, was ich lieben musste. Dich habe ich nie geliebt.

Das hab ich dir nie gesagt. Aber jetzt erzähle ich dir alles. Darüber sind wir uns doch einig, nicht wahr?

3

Donnerstagmorgen, und das erste Licht kommt gerade durch den taubengrauen Nebel. Milde Luft.

Auf dem Hügel, einer samtig grünen Insel, die aus einem dunstigen Meer aufsteigt, sind alle Bäume kahl, aber Büsche und Dornenranken, die wie Körperhaare in den Mulden und Senken sprießen, sind voller Beeren und haben die letzten Blätter noch nicht abgeworfen. Auf halber Höhe des Hügels befinden sich die Wernsteine, uralte aufragende Steine, die wie drei Hexen um einen unsichtbaren Kessel hocken. Bei Tageslicht laufen die Kinder dazwischen herum, fordern sich gegenseitig heraus, die pockennarbige Oberfläche zu berühren, und in der Mittsommernacht versammeln sich hier vermummte Gestalten zum Tanzen und Singen. Aber sie werden ausgelacht und gelten als harmlos.

Um diese frühe Stunde rennen ein paar Jogger den Hügel hinauf und um ihn herum, mit wuchtigen Schritten, immer allein, ohne irgendetwas zu bemerken. Heute sind es zwei Männer in ihren federnden Schuhen. Keine Frau. Als das Licht heller wird und sich die Nebeldecke zurückzieht, rasen drei junge Männer auf Mountainbikes den sandigen Pfad zur Kuppe hinauf, strengen sich an, schnaufen und keuchen, steigen aber nicht ab.

Ein alter Mann führt seinen Yorkshireterrier aus und eine Frau ihre beiden Dobermänner, rund um die Wernsteine und in flottem Tempo wieder den Pfad hinab.

Nachts mögen sich Menschen auf dem Hügel aufhalten, aber nicht die Jogger und die Mountainbiker.

Später geht die Sonne auf, blutrot über den verkümmerten

Büschen und Ranken und dem moosigen Gras, berührt die Wernsteine, gleitet über Fetzen verwehten Papiers, die weiße Blume eines fliehenden Kaninchens, eine tote Krähe.

Niemand entdeckt etwas Ungewöhnliches auf dem Hügel. Menschen gehen, laufen, fahren dort herum, finden aber nichts, melden nichts Alarmierendes. Es ist wie immer, die stehenden Steine, die Baumkronen, die kein Geheimnis preisgeben. Fahrzeuge bleiben auf den gepflasterten Wegen, und außerdem hat es geregnet; Reifenspuren sind längst verwischt.

4

Debbie Parker lag im Bett, eng zusammengerollt, die Knie angezogen. Draußen vor ihrem Fenster schien die Sonne, hell für einen Dezembermorgen, aber Debbies Vorhänge waren dunkelblau und fest zugezogen.

Sie hörte Sandys Wecker, Sandys Duschwasser, Sandys Radiosender BEV, nichts davon bedeutete ihr etwas. Wenn Sandy zur Arbeit gegangen war, konnte Debbie weiterschlafen, einen stillen Morgen verschlafen, die Sonne ausschließen, den Tag, das Leben.

Nach dem Aufwachen gab es immer einen Sekundenbruchteil, in dem sie sich gut fühlte, normal fühlte, »Hey, es ist Tag, los geht's«, bevor die erdrückende, düstere Trübsal über ihr Gedächtnis kroch wie ein einsickernder Tintenfleck über ein Löschblatt. Vormittage waren schlimm, und seit sie ihren Job verloren hatte, wurden sie noch schlimmer. Debbie wachte mit Kopfschmerzen auf, die ihren Geist vernebelten, sie herunterzogen und den halben Tag andauerten. Wenn sie die enorme Anstrengung unternahm, aufzustehen und im Ort herumzulaufen – irgendetwas zu tun –, ließen die Schmerzen langsam nach. Im Lauf des Nachmittags hatte sie dann das Gefühl, damit zurechtzukommen. Abends lief es oft richtig gut. In der Nacht nicht, selbst wenn sie ein paar Drinks zu sich genommen hatte und zwar nicht fröhlich, aber zumindest ohne viel nachdenken zu müssen ins Bett fiel. Um drei wachte sie mit einem Ruck auf, das Herz schlug zu schnell, sie schwitzte vor Angst.

»Debbie …«

Geh weg. Komm nicht rein.

»Zehn vor acht.«

Die Tür öffnete sich, Licht fiel auf die Wand.

»Tee?«

Debbie bewegte sich nicht, sagte nichts. Geh weg.

»Nun komm schon …«

Die Vorhänge wurden aufgerissen, mit einem Geräusch, als würden ihr alle Zähne gezogen. Sandy Marsh, munter, quirlig, hellwach – und besorgt. Sie setzte sich auf Debbies Bettrand.

»Ich sagte, ich hab dir Tee gebracht.«

»Mir geht's gut.«

»Das stimmt nicht.«

»Doch.«

»Vielleicht geht es mich nichts an, aber ich finde, du solltest zum Arzt gehen.«

»Ich bin nicht krank«, murmelte Debbie in die dumpfigen Mulden der Bettdecke.

»Du bist auch nicht gesund. Schau dich doch an. Vielleicht hast du diese Sache, die man SAD nennt – eine saisonal abhängige Depression … Wir haben Dezember. Es ist eine Tatsache, dass sich im Dezember und Februar mehr Leute umbringen als im restlichen Jahr.«

Debbie setzte sich auf, warf die Decke mit einem wütenden Ruck zurück. »Oh, toll. Danke.«

Sandys strahlendes, frisch geschminktes Gesicht verzog sich sorgenvoll. »Entschuldige. Tritt mich. Tut mir leid. O Gott.«

Debbie weinte, vornüber auf ihre Arme gestützt. Sandy umarmte sie.

»Du kommst zu spät«, schniefte Debbie.

»Ist doch egal. Du bist wichtiger. Komm.«

Schließlich stand Debbie auf und schlurfte in die Dusche. Aber vor der Dusche kam der Spiegel.

Die Akne war schlimmer geworden. Ihr ganzes Gesicht

war vernarbt und verunstaltet von einem schlimmen, entzündeten Ausschlag, der sich über ihren Hals bis zu den Schultern hinunterzog. Vor Monaten war sie deswegen einmal beim Arzt gewesen. Er hatte ihr eine übel riechende, gelbe Tinktur gegeben, die sie zweimal am Tag auftragen sollte. Das Zeug hatte ihre Kleider beschmiert, das Bettzeug stinken lassen und an den Pickeln überhaupt nichts bewirkt. Sie hatte die Tinktur nicht aufgebraucht und war auch nicht wieder in die Praxis gegangen. »Ich hasse Ärzte«, sagte sie zu Sandy, als sie in der Küche mit den selbst zusammengebauten Küchenschränken saßen, deren Türen ständig herausfielen.

Sie kannten sich seit der Grundschule, waren in derselben Straße aufgewachsen und hatten vor acht Monaten zusammen die Wohnung gemietet, als Sandys Mutter wieder geheiratet hatte und das Zusammenleben schwierig geworden war. Aber was viel Spaß zu werden versprach, war irgendwie nie eingetreten. Debbie hatte ihren Job verloren, als die Baugesellschaft ihre Büros in Lafferton schloss, und dann war die Schwärze in sie hineingekrochen.

»Ärzte geben einem doch nur jede Menge Tabletten, die einen fertigmachen.«

Sandy tunkte ihren Teelöffel in den Teebecher und zog ihn wieder heraus, tunkte ihn ein und zog ihn heraus.

»Na gut. Vielleicht kannst du zu jemand anderem gehen.«

»Wem denn?«

»Diesen Leuten, die im Bioladen Reklame machen.«

»Was? Wie dieser gruselige Akupunkteur? Heiler und Kräuterfritzen? Ziemlich abgedreht.«

»Tja, viele schwören darauf. Schreib dir doch einfach ein paar Namen auf.«

Sobald Debbie draußen war, fühlte sie sich besser, fast heiter. Sie betrat den Zeitungskiosk und kaufte sich ein Notizbuch und einen Kuli, ging die Perrott zum Bioladen entlang, schaute zum Hügel über den Dächern hinauf, dessen Kuppe in zitronengelbes Sonnenlicht getaucht war.

Der Bioladen lag in der Alms Street, in der Nähe der Kathedrale. Vielleicht geht's mir bald wieder gut, dachte Debbie. Ich könnte was für mich tun, zehn Kilo abnehmen, eine andere Salbe für meine Pickel finden. Ein neues Leben.

Die Karten waren eine über die andere gepinnt, hingen kreuz und quer an der Korktafel; sie musste sie hochheben und mehrere umstecken, damit sie Namen und Telefonnummern abschreiben konnte. Alexander-Technik, Reflexzonenmassage, Heilen nach Brandon, Akupunktur, Chiropraktik. Sich da durchzufinden dauerte ewig. Schließlich schrieb sie vier Adressen auf – Aromatherapie, Reflexzonenmassage, Akupunktur und Kräuterheilkunde – und, nach kurzem Zögern, noch eine weitere ... die Adresse und Telefonnummer von jemandem namens Dava. Sie fühlte sich von der Karte angezogen, ein tiefes, intensives Blau, bestäubt mit winzig kleinen Sternen. *DAVA. SPIRITUELLES HEILEN. KRISTALLE. INNERE HARMONIE. LICHT. GANZHEITLICHE THERAPIE.*

Gebannt starrte sie die Karte an, spürte, wie sie in das tiefe Blau hineingezogen wurde. Es machte etwas mit ihr, da gab es keinen Zweifel. Als sie den Bioladen verließ, fühlte sie sich – anders. Besser. Die blaue Karte blieb ihr im Gedächtnis, und von Zeit zu Zeit, wenn sie tagsüber daran dachte, schien etwas davon auf sie überzugehen. Auf jeden Fall zog sich die Schwärze ein wenig zurück, wie ein kauerndes Wesen am Rande ihres Bewusstseins, und blieb dort.

5

»Ich möchte mit einem leitenden Beamten sprechen, bitte. Jemandem von der Kriminalpolizei.«

Ein Pflegeheim mit fünfzehn älteren Menschen in allen Stadien der Demenz zu führen, hatte Carol Ashton gelehrt, geduldig und resolut zu sein, ähnlich wie eine Lehrerin, die kleine Kinder unterrichtet – zwei Aufgaben, dachte sie oft, die viel gemeinsam haben. Sie war auch geschickt darin, selbst die Widerspenstigsten dazu zu bringen, schließlich das zu tun, was sie wollte. All das begriff der diensthabende Beamte rasch.

»Sie dürfen nicht denken, dass wir Vermisstenfälle auf die leichte Schulter nehmen.«

»Sicher nicht. Aber ich weiß auch, dass der Name der vermissten Person zusammen mit einer sehr kurzen Beschreibung in eine Liste aufgenommen und an verschiedene Dienststellen verteilt wird, wonach – außer es handelt sich um ein Kind oder eine aus anderen Gründen besonders schutzlose Person – nicht mehr viel passiert.«

Sie irrte sich nicht.

»Das eigentliche Problem ist, Mrs Ashton, dass eine erstaunlich große Anzahl von Personen als vermisst gemeldet wird.«

»Ich weiß. Und ich weiß ebenfalls, dass sehr viele gesund und munter wieder auftauchen. Auch das Wort ›Ressourcen‹ ist mir mehr als vertraut. Trotzdem möchte ich gerne mit jemandem sprechen, der die Angelegenheit weiterverfolgt. Und wie ich schon sagte, ich will damit nicht die uniformierte Polizei herabsetzen, wenn ich um ein Gespräch mit einem Detective bitte.«

Sie wandte sich ab und setzte sich auf die Bank an der Wand. Der Bezug war an manchen Stellen aufgeplatzt, und graues Polstermaterial quoll hervor.

Da sie befürchtet hatte, einige Zeit warten zu müssen, hatte Carol Ashton sich ein Buch mitgebracht, aber sie kam kaum über den ersten Absatz hinaus. Der diensthabende Beamte hatte in ihr eine Frau erkannt, die er erst loswerden würde, wenn sie bekam, wonach sie verlangte.

»Mrs Ashton? Ich bin Detective Sergeant Graffham. Würden Sie bitte mit mir kommen?«

Dämlich, dachte Carol, sich davon überraschen zu lassen, dass es eine Frau war, aber obwohl es viele weibliche Polizisten gab, waren Detectives in ihrer Vorstellung immer Männer. Genau wie Krankenschwestern Frauen waren.

Der Raum, in den sie geführt wurde, war hingegen keine Überraschung – ein schäbiges kleines Kabuff mit einem Metalltisch und zwei Stühlen, in Beige gehalten. Hier würde man alles gestehen, nur um wieder herauszukommen.

»Wie ich höre, sind Sie sehr besorgt um eine Ihrer Angestellten, die seit ein paar Tagen nicht zur Arbeit erschienen ist?«

Ein hübsches Mädchen – kurzes Haar, scharfe Gesichtszüge, große Augen.

»Angela – Angela Randall. Nur klingt das irgendwie falsch – Angestellte.«

DS Graffham schaute auf ein Blatt Papier vor sich. »Tut mir leid, ich habe die Unterlagen gerade erst bekommen …«

»Na ja, sie ist schon eine Angestellte. Sie arbeitet bei mir. Es klang nur so unpersönlich. Ich habe gute Beziehungen zu all meinen Mitarbeitern.«

»Ich verstehe – die Amtssprache. Gut, fangen wir von vorne an. Erzählen Sie mir alles über Angela Randall … Aber kann ich Ihnen erst mal etwas Warmes zu trinken anbieten? Leider nur aus diesem schrecklichen Automaten.«

Die wird es weit bringen, dachte Carol Ashton, rührte mit einem Plastikstab, der nicht die geringste Ähnlichkeit mit einem Löffel hatte, ihren Tee um. Zumindest hoffe ich das. Ich hoffe, dass man sie nicht als zu emotional und zu locker … zu, ja, zu interessiert einschätzt. DS Graffham lehnte sich zurück, verschränkte die Arme, sah Carol direkt an, wartete. Sie schien tatsächlich ernsthaft interessiert zu sein.

»Ich leite ein Pflegeheim für Demenzpatienten.«

»Alzheimer?«

»Im Großen und Ganzen, ja.«

»Ich hoffe, Sie wissen, wie sehr Sie gebraucht werden. Meine Großmutter ist letztes Jahr daran gestorben. Die Pflege, die sie bekommen hat, war absolut unwürdig. Wo ist das Heim?«

»In der Fountain Avenue. Das Four Ways.«

»Und Mrs Randall arbeitet dort?«

»Miss Randall. Angela. Ja. Sie ist seit fast sechs Jahren bei uns und seit vier Jahren als ständige Nachtwache eingeteilt. Sie ist diese Art Mensch, von der man nur träumen kann, ehrlich gesagt – scheut keine Arbeit, ist fürsorglich, verlässlich, fällt fast nie wegen Krankheit oder anderer Gründe aus, und da sie alleinstehend ist, ohne jeden Anhang, war es ihr recht, nur Nachtwachen zu übernehmen. Das ist selten.«

»Wann haben Sie sie zum letzten Mal gesehen?«

»Na ja, ich bin natürlich nicht immer … Unterschiedliche Schichten und freie Tage, also kann es durchaus passieren, dass wir uns eine ganze Woche nicht sehen. Aber ich weiß selbstverständlich, wann sie ihren Dienst versieht. Dafür gibt es das Berichtsbuch und andere Angestellte, die mit ihr Dienst haben. Tatsächlich habe ich sie aber an dem Tag gesehen, als sie zum letzten Mal gearbeitet hat. Sie hat mich mitten in der Nacht angerufen, und ich bin ins Heim gekommen. Ich wohne nur fünf Häuser entfernt. Einige Patienten waren krank geworden, und ich wurde gebraucht. Angela hatte Dienst.«

»Wie wirkte sie?«

»Ziemlich erschöpft, wie wir alle in der Nacht ... Uns blieb nicht viel Zeit zum Plaudern. Aber sie war wie immer. Sehr ruhig und verlässlich.«

»Ihnen ist also nichts Ungewöhnliches an ihr aufgefallen?«

»Nein, überhaupt nicht. Und es wäre mir aufgefallen.«

»Und am nächsten Abend ist sie nicht zur Arbeit gekommen?«

»Nein, sie hatte keinen Dienst. Sie hatte das Wochenende und zwei weitere Tage frei. Das ist so geregelt, damit jede Angestellte von Zeit zu Zeit eine längere Pause einlegen kann. Sie brauchen das. Angela hatte also erst in der Woche darauf wieder Dienst, und da hatte ich ein paar Tage frei. Als ich zurückkam, lag ein Bericht vor, dass sie vier Nächte lang nicht zum Dienst erschienen war und sich auch nicht krankgemeldet hatte. Das passt überhaupt nicht zu ihr. Ich hatte schon Angestellte, die einfach nicht auftauchten und auch nicht Bescheid gesagt haben, und die habe ich entlassen. So was geht bei uns nicht. Unsere Patienten haben das nicht verdient. Aber Angela Randall würde so etwas nie tun.«

»Und was haben Sie unternommen?«

»Sie angerufen – mehrmals. Immer wieder. Es wurde nie abgenommen, und sie hat keinen Anrufbeantworter.«

»Waren Sie bei ihr zu Hause?«

»Nein. Nein, war ich nicht.«

»Warum denn nicht?« DS Graffham blickte sie scharf an.

Carol Ashton fühlte sich unbehaglich – schuldig sogar, obwohl sie dafür keinen Grund sah. Aber die junge Frau hatte einen so klaren, festen Blick, forschend, eindringlich. Carol fragte sich, wie lange ein Verbrecher das wohl aushalten würde.

»Mrs Ashton, ich kann Ihnen nicht helfen – und das will ich –, wenn Sie mir nicht helfen.«

Carol rührte und rührte in den Teeresten herum. »Ich möchte nicht …, dass es falsch klingt.«

Die Polizistin wartete.

»Angela ist sehr verschlossen …, eine äußerst zurückhaltende Person. Sie ist unverheiratet, aber ich habe keine Ahnung, ob sie verwitwet oder geschieden ist oder nur alleinstehend. Es mag seltsam erscheinen, dass ich das in den sechs Jahren nie herausgefunden habe, aber sie ist einfach nicht der Mensch, den man nach so etwas fragen kann, und sie spricht nie über sich selbst. Sie ist sehr freundlich, doch sie gibt nichts preis, und man kann bei ihr die Grenze leicht überschreiten. Man stellt eine Frage oder macht eine Bemerkung, auf die jeder andere ohne nachzudenken reagieren würde, aber sie – verschließt sich, verstehen Sie? Man kann es an ihren Augen erkennen … Eine Warnung. Halt dich fern. Als ginge ein Rollladen runter. Daher war ich nie bei ihr zu Hause und, soweit ich weiß, auch keine ihrer Kolleginnen. Und – na ja, ich würde sie nicht einfach besuchen. Anrufen ja, aber mehr nicht. Das klingt lächerlich.«

»Eigentlich nicht. Es gibt solche Menschen. Meiner Erfahrung nach führen sie ein sehr einsames Leben. Sie machen oft den Eindruck, als hätten sie etwas zu verbergen, vielleicht irgendein dunkles Geheimnis, aber das trifft nur in den seltensten Fällen zu, es ist meist nur ein Schutzmechanismus. Wissen Sie, ob sie irgendwelche Angehörigen hat?«

»Nein. Sie hat nie jemanden erwähnt.«

»Gab es Krankheiten … Depression?«

»Nein. Sie war nie krank. Vielleicht mal eine starke Erkältung. In solchen Fällen fordere ich die Angestellten auf, zu Hause zu bleiben. Unsere Patienten sind sehr anfällig.«

»Nichts, was ihren Zustand plötzlich verschlimmern könnte, wie Diabetes oder eine Herzkrankheit?«

»Nein. Das weiß ich sicher, wegen ihrer Arbeit. Nichts dergleichen.«

»Wie alt ist sie?«

»Dreiundfünfzig.«

»Sie haben darüber bestimmt schon nachgedacht, ist Ihnen irgendwas aufgefallen, was an Miss Randall in den letzten paar Wochen … letzten paar Monaten anders war?«

Carol zögerte. Da gab es etwas. Oder nicht? Etwas und nichts. Im Raum war es sehr still. DS Graffham rutschte nicht herum oder machte Notizen, sie saß nur da, ihren irritierend eindringlichen Blick auf Carol gerichtet.

»Es ist wirklich schwer zu beschreiben …«

»Versuchen Sie es.«

»Nichts wurde je ausgesprochen … Das muss ich betonen … Es ist nur … nur so ein Gefühl. Nur so ein Eindruck, den ich bekam.«

»Gerade das ist oft sehr wichtig.«

»Ich will es nicht aufbauschen … Es ist alles so vage. Aber ein- oder zweimal dachte ich, sie wirkt ein bisschen … distanziert? Abgelenkt? Ich weiß nicht …, als sei sie meilenweit fort. Das hatte ich früher nie an ihr bemerkt. Sie war immer ganz da. Hören Sie, machen Sie bitte nicht zu viel daraus … Es passierte nur ein- oder zweimal, ich will damit nicht andeuten, dass sie sich seltsam benahm, natürlich nicht.«

»Glauben Sie, dass sie sich wegen irgendwas Sorgen machte?«

»Nein. Das war es nicht, oder ich glaube es zumindest nicht … Ach, ich weiß nicht. Vergessen Sie es. Es ergibt keinen Sinn.«

»Ich glaube, doch.«

»Ich hätte sie zu Hause aufsuchen sollen, nicht wahr? Und wenn sie nun krank geworden ist?«

»Vermutlich wird sie Nachbarn haben. Sie trifft keine Schuld.«

»Was passiert jetzt?«

»Wir schicken jemanden hin, um nachzusehen.« DS Graffham stand auf. »Aber machen Sie sich keine Sorgen … Vermisste sind für gewöhnlich aus freien Stücken und allen möglichen persönlichen Gründen verschwunden. Entweder tauchen sie wieder auf, als sei nichts passiert, oder sie melden sich. Es gibt nur sehr, sehr wenige, die auf irgendeine Weise zu Schaden gekommen sind. Vor allem keine vernünftigen Frauen mittleren Alters.«

»Vielen Dank, dass Sie das sagen.«

»Es entspricht der Wahrheit.« Die junge Frau berührte Carols Arm. »Und …«, sie lächelte plötzlich, wobei Carol Ashton erkannte, dass die Polizistin nicht bloß hübsch war, sondern auffallend schön. »Sie sind zu uns gekommen. Damit haben Sie genau das Richtige getan.«

»Sie haben sechzig Sekunden, um mir zu erklären, warum wir in diesem Fall über die Routine hinausgehen sollten, Freya.«

Detective Inspector Billy Cameron lehnte sich auf seinem Stuhl zurück, die Hände hinter dem Kopf verschränkt, ließ den Stuhl kreisen und kreisen, ein haariger, übergewichtiger, schwitzender Bär von einem Mann. Beeindrucke mich, drückte seine Haltung aus, überzeuge mich.

Freya Graffham ließ sich nicht einschüchtern. Sie war erst seit einigen Wochen bei der Kripo von Lafferton, erkannte aber in dem DI die Art von Beamten, die es bei der Londoner Metropolitan Police, kurz Met genannt, in Freyas Anfangszeit im Überfluss gegeben hatte – groß und raubeinig, aber mit weichem Kern. Als sie die Met verließ, waren die meisten von ihnen pensioniert und durch eine andere Sorte Polizisten ersetzt worden. Freya wusste, dass es nicht leicht sein würde, DI Cameron um den Finger zu wickeln, aber es gab immer Möglichkeiten, ihn zu umgehen.

Cameron wiederum sah eine junge Frau vor sich, die zäher war, als sie aussah. Aber Freya Graffham hatte die Met nach zwölf Jahren freiwillig verlassen, um in eine Kathedralenstadt zu ziehen, und er fragte sich, warum sie die Nerven verloren hatte.

Im Moment war ihr vor allem daran gelegen, ihren Fall überzeugend darzustellen.

»Angela Randall, dreiundfünfzig Jahre alt, eine Frau, die ein so vorhersehbares, ordentliches und methodisches Leben führt, wie man es sich nur vorstellen kann, keine Familie, keine engen Freunde ..., hat ihre Arbeitgeberin nicht ein einziges Mal in Stich gelassen. Sie ist nicht krank und war, soweit wir wissen, nie depressiv. Die Streifenpolizisten fanden das Haus blitzsauber vor, Auto in der Garage, Tisch fürs Frühstück gedeckt, Eier in der Pfanne, Toast im Toaster. Sie hatte sich eine Kanne Tee gemacht und eine Tasse getrunken, und im ansonsten leeren Mülleimer lag eine Bananenschale. Ihre Uniform war im Wäschekorb.«

»Aber keine Miss Randall, krank, gesund oder in anderer Verfassung.«

»Nein.«

»Nachbarn?«

»Wissen nicht viel. Haben sie selten gesehen. Hat zwar immer gegrüßt, blieb aber für sich. Kein Besuch. Doch irgendetwas ist seltsam, Sir. Die Beamten haben gesagt, das Haus sei ... eigentümlich.«

Cameron hob die Augenbrauen. »Sieht ihnen nicht ähnlich, Gespenster zu sehen.«

»Ich würde es mir gern selbst anschauen.«

Cameron warf ihr einen Blick zu. Sie besaß ihn – diesen Instinkt, das Gespür, die Nase für etwas ... Wie auch immer man das nennen wollte, Freya Graffham hatte es, und das hob sie ab, wie es immer der Fall ist. Sie würde es weit bringen, wenn sie es sich bewahren konnte, zusammen mit der Aufmerksamkeit für Einzelheiten und der Fähigkeit, hart zu arbeiten, was ihr Bodenhaftung gab. Diese Kombination war selten genug, und er wusste, dass er sie fördern musste, wann immer er auf sie stieß.

»Sie wissen so gut wie ich, dass wir, falls Sie nicht sofort etwas finden und es keine weiteren Entwicklungen gibt, die Sache unter den Vermisstenfällen ablegen müssen.«

»Niedrige Priorität ... Keine Gefahr für die breite Öffentlichkeit oder, soweit wir das einschätzen können, für die vermisste Person ..., deren Recht zu verschwinden wir alle respektieren müssen. Ja, ja.«

»Irgendwo wird es einen heimlichen Geliebten geben, und die zwei sind in Urlaub gefahren ... Oder sie hat das Handtuch geworfen.«

»Gut, aber ihre Chefin überzeugt davon nichts.«

Cameron sah auf die Uhr. »Eher schon drei Minuten«, sagte er.

»Ich nehme an, das heißt ja?«

»Eines noch, Freya ... Neunundneunzig von hundert Vermissten sind für die Polizei Zeitverschwendung ... Behalten Sie das im Hinterkopf, bevor Sie sich zu irgendwas hinreißen lassen.«

»Danke, Sir. Ich halte den Deckel drauf.«

Freya fuhr direkt zum Barn Close, nahm den jungen Detective Constable Nathan Coates mit und schickte ihn, als sie ankamen, zunächst zur Überprüfung in die Garage und den Gartenschuppen, danach zu den Nachbarn. Freya wollte Angela Randalls Haus für sich haben.

»Eigentümlich«, hatten die Streifenpolizisten gesagt, die als Erste hier gewesen waren, und als Freya leise die Tür hinter sich schloss und in der kleinen Eingangshalle stand, spürte sie sofort, was sie gemeint hatten. Aber es war nichts Bedrohliches, Unheilvolles, dessen war sie sich sicher, nur diese außergewöhnliche Stille von einer Qualität und Tiefe, wie sie es selten zuvor in einem Haus erlebt hatte, fast wie ein schweres, dichtes Gewebe, das sie umgab, undurchdringlich und engmaschig.

Welche Art Frau lebte hier – oder hatte vielleicht hier gelebt? Freya ging langsam von Zimmer zu Zimmer, versuchte sich ein Bild von ihr zu machen. Mit Sicherheit war sie ordentlich, sauber, sorgfältig und organisiert. Es war ein schlichtes kleines Haus, wirkte fast anonym, wie ein altmodisches Musterhaus, in dem nie jemand gelebt hatte. Die Möbel waren nicht hässlich, aber wenig eindrucksvoll und hätten von jedem ausgesucht sein können. Hinter der Auswahl oder der Zusammenstellung war keine individuelle Note zu spüren. Der Stil war weder antik noch sehr modern, die Farbzusammenstellung eher blass. Freya öffnete Schubladen und Schränke; Geschirr, Besteck, Tischwäsche, der Prospekt einer Wohltätigkeitsorganisation. Der kleine Sekretär enthielt einige Papiere, ordentlich zusammengeheftet – Bankauszüge, Quittungen, ein Bausparbuch mit einem Guthaben von 1236,98 Pfund, Rechnungen der Stadtwerke, alle bezahlt und abgehakt. Auf den Borden im Wohnzimmer standen ein paar nichtssagende Bücher – ein Atlas, ein Wörterbuch, ein kompletter Kochkurs von Delia Smith, ein Naturführer und zwei Thriller von Dick Francis.

»Komm schon, komm schon«, murmelte Freya, »rück's raus.«

Bedeutsam schien das zu sein, was nicht da war, denn es gab überhaupt nichts Persönliches – keine Fotos, Briefe, Urlaubspostkarten von Freunden. Die Handtasche, die die Streifenpolizisten auf einem Küchenstuhl gefunden hatten, enthielt nichts außer einem Geldbeutel mit etwas Kleingeld, einer Brieftasche mit zwei Kreditkarten und zwanzig Pfund, einer Brille, Aspirin, Papiertaschentüchern und einem frankierten Briefumschlag, in dem ein auf eine Versandfirma ausgestellter Scheck lag. Im Adressbuch neben dem Telefon waren ein Installateur, Elektriker, Arzt, Zahnarzt, ein Friseur, ein Akupunkteur, das Four-Ways-Pflegeheim mit Carol Ashtons separat notierter Adresse und *C. Gabb – Gärtner* aufgeführt. Angela Randall hatte offenbar keine Angehörigen, Freunde oder Patenkinder. Wie konnte jemand ein so ödes Leben führen?

Freya ging nach oben.

Im Badezimmer standen einfache Kosmetika von Boots. Freya hob das zweckmäßige Shampoo hoch, die fast geruchlose weiße Seife. Hier wurde niemand verwöhnt. Das Gästezimmer wurde eindeutig nie benutzt; das Bett war abgezogen, und im Schrank lagen ein paar Decken und Kissen, außerdem zwei leere Koffer. Also war Angela Randall nicht in Urlaub gefahren. Das Zimmer war bitterkalt. Im ganzen Haus war es kalt.

Die Kleidungsstücke, die im Schlafzimmerschrank hingen, waren genauso unpersönlich wie alles andere – beigefarbener Mantel, brauner Rock, dunkelblauer Pullover, schwarzes Kostüm, Baumwollkleid mit Blumenmuster, weiße und zitronengelbe, blaue und graue Baumwollblusen. Aber es gab auch zwei hochwertige Trainingsanzüge und ein Paar brandneue Laufschuhe, noch im Karton, teuer.

Bisher war DS Graffhams Phantombild von Angela Randall leer gewesen wie ein Puzzle, zu dem ihr alle Stücke fehlten. Jetzt waren zwei aufgetaucht, die ersten, die eingepasst werden mussten. Eine alleinstehende Frau in den Fünfzigern von durchschnittlicher Größe, die neutrale Farben und Kleidungsstücke trug, ohne damit je Aufmerksamkeit zu erregen, war zu einer ernsthaften Läuferin geworden, die hundertfünfzig Pfund für ein Paar Schuhe ausgab. Freya überlegte, wie der DI wohl reagieren würde, wenn sie ihm das als einziges Informationsstück vorlegte.

Gerade wollte sie die Schranktür schließen und nach unten zu DC Coates gehen, als ihr etwas ins Auge fiel, ein schwaches Glitzern ganz hinten im Schrank. Sie streckte die Hand danach aus.

Eine kleine Schachtel, eingewickelt in Goldpapier, mit einer kunstvoll geknoteten Goldschleife. Daran befestigt ein kleiner goldener Umschlag. Freya öffnete ihn.

Für Dich, mit all meiner hingebungsvollen Liebe, von Mir.

Freya wog das kleine Päckchen in der Hand. Es war nicht schwer, roch nicht und klapperte nicht.

War Angela Randall das »Dich« oder das »Mir«?

Sie ging nach unten und trat aus der Haustür, als der DC den Weg heraufkam.

»Irgendwas erreicht?«

»Nicht viel. Die Nachbarn, die daheim waren, sagten, sie sei immer freundlich gewesen, zurückhaltend, habe keinen Besuch bekommen … Nur die Frau an der Ecke, Mrs Savage, sagt, dass Angela Randall vor etwa sechs Monaten mit dem Laufen angefangen hat.«

»Ja, ich hab Trainingsanzüge und ein Paar brandneue, sehr teure Joggingschuhe im Schrank gefunden … Die volle Ausrüstung.«

»Sie ist jeden Morgen zur selben Zeit aus dem Haus gegangen, egal, bei welchem Wetter oder ob sie gerade von der Nachtwache heimgekommen oder erst aufgestanden war.«

»Wohin ist sie gelaufen?«

»Für gewöhnlich auf den Hügel, außer es war sehr nass, dann ist sie die Straße runtergelaufen.«

»Und wann hat Mrs Savage sie zum letzten Mal gesehen?«

»Sie ist sich ziemlich sicher, dass es an dem Morgen war, nachdem Randall, laut Mrs Ashton, zum letzten Mal gearbeitet hat … Seit dem Tag hat Mrs Savage sie nicht mehr gesehen, auch kein Anzeichen dafür, dass jemand im Haus war. Sie dachte, sie sei weggefahren.«

»Hat sie sie an dem Morgen vom Laufen zurückkommen sehen?«

»Kann sich nicht erinnern, sagt aber, sie hätte es nicht immer beobachtet … Mrs Savage verlässt an drei Tagen der Woche früh das Haus, um mit dem Bus zu ihrer Tochter zu fahren oder auf den Donnerstagsmarkt zu gehen. Also könnte Randall zurückgekommen sein, ohne bemerkt zu werden.«

»Oder nicht. Sonst noch was?«

»Nee.«

»Na gut, dann fahren wir zurück. Ich muss ein Geschenk auspacken.«

Eine Stunde später stand das goldene Geschenk auf Freya Graffhams Schreibtisch, glänzte wie das Requisit eines der Heiligen Drei Könige im Krippenspiel.

Beim Zurückkommen hatte sie die neuesten Berichte durchgesehen. Alle Angaben zu Angela Randall waren in die Vermisstendatei eingegeben und ihre Beschreibung war an die Krankenhäuser geschickt worden.

Freya hatte im Haus auch nach einem relativ neuen Foto von der Vermissten gesucht, das auf die offizielle Webseite der County-Polizei gestellt werden konnte, aber keines gefunden. Auch sonst gab es keine neuen Erkenntnisse.

»Und keine Leiche«, sagte der DI und blieb neben ihrem Computer stehen.

»Das kommt noch.«

»Haben Sie's im Gefühl?«

»Sie scheint ein ziemlich einsames Leben geführt zu haben … Wenn ich in so einem sterilen Kasten wie sie wohnen würde und offenbar keinen Freund oder Angehörigen auf der Welt hätte, würde ich in den Abgrund springen.«

»Aus dem sie schon vor Tagen geborgen worden wäre.«

Freya zog das Päckchen wieder zu sich heran.

Für Dich, mit all meiner hingebungsvollen Liebe, von Mir.

»Ich überlasse es Ihnen, das Ding zu öffnen.«

Freya zögerte. In Angela Randalls Haus zu gehen, sogar die Durchsuchung der Schubladen und Schränke, gehörte schlicht zu ihrer Arbeit; sie war sich nicht wie ein Eindringling vorgekommen, weil es dort nichts Privates oder Persönliches gegeben hatte. Nach einem Kontaktnamen oder einer Kontaktadresse zu suchen oder nach Hinweisen, wohin die vermisste Frau eventuell verschwunden war – das war Routine. Aber dieses auffällig eingewickelte Päckchen zu öffnen, kam ihr wie das Eindringen in die Privatsphäre vor, etwas, das Randall sehr zuwider gewesen wäre.

Freya zögerte immer noch, strich mit dem Daumen über das glänzende Papier, setzte dann einen Brieföffner an den sauber verklebten Ecken an. Das Goldpapier fiel auseinander, und darunter kam ein goldenes Kästchen zum Vorschein. Drinnen, zwischen knisterndem Seidenpapier und auf einem Polster aus blauem Samt, lagen ein Paar goldene Manschettenknöpfe mit eingefasstem tiefblauem Lapislazuli.

Also nicht für Angela Randall, sondern von ihr. *Für Dich*, einen unbenannten Mann, *mit all meiner hingebungsvollen Liebe*.

Freya betrachtete die Manschettenknöpfe und das Kästchen, den mit Seide ausgeschlagenen Deckel, das Seidenpapier … Ein intimes Geheimnis, ausgebreitet auf ihrem Schreibtisch. Auch ein trauriges Geheimnis, ein extravagantes Geschenk von einer einsamen Frau mittleren Alters … Für wen? Nicht für einen Verwandten. Einen Liebhaber? Offensichtlich. Doch wenn dem so war, warum gab es dann keine anderen Anzeichen eines Mannes in Angela Randalls Leben?

Freya holte sich einen Kaffee aus dem Automaten. Ohne irgendwelche Hinweise auf den Aufenthaltsort oder die unternommenen Schritte der Frau, ohne dass sie von jemandem gesehen worden war, ohne Abschiedsbrief und ohne Leiche war Freya klar, dass sie es nicht rechtfertigen konnte, weitere Zeit auf den Fall zu verwenden … und vermutlich schon zu viel Zeit darauf verwendet hatte. Angela Randall war verschwunden, und bis sie in irgendeiner Form wieder auftauchte, war sie nur die Nummer, die Freya ihr zugeteilt hatte … Vermisste Person BH 140076/CT.

6

Nach einer klaren, kalten Nacht sind beim Morgengrauen die Abhänge des Hügels mit einer dünnen Eisschicht bedeckt, und auf den Wernsteinen glänzt der Reif wie Schneckenspuren. Der Boden ist um diese Uhrzeit zu schlüpfrig, die Läufer sind noch nicht da, aber die Mountainbiker keuchen den Hügel hinauf, ihr Atem weiß in der klirrenden Luft.

Die Frau mit den Dobermännern ist noch nicht auf dem Hügel, aber Jim Williams führt den Yorkshireterrier aus, weil er nicht schlafen kann. In den letzten ein, zwei Wochen sind sie immer früher gekommen, manchmal vor Tagesanbruch, beide warm eingemummelt. Jim hat seiner Schwester versprochen, sich um Skippy zu kümmern, obwohl er den Hund, dessen Atem übel riecht und der nach ihm schnappt, wenn Jim ihm die Leine anlegt, nie lieben wird. Aber Phyl hätte nicht in Ruhe sterben können, bevor geklärt war, dass Skippy nicht zu Fremden geschickt oder eingeschläfert werden würde.

Heute sausen die Mountainbiker mit gesenkten Köpfen vorbei. Da es keine Läufer zu jagen gibt und noch keine Hunde hier sind, kann Skippy von der Leine gelassen werden, obwohl Phyl so etwas nie getan hätte. Sie hatte den Hund zu sehr gehätschelt, ihn mehr wie ein Kind denn ein Tier im Auge behalten, aber genau das hatte sie glücklich gemacht.

Jetzt sieht Jim Williams zu, wie der kleine Hund in einen raschen Trott verfällt, auf das Unterholz zu, und dann zwischen den Bäumen verschwindet. Seiner Meinung nach hat Skippy jetzt ein besseres Leben, ist freier, kann sich artgerechter verhalten.

Der Wind schneidet ihm hier auf dem Hügel wie mit Messern ins Gesicht, aber als es langsam Tag wird, ist der Blick auf Lafferton, das dunkle Band des Flusses und die in der frostigen Luft aufragende Kathedrale den Aufstieg und die Kälte wert. Von irgendwo auf einem der unteren Pfade hört Jim Williams jetzt die Dobermänner bellen.

»Skippy … Skippy …« Seine Stimme hallt in der bitterkalten Luft, und auf sein Pfeifen fangen die Dobermänner wieder an zu bellen. »Komm her, Junge … Skippy …«

Aber von dem kleinen Terrier ist nichts zu sehen und zu hören, nur das Jaulen der Dobermänner, das sich den Abhang hinauf nähert, und das ferne Rumpeln eines Fahrzeugs weit unten auf der Straße.

7

Cat Deerborn stand am Fenster ihres Sprechzimmers und schaute durch die Lamellen der Jalousie auf den Praxisparkplatz hinaus. Regen strömte über die Scheibe. Es war fast neun und immer noch nicht ganz hell.

Montagmorgen – eine volle Patientenliste, zwei Pharmavertreter, Anrufe, am Nachmittag eine Schwangerschaftsvorsorge und Hannah, die nach der Schule zum Zahnarzt gebracht werden musste … Und Cat hatte noch kaum mit den Weihnachtsvorbereitungen begonnen. Aber all das regte sie nicht sonderlich auf, nur der Gedanke an Karin McCaffertys Termin machte ihr zu schaffen.

Cat ließ die Lamellen mit einem Knall zurückschnappen. Ich schaffe es nicht, dachte sie, und das allein war ein so seltenes Gefühl, dass es sie beunruhigte.

Karin McCafferty war vierundvierzig und von einer Patientin zur Freundin geworden, als Cats Mutter, Dr. Meriel Serrailler, Karin beauftragt hatte, den Garten von Hallam House neu zu gestalten.

Cat sah sie vor sich – groß, wirres rotes Haar, langes ovales Gesicht, cremefarbene Haut. Ein eher unscheinbares Gesicht, das man trotzdem nicht so leicht vergaß. Karin hatte eine hochkarätige Bankkarriere aufgegeben, um Landschaftsarchitektin zu werden, ein Umschwung, der sie verändert hatte, sagte sie. Ihr neuer Beruf hatte sich ebenso gut entwickelt wie ihre robusten Pflanzen. Eine exklusive Gartenzeitschrift hatte vor Kurzem über ihre Arbeit berichtet, und einer ihrer Gärten war im Fernsehen vorgestellt worden.

Karin war immer angenehme Gesellschaft, sie interessierte

sich nicht nur für Gärten, sondern auch noch für eine Menge anderer Dinge. Sie und Mike McCafferty, ein farbloser Mann, wie Cat fand, waren seit zweiundzwanzig Jahren verheiratet. Keine Kinder. »Wir haben wirklich alles versucht, aber es hat nicht funktioniert; künstliche Befruchtung hatte damals noch eine viel niedrigere Erfolgsaussicht, und ich wusste immer, dass ich nur ein eigenes Kind haben wollte, daher kam Adoption nicht infrage.«

Sam Deerborn bewunderte Karin, während Hannah deutlich zurückhaltender war. »Sie ist rechthaberisch.«

»Klar bin ich das«, hatte Karin gesagt, als sie das hörte.

Karin McCafferty. Die Röntgenbilder und der Bericht der Onkologin vom Kreiskrankenhaus Bevham lagen auf Cats Schreibtisch.

»Du solltest Patienten nicht zu Freunden werden lassen«, hatte Chris am Abend zuvor gesagt. Vielleicht hatte er Recht, aber Abstand zu halten war nicht Cats starke Seite. Sie nahm sich die Probleme und Schmerzen ihrer Patienten zu Herzen, genau wie deren Freuden, und würde es nicht anders haben wollen. Aber dann kamen die schwierigen Konfrontationen, wie die bevorstehende mit Karin.

Ihr Tischtelefon klingelte. »Es ist schon fast Viertel nach.« Jean, die Sprechstundenhilfe.

»Entschuldigung, Entschuldigung ... Lassen Sie sie rein.«

Sie schob Karins Befunde zur Seite. Bevor die drankamen, brauchten vierzehn andere Patienten ihre volle Aufmerksamkeit. Lächelnd wandte sie sich der ersten Patientin zu.

Iris Chater war seit dem Tod ihres Mannes gealtert. Aber Cat, die bei Iris' Eintreten deren untröstlichen Ausdruck bemerkte, wusste, dass der Vorgang umkehrbar war. Im Moment hatten der Schock und der Stress des schmerzlichen Verlustes, die Tränen, der Schlafmangel und die ungewohnte Einsamkeit sie zusammensacken lassen, ihr die Lebenskraft genommen. Aber sie war nicht zu alt, um durch Zeit und

Ruhe wieder auf den Damm zu kommen. Jetzt seufzte sie, während sie sich setzte. Ihre Augen hatten das flache, nach innen gekehrte Aussehen einer frisch Verwitweten.

»Wie kommen Sie zurecht?«

»Geht so, Dr. Deerborn, einigermaßen. Und ich weiß, dass es für Harry das Beste war. Ich weiß das.« Ihre Augen füllten sich mit Tränen.

»Es ist schwer. Natürlich ist es schwer.« Cat schob ihr die Schachtel mit den Papiertaschentüchern hin.

»Nachts höre ich ihn immer noch … Ich wache auf und kann ihn immer noch atmen hören. Ich spüre ihn im Zimmer. Das klingt für Sie vielleicht verrückt.«

»Nein, überhaupt nicht. Das ist ganz normal. Ich würde mir Sorgen machen, wenn das nicht passiert.«

»Ich werde also nicht verrückt?«

»Absolut nicht.«

Die Frage, die sie immer stellten oder unausgesprochen im Raum stehen ließen, damit der Arzt sie aufnahm. Iris Chater entspannte sich, und ihr Gesicht nahm etwas mehr Farbe an.

»Außer dass Sie Harry vermissen, wie steht's mit Ihrer eigenen Gesundheit?«

»Ich bin nur furchtbar müde. Und ich kann kaum essen. Das kommt und geht.« Sie rutschte auf dem Stuhl herum, nahm ihre Handtasche vom Boden hoch und stellte sie wieder hin. Cat wartete.

»Harry hatte seinen Appetit verloren.«

»Ich weiß. Er hat ihn verloren, weil er Krebs hatte und weil er einen langen Kampf durchstehen musste. Sie haben Ihren verloren, weil Sie trauern. Machen Sie sich deswegen keine Sorgen. Sie sagen, der Appetit kommt und geht, also essen Sie, wenn er kommt. Essen Sie alles, was Ihnen schmeckt … Ihr Appetit wird sich wieder normalisieren, wenn Sie so weit sind.«

»Ach so.«

»Machen Sie sich Sorgen, weil Sie nachts allein im Haus sind?«

»Oh, nein, Dr. Deerborn. Er ist bei mir, wissen Sie … Harry ist immer da.«

Wie viele von Cats älteren Patienten war Iris Chater nicht krank, brauchte nur Beruhigung und ein offenes Ohr. Trotzdem spürte Cat, dass Iris etwas zurückhielt. Sie wartete noch einen Moment, aber es kam nichts.

»Gut, kommen Sie in einem Monat wieder zu mir. Ich möchte wissen, wie Sie zurechtkommen, und wenn zwischendurch etwas ist …«

Iris Chater erhob sich umständlich, griff nach ihrer Handtasche, ging zur Tür und drehte sich dort im letzten Augenblick noch einmal um.

»Da ist noch was, oder?«, fragte Cat sanft.

Wieder füllten sich die Augen der Frau mit Tränen.

»Wenn ich es nur wissen könnte. Wenn ich mir nur sicher sein könnte, dass es ihm gut geht. Gibt es da eine Möglichkeit?«

»Sind Sie sich nicht sicher? Tief in Ihrem Herzen? Kommen Sie … Harry war ein guter Mann.«

»Das war er, nicht wahr? Das war er wirklich.«

Sie ging immer noch nicht.

»Ich frage mich …«

Sie schaute zu Cat, dann rasch wieder weg. Was ist es?, rätselte Cat. Was möchte sie mich fragen, wegen was möchte sie beruhigt werden?

»Ich muss manchmal so komisch atmen.«

Iris Chater fehlte nichts. Sie hatte Angst … Angst davor, so sterben zu müssen wie ihr Mann, und war verletzlich durch seinen Tod. Cat untersuchte sie kurz. Die Frau zeigte keine Symptome, hatte keine Schmerzen in der Brust, war nicht atemlos, und ihre Lunge war frei.

»Ich möchte Ihnen keine Schlaftabletten oder Beruhigungsmittel verschreiben. Ich glaube wirklich nicht, dass Sie die brauchen.«

»Oh, nein, so was möchte ich auch nicht, Dr. Deerborn.«

»Aber Sie müssen sich entspannen.«

»Das ist genau das, was ich nicht kann, verstehen Sie.«

»Haben Sie sich je eine dieser Entspannungskassetten angehört …? Besänftigende Musik und Übungen zur Beruhigung des Atems?«

»Wie bei diesen östlichen Religionen?«

»Nein, damit hat es nichts zu tun, sie helfen nur beim Entspannen. Leider kann ich sie Ihnen nicht verschreiben, aber es gibt sie im Bioladen. Sie sind nicht teuer. Warum schauen Sie sich dort nicht mal um …, bitten das Personal, Ihnen vielleicht eine zu empfehlen? Wenn Sie so eine Kassette kaufen und sich mit deren Hilfe täglich eine Viertelstunde entspannen, werden Sie es bestimmt hilfreich finden. Sie haben Ihren Mann verloren, mit dem Sie fünfzig Jahre lang verheiratet waren, Mrs Chater. Was Sie durchmachen, ist ganz normal. Sie werden sich noch eine Weile lang nicht wie Sie selbst fühlen, wissen Sie.«

Der Rest der Sprechstunde nahm seinen Lauf, von Halsschmerzen über Menstruationskrämpfe zu arthritischen Gelenken und Kindern mit Mittelohrentzündung.

Um zwanzig vor zwölf brachte ihr Jean einen Becher Kaffee.

»Nur noch Mrs McCafferty.«

In den vergangenen hektischen Stunden hatte Cat diesen Termin verdrängen können.

»Geben Sie mir ein paar Minuten.«

Jean lächelte beim Hinausgehen mitfühlend.

Wie oft, überlegte Cat eine halbe Stunde später, hat mir der Patient über eine schwierige Konsultation hinweggeholfen? Wie oft bin ich von Menschen getröstet worden, die gerade erfahren haben, dass ihre Krankheit tödlich ist? Selbst Eltern, denen ich sagen musste, dass ihr Kind sterben wird, haben mir gleich darauf versichert, dass ich, die Ärztin, ihrer Meinung nach alles Menschenmögliche getan hätte und sie wüssten, dass ich genauso verzweifelt sei wie sie.

Und jetzt Karin McCafferty, die ruhig, beherrscht und mitfühlend reagiert hatte. »Für dich ist das sicher auch furchtbar ... Vielleicht noch schlimmer bei einer Patientin, die du so gut kennst wie mich.« Das waren ihre ersten Worte gewesen, als sie Cat umarmte. »Aber mir geht's gut ... Und Dr. Monk hat mir sehr gut gefallen.«

Vor drei Wochen war Karin das erste Mal wegen eines Knotens in der Brust in die Sprechstunde gekommen, und Cat hatte sofort vermutet, dass er bösartig war, doch die Röntgenbilder, die zeigten, dass die Lymphdrüsen stark befallen waren, hatten sie schockiert. Die Biopsie hatte ergeben, dass es sich um eine besonders aggressive Krebsart handelte.

Jetzt war Karin zum ersten Mal bei Jill Monk, der beratenden Onkologin gewesen, deren Bericht Cat bereits gelesen hatte.

»Du kannst kaum ermessen, wie leid es mir tut.«

»Doch, das kann ich. Und schau nur, was du bereits für mich getan hast ... Hast mir sofort den Termin zur Mammographie verschafft, und ich weiß, wie schwierig das sein kann.«

Karin sah strahlend aus – zu strahlend, fand Cat. »Es ist noch so frisch«, sagte sie vorsichtig, »und es braucht Zeit, bis man das alles verdaut.«

»Oh, ich habe es verdaut, mach dir keine Sorgen.«

»Entschuldige, ich wollte dich nicht bevormunden.«

»Das tust du nicht. Im Allgemeinen sind die Menschen verzweifelt ..., fragen ›Warum ich?‹ Aber warum nicht ich, Cat? Krebs schlägt wahllos zu. Nachdem ich bei Dr. Monk war, bin ich heimgefahren, habe einen riesigen Scotch getrunken und mir die Augen ausgeweint. Aber damit bin ich fertig. Also lass uns darüber sprechen, was als Nächstes kommt.«

Cat blickte auf den Brief der Onkologin. Was da stand, war nicht ermutigend.

»Eine Operation ist der dringende erste Schritt, wie sie dir gesagt haben wird … Und in diesem Fall wird sie nicht zu … konservativ vorgehen wollen.«

»Volle Brustamputation, einschließlich der Drüsen, ja, das hat sie gesagt.«

»Danach Chemotherapie und möglicherweise Bestrahlung, was darauf ankommt, wie es sich nach der Operation darstellt. Es gibt die Möglichkeit, dass sie beide Brüste abnehmen wird, weißt du das?«

Karin schwieg.

»Das Krankenhaus Bevham hat eine hervorragende Abteilung für Onkologie, und ich würde dir nicht raten, in eine Privatklinik zu gehen … Aber wenn du ein Einzelzimmer haben willst, leiste dir das auf jeden Fall. Ich würde … Wenn es mir schlecht ginge, würde ich lieber allein liegen wollen.«

Ich brabbele, dachte Cat. Karin verunsicherte sie. Sie saß ganz ruhig da, anscheinend völlig entspannt, und hielt den Blick meist auf Cats Gesicht gerichtet. Ihr wirres rotes Haar war mit einem schwarzen Samtgummi zurückgebunden, was ihr knochiges Gesicht hervorhob, lange Nase, hohe Wangenknochen und Stirn; ein interessantes, intelligentes Gesicht, das die Gelassenheit einer Frau ausstrahlte, die sich in ihrer Haut vollkommen wohlfühlt.

»Cat, ich habe darüber nachgedacht … Na ja, wie du dir vorstellen kannst, hab ich kaum was anderes getan. Ich habe sehr genau und sehr klar und sorgfältig darüber nachgedacht. Und ich habe mit Mike gesprochen. Und jetzt erzähle ich es dir. Ich will nichts von alldem. Nein, warte, lass mich ausreden. Der einzige Vorschlag von Dr. Monk, den ich ernsthaft in Erwägung gezogen habe, war die Operation. Ich weiß, dass sie radikal ist, aber seltsamerweise ist die Vorstellung davon immer noch akzeptabel … Ich möchte mir diese

Möglichkeit offenhalten. Chemo und Bestrahlung werde ich nicht an mich ranlassen.«

»Ich weiß nicht, ob ich dich richtig verstehe.«

»Ich möchte einen anderen Weg einschlagen … Alternativ, komplementär, wie immer du es nennen willst. Den sanften Weg. Ich denke daran, nach Amerika in die Gerson-Klinik zu gehen. Ich bin mir absolut sicher, dass das der bessere Weg ist … Körperlich, spirituell … Ich spüre das. Ich werde meinen Körper nicht vergiften und mein Immunsystem mit Toxinen zerstören, und ich werde mich keiner Überdosis an Strahlen aussetzen. Ich bin mir dessen ziemlich sicher, aber du bist meine Ärztin, und natürlich werde ich zuhören, was du mir zu sagen hast. Ich bin kein Dummkopf.«

Cat stand auf und trat ans Fenster. Der Parkplatz war fast leer. Es goss immer noch.

»Hast du mit Jill Monk darüber gesprochen?«

»Nein. Da hatte ich es noch nicht durchdacht. Außerdem glaube ich nicht, dass sie Verständnis dafür hätte.«

»Und du glaubst, ich habe das?«

»Cat, was immer dabei herauskommt, es ist mein Körper, meine Krankheit, meine Entscheidung, mit der ich leben muss. Oder nicht, schätze ich. Aber wie auch immer, es ist nicht deine, also mach dir keine Sorgen.«

»Natürlich mach ich mir verdammte Sorgen … Meine gesamte Ausbildung, mein Wissen, meine Erfahrung und mein Instinkt sagen mir, ich muss mir Sorgen machen, weil du falsch liegst. Ganz einfach falsch.«

»Willst du mich loswerden?«

»Hör zu, Karin, du bist meine Patientin, und es ist meine Aufgabe, dir professionellen Rat und Betreuung zu geben. Es ist ebenfalls meine Aufgabe, dich in allen medizinischen Entscheidungen zu unterstützen, die du triffst, denn letztlich liegt die Entscheidung immer beim Patienten. Und du bist eine gute Freundin. Und je sicherer ich bin, dass du die falsche Entscheidung triffst, desto größer muss meine Unterstützung sein. Okay?«

»Entschuldige. Ich werde dich brauchen.«

»Allerdings.«

»Ich habe nicht geglaubt, dass du so sehr gegen eine alternative Möglichkeit bist.«

»Bin ich nicht – unter gewissen Umständen ganz im Gegenteil. Ich schicke Patienten zur Osteopathie zu Nick Haydn und zu Aidan Sharpe, der Akupunktur macht. Bei manchen hartnäckigen Fällen hat er Wunder bewirkt. Gerade heute habe ich einer frisch verwitweten Frau, die nicht schlafen kann und verängstigt ist, geraten, sich Entspannungskassetten zu kaufen, und eine Aromatherapiemassage ist etwas Wunderbares. Aber das sind alles keine Heilmittel gegen Krebs, Karin. Alternative Therapien können höchstens dazu beitragen, die richtige Behandlung durchzustehen, dir helfen, dich weniger elend zu fühlen, und dich allgemein entspannen.«

»Warum lasse ich mir dann nicht einfach eine Gesichtsbehandlung verpassen und die Nägel lackieren?«

Karin stand auf. Cat wusste, dass sie sie verärgert hatte und ihr in den Rücken gefallen war, und war wütend auf sich. Sie ging mit Karin zur Tür.

»Versprich mir wenigstens, dass du gut darüber nachdenken wirst.«

»Das werde ich. Aber ich werde meine Meinung nicht ändern.«

»Reiß keine Brücken hinter dir ab, verschließ keine Türen. Hier geht es um dein Leben.«

»Genau.«

Aber Karin hatte sich umgedreht und Cat noch einmal liebevoll umarmt, bevor sie ruhig und selbstsicher das Sprechzimmer verließ.

»Das kannst du auf gar keinen Fall zulassen.« Chris Deerborn saß Cat am Küchentisch gegenüber, am späten Abend, beide mit einem Becher Tee in der Hand. Er war gerade von einem Notarzteinsatz zurückgekommen.

»Du meinst, ich sollte sie bitten, den Arzt zu wechseln?«

»Nein, ich meine, du musst dir viel mehr Mühe geben, ihr klar zu machen, dass sie diesen Weg nicht einschlagen kann ... Das ist keine Option, wie du weißt, sie hat nicht den Luxus der freien Wahl.«

Chris war absolut gegen jede Form alternativer Behandlung, mit Ausnahme der Osteopathie für seine Rückenschmerzen.

»Natürlich mache ich mir Sorgen, aber sie war eisern dazu entschlossen, und du kennst Karin.«

»Sie hat es wahrscheinlich noch nicht ganz begriffen.«

»Ich glaube doch. Wenn ich sie unterstützen will, muss ich einige Recherchen anstellen, sie zumindest von den echten Quacksalbern fernhalten.«

»Ich finde nicht, dass du sie überhaupt dazu ermutigen solltest. Sie braucht die Operation und die Chemotherapie. Was ist nur in dich gefahren?«

»Einfach nur Karin, nehme ich an.«

Chris stand auf und stellte den Kessel wieder auf die Koch platte.

»Davon laufen schon zu viele rum. All diese Verrückten am Starly Tor.«

»Ach, das sind nur New-Age-Hohlköpfe. Kristalle und Kraftlinien.«

»Wo ist da der Unterschied? Bald tanzt Karin McCafferty im Morgengrauen um Stonehenge herum.«

Als Chris zum nächsten Einsatz gerufen wurde, nahm Cat ein Bad, ging dann zu Bett, den Laptop auf den Knien. *Krebs*, gab sie bei Google ein. *Therapien+Alternative+Komplementärmedizin+Gerson.*

Anderthalb Stunden später, als Chris nach der Einlieferung eines Teenagers mit akuter Blinddarmentzündung zurückkam, war sie in einen wissenschaftlichen Artikel vertieft, der die Wirkung einer Unterstützungstherapie mit Meditation und Visualisierung bei Krebspatienten in New Jersey behandelte.

Sie hatte mehrere Seiten ihres Notizbuchs vollgeschrieben, das auf dem Kissen neben ihr lag. Das Mindeste, was sie für Karin McCafferty tun konnte, war, sie ernst zu nehmen.

Das Tonband

Wenn ich hier mit dir spreche, komme ich mir wie im Beichtstuhl vor. Indem ich dir alles erzähle, nehme ich mir selbst die Beichte ab. Der Unterschied ist nur, dass ich dich nicht um Vergebung bitte. Das solltest eher du tun.

Aber ich werde mich besser fühlen, wenn du alles weißt. Einige Geheimnisse aus der Vergangenheit sind zu einer ermüdenden Last geworden, wenn man sie allein tragen muss, obwohl es keine Schuldgefühle sind, die mich niederdrücken, sondern nur das Wissen.

Was ich dir heute erzählen werde, ist ein Geheimnis, das ich nicht allein tragen musste. Von Anfang an habe ich es mit Tante Elsie geteilt. Sie hat es mit ins Grab genommen, wie sie mir versprochen hatte. Onkel Len wusste natürlich davon, aber du erinnerst dich bestimmt, wie unterwürfig er war und dass er ohne ihre Erlaubnis nie etwas gesagt hatte.

Es ist während einer meiner Aufenthalte bei ihnen passiert. Du weißt, wie gern ich dort war, wie ich immer fragte, wann ich sie das nächste Mal besuchen dürfte. Ich wollte bei ihnen leben. Ich liebte ihren Bungalow, weil er ebenerdig war und es keine Treppen gab. Ich mochte das Frühstück, das sie mir jeden Morgen zubereitete, und den schmalen Bücherschrank neben dem Telefon, wo ich auf dem Boden saß und Der gesunde und der kranke Körper *von Dr. Roberts las. Ich lernte so viel aus dem Buch. Es half mir, mein Schicksal zu formen.*

Gerne öffnete ich die Tür zu meinem Schlafzimmer einen Spaltbreit und lauschte ihrem Gemurmel im Wohnzimmer, nicht weit den Flur hinunter, den Stimmen aus dem Radio.

Auf diese Weise hörte ich zum ersten Mal von Arthur

Needham. Ich hörte seinen Namen im Radio und dann, wie sie über ihn redeten, worauf er zu einer mysteriösen Gestalt in meinen Träumen wurde.

»Wer ist Arthur Needham?«, fragte ich eines Morgens, während ich mein Rührei aß.

Tante Elsie und Onkel Len schauten sich an. Noch immer sehe ich diesen Blick vor mir. Onkel Len runzelte die Stirn, und ich wurde zum Zähneputzen rausgeschickt. Aber später sagte Tante Elsie: »Du wirst ohnehin bald davon hören, also werde ich es dir erzählen. Du bist alt genug.«

Der Ton ihrer Stimme schien sich zu verändern, tiefer aus ihrer Kehle zu kommen, obwohl sie nicht flüsterte. Ich nahm die Erregung darin wahr. Hinter ihrem ernsten Gesichtsausdruck genoss sie es.

Arthur Needham war ein unbedeutender Tuchhändler, der eine Witwe mit etwas Geld geheiratet und sie, ein Jahr später, ermordet hatte. Als er herausfand, dass sie ihr Geld nicht wie versprochen ihm vermacht hatte, sondern ihrer einzigen Tochter, brachte er die Tochter auch noch um.

Ich war sofort interessiert.

»Wo ist Arthur Needham jetzt?«

»In der Todeszelle.«

Ich wollte es wissen, wollte alles wissen. Ein Funke ihrer Erregung war auf mich übergesprungen und hatte etwas in mir entzündet, das nie wieder gelöscht werden würde.

»Er ist ein böser, gottloser Mann, und ich werde dort sein, zusehen und warten, bis ich weiß, dass er seine Strafe bekommen hat und der Gerechtigkeit Genüge getan wurde.«

»Was wird passieren?«

»Er wird mit dem Strang erhängt, bis der Tod eintritt.« Auch ihr Gesicht hatte sich jetzt verändert, ihre Augen wölbten sich leicht vor, und ihre Lippen waren dünn und zusammengepresst, blutleer.

»Du kannst mitkommen«, sagte sie.

Vier Tage später, als sie mich zu Bett brachte und nachdem sie meine Gebete gehört hatte, sagte sie: »Es passiert morgen früh. Falls du immer noch mitkommen willst.«

»Zum Gefängnis, wo er gehängt wird?«

»Du kannst es dir noch anders überlegen und brauchst dich nicht zu schämen.«

»Ich komme mit.«

»Es wird dir guttun, das Böse ausgelöscht zu sehen.«

Natürlich verstand ich das nicht, wusste nur, dass ich dort sein wollte.

»Ich wecke dich«, sagte sie, »früh. Und jetzt musst du mir ein feierliches Versprechen geben.«

»Ich versprech's.«

»Dass du nie einer lebenden Seele davon erzählst, wohin du morgen mit mir gehst, was du dort siehst. Deine Mutter würde mir nie vergeben. Also versprich es. Nie auch nur ein einziges Wort.«

»Nie auch nur ein einziges Wort.«

»Zu keiner lebenden Seele.«

»Zu keiner lebenden Seele.«

Ich erinnere mich, dass ich »Amen« hinzufügte.

Meine Tante ging aus dem Zimmer, und ich lag auf dem Rücken, dachte, ich würde niemals einschlafen, weil ich unbedingt zu dem Gefängnis wollte, wo er gehängt wurde. Und ich wollte auch nicht schlafen. »Zu keiner lebenden Seele«, versprach ich.

Ich habe mein Versprechen gehalten. Aber jetzt macht es ja nichts mehr, nicht wahr? Ich kann es dir endlich erzählen, und das Versprechen ist trotzdem nicht gebrochen.

Es war stockfinster, als mich Tante Elsie noch vor sechs am nächsten Morgen weckte. Sie brachte mir eine Tasse heißen, süßen Tee, noch bevor ich einen Fuß aus dem Bett setzte, und danach bekam ich ein Spiegelei in einem dicken Sandwich aus geröstetem Brot.

Wenn ich die Augen schließe, kann ich noch die Luft riechen, den Rauch aus all den Schornsteinen dick in meinem Mund, vermischt mit der scharfen Kälte. Immer noch spüre ich Tante Elsies Hand in meiner und die Härte ihrer Ringe, die sich in ihre weichen, fleischigen Finger eingegraben hatten.

Wir gingen die Pomfrey Street hinunter und dann die Belmont Road, zur Straßenbahnhaltestelle, und jetzt waren die Straßen voll mit Frauen auf dem Weg zu den Fabriken, Arm in Arm, drei oder vier nebeneinander, alle mit Kopftüchern, und die Männer mit Kappen, die vielen Fahrräder. Der Rauch ihrer Zigaretten vermischte sich mit dem aus den Schornsteinen. Die Straßenbahn war voll und roch nach Körperausdünstungen. Ich war zwischen großen Frauen eingequetscht, ihre rauen Wollmäntel drückten sich gegen meine Wange. Wir stiegen um, und als wir in die nächste Straßenbahn kamen, spürte ich es sofort, irgendetwas war anders, die Menschen waren jetzt still und schwiegen, und ich dachte, wie groß ihre Augen aussahen. Wir wollten alle zum Gefängnis. Ich wurde gegen weitere Frauen gedrückt und angestarrt.

»Merkwürdiger Ort, um ein Kind mitzubringen«, sagte jemand.

»Wieso nicht? Sie müssen lernen, dass es Böses auf der Welt gibt.«

Die Menschen in der Straßenbahn begannen sich zu streiten, aber meine Tante quetschte meine Hand wie einen Knochen im Fleischwolf und sagte überhaupt nichts. Mir war übel, oder ich hatte vielleicht Angst. Ich wusste nicht, was passieren würde.

Die Straßenbahn hielt und leerte sich. Ich warf einen Blick zurück, und sie kam mir wie ein verschwommen beleuchtetes Raupenfahrzeug vor. Was mir am meisten bewusst war, woran ich mich am lebhaftesten erinnere, waren die Geräu-

sche … Die Schritte der Menschen, die entlang der dunklen Straße auf den großen dunklen Klotz mit den hohen Mauern und Türmchen wie die eines Schlosses zugingen.

»Das Gefängnis«, sagte Tante Elsie mit leiser, erstickter Stimme. Schritte – eins-zwei, eins-zwei, eins-zwei. Der Himmel hinter dem Gefängnis wurde grau, als die Morgendämmerung heraufzog. Die rauchige Luft war feucht, obwohl es nicht regnete.

Eins-zwei. Eins-zwei. Eins-zwei.

Niemand sprach.

Wir schlossen uns der Menge an, die bereits in zehn Reihen dort vor dem hohen Eisentor stand.

»Da ist die Uhr. Daran werden wir es erkennen.«

Ich schaute hoch, verstand Tante Elsie zwar nicht, konnte aber sowieso nur die Rücken der Menschen sehen, dunkle Mäntel, Schals, Filzhüte.

»Komm, ich heb dich hoch, sonst siehst du ja nichts.«

Und ich wurde auf die kräftigen Schultern eines Fremden gehoben. Der raue Stoff seines Jacketts kratzte an meinen Beinen, aber ich konnte jetzt über die Köpfe hinwegsehen, als sich das trübe Licht allmählich aufhellte, konnte das Eisentor und den Turm und die beinweiße Uhr mit den schwarzen Zeigern sehen. Gerade ruckte der Minutenzeiger einen Strich mehr zu der Acht hin, und hinter mir und um mich herum war sanftes Murmeln zu hören, wie das Meer, breitete sich aus und verstummte wieder.

Ich hatte Angst. Ich konnte mir immer noch nicht vorstellen, was passieren würde, war mir aber sicher, dass man Arthur Needham auf den Gefängnisturm bringen und hier vor uns allen aufhängen würde. Es schien mir unmöglich, dass die ganze Menschenmenge zum Zuschauen in das Gefängnis gehen würde, so wie ich durch das Sehrohr in den Guckkasten auf dem Pier geschaut hatte. Ich wusste nicht, ob ich das Hängen sehen wollte oder nicht. Mir ging es um die

Todeszelle. Die wollte ich sehen, wollte mit Arthur Needham da drinnen sein.

Der Zeiger hatte sich wieder bewegt. Dann, irgendwo hinter uns, begann jemand zu singen, und allmählich fiel die Menge ein, bis alle sangen, aber sehr leise. Das sanfte, tiefe Anschwellen der Hymne ließ mich erschauern.

Herr, bleibe bei uns,
Denn es will Abend werden,
Und der Tag hat sich geneiget.
Herr, bleibe bei uns.

Sie sangen noch einen Vers, und dann hörte das Singen ganz plötzlich auf, als hätte ein Dirigent von irgendwoher das Zeichen gegeben. Und danach entstand die größte Stille, die ich je erlebt hatte.

Die Uhrzeiger standen auf acht. Der Mann, der mich auf den Schultern trug, umschloss meine Beine fester. Ich starrte und starrte auf den Turm. Jeder in der Menge schien zu atmen aufgehört haben, und der Himmel war grau und schimmerte schwach hinter dem dunklen Gefängnis.

Nichts geschah. Niemand kam auf den Turm. Ich strengte meine Augen an, falls ich nicht deutlich genug sehen konnte, aber da war immer noch nichts, überhaupt nichts, für lange Zeit, und die seltsame und furchtbare Stille hielt nach wie vor an.

Und dann sah ich einen Mann in Uniform über den Gefängnishof zum Tor kommen, mit einem weißen Blatt Papier in der Hand. Ganz vorn in der Menge erhob sich ein Murmeln, und ein Flüstern setzte ein und breitete sich wie ein Lauffeuer aus. Der Mann trat aus dem kleinen Tor, eingelassen in das große, und heftete das Blatt Papier an ein Holzbrett. Das Murmeln wurde stärker. Menschen erzählten es einander und gaben es weiter, gaben es immer weiter, und dann hob mich der Mann so abrupt von seinen Schultern, dass mir schwindlig und übel wurde.

»Sag Danke«, sagte Tante Elsie.

Ich wusste nicht, wofür ich ihm danken sollte. Ich hatte nichts gesehen. Nichts war passiert. Das sagte ich auch meiner Tante.

»Ein gottloser, böser Mann ist gehängt worden, und du warst hier, du hast es bezeugt, du hast gesehen, wie der Gerechtigkeit Genüge getan wurde. Vergiss das nie.«

8

Iris Chater hatte Dr. Deerborn zwar gesagt, sie sei müde, aber nicht die richtigen Worte gefunden, um ihr zu vermitteln, wie müde sie war. Jeder Tag seit Harrys Tod war ein Kampf bis zur Erschöpfung, die ihr den Kopf vernebelte und ihre Glieder mit warmem, nassem Sand zu füllen schien. Wenn sie einkaufen ging – und sie entschied sich jetzt immer für die Geschäfte in der näheren Umgebung, war seit Wochen nicht mehr im Zentrum von Lafferton gewesen –, hätte sie sich auf den Bürgersteig legen und einschlafen können.

Jetzt lag sie auf dem Sofa im Vorderzimmer. Die Müdigkeit war schlimmer, obwohl Iris gerade über zwei Stunden lang geschlafen hatte. Das Feuer zischte, und die Vorhänge waren halb zugezogen. Die Vögel verhielten sich still unter ihrem Tuch.

Sie sah, dass es draußen dunkel geworden war. Das war mit am härtesten zu ertragen – allein zu sein am Ende des Jahres, wo es spät hell und früh dunkel wurde, die Tage so kurz waren und die Nächte endlos.

Aber im Moment fühlte sie sich unter der warmen Decke sehr wohl und seltsam glücklich. Das Zimmer schien sie in einer schimmernden Umarmung zu halten, und die Wärme tat der Arthritis in ihren Knien gut. Vor allem hatte sie das wunderbare Gefühl, dass Harry bei ihr im Zimmer war, ein Gefühl, das unvorhersehbar kam und ging. Nach einem Augenblick sprach sie seinen Namen aus, leise, zögernd, erschreckt vom Klang ihrer eigenen Stimme.

»Harry?«

Sie hörte nichts, aber sie wusste, dass er ihr geantwortet hatte. Sie streckte die Hand aus.

»Oh, Harry, Liebster, es ist schwer, es ist sehr schwer. Ich weiß, dass du glücklich bist und keine Schmerzen mehr hast, und darüber bin ich froh, natürlich bin ich das, aber ich vermisse dich so sehr. Nie hätte ich mir träumen lassen, dass es so schwer sein würde. Du wirst mich doch nicht gleich verlassen, oder? Solange ich weiß, dass du hier bei mir bist, werde ich es schaffen.«

Mit schierer Willenskraft versuchte sie, ihn dazu zu bringen, sich auf den Sessel ihr gegenüber zu setzen, damit sie ihn sehen konnte, statt seine Anwesenheit nur zu spüren, damit er ihr zeigen konnte, dass es ihm gut ging und er sich nicht verändert hatte.

»Ich möchte dich sehen, Harry.«

Das Gasfeuer flackerte plötzlich auf, und die Flammen wurden für eine Sekunde blau. Iris hielt die Luft an, wünschte ihn mit aller Kraft herbei und betete.

Er war da.

»Ich will dich sehen«, jammerte sie laut, und die plötzliche, kalte Gewissheit, dass es nicht passieren würde, und die damit verbundene Enttäuschung waren so bitter und scharf wie zu Beginn.

Ein Klopfen an der Hintertür ließ sie aufschrecken, doch dann hörte sie Pauline Moss rufen und stemmte sich mühsam vom Sofa hoch.

»Mir geht's gut, ich bin hier drinnen.«

Pauline war eine gute Nachbarin, eine gute Freundin, aber manchmal alles andere als willkommen. Es gab Tage, an denen Iris es vorgezogen hätte, nie wieder eine andere lebende Seele sehen oder mit ihr sprechen zu müssen.

»Ich hab ein paar Scones gemacht. Soll ich den Kessel aufsetzen?«

Iris Chater wischte sich über die Augen, setzte ihre Brille

auf und knipste die Lampen an. Eigentlich kann ich mich glücklich schätzen, sagte sie sich. Was ist mit denen, die keine Nachbarn haben, niemanden, der ein Auge auf sie hat und ein Tässchen Tee mit ihnen trinkt?

»Hallo, meine Liebe. Oh, hab ich dich geweckt? Tut mir leid.«

»Nein, nein, ich hab nur gelegen und ein bisschen nachgedacht. Wird Zeit, dass ich damit aufhöre.« Sie folgte Pauline in die Küche. »Du bist so gut zu mir.«

Das Tablett war vorbereitet, der Teller mit den warmen Scones stand zugedeckt auf dem Herd.

»Bin ich nicht, nur selbstsüchtig. Ich wollte unbedingt Scones, und du warst meine Ausrede dafür. So werde ich nie meine Pfunde los, wo jetzt auch noch Weihnachten vor der Tür steht. Ich hab die Dosen für meinen Plumpudding runtergeholt, wo ich schon dabei war. Hast du Lust, am Samstag mit mir zum Markt zu gehen und die Früchte zu kaufen?«

Weihnachten. Iris starrte die gestickten Lupinen auf dem Tablettdeckchen an. Weihnachten. Das Wort bedeutete ihr nichts. Sie konnte sich nichts darunter vorstellen, wollte es nicht einmal versuchen.

Pauline nahm das Tablett. »Bringst du die Kanne mit?«

Iris stand auf. Dabei schoss ihr ein glühend heißer Schmerz durch die Knie, und sie musste sich an der Tischkante festhalten, um wieder zu Atem zu kommen. Pauline warf ihr einen scharfen Blick zu, sagte aber nichts, bis sie neben dem Feuer saßen, die Scones verzehrt hatten und bei ihrer zweiten Tasse Tee waren.

»Ich hab eine Messerspitze Natron in die Scones getan … Meine Mutter hat das immer gemacht, und ich weiß nicht, warum, aber dadurch werden sie gehaltvoller, findest du nicht auch?«

Iris Chater sah ihre Freundin liebevoll an. »Ich weiß nicht, was ich in den letzten Wochen ohne dich gemacht hätte. Und auch während Harrys langer Krankheit. Ich wünschte, es gäbe etwas, das ich für dich tun könnte, Pauline.«

»Es gibt was.«

»Du musst es nur sagen. Das weißt du doch, hoffe ich.«

»Natürlich. Ich möchte, dass du mit deinen Knien noch mal zum Arzt gehst, und sag mir bloß nicht, es sei nicht so schlimm, denn das stimmt nicht.«

»Nein, ich meine etwas für *dich*, Pauline.«

»Das weiß ich. Also, was hat Dr. Deerborn beim letzten Mal gesagt?«

»Ach, die alte Geschichte, Warteliste für eine Operation, nur dass es bei Knien offenbar nicht so erfolgreich ist wie bei Hüften, sagt sie. Und Tabletten gegen die Schmerzen.«

Iris wollte nicht zugeben, dass ihre arthritischen Knie beim letzten Arztbesuch überhaupt nicht erwähnt worden waren. Wozu auch? Sie waren viel schlimmer geworden, der Schmerz war schärfer und immer da, aber was sie Pauline erzählt hatte, stimmte, es war eine Frage von wer weiß wie langen Wartelisten und starken Schmerzmitteln, die ihr auf den Magen schlugen. Aspirin konnte sie sich selbst kaufen.

»Dann geh noch mal hin. Sag ihr, du bist nicht zufrieden und möchtest auf die Dringlichkeitsliste gesetzt werden.«

»Anderen geht es viel schlechter als mir.«

»Hm.«

Iris griff nach der Kanne und schenkte sich die letzte halbe Tasse Tee ein.

»Harry ist immer noch hier, weißt du?«, sagte sie.

Pauline lächelte. »Natürlich ist er das … Er passt auf dich auf, wird das immer tun.«

»Ich meine hier, in diesem Zimmer. Manchmal erschreckt es mich. Nur möchte ich ihn gern … sehen, ich möchte ihn hören …, nicht nur spüren. Hältst du mich für verrückt?«

»Dich?«

»Es ist so ein Trost, Pauline. Ich möchte nicht, dass es schwindet.«

Das Zimmer war warm. Das Licht der Lampen fiel auf eine Gruppe von Messingaffen auf einem Regal und ließ sie schimmern.

»Hast du je daran gedacht, dich an jemanden zu wenden?«

»Was meinst du damit?«

»An einen von diesen Spiritisten? An ein Medium?«

Pauline aussprechen zu hören, was ihr schon selbst durch den Kopf gegangen war, ließ Iris erröten und ihr Herz schneller schlagen.

»Viele tun das, und viele sagen, dass diese Leute wirklich … so was wie eine Gabe besitzen.«

»Warst du je bei einem?«

»Hatte nie die Gelegenheit dazu. Außerdem war es auch nur so ein Gedanke.«

»Ich hätte Angst.«

»Wovor denn?«

»Dass es mich … durcheinanderbringt.« Sie blickte in ihre Tasse. »Meine Großmutter pflegte aus Teeblättern zu lesen.«

»Ach, meine auch. Haben sie doch alle, oder? Völliger Blödsinn.«

»Das stimmt.«

Doch als Großmutter Bixby den Mann beschrieben hatte, den Iris heiraten würde, bevor ihr Harry Chater je begegnet war, hatte alles gestimmt, Aussehen, Auftreten, Beruf, Familie, alles. Sie hatte richtig vorausgesehen, dass sie keine Kinder haben würden, Jahre bevor sie selbst die Hoffnung aufgegeben hatten.

»Außerdem«, fügte Iris hinzu, »wie würde ich denn so jemanden finden? Da muss man vorsichtig sein.«

»Es gibt diese Spiritistenkirche in der Passage Street. Vielleicht haben die ein Anschlagbrett.«

»Die hat mir nie gefallen, sieht ein bisschen wie eine Nissenhütte aus.«

»Aber geh bloß nicht zu einem von denen, die in Hotels auftreten ... Wie manchmal im Deer Park. Die stellen dann Reklametafeln auf ... *Ein Abend mit der berühmten Hellseherin Madame Rosita.* Kristallkugeln und goldene Ohrringe. Was für ein Blödsinn.«

»Aber Geld nehmen sie trotzdem dafür.«

Pauline stellte alles wieder auf das Tablett. »Wahrscheinlich ist das wie bei allem anderen ... Man braucht eine Empfehlung. Ich hör mich ein bisschen um. Wie ist es, kommst du später zum Fernsehen zu mir?«

»Heute Abend nicht, Pauline, ich hab noch zu tun.«

»Na schön, aber solltest du deine Meinung ändern ...«

»Ich weiß. Du bist eine gute Freundin.«

Nachdem Pauline gegangen war, beschäftigte sich Iris noch lange mit dem Gedanken, ein Medium aufzusuchen, fragte sich, ob es falsch war, ob es teuer sein würde, ob es nur ein Trick war, damit unglückliche Menschen sich besser fühlten. Die Vorstellung fand sie beängstigend. Aber warum? Es war entweder völliger Quatsch, oder manche besaßen wirklich diese Gabe, und wenn sie so jemanden fand, könnte das Medium sie mit Harry in Verbindung bringen, und wovor sollte sie sich dann fürchten? Aber wie wurde es gemacht? Was genau würde dort passieren? Würde sie wirklich mit ihm sprechen können und Antworten von ihm bekommen, könnte sie tatsächlich seine Stimme hören? Und konnte so ein Medium das alles beweisen, indem es einem Dinge erzählte, die nur man selbst wusste, ganz private Dinge? Großmutter Bixby hatte aus Teeblättern gelesen, und eine Tante hatte Karten gelegt. Aber, wie Pauline gesagt hatte, taten Frauen das damals, weil es unterhaltsam war, weil man lachen und sich von der täglichen Plackerei, dem mühseligen Wäschewaschen mit der Hand ablenken konnte. Manchmal hatte es einem vielleicht einen Schauer über den Rücken gejagt, aber das war nicht das, was sie wollte. Sie wollte nur wissen, ob Harry wirklich da war, und mit ihm reden.

Das heiße kleine Zimmer wirkte plötzlich leer, als hätte er sich zurückgezogen. Vielleicht gefielen ihm ihre Überlegungen nicht.

Um ihre wirbelnden Gedanken zur Ruhe zu bringen, ging sie schließlich doch nach nebenan zum Fernsehen. Aber keine Quizshow, keine Komödie, kein Thriller, überhaupt kein Fernsehen oder sonstige Ablenkung konnten sie davon abbringen, Harry zu vermissen und über die Chance nachzudenken, sich mit ihm in Verbindung zu setzen, wenn sie nur den Mut dazu aufbrachte. Sie quälte sich den ganzen Abend, wachte in der Nacht zweimal auf und quälte sich weiter.

In Lafferton wurde wie wild für Weihnachten eingekauft. Iris Chater betrat unsicher ein Geschäft nach dem anderen, war verwirrt von dem Überangebot an Waren, Waren, Waren und wusste nicht recht, was sie an Lebensmitteln und Geschenken kaufen sollte. Aber dafür bestand eigentlich keine echte Notwendigkeit. Am Weihnachtstag war sie bei Pauline eingeladen und wollte zum Lunch zu ihr gehen, aber Paulines beide Söhne mit ihren Familien würden dort sein, alle hineingezwängt in die kleinen Zimmer. Sie wollte sich nicht zu sehr aufdrängen. Sie wollte nur, dass Weihnachten in diesem Jahr vorüberging, je schneller, desto besser.

Am Sonntagmorgen, nach einer schlechten Nacht, tat sie etwas, das sie seit Jahren nicht mehr gemacht hatte, und ging zum Gottesdienst in die Kathedrale, fühlte sich aber fehl am Platz zwischen den jungen Paaren mit Babys und Kleinkindern, die ihr unbekannte Kirchenlieder zu modernen Melodien sangen. Der Familiengottesdienst war nicht die richtige Umgebung, um im Gebet Rat zu finden wegen Harry und ob es falsch war, ein Medium aufzusuchen. Sie saß und stand und kniete und hörte das Gebrabbel um sich herum, und dabei fühlte sie sich, als sei sie per Zufall auf einem zwar freundlichen, aber völlig fremden Planeten gelandet.

Auf dem Heimweg schmerzten ihre Knie so sehr, dass ihr fast die Tränen kamen. Der Rest des Sonntags erstreckte sich vor ihr wie das unendliche Band einer Straße.

Pauline schaute aus dem Fenster, und als sie Iris sah, hielt sie eine Tasse hoch.

Der heiße, süße Kaffee und die Schokoladenkekse waren tröstlich.

»Ich hab einen Namen für dich«, sagte Pauline.

Die Wände schienen sich wie Gummi zu verbiegen.

»Ich hab doch gesagt, ich würde mich umhören, und dann fiel mir ein, dass ein Mädchen, das ich von der Arbeit bei Peddlers kenne, mir erzählt hat, ihre Schwiegermutter sei bei einem Medium gewesen.«

Sie holte einen zusammengefalteten Zettel hinter der Uhr auf dem Bord hervor.

Wenn ich ihn nehme, dachte Iris Chater, wenn ich ihn auch nur berühre, wird etwas passieren. Sie betrachtete den Zettel. Sobald sie ihn an sich nahm, das spürte sie, würde es kein Zurück mehr geben. Du bist eine dumme Frau, schalt sie sich. Aber das Gefühl war übermächtig.

»Ich kann gerne mitkommen, wenn du zu nervös bist … Ich meine, nur um auf dich zu warten, natürlich, nicht um mit in das Zimmer zu kommen. Also gut, hier ist er.«

Pauline legte den Zettel auf den Tisch.

»Trink noch eine Tasse Kaffee.«

Iris trank langsam, sprach über die Läden, Weihnachten, die hohen Preise, die merkwürdigen neuen Kirchenlieder, ließ sich Zeit. Denn wenn sie Paulines Haus verließ, würde sie den Zettel mitnehmen müssen, und wenn sie ihre eigene Haustür hinter sich schloss, wäre sie allein damit und mit dem Namen, der Adresse und der Telefonnummer.

Um es sich leichter zu machen, schaute sie rasch hinunter auf Paulines rundliche Handschrift. *Sheila Innis. Priam Crescent 20. 3891 13.*

Der schlichte Name der Frau und die Adresse in einer Straße, die Iris kannte, waren irgendwie beruhigend, also nahm sie den Zettel, steckte ihn ganz fröhlich in ihre Handtasche und verspottete sich selbst, weil sie so ängstlich gewesen war.

9

Detective Sergeant Freya Graffham stand in der Eingangshalle des Four-Ways-Pflegeheims, wartete darauf, zu Carol Ashtons Büro gewiesen zu werden, und spürte den Impuls zu fliehen. Es war der Geruch – vordergründig nach Möbelpolitur und Chrysanthemen, aber stark durchsetzt mit Antiseptika und schmorendem Fleisch. Sie wurde zurückversetzt in die Flure ihrer Klosterschule und, in jüngerer und bedrückenderer Zeit, in das Pflegeheim in Südlondon, wo ihre Großmutter ihre letzten beiden elenden Jahre verbracht hatte. Und dort hatte es nicht einmal den verhüllenden Geruch nach Politur und Blumen gegeben, um den Gestank zu überdecken. Wieder in einem Pflegeheim zu sein, wie anders es hier auch zugehen mochte, ließ ihr das Herz erstarren.

Carol Ashtons Büro war hell und freundlich, ausgestattet mit Bildern und Pflanzen und einem bequemen Stuhl.

»Haben Sie Angela gefunden? Bitte setzen Sie sich doch.«

»Nein, leider noch nicht.«

»Es kommt mir sehr lang vor. Ich bin mir absolut sicher, dass ihr etwas zugestoßen sein muss …«

»Mrs Ashton, ich versuche mir ein Bild von Angela Randall zu machen. Könnten wir dazu vielleicht noch mal ein paar Dinge durchgehen?«

»Selbstverständlich.«

»Sie haben mir erzählt, dass es nicht zu ihr passe, einfach zu verschwinden, ohne Ihnen oder, soweit Sie wissen, jemand anderem irgendwas davon zu sagen.«

»Ich habe viel darüber nachgedacht, und ich bin mir ganz

sicher. Ich weiß, Menschen verhalten sich manchmal unberechenbar, aber ich glaube wirklich nicht, dass Angela so etwas tun würde. Sie hätte ihren Arbeitsplatz und ihr Haus nicht ohne Vorwarnung verlassen, ganz bestimmt nicht.«

»Wissen Sie, ob sie eine engere Beziehung hat?«

»Sie meinen einen Mann? Eine Liebesbeziehung?« Die Vermutung schien Carol Ashton zu verblüffen. »Ich glaube, ich habe Ihnen erzählt, dass sie nicht zu den Menschen gehört, die über ihr Privatleben sprechen. Wissen Sie, dass ich Ihnen nicht mal sagen könnte, ob sie eine Katze besitzt? Aber sie hat nie jemanden erwähnt.«

»Niemand, dem sie teure Geschenke machen würde?«

»Das bezweifle ich. Welche Art von Geschenken meinen Sie?«

»Wir haben ein Paar goldene Manschettenknöpfe in ihrem Haus gefunden, als Geschenk verpackt und mit einem Kärtchen, das auf eine Art zärtlicher Beziehung hinweist.«

»Du meine Güte.«

»Fällt Ihnen irgendjemand ein?«

»Nein, und ich muss sagen, ich bin sehr überrascht. So was passt überhaupt nicht zu Angela.« Sie wurde etwas nachdenklich. Freya wartete.

»Wenn ich sie mit einem Wort beschreiben sollte, würde ich ›kühl‹ wählen. Das soll nicht heißen, dass ich sie nicht mag, denn ich mag sie und habe auch großen Respekt vor ihr. Ich habe vor jedem Respekt, der so gewissenhaft und verlässlich arbeitet.«

»Ich verstehe schon, was Sie meinen, keine Bange.« Freya stand auf. »Es gibt wirklich immer noch die Möglichkeit, dass sie einfach wieder nach Hause kommt … Je zurückhaltender sie ist, desto weniger würde sie sich vielleicht jemandem anvertrauen, falls es Probleme in ihrem Leben gibt.«

»Vielleicht.«

Carol Ashton wirkte skeptisch. Freya konnte es ihr nicht

verdenken, selbst sie glaubte nicht an die hohl klingenden Worte, die sie sich da brabbeln hörte.

»Würden Sie bitte weiterhin versuchen, sich an alles zu erinnern, was sie erwähnt haben könnte, möglicherweise nur nebenbei, über jemanden, den sie kannte, jemanden, der ihr nahestand?«

»Ja. Aber mir wird nichts dazu einfallen.«

Als sie in den Flur traten, war von weiter oben ein lautes Jammern zu hören. Freya konnte sich kaum beherrschen, nicht aus der Tür zu rennen.

»Da war noch etwas, was ich Sie fragen wollte, Sergeant. Neulich habe ich Radio BEV eingeschaltet und eine Bitte um jede Art von Information über einen vermissten Hund gehört ... Jemandes Rassehund ... Würde es sich nicht lohnen, den Sender zu fragen, ob er etwas über Angela bringen könnte?«

»Wir nutzen das Lokalradio BEV von Zeit zu Zeit für Bitten um Hinweise aus der Bevölkerung und werden immer mit Anrufen überflutet, die nicht alle sachdienlich sind. Aber oft taucht auch etwas Hilfreiches auf. Ich werde mich erkundigen.«

»Es ist doch sicher einen Versuch wert? Jemand könnte sie gesehen haben, könnte irgendwas gesehen haben.«

Sie gingen durch die gebohnerte Eingangshalle. Oben war alles still. Freya überlegte flüchtig, wie die jammernde Stimme wohl zum Schweigen gebracht worden war.

Durch den Nieselregen ging sie zu ihrem Auto zurück. In fast allen Häusern brannte Licht, und es war noch nicht drei Uhr. In ein paar Tagen war Weihnachten – eine bedeutsame Jahreszeit, um vermisst zu werden.

Den restlichen Nachmittag sollte sie in Bevham bei einem Seminar über Internetkriminalität mit besonderem Bezug auf Pädophile verbringen. Das regionale Polizeipräsidium stellte eine Spezialeinheit zusammen und suchte dringend

Mitarbeiter dafür. Freya Graffham war nicht im Mindesten daran interessiert, sich für etwas zu melden, was sie als schmuddeliges, verstörendes und unerfreuliches Gebiet der Polizeiarbeit betrachtete, bei der man zu viel Zeit am Computer verbringen musste. Aber es würde nützlich sein, sich ein genaueres Bild über etwas relativ Neues zu machen, und es zahlte sich immer aus, durch Anmeldung zu einem Seminar Interesse zu zeigen. Als sie die Met verließ und nach Lafferton kam, hatte sie gedacht, dass Ambitionen etwas waren, was sie mit Freuden hinter sich lassen würde, zusammen mit dem Stress der Stadt London, die immer gefährlicher und deprimierender wurde, und einer kurzen, durch und durch unglücklichen Ehe. Jetzt spürte sie, wie die Veränderung sie bereits zu heilen und zu erfrischen begann. Sie hatte sich in Lafferton verliebt, als sie zum Vorstellungsgespräch hier gewesen war, genoss die Schönheit der Kathedralenstadt und der umliegenden Landschaft. Die Stadt hatte viel mehr zu bieten, als Freya erwartet hatte, und es gefiel ihr immer noch, sich in ihrem neuen Haus einzurichten.

Vor allem fühlte sie sich entspannt und mochte ihre Arbeit wieder. Begeisterung und Idealismus erfüllten sie, genau wie das Selbstvertrauen, das sie gemeint hatte, in ihrem letzten elenden Jahr in London für immer verloren zu haben.

Zwanzig Minuten später saß sie in einem Raum mit etwa dreißig anderen Polizeibeamten und hörte sich die Charakterisierung des typischen kranken, gestörten und verschlossenen mittelbaren Kinderschänders an und wurde über die neuesten Techniken informiert, wie man ihn dinghaft machen konnte. Ein- oder zweimal stießen Freya die Einzelheiten pädophiler Webseiten derart ab, dass sie sich ausklinkte, um stattdessen weiter über Angela Randall nachzudenken und sich vornahm, am nächsten Morgen beim Rundfunk anzurufen.

Dem Vortrag folgten Fragen. Freya hatte nichts zu fragen,

und die meisten interessierten sich für technische Details. Aber die letzte Frage weckte ihre Aufmerksamkeit, nicht wegen des Inhalts, sondern wegen des Fragestellers, Detective Chief Inspector Simon Serrailler, der das Vorstellungsgespräch mit ihr geführt hatte, aber seit ihrer Ankunft in Lafferton im Urlaub gewesen war. Wieder dachte sie, wie jung er für seinen Rang zu sein schien und wie ungewöhnlich es war, dass er fast nordisch blondes Haar, aber dunkle Augen hatte.

Am Ende des Seminars kam er auf sie zu.

»Schön, dass Sie kommen konnten. Nicht sehr erfreulich, oder?«

»Grausig. Ein- oder zweimal musste ich abschalten, fürchte ich.«

»Wir verlieren Sie also nicht an die neue Einheit?«

»Ähm … nein.«

»Gut. Vielleicht kommen Sie morgen mal in mein Büro, erzählen mir, wie Sie sich eingelebt haben.«

»Mach ich, Sir, vielen Dank. Es gefällt mir sehr gut.«

DCI Serrailler lächelte, wandte sich aber ab, als ihm jemand auf den Arm tippte.

Die Straßen von Bevham waren hell erleuchtet und voller Menschen, die noch letzte Einkäufe machten: Eine Kapelle der Heilsarmee spielte Weihnachtslieder, und unter dem riesigen Christbaum auf dem Marktplatz sangen viele mit. »Als ich bei meinen Schafen wacht«, klang es leise durch Freyas Autofenster.

Weihnachten. Familienzusammenkünfte, Heim und Herd … Das vorige Weihnachtsfest war das letzte gewesen, das sie und Don gemeinsam verbrachten, fast schweigend, Feindseligkeit und Trübsal zwischen ihnen wie ein stürmisches Meer. Am Nachmittag war sie durch die Straßen von Putney gewandert und froh gewesen, einen indischen Eckladen zu finden, der geöffnet hatte und zwischen dessen vollgepackten, nach Gewürzen riechenden Regalen sie für eine Weile Zuflucht finden konnte. Dieses Jahr hatte sie die Einladung, Weihnachten mit der Familie ihrer Schwester auf deren Farm in Cumbria zu verbringen, freundlich abgelehnt und freute sich darauf, ihre neue Haustür hinter sich zu schließen und allein zu sein, mit etwas Einfachem zu essen, einer guten Flasche Wein, neuen CDs und Romanen und dem Fernseher. Im Rückblick schien ihre kurze Ehe nur aus gegenseitigem Anbrüllen und vorübergehenden bissigen Waffenstillständen bestanden zu haben.

Bei den drei nur langsam umschaltenden Ampeln auf der High Street dachte sie wieder an Angela Randall, während sie die Aladin-Höhle aus buntem Licht, Gold und Silber betrachtete. Wo war sie jetzt, in dieser Minute, in dieser fröhlichen, hektischen, glücklichen Jahreszeit? Freya dachte an das makellose, unpersönliche, fröstelige kleine Haus und die seltsame Stille, die nüchterne Einrichtung, die sterile Atmosphäre; Barn Close 4 hatte den Geruch eines Hauses, in das Liebe, Freundschaft und Lachen nie eingedrungen waren. Und das teure Geschenk in Goldpapier? Das Geschenkkärtchen, *Für Dich, mit all meiner hingebungsvollen Liebe, von Mir.*

Was der DI auch sagen mochte, Freya Graffham wusste, dass sie diesen Fall nicht auf sich beruhen lassen konnte. Sie wollte ihre Zähne in etwas Eigenes schlagen und ihren Abdruck hinterlassen, das war ihr klar. Aber darum ging es noch am wenigsten.

Sie fuhr aus der Stadt hinaus, über dunkle Straßen, auf Lafferton und ihr Zuhause zu, ihr Kopf voll mit Gedanken an die vermisste Frau und mit einem tiefen Unbehagen.

10

Als der blau- und cremefarbene Bus an der Haltestelle am Marktplatz hielt, durchlebte Debbie Parker einen Augenblick totaler Panik, die ihr den Magen zusammenkrampfte und ihr den Schweiß wie ein Band um den Hals ausbrechen ließ.

Täglich fuhren drei Busse von Lafferton nach Starly und Starly Tor. Dieser, um Viertel vor zehn, war der erste, und ihr blieb noch eine Stunde, die sie vor ihrem Termin totschlagen musste. Sie hatte alles sorgfältig geplant. Zunächst einmal würde sie herausfinden, wo genau Davas spiritueller Zufluchtsort lag, und dann irgendwo Kaffee trinken. Wenn danach noch Zeit war, gab es all die kleinen Läden, in denen man stöbern konnte. Starly war nicht viel mehr als ein Dorf, das um den Tor herum entstanden war, doch viele Therapeuten und Heiler hatten sich dort niedergelassen, wie Debbie aus dem Tor Community Newsletter erfahren hatte, der im Bioladen auslag. Tagelang hatte sie darin gelesen und die Hinweise auf andere Broschüren und Bücher verfolgt, und Sandy hatte ihren Computer angelassen, damit Debbie weitere Informationen im Internet heraussuchen konnte. Einiges davon klang ziemlich abgedreht, aber manche Dinge faszinierten sie so, dass sie bis spät in die Nacht weiterlas und danach voller Fragen wach lag, die Prinzipien auf sich selbst anzuwenden versuchte. Dava würde ihr so vieles erklären können, ihr die Richtung weisen, ihre Fragen beantworten, und wann immer sie die blaue Karte betrachtete, spürte sie eine Ruhe und tiefe Gewissheit, dass dies der Leitstern war, dem sie folgen musste, dass er dazu bestimmt war, zu ihr zu sprechen. Trotzdem, angesichts der sich öffnenden Bustüren und der Metallstufen, die sie hinaufsteigen musste, wurde Debbie von solcher Angst ergriffen, dass sie sich ducken und wegrennen wollte, zurück durch die Straßen in die Sicherheit ihres Zuhauses und ihres dunklen Zimmers, ihres Bettes.

»Na los, junge Frau, Sie halten den ganzen Betrieb auf.«

Der Fahrer wartete, klopfte mit einer Münze auf den Ticketkasten. Sie blickte sich um. Hinter ihr drängten sich ein halbes Dutzend Menschen.

»Starly und Starly Tor über Dimper, Harnham, Brandby, Lockerton Wood, Little Lockerton, Fretfield, Shrimfield und Up Starly. Viel Auswahl, Sie brauchen sich nur zu entscheiden.«

Jemand schubste sie von hinten, und um nicht zu fallen, setzte Debbie ihren Fuß auf die Busstufe.

»Na, Gott sei Dank. Wohin?«

Sie schluckte, in ihrer Kehle steckte ein harter, trockener Kloß, der ihr das Sprechen und Atmen schwer machte.

»Starly.«

»Einfach, oder haben Sie vor, wieder heimzufahren?«

»Hin und zurück, bitte.« Der Kloß löste sich auf, aber ihre Finger zitterten, als sie die Fahrkarte in Empfang nahm.

Sie hatte vergessen, wie schön die Landschaft hier war, selbst im Januar, wie sich die Hügel einer hinter den anderen reihten, mit kleinen Wäldchen dazwischen und Bächen am Fuße der Hügel, mit seidig grauen Bändern von Trockensteinmauern, verstreuten Schafen, als seien sie ganz zufällig auf die Weiden geworfen worden wie Konfetti. Über den Feldern hing eine tief stehende, gelbliche Sonne, und das Licht war wunderbar, weich und klar, ließ ein Stalldach, eine Eichenkrone, ein Holztor hervortreten oder legte sich plötzlich schräg über eine offene Wiese. Einmal sah Debbie eine Jagdgesellschaft vorbeireiten, Pferde sprangen über eine lange, niedrige Hecke, rote Jacken und schwarze Hüte und Mähnen und Schweife ergossen sich hinüber und verschwanden.

All das zu sehen hob ihre Stimmung und beruhigte sie. Sie musste öfter hier herauskommen, überall hinfahren, sich alles anschauen, friedvoll und eingehüllt in den warmen Bus. Ihr düsterer Abscheu vor sich selbst, ihrem unansehnlichen Gesicht und übergewichtigen Körper, schienen in Lafferton zurückgeblieben zu sein. Jetzt war sie jemand anders, oder niemand anders, zufrieden, sorglos, sogar glücklich, in einer angenehmen, genussvollen Trance.

Es machte ihr nichts aus, dass der Bus so langsam und über Umwege fuhr, das Anhalten und Weiterfahren gefielen ihr und hielten sie gefahrlos von sich fern. In ihrer Tasche steckte die blaue Karte, ein Talisman, ein Versprechen und, im Moment, nichts, vor dem man sich fürchten musste. Was vor ihr lag, war da, was geschehen würde, würde geschehen, und alles sollte so sein.

Durch das Busfenster schien die Sonne warm auf Debbies Wange. Ein Reiher flog mit langen, herabbaumelnden Beinen über ein Feld zu einem Bach und stand dann da, aufgerichtet, elegant, unheimlich still. Ein Hase hoppelte plötzlich einen Abhang hinauf und außer Sichtweite. Sie döste fast ein.

»Starly … Starly … Bitte alles aussteigen.« Sie schreckte hoch und konnte sich im ersten Moment nicht erinnern, warum sie mit verkrampften Beinen und steifem Hals in einem sich leerenden Bus saß.

»Spät ins Bett gekommen, was?«

Sie stand auf dem Bürgersteig und sah dem Bus nach, der wendete und auf der anderen Seite an der Haltestelle stehen blieb. Der Motor wurde abgeschaltet, und der Fahrer stieg aus.

Alles wurde still. Die anderen Fahrgäste waren verschwunden, und an einem Dienstagvormittag im Winter wimmelte es nicht gerade vor Menschen in Starly.

Der kleine Ort lag an zwei steilen Abhängen, die gemeinsam ein T bildeten, mit der Haupteinkaufsstraße am längeren Ende. Die Häuser waren klein, alle in einem Stück, nackter Stein mit Schindeldächern, ein paar weiß und rosa angestrichene Cottages aus dem achtzehnten Jahrhundert, ähnlich wie im älteren Teil Laffertons. Debbie sah sich um. Auf der anderen Straßenseite war die Grundschule von Starly, neben einem kleinen Parkplatz, der fast leer war. Baptistenkapelle, Bank. Post. Buchhandlung und Schreibwarenladen.

Langsam ging sie daran vorbei. Als Nächstes kam ein kleiner Gemischtwarenladen, dann ein Metzger. Alles ganz normale Geschäfte. Zur T-Kreuzung hin führte die Straße noch steiler bergab, und Debbie erkannte sofort, dass alles, was Starly zum Zentrum von New-Age-Interessen machte, hier versammelt war. In jedem Haus befand sich entweder ein Laden oder eine Art Zentrum … Fengshui. Kristalle. Vegetarische, Vegan- und Vollwertkost. Kräuterkundler. Das New-Age-Bücherzentrum. Das Starly-Gemeindezentrum … indische Saris und indianische Stammesperlen, Kerzen, Räucherstäbchen, Windharfen, Glockenspiele, alternative Heilmittel, Kosmetika ohne Tierversuche, ökologisch abbaubare Waschmittel, Recyclingtonnen. Dazwischen Türen mit Schildern von Heilern, Kräuterkundlern und Spiritisten.

Nur wenige Menschen waren unterwegs, die Geschäfte waren leer. Debbie betrat einige. Sie rochen nach Räucherstäbchen und Staub, und ihre Schritte hallten auf den Holzböden wider. Hinter einem Ladentisch saß ein strickendes Mädchen. Eine Frau sprach mit einer anderen über eine homöopathische Tierklinik. Debbie hatte erwartet, alles hier aufregend zu finden, aber es wirkte nur traurig und heruntergekommen. Die Schilder waren verknickt, und die Waren sahen verstaubt aus, alles wirkte niedergedrückt.

Debbie fand ein kleines Biocafé mit Tischen und Stühlen aus Fichtenholz und einem Anschlagbrett, an dem Karten von Therapeuten und Handzettel für Veranstaltungen hingen. Es gab nur koffeinfreien Kaffee oder Kräutertee, also bestellte sie Kaffee und einen harten Haferflockenkeks. Der Kaffee schmeckte seltsam, und das Mädchen, das ihn brachte, war erkältet.

Debbie saß unter dem Anschlagbrett. Das Blau von Davas Karte stach unter den anderen hervor. Debbie starrte es an. Sofort tat die Farbe ihre Wunderwirkung, hob Debbies Laune, und die trübe Atmosphäre des Cafés erfüllte Debbie wieder mit Erregung. Sie hatte keine Ahnung, wieso eine Farbe und der Druck auf einem kleinen Stück Karton wie eine Stimme wirken konnten, die direkt und persönlich zu etwas tief in ihrem Inneren sprach.

»Könnten Sie mir bitte sagen, wo das ist?« Sie zeigte auf die Karte.

»Was steht da drauf?«

»*Der Zufluchtsort, Pilgrim Street.*«

»Ach ja, die kleine Seitenstraße, die hinter dieser verläuft, neben dem Kerzenladen.«

»Danke. Man findet sich nicht so leicht zurecht an einem Ort, den man nicht kennt.«

»Stimmt.«

»Ich glaube, ich nehme noch einen Kaffee. Mein Termin ist erst um zwölf.«

Sie wollte dem Mädchen alles darüber erzählen, über sich sprechen, ihr Dinge erzählen, die sie noch nie jemandem erzählt hatte. Das Mädchen zog den Kaffeebecher zu sich heran, löffelte braunes Pulver hinein und seufzte. Der Wasserkocher gurgelte, während er sich aufheizte.

Mit der Zunge pulte Debbie ein Stück Keks aus ihren Zähnen und sagte schließlich doch nichts.

Sie war viel zu früh dran, ging auf der einen Seite der Straße bis zum Ende hinauf, fand aber nichts, was Davas spirituellen Zufluchtsort ankündigte.

Ihre Wadenmuskeln schmerzten, als sie die Straße überquerte und langsam auf der Gegenseite zurückging. Etwa in der Mitte entdeckte sie plötzlich das Blau – ihr Blau, wie sie es jetzt bezeichnete, ein Stückchen davon, das in der düsteren Straße zu leuchten schien. Es war in die Wand eines Cottages eingelassen, das sich ansonsten in keiner Weise von dem Rest abhob. *Dava.* Mit demselben goldenen Sternenstaub. Aber es war noch nicht einmal zwanzig vor zwölf; sie wollte nicht zu eifrig erscheinen.

Als sie zweimal durch all die steilen Straßen gewandert war, fühlte sie sich müde. Ein schwacher Geruch nach Patschuli oder Moschusräucherstäbchen drang aus einer der Türen. Es war kalt.

Hätte sie die blaue Karte nicht in der Tasche gehabt, dann hätte Debbie Parker geweint, wäre zurück zur Bushaltestelle geflohen und in die Sicherheit ihres Schlafzimmers in Lafferton. Aber sie hatte die Karte.

Fünf vor zwölf drückte sie auf die Klingel unter dem blauen Schild.

Nichts war zu hören, und niemand öffnete. Ein plötzlicher kalter Wind fegte die Straße hinunter. Sie versuchte, die Tür aufzudrücken, aber sie war verschlossen. Was sollte das alles?

Irgendwo schlug eine Kirchturmuhr zwölf, und als der letzte Ton verklang, öffnete sich die Tür. Eine Frau in einem langen Rock und mit einem um den Kopf geknoteten Tuch ließ Debbie ein.

»Dava möchte, dass seine Termine exakt zur angegebenen Uhrzeit beginnen.«

Sie traten in einen Vorraum, in den schwaches, farbiges Licht durch ein Buntglasfenster fiel.

»Dava möchte jetzt Ruhe haben.«

Sie öffnete eine Tür und hielt sie für Debbie auf.

Drinnen standen ein runder Tisch und zwei Stühle, die Wände waren mit einer Art weichem Stoff behängt.

»Bitte tritt ein, Debbie.«

Er saß am Tisch, trug eine kragenlose Samtrobe, ähnlich wie die Soutane eines Priesters. Er hatte lange braune Haare und viele Ringe an den Fingern. Um seinen Hals hing eine Kette mit einem schlichten keltischen Kreuz.

Debbies Herz hämmerte.

»Sei nicht nervös. Bitte – komm und setz dich.«

Kerzen brannten, verbreiteten einen süßen Duft; ein kunstvoller Spiegel reflektierte die flackernden, bernsteinfarbenen Flammen.

Er wartete schweigend, bis Debbie ihre Jacke aufgeknöpft und ihren Rucksack abgestellt hatte. Sie war zappelig, nervös und unsicher. Aber dann blickte sie auf und sah ihm in die Augen. Sie waren unverwandt auf ihr Gesicht gerichtet, große Augen mit dichten Wimpern, und sie waren blau, ein Blau – so tief und magnetisch und schön wie das Blau der Karte. Nur der Goldstaub fehlte. Debbie fühlte sich in sie hineingezogen und stieß einen langen, zittrigen Erleichterungsseufzer aus; es war, als gäbe sie einen Teil von sich auf. Sie war nicht mehr verunsichert, hatte keine Angst mehr. Sie war hier, und das war genug.

»Gut«, sagte Dava. Seine Stimme klang ziemlich gewöhnlich.

»Willkommen im Zufluchtsort, Debbie. Welche Probleme oder Ängste du heute auch zu mir gebracht hast, wir werden sie sorgfältig betrachten, und ich werde beginnen, dich zu heilen und dir eine neue Lebensperspektive zu geben. Welche Schmerzen – geistige, körperliche oder spirituelle – auch immer deine Energie vermindern, dich erschöpfen und hinunterziehen, welche negativen Kräfte dich aufzehren und zurückzuhalten versuchen, wir werden sie bewältigen. Nicht alle auf einmal, nicht alle heute. Aber allmählich wirst du dich erneuert und revitalisiert fühlen. Das verspreche ich dir. Du wirst dich ausgeglichen fühlen und in Harmonie mit dir selbst und der Welt, du wirst freier sein und im Einklang mit deinem inneren Selbst. Das verspreche ich dir. Manche Dinge lassen sich sehr leicht lösen, andere liegen tiefer. Alles, was ich sage und tue, jede Behandlung, die ich vorschlage, alle Energien, die ich darauf verwenden werde, dir zu helfen, sind positiv und gut. Dir wird kein Leid geschehen. Lass mich dir sagen, wie sich die Stunde entwickeln wird, Debbie.«

Dava zuzuhören war wie laufendem Wasser oder zischenden Wellen oder leise durch Blätter streichendem Wind zu lauschen; seine Stimme war besänftigend und tröstlich. Während er sprach, schaute er sie weiterhin unverwandt an, und die Macht seiner Augen war so groß, dass sie gezwungen war wegzuschauen, auf den Tisch hinunter, der mit einer tiefroten Samtdecke bedeckt war. Es war ebenso unmöglich, wie direkt in die Sonne zu sehen.

»Als Erstes werde ich eine kurze, einfache Meditation mit dir durchführen, damit du ruhig wirst und alle Anspannung verlierst. Wir werden zusammen schweigen, während ich mich auf deine Energien einstimme und die Stärke oder Schwäche deines Chakras erfühle. Dann werde ich eine Deutung vornehmen. Sobald ich mich auf dich eingestimmt habe, kann ich sehen, was deine Probleme und Ängste – sogar Krankheiten – sind. Aber du kannst mir auch erzählen, weswegen du mich insbesondere aufgesucht hast. Ist das für dich so in Ordnung, Debbie? Hast du noch irgendwelche Fragen oder Sorgen, bevor wir anfangen? Bitte fühl dich frei, alles zu fragen, was du willst.«

Er hatte die Hände vor sich auf dem Tisch gefaltet. Sie hatte noch nie jemanden so still sitzen sehen. Er schien kaum zu atmen. Der Reiher fiel ihr ein, der still wie aus Holz geschnitzt neben dem Bach gestanden hatte.

»Nein.« Ihr Mund war trocken, und ihre Stimme klang fremd.

»Nein, vielen Dank. Ich bin mit allem sehr zufrieden.«

»Gut. Gut, Debbie. Dann schließ deine Augen und lass mich beginnen, deinen Geist auf Licht und Frieden zu richten.«

Sie lag, und ihr war warm; ihr Körper fühlte sich leicht an. Sie schwebte irgendwo über dem Boden, umgeben von einem weichen, lilablauen Dunst, und sie war frei von allem, was sie jetzt oder jemals bedrückt hatte. Sie lauschte auf sanfte Töne, die wie Musik klangen, aber keine war, es waren natürliche Töne, Vogelgesang und plätschernde Bäche, Wellen, die über den Sand strichen, und Wind in den Bäumen ... Sphärenmusik, dachte sie, Sphärenmusik.

Sie hatte über ihre Kindheit gesprochen, als ihre Mutter noch lebte. Die Stimme ihrer Mutter war ganz deutlich gewesen, ihr Gesicht direkt vor ihr. Debbie hatte davon gesprochen, wie sie mit ihrer Mutter durch die Blätter in einem goldenen Wald gegangen war, wie ihre Mutter gelacht hatte, während sie Schneebälle warfen, wie ihre Mutter sie in den Schlaf gesungen hatte. Sie hatte davon gesprochen, wie ihre Mutter blass und schrecklich dünn im Bett gelegen hatte, mit Knochen, die weiß durch die fast transparente Haut durchschimmerten, und mit trüben Augen.

»Ich habe mich vor ihr gefürchtet«, hörte sie sich sagen, »sie war nicht mehr meine Mutter.«

Sie erzählte vom Tod ihrer Mutter und dem Begräbnis, dem leeren Schlafzimmer und der Stille im Haus, wie sie hinausgegangen war und sich in den Garten gesetzt hatte oder durch die Straßen gelaufen war, um das Weinen ihres Vaters nicht mit anhören zu müssen. Sie erzählte von ihrer neuen Stiefmutter und wie sie sie in diesen ersten Wochen gehasst hatte.

Jetzt spürte sie, wie sie nach oben schwebte, wie ein Taucher, der langsam an die Oberfläche kommt.

»Gut, Debbie ... Ruh dich aus. Bleib ganz ruhig.«

Tränen liefen ihr über das Gesicht. Sie lag auf einer Couch, und die Zimmerdecke über ihr war blau und mit winzigen goldenen Sternen übersät. Sie hatte keine Erinnerung daran, wie sie hierhergekommen war.

Dava saß auf einem Hocker neben ihr.

»Wenn du so weit bist, setz dich auf. Lass dir Zeit.«

»Habe ich geschlafen? Hab ich geträumt?«

»Wir nennen das Tranceschlaf ... Eine Art Wachschlaf. Er hat tiefe Heilkraft. Du warst in Sicherheit. Vollkommen in Sicherheit.«

Seine Stimme war sanft, mit leicht singendem Tonfall, und Debbie wäre am liebsten zurückgesunken, wollte sich von der Stimme wieder in diese wunderbare andere Welt einlullen lassen.

»Setz dich auf, Debbie.«

Mit einem Rascheln seiner langen Robe erhob sich Dava und ging zu seinem Platz an dem runden Tisch. »Wenn du so weit bist, komm wieder hier herüber. Steh nicht zu rasch auf, dir könnte etwas schwindlig werden.«

Ihr Kopf fühlte sich so leicht an, als schwebte er auf ihren Schultern. Vorsichtig schwang sie die Beine über den Rand der Couch und wartete einen Augenblick.

»Jetzt wirst du nach Hause gehen und besser schlafen als seit Monaten. Aber wir sollten noch ein oder zwei Dinge besprechen ... Ein oder zwei Probleme klären.«

Als sie durch den Raum ging, waren ihre Beine weich wie Gummi, und sie war froh, sich setzen zu können.

»Es wird dir gut gehen. Es wird dir sehr gut gehen. Du hast einen hellen, leuchtenden Pfad vor dir, aber es gibt Hindernisse auf dem Weg. Du kennst sie, Debbie. Erzähl mir von ihnen. Du weißt, was du an dir ändern möchtest.«

»Ich bin zu dick. Ich hasse meine Pickel. Ich hasse die Schwärze, die mich überkommt.«

Nie hätte sie gedacht, so offen darüber sprechen zu können; sie hörte sich Dinge sagen, für die sie sich schämte, als wären es Posten auf einer Einkaufsliste.

»Nach dieser Sitzung werde ich dir schriftliche Anweisungen schicken. Eine Diätanleitung – aber die ist sehr einfach. Iss Gemüse und Obst. Trink ausschließlich Wasser oder Kräutertees. Iss nur Vollwertkost. Iss davon so viel du willst. Iss keine Tierprodukte. Keine Milch, kein Brot, kein Zucker. Trink weder Alkohol noch Schokolade, keinen Kaffee oder Tee. Nimm die Vitamine, die ich dir schicke. Außerdem stelle ich dir eine Kräutersalbe für deine Haut zusammen. Ich schicke dir alles in ein paar Tagen. Die düstere Stimmung wird sich ganz allmählich heben. Am Anfang könnte es schlimmer werden, die Kopfschmerzen eventuell auch. Ruh dich viel aus. Und geh so oft wie möglich an die frische Luft. Geh und tanze und laufe auf den Feldern, in den Wäldern …, wo immer du möchtest. Und lass dabei deine Seele singen, Debbie. Hör auf mich, und hör auf deine innere Stimme.

Der Prozess des Heilens und der Harmonie hat begonnen. Ich bin sehr zufrieden mit dir. Ich sehe Liebe und Licht, die dich umgeben, und eine freudige Zukunft, sobald wir die Dunkelheit und die Hindernisse aus dem Weg geräumt haben.«

Darauf folgte ein langes Schweigen. Dava hatte die Augen geschlossen.

Eines der Räucherstäbchen, die in einem Glas auf dem Tisch glühten, sank zu einem Häufchen weicher grauer Asche zusammen.

Dava öffnete die Augen und stand mit einer einzigen, energischen Bewegung auf.

»Sobald die Konstellation für unser nächstes Gespräch günstig ist, werde ich es dir mitteilen.«

Sie sah ihm in die Augen, aber sie wirkten jetzt glanzlos, verhüllt, als hätte er die Stromzufuhr zwischen ihnen beiden unterbrochen. Sein Gesicht war ausdruckslos.

»Danke … Ja. Vielen Dank.« Sie stolperte aus der Tür, wurde rot vor Verlegenheit. Die Frau in dem langen Rock stand dort, und im Dämmerlicht des Flurs hätte Debbie sie fast umgerannt. Die Frau schwieg, drückte auf einen Schalter, und die Haustür schwang leise auf. Debbie stand ganz allein auf der Straße. Es nieselte.

Verwirrt und mit leichtem Schwindelgefühl rannte sie fast die steile Straße hinunter und um die Ecke zum Biocafé, wo jetzt Frauen mit Einkaufstüten und kleinen Kinder zwei Tische besetzten und miteinander plauderten. Alles ganz alltäglich. Normal. Vor Erleichterung hätte Debbie beinahe aufgeschluchzt.

Erst als sie den Becher mit süßem Milchkaffee und das dicke Stück Karottenkuchen fast vertilgt hatte, fiel ihr ein, dass ihr beides verboten war. Aber sie brauchte es. Sie hatte das Gefühl aufzutauen, nachdem ihr Körper eingefroren war, und das Blut floss wieder durch ihre Adern. Sie blieb in der Wärme und Freundlichkeit des Cafés sitzen, bis es Zeit wurde, den Hügel hinaufzugehen und den Bus nach Hause zu nehmen.

Am folgenden Morgen wachte sie kurz nach acht auf und versuchte sich klarzumachen, wo sie war und was sie empfand. Als Erstes merkte sie, dass sie tatsächlich tief, friedvoll und traumlos geschlafen hatte. Sie wartete, lag ruhig wie ein Baby in ihrem warmen Kokon. Eine Viertelstunde später lag sie immer noch da, hellwach und dankbar dafür, dass der schwarze Nebel nicht wieder über sie hinweggekrochen war und den Rest des Tages ausgelöscht hatte. Sie fühlte sich etwas losgelöst, etwas seltsam, aber nicht deprimiert. Nichts in der Art.

Zögernd stand sie auf, als könnte ein plötzlicher Schmerz oder auch nur die Bewegung die Schwärze wieder auslösen. Aber sie duschte, zog sich an, und nichts passierte.

Sandy war in der Küche, belud die Waschmaschine.

»Du siehst anders aus«, sagte sie sofort.

Debbie stellte den Kessel auf und griff nach Bechern und Milch. Sie wusste nicht so genau, wie viel sie über Dava erzählen wollte, weil sie einerseits selbst noch nicht ganz durchschaute, was passiert war und was er gesagt hatte, und andererseits das Gefühl hatte, dass es sich bei allem um etwas sehr Persönliches handelte. Sie hätte ihn um Erlaubnis bitten sollen, darüber reden zu dürfen. Ihr ging auf, dass sie stärkere Anleitung für sehr vieles brauchte.

»Geht's dir gut?«

»Bisschen matschig. Hab zu lange geschlafen. Aber jetzt erzähl mir erst mal, wie du die Feiertage verbracht hast.«

Sandy berichtete zehn Minuten lang. Die Wintersonne erfüllte die Küche mit freundlichem Licht. Debbie erforschte immer wieder, wie es ihr ging, als berührte sie einen Zahn, den der Zahnarzt aufgebohrt hatte, um zu sehen, ob er noch schmerzte.

»So, aber jetzt genug von mir«, sagte Sandy.

Schweigend saß sie an dem wackeligen Resopaltisch, und selbst das Muster der Tischplatte, das wie ein grauer Ausschlag wirkte, sah in Debbies Augen schön aus, genau wie die abblätternde Wandfarbe und die Vorderseite der Waschmaschine und die angeschlagenen Becher am Haken schön aussahen. Dava. Das lag alles an Dava.

»Also, es ist was passiert«, meinte sie schließlich.

Die ersten paar Sätze kamen langsam, während Debbie versuchte, die richtigen Worte zu finden, um alles zu beschreiben und die Kraft und Wirkung und Schönheit Davas zu vermitteln, aber dann strömten die Worte wie rasch fließendes Wasser heraus, immer schneller, was er ihr über ihre Kindheit erzählt hatte, ihre Zukunft, ihren Charakter, was er für ihr inneres Selbst tun würde, ihre Hoffnungslosigkeit, ihr ganzes Sein. Sandy hörte sich alles aufmerksam an, ohne zu unterbrechen, warf Debbie gelegentlich vorsichtige Blicke zu, schaute aber hauptsächlich in ihren Becher.

Die Sonne wanderte über die Wand hinter ihnen.

Debbies Worte verklangen, und in der Küche wurde es still. Ihr Hals, der Spalt zwischen ihren Brüsten und ihr Rücken waren schweißnass; die Anstrengung, sich zu konzentrieren, alles zu beschreiben und gleichzeitig die Gefühle noch einmal zu durchleben, hatte sie erschöpft und schlapp gemacht.

»Was geschieht als Nächstes?«

»Mein Leben wird sich ändern.«

»Ah ja …«

»Ab diesem Moment.«

»Gehst du noch mal zu ihm?«

»Er teilt mir den Termin schriftlich mit … So wird das gemacht. Man kann nicht selbst einen vereinbaren, er teilt mir den genau richtigen Tag und die Uhrzeit mit …, wenn es günstig ist.«

»Ah ja.« Sandys Stimme verriet nichts, weder Zustimmung noch Begeisterung oder Zweifel.

»Er schickt mir Tabletten … Pflanzliche Mittel gegen Kopfschmerzen und Salbe für die Haut.«

»Ist das teuer?«

»Kann ich mir nicht vorstellen.«

»Warum?«

»Weil er niemand ist, der die Leute ausnimmt, das merkt man, er will damit nicht reich werden … Und außerdem weiß er, dass ich von Sozialhilfe lebe.«

»Ah ja.«

»Er sagte, ich solle ausprobieren, ob die Tabletten gegen die Kopfschmerzen helfen, neben der frischen Luft und der Diät, aber wenn sie nicht helfen, könnte er mich zu jemand anderem schicken, er sagt, manchmal ist es nicht so einfach … Da braucht man noch andere Behandlung.«

»Zu wem würde er dich denn schicken?«

»Hat er nicht gesagt. Zu jemand, den er kennt, nehme ich an.«

»O ja, das glaube ich auch.«

Debbie sah sie scharf an.

»Hör zu, Sandy, es ist alles okay. Es war phantastisch. Ich meine, mir geht's seit gestern wirklich besser.«

»Toll.« Sandy stand auf und trug die Becher zum Spülbecken. Sie wusch sie aus und stellte sie zum Abtropfen hin, machte dasselbe mit der Teekanne. Dann drehte sie sich um. »Und was hast du heute vor?«

»Mir die richtigen Sachen zum Essen zu kaufen. Den Mist aus dem Schrank und dem Kühlschrank wegzuwerfen.«

»Na gut, aber lass meine Sachen drin.«

»Danach mache ich einen Spaziergang, wie er gesagt hat. Einen langen Spaziergang an der frischen Luft.«

»Ah ja.« Sandy ging zu Tür. Zögerte. »Hör zu, Debs, versteh mich nicht falsch – nur, du hast gesagt, du könntest dich nicht an alles erinnern ... Als du zu dir gekommen bist, hast du auf einer Couch gelegen. Glaubst du, er hat dir irgendwas gegeben oder ...«

»Was soll das heißen?«

»Geh mir nicht gleich an die Gurgel. Ich meine doch nur, dass du vorsichtig sein sollst. Du warst allein mit ihm in diesem Zimmer und ...«

»Ach, um Himmels willen, Sandy. Das war nur so eine Art Hypnose.« Sie dachte an Davas Augen und seine sanfte Stimme.

»Du siehst wirklich besser aus.«

»Ich fühle mich wie neugeboren, weißt du. Er macht eine Wiedergeburt mit mir; das hat er gesagt, nur ist die noch nicht zu Ende, aber dann werde ich neu sein ... Eine neue Deborah. Er sagte, wenn sie vollendet ist, würde ich meinen Namen ändern – einen echten, tiefen Drang verspüren, ihn zu ändern ... Dann bin ich nicht mehr Debbie, sondern Deborah. Deborah Parker.«

Sie richtete sich gerade auf und hatte das Gefühl, gute

dreißig Zentimeter größer zu sein und über dem Boden zu schweben, als sie die Küche verließ.

Die Sonne glitt von der Wand und ließ den Raum im Schatten zurück.

11

Jim musste etwas tun, musste raus, und außerdem war es zu still im Haus. Wenn der Postbote durch das Gartentor kam, rührte sich nichts, und genauso, wenn der Milchmann pfiff und der Müllwagen in die Straße bog. Stille. Oft genug hatte Jim Skippys schrilles Bellen verflucht, das ihn im Sessel zusammenschrecken ließ, aber die Stille war noch schlimmer.

Er hatte den ganzen Hügel durchgekämmt und mit dem Stock auf alle Büsche eingeschlagen, die er erreichen konnte. Täglich verbrachte Jim Williams den ganzen Morgen dort, ging schon sehr früh los, wie an dem Tag, als der Terrier verschwunden war, kam später oft noch mal zurück, suchte und rief und pfiff, bis es dunkel wurde.

Weihnachten hatte er allein verbracht, und es hatte ihm nichts bedeutet. Jetzt war Neujahr, und außer ihm war niemand auf dem Hügel. Er wartete auf die Frau mit den Dobermännern, die er seit einer Woche nicht mehr gesehen hatte. Es war feucht und mild, und nirgends ein Anzeichen von Skippy.

Im Radio BEV hatte Jim einen Bericht über einen vermissten Rassehund gehört, und danach hatte er in der vergangenen Woche das *Lafferton Echo* durchgeschaut und jeden Abend die *Bevham Post* auf der Suche nach Artikeln über Banden, die Hunde stahlen. Phyl hatte ihm davon erzählt.

»Die fangen auch Katzen ein, nehmen Vivisektionen vor, wenn sie sie nicht gleich an die Fabrik liefern und sie zu Tierfutter verarbeiten. Du musst gut aufpassen.«

Aber das hatte er nicht getan, hatte Skippy von der Leine gelassen, was Phyl nie tat, und der Terrier war verschwunden. Jim hatte in jedem Kaninchenloch herumgestochert, das er finden konnte, und gelauscht, ob er ein schwaches Bellen oder Jaulen eines unter der Erde eingeklemmten Hundes hören konnte.

Stille, bis auf den Wind, der im trockenen Gestrüpp raschelte und Jim vom Hügel herunter ins Gesicht blies.

Im Grunde seines Herzens war ihm klar, dass er aufgeben sollte. Er würde den Hund nicht finden. Er war frustriert und wütend und verwirrt, doch er sollte trotzdem aufgeben.

Aber noch nicht, noch nicht gleich. Was war schon eine Woche? Der Terrier war irgendetwas hinterhergejagt und hatte eine Abzweigung verpasst, war plötzlich in einer fremden Straße gelandet, wo nichts vertraut roch, hatte vielleicht in einem Haus Zuflucht gesucht oder in einem Schuppen, einer Garage, und war dann eingeschlossen worden.

Nur eine Woche.

Vielleicht sollte er eine Anzeige in eins der kostenlosen Wochenblätter setzen.

Dann hörte er das jaulende Bellen der beiden Dobermänner und sah die Frau den Abhang hinauf auf sich zukommen. Am liebsten wäre Jim Williams mit offenen Armen zu ihr gelaufen, so sicher war er sich, dass sie etwas gesehen oder gehört hatte. Sie war am Tag von Skippys Verschwinden ebenfalls hier gewesen, sie hatte Jim gesehen, hatte über die Schulter zu ihm zurückgeblickt, als er rief und pfiff.

Er blieb stehen, wollte wieder zu Atem kommen, bevor er sie ansprach.

Sie war keine freundlich wirkende Frau, war groß und energisch, trug einen riesigen, schweren Schaffellmantel und eine Mütze mit Ohrenklappen und hatte einen arroganten Gesichtsausdruck. Ungeduldig hörte sie zu, während die Dobermänner an ihren Leinen zerrten.

»Ich weiß, dass Sie dauernd hier sind, Sie waren auch an dem Tag hier, ich habe darauf gewartet, Sie wieder zu treffen.

Haben Sie irgendwas gesehen, irgendwas gehört? Sie wissen ja, wie er aussieht.«

»Ja, rattenartiges kleines Ding wie sie alle, kann diese winzigen Köter nicht ausstehen. Aber nein, leider habe ich weder etwas gesehen noch gehört. Wundert Sie das? Wenn man die von der Leine lässt, hauen sie einfach ab. Werden überfahren, zu Tode getrampelt oder verschwinden in einem Loch. Lassen Sie sich das eine Lehre sein, wenn Sie sich einen neuen anschaffen. Nehmen Sie einen mit einer anständigen Größe.«

Rasch stapfte sie hinter den jaulenden Dobermännern davon und blickte nach ein paar Metern über die Schulter zurück, wie damals, als er nach Skippy gerufen hatte.

»Tut mir leid.«

Jim Williams merkte, wie er zu zittern begann. Er hätte wütend werden, sie vielleicht wegen ihrer Grobheit anschnauzen sollen, aber er fühlte sich nur niedergeschlagen und den Tränen nahe. Sie hatte recht, die Schuld lag einzig und allein bei ihm.

»Oh, Jim, also ehrlich«, hörte er Phyl sagen. Er sah der Dobermannfrau nach, bis sie hinter den Bäumen verschwand. Gern wäre er ihr nachgelaufen und hätte sie gebeten, nichts zu erzählen, falls sie Phyl sah, ihn nicht zu verraten.

Er zog ein Taschentuch heraus, wischte sich über die Augen und putzte seine Nase. Wie kam er nur auf diesen Gedanken? Wieso wollte er das tun? Phyl war tot, und die Dobermannfrau hatte sie sowieso nicht gekannt.

Immer noch zitternd, trottete er langsam den Abhang hinunter, auf die Straße zu.

Aber später, als er sich mit einem guten Frühstück beruhigt hatte, ging er wieder hinaus, zuerst zu dem kostenlosen Wochenblatt, um eine Anzeige aufzugeben, dann zur Telefonzelle, von wo er beim Rundfunk anrief und darum bat, die Nachricht von Skippys Verschwinden durchzugeben. Dann begab er sich aufs Polizeirevier von Lafferton.

12

Jake Spurrier brauchte ewig, um seine Stiefel anzuziehen und den Reißverschluss seiner Jacke zu schließen, einerseits, weil wegen seiner Müdigkeit im Moment alles so langsam ging, andererseits, weil er überhaupt keinen Bock auf den Besuch bei Mr Sharpe hatte.

»Jake, das tut nicht weh.«

»Doch. Als ich wegen meiner Halsschmerzen da war und er mir Nadeln in den Hals gepikt hat, hat das mega wehgetan.«

»Und danach hast du nie wieder Halsschmerzen gehabt, oder?«

»Aber jetzt hab ich welche.«

»Hm.«

Doch als er sich abwandte, warf Jenny Spurrier ihrem zehnjährigen Sohn einen besorgten Blick zu. Er war nie sehr robust gewesen, im Gegensatz zu seinem vierzehnjährigen Bruder Joe, der kaum je einen Tag wegen Krankheit in der Schule gefehlt hatte. Jake war derjenige mit Bronchitis und ständigen Ohrinfektionen gewesen, derjenige, der Mumps und Windpocken bekam und einen Monat lang krank war, der im September die erste Erkältung hatte und bis Ende April damit nicht mehr aufhörte. In letzter Zeit hatte er über Müdigkeit geklagt und war blasser als sonst. Seine Halsschmerzen waren zurückgekehrt, und er hatte sogar ein paar Gerstenkörner, was Kinder heutzutage einfach nicht mehr bekamen.

Jenny Spurrier war gegen jede Form von Antibiotika, obwohl sie gelegentlich nachgab, wenn sonst nichts gegen Jakes

Ohrenschmerzen half, und ginge sie mit ihm zu Dr. Deerborn, würde es nur den üblichen Kampf darum geben. Nicht dass diese Praxis so schlimm war wie die andere, in der sich die gesamte Familie bis vor fünf Jahren hatte behandeln lassen. Dort wurden Antibiotika wie Bonbons verteilt, als Allheilmittel für jeden Schnupfen und jedes Kopfweh; man brauchte dazu nur die Sprechstundenhilfe anzurufen und bekam das Rezept, ohne den Arzt aufsuchen zu müssen. In Dr. Deerborns Praxis war das besser. Sie war sogar diejenige gewesen, die Jenny vorschlug, es wegen ihrer ständigen Magenschmerzen mit Akupunktur zu versuchen, nachdem alle Untersuchungen negative Ergebnisse erbracht hatten.

»Ich schicke Patienten nicht so mir nichts, dir nichts zu irgendwelchen alternativen Heilkundlern«, hatte Dr. Deerborn gesagt, »aber vor Aidan Sharpe habe ich großen Respekt. Er ist absolut qualifiziert, er redet Ihnen keinen Schwachsinn ein, und bei gewissen Beschwerden hilft die Akupunktur sehr gut. Zum Beispiel bei chronischen Schmerzen ist sie außerordentlich wirksam. Eine meiner Patientinnen mit starker Osteoporose und Arthritis hat große Erleichterung durch regelmäßige Behandlungen bei Mr Sharpe verspürt. Keine Wunderheilung, verstehen Sie … Es gibt keine Heilung für Knochenabbau, aber es war offensichtlich, dass Schmerzen und Steifheit nachgelassen haben. Leider kann ich Ihnen keine Überweisung geben, aber falls Sie eine private Zusatzversicherung haben, ist die Behandlung meist gedeckt, wenn ich eine Empfehlung schreibe.«

Jenny war nur zweimal bei Aidan Sharpe gewesen, dann waren ihre Magenschmerzen verschwunden. Sie konnte wieder normal essen, wobei ihr der Akupunkteur geraten hatte, stark gewürzte Speisen und Weißwein zu meiden. Das war vor zwei Jahren gewesen, und auch Jake Spurrier war durch Akupunktur von seinen Halsschmerzen befreit worden und hatte mehr Energie und Durchhaltevermögen bekommen.

Eine ganze Saison lang hatte er in der Schulmannschaft Fußball gespielt und nur ein Spiel wegen Erkältung verpasst; so gesund war er noch nie gewesen. Doch im letzten Monat war er wieder schlapper geworden, hatte keinen Appetit, und sein Trainer hatte ihn auf die Ersatzbank gesetzt.

»Du weißt, wie viel besser es dir nach Mr Sharpes Behandlung gegangen ist, Jake, und du möchtest doch wieder in die Mannschaft aufgenommen werden, oder?«

Jake hatte gegrummelt, aber seine Mutter wusste, wie sie ihn kriegen konnte ... Er war leidenschaftlicher Fußballspieler und hatte im vergangenen Jahr so viele Tore geschossen, dass seine Mannschaft es bis zum Halbfinale der Jugendmeisterschaft des Countys geschafft hatte, bevor sie geschlagen wurde. Zu Weihnachten hatte er sogar durch einen Arbeitskollegen seines Vaters, der einen Bekannten in Manchester hatte, ein Trikot mit *Beckham 7* und einem Autogramm seines Helden bekommen.

»Okay, okay.« Jake war mit den Schnürsenkeln fertig, kam hoch und fiel auf Jenny zu.

»Jake, was ist? Ist schon gut ... Setz dich hier hin. Beug dich vor und leg den Kopf auf die Knie.«

»Alles war plötzlich ganz wackelig ... Der Boden war nicht mehr da.«

»Dir ist schwindlig geworden. Das passiert manchmal, wenn man zu schnell aufsteht. Bleib sitzen, ich hol dir ein Glas Wasser. Wir fahren nicht, bevor es dir wieder besser geht, keine Bange.«

Zehn Minuten später setzte sie den protestierenden Jake auf den Vordersitz des Autos.

»Ich kann mich selber anschnallen, es geht mir gut, Mum, lass mich ...«

»Entschuldige.«

Aber er war zu bleich, dachte Jenny, viel zu bleich. Je schneller er in Behandlung kam, desto besser.

Als sie sechs war, hatte man ihr drei Zähne gezogen. Vorher hatten ihr Schulfreunde Horrorgeschichten über die Schmerzen erzählt, das Blut und die grauenhaften Instrumente, worauf sie beim Betreten der Zahnarztpraxis hysterisch geworden war. Nie hatte sie die Sanftheit und Freundlichkeit von Mr Peat, dem Zahnarzt, vergessen. Er war ein großer Mann gewesen, mit einem dicken Haarschopf und einer glänzenden Stirn, und er hatte lange mit ihr geredet, hatte ihr erklärt, dass sie keine Schmerzen spüren würde bis auf ein kleines Ziehen später, sobald sie die »magischen Tabletten« nahm, dass sie mit Sicherheit kein Blut und keine Instrumente sehen würde, dass sie mit dem Praxisteddybären im Arm einschlafen und nur ein paar Minuten später nach einem wunderschönen Traum wieder aufwachen würde, während der Teddy immer noch auf sie aufpasste. Alles war genau so geschehen, und danach hatte sie nie wieder Angst vorm Zahnarzt gehabt.

Aidan Sharpe hatte dieselbe ruhige, besänftigende, freundliche Art wie Mr Peat, obwohl er nicht so groß war, und sein Haar und der kleine Spitzbart waren sauber geschnitten. Als sie jetzt den hellen Empfangsbereich seiner Praxis betrat, spürte sie, wie sie sich zum ersten Mal seit Tagen entspannte. Man würde sich um Jake kümmern. Jake würde es wieder gut gehen.

Es gab einen Wasserspender, bequeme Stühle und ein Sofa, einen niedrigen Tisch mit Tageszeitungen und einem Stapel neuer Zeitschriften. Auf dem Tisch und dem Tresen von Mrs Cooper, der Sprechstundenhilfe, standen Schalen mit süß duftenden Hyazinthen und Schneeglöckchen in kleinen Gläsern. Die ganze Praxis hatte etwas Einladendes, eine undefinierbare Atmosphäre von Freundlichkeit und Ruhe, was Jenny bei ihrem ersten Besuch ganz und gar nicht erwartet hatte.

»Nichts Unheimliches«, hatte sie hinterher zu Dr. Deerborn gesagt.

»Ich weiß. Deswegen schicke ich meine Patienten auch gern dorthin. Nicht mal eine Sammelbüchse für die Freunde der Erde!«

Das stimmte. Aidan Sharpes berufliche Qualifikation und Mitgliedszertifikate hingen gerahmt neben dem Empfangstresen, zusammen mit einem Foto von ihm und der Queen. Ansonsten gab es nur ein paar wenig aufregende Aquarelle, blasse Meerlandschaften und hübsche Waldszenen.

»Mum, muss ich das wirklich machen lassen?«

Aber Jenny blieb keine Zeit zum Antworten.

»Guten Morgen, Mrs Spurrier ... Jake.« Aidan Sharpe kam aus seinem Sprechzimmer, der weiße Kittel frisch gestärkt, die braunen Schuhe glänzend.

Hinter dem Rücken seiner Mutter schnitt Jake eine Grimasse, nur beobachtet von der Sprechstundenhilfe, die ihm zuzwinkerte.

Das Sprechzimmer war nüchterner als das Wartezimmer, Schreibtisch und Stuhl, Behandlungsliege und das Tablett mit den Nadeln und dem Sterilisator. Aber die Sonne schien herein und erfüllte den Raum mit wässrigem gelbem Licht.

»Also, Jake, wann warst du zum letzten Mal hier?« Aidan Sharpe schaute auf die Karteikarte. »Vor fast achtzehn Monaten. Und die Halsschmerzen haben aufgehört?«

»Nach nur zwei Behandlungen«, sagte Jenny. »Es ging ihm so gut.«

»Aber jetzt sind sie wieder da, und Sie sagten, Sie würden sich noch über etwas anderes Sorgen machen, Mrs Spurrier?«

Der Junge hielt den Blick auf den Teppich gesenkt und scharrte mit den Füßen.

»Keine Bange, Jake, ich weiß, wie unerträglich es ist, wenn Leute über einen reden, aber nicht mit einem, und ich möchte, dass du mir gleich erzählst, wie du dich fühlst. Doch Mütter haben so eine Art, alles über einen zu wissen, fürchte ich.«

Sorgfältig schrieb er mit, während Jenny Spurrier ihm

von Jakes Müdigkeit, seinen Gerstenkörnern und den Halsschmerzen erzählte, und davon, dass der Junge an diesem Tag fast ohnmächtig geworden war.

»Na gut, Jake, du kannst den Platz mit deiner Mutter tauschen, bitte ... Ich möchte dich bei gutem Licht untersuchen. Prima. Schauen wir uns als Erstes mal den Hals an.«

Er nahm einen sterilen Spatel aus der Packung und drückte Jakes Zunge runter, untersuchte dann Augen und Ohren.

»Du sagst, du bist oft müde. Kannst du das ein bisschen genauer beschreiben? Hast du abends lange gelesen oder Computerspiele gespielt? Nicht genug Schlaf bekommen? Mach dir keine Sorgen, das sind keine strafbaren Sünden.«

»Dazu kann ich nicht lange genug wach bleiben.«

»Du bist schon tagsüber müde?«

»Ja.«

»Wie ist es mit Sport? Ich weiß, dass du gerne Fußball spielst.«

»Ich kann nicht schnell laufen, weil ich zu müde werde.«

»Geht dir die Luft aus, hast du Atembeschwerden, wenn du rennst?«

»Nein.«

»Tun dir nach dem Spiel die Beine weh?«

»Er beklagt sich oft, dass ihm die Beine wehtun, selbst wenn er nicht spielt«, warf Jenny ein.

»Na gut, Jake, zieh Pullover, T-Shirt und Hose aus und behalte nur die Unterhose an. Dann leg dich auf die Liege. Ich möchte auch den Rest von dir untersuchen.«

Jake legte sich hin und beobachtete, wie die Sonne helle Kreise auf die Decke malte, reflektiert vom Metallrand der Lampe. Seine Beine taten jetzt weh, und wenn Mr Sharpe aufgehört hätte zu reden, dann, dachte Jake, könnte ich hier stundenlang schlafen.

»Bist du mit jemandem zusammengeprallt, Jake?«

»Nein.«

Der Akupunkteur drückte sanft gegen Jakes Wade und Oberschenkel.

»Foul?«

»Nein, die sind einfach so gekommen.«

»Verstehe. Sonst noch Blutergüsse?«

»Ich hatte einen am Arm, aber ich glaube, der ist weg.« Er schaute nach, entdeckte aber, dass sich ein weiterer Bluterguss gebildet hatte, größer als der vorherige.

»Gut. Hattest du in letzter Zeit Nasenbluten?«

»Nein.«

»Doch, das hast du nur vergessen«, sagte seine Mutter. »Vor ein oder zwei Wochen hast du mich mitten in der Nacht gerufen. Ich dachte, er hätte unruhig geschlafen und sich den Kopf am Bettpfosten angeschlagen. Ich musste ein halbes Dutzend Taschentücher in Eiswasser einweichen und unter seine Nase halten, bevor es aufhörte.«

»Danach keines mehr? In der Schule?«

»Nein.«

Er hatte Nasenbluten gehabt, aber Jake hatte genug von dem Verhör und beschloss, die James-Bond-Technik des Lügens unter Folter anzuwenden.

»Gut, Jake, du kannst dich wieder anziehen und draußen bitte kurz noch warten, während ich die langweiligen Einzelheiten mit deiner Mum bespreche. Mrs Cooper hat frisch gepressten Orangensaft, falls du durstig bist.«

»Piken Sie keine Nadeln in mich?«

»Heute nicht.«

»Super!«

Jake griff nach seiner Hose und dem T-Shirt und schlüpfte rasch hinein, nahm die anderen Sachen und sauste nach draußen, bevor der Akupunkteur es sich anders überlegen konnte.

»Da Sie ihn nicht behandeln, fehlt ihm also doch nichts? Welche Erleichterung! Aber ich wünschte, Sie hätten etwas tun können, das ihn ein bisschen aufpeppt.«

»Ich glaube, das Aufpeppen sollte Dr. Deerborn übernehmen, Mrs Spurrier. Ich möchte, dass Sie so bald wie möglich bei ihr einen Termin für Jake machen.«

»Warum?«

Aidan Sharpe schaute sie direkt und mit einem Ausdruck an, den sie an ihm noch nie gesehen hatte.

»Ich möchte keine Diagnose stellen. Ich bin kein Arzt, wie Sie wissen.«

»Aber so gut wie. Besser als manche anderen, bei denen ich war.«

»Danke.« Ein erfreutes Lächeln des Stolzes erhellte sein Gesicht.

»Trotzdem. Jake muss in ärztliche Behandlung, und ich brauche einen Bericht von Dr. Deerborn, bevor ich ihn behandeln kann. Vielleicht fehlt ihm gar nichts, aber einige seiner Symptome müssen genauer untersucht werden. Ich gebe Dr. Deerborn Bescheid. Machen Sie sich bitte keine Gedanken. Ich bin nur sehr sorgfältig. Es gibt leider zu viele Heilkundler ohne medizinisches Wissen, die nur zu bereit sind, einzuspringen und Dinge zu behandeln, von denen sie nicht genug verstehen. Zu denen gehöre ich nicht.«

Er erhob sich.

»Wenn ich von Dr. Deerborn gehört habe und sie zufrieden ist, machen wir einen neuen Termin für Jake, und dann schaue ich, ob ich ihm helfen kann. Für diesen Besuch müssen Sie nichts bezahlen.«

»Oh, aber das muss ich, Sie haben ihn zwar nicht akupunktiert, aber wir haben Ihre berufliche Zeit in Anspruch genommen.«

»Nein. Das ist eine Frage des Prinzips, Mrs Spurrier. Ich berechne nichts, wenn ich nicht behandle. Kommen Sie, erlösen wir den armen Jake aus dem Gefängnis des Akupunkteurs.«

Aidan Sharpe führte Jenny Spurrier und ihren Sohn

freundlich hinaus, aber als er in den Empfangsraum zurückkam, war sein Gesicht ernst.

»Julie, mir bleiben zehn Minuten vor … Wer ist als Nächster dran?«

»Mr Comer.«

»Ich möchte dies erst erledigen. Würden Sie versuchen, Dr. Deerborn zu erreichen – Dr. Cat? Wenn sie nicht zu sprechen ist, hinterlassen Sie eine Nachricht mit der Bitte, mich dringend zurückzurufen.«

Aber Cat wurde direkt durchgestellt.

»Aidan? Guten Morgen. Wie geht es Ihnen?«

»Gut, und es tut mir leid, Sie stören zu müssen.«

»Kein Problem, die Sprechstunde ist gerade zu Ende. Was kann ich für Sie tun?«

»Jake Spurrier … zehn Jahre alt. Felstead Road.«

»Ich weiß. Die Mutter heißt Jenny. Nette Familie.«

»Ja. Aber leider mache ich mir ziemliche Sorgen. Sie hat den Jungen heute Morgen zu mir gebracht … Halsschmerzen, Müdigkeit. Er war vor achtzehn Monaten wegen Halsschmerzen bei mir, hat zwei Behandlungen bekommen, dann waren die Schmerzen weg. Wir waren uns damals einig, dass es ein Virus war.«

»Ich erinnere mich.«

»Tja, diesmal ist es kein Virus. Ich habe Jake nicht behandelt und vorgeschlagen, dass seine Mutter ihn so bald wie möglich zu Ihnen bringt. Er klagt über große Müdigkeit, Nasenbluten, schmerzende Glieder, gelegentliche Ohnmachtsgefühle, einige Gerstenkörner und hat momentan eine hässliche Streptokokkeninfektion. Außerdem hat er Blutergüsse an den Beinen und einem Unterarm. Die Alarmglocken haben sofort geklingelt, wie Sie sicher verstehen werden.«

»Blässe?«

»Ja.«

»Also alle Anzeichen. Vielen Dank, Aidan, ich bin froh,

dass Sie es gleich bemerkt haben. Ich gebe ihm sofort einen Termin.«

»Halten Sie mich auf dem Laufenden, ja? Natürlich könnte es sein, dass ich überreagiere.«

»Tun Sie nicht, meiner Erfahrung nach. Wie auch immer, die Blutuntersuchung wird uns genau sagen, was wir wissen wollen.«

Aidan Sharpe legte auf, schwang seinen Drehstuhl herum und schaute aus dem Fenster in den Garten. Zwei Eichhörnchen sprangen von Baum zu Baum, flitzten dann rasch die langen Baumstämme hinunter und über den Rasen, bevor sie sich den nächsten Baum hinauf jagten.

Wenn Jake Spurrier tatsächlich eine der aggressiven Arten von Kinderleukämie hatte, wie sowohl Aidan als auch Cat Deerborn vermuteten, würde es lange dauern, bis er wieder herumrennen, klettern und mit solcher Unbekümmertheit spielen konnte – wenn überhaupt.

13

Das Gefühl von Wohlergehen und Gelassenheit, als sei sie eingesponnen in die tiefblaue, heilende Aura, die Dava für Debbie Parker geschaffen hatte, ließ auch in den nächsten Tagen nicht nach. Jede Nacht schlief sie wunderbar und wachte ruhig und erfrischt wieder auf. Sie räumte jede Dose, jedes Paket und jedes Glas aus dem Schrank und ihrer Abteilung des Kühlschranks und gab fast die Sozialhilfe einer ganzen Woche für Vollwertkost und Bioobst, Gemüse und Getreideflocken aus.

Jeden Tag ging sie spazieren, erforschte Teile von Lafferton, in denen sie noch nie gewesen war, im Park, entlang dem Treidelpfad, auf dem Hügel.

Sandy beobachtete sie, sagte jedoch nichts. Sie machte sich immer noch Sorgen und hielt die Diät und die viele Bewegung für eine Eintagsfliege, aber es war eine Erleichterung, ihre Mitbewohnerin befreit zu sehen von dieser grauen, düsteren Stimmung, sie nicht jeden Morgen aus dem Bett locken und sich während der Arbeit um sie Sorgen machen zu müssen.

Etwa eine Woche später traf ein Päckchen aus Starly ein.

Die Tabletten hatten das Aussehen und den Geruch von einer Mischung aus Seegras und Kompost, und die Salbe in dem Plastiktöpfchen hatte eine abstoßende Konsistenz. Beigelegt waren eine Liste komplizierter Anweisungen und eine Rechnung über fünfundsiebzig Pfund.

Debbie hatte sich nicht nach dem Preis erkundigt und redete sich jetzt ein, es sei ihr egal; Dava half ihr, sich besser zu fühlen. Er war begabt, er hatte sie verstanden und etwas tief in ihrem Unterbewusstsein berührt, an das noch nie jemand herangekommen war. Sie musste nur an den Klang seiner Stimme und die intensive, hypnotisierende Kraft seiner Augen denken, an das Blau, um einen Schauder der Erregung zu verspüren, als hätte Dava nach ihr gerufen und eine augenblickliche und willige Antwort bekommen. Selbst eine fünfmal so hohe Rechnung wäre ihr egal gewesen. Das war es wert. Man konnte für das, was er bereits bewirkt hatte, keinen Preis benennen.

Später am Vormittag schrieb sie an ihren Vater und bat ihn, ihr hundert Pfund zu schicken. *Ich brauche sie für die medizinische Behandlung meiner Haut. Leider zahlt die Krankenkasse nicht dafür, was heutzutage ja üblich ist, aber es würde mir so viel bedeuten, wenn ich endlich eine reine Haut hätte.*

Die Tabletten mussten mit purem Mineralwasser eingenommen werden, nach einer Mahlzeit aus rohem Gemüse, zweimal am Tag. Danach durfte man zwei Stunden lang nur Wasser in unbegrenzter Menge zu sich nehmen. Es war darauf zu achten, die Tabletten von jeglichen Chemikalien fernzuhalten und in einem dunklen Schrank aufzubewahren.

Nach Reinigung der Haut mit Mineralwasser und einer geruchlosen Seife sollte die Salbe vor dem Zubettgehen dünn aufgetragen werden. Sie roch nach Teer und etwas anderem, an das sich Debbie aus der Kindheit erinnerte, was sie aber nicht einordnen konnte.

Sie zog sich aus, wusch sich sorgfältig das Gesicht und tupfte es, wie angewiesen, mit einem Küchentuch aus ungebleichtem Papier trocken. Die Salbe ließ ihre Haut ein wenig kribbeln.

Etwas an diesem Ritual, genau wie bei der Zubereitung des Biogemüses und dem Trinken des Mineralwassers, gab ihr das Gefühl, mit Dava in Kontakt zu sein, und dieses beruhigende Gefühl, als würde sie aufs Meer hinaustreiben, lullte sie erneut in einen traumlosen Schlaf.

Irgendetwas stimmte nicht. Sie träumte wieder, aber der Traum war Teil ihrer Anstrengung, wach zu werden. Sie bekam nicht heraus, ob sie Schmerzen hatte oder nicht atmen konnte, und in diesem halb wachen Traum hatte ihr jemand die Augenlider verklebt, und selbst als sie sie mit den Fingern auseinanderzog, waren da nur Schwärze und ein Brennen. Dann flammte plötzlich ein schmerzhafter Blitz auf, und Sandys Stimme ertönte, ganz in ihrer Nähe.

»Debs ... wach auf, du hast geschrien, du hattest einen Albtraum. O Gott, was ist mit deinem Gesicht passiert?«

Debbie setzte sich auf. Sie konnte jetzt ein bisschen sehen, wenn auch nur durch schmale Schlitze. Ihr Gesicht fühlte sich merkwürdig an, als sei ihr Kopf geschwollen. Ihre Haut brannte.

»Das ist die verdammte Salbe. Du bist allergisch dagegen, dein ganzes Gesicht ist angeschwollen.«

Auch das Atmen fiel ihr schwer, als würde sie beim Ausatmen gegen eine Tür drücken, die jemand von der anderen Seite zuhielt.

»Ich ruf den Notarzt. Der wird gleich hier sein, keine Bange.«

Sie hörte, wie Sandy das Zimmer verließ, konnte aber nach wie vor nur einen Lichtschimmer sehen. Wenn sie sich hinlegte, fiel ihr das Atmen noch schwerer. In ihrem Brustkorb schien etwas zu knirschen.

»Die Ärztin kommt, und sie sagt, ich soll dich ins Bad bringen und alle Hähne aufdrehen, damit Dampf entsteht. Oh, Debbie, was hast du dir nur dabei gedacht? Himmel, versprich mir, dass du nicht mehr zu diesen Quacksalbern gehst.«

Der Dampf tat gut. Debbie spürte, wie sich ihr Brustkorb etwas lockerte, aber ihre Augen blieben nach wie vor zugeschwollen, und ihre Haut fühlte sich an, als habe sie sich verbrüht. Sie versuchte an Dava zu denken und sich mit der

Ruhe und der blauen Farbe zu umhüllen, versuchte sich auf ihr Zentrum zu konzentrieren, so wie er es ihr beigebracht hatte, aber immer wieder stieg Panik in ihr auf und unterbrach ihre Gedanken. Dava schien unwirklich und fern zu sein. Sie meinte, sich gleich übergeben zu müssen.

Eine halbe Stunde später saß sie auf der Couch, atmete jetzt leichter durch einen Inhalator und wurde ruhiger, als die Antihistaminspritze, die Dr. Deerborn ihr gegeben hatte, zu wirken begann. Debbies Augenlider waren immer noch geschwollen, aber sie konnte die Ärztin vor dem Licht der Lampe als verschwommene Silhouette erkennen.

»Was soll ich machen?«, fragte Sandy verängstigt, als sie Cat Deerborn zum Händewaschen ins Bad führte. »Ich halte besser bei ihr Wache, oder?«

»Das wird nicht nötig sein. Sie wird bald schläfrig werden, und ihr Atem ist fast wieder normal. Stellen Sie ihr den Inhalator ans Bett, und wenn es doch schlimmer werden sollte, rufen Sie einen Krankenwagen. Aber ich glaube nicht, dass es dazu kommt. Vielleicht könnten Sie in ihrem Zimmer schlafen – ginge das? Ich habe vier Antihistamintabletten dagelassen ... Geben Sie ihr morgen nach dem Aufwachen eine und gegen Mittag noch eine. Morgen wird sie ziemlich fertig sein.«

»Kein Problem. Morgen ist Samstag, da bin ich sowieso hier.«

»Könnten Sie mir diese pflanzlichen Sachen zeigen, die sie genommen hat?«

Sandy holte die Tabletten und die Salbe. »Ich spül die Tabletten im Klo runter und schmeiß die Salbe in den Müll. Man fragt sich, was da drin ist, wenn man sieht, was es ihr angetan hat.«

»Menschen reagieren allergisch auf alle möglichen Medikamente, selbst auf die, die man in der Apotheke kaufen kann, genau wie andere allergisch auf Nahrungsmittel sind, die der

Rest von uns gut verträgt. Das ist eine sehr individuelle Sache. Aber ich möchte das trotzdem gerne mitnehmen. Ich will herausfinden, aus was es besteht.«

»Glauben Sie, das Zeug ist giftig?«

»Das halte ich für eher unwahrscheinlich. Doch ich möchte nicht, dass meine anderen Patienten da drankommen.« Cat griff nach ihrer Tasche. »Ich rufe morgen früh an, um zu hören, wie es Debbie geht, aber ich glaube nicht, dass ich noch mal herkommen muss. Sollten Sie sich jedoch Sorgen machen, rufen Sie an, ich habe das ganze Wochenende Bereitschaftsdienst, und würden Sie ihr bitte sagen, ich möchte sie am Montag in der Praxis sehen?«

Cat sah noch einmal nach Debbie, bevor sie ging. Sie schlief, lag zusammengerollt auf der Seite und atmete normal. Ihre Augenlider waren weniger geschwollen, und auch die Schwellung im Gesicht war zurückgegangen. Das Antihistaminikum tat seine übliche magische Wirkung. Es war leicht zu erkennen, warum das Mädchen drastische Mittel zur Reinigung ihrer Haut eingesetzt hatte; die Akne hatte sich über ihr Gesicht und ihren Hals ausgebreitet, hässlich und leicht entzündet. Aber warum war sie deswegen zu einem gefährlichen Quacksalber unter den Hippies von Starly gegangen, was sie vermutlich eine hübsche Stange Geld gekostet hatte, wenn sie sich ein Rezept für Antibiotika von Cat hätte holen können, die ihre Akne heilten und für die sie, da sie arbeitslos war, nicht einmal zu bezahlen brauchte?

Als Cat durch die nächtlichen Straßen aus Lafferton hinausfuhr, nahm sie sich vor, mit ein oder zwei Arztkollegen über diese Person zu sprechen, die sich Dava nannte.

14

Freya Graffham war keine Kirchgängerin, aber an einem ihrer ersten freien Abende in Lafferton ging sie in die Kathedrale, weil dort Händels Messias aufgeführt wurde. Sie hatte das Oratorium oft genug im Alt mitgesungen, von der Schulzeit an, und sie hatte auch vieles andere mitgesungen, war sogar in leichten Opern aufgetreten, bis Don protestiert hatte und sie – in einem weiteren verzweifelten Versuch, ihn zu beschwichtigen und versöhnlich zu stimmen – ihren Chor in Ealing und die aus Amateuren bestehende Operngesellschaft aufgegeben hatte. Don sang nicht, mochte keine Musik, weigerte sich, eine Kirche zu betreten, und lehnte alles ab, was Freya ohne ihn aus dem Haus brachte. Sie hatte aufgehört, Tennis und Badminton zu spielen, beides Sportarten, in denen sie gut war; nur Schwimmen war ihr erlaubt, weil Don Schwimmer war. Andererseits war er zweimal im Jahr ohne sie zum Skilaufen gefahren. Sie war einmal mit ihm in der Schweiz gewesen und hatte sich den Knöchel gebrochen. Danach war Don einfach mit einer Gruppe von Freunden Skilaufen gegangen. Nie war die Rede davon gewesen, dass er es aufgeben könnte.

Während sie in der Kathedrale von St. Michael saß und Händels gewaltige Chöre genoss, überlegte sie erneut, wie sie Don Ballinger nicht nur hatte heiraten können, sondern es fertig gebracht hatte, auch nur ein halbes Dutzend gesellschaftliche Ereignisse mit ihm zu überstehen. In ihrer Ehe hatte sie das Gefühl gehabt zu verschwinden, ihr eigener Geschmack und ihre Freuden ausgelöscht von seiner Missbilligung, kaum Raum für ihre Persönlichkeit, außerhalb der engen Begrenzungen ihres Berufs zum Ausdruck zu kommen.

Sie konnte sich immer noch nicht daran gewöhnen, frei zu sein. Während sie hier in diesem herrlichen Gebäude saß und der Musik lauschte, die sie so gut kannte, wurde ihr erneut klar, dass sie kein schlechtes Gewissen zu haben brauchte, sich beim Heimkommen keine Ausreden oder Lügen einfallen lassen musste, sondern nur für sich selbst verantwortlich war.

Alle Tale
Macht hoch und erhaben.

Sie wollte mit einfallen, kannte jede Note, jedes Forte und Pianissimo, jede Altzeile, jedes biblische Wort.

Die Kathedrale war voll besetzt, und obwohl Freya bisher niemanden erkannt hatte, fühlte sie sich zu Hause, so sehr Teil von allem, als lebte sie bereits seit Jahren hier. London, ihre Ehe, die Met verschwanden Stück für Stück wie das Lächeln im Gesicht der Grinsekatze.

Im Programm fand sie Einzelheiten über die St.-Michael-Sänger, die von Profisolisten unterstützt worden waren, und die Adresse der Chorsekretärin. Als Freya heimkam, zündete sie ein Feuer an – einen echten Kamin zu haben war eine der Prioritäten bei der Haussuche gewesen. Viel zu lange hatte sie in Wohnungen mit funktionierender, sauberer, seelenloser Fußbodenheizung gelebt. Der Kamin war klein, aber er zog gut, und es dauerte nur ein paar Minuten, das Feuerholz und ein paar kleine, trockene Scheite zu entzünden. Sie legte den Messias auf, goss sich ein Glas Sancerre ein und bat, bevor sie zu ihrem Buch zurückkehrte, schriftlich um Einzelheiten des nächsten Vorsingens bei den St.-Michael-Sängern.

»Du bist glücklich«, sagte sie laut zu sich. »Du bist glücklich!«

Das Vorsingen fand im Probenraum der Kirche statt. Außer ihr waren noch vier Weitere da, und sie und zwei davon, ein Mann und eine ältere Frau, wurden angenommen.

Freya wusste, dass sie außer Übung und ihre Stimme nach einer Erkältung etwas rau war. Das Vorsingen war nicht einfach – die Anforderungen der St.-Michael-Sänger waren hoch –, aber von dem Moment, als sie den Ton vom Klavier aufnahm, fühlte sie sich wie ein Vogel, der jubelnd zum Himmel aufsteigt. Das Singen hatte ihr viel mehr gefehlt, als ihr bewusst gewesen war.

Bevor sie an dem Abend gingen, teilte der Chorleiter ihnen das Programm für die kommende Saison mit, die bis Ende Juni dauerte. Im Mai würden sie hier in der Kathedrale Brittens Kriegsrequiem singen und davor, am Ostersamstag, in Bevham an einer riesigen Aufführung der Johannespassion von Bach teilnehmen, zusammen mit Chören aus dem gesamten County. Freyas Herz hob sich. Den Bach kannte sie gut und den Britten hatte sie schon lange mitsingen wollen.

»Demnächst veranstaltet der Chor ein geselliges Beisammensein. Wir können immer Freiwillige brauchen, die mithelfen. Sie wissen, dass so was im Allgemeinen immer denselben paar Alteingesessenen überlassen wird, wenn Sie also etwas beitragen wollen …«

Freya hatte sich gemeldet, unter der Voraussetzung, dass ihr Dienst es erlaubte, und sich die Nummer des Chormitglieds aufgeschrieben, das an dem Abend für die leiblichen Genüsse sorgen sollte. Sie war zwar keine ernsthafte Köchin, aber sie hatte schon immer gerne Desserts zubereitet.

Auf der Rückfahrt sang sie die in den CD-Spieler eingelegte Johannespassion mit. Sie mochte ihr neues Haus; die Kriminalpolizei von Lafferton hatte ihr von Anfang an die Art von Herausforderungen geboten, in die sie sich gerne verbiss; sie hatte ihre Musik wieder, und jetzt schien auch ihr gesellschaftliches Leben in Fahrt zu kommen.

Sie rief bei der Nummer an, die ihr der Chorleiter Alan

Fenton gegeben hatte, aber es meldete sich niemand, und kein Anrufbeantworter nahm ihren Anruf entgegen. Sie würde es später noch einmal versuchen. Inzwischen, während sie nach ihren Kochbüchern in ein paar Kisten kramte, die sie immer noch nicht vollständig ausgepackt hatte, musste Freya plötzlich grinsen.

»Verzehr dich vor Gram, Don Ballinger.«

Kurz vor zehn rief sie erneut an.

»Ja?« Ein gereizter älterer Mann.

»Hallo, mein Name ist Freya Graffham. Ich habe diese Nummer vom Chorleiter von St. Michael bekommen …«

»Das betrifft meine Frau.«

Noch ein Mann, der so klang, als wolle er so wenig wie möglich mit den Aktivitäten seiner Frau zu tun haben.

»Hier ist Meriel.«

Freya begann den Grund ihres Anrufs zu erklären, wurde aber gleich unterbrochen, diesmal von einem Freudenschrei.

»Soll das heißen, Sie bieten Ihre Hilfe an? Sie Heilige!«

»Ich habe erst heute Abend vorgesungen, aber wir haben sofort zu hören bekommen, dass immer alles von denselben alten Schultern getragen wird und dringend freiwillige Helfer gesucht werden.«

»Der gute alte Alan.«

»Ich könnte ein paar Nachspeisen machen. Das mache ich gerne. Wie viele werden denn kommen?«

»Zwischen zwanzig und hundertfünfzig, meine Liebe – kaum einer antwortet je auf die Einladung, und Partner sind ebenfalls eingeladen. Wenn es tatsächlich hundertfünfzig werden, dann helfe uns Gott, weil das Fest hier stattfindet. Mein Mann wird explodieren.«

»Ich könnte sechs verschiedene Desserts machen. Soll ich sie an dem Tag vorbeibringen?«

»Bitte, aber wäre es nicht einfacher für Sie, alles einzufrieren und vorher zu bringen …?«

»Nein, das geht schon.«

»Ich hoffe, Sie kommen auch zu dem Fest. Es ist immer gut, neue Gesichter zu sehen – und natürlich auch neue Stimmen zu haben. Wohnen Sie in Lafferton? Ich habe Ihren Namen nicht erkannt.«

»Ich bin erst vor ein paar Monaten hergezogen. Aber ich freue mich, dass ich in den Chor aufgenommen worden bin. Ich habe mir den Messias angehört, und das hat mich daran erinnert, wie sehr mir das Singen gefehlt hat. Ich habe schon in London im Chor gesungen.«

»Wunderbar. Hier ist die Adresse.«

Freya schrieb sie auf.

»Das ist etwa fünf Meilen außerhalb Laffertons, eine Meile auf der Straße von Bevham nach Flimby, und nach dem Pub müssen Sie scharf links abbiegen. Kommen Sie, wann immer Sie wollen. Ich werde den Tag über bis zu den Ellbogen in Quiches und Salat stecken. Ich freue mich wirklich darauf, Sie kennenzulernen … Mrs Graffham …?«

»Ich habe meinen Mädchennamen wieder angenommen, bin letzten Sommer geschieden worden. Beruflich war ich sowieso unter Graffham bekannt.«

»Gut. Miss Graffham … oder vielleicht Miss …«

»Freya?«

»Wunderbar. Auf Wiedersehen.« Sie hängte ein.

Die Wärme in der Stimme dieser Frau und ihr freundliches Willkommen gaben Freya das Gefühl, das man hat, wenn die Schuldirektorin einen auf dem Flur bemerkt oder der Chorleiter einen für den höchsten Ton lobt. Oder, dachte sie, wie das »Gut gemacht« des DI, wenn es einem gelang, Angela Randall zu finden.

Sie kehrte wieder zu ihren Kochbüchern zurück, die sie bei Mousse-au-Chocolat-Kuchen mit Cappuccino-Creme offen auf dem Sofa hatte liegen lassen.

In der nächsten Woche verbrachte Freya den größten Teil

ihrer Freizeit mit Experimenten in der Küche, bis sie mit den Ergebnissen von mindestens einem halben Dutzend neuer Dessertrezepte zufrieden war. Bei der ersten Probe zum Kriegsrequiem wurden ihre Kenntnisse im Singen vom Blatt bis an die Grenzen getestet, und am Ende des Abends hatte sie fast keine Stimme mehr, aber das ganze Erlebnis war belebend gewesen, und danach ging sie noch mit einigen Chormitgliedern auf einen Drink in den Cross Keys Pub. Neue Namen und Telefonnummern begannen ihr Adressbuch zu füllen, sie traf jemanden, der in einem Badmintonklub war und ihr anbot, sie in der nächsten Woche mitzunehmen, und sie nahm die Einladung zum Essen mit einer Frau namens Sharon Medcalf an, deren Auto nicht ansprang und die Freya nach Hause fuhr. Nach Lafferton zu ziehen sah allmählich wie eine der besten Entscheidungen aus, die sie je getroffen hatte. Seit Jahren war sie nicht mehr so zuversichtlich gewesen. Es war das außerordentliche Gefühl, eine zweite Chance zu bekommen, ihr Leben neu zu beginnen, das sie überraschte. So ähnlich muss es sein, dachte sie, wenn man um Haaresbreite dem Tod entronnen ist, vielleicht bei einem Unfall oder einer Krankheit. Eine neue Chance. Allmählich wurde ihr klar, wie eingesperrt sie in ihrer kurzen Ehe gewesen war, wie sehr es Don gelungen war, ihr Gefühl von Initiative und innerer Stärke zu unterdrücken. Sie war stets daran gewöhnt gewesen, sich nur auf sich selbst zu verlassen, ihre Beurteilungen und Entscheidungen selbst vorzunehmen, und obwohl sie nie auf unvorsichtige Weise impulsiv gewesen war, hatte sie seit Langem auf ihre Ahnungen und Instinkte gehört, hatte rasch Entschlüsse gefasst und entsprechend gehandelt. Wenn dann etwas schief gegangen war, hatte sie bereitwillig die Verantwortung übernommen. Das hatte dazu beigetragen, sie zu einer guten Polizistin zu machen, und war der Grund, warum sie zur Kriminalpolizei befördert worden war.

Aber ihr unglückliches Privatleben hatte sich bald auf ihre Arbeit ausgewirkt. Sie hatte Fehler in der Einschätzung gemacht, hatte bei Dingen geschwankt, die sie sonst rasch geklärt hätte, und war, als das angemerkt wurde, in ein tiefes Tal aus Selbstvorwürfen und Unsicherheit gerutscht.

Jetzt kletterte sie mit großer Geschwindigkeit wieder heraus. Sie hatte Verbindung zu der Frau, die sie im Innersten immer gewesen war, und sie war entschlossen, in ihrem neuen Leben darauf zu bauen. Sie gewann Freunde, nahm die Fäden alter Begeisterung wieder auf, richtete sich ihr Haus genauso ein, wie sie es wollte, ohne auf jemand anderen Rücksicht nehmen zu müssen, verdiente ihr eigenes Geld. Sie hatte ihren beruflichen Ehrgeiz wiedergefunden. Sie mochte ihre Arbeit bei der Kriminalpolizei und wollte in den nächsten ein oder zwei Jahren noch die eine oder andere Beförderung erreichen.

Niemand, sagte sie sich, wird mich je wieder runterziehen und demoralisieren.

An ihrem nächsten freien Nachmittag kleidete sie sich in Bevham neu ein. Selbst ihre Garderobe, bis hin zu dem Paar teurer und völlig unpraktischer Schuhe, sollten die neue Freya Graffham widerspiegeln. Sie kam mit einem cremefarbenen Hosenanzug, zwei Pullovern und zwei neuen Jacketts für die Arbeit nach Hause, eins aus Wildleder, eins aus Denim, dazu drei Schals, zwischen denen sie sich nicht hatte entscheiden können, und einer scharlachroten Margret Howell-Strickjacke aus Baumwolle. Don hatte es nicht gemocht, wenn sie, wie er es nannte, auffällige Kleidung trug. Wenn sie sich aus der Menge abhob, wenn man sie bewundert und ihr Komplimente gemacht hatte, war er voller Furcht gewesen, sie könnte von ihm abrücken, ihre alte Unabhängigkeit wiedergewinnen, also hatte er sie bestärkt, Unauffälliges in Grau und Beige und mit gedämpften Mustern zu tragen. Sie hatte ihn geliebt. Sie hatte versucht, ihm gefällig zu sein. Sie hatte es fast geschafft, sich vollständig auszulöschen, und war gerade noch einmal davongekommen.

Als Freya in Bevham aus einer Boutique kam, blickte sie hoch und sah den Namen *Duckham* über dem Schaufenster des Juweliers nebenan. Das Kästchen mit den goldenen Manschettenknöpfen hatte auf der Innenseite den Aufdruck *Duckham* getragen.

Die Streifenpolizei hatte die üblichen Befragungen durchgeführt, aber ohne Ergebnis. Auf dem Rückweg zum Parkplatz nahm Freya sich vor, den Bericht noch einmal durchzusehen, bevor sie selbst den Laden aufsuchte. Jemand bei einem kleinen, teuren Juwelier konnte sicherlich dazu gebracht werden, sich an den Verkauf solcher Manschettenknöpfe zu erinnern.

Am folgenden Samstag verbrachte sie den Morgen damit, letzte Hand an ein halbes Dutzend Desserts zu legen, bevor sie alles in Brotkisten verstaute, die sie sich aus der Kantine des Polizeireviers geliehen hatte.

Das Haus zu finden war nicht schwer. Steinsäulen standen vor einer Auffahrt, die sich zwischen Buchen hindurchschlängelte, unter denen ganze Büschel von Schneeglöckchen und Eisenhut wuchsen. Das Haus war vermutlich edwardianisch, rote Ziegel mit hohen Schornsteinen. Hier, unter den Bäumen auf der breiten Wiese, sprossen weitere Schneeglöckchen, noch mehr Eisenhut und die ersten eisblauen Krokusse.

»Sie sind Freya? Willkommen, willkommen. Ich bin Ihnen so dankbar.«

Die Frau war groß und schlank, hatte ein scharf geschnittenes, intelligentes Gesicht. Sie trug Jeans und ein T-Shirt, das graue Haar hochgesteckt, und ihr Alter mochte irgendwo zwischen fünfundfünfzig und fünfundsiebzig liegen.

Sie streckte die Hand aus. »Meriel Serrailler.«

»Du meine Güte, natürlich sind Sie das.«

»Wer?« Und als sich ihre Gastgeberin umdrehte, erkannte Freya die Ähnlichkeit sofort. Es lag an der Nase.

»Serrailler. Mein Vorgesetzter heißt Simon Serrailler.«

»Mein Sohn. Gott im Himmel, Sie sind Polizistin!«

»Detective Sergeant Freya Graffham, Kriminalpolizei Lafferton.«

»Gut, ich versprechen Ihnen, keine Witze über singende Polizistinnen zu machen.«

Sie trugen die Kisten ins Haus. Der Fußboden war aus versiegeltem Parkett, die geschwungene Treppe führte zu einer geschnitzten Holzgalerie hinauf, an den Wänden hingen gerahmte Zeichnungen. Die Küche war eine Mischung aus alten Holztischen und -schränken, geschrubbten Arbeitsflächen, Pflanzen und einem abgeschabten Sofa, auf dem zwei große rote Kater schliefen. Dreimal mussten sie gehen, um alles hereinzubringen, dann nahm Meriel Serrailler die Tücher ab und bewunderte die Schokoladentorte, die Mousse aus Grapefruit und Minze, die klebrigen Ingwerkekse mit dickem Guss, den Rhabarber- und Honigstreuselkuchen, die umgestürzte Pavlova aus Eischaum, Haselnüssen und Kaffee und die Beeren-Charlotte.

»Meine Liebe, was für ein Festmahl! Warum um alles in der Welt sind Sie Polizistin und betreiben nicht Ihre eigene Konditorei?«

Eine halbe Stunde später saßen sie mit Teebechern und Mürbeplätzchen am Tisch, und Freya hatte bereits einiges mehr über Lafferton erfahren, die Kathedrale, die St.-Michael-Sänger, das Kreiskrankenhaus von Bevham, die verschiedenen Serrailler-Ärzte. Sie hatte das Gefühl, diese Frau schon ihr halbes Leben lang zu kennen. Meriel Serrailler war eine Schönheit gewesen, aber wie viele schlanke Frauen im Alter faltig und knochig geworden.

Und, dachte Freya, das stört überhaupt nicht. Die Schönheit mochte vergangen sein, aber Intelligenz, Charme und ein lebhaftes Interesse an Menschen traten in den Vordergrund.

»Jetzt sind Sie dran. Ich möchte wissen, woher Sie kommen und warum, wen Sie in Lafferton schon kennengelernt haben, ob Sie bleiben werden und wem Sie sich schon angeschlossen haben.«

Die Finger um ihren Becher mit frischem Tee geschlungen, wollte Freya gerade von sich zu erzählen beginnen, weil sie erkannte, dass Meriel Serrailler eine Frau war, die Vertrauen anzog und der sie sich auch gerne anvertrauen wollte, als draußen ein Auto hielt und jemand direkt ins Haus kam.

»Wer könnte das sein … Cat und die Kinder, obwohl ich das nicht hoffe, bei all den Süßspeisen hier, und mir ist im Moment nicht so nach Sam und Hannah … Robert kann es nicht sein, der wollte Martha besuchen …«

Aber die Tür öffnete sich, und es war Freyas DCI.

»Guter Gott.«

Freya machte Anstalten, sich zu erheben. »Guten Tag, Sir.«

»Nun hören Sie um Himmels willen damit auf, Sie sind nicht im Dienst. Hallo, Darling, ich hoffe, du willst nicht bleiben, wir haben heute das Chorfest, und schau dir all das hier an, ist es nicht wunderbar? Ich habe Freya gerade gesagt, sie sei für einen Detective eine echte Verschwendung.«

»Das ist sie absolut nicht.«

Simon Serrailler setzte sich neben seine Mutter und griff nach der Teekanne. Dann warf er Freya einen Blick zu, lächelte und tunkte Mürbeplätzchen in seinen Tee.

Später dachte Freya, dass sie sich nicht nur an ein einzelnes Detail erinnerte, sondern an alles, weil alles zusammenkam – das Winterlicht hinter den bleigefassten Fenstern, die Wärme der Küche, das leise Schnarchen der auf dem Sofa schlafenden Kater, der Geruch von heißem Tee und der Anblick eines Topfes mit dunkellilafarbenen Krokussen auf dem Fensterbrett; sie sah Meriel Serraillers durchgedrückten Rücken und ihr Profil, das Haar hatte sich aus den Klammern am Hinterkopf gelöst, und spürte das Entzücken über diese rasch geschlossene neue Freundschaft, während sie gleichzeitig das Bild des ganzen Hauses vor sich hatte, die roten Ziegel, die hohen Schornsteine, die glänzenden Holzböden, das geschnitzte Treppengeländer. Alles kam zusammen, in einem Augenblick außergewöhnlicher Gewissheit und Klarheit.

Ein paar Sekunden lang wagte sie nicht aufzusehen. Die Katzen schnarchten leise weiter. Irgendwo draußen bellte ein Hund. Sie schaute auf.

Er sah sie nicht an, sondern hielt den Blick auf seine Mutter gerichtet. Freya erkannte die Ähnlichkeit in der Knochenstruktur und die völlige Unähnlichkeit in Gesichts- und Haarfarbe. Sie blickte auf Simon Serraillers Finger, die der rechten Hand um den Henkel seines Bechers gebogen, die der linken flach auf dem Tisch.

Er sagte: »Ich verspreche dir, nächste Woche hinzugehen.«

Das nennt man einen *coup de foudre,* dachte sie. Das unmittelbare, erschreckende und totale Verlieben. Das ist es.

Sie trank ihren Tee aus und stand auf. Sie musste rasch nach draußen und in ihrem Auto allein sein. Sie musste nachdenken. Soweit es ihr überhaupt gelang, sich im Moment über ihre Gefühle klar zu werden, erkannte sie, dass sie wütend war, wütend und gleichzeitig ängstlich; ich will das nicht, sagte sie ungeduldig zu sich, ich bin nicht bereit dafür, und es ist nicht richtig. Ich will nichts davon.

Meriel Serrailler begleitete sie zur Tür.

»Das war wirklich so nett von Ihnen! Ich kann Ihnen gar nicht sagen, wie sehr Sie mir geholfen haben. Aber wir sehen uns ja nachher noch.«

Verdammt, dachte Freya, verdammt, verdammt, verdammt.

Er rief ihr einen Abschiedsgruß aus der Küche nach, aber Freya war schon aus der Tür und rannte fast zum Auto, fummelte zitternd am Türschloss herum.

Verdammt.

Sie hörte den Kies unter den Rädern aufspritzen und das Quietschen ihrer durchdrehenden Reifen.

Ein paar Meilen weit fuhr sie viel zu schnell, bis sie zu einem Dorf mit einer kleinen Brücke kam. Sie hielt an und stieg aus. Die Brücke führte im Bogen über den Fluss, und Freya blieb unten stehen, schaute ins Wasser, versuchte sich zu beruhigen.

Sie war schockiert von dem, was passiert war. Als sie den DCI auf dem Seminar in Bevham gesehen hatte, war er ihr angenehm erschienen, jung für seine Stellung und mit ungewöhnlichem Aussehen. Heute, ein paar Minuten nachdem er sich an den Tisch gesetzt und sie wegen einer Bemerkung seiner Mutter angelächelt hatte, hatte sie ihn angeschaut und sich verliebt, genauso unmittelbar, wie man manchmal einschlief oder über einen Witz lachte. Sie hatte von solchen Dingen gehört, hatte davon gelesen und sie als unglaubwürdig abgetan.

Simon Serraillers Gesicht schaute aus dem kalten Wasser zu ihr auf. Die Form seiner Hände und die Strähnen seines extrem feinen Haars, die Bewegung seines Kopfes, als er sich ihr zugewandt und dann auf den Tisch geblickt hatte, all das hatte sich in ihr Gedächtnis eingebrannt und jedes andere Bild, jeden anderen Gedanken verdrängt.

Ein Schauder überlief Freya.

Für Dich, mit all meiner hingebungsvollen Liebe, von Mir.

In diesem Sekundenbruchteil begriff sie, was Angela Randalls Widmung bedeutete; sie meinte, in den Kopf der Frau hineinsehen und sie verstehen zu können. Angela Randall, eine Frau mittleren Alters, die ein steriles, einsames Leben führte, hatte sich verliebt; vermutlich eine unerwiderte, sogar unpassende Liebe, und Angela Randall war in deren Krallen gefangen. Frauen in solchen Situationen kaufen für das Objekt ihrer Liebe leichtsinnig die teuersten Geschenke, egal, ob sie es sich leisten können; es ist ihnen sogar gleichgültig, ob diese Geschenke willkommen sind.

Für einen impulsiven Augenblick fühlte sich Freya vollkommen mit dieser Frau verbunden und spürte genau, dass sie damit richtig lag.

Das Tonband

Du hast mir mal erzählt, dass du ins Krankenhaus gegangen bist, um mich, wie du sagtest, »angezogen wie einen Arzt« zu sehen. Du hast fast drei Stunden lang gewartet, aber ich gehörte nicht zu den Gestalten im weißen Kittel, die an dir vorbeikamen, und schließlich hast du aufgegeben und bist enttäuscht nach Hause gegangen. Du hattest keine Ahnung, dass die Studenten in einem anderen Gebäude waren und sowieso im ersten Jahr selten weiße Kittel trugen; da gab es nur Vorlesungen und Mitschreiben, und wir trugen Sportsakkos. Aber du wolltest mich sehen, weil du nur dann glauben konntest, dass ich wirklich hier war, ein echter Medizinstudent. Dann hättest du stolz auf mich sein können, und der weiße Kittel wäre ein Symbol dieses Stolzes gewesen. Als ich ihn dann täglich zu tragen begann, hättest du dir nie vorstellen können, wie stolz ich ebenfalls darauf war.

Während der ersten paar Monate war es, als sei ich wieder ein kleiner Junge, der mit der Erkenntnis aufwacht, dass heute sein Geburtstag ist, und sich kneifen muss, um zu glauben, dass es wahr ist. Viele Wochen lang konnte ich wirklich nicht glauben, dass ich das erreicht hatte, wonach ich mich so lange gesehnt und worauf ich seit dem Tag hingearbeitet hatte, an dem ich wegen der zerbissenen Lippe im Krankenhaus genäht worden war.

Die Medizinvorlesungen waren durchaus interessant, aber in vieler Hinsicht war es wie die Rückkehr auf die Schulbank, und ich wollte mit der echten Arztausbildung beginnen. Ich wollte meinen weißen Kittel tragen. Ich wollte unter den mit Operationskitteln und Masken bekleideten Chirurgen und

Anästhesisten bei Operationen zuschauen. Und vor allem wollte ich den menschlichen Körper sezieren.

Als wir zum ersten Mal den Sezierraum betraten und ich die Leichen auf den Tischen sah, eine für jede Gruppe von uns, wurde mir schwindlig, aber nicht vor Entsetzen oder Abscheu wie den anderen, die bleich wurden und hinausliefen; mir wurde vor Aufregung schwindlig, sodass meine Hände zitterten und ich sie hinter dem Rücken verbergen musste. Dieser Raum mit diesen Leichen, diesen Instrumenten, diesem Geruch nach Formaldehyd und Antiseptika, die den Verwesungsgeruch überdeckten, war der Ort, an dem ich schon so lange sein wollte, war das Zentrum meiner Träume und das Ende so vieler Jahre Arbeit. Der Nervenkitzel hat mich nie verlassen, das Gefühl einer furchtbaren Erregung, das Gefühl von Macht. Eine Leiche in einem Sezierraum scheint so weit vom Leben entfernt zu sein, als hätte sie nie etwas damit zu tun gehabt. Das Fleisch hat keine lebendige Farbe, sondern die Farbe von Kitt. Wenn man in etwas Lebendes schneidet, blutet es, frisches, hellrotes Blut fließt aus den Adern, aber wenn man das Skalpell in eine Leiche auf dem Seziertisch versenkt, stößt man auf nichts derart Lebendiges. Nach sehr kurzer Zeit wird das Schneiden durch Fleisch und Sehnen und Muskeln, das Öffnen des Magens, des Herzens und der Lunge, das Herausnehmen von Leber und Nieren, das Aufwickeln meterlangen Gedärms zur Routine. Es wird auch zu einer sterilen Tätigkeit, und die Leiche könnte ebenso gut aus Plastik oder Gummi sein. Ein Hilfsmittel in der Ausbildung, und für einen auszubildenden Chirurgen gibt es keinen Ersatz für den Umgang mit echtem menschlichem Gewebe.

Es sind Kadaver, die schon lange tot sind. Wer waren sie? Woher stammten sie? Welches Leben haben sie geführt? Diese Fragen stellt man nicht. Woran sind sie gestorben? In welchem Zustand befinden sich ihre Organe, und was erzählt uns das über Krankheit und Alterungsprozess? Das sind die Fragen, die wir gelernt haben zu stellen und auf die wir die Antworten durch geduldiges Schichtabtragen an den Leichen unter unseren Händen finden würden. Wie sind die Muskeln angeordnet, wo liegt die Leber im Verhältnis zur Wirbelsäule, wo sind die Hauptschlagadern, deren Namen wir aus dem Lehrbuch auswendig gelernt, aber die wir noch nie in natura gesehen haben?

Nach zwei Wochen wirkte alles alltäglich, und ich war nicht mehr erregt. Viele Studenten gewöhnten sich so sehr an die Leichen, dass sie ihre Witze darüber machten. Sie entsetzten mich. Sie behandelten die Leichen ohne Respekt, was mir immer falsch vorgekommen ist. Der tote Körper verdient Achtung, egal, wie wir der lebenden Person, die ihm einst innewohnte, gegenüber empfunden haben. Ich war schockiert, als ich eines Morgens in den Sezierraum kam und sah, wie einer meiner Mitstudenten Seilspringen mit einer Darmschlinge machte.

Ich habe meine Liebe zum Sezierraum nie verloren. Das weißt du jetzt. Aber es hat nicht gereicht.

Bei einem großen Teil des Lehrstoffs musste ich mich sehr anstrengen. Die chemischen Formeln, die Physiologie, die Aufzählung der Krankheiten mit ihren Ursachen und Symptomen waren tief in dicken Lehrbüchern verborgen, mussten herausgeholt und dann auswendig gelernt werden, was ich schwierig fand. Aber ich hätte niemals aufgegeben. Du hast alles für mich geopfert, damit ich dort sein konnte, und das habe ich dir nie vergessen, das weißt du.

Daher war ich umso gespannter auf das, was noch kommen würde.

Der Sezierraum war der Anfang. Was mich danach antrieb, war die Aussicht, in den Operationssaal zu kommen und echten Chirurgen bei der Arbeit an lebenden Körpern zuzuschauen, deren Herz noch schlug und deren Lunge sich dehnte und deren Blut durch die seidigen Adern gepumpt wurde.

Erstaunlicherweise hatte ich nie viel über das Leichenschauhaus nachgedacht und wie ich darauf reagieren würde. Ich war nicht mal sicher, ob wir es je besuchen würden und wann und was uns dort erwarten würde.

Ich wünschte, du könntest verstehen, was ich empfand, als ich zum ersten Mal durch die hin- und herschwingenden Plastiktüren in den hell erleuchteten, weiß gekachelten Raum kam. Ich hatte eine Frage über Obduktionen gestellt, und zur Antwort wurde ich dorthin geschickt, um bei einer zuzuschauen.

Vielleicht hat jeder, der Medizin studiert, einen Moment der Klarheit, der ihm das Muster seiner Zukunft zeigt; jene, die Geburtshelfer werden, hören den ersten Schrei eines Säuglings, Augenärzte empfinden Erregung bei dem Gedanken, das Augenlicht zurückgeben zu können, die Psychiater reden mit einem angeblich geisteskranken Patienten und glauben, sie können diesen Menschen erreichen, seine geistige Gesundheit berühren und sie wieder zum Leben erwecken.

Mein Moment der Klarheit kam im Leichenschauhaus.

15

»Ich muss nicht in die Sprechstunde, mir geht's doch gut, oder?«

»Du gehst – und wenn ich mir den Morgen freinehmen und dich persönlich hinschleppen muss.« Sandy Marsh zog die Decke zurück und ließ die kalte Morgenluft über Debbies Körper streichen. »Dr. Deerborn ist netterweise hergekommen, und du warst in einem schrecklichen Zustand … Alles Mögliche hätte passieren können. Du hättest sterben können.«

»Ich wäre nicht gestorben.«

»Komm jetzt, steh auf. Du kannst nicht den Termin sausen und die Ärztin warten lassen. Das Wasser hat gerade gekocht, und ich habe zwei Brotscheiben in den Toaster gesteckt. Ehrlich, du brauchst eine Aufpasserin, keine Mitbewohnerin.«

Sandy ging zur Tür. Sie sah gut aus, dachte Debbie, schlank genug, um einen Müllsack anzuziehen und trotzdem schick auszusehen. An diesem Morgen trug sie eine schwarze Matrosenjacke über einem eng sitzenden, schwarz-weißen Druckrock, hohe Stiefel und einen pinkfarbenen Paschminaschal, der das ganze Outfit betonte. Es war auch keine Frage des Geldes, denn Sandy hatte nie viel übrig, nachdem alle Rechnungen bezahlt waren; sie kaufte sorgsam und billig ein und besaß die beneidenswerte Gabe, zu wissen, wie man die Sachen am besten kombinierte. Aber nicht mehr lange, sagte sich Debbie auf dem Weg ins Bad, nicht mehr lange, dann bin ich auch schlank und meine Haut ist rein, und dann kann ich das auch.

Sie sah in den Spiegel. Die Schwellung war zurückgegangen, aber es war immer noch eine schwache Rötung zu sehen, und die Haut unter ihren Augen wirkte papierdünn.

»Tschüss, Debs. Ich ruf dich an, um zu hören, was sie gesagt hat.«

»Ja, ja, schon gut.«

Aber Debbie wusste, dass sie sich glücklich schätzen konnte. Sandy mochte zwar herrisch und rechthaberisch sein, doch sie war eine gute Freundin, und Debbie war ihr etwas schuldig. Sie würde den Termin bei Dr. Deerborn einhalten, wenn auch nur aus diesem Grund.

Die Praxis befand sich ein paar Meilen entfernt am anderen Ende der Stadt, und normalerweise hätte Debbie den Bus genommen, aber heute Morgen ging sie zu Fuß. Die Strecke war nicht besonders abwechslungsreich, doch bei jedem Schritt, den sie machte, fühlte sie sich besser; sie war an der frischen Luft, atmete tief durch und war sich der Weite des Himmels über ihr und der Erde unter ihr bewusst, mit denen sie, Debbie Parker, durch unsichtbare, aber mächtige natürliche Kräfte verbunden war. Sie dachte an alles, was Dava ihr über die Erweiterung ihres Geistes und ihrer Seele gesagt hatte, um sich mit der ganzen Erde, dem Himmel und dem gesamten Universum im Einklang zu fühlen.

»Nichts ist fremd für dich, nichts ist dir feindselig gesinnt. Alles ist Teil von dir, und du bist wiederum Teil von allem. Du wirst sicher gehalten und wirst das spüren, sobald du dein Herz und deinen Geist öffnest. Geh viel spazieren, atme und schaue und lausche, dann wirst du merken, dass du dich jedes Mal freier fühlst und mehr in Harmonie mit dir.«

Es stimmte, sie fühlte sich im Einklang mit der Welt, der sich drehenden Erde unter ihr, den Schichten auf Schichten von … sie wusste nicht, was, aber sie hatte ein Bild im Kopf von tief hinabreichenden Wurzeln. Sie sah nach oben. Über ihr waren nur hellgraue Wolken, doch sie konnte sich ohne

Weiteres das Himmelsblau vorstellen und dahinter schimmerndes Gold, in das sie hineinschauen konnte.

Der Spaziergang war belebend, obwohl sie mehrfach stehen bleiben musste, um wieder zu Atem zu kommen. Auch das würde sich bessern, wenn sie mehr lief und fitter wurde. Dava hatte ihr geraten, ihre Stimmungen einzuordnen und mit Symbolen zu versehen, sie zu gewichten und ihnen Farben und Formen zu geben. An diesem Morgen war ihre Stimmung leicht, sie wog fast nichts; sie war silbrig weiß und hatte weiche, wolkige Kanten.

Der eine Besuch bei Dava hatte alles in Debbie Parkers Welt verwandelt. Sie wusste, dass sie Dr. Deerborn heute Morgen eigentlich nicht aufsuchen musste. Dava würde ihre Zukunft formen und sie durch alle Veränderungen geleiten, die auf dem Weg zu ihrem neuen Selbst, einem neuen Leben stattfinden würden. Sie würde schlank sein, eine reine Haut haben, sie würde unbeschwert und optimistisch sein, ausgeglichen und fröhlich; sie würde studieren oder sich einen neuen Job suchen. Sie würde mehr Freunde finden, und ihr ganzes Selbst würde sich ausweiten.

Verschwitzt und mit einer Blase an der linken Ferse erreichte sie die Praxis in Manor House, war aber trotzdem so glücklich, dass sie am liebsten laut gesungen hätte. Selbst während des Wartens war sie glücklich. Das Wartezimmer war voll junger Frauen mit hustenden Kleinkindern und alter Männer, die über die Wartezeit meckerten, und die Zeitschriften waren verknickt, aber für Debbie war alles wunderbar und Teil der einen, harmonischen Welt. Sie fand es erstaunlich, dass hier niemand sonst von Dava und seinen Kräften wusste, von seiner Heilfähigkeit und der Hilfe, die er ihnen geben konnte, seiner Schönheit und Spiritualität. Vielleicht sollte sie ein paar von den blauen Karten mitbringen und auf den Tisch neben die Zeitschriften legen, aber nach kurzem Nachdenken entschied sie sich dagegen, denn selbst wenn die Patienten dankbar dafür wären, käme es bei den Ärzten vermutlich nicht so gut an.

»Debbie Parker, bitte.«

Dr. Deerborn war blass und hatte eine Erkältung. Das schien sich auf ihre Stimmung auszuwirken.

»Was um Himmels willen haben Sie sich dabei gedacht, Debbie? Hatten Sie überhaupt eine Ahnung, was Sie da eingenommen haben oder was in dem Zeug war, das Sie sich aufs Gesicht geschmiert haben?«

Debbie fühlte sich vernichtet.

»Lassen Sie mich mal Ihre Haut anschauen. Kommen Sie hier rüber ans Licht.«

»Ich finde nicht, dass ich was falsch gemacht habe.«

»Wirklich? Nach allem, was passiert ist?«

»Tja, das konnte ich ja nicht wissen, oder? Sie haben selbst gesagt, dass Menschen auf alles Mögliche merkwürdig reagieren.«

»Ja, stimmt. Schieben Sie es auf eine schlechte Nacht, aber ich sollte es nicht an Ihnen auslassen. Gut, kümmern wir uns erst mal um Ihre Akne. Warum sind Sie damit nicht gleich zu mir gekommen, Debbie? Das lässt sich heutzutage so leicht heilen. Ich gebe Ihnen ein Antibiotikum, das Sie sechs Wochen lang nehmen müssen. Hören Sie nicht vorher damit auf. Die Akne wird allmählich zurückgehen und nicht wiederkommen.«

»Und das ist alles? Keine Salben und Zeugs?«

»Nein. Sie brauchen nichts auf Ihre Haut zu schmieren, und kaufen Sie keine Lotionen, die Wunder versprechen, das Antibiotikum reicht völlig aus. Sie hatten bisher kein Asthma, oder?«

Sie las in Debbies Karteikarte.

»Nein. Soviel ich weiß, nicht.«

»Vermutlich eine einmalige Reaktion, aber ich verschreibe Ihnen trotzdem einen Inhalator. Achten Sie darauf, ihn immer bei sich zu haben, in der Handtasche, neben dem Bett. Sie werden vielleicht nie wieder einen Asthmaanfall bekommen, aber selbst ein einziger muss als Warnung verstanden werden. Also tragen Sie ihn immer bei sich. Wenn wir hier fertig sind, warten Sie hinten noch kurz, dann gibt die Sprechstundenhilfe Ihnen eine Einführung. Sie zeigt Ihnen, wie man den Inhalator richtig benutzt – das ist nicht schwierig, aber es ist ein Trick dabei.«

»Gut. Danke.« Debbie stand auf.

»Nein, Debbie, gehen Sie noch nicht. Ich möchte mit Ihnen über diesen Menschen sprechen, den Sie in Starly aufgesucht haben.«

»Oh.«

»Ich bin nicht wie manche Ärzte, die jede Art von alternativer Behandlung ablehnen. Ich schicke Patienten zur Akupunktur und zum Osteopathen und bin auch für gewisse andere Therapieformen offen. Aber es gibt viele Scharlatane, und die ganze Sache läuft völlig unreguliert, wissen Sie. Es ist nicht so, dass sie, wenn sie einem auch nicht viel Gutes tun, keinen Schaden anrichten können. Das können sie sehr wohl. Ich bin sehr darum besorgt, meine Patienten zu schützen. Sie waren deprimiert, und das kann einen sehr verletzlich machen. Also, bei wem waren Sie?«

Debbie war sich unsicher, wie viel sie verraten sollte. Sie vertraute Dava, er war wunderbar, hatte mit ihr gesprochen wie noch nie jemand zuvor, aber angesichts Dr. Deerborns Fragen kam sie sich töricht vor.

»Er … er war wirklich gut, Dr. Deerborn. Es war eigentlich nur ein Gespräch.«

»Gespräche sind nicht immer harmlos. Außerdem hat er Ihnen die Tabletten und die Salbe geschickt. Ich habe die Sachen mitgenommen, hat Ihre Mitbewohnerin es Ihnen gesagt? Ich lasse sie analysieren. Was hat er gemacht?«

»Es war nur ein Gespräch, wie ich schon sagte.«

»So wie das hier?«

»In etwa …«

Debbie dachte nicht daran, ihr von der Couch und von dem seltsamen Gefühl zu erzählen, sich außerhalb ihrer selbst und der Wirklichkeit zu befinden, dem schwebenden Gefühl und dem Eindruck, von etwas Außergewöhnlichem berührt worden zu sein.

»Wären Sie bereit, mir seinen Namen zu nennen?«

»Was wollen Sie unternehmen? Ich beschwere mich ja nicht, oder?«

»Natürlich nicht. Und ich kann gar nichts unternehmen, selbst wenn ich wollte. Aber wie schon gesagt, ich habe die Pflicht, meine Patienten zu schützen.«

»Er heißt Dava.«

»Und wie noch?«

Debbie zuckte die Schultern.

»Hat er Ihnen ärztliche Ratschläge gegeben?«

»Nein. Er hat viel von spirituellen Dingen geredet. Meine Psyche. Er sagte, ich müsse … im Einklang mit dem Universum sein. Ich solle viel an der frischen Luft spazieren gehen. Er sagte, das sei gut für meine Haut.«

»Schaden kann es jedenfalls nicht.«

»Und Ernährung. Er hat mir einen Diätplan gegeben.«

»Aha.«

»Ich soll Vollwertkost essen … Körner und Obst und Gemüse, kein Fleisch, keine Milchprodukte.«

»Viel Soja?«

»Woher wissen Sie das?«

Dr. Deerborn lächelte. »Die meisten scheinen viel von Soja zu halten.«

»Ist das schlecht?«

»Nein. Aber manche Menschen sind allergisch dagegen.«

»Also kann ich sie einhalten? Die Diät?«

»Ja. Sorgen Sie nur dafür, dass Sie genügend Proteine bekommen … Fisch oder Eier. Obst und Gemüse und Körner sind gut, und gönnen Sie sich von Zeit zu Zeit mal etwas. Es ist wichtig, nicht zu streng mit sich zu sein. In dieser Hinsicht sind Sie auch verletzlich, Debbie, da Sie depressiv waren. Also trinken Sie mal einen Cappuccino oder ein Glas Wein und essen Sie ab und zu ein ordentliches Stück Schokolade. Seien Sie nicht zu hart zu sich.«

»In Ordnung. Danke. Ist das alles?«

»Ja, das ist alles. Ende der Lektion.«

Debbie drehte sich um, den Türknauf schon in der Hand. »Er hat mir ein wunderbares Gefühl gegeben. Verstehen Sie? Er hat mir geholfen, alles anders zu sehen. Jemand wie ihm bin ich noch nie zuvor begegnet.«

Nachdem Debbie zur Sprechstundenhilfe gegangen war, kritzelte Cat Deerborn eine Zeit lang auf ihrem Notizblock herum und ließ sich das, was das Mädchen erzählt hatte, durch den Kopf gehen. Dava. Der Name klang unecht und bedeutete nichts, und es war affektiert, keinen Nachnamen zu nennen. Die Ratschläge, die Debbie erhalten hatte, wirkten eigentlich nicht verkehrt, obwohl sie das auch einer Reihe von Zeitschriften hätte entnehmen können, oder zumindest harmlos. Ein, zwei Bemerkungen von Debbie hatten noch auf etwas anderes hingedeutet, einen Hokuspokus der bekannten Art von innerer Harmonie und dem Einklang mit dem Universum. Das ließ sich alles leicht abtun, und Cat bezweifelte, dass die Tabletten mehr enthielten als eine nutzlose Mischung sanfter Kräuter, aufgepeppt mit Soja. Die Salbe war sicher nicht gefährlich; es war nur Debbies Pech gewesen, dass sie auf etwas in dem einen oder anderen allergisch reagiert hatte.

Und doch machte Cat sich Sorgen. Ein Mädchen wie Debbie, übergewichtig, mit schlechter Haut, unattraktiv und geschmacklos gekleidet, ohne Job und ausreichendes soziales Umfeld, war verletzlich, und die Tatsache, dass sie eine ernsthafte Depression gehabt hatte, ließ noch mehr Alarmglocken klingeln. Ein nicht ausgebildeter Therapeut, der jemandem wie Debbie Parker psychologische Ratschläge gab, besonders wenn es mit einem Abtauchen in die Vergangenheit verbunden war, beispielsweise mit sogenannter Regression oder »Rebirthing«, konnte ungemeinen Schaden anrichten.

Sie schrieb Dava auf ihren Block. Sie hatte nicht die Macht, jemanden wie ihn aus seinem Geschäft zu vertreiben, und selbst wenn er aus Starly verschwand, konnte er überall wieder aufmachen.

»Dava.« Cat sprach den Namen laut aus, spöttisch, bevor sie nach dem nächsten Patienten klingelte.

Debbie Parker ging die zwei Meilen nicht wieder zu Fuß nach Hause. Es hatte zu nieseln begonnen, und die Blase am Fuß tat weh. Stattdessen wartete sie am Ende der Adison Road eine halbe Stunde auf den Bus. Sie war durcheinander. Dr. Deerborn schien manchem, was Debbie aufgrund ihres Gesprächs mit Dava tat, nicht ablehnend gegenüberzustehen; die körperliche Betätigung, die Diät – dazu hatte sie ziemlich zustimmend genickt. Aber in ihrem Gesichtsausdruck und dem Klang ihrer Stimme war etwas gewesen, das Debbie ein unbehagliches, fast schuldhaftes Gefühl gab. Wie nach einer Vorladung beim Direktor. Danach fühlte man sich kleiner und törichter als beim Hineingehen. Aber sie war jetzt eine erwachsene Frau, warum sollte sie sich also wie ein dummes Kind fühlen?

Der Bus war warm und dampfig, und während sie mit dem Ärmel über das beschlagene Fenster wischte, um hinaussehen zu können, fiel Debbie ihre letzte Busfahrt ein, nach Starly. Der Gedanke an diese Fahrt, die Wartezeit im Café, die Erinnerung an Davas Haus in der steilen, engen Straße und an sein Sprechzimmer wie auch an den erstaunlichen Mann selbst erregte Debbie und machte sie gleichzeitig trotzig. Er hatte ihr besser getan als irgendjemand sonst, oder?

Ihre Trübsal war verflogen, und sie fühlte sich zum ersten Mal seit Monaten ausgeglichen und glücklich. Was sollte daran schlecht sein? Sie war ihm dankbar und würde ihm das zeigen. Es war nicht Davas Schuld, dass sie so schlimm auf die Mittel reagiert hatte, das konnte jederzeit und jedem passieren. Dr. Deerborn hatte es selbst gesagt.

Im Stadtzentrum von Lafferton stieg sie aus und kaufte sich einen Müsliriegel mit Schokolade, um ihn auf dem Heimweg zu essen. Das sollte sie beide glücklich machen, dachte sie, als sie das Stanniol aufriss.

Auf der Fußmatte lag ein Brief. Als Debbie den Umschlag aufschlitzte, erkannte sie die wunderbare blaue Karte sofort. Sie schien in der Dunkelheit des Flurs zu leuchten, und das Leuchten schloss Debbie wie in einem warmen Kreis ein.

Dava
Bitte komme zu deinem nächsten Termin pünktlich um zwei Uhr fünfzehn am Dienstag, den 30. Januar. Dieser Zeitpunkt ist sorgfaltig und persönlich als der günstigste für deine Therapie ausgewählt worden.

Debbie machte sich eine Tasse Tee und setzte sich, mit der Karte vor sich, an den Küchentisch, versenkte sich in die Tiefe des magischen Blaus. Die Wirkung, die es auf sie hatte, war fast so stark, wie mit Dava in einem Raum zu sein. Sie fühlte sich belebt und verändert und war überzeugt davon, dass ihre Zukunft voll unendlicher Möglichkeiten war, über alles hinaus, was sie sich erträumt haben könnte, bevor sie diesen einen mutigen Schritt gewagt hatte.

Die Küche schien den ganzen Tag von der Ausstrahlung des spirituellen Lichts der Karte zu leuchten. Später erkannte Debbie, dass sie alles, was Dava ihr geraten hatte, immer und immer wieder tun wollte, damit er, wenn sie das nächste Mal zu ihm kam, ihr gratulieren und stolz auf sie sein würde.

Also machte sie sich wieder auf den Weg, nachdem sie ihre Blase verpflastert und zwei Paar Socken angezogen hatte. Es war halb fünf, die Kinder kamen aus der Schule, hüpften mit ihren bunten Schultaschen über den Bürgersteig, stiegen aus Autos, die Arme voll mit Geigenkästen und Spielen, Büchern und Frühstücksdosen. Das Wohlwollen und die Freundlichkeit, die sie für die Kinder empfand, schienen Debbie wie ein strahlender Nimbus zu umgeben, und sie wunderte sich, dass sie nicht angestarrt wurde.

Der Nachmittag war feucht, und es nieselte immer noch leicht, aber die Schneeglöckchen sprossen kräftig unter den Bäumen in den großen Gärten der teuren Häuser auf dem Weg zum Hügel. Debbie fühlte sich von dem uralten grünen Herzen Laffertons angezogen; sie wusste, dass die Wernsteine besondere Kräfte besitzen sollten, ähnlich wie der Starly Tor. Man sagte, die Steine sähen alles, und sollten sie jemals zerschlagen werden, würde man in ihrem Inneren alle Geheimnisse Laffertons über Generationen hinweg eingemeißelt finden. Wenn sich Menschen nach Einbruch der Dunkelheit widerrechtlich trafen, sahen die Wernsteine sie, wie sicher sie sich auch fühlten, und wenn in Hörweite der Steine eine Lüge ausgesprochen wurde, würde sie aufgedeckt werden, auch wenn daruber viele Jahre vergehen konnten. Debbie nahm sich vor, Dava wegen des Hügels zu befragen.

Inzwischen war es fast dunkel. Ein Paar führte auf dem Pfad vor ihr seinen Hund aus, aber sie bogen bald ab, zurück zur Straße. Debbie ging flott, verlängerte ihre Schritte, ließ die Arme schwingen und atmete tief durch. Sie wünschte, der Mond käme heraus und sie könnte zum Himmel aufblicken und die Sterne sehen, aber es wurde nur dunkler und trüber. Ihre Turnschuhe quietschten ein wenig auf dem feuchten Weg, und nach einer Weile, irritiert von dem Geräusch, wich sie auf den Graspfad aus, der zwischen dem

Unterholz zu den Wernsteinen hinaufführte und dann zu einer uralten Baumgruppe auf der Kuppe. Nach kurzer Zeit wurde der Pfad sehr steil, und Debbie kam außer Atem. Sie blieb stehen und lehnte sich an einen Baum, beugte sich vor, um das Stechen in der Seite zu vermindern. Unter sich sah sie die verschwommenen, orangefarbenen Lichter der Stadt. Über ihr war alles ausgelöscht. Die Nachtluft roch gut, nach feuchtem Gras. Sie versuchte, an die sich drehende Erde unter ihr und den Himmelsbogen über ihrem Kopf zu denken, die Harmonie, in der sie sich mit ihnen befand, und für einen Augenblick schien es, als gelänge es ihr, das Gefühl heraufzubeschwören, eins mit dem Universum zu sein, ein Teil des Geistes, der alles geschaffen hat.

Ein kleines Geräusch schreckte sie auf, vielleicht ein Schritt, vielleicht das Rascheln des Windes im Unterholz. Sie drehte den Kopf und versuchte es auszumachen. Es wehte kein Wind, die Luft war ziemlich still. Dann hörte sie es wieder, ein paar Meter unter ihr, aber ob zur rechten oder zur linken Seite, konnte sie nicht ausmachen.

Furcht durchschoss Debbie, machte sie gefühllos, ließ ihren Atem stocken. Das Herz hämmerte ihr in den Ohren wie Wellenschlag. Sie konnte nichts sehen und wagte nicht, sich zu bewegen. Sie war gelähmt vor Angst und der Erkenntnis ihrer Verletzlichkeit. Wie dämlich von ihr, hier alleine in der Dunkelheit herzukommen, ohne jemandem gesagt zu haben, wohin sie ging. Angespannt und entsetzt lauschte sie auf jedes kleinste Geräusch, jede Bewegung. Aber jetzt war nichts mehr zu hören. Die Dunkelheit und die Stille waren absolut, erdrückten sie, schwer und erstickend. Sie hatte die Orientierung verloren, wagte sich nicht zu bewegen, weil sie nicht wusste, welcher Weg zur Straße hinunterführen würde. Um Stütze und Trost zu finden, klammerte sie sich an den kalten, feuchten Baumstamm. Der Baum war ein lebendes Ding, Teil des Universums und mit ihr verbunden; wenn sie mit ihm in Berührung blieb, würde sie stark und sicher sein.

Irgendwo nicht weit entfernt in der Dunkelheit ertönte ein leises Geräusch, dann wieder, aber dieses Geräusch war anders, kein Rascheln oder Wispern, sonder ein schwaches, dünnes Kratzen.

Der Nieselregen setzte wieder ein, ließ ihr Gesicht und ihre Hände kalt werden. Dann sah sie unterhalb des Weges die Scheinwerfer eines Autos und hörte gleich darauf den Motor. Wenn sie jetzt losging, schnell, wenn es ihr gelang, auf dem Gras nicht auszurutschen und den Weg sicher zu erreichen, könnte sie es bis zu dem Auto schaffen, das einen Fahrer haben würde, ein weiteres menschliches Wesen, und vielleicht sogar Mitfahrer, dann würde alles wieder normal sein, und was immer hier in der Dunkelheit kratzte, würde hinter ihr liegen.

Nach einem tiefen Atemzug ließ Debbie den Baum los und stolperte über den Graspfad hinab, aber es regnete jetzt heftiger und die Wege wurden rutschig, sodass sie, als sie weiter unten war, ausglitt und schwer auf ihren Arm prallte, mit dem sie den Sturz hatte abfangen wollen. Sie blieb liegen, weinend vor Angst und Enttäuschung, aber nicht, wie sie nach ein paar Augenblicken erkannte, vor Schmerz. Sie war aufgeprallt, und ihre Handfläche war beim Weiterrutschen aufgeschürft worden, doch als sie sich aufsetzte, merkte sie, dass nichts gebrochen oder verrenkt war, und sie konnte sich hochstemmen. In dem Moment schien ihr ein Licht direkt ins Gesicht. Sie war näher an der Straße, als sie gedacht hatte, und das Licht stammte von den Scheinwerfern eines Kleinbusses, der vor ihr angehalten hatte.

Ihr Brustkorb schmerzte von der Anstrengung des Atmens und der Strapaze und Anspannung, in Panik durch die Dunkelheit zu rennen, und als sie eine Männerstimme hörte, konnte sie einen Moment lang nicht antworten. Aber die

Tatsache, dass da ein anderes menschliches Wesen war und sie es sicher vom Hügel heruntergeschafft hatte, ließ sie vor Erleichterung schlaff werden.

»Hallo? Sind Sie verletzt?«

Zuerst kam die Stimme aus dem Bus, dann wurde eine Tür geöffnet.

»Können Sie bitte das Licht ausmachen, ich kann nichts sehen …«

»Entschuldigung.«

Einen Augenblick später wurde das Licht gesenkt, sodass es nur noch den Weg beschien, aber Debbie war immer noch geblendet. Sie hörte Schritte, dann war der Mann neben ihr. Er hielt eine Taschenlampe in der Hand. Sie erkannte ein Tweedjackett, konnte seine Gesichtszüge aber nach wie vor nicht sehen.

»Was ist passiert?«

»Ich bin … Ich bin da oben spazieren gegangen … Es war dunkler, als ich gedacht hatte. Und dann habe ich etwas gehört.«

»Was denn?«

»Ich weiß nicht, aber es war unheimlich, so ein Kratzen oder Rascheln …«

»Vielleicht Kaninchen oder ein Dachs. Oder ein streunender Hund.«

»Ja.« Sie hielt sich die Seite, als die Stiche kurz wieder einsetzten.

»Ich konnte nur nichts erkennen. Ich bin einfach gerannt, aber die Pfade sind so rutschig, da bin ich ausgerutscht.«

»Haben Sie sich verletzt?«

»Ich glaube nicht. Ich hab mir die Hand aufgeschürft, als ich mich abfangen wollte, aber das ist nicht schlimm. Und ich hab mir das Knie angeschlagen, glaube ich.«

»Da haben Sie aber Glück gehabt.«

»Ja. Da oben hat sich das nicht so angefühlt.«

»Vielleicht ist es keine so gute Idee, nach Einbruch der Dunkelheit allein auf den Hügel zu gehen.«

»Glauben Sie, es ist gefährlich?«

»Vermutlich ist es völlig ungefährlich, doch Sie sind eine junge Frau, und da kann man nicht vorsichtig genug sein. Nehmen Sie nächstes Mal lieber eine Freundin mit. Oder, besser noch, gehen Sie bei Tageslicht. Früh am Morgen statt am späten Abend.«

»Danke. Vielen Dank.«

»Haben Sie es noch weit bis nach Hause?«

»Ungefähr eine Meile, aber durch die Straßen, da wird mir nichts passieren.«

»Nein, doch ich könnte Sie mitnehmen. Sie sind klatschnass und haben einen Schock erlitten. Das dauert nur zwei Minuten.«

Debbie zögerte. Er wirkte nett, hatte nichts Unheimliches an sich. Sie sollte einsteigen, es war durchaus sinnvoll, rasch nach Hause zu kommen. Doch er bemerkte ihr Zögern.

»Nein, natürlich nicht. Das war ein dummer Vorschlag. Sie kennen mich nicht. Sie sollten nicht mit jemandem mitfahren, den Sie nicht kennen, vor allem nicht nachts. Aber ich möchte mich vergewissern, dass Sie gut nach Hause kommen. Ich mache Ihnen einen Vorschlag … Sie gehen voraus, ich folge Ihnen bis zur Hauptstraße mit angeschalteten Scheinwerfern, dann kann Ihnen nichts passieren, und von da an sind Sie unter Menschen und Autos, und ich brauche mir keine Sorgen zu machen. Und ich sollte mich ebenfalls vergewissern, dass Sie sich wirklich nicht verletzt haben und laufen können. Ist jemand da, wenn Sie nach Hause kommen?«

»Sandy Marsh, meine Mitbewohnerin.«

»Gut. Dann gehen Sie mal los … Ich folge Ihnen bis zur Hauptstraße, bevor ich Sie verlasse.«

Debbie wartete, bis er wieder in den Bus gestiegen war und gewendet hatte, dann ging sie voraus. Weit und breit war niemand zu sehen. Sie war froh, dass der Mann langsam hinter ihr herfuhr, die Scheinwerfer auf Standlicht geschaltet, sodass sie den Weg im Lichtschein gut erkennen konnte, bis sie zu der belebteren Straße kam, zu einer Reihe von Läden und der Tankstelle. Sie drehte sich um. Die Scheinwerfer des Busses blinkten auf, und als er wegfuhr, die Straße hinunter, winkte der Mann ihr zu. Debbie Parker winkte dankbar zurück. Jemand hatte sich um sie gekümmert, als sie nicht damit gerechnet hatte. Ihr fiel noch etwas ein, das Dava gesagt hatte. »Auf dich wird immer aufgepasst werden. Du wirst bewacht und beschützt. Vergiss das nicht.«

Das stimmte. Sie hatte Geschichten von Menschen gehört, die an abgelegenen Orten und in gefährlichen Situationen Hilfe gefunden hatten, nur um später herauszufinden, dass der Helfer ein Engel in Menschengestalt gewesen war.

Bei der plötzlichen Erkenntnis, dass ihr genau das passiert sein könnte, machte ihr Herz einen Satz. Warum auch nicht? Sie war in Gefahr gewesen oder hatte das zumindest geglaubt, und aus der Dunkelheit war ein Retter aufgetaucht, der wieder verschwunden war, nachdem er sie in Sicherheit wusste. Es passte alles, hatte so viel Ähnlichkeit mit den Geschichten engelhafter Erscheinungen, die sie gelesen hatte.

Sie konnte es kaum erwarten, Dava davon zu erzählen.

Debbie bog um die letzte Ecke, von wo aus sie sah, dass in ihrer Wohnung Licht brannte. Sie würde sich einen Drink einschenken und ein heißes Bad nehmen und später, im Morgenmantel auf die Couch gekuschelt, Fernsehen schauen.

Als sie die Wohnungstür öffnete und »Hallo« rief, beschloss sie, Sandy doch nichts von ihrem Retter zu erzählen oder dass sie überzeugt sei, es habe sich nicht um ein gewöhnliches menschliches Wesen gehandelt. Sandys fröhlicher gesunder Menschenverstand würde wie ein Stock wirken, der in einem zarten Spinnennetz herumstochert, und Debbie wollte sich die Begegnung mit dem Engel bewahren, sie sich nicht vom Spott ihrer Mitbewohnerin verderben lassen. Vermutlich würde sie nicht einmal erwähnen, dass sie nach Einbruch der Dunkelheit allein auf dem Hügel gewesen war. Die Geräusche waren bestimmt von kleinen, herumhuschenden Tieren verursacht worden, aber jetzt, wo sie es sicher nach Hause geschafft hatte, kam sie sich blöd vor. Nirgendwo konnte man sich heutzutage in Sicherheit wiegen, nicht einmal im muffigen alten Lafferton, und außerdem war sie es ihrem Retter schuldig, sich nicht mehr in Gefahr zu begeben. Natürlich würde sie wieder auf den Hügel gehen. Durch ihn verliefen Kraftlinien, und die würden ihr helfen, sich mit dem Universum in Einklang und Harmonie zu fühlen. Nur würde sie in Zukunft bei Tageslicht gehen, vor allem am frühen Morgen. Die Morgendämmerung war eine günstige Zeit, das wusste Debbie. Aus diesem Grund tanzten die Menschen am Mittsommertag im Morgengrauen auf dem Starly Tor.

Als sie sich in das pfirsichfarbene Schaumbad sinken ließ, nahm sie sich vor, Dava auch danach zu fragen.

16

Die Leuchtzeiger des Weckers zeigten auf Viertel nach vier. Freya lag auf der Seite, starrte sie an, schaute dem Sekundenzeiger zu. Ihr war kalt.

Verdammt. Verdammt. Verdammt. Dreck. Mist. Sauerei. Scheiße. Verdammt …

»Großer Gott.« Diesmal sprach sie es laut aus, schob die Decke von den Füßen, die zu Boden glitt.

Sie brauchte etwas zu trinken und eine Wärmflasche und dann mehrere Kapitel aus dem Buch, in das sie so vertieft gewesen war, bevor »diese Sache«, wie sie es ärgerlich nannte, von ihrem Hirn Besitz ergriffen hatte.

Während sie darauf wartete, dass das Wasser kochte, zog sie das Rollo hoch und sah nach draußen. Die Küche ging zum Garten hinaus – Gras, Fliederbüsche, ein paar Rosen. Sogar ein Schuppen. Auf der anderen Seite der Mauer standen Häuser, und in einem der oberen Fenster brannte ein einziges Licht. Freya überlegte, ob es wohl auch zu einem Schlaflosen gehörte, dessen Gedanken endlos herumwirbelten, während er sich im Bett wälzte, oder einer Mutter, die nach ihrem weinenden Kind sah. Sie öffnete das Fenster einen Spaltbreit, und der einzigartige Geruch der Nacht drang herein, nach feuchten Blumenbeeten und grünen Büschen, dazu schwache Spuren von Rauch und Auspuffgasen, sie erinnerten Freya an all die Nächte in ihrer Anfangszeit als Streifenpolizistin. Sie hatte das gemocht, es hatte immer eine gewisse Spannung geherrscht, und der Umgang miteinander beim Nachtdienst war auch anders, lustiger, hilfsbereiter; man erzählte den Kollegen auf der nächtlichen Streife Dinge, die man vielleicht nicht einmal seinem Lebenspartner gestand oder den Eltern verraten hätte, und hörte sich seinerseits ihre Geständnisse an, in der heimeligen Abgeschlossenheit des Streifenwagens und beim Gehen durch stille, dunkle Straßen. Freya hatte ihren Wechsel zur Kriminalpolizei und die darauffolgende Beförderung nicht bedauert, genauso wenig wie ihren Umzug nach Lafferton, aber der Geruch der Nachtluft schlug dennoch eine Saite an.

Sie wandte sich vom Fenster ab, füllte die Wärmflasche und den Teebecher. Sie hatte mit Unterbrechungen nicht mehr als eine Stunde geschlafen, sich dann im Bett herumgewälzt, bis ihre Decke und ihre Kissen völlig zerwühlt waren, hatte abwechselnd geflucht, sich gesehnt oder auch nur versucht, sich über ihre Gefühle klar zu werden und zu begreifen, was passiert war.

Simon Serrailler war nicht zu dem Chorfest gekommen. Freya hatte viel Zeit damit verbracht, die passende Kleidung auszuwählen, sich zu frisieren und zu schminken, und auf dem Weg dorthin hatten ihre Hände feucht auf dem Lenkrad gelegen, und ihr Mund war trocken gewesen. Wie ein verdammter Teenager, dachte sie wütend, als sie in die Einfahrt von Hallam House bog. Dort parkten schon viele Autos, und Licht leuchtete einladend aus allen Fenstern im Erdgeschoss. Die Vorhänge waren offen, und Freya konnte Menschen hinter den Scheiben sehen, aber nicht ihn. Sie hörte ein plötzliches Lachen, und Schüchternheit überkam sie, sodass sie fast wieder ins Auto gestiegen und weggefahren wäre. Gesellige Zusammenkünfte waren ihr nie schwergefallen, aber ihre Ehe mit Don hatte einen Großteil ihrer Gelassenheit und Selbstsicherheit untergraben – und außerdem waren sie nur selten ausgegangen und nur dorthin, wo sie Arbeitskollegen oder Leute, die sie bereits kannten, treffen würden. Ein weiteres Auto bog in die Einfahrt und parkte neben ihrem. Freya wartete, wusste nicht, was für einen Wagen

Simon Serrailler fuhr, hoffte verzweifelt, es sei seiner, damit sie zusammen mit ihm ins Haus gehen konnte. Die Scheinwerfer erloschen, und zwei Leute stiegen aus, eine davon die Frau, die Freya nach der Probe heimgefahren hatte. Sie rief ihren Namen. »Sharon!« Mit jemandem hineinzugehen, den sie zumindest flüchtig kannte, verhieß ihr wenigstens einen reibungsloseren Anfang des Abends.

Ihre Desserts wurden gelobt und verschlungen, und sie versprach mehreren Gästen die Rezepte. Sie genoss es, hier zu sein, vertiefte sofort ihre neue Freundschaft mit Meriel Serrailler und fasste spontan eine Abneigung gegen deren Mann, der eine sarkastische Zunge hatte und einen Ausdruck, in dem sich Überlegenheit mit Missfallen mischte.

Der Abend war schön, aber sie hatte ihn sich selbst verdorben, weil sie ständig in der Hoffnung zur Tür geschaut hatte, er käme herein, und sich dann vor ihrer Reaktion gefürchtet hatte, und als sie bemerkte, dass es schon nach zehn war und er nicht mehr kommen würde, war sie so enttäuscht, dass sie keinen Spaß mehr hatte und ging.

Wieder im Bett, warm und gemütlich, schüttelte sie ihre Kissen auf und legte sich in den Lichtkreis der Lampe, versuchte dem Geschehen und dessen Bedeutung einen Sinn abzugewinnen. Sie war niedergestreckt worden, augenblicklich und total, von dem Aussehen und dem Klang und der Aura und der Persönlichkeit des Mannes; sie war unter einen Bann geraten, ihr waren Liebestropfen in die Augen geträufelt worden – sie ging alles durch, was ihr an literarischen Klischees für einen ganz gewöhnlichen Vorgang einfiel, den sie aber selbst noch nie erlebt hatte. Sie war verwirrt und bestürzt davon, verblüfft darüber, dass sie dem, was sie eher wie einen kräftigen Schlag als wie ein Gefühl empfand, schutzlos ausgeliefert war und vor ihrem inneren Auge, ob sie etwas tat, ob sie an etwas dachte, ob sie mit jemandem sprach oder allein war, in ihrem Auto fuhr oder schlaflos im Bett lag oder die Seiten eines Buches umblätterte, ständig Simon Serrailler sah, wie er am Küchentisch seiner Mutter gesessen hatte, einen Becher Tee vor sich und die Hand darüber, in der er den Keks hielt. Das Bild ging ihr nicht aus dem Kopf, als wäre es auf ihrer Netzhaut eingebrannt. Es war auch jetzt da.

Sie griff nach ihrem Buch, das sie bis heute so fesselnd gefunden hatte, die Geschichte so spannend, dass sie sich immer mit dem Abwaschen oder Duschen beeilt hatte, um weiterlesen zu können. Jetzt las sie zum zweiten Mal die letzten drei Absätze, und sie ergaben wenig Sinn, hinterließen keinen Eindruck. Ihr Wecker zeigte zwanzig vor fünf. Das Einzige, was ihren Geist beschäftigen und ihn davon abhalten konnte, auf Simon Serrailler zurückzukommen, war Arbeit, und der einzige Fall, der sowohl ein Rätsel wie auch eine Herausforderung darstellte, war Angela Randall, die Vermisste. Sonst gab es nur noch einen, wie Freya fand, tödlich langweiligen Fall von Veruntreuung, ein paar Autodiebstähle und die unvermeidlichen Drogendelikte. Sie nahm den Block, den sie auf dem Nachttisch neben dem Telefon liegen hatte, und begann sich Notizen zu machen. Nach der Durchsuchung des Hauses und den Gesprächen mit der Chefin aus dem Pflegeheim hatte sich Freya ein Bild von Angela Randall zusammengestellt. Sie fühlte sich auf seltsame Weise mit ihr verbunden. Zehn Minuten lang fasste sie den Fall kurz und prägnant zusammen, dann war sie plötzlich erschöpft. Am nächsten Morgen brauchte sie nicht gleich ins Büro, musste erst etwas im neuen Gewerbegebiet am Stadtrand überprüfen, im Zusammenhang mit dem Veruntreuungsfall, den sie am liebsten so schnell wie möglich an das Betrugsdezernat abgegeben hätte. Danach würde sie jedoch, ohne das Wissen des DI und vorzugsweise mithilfe des eifrigen jungen DC Nathan Coates, noch etwas mehr Zeit auf Angela Randall verwenden.

Sie knipste die Lampe aus und sank in einen schweren Schlaf.

Nathan Coates hatte sich seit kurz nach halb acht zielstrebig durch die Datenbank verurteilter Drogenstraftäter gearbeitet. Jetzt war es elf, und er hatte sich mit seinem dritten Becher Kaffee für die nächste Runde aufgepeppt, als Freya an seinem Schreibtisch stehen blieb.

Sie mochte Nathan, eher wegen, nicht trotz seines Gesichts, das wie die Karikatur eines Verbrecherfotos aussah, als sei er gegen die Tür gerannt, die Nase zerquetscht, die Wangenknochen eingedellt, der Mund viel zu breit. Er hatte hellrotes Haar, das wie die Borsten eines Reisigbesens abstand, und genug merkwürdige Beulen und Flecken auf der Haut, um Freya an Shakespeares Lord Bardolph zu erinnern; seine Zähne waren schief und zwischen den Vorderzähnen war ein Spalt. Außerdem hatte er ein Grinsen, das seine Augen aufleuchten ließ und ihn, zusammen mit seiner fröhlichen Bereitschaft, sich auch die unangenehmsten Aufgaben aufzuhalsen, vor denen sich die anderen gerne drückten, nicht nur bei der restlichen Kriminalpolizei, sondern im ganzen Revier beliebt machte.

»Morgen, Nathan.«

Er sah auf und lächelte.

»Ich wollte Sie von alldem hier entführen.«

»Ach, so schlimm ist das nicht, Sarge, wenigstens hab ich's hier warm und krieg genügend Koffein. Außerdem hasse ich diese Drogenkerle, ehrlich, ich hasse sie.«

Freya wusste, dass Nathan aus einer Sozialbausiedlung in Bevham stammte, die während seiner Jugend von Drogendealern beherrscht worden war. Er hatte Schulfreunde schwach und zu Süchtigen werden sehen, mehrere waren gestorben, andere waren in die Kleinkriminalität oder Schlimmeres abgerutscht. Nathan war das vierte Kind einer alleinstehenden Frau, die es sich zur Gewohnheit gemacht hatte, sich von jedem ihrer kurzfristigen Lebenspartner ein Kind machen zu lassen, bevor sie ihn für den nächsten Mann hinauswarf. Auf dem Papier sollte so ein Junge mit so einer Herkunft, ein höflich als »schwach« umschriebener Schüler einer Gesamtschule, denselben Weg eingeschlagen haben wie seine Freunde, sollte jetzt arbeitslos oder möglicherweise im Gefängnis sein und der Polizei regelmäßig Ärger machen. Nathan Coates war klüger als der Rest seiner Familie zusammengenommen, gewitzt und vorausplanend. Er hatte sich seine Umgebung genau betrachtet und erkannt, dass er, wenn er nichts unternahm, eine düstere Zukunft vor sich hatte. Ab seinem sechsten Lebensjahr hatte er, während er mit seiner Gang in der Siedlung herumstromerte, die Streifenwagen beobachtet, die regelmäßig dort auftauchten, und nach einer Weile hatte er sich, außer Sichtweite der anderen, an sie herangemacht und sich mit den Beamten unterhalten. Mit zehn war er aufs Polizeirevier gegangen und hatte sich erkundigt, wie man Polizist werden konnte; gleichzeitig hatte er jede Fernsehsendung über Verbrechen und Polizeiarbeit verschlungen, was daheim, wo der Fernseher dauernd lief und immer jemand mit glasigen Augen davorhockte, zu einiger Verwunderung führte.

Jetzt war Nathan Coates seit sechs Jahren bei der Polizei, von Anfang an in Lafferton und seit achtzehn Monaten bei der Kriminalpolizei. Er wusste, dass er es nicht fertigbringen würde, in seiner eigenen Siedlung Streife zu gehen, seine ehemaligen Nachbarn und Schulkameraden verhaften zu müssen, und außerdem wollte er dort raus, als zweiten Schritt eines neuen Lebens. Er arbeitete hart und mit Begeisterung, spielte Hockey in der Regionalmannschaft und lebte, zum allseitigen Erstaunen, mit einem außergewöhnlich hübschen Mädchen zusammen, das im Kreiskrankenhaus Bevham als Hebamme angestellt war.

»Sie machen das prima«, sagte Freya, »aber ich brauche Sie für etwas anderes, nur eine Stunde oder so.«

»In Ordnung, Sarge.« Nathan schloss die Datenbank und

folgte Freya zu ihrem Schreibtisch, wo sie ihn über Angela Randall ins Bild setzte.

»Klingt merkwürdig.«

»Finden Sie?«

»Nicht nach jemand, der einfach abhaut. Das sind eher Kinder, die Ärger zu Hause haben, Männer, die ihre nörgelnden Frauen keine Minute länger ertragen oder die in die Kasse gelangt und Wind davon bekommen haben, dass jemand sie verpfiffen hat. Sie passt nicht in das Muster.«

»Ich bin froh, dass Sie das auch so sehen. Ich mache mir Sorgen um sie, aber für den DI ist sie nur ein weiterer Vermisstenfall.«

»Ablegen und vergessen, ich weiß, was Sie meinen, Sarge. Wenn jemand fragt, kriegt er von mir nur ›Wer ist Angela Randall?‹ zu hören.«

»Sie haben's kapiert.«

»Was soll ich machen?«

»Nehmen Sie sich die Vermisstenfälle aus dem letzten Jahr, den letzten achtzehn Monaten vor und schauen Sie, ob es da irgendwelche Ähnlichkeiten gibt ... Sie wissen schon, was ich meine. Ich kann es nicht näher erklären, aber wenn es da ist, wird es Ihnen ins Auge springen. Lesen Sie erst alles über Randall durch. Drucken Sie aus, was Sie finden, und legen Sie es mir auf den Schreibtisch.«

»Sie gehen wieder?«

»Offiziell zurück ins Gewerbegebiet wegen der Veruntreuungsfälle.«

»Und?«

»Ich fahr rüber nach Bevham, um einen sehr teuren Juwelier aufzusuchen.«

»Hat Sugar Daddy Ihnen seine Kreditkarte geliehen?«

Freya nahm ihre Jacke von der Stuhllehne. »Aber gewiss doch.« Wären da nicht der Veruntreuungsfall und Angela Randall gewesen, hätte sie sich etwas ausdenken müssen, um hier rauszukommen. Es war besser für sie, heute nicht zu lange auf dem Revier zu sein. Sie wollte Simon Serrailler sehen, wollte ihm auf dem Flur begegnen, mit einer Ausrede sein Büro betreten, an einer seiner Einsatzbesprechungen teilnehmen …, was auch immer. Sie wollte ihn ansehen, in Uniform, bei der Arbeit, wo er »Sir« war, wollte sich beweisen, dass ihre Gefühle vorübergehend und lächerlich waren, eine Art verzögerte Emotion in Bezug auf das Ende ihrer Ehe. Sie hatte Simon Serrailler angeschaut und sich für einen Augenblick zu ihm hingezogen gefühlt, wie das jedem passieren konnte, und aus dieser Aufwallung körperlicher Gefühle geschlossen, dass sie sich verliebt hatte.

E. J. Duckham & Sohn hatten eine Klingel an der Ladentür und eine Überwachungskamera zur Einschätzung potenzieller Kunden, bevor sie eingelassen wurden. Freya schaute zunächst in die doppelt verglasten Schaufenster, in denen Diamanthalsketten, Ohrringe und Broschen ohne erkennbare Preisschilder ausgestellt waren, Ringe mit Saphiren, Smaragden, Rubinen und Diamanten, Uhren von Rolex und Patek Philippe. Sie fragte sich, wer in Bevham sich so etwas leisten konnte, genau wie die etwas weniger ausgefallenen Silberschüsseln und die winzigen Perlenkettchen für Neugeborene. Bevham hatte durchaus seine wohlhabende Seite, im Süden um den Cranbrook Drive und die Heights, wo einzeln stehende Häuser mit langen Auffahrten und riesigen Gärten für eine Dreiviertelmillion Pfund und mehr verkauft wurden, und in einigen der umliegenden Dörfer wohnte der eine oder andere pensionierte Handelsbankvorsitzende oder öffentlichkeitsscheue Popstar, aber die kauften ihren teuren Schmuck bestimmt nicht in Bevham. Nach einem zweiten sehnsüchtigen Blick auf eine Silberfiligrankette mit Sterndiamanten drückte Freya auf die Klingel und zog, als die Tür geräuschlos aufschwang, ihren Dienstausweis hervor.

Der Laden hatte diese besondere Art samtiger Stille, wie

sie für Juweliergeschäfte und Modeateliers typisch ist; die Frau hinter dem Ladentisch war so untadelig zurechtgemacht und frisiert wie eine königliche Hofdame, und der Mann, der Freya begrüßte, hatte den glatten Charme, den sie mit Jermyn Street assoziierte, woher sein Nadelstreifenanzug und die lila Krawatte auch sicherlich stammten.

»Ich hoffe, Sie kommen mit guten Nachrichten, Sergeant.«

»Gute Nachrichten?« Freya wusste, dass es im vergangenen Jahr eine Einbruchserie in Juwelierläden gegeben hatte, und nahm an, E.J. Duckham sei einer davon gewesen. »Wenn Sie die Einbrüche meinen …«

»Oh, nein, nein, ich bezweifle, dass diese Diebe je gefasst werden, die kamen aus Birmingham oder Manchester und sind sehr schnell über die Autobahn wieder verschwunden. Nein, ich meine wegen Miss Randall. Einer Ihrer Beamten war vor einer Woche oder so hier und hat sich nach ihr erkundigt. Ich nehme an, sie war unerwartet verreist?«

»Wir verfolgen mehrere Ermittlungsstränge, um herauszufinden, was genau passiert ist. Mr Duckham.«

»Sie meinen, sie wird immer noch vermisst?«

»Kennen Sie sie gut?«

»Überhaupt nicht, aber sie war in den letzten Monaten eine sehr gute Kundin von uns, und wir legen viel Wert auf persönliche Betreuung.«

»Der Streifenbeamte wird Sie nach den Manschettenknöpfen gefragt haben, die Miss Randall Anfang Dezember gekauft hat.«

»Genau. Sehr schöne Stücke. Lapislazuli. Wunderbar gearbeitet.«

»Könnten Sie mir sagen, wie teuer die waren?«

Er warf ihr einen missbilligenden Blick zu.

»Mir ist klar, dass Sie diese Art Information normalerweise nicht preisgeben, aber es könnte wichtig sein.«

»Inwiefern?«

Wenn es keine gute Antwort auf eine legitime Frage gab, versteckte man sich am besten hinter offiziellem Jargon.

»Es könnte für eine von mehreren Spuren, die wir verfolgen, relevant sein.«

Nathan hätte den Gesichtsausdruck des Mannes als borniert beschrieben, aber nach einem weiteren Zögern seufzte der Juwelier und ging in ein durch Glaswände abgetrenntes Büro hinter dem Laden, wo Freya sah, dass er etwas auf einer Tastatur eingab. Der Stolz darauf, altmodisch zu sein, erstreckte sich offenbar nicht auf die Verachtung für Computer. Hinter der Glastheke auf der anderen Seite des Ladens polierte die Frau mit der untadeligen Frisur eine Rosenschale aus Kristall, die das Licht wunderbar einfing. Sie schaute kurz auf, ging nicht auf Freyas Lächeln ein, und polierte weiter. Ich bin wohl Schmutz unter deinen Füßen, dachte Freya.

»Die Manschettenknöpfe haben zweihundertfünfundsiebzig Pfund gekostet.«

»Dann war es sicher ein Geschenk von Miss Randall für jemanden, den sie gut kannte.«

»Das kann ich wirklich nicht sagen.«

»Aber Sie sagten, sie sei eine regelmäßige Kundin gewesen … Wie regelmäßig? Wie oft war sie während des letzten Jahres hier?«

»Vielleicht sechs Mal. Ja, mindestens, meinen Sie nicht auch, Mrs Campion?«

Mrs Untadelig murmelte etwas.

»Hat sie sich nur umgeschaut?«

Wobei das hier kein Laden war, in den man an einem verregneten Mittwochnachmittag ging, um die Zeit totzuschlagen.

»Nicht so ganz … Sie hat sich immer sehr genau angeschaut, was wir ihr vorlegten, bevor sie eine Entscheidung traf.«

»Und sie hat jedes Mal etwas gekauft?«

»Ja, ich glaube schon … Ein Mal hatten wir nicht genau

das, wonach sie suchte …, eine ganz bestimmte Uhr, aber es gelang uns, sie ihr schließlich zu besorgen.«

»Was für eine Uhr?«

»Eine mit Mondphasen. Eine Omega aus den fünfziger Jahren.«

»Sicher teuer.«

»Kommt darauf an, was Sie unter teuer verstehen. Wir haben Uhren hier, die fünfundzwanzigtausend Pfund kosten.«

»Aber diese?«

»Weniger als zweitausend.«

»Hatten Sie den Eindruck, dass Geld für sie keine Rolle spielte?«

»Ich muss sagen, dass ich darüber nie nachgedacht habe. Das geht mich nichts an.«

Freya stand auf. »Hätten Sie vielleicht ein Foto der Uhr?«

»Nein. Aber wir haben sie bei einer Auktion von Goldstein und Crow in Birmingham gekauft. Vielleicht kann man Ihnen dort weiterhelfen.«

»Haben Sie das Verkaufsdatum notiert?«

»Ich schaue nach und lasse es Sie wissen.«

»Ich hätte auch gerne eine komplette Liste aller Stücke, die Angela Randall bei Ihnen gekauft hat, Mr Duckham, mit genauer Beschreibung, Preis und Kaufdatum. Wäre das möglich?«

Wieder wirkte er abweisend und warf einen Blick zu Mrs Untadelig hinüber, die jetzt die Rosenschale zurück in den Schaukasten gestellt und eine Reihe silberner Bilderrahmen und ein Silberputztuch herausgenommen hatte. Hausarbeit unter anderem Namen.

»Es ließe sich wohl machen, wenn Sie das wirklich für sinnvoll halten.«

»Allerdings.«

»Aber ich muss betonen, dass wir die Käufe unserer Kunden als vertraulich betrachten.«

»Wie lange werden Sie brauchen?«

»Wenn wir nicht einen plötzlichen Kundenandrang haben …, vielleicht eine Stunde?«

»Ich komme in vierzig Minuten zurück.«

Freya ging hinaus und überließ es den beiden, hinter ihrem Rücken über sie herzuziehen.

Eine Stunde später saß sie mit einem Pappbecher Cappuccino in ihrem geparkten Auto und sah Mr Duckhams Liste durch. Arme Angela Randall – all das, und für wen? Jemand, in den sie genügend vernarrt war, um große Batzen ihres sicherlich bescheidenen Gehalts für teure Geschenke auszugeben.

Freya trank den Cappuccino aus, wischte sich den Schaum von den Lippen und fuhr zurück nach Lafferton und zum Four-Ways-Pflegeheim.

Carol Ashton sei mit dem Beerdigungsunternehmer beschäftigt, sagte das Mädchen am Empfang, in der Nacht habe es einen Todesfall gegeben, und es würde sicher noch zehn Minuten dauern. Freya wartete im Büro, lehnte einen weiteren Kaffee ab und sah noch einmal die Liste durch.

1 goldene Krawattennadel. 14. April 2000. £ 145
1 Herrenarmbanduhr Marke Omega. 5. Juni 2000. £ 1350
1 silbernes Visitenkartenetui. 16. August 2000. £ 240
1 Herrensiegelring, Gold mit einem einzelnen Diamanten. 4. Oktober 2000. £ 1225
1 silberner Brieföffner. 27. Oktober 2000. £ 150
1 Paar goldene Manschettenknöpfe mit Lapislazuli. 4. Dezember 2000. £ 275

Nichts für sich, nichts für eine andere Frau, alles für einen Mann für insgesamt über dreitausend Pfund innerhalb eines einzigen Jahres.

Als Carol Ashton hereinkam und sich für die Verspätung

entschuldigte, sagte Freya sofort: »Leider habe ich keine Neuigkeiten, aber wir verfolgen eine Reihe von Hinweisen.«

»Jemand hat Angela also gesehen?«

»Nein.«

»Was meinen Sie dann mit Hinweisen?«

»Ermittlungsstränge.«

»Also glauben Sie, dass ihr etwas passiert ist, und Sie nehmen die Sache ernst.«

»Ich habe sie von Anfang an ernst genommen, Mrs Ashton.«

»Und was ist Ihrer Meinung nach passiert?«

»Ich weiß nicht, ob etwas passiert ist, aber da Miss Randall immer noch nicht wiederaufgetaucht ist, müssen wir ein oder zwei Dinge näher überprüfen.« Sie gab ihr die Liste. »Ich möchte, dass Sie sich das anschauen, bitte.«

Carol Ashton überflog die Liste und sah Freya verwirrt an.

»Diese Dinge sind von Miss Randall bei Duckham, dem Juwelier in Bevham, während des letzten Jahres gekauft worden.«

»Was?«

»Darf ich fragen, wie viel sie bei Ihnen verdient hat, Mrs Ashton?«

»Einen Moment – ich kann es Ihnen genau sagen.« Sie ging an ihren Schreibtisch und tippte etwas in den Computer.

»Ja, da ist es. Angela verdiente 13 500 Pfund im Jahr.«

»Kein Vermögen.«

»Im Pflegesektor sind die Gehälter niedrig. Ich bezahle die üblichen. Es gibt natürlich Sondervergünstigungen, freie Mahlzeiten im Dienst, Arbeitskleidung …, und ich zahle ein Weihnachtsgeld.«

»Das war keine Kritik.«

»Ich müsste schließen, wie jedes andere Pflegeheim, wenn wir Gehälter zahlen müssten, wie man sie zum Beispiel beim National Health Service bekommt. Das ist nicht allgemein bekannt. Jeder nimmt an, dass der Privatsektor in der Lage ist, hohe Gehälter zu zahlen.«

»Wissen Sie, ob Angela Randall noch irgendein anderes Einkommen hatte?«

»Sie hatte keinen zweiten Job, dessen bin ich mir sicher … Dafür hätte ihr die Kraft gefehlt. Es ist sehr anstrengend, Nachtdienst in einem Heim wie diesem zu machen.«

»Privatvermögen?«

»Keine Ahnung. Ich hätte es nicht vermutet, aber ich weiß es wirklich nicht. Wie schon gesagt, sie war ein sehr zurückhaltender Mensch, und ich weiß überhaupt nichts über ihr Leben außerhalb der Arbeit.«

»Haben Sie irgendeine Vorstellung, für wen sie diese teuren Stücke gekauft haben könnte?«

»Leider nein.«

»Sind Sie überrascht darüber?«

Carol Ashton dachte einen Moment lang nach, klopfte mit den Fingern auf den Schreibtisch.

»Ich muss sagen, ja, sehr. Ich meine, das sind schließlich keine Dinge, die jemand innerhalb eines Jahres für, sagen wir mal, einen Bruder oder einen anderen Verwandten kaufen würde, selbst angenommen, es gäbe sie. Sie hätte vielleicht eines der billigeren Stücke für – oh, ich weiß nicht, einen besonderen Geburtstag, ein Patenkind kaufen können …, so was in der Art. Aber die anderen … Ja, darüber bin ich sehr überrascht. Sieht so aus, als wären sie gekauft worden für … na ja …«

»Einen Geliebten?«

Carol Ashton schüttelte den Kopf. »Ich kann mir das nicht vorstellen. Angela war – ist … wie soll ich es ausdrücken … ein eher spröder Mensch. Es würde mich nicht überraschen, wenn sie nie eine ernsthafte Beziehung gehabt hätte. Sie war immer sauber, ordentlich und gepflegt, aber sie zog sich nicht modisch an. Zweckmäßige Kleidung, wissen Sie, stets in gutem Zustand, aber nichts Besonderes. Zumindest nichts, was mir aufgefallen wäre.«

»Altjüngferlich?«

»Das klingt furchtbar, nicht wahr? Irgendwie herablassend. Aber, ja.«

Freya stand auf und griff nach der Liste. »Wenn Ihnen noch irgendwas einfällt, vor allem im Zusammenhang mit dem hier, würden Sie mich bitte anrufen?«

»Was denn genau?«

»Vielleicht eine Bemerkung, die sie gemacht hat, eine Erwähnung, die Ihnen plötzlich wieder einfällt.«

»Angela war ... ist nicht der Mensch, der Bemerkungen fallen lässt. Sie ist sehr zurückhaltend.«

»Trotzdem.«

»Ich werde natürlich darüber nachdenken, aber ich bezweifle, dass Sie von mir hören werden. Ich bin nur erstaunt über das, was Sie mir da vorgelegt haben. Es zeigt doch mal wieder, nicht wahr ... wie wenig wir über die Menschen wissen, mit denen wir täglich zusammen sind.«

Auf dem Revier fand Freya Nathan Coates wieder am Computer sitzend, beschäftigt mit seiner Drogendatenbank.

»Haben Sie die Vermisstenfälle durchgesehen?«

»Ja, Sarge, die von den letzten zwei Jahren.«

»Was gefunden?«

»Ich hab's Ihnen auf den Schreibtisch gelegt. Viel ist es nicht. Ein Teenager, aber das war vor achtzehn Monaten, und sie wurde zuletzt in der Nähe des Bahnhofs gesehen. Der andere ist ein Mann.«

»Na gut. Trotzdem, vielen Dank.«

»Kein Problem. War mal was anderes.«

Sein Lächeln munterte sie auf, wie gewöhnlich.

Die zwei vermissten Personen, die er ausgewählt hatte, schienen auf den ersten Blick nichts mit Angela Randall gemein zu haben, wie Nathan angenommen hatte. Der Teenager Jennie O'Dowd sah in der Tat wie der übliche Ausreißer aus schwierigen häuslichen Verhältnissen aus.

Freya las sich die Einzelheiten über den vermissten Mann durch und hätte auch den Fall fast beiseitegelegt, bis ihr einige Zeilen auffielen, die Nathan Coates rot unterstrichen hatte.

Zuletzt gesehen Dienstag, 7. März 2000, um 6 Uhr 30, auf einem Mountainbike auf dem Hügel, laut Angabe von Alan John Turner, 57, Wohnung 6, Mead House, Brewer Street, Lafferton, der seinen Hund ausführte.

Lohnte es sich, Nathan loszuschicken, um Mr Turners Aussage zu überprüfen? Wahrscheinlich nicht, und außerdem würde der DI an die Decke gehen, wenn er herausfand, dass sie Nathan von der Drogenüberprüfung abgezogen hatte, um ihn auf eine als mit niedriger Priorität eingestufte Vermisstenermittlung anzusetzen. Sie hörte schon das Wort »Ressourcen« in ihrem Kopf hallen. Aber die Brewer Street lag nur zwei Minuten von ihrem Haus entfernt, also bot es sich an, auf dem Heimweg einen kleinen Umweg zu machen. Sie steckte Nathans Notizen in ihre Tasche und wollte sich gerade lustlos wieder dem Veruntreuungsfall zuwenden, als Police Constable Heidi Welsh den Kopf durch die Tür des Kriminaldezernats steckte.

»Einsatzbesprechung mit Inspektor Ford über die Operation Sapper in einer halben Stunde. Oh, und Freya, der DCI möchte Sie sehen.«

Freya hatte das Gefühl, von einem Stromschlag getroffen zu sein.

»DCI Serrailler? Wann?«

»Jetzt, nehme ich an.«

»Weswegen?«

Heidi zuckte die Schultern. Die Tür fiel hinter ihr zu.

»Freya ... Kommen Sie herein.«

Er saß nicht, sondern stand am Fenster, und in dem Moment, als sie ihn sah, wusste sie mit absoluter Gewissheit, dass es keine geistige Verwirrung gewesen war, kein Trick ihres Unterbewusstseins, keine flüchtige Anziehung, die nur aus ihrer Stimmung herrührte und nichts mit der Wirklichkeit zu tun hatte.

Ich will das nicht, dachte sie und wurde von Panik ergriffen, hätte sich fast umgedreht und wäre nicht nur aus dem Zimmer, sondern aus dem Gebäude geflohen; sie merkte, dass sie ihre Gefühle nicht kontrollieren und sich nur retten konnte, wenn sie tatsächlich ging, unter irgendeinem Vorwand ihre Kündigung einreichte und nie wiederkam. Das wird nicht verschwinden und hat alles überrollt und sogar verdorben. Es wird sich auf meine Arbeit auswirken, meine Freizeit, meinen Schlaf, meine Zufriedenheit, jeden wachen Augenblick, mein Glücklichsein darüber, London verlassen zu haben und hierhergekommen zu sein. Es hat mich in den Klauen, und *ich will das nicht.*

»Setzen Sie sich, bitte. Tut mir leid, dass ich noch keine Gelegenheit hatte, mich bei Ihnen zu erkundigen, wie Sie sich eingelebt haben, aber als ich aus dem Urlaub zurückkam, hatte ich gleich den Veruntreuungsfall auf dem Tisch und die üblichen elenden Drogenprobleme, die täglich größer zu werden scheinen … Na ja, Sie kennen das ja. Aber ich wollte doch gerne wissen, wie es Ihnen geht, nachdem Sie jetzt ein paar Wochen bei uns sind.«

Sie sah ihn an und rasch wieder weg, richtete den Blick auf alles Mögliche, auf die Rückseite seines Bildschirms, das Gewirr der Kabel. Sie dachte, sie würde kein einziges Wort herausbringen, so geschwollen lag ihre Zunge in ihrem Mund.

»Mir geht's gut, Sir. Es gefällt mir sehr gut hier.«

»Kommen Sie mit allen zurecht?«

»Sieht so aus.«

»Selbst mit Billy Cameron?«

Er lächelte, und das Lächeln war mehr, als sie ertragen

konnte. Sie schaute auf den Schuh an ihrem rechten Fuß. Er war an der Spitze leicht abgestoßen. Sie sollte ihn putzen.

»Vielleicht ist das unfair. Billy ist von der alten Schule …, raubeinig und barsch, aber er ist ein guter Detective.«

»Ich komme gut mit ihm aus.« Sag nicht dauernd »gut«. Lass dir ein anderes Wort einfallen. Du klingst dämlich.

»Er wird auf Ihrer Seite sein, Freya, er ist der loyalste Mensch, mit dem ich je zusammengearbeitet habe. Das sollten Sie wissen.«

»Gut.«

»Woran arbeiten Sie zurzeit?«

Sie wollte ihm alles über Angela Randall erzählen, dass sie nur daran interessiert war, den Veruntreuungsfall todlangweilig fand, alles und jedes im Zusammenhang mit Drogen satthatte, weil sie damit schon in der Met überschüttet worden war. Sie wollte seine Zustimmung, wollte von ihm hören, dass sie all ihre Zeit auf die vermisste Frau verwenden sollte, wollte einen eigenen Fall, in den sie sich verbeißen konnte, und wenn sie ihn löste, wollte sie zu ihm gehen, ihm davon berichten und gelobt werden.

Du bist mitleiderregend, hast dich zurückentwickelt, bist wieder vierzehn.

»Arbeiten Sie manchmal mit Nathan Coates zusammen?«

»Ja, Sir, an verschiedenen Fällen … Ich finde ihn hervorragend. Er ist akribisch, hört nie auf zu arbeiten, ist klug und ehrgeizig.«

»Und er verbreitet gute Laune, ja, ich weiß. Ich bin ganz Ihrer Meinung. Nathan Coates ist das Gegenteil von allem, was man von einem Jungen mit seiner Herkunft erwarten würde, der Art Leben, das er geführt hat. Und dem er entkommen konnte. Eines darf man allerdings nicht vergessen. Er ist dieser Herkunft gegenüber loyal, würde es schwer finden, in einer Position zu sein, wo er sie verraten müsste. Natürlich würde er es tun, er ist Polizist. Aber das ist der Grund, warum er hier ist und nicht in Bevham. Ich möchte ihn in keine Zwangslage bringen.«

»Ich verstehe, Sir.«

»Danke. Okay, ich bin froh, dass es Ihnen hier gefällt. Sollte es Probleme geben, können Sie jederzeit zu mir kommen.«

Sie wollte etwas sagen, egal was, eine Frage stellen, eine Meinung äußern. *Den Moment festhalten.* Sie wollte aufspringen und weglaufen, nach draußen an die Luft, um alles durchzugehen, jedes Wort, das er gesagt hatte, jede Einzelheit seines Aussehens.

Verdammter Mist. Mist. Mist. Mist. Ich will das nicht.

»Danke, Sir.«

Ihre Beine würden sie nicht tragen. Sie würde nicht fähig sein, aufzustehen und zur Tür zu gehen.

»Freya …«

Sie drehte sich um.

»Vielen Dank, dass Sie meiner Mutter letzte Woche geholfen haben. Sie lädt sich zu viel auf, und mein Vater ist nicht sehr erpicht auf den Chor und all diese gesellschaftlichen Ereignisse, die sie ihm aufhalst, also macht sie das meiste alleine. Sie war wirklich dankbar für Ihre Hilfe.«

»Ich bin dankbar, dass ich den Chor gefunden habe. Dadurch habe ich ein paar gute neue Freunde gewonnen.«

»Und nicht von der Arbeit. Immer ein Vorteil. Ich wusste gar nicht, dass Sie singen.«

»Ich habe seit der Schulzeit in Chören gesungen … Na ja, wenigstens die meiste Zeit. Während der letzten ein, zwei Jahre in London habe ich eine Pause gemacht, aber die St.-Michael-Sänger sind so gut, dass ich mich glücklich schätzen kann, aufgenommen worden zu sein.«

»Meine Mutter ist entzückt, Sie gefunden zu haben. Aber passen Sie auf, sie ist skrupellos. Sie werden lernen müssen, Nein zu sagen.«

»Sie singen nicht?«

»Nein«, erwiderte Simon Serrailler. Nicht: Nein, ich kann nicht singen, nein, ich singe nicht gern, nein, ich spielte stattdessen Fußball, nein, ich habe keine Zeit. Einfach »Nein«.

Er sah sie direkt an, kühl und stetig. Entmutigt murmelte Freya etwas und ging. Rasch durchquerte sie das Dezernatsbüro, schnappte sich ihre Jacke und Tasche vom Schreibtischstuhl und verließ das Büro wieder, ohne jemanden anzuschauen.

Sie brauchte fünfzehn Minuten bis zu der Brücke über den Fluss, an der sie an dem Tag, als alles begann, angehalten hatte.

Heute war die Sonne herausgekommen, obwohl es nachts gefroren hatte und die Luft immer noch kalt war. Freya schloss das Auto ab und ging über die Brücke, wo sie an der abschüssigen Böschung hinunter zu einem kleinen Pfad neben dem Wasser gelangen konnte.

Sie schaffte es nicht, ihre Gedanken zu ordnen, die im Kreis herumwirbelten wie die Strudel um einige Steine ein paar Meter entfernt, und als sie nach unten blickte, sah sie unwillkürlich das Spiegelbild von Simon Serrailler, deutlich und ungebrochen durch das strömende Wasser.

Sie verbrachte einen langen, öden Nachmittag im Gewerbegebiet und am Computer, zwang sich dazu, sich mit dem Veruntreuungsfall herumzuplagen, sprach mit niemandem. Sie verließ das Dezernat als Letzte.

Zum ersten Mal seit ihrer Ankunft in Lafferton zögerte sie, nach Hause zu fahren und allein zu sein, überlegte, eines der Chormitglieder anzurufen, auf die vage Möglichkeit hin, zusammen essen zu gehen oder sich zumindest auf einen Drink zu treffen. Aber zuvor bog sie in die Brewer Street und auf den Parkplatz vor dem Mead House. Sie war zu sehr mit dem Veruntreuungsfall beschäftigt gewesen, um die Unterlagen über den vermissten Mountainbiker vollständig durchzulesen, und hatte vergessen, die Notizen mit nach Hause zu nehmen, aber der Name und die Adresse des Mannes, der ihn zuletzt gesehen hatte, waren ihr wenigstens im Gedächtnis geblieben.

Eine kleine, orientalisch aussehende Frau öffnete die Tür zu Wohnung 6 und teilte Freya lächelnd und mit großem Charme mit, dass Mr Turner vor ein paar Monaten ausgezogen war, um seinen Lebensabend an der Costa del Sol zu verbringen.

17

Der Raum lag im Halbdunkel. Die cremefarbenen Leinenvorhänge ließen gerade genug von der Wintersonne hindurch, um das Dunkel ein wenig zu erhellen, aber nicht die ganze Helligkeit, die ablenkend hätte sein können. Es war still, doch in die Stille drang das Geräusch seidiger Wellen, die über einen Sandstrand aufliefen und ihren eigenen sanften Rhythmus erzeugten.

Es war halb vier. Das Haus war still.

Karin McCafferty lag auf einer kleinen Chaiselongue in ihrem Schlafzimmer, die Füße auf der erhöhten Lehne, die Arme wie zu einer Umarmung um den Oberkörper gelegt. Sie stellte sich eine Wiese mit leuchtendem, saftig grünem Frühjahrsgras vor, gesprenkelt mit hässlichem schwarzem Unkraut, das in Büscheln wuchs und die Frische und das strahlende Grün der Wiese besudelte. Zuerst konzentrierte sie sich auf das Gras selbst, betrachtete die kräftige Farbe, spürte die gesunden Wurzeln in der Erde, voller Kraft und Lebendigkeit und Wachstumspotenzial, schaute sich die einzelnen Halme mit ihren dünnen, bleichen Adern an, die den frischen Saft durch die Pflanze nach oben brachten. Sie atmete tief und bewusst aus dem Bauch heraus wie eine Sängerin, zählte zehn Atemzüge, machte eine Pause, weitete ihre Lunge und die Muskeln um ihre Taille, atmete dann sanft und langsam aus, spürte, wie sich ihr Körper entspannte.

Nach ein paar Augenblicken stellte sie sich das Tor am anderen Ende der Frühlingswiese vor. Auf dem federnden Boden ging sie darauf zu und entriegelte es. Über ihrem Kopf war der Himmel von einem klaren, blassen Blau. Die Sonne schien.

Schafe kamen durch das offene Tor hereingeströmt, Mutterschafe mit ihren Lämmern, die über das Gras hüpften und sprangen. Die Herde verteilte sich über die ganze Wiese, und Karin dirigierte jedes einzelne zu einem der dunklen, hässlichen Büschel, und die Schafe folgten ihren Anweisungen genau, obwohl alles ganz still blieb, sie musste nicht pfeifen oder irgendwelche Bewegungen mit den Händen machen. Dann, auf ein zweites telepathisches Signal, begann jedes Schaf das ihm zugewiesene Unkraut zu fressen, es langsam und systematisch zu entwurzeln und zu verschlingen, es total zu zerstören, Wurzeln, verdrehte, geschwärzte, übel aussehende Blätter, warzige Stängel, die gesamte Pflanze. Hatte das Schaf sein Mahl beendet, war das Loch, aus dem das Unkraut aufgeschossen war, verschwunden, war überwachsen mit frisch gesprossenem jungem Gras, saftig und kraftvoll.

Karin betrachtete das Bild mit absoluter Konzentration, erstaunt über die Lebendigkeit der Einzelheiten. Die Wiese stellte ihren Körper dar, das Gras das gesunde Gewebe, das Unkraut den Krebs, der von den robusten und gehorsamen Schafen gerade verzehrt worden war. Die Stellen, aus denen der Unkraut-Krebs gewachsen war, waren gesund; das Gewebe, das Fleisch und die Haut, jede Zelle erneuert und wieder aufgefüllt. Sie lag da, betrachtete aufmerksam die leuchtend grüne, unkrautfreie Wiese, während die Schafe davontrotteten, durch das Tor und außer Sichtweite hinter einem nahe gelegenen Hügel. Sie war ganz und gar geheilt, die Krebszellen vernichtet.

Durch das Klingeln der Türglocke kam sie wieder zu sich, ging nach unten und sah Cat vor der Tür stehen.

»Sag mir, wenn es nicht passt … Ich hab den Nachmittag frei, Sam und Hannah sind eingeladen, und Chris holt sie ab.«

»Es passt wunderbar! Komm rein.«

»Du siehst aus, als hättest du gerade geschlafen.«

»Ehrlich?« Karin schaute auf dem Weg zur Küche, die Teil eines großen Wintergartens war, in den Spiegel. Ihre Augen wirkten verschlafen. »Ich habe nicht geschlafen, sondern gerade eine Stunde Visualisierung abgeschlossen.«

»Das sehe ich.« Cat las in einem Buch, das offen auf dem Tisch lag.

»Tee?«

»Gerne.«

Cat trat an das Bücherregal und nahm ein Buch nach dem anderen über alternative Krebsbehandlung heraus: *Ganzheitliches Konzept zur Krebstherapie; Wunder sind möglich: Spontanheilung bei Krebs; Alternative Heilmethoden bei Krebs; Meditationen für Krebskranke; Lachen heilt Krebs; Die Kraft in mir: Bericht einer ungewöhnlichen Heilung von Brustkrebs; Krankheit und Sinn: Die spirituelle Dimension in der Krebstherapie …*

»Du musst ja ein Vermögen ausgegeben haben.«

»So kann man es auch nennen. Chinesischer oder indischer?«

»Das, was du trinkst.«

»Ich trinke Pfefferminz. Ich nehme kein Koffein mehr zu mir.«

»Ah so.«

»Ich kann hören, was du denkst.«

»Und das wäre?«

»Was hat Koffein mit Krebs zu tun, wie soll Pfefferminztee gegen einen böswilligen Tumor wirken …?«

»Falsch. Ich dachte, es täte uns allen ganz gut, mit weniger Koffein auszukommen. Ich nehme auch Pfefferminz … Ich trink den gern.«

»Also hör auf, so paranoid zu sein, Karin.«

»So was in der Art.«

»Außerdem ist heute dein freier Nachmittag, also lass uns vom Gärtnern reden oder von den neuesten Filmen oder dem Klatsch von Lafferton. Du bist doch nicht gekommen, um mit mir über meine Behandlung zu diskutieren.«

»Genau deswegen bin ich hier. Du hast versprochen, mich bei dem, was du unternimmst, auf dem Laufenden zu halten, und das hast du nicht getan. Also bin ich hier.«

Karin lächelte. »Ich bin froh, dass du mich nicht so leicht vom Haken lässt, Cat. Es tut mir gut, mich für jeden Schritt, den ich mache, zu rechtfertigen. Einiges habe ich sogar schon sausen lassen, noch bevor ich angefangen habe, glaub mir das.«

»Was denn zum Beispiel?«

»Na ja, am meisten habe ich mich bisher mit Lesen beschäftigt. Ich sortiere das aus, was Sinn ergibt unter all dem Voodoo und Quatsch … Himmel, und von dem Zeug gibt es genug. Ich bin entsetzt, weißt du das? Wie kann man diesen Mist unter die Leute bringen, Geld von Todkranken nehmen, die in ihrer Verzweiflung alles versuchen würden? Ich war in Starly … ja, du stöhnst zu Recht. Das ist das reinste Paradies für Quacksalber.«

»Ich weiß.«

»Gut, also dann los. Ich halte eine Diät aus Vollwertkost ein, viel frisches rohes Gemüse und Obst, Vollkorn. Koffein, Milchprodukte und Zucker lasse ich weg, ich verwende Sojamilch. Ich presse meine Säfte selbst. Ich nehme Vitamintabletten.«

»Hm.«

»Ich dachte mir, dass du das sagen würdest. Ich meditiere und mache Visualisierungen. Ich gehe zwei Meilen pro Tag und trinke vier Liter Mineralwasser.«

»Und deine Blase macht Überstunden.«

»Trink noch eine Tasse Tee.«

Cat musterte ihre Freundin lange und sehr genau. Sie sah

gut aus. Ihre Haut schimmerte, das Haar glänzte, ihre Augen leuchteten vor Gesundheit; sie hatte ein Strahlen, wie Cat es noch nie an ihr wahrgenommen hatte, und das sagte sie ihr auch.

»Ich fühle mich phantastisch, Cat. Ich kann einfach nicht glauben, dass mir etwas fehlt.«

»Aber du weißt, dass es da ist.«

»Ja.«

»Tut mir leid, so brutal zu klingen.«

»Es ist deine Aufgabe, mich daran zu erinnern. Danke.«

»Warst du bei irgendeinem Heilkundler?«

»Bei einer Geistheilerin. Die hab ich durch jemanden von der Kathedrale gefunden. Sie vermittelt mir ein wunderbares Gefühl von Frieden und … ich glaube, ich kann es Vertrauen nennen. Ich scheine mich in die Hand eines anderen zu begeben, mich jemand anderem anzuvertrauen …, nicht der Heilerin. Vermutlich würde man es Gott nennen.«

»Ich in jedem Fall.«

»Ich war auch bei einer Homöopathin.«

Cat schnaubte. »Das ist Voodoo. Völlig nutzlos, Karin. Es bewirkt einfach nichts, und wenn es doch so scheint, dann aus zwei Gründen. Erstens, das Problem hätte sich sowieso von alleine gelöst; zweitens, es ist ein Placebo. Ein sehr mächtiges Instrument, Placebos. Ärzte könnten nicht ohne auskommen.«

»Das sehe ich anders. Sie versucht nicht, den Krebs zu heilen, sie behandelt mich ganzheitlich. Und bitte schau nicht so und sag nicht ›hm‹ mit diesem ganz besonderen Unterton.«

»Ich versuche es. Sonst noch was?«

»Ich habe Unterlagen von der Gerson-Klinik angefordert und werde zwei Tage im Krebsselbsthilfezentrum in Bristol verbringen. Ansonsten lese ich. Denke nach. Verändere mein Leben. Arbeite nach wie vor am Garten deiner Mutter. Alles andere habe ich abgesagt, ich muss mich darauf konzentrieren, gesund zu werden, aber ich bin so gerne in Hallam House. Deine Mutter ist ein echtes Stärkungsmittel.«

Cat verzog das Gesicht.

»Eines solltest du vielleicht wissen. In Starly fängt gerade ein neuer Heilkundler an, der sich als ›Psychochirurg‹ bezeichnet.«

»Als was?«

»Ich hab im Internet nachgeschaut. Ziemlich gespenstisch. Offenbar gibt es eine ganze Menge davon, auf den Philippinen und so – und alles Scharlatane. Ein Psychochirurg behauptet, von jemandem besessen zu sein, der in einem anderen Jahrhundert Arzt war.«

»Willst du damit sagen, dass er Operationen durchführt?«

»Ich bin mir nicht sicher … Das ist alles esoterischer Kram, soweit ich das beurteilen kann, aber es täuscht viele verletzliche Menschen. Zwei Frauen in dem Café in Starly haben sich über jemanden unterhalten, dem dieser Kerl einen Kehlkopftumor entfernt hat.«

»Was?«

»Sie sagten, es gehe ihm besser, es sei ein Wunder, die Ärzte hätten ihn bereits aufgegeben – du weißt schon, was da so kommt.«

»Das muss aufhören.«

»Wie denn? Ist es illegal?«

»Du kannst Gift darauf nehmen, dass ich das herausfinden werde.« Cat sah ihre Freundin scharf an. »Du denkst doch nicht daran, zu ihm zu gehen?«

»Das hatte ich mir tatsächlich überlegt. Ich bin sehr daran interessiert, die Schafe von den Böcken zu trennen.«

»Hör zu, du weißt, wie ich zu alldem stehe. Es trifft sicherlich zu, dass eine gute Diät, körperliche Betätigung und eine positive Einstellung nützlich sind. Nützlich, aber nebensächlich, Karin. Der Rest ist Schwachsinn, und nicht alles davon ist ungefährlich.«

»Ich fall doch nicht auf diese Sache mit der Psychochirurgie rein. Für wie blöd hältst du mich?«

Cat sah sich in Karins Küche um, die Glaskuppel in der Decke, die Pflanzen und Setzlinge auf den breiten Fensterbrettern in der Sonne, ordentlich beschriftet, in den verschiedensten Wachstumsstadien. Der Boden war mit alten französischen Bauernhofkacheln gefliest, der Tisch ein langer Block gefirnisster Ulme, und der Raum mit einer neuen Stereoanlage ausgestattet. Geld, dachte sie, Geld und Geschmack – Karin hat das und alles, wofür es sich zu leben lohnt, einen Mann, der sie anbetet, endlich den richtigen Beruf, gutes Aussehen, Freunde, Intelligenz. Als Ärztin weiß ich, dass sie die falsche Entscheidung trifft, und es ist meine Pflicht, sie zu überreden, ihre Meinung zu ändern. Aber als Freundin …

»Ich bin gespalten«, sagte sie schließlich. »Ich will alles über diesen Psychochirurgen erfahren, aber ich will nicht, dass du dich dafür in Gefahr bringst.«

»Komm schon, Cat, ich bin zäh, ich kann auf mich selbst aufpassen. Also – hat deine Mutter dir von ihren Plänen für das neue Gewächshaus erzählt?«

Cat wusste, dass es keinen Zweck hatte, das Gespräch wieder auf Karins Gesundheitszustand zu bringen. Außerdem wollte sie tatsächlich etwas über die neuesten gärtnerischen Extravaganzen ihrer Mutter hören, vor allem, um darauf vorbereitet zu sein, wenn ihr Vater deswegen einen Wutanfall bekam. Seit Jahren benutzte Meriel Serrailler Arbeit und Familie als Puffer in einer unglücklichen Ehe mit einem verbitterten und ständig wütenden Mann. Jetzt, wo die Familie ihre Zeit kaum mehr in Anspruch nahm und Meriel ihren Posten als Beraterin des National Health Service aus Altersgründen aufgegeben hatte, beschäftigte sie sich intensiv damit, den großen Garten von Hallam House, der bisher nicht viel mehr als ein Familienspielplatz gewesen war, neu zu gestalten. Sie war immer noch Mitglied einiger Beratungsgremien für Krankenhäuser und medizinische Versorgung, aber das reichte nicht aus, um ihre beträchtliche Energie zu verbrauchen und ihr Leben von Richards getrennt zu halten.

Karin für die Umgestaltung des Gartens zu finden war ein Glücksfall gewesen. Die beiden brauchten einander.

18

Sie wollte sich für Harry fein machen. Er hatte ihr stets Komplimente gemacht, immer bemerkt, wenn sie sich ein neues Kleid gekauft hatte oder beim Friseur gewesen war, und jetzt wollte sie ihm zeigen, dass es ihr nach wie vor wichtig war, was er dachte, und sie immer noch von ihm bewundert werden wollte. Das war eines der Dinge, die sie ihm versprochen hatte, und sich selbst, direkt nachdem er gestorben war. Manche Menschen ließen sich gehen, kümmerten sich nicht mehr um ihr Make-up oder ihre Frisur, nahmen mit alten Kleidern vorlieb, irgendetwas, das man morgens schnell überstreifen konnte, ohne nachdenken zu müssen, und Iris hatte sich geschworen, niemals so zu werden. Jeden Tag hatte sie ihre Kleidung so sorgfältig wie immer ausgewählt, mit einer passenden Kette oder Brosche dazu, hatte darauf geachtet, einen hübschen Schal unter dem Mantel zu tragen und ihre Schuhe zu putzen. Sie verwendete nur sehr wenig Lippenstift und einen Tupfer Puder, aber sie cremte ihre Haut jeden Abend sorgfältig ein.

Doch heute war es anders. Heute war ein besonderer Tag.

Zwei Abende lang hatte sie ihren Kleiderschrank durchwühlt, dabei gleich ein paar alte Sachen aussortiert und andere für die Reinigung oder zum Nähen herausgelegt. Sie hatte sich für ein Jackenkleid aus Kamelhaar entschieden, das sie für einen ihrer Hochzeitstage gekauft, aber seitdem selten getragen hatte, dazu die braunen Pumps und einen karamellfarbenen Schal mit Diamantenmuster. Kein Hut. Niemand trug heute noch Hüte, außer bei Hochzeiten und Beerdigungen und diese Fleecedinger, die den kalten Wind abhielten.

Abend für Abend hatte sie allein dagesessen, hatte sich zu entscheiden versucht, ob sie einen Termin mit dem Medium vereinbaren sollte, hatte hin und her überlegt, einen Entschluss gefasst, ihn wieder umgestoßen, hatte Harry gefragt und war sich nicht sicher, ob er geantwortet hatte oder nicht. Sie hatte mit niemandem sonst darüber gesprochen, nicht einmal mit Pauline. Es war zu intim, nur eine Sache zwischen Harry und ihr. Eines Abends, ein paar Tage, nachdem sie bei Dr. Deerborn gewesen war, hatte sie am späten Nachmittag auf der Couch gelegen, eine Zeitschrift im Schoß, das sanfte Zischen des Gasfeuers im Hintergrund, und sie hatte Harry vermisst, sein Gesicht, seine Stimme, seine Späße, seine komischen Angewohnheiten, seine umgedrehten Schuhe auf dem Kaminrand, das pfeifende Geräusch seines Atmens, hatte ihn mehr vermisst denn je, schmerzlich, überwältigend. Sie hatte geweint, verzweifelte, trostlose Tränen, und irgendwann laut gesagt: »Harry, was soll ich tun? Was soll ich nur tun?«

»Komm und sprich mit mir.«

Das war Harrys Stimme, klar und deutlich in ihrem Kopf.

»Komm und sprich mit mir.«

Sie hatte den Atem angehalten und gewartet, gehorcht, ihn innerlich gedrängt, mehr zu sagen, zu erklären.

»Soll ich zu dem Medium gehen, Harry? Willst du mir das damit sagen? Warum kannst du jetzt nicht mit mir sprechen, ich bin hier, alles ist ruhig und friedlich, warum können wir jetzt nicht zusammen sein?«

Das Gasfeuer hatte mit seinen blauen Flämmchen geflackert.

»Harry?«

Aber das war alles. »Komm und sprich mit mir.« Sie hatte es sich nicht eingebildet, das war kein Wunschdenken, oder? Er war in ihren Geist eingedrungen und hatte es ihr gesagt.

»Komm und sprich mit mir.«

Am nächsten Morgen hatte sie all ihren Mut zusammengenommen und die Nummer von Sheila Innis angerufen. Als sie die Stimme auf dem Anrufbeantworter hörte, war ihre Enttäuschung so groß, dass sie prompt wieder auflegte. Es hatte sie zwei Stunden gekostet, einen Gang zum Zeitungsladen, um ihr Abonnement zu bezahlen, und zur Post, um ihre Rente abzuholen, und eine Kanne Tee, bevor sie bereit war, erneut anzurufen. Sie hatte nicht genau verstanden, was gesagt worden war.

»Hallo. Hier ist Sheila Innis. Leider kann ich Ihren Anruf nicht persönlich entgegennehmen, aber Sie haben sicher Verständnis dafür, dass ich bei der Arbeit nicht gestört werden möchte. Wenn Sie einen Termin vereinbaren wollen, rufen Sie bitte zwischen siebzehn und neunzehn Uhr wieder an. Ansonsten hinterlassen Sie eine Nachricht nach dem Piepton. Vielen Dank.«

Ihre Stimme war beruhigend, klar, angenehm, mit einer gewissen Wärme, aber ohne falsche Intimität. Iris Chater hörte sich die gesamte Ansage an, legte auf und nahm sich vor, am Abend anzurufen.

Sie glaubte, jetzt viel ruhiger zu sein, nachdem sie zu einer Entscheidung gekommen war und die Stimme des Mediums gehört hatte. An ihr war nichts Gespenstisches, überhaupt nichts Ungewöhnliches. Aber um zehn nach funf zitterten ihre Hände, und sie war sich so unsicher, ob sie überhaupt etwas herausbringen würde, dass sie sich ein Glas Wasser holte und es neben das Telefon stellte.

Was tue ich nur? Das ist falsch, ich weiß nicht, worauf ich mich da einlasse, ich sollte Harry in Frieden ruhen und die Finger davon lassen.

»Sheila Innis, was kann ich für Sie tun?«

Wundersamerweise merkte Iris Chater, dass sie antworten konnte.

»Ich … Ich würde gern einen Termin vereinbaren. Ich hab schon mal angerufen und Ihre Ansage gehört.«

»Natürlich. Würden Sie mir Ihren Namen nennen?«

»Chater. Mrs Iris Chater.«

Sie nannte ihre Adresse, ihre Telefonnummer und ihr Geburtsdatum. Mehr wurde nicht verlangt.

»Ich mache jeden Nachmittag zwischen zwei und halb sechs Einzelsitzungen, Mrs Chater, und abends halten wir Gruppensitzungen ab.«

»Oh, nein, ich möchte nicht mit anderen zusammenkommen. Es … Ich möchte allein mit Ihnen sein.«

»Ich verstehe. Ich hatte gerade eine Absage für den sechsten Februar um drei Uhr. Würde Ihnen das passen?«

»Vorher geht es nicht?«

»Leider nein. Ich bin immer ziemlich ausgebucht. Wenn es bei Ihnen an dem Tag nicht geht, wäre erst in der zweiten Märzwoche wieder etwas frei.«

»Doch, ich kann an dem Tag kommen. Ich wollte nicht …«

»Ich weiß. Wenn sich jemand entschlossen hat, zu mir zu kommen, will er das natürlich so bald wie möglich. Ich wünschte, ich könnte dann sofort zusagen, aber das geht einfach nicht.«

»Nein, nein, das verstehe ich. Es passt durchaus. Der sechste Februar. Ich kann an dem Tag kommen.«

»Haben Sie meine Adresse?«

»Ja. Ich kenne die Straße.«

»Dann sehen wir uns um drei.«

»Ich danke Ihnen vielmals.«

»Und, Mrs Chater? Sie klingen verunsichert. Bitte machen Sie sich keine Sorgen. Ich glaube, Sie werden sich wohlfühlen, wenn wir uns kennengelernt haben und Sie bequem in meinem Wohnzimmer sitzen. Jeder ist zuerst unsicher, das ist ganz natürlich, aber ich verspreche Ihnen, dass Sie sich sehr entspannt und glücklich fühlen werden. Ich freue mich auf Sie.« Iris Chater blieb neben dem Telefon sitzen, ganz schwach vor Erleichterung. Sie hatte das Richtige getan und würde jetzt nicht mehr nervös sein. Sheila Innis hatte sie beruhigt.

»Ich komme und werde mit dir reden, Harry«, sagte sie, »genau wie du gewollt hast.«

Der sechste Februar war wie ein Frühlingstag, mild, mit blauem Himmel und einer milchigen Sonne. Die Schneeglöckchen waren auf dem geschützten Fleck unter dem Fliederbusch am Ende des Gartens fast verblüht, und jetzt kamen die Krokusse heraus, gelb und lila, in Kreisen unter den Bäumen. Harry war nie ein echter Gärtner gewesen, das war eher ihr Part gewesen, aber sie hatten beide die Frühlingsblumen geliebt und nach ihnen Ausschau gehalten, und sie fühlte sich mit ihm verbunden, als sie zum Priam Crescent ging. Sie war früh aufgebrochen, nachdem sie den ganzen Morgen die Hintertür verschlossen gehalten hatte, damit Pauline, wenn sie kurz nach Mittag herüberkam, nicht einfach hereinplatzen konnte. Harry hatte das nie gemocht, und als er noch lebte und im Haus war, hatte Pauline immer angeklopft. In letzter Zeit war das in Vergessenheit geraten. Iris hatte vor, eine Andeutung fallen zu lassen, dass das Klopfen wieder eingeführt werden sollte.

Sie hatte fast ein schlechtes Gewissen, den Termin bei dem Medium für sich behalten zu haben, weil Pauline ihr schließlich den Vorschlag gemacht und den Namen herausgefunden hatte. Vielleicht würde sie ihr später davon erzählen. Das kam ganz darauf an.

Um Viertel vor zwei hörte sie Pauline weggehen, wie immer am Dienstag; ihre Schwiegertochter fuhr sie dann zum Einkaufen nach Bevham und nahm sie danach zum Tee mit zu sich nach Hause. Einen passenderen Tag für Iris' Termin hätte es kaum geben können.

Sie war jetzt nicht mehr besorgt oder beunruhigt, nicht im Mindesten. Das lag hinter ihr. Die Stimme der Frau hatte ihr gefallen, und sie wusste tief in ihrem Herzen, dass Harry mit dem Besuch einverstanden war. Hatte er sie nicht darum gebeten, so deutlich, wie es ihm möglich war? »Komm und sprich mit mir.«

Was hätte er sonst meinen können? Glücklich ging sie zum Priam Crescent.

Das Haus war klein und stand für sich, mit weißem Kieselrauputz und Erkerfenstern rechts und links neben der Haustür. Eine Hecke schirmte es von der Straße ab, und ein langer Weg führte zu einer verglasten Veranda. Im Vorgarten stand eine Magnolie, unter der weiße und goldene Krokusse blühten. Iris Chater spürte, wie es ihr leichter ums Herz wurde.

Innis – ohne jeden Zusatz stand das auf dem Schild neben der Türglocke. Sie könnte meine Nachbarin sein, dachte Iris Chater, dieses nette, ordentliche, ganz gewöhnliche Haus – und schließlich war Sheila Innis auch jemandes Nachbarin. Die Vorstellung war seltsam beruhigend. Iris zögerte überhaupt nicht, bevor sie auf die Klingel drückte. Warum sollte sie, wenn sie doch das tat, worum Harry sie gebeten hatte?

Wären noch irgendwelche Spuren von Unsicherheit oder Besorgnis da gewesen, hätte der Anblick von Sheila Innis sie sofort zerstreut.

»Mrs Chater? Bitte, kommen Sie herein. Ich muss Sie als Erstes fragen, ob Sie etwas gegen Katzen haben. Dann würde ich Otto in ein anderes Zimmer bringen.«

»Nein, das brauchen Sie nicht, ich mag Katzen.«

»Otto wird Sie nicht belästigen. Er ist schon sehr alt und schläft viel, aber um diese Tageszeit fällt ein Sonnenstreifen in mein Arbeitszimmer, den er unwiderstehlich findet.«

Sheila Innis war vielleicht fünfzig, nicht älter, mollig, aber nicht dick, mit hellem, inzwischen ausgeblichenem und leicht ergrautem Haar, kurz und gut geschnitten, aus dem Gesicht gekämmt und hochgesteckt. Sie trug einen Tweedrock und eine gelbe Bluse, einen goldenen Anhänger und flache Schuhe. Außerdem lächelte sie, offen und warm, ein

Lächeln, spürte Iris Chater, das in sie eindrang, um sie zu beruhigen, sie willkommen zu heißen … und noch etwas mehr. Es war das Lächeln von jemandem, den sie zu kennen meinte. Auf allen Fotos, die sie von Medien gesehen hatte, waren diese Frauen kunstvoll zurechtgemacht, hatten pechschwarzes Haar und dichte schwarze Augenbrauen, dunkle Augen, goldene Ohrringe, trugen zu viel Make-up. Sheila Innis hätte diesem Bild nicht unähnlicher sein können.

Der Kater Otto lag in voller Länge auf einem hellgrünen Teppich vor einer Terrassentür, die auf den Garten hinausging, und hatte sich ganz ausgestreckt, als wolle er jeden Zentimeter Sonnenlicht ausnützen. Die Beete nahe dem Haus und zu beiden Seiten des langen Rasens waren voller Rosenbüsche, jetzt beschnitten und kahl, aber auch hier wuchsen Schneeglöckchen und Krokusse, die zusammen mit dicken Büscheln Nieswurz und einer winterblühenden Kirsche dem Garten Leben und Farbe verliehen.

Es war ein gemütlicher Raum. Eine Sitzgruppe war mit Damaststoff bezogen, in einem etwas dunkleren Grün als der Teppich, auf einem polierten Tisch stand eine Vase mit gelben Tulpen, auf einem hübschen Sekretär waren gerahmte Fotos zu sehen – ein Brautpaar, mehrere Kinder, eine junge Frau mit langem, glattem Haar, ein älterer Mann.

»Bitte nehmen Sie Platz. Wenn Sie sich fest gegen die Rückenlehne des Sessels lehnen, klappt eine Fußstütze aus.«

Sheila Innis setzte sich auf den gegenüberstehenden Sessel, den Rücken der Terrassentür und dem Licht zugewandt. Neben ihr an der Wand stand eine antike Großvateruhr. Ein schöner Raum, dachte Iris Chater, ein friedvoller Raum. Er strahlte eine Atmosphäre von Zufriedenheit aus. Sie hätte glücklich in diesem Raum leben können, dachte sie, und ihr eigenes Wohnzimmer nicht vermisst. Nichts hier machte sie nervös, nichts war merkwürdig oder besorgniserregend, es gab keine seltsamen Gegenstände oder Bilder. Sie atmete tief ein und lehnte sich zurück. Die Fußstütze klappte tatsächlich aus. Iris fühlte sich entspannter als seit Wochen. Auch wenn nichts weiter passieren sollte, war es allein deswegen wert gewesen herzukommen.

»Sie haben noch nie ein Medium oder irgendeinen Spiritisten besucht, Mrs Chater?«

»Oh, nein. Nein, nie.«

»Ich möchte nicht, dass Sie mir sonst noch etwas über sich erzählen. Ich wollte das nur wissen, weil frühere Erlebnisse Menschen natürlich beeinflussen und jedes Medium anders ist, wir arbeiten alle auf unsere eigene Weise. Ich erzähle Ihnen daher nur kurz, was Sie erwartet. Sitzen Sie bequem?«

»Ich könnte glatt einschlafen, so angenehm ist es.«

»Gut. Jetzt werden wir zunächst genau so sitzen bleiben. Ich werde keine Vorhänge zuziehen oder Kerzen anzünden oder sonst was in der Art. Ich arbeite auch nicht mit einem spirituellen Führer, wie manche Medien oder Hellseher es tun. Ich würde das nicht hilfreich finden. Ich benutze keine Tarotkarten oder Kristallkugeln. Ich hypnotisiere Sie nicht oder versetze Sie in Trance, und ich versetze mich bei individuellen Sitzungen auch nicht selbst in Trance. Aber ich werde die Augen schließen, um mich besser konzentrieren zu können. Ich werde Sie bitten, Fragen zu beantworten, aber nur *diese* Fragen … Es ist besser, wenn mir keine Stichworte gegeben werden. Wichtig zu wissen ist außerdem, dass möglicherweise nichts passiert. Es kann sein, dass sich niemand von der anderen Seite zeigt, niemand durch mich Kontakt mit Ihnen aufnehmen will. Das ist durchaus möglich, allerdings eher selten, und wenn es enttäuschend ist, kann ich es verstehen, aber ich kann wirklich nichts dagegen tun. Ich denke mir nichts aus. Das würde ich nie. Wenn jemand – oder mehrere Personen – mit mir sprechen, in Kontakt zu treten versuchen und wenn sie eine Botschaft für Sie haben, höre ich sie und kann sie für gewöhnlich auch sehen …, wie eine Art Bild, das mir in den Sinn kommt. Wenn Sie jetzt Ihre Augen schließen und sich zum Beispiel einen gut aussehenden, dunkelhaarigen jungen Mann mit weißen Zähnen und blitzenden Augen vorzustellen versuchen …, wird Ihnen ein Bild in den Sinn kommen. Genauso ist das bei mir …, wobei der Unterschied darin liegt, dass ich natürlich nicht weiß, wen ich sehen werde. Oder hören. Manchmal kommen mehrere Personen gleichzeitig zu mir, ein bisschen wie Kinder, die um Aufmerksamkeit rangeln, und dann kann ich sie nicht verstehen, ich muss herausfinden, wer am deutlichsten spricht, und das ist manchmal nicht einfach. Verstehen Sie?«

Iris Chater schaute zu ihr hinüber und sah die Frau wieder lächeln, dieses warme, anziehende, freundliche Lächeln. Sie fühlte sich von dem Lächeln eingehüllt und geborgen. Es war ein Lächeln, dem sie vertraute.

»Ja«, sagte sie, »ich glaube schon.«

»Haben Sie noch Fragen?«

»Nein, vielen Dank.«

»Gut. Dann entspannen Sie sich einfach, Mrs Chater.«

Die Großvateruhr hatte ein sanftes Ticken. Der Kater bewegte sich im Schlaf, seine Pfoten zuckten. Durch das Fenster konnte Iris ganze Büschel dunkellila Krokusse sehen.

Mehrere Minuten lang saß Sheila Innis ruhig da, die Hände im Schoß gefaltet, die Augen geschlossen, schweigend und still. Iris wartete, angenehm entspannt, mit den Füßen auf der Fußstütze. Vielleicht war das alles, und Harry würde nicht kommen. Sie überlegte, wie viel ihr das ausmachen würde.

»Nina«, sagte Sheila Innis. »Ich hab hier jemanden namens Nina … Sie fragt, ob Sie sich an den blauen … einen Augenblick … Sie hält etwas hoch … Oh, es ist ein Kamm. Der blaue Kamm. Gab es einen Witz zwischen Ihnen wegen eines blauen Kamms?«

Das sagte ihr überhaupt nichts. Iris versuchte, sich einen blauen Kamm vorzustellen, aber da war nichts.

»Ich bin sicher, es ist Nina … Nein, oder Nita? Entschuldigung, sie heißt Nita.«

»Nita Ramsden? Du meine Güte, die hab ich total vergessen, das ist Ewigkeiten her.« Warum sollte Nita mit ihr sprechen wollen?

»Sie lacht jetzt. Sie ist … ungefähr achtzehn oder neunzehn, hat kurzes lockiges Haar und trägt eine Schürze …«

»Einen Overall … Das muss ein Overall sein. Großer Gott, es muss Nita sein. Wir haben zusammen gearbeitet …, vor mehr als fünfzig Jahren. Was sagt sie?«

»Sie spricht nicht, sie lacht nur. Sie sieht glücklich aus. Sie ist hübsch, oder?«

»Nita war wunderschön.«

»Sie hat mehrere junge Männer bei sich … Ein nett aussehender junger Mann steht hinter ihr. Er sagt … Ich verstehe seinen Namen nicht, aber er sagt, ihr wart alle Freunde. Er sagt, was für eine Überraschung, Iris. Er scheint recht forsch zu sein.«

»Donald?«

»Heißt er so? Er droht mit dem Finger. Er sagt, er wird es mir nicht verraten.«

»Er war Nitas Verlobter.«

Mehrere Augenblicke lang schwieg Sheila Innis. Ihre Augen waren fest geschlossen, und sie schien intensiv zu lauschen. Nita Ramsden und Donald. Wie merkwürdig, wenn man all die Menschen seit damals bedachte, die sich hätten zeigen können. Warum diese beiden? Aber wenn sie es recht bedachte, wie konnte sie sicher sein, dass sie es waren? Sie hatte Fragen beantwortet, das Medium hatte Andeutungen gemacht, und Iris hatte sie aufgenommen. Das könnte alles Blödsinn sein. Und es war nicht das, was sie wollte. Aber dann begann Sheila Innis wieder zu sprechen.

»Sie ist jetzt nähergekommen. Sie hat wirklich ungewöhnliche Augen … Ein grünliches Grau. Schöne Augen. Sie sagt, es tue ihr leid, dass Sie auf sie warten mussten und sie Ihnen nicht sagen konnte, was passiert war. Sie haben so lange in der Kälte gewartet. Jetzt zeigt sie mir ein Fahrrad … Ich sehe ein Bild von ihr auf dem Fahrrad, wie sie über eine Brücke fährt … Ist das eine Brücke?«

Iris Chater spürte ein Kribbeln im Nacken. Ihre Hände waren ganz kalt. Der Raum wirkte kalt, also zog sie den Seidenschal wieder um sich.

»Sie sagt, es wäre alles innerhalb einer Minute vorbei gewesen, aber es hätte eine Sekunde gegeben, in der sie wusste, was passierte, und alles schien ganz still zu werden. Sie wusste, dass sie nichts tun konnte, und dann war es vorbei. Sie sah, dass Sie auf sie warteten. Sie sagt … einen Augenblick … nein, heißt das … sie sagt, Sie hätten die Kekse mitgebracht. Heißt es das? Kekse?«

»Ja.« Iris brachte nur ein Flüstern zustande. »Wir wechselten uns ab. An dem Tag war ich mit den Keksen dran … Wir stibitzten immer eine Handvoll aus der Keksdose zu Hause.«

»Sie zeigt mir wieder das Fahrrad … Das Vorderrad ist total verbogen und der Lenker auch.«

»Sie ist auf ihrem Fahrrad ums Leben gekommen. Wir haben uns immer an der Ecke getroffen, und an dem Tag habe ich zwanzig Minuten lang auf sie gewartet, doch sie kam nicht, daher bin ich zur Arbeit gegangen … Und sie hatte einen Unfall, ist unter eine Straßenbahn gekommen. Oh, Nita … Arme kleine Nita. Bist du das wirklich?«

»Sie sagt, Sie hatten viel Spaß zusammen. ›Hatten wir nicht Spaß zusammen, Iris, du und ich und Donald und Norman? Hatten wir nicht Spaß?‹«

»Ja«, flüsterte Iris mit trockenem Mund, »ja, Nita, wir hatten Spaß zusammen.«

»Jetzt habe ich jemand anderes hier. Ella … Ella, nein, tut mir leid, sie heißt Ellie. Ja. Sie trägt eine besondere Brosche, ein Schiff, ja … auf einem dunklen Kleid.«

»Das ist meine Großmutter.«

»Sie runzelt die Stirn. Sie sagt, alles war so schwer. Es tue ihr leid, dass sie nicht mehr Zeit für Sie hatte, als Sie klein waren, aber es sei sehr schwierig mit Ihrem Großvater gewesen. War er krank? Ich spüre, dass er lange krank war.«

»Er war geistig verwirrt ... Vieles davon wurde von mir ferngehalten.«

»Sie sagt, sie hätte Ihnen gern ihr Schmuckkästchen vermacht, aber sie hatte nicht die Zeit, ein Testament aufzusetzen. Sie sei sehr plötzlich gestorben. Sie sagt, Sie hätten gern darin herumgestöbert, aber sie habe nicht daran gedacht. Sie sagt mir immer wieder, wie leid es ihr tue. Und da ist ein Hund ... ein Hund. Ein kleiner brauner Hund, ja. Kennen Sie ihn? Er bellt Sie an, als wolle er Sie begrüßen.«

»Nein, ich kenne keinen braunen Hund.«

»Also, es ist ein freundlicher kleiner Hund, und es ist definitiv eine Begrüßung, er springt auf und ab, will Ihre Aufmerksamkeit erringen. Ein kleiner Terrier ... ein Yorkshireterrier?«

»Nein«, sagte Iris traurig. Sie müsste den Hund doch eigentlich kennen, wenn er gekommen war, um sie zu begrüßen.

Sheila Innis saß wieder schweigend da, die Hände immer noch im Schoß verschränkt. Die Sonne war weitergewandert, und der Kater mit ihr.

»Ist ... ist da jemand, der sagt, er sei Harry?«

Das Medium antwortete nicht. Vielleicht hätte sie nicht sprechen sollen. Sie wartete, dachte an Nita von vor fünfzig Jahren, die hübsche kleine Nita, die auf dem Fahrrad ums Leben gekommen war. Nitas Donald hatte Iris ihre erste Zigarette gegeben. Sie hatten damals alle zu rauchen begonnen. Sie waren Freunde, Kumpel, nicht wirklich eng befreundet, und es war alles lange vor Harry gewesen. Warum hatte sich Nita gezeigt und Harry nicht?

»Komm und sprich mit mir«, hatte er gesagt, und Iris war

gekommen, aber er war nicht da, schien nicht mit ihr reden zu wollen. Sie wollte wissen, ob es ihm gut ging, mehr nicht, und wollte, dass er etwas sagte, irgendetwas, das ein Beweis für sie wäre, wollte ihn mit Willenskraft herbeirufen, damit er etwas sagte, was nur sie beide wussten. Das wäre ein Beweis. Genau wie nur sie und Nita von den Keksen gewusst hatten.

Die Großvateruhr tickte weiter.

Nach ein paar Minuten öffnete das Medium die Augen und machte dann eine rasche Bewegung mit den Händen, fuhr von oben bis unten an ihrem Körper entlang, als wolle sie etwas abstreifen.

Sie lächelte Iris an. »Es tut mir leid«, sagte sie. »Sonst ist heute Nachmittag niemand da. Ich spüre, dass ich Sie enttäuscht habe. Sie wollten, dass jemand erscheint, und er hat es nicht getan. Ihr Mann? Ist er erst vor Kurzem gestorben?«

»Harry. Mein Harry ist ein paar Tage vor Weihnachten gestorben.«

»Das ist eine sehr kurze Zeit, Mrs Chater. Vielleicht zu kurz. Manchmal dauert es ein bisschen länger ..., aber nicht immer. Nein, nicht immer. Ich kann sie nicht erscheinen lassen, verstehen Sie, und werde Ihnen nichts vormachen. Ich könnte mir alles Mögliche ausdenken, um Trost zu spenden, aber das wäre Betrug, und ich betrüge niemanden.«

»Verstehe.«

»Würden Sie wiederkommen wollen? Ich versuche es gerne noch einmal. Ich gebe nicht so leicht auf, aber ich kann niemandem befehlen zu erscheinen, wenn er nicht will oder es zu schwierig findet. Das trifft oft zu, wenn Menschen gerade erst gestorben sind ... Sie finden es schwierig. Sie müssen Hilfe suchen. Ich bin sicher, dass Harry genau das tut. Vielleicht in einem Monat? Das bleibt Ihnen überlassen.« Sie stand auf. »Bitte fühlen Sie sich nicht zu entmutigt. Ich spüre, dass Harry Ihnen sehr nahe ist und auf Sie aufpasst und dass er glücklich ist.«

Zum ersten Mal wurde Iris Chater misstrauisch. Billige Worte, dachte sie.

An der Tür legte ihr Sheila Innis die Hand auf den Arm. »Ich frage mich … Ich glaube, Sie könnten jemand sein, der von meinen Abendgruppen profitiert … Manchmal entsteht dort eine Atmosphäre, die jene in der Geisterwelt ermutigt, die noch nicht gesprochen haben … nicht in der Lage waren zu erscheinen. Wir bekommen oft bemerkenswerte Ergebnisse. Es sind nur ein halbes Dutzend Teilnehmer. Dort finden Sie vielleicht, was Sie suchen.«

Sie wollte fliehen. In Sheila Innis' Blick, in ihren Augen lag etwas zu Eindringliches.

»Ich … ich muss darüber nachdenken. Ich bin mir nicht sicher.«

»Selbstverständlich. Rufen Sie mich einfach an. Aber das werden Sie. Ich habe ein sicheres Gefühl. Sie würden finden, wonach Sie suchen.«

»Vielen Dank. Ja.« Als sie am Ende des Gartenwegs war, schaute Iris zurück und sah, dass das Medium sie immer noch eindringlich anblickte, ihr nachblickte.

Sie konnte den Gedanken nicht ertragen, nach Hause zu gehen und allein zu sein. An der Hauptstraße war eine Bushaltestelle, und sie musste nur ein paar Minuten warten, bis der Bus in die Innenstadt kam. Sie brauchte die Stadt, Menschen und Autos und Läden und Geschäftigkeit, sie musste unter Dingen sein, die alltäglich und fröhlich und wirklich waren. Sie kaufte Brot und einen Strauß Osterglocken, den sie am nächsten Morgen zum Friedhof bringen würde. Danach ging sie zu Tilly's, bestellte sich eine Kanne Tee und einen getoasteten Teekuchen und ließ die Zeit verstreichen, beobachtete die anderen Gäste und hörte ihren Unterhaltungen zu, bis sie sich wieder normal fühlte, normal und sicher.

Pauline stand am Fenster und winkte mit der Teetasse, aber Iris war noch nicht bereit, mit Pauline zu reden, die sofort merken würde, dass etwas passiert war. Sie war nicht nur eine neugierige Nachbarin, sondern auch besorgt, doch Iris war noch nicht so weit, über ihren Besuch bei Sheila Innis zu sprechen, und sie mochte nicht lügen, also eilte sie rasch ins Haus und tat so, als würde sie nach etwas tief in ihrer Handtasche suchen. Im Haus war es sehr still. Es war angenehm, dass die Tage jetzt allmählich länger wurden und sie erst nach fünf das Licht anschalten musste. Sie zog sich um und ging wieder hinunter in die Küche. Die Töpfe mit den rosa Alpenveilchen schimmerten sanft im Abendlicht. Es war eine ihrer wenigen Freuden während Harrys schwerer Krankheit gewesen, die Topfblumen zu betrachten, die sie immer sorgsam pflegte. Jetzt betrachtete sie sie und sagte seinen Namen. Aber da war nur Schweigen und Leere. Er war nicht hier, genauso wenig, wie er in dem Haus in Priam Crescent gewesen war.

»Wo bist du, Harry? Warum bist du nicht gekommen und hast mit mir geredet? Wenn ich mit Nita Ramsden sprechen konnte …«

Sie hätte es als Geschwafel abtun können, nachdem Harry nicht mit ihr gesprochen hatte, wenn es nicht um Nita Ramsden gegangen wäre. Die Sache mit ihrer Großmutter, selbst die Schiffsbrosche, hätte ein Glückstreffer sein können; jeder in ihrem Alter hatte Großeltern, die tot waren – genauso wie Eltern. Damit konnte man kaum etwas falsch machen. Aber Nita Ramsden, Nita und Donald, die Kekse, die Tatsache, dass sie auf dem Weg zur Arbeit so lange an der Ecke auf sie gewartet hatte, und Nita war nicht gekommen. Der Fahrradunfall … Das konnte man auch nicht auf Gedankenlesen schieben, denn Nita war seit einem halben Jahrhundert in Iris' Gedanken nicht vorgekommen, und wie hätte das Medium etwas aus ihrer Mädchenzeit wissen können?

Aber sie hatte nicht das bekommen, weswegen sie dort gewesen war, nämlich ein Gespräch mit Harry. Kommen Sie wieder, hatte Sheila Innis gesagt, lassen Sie noch etwas Zeit vergehen und vereinbaren Sie dann einen neuen Termin. Iris wusste, dass sie es tun musste, dass sie nie zur Ruhe kommen würde, bis sie Kontakt zu Harry aufgenommen hatte, aber was diese Abendtreffen anging, in einer Gruppe, das war etwas anderes, und sie hatte dabei ein sehr ungutes Gefühl. Wer würden die anderen sein, und warum hatte das Medium gesagt, dort lägen die Dinge anders und sie hätten oft bessere Erfolge? Was passierte dort, was nicht heute Nachmittag geschehen war?

In der Küche wurde es allmählich dunkler, und der Himmel vor dem Fenster zeigte ein tiefes, leuchtend violettes Blau. Es würde Frost geben, Frost und Vollmond.

Nach einer Weile hörte sie durch die Wand die Erkennungsmelodie der Sechs-Uhr-Nachrichten aus Pauline Moss' Fernseher. Sie verspürte Gewissensbisse. Sie sollte zu Pauline hinübergehen, würde sie niemals verletzen wollen. Nur konnte sie heute Abend keine Fragen ertragen, eifrige, bohrende kleine Fragen, die sie beantworten müsste. Harry war nicht erschienen, um mit ihr zu sprechen. Das machte sie trauriger, als sie es je einer Nachbarin gestehen wollte, wie wohlwollend die auch sein mochte.

19

Also gut, Nathan, sagen Sie mir, was Sie davon halten.« DC Nathan Coates hatte einen Notizblock vor sich liegen. Freya und er saßen im Lichtkreis ihrer Schreibtischlampe und befanden sich als Einzige noch im Büro. Es war schon nach acht. Sie hatte ihn über Angela Randall ins Bild gesetzt und ihm gesagt, dass der DI keine offizielle Arbeitszeit mehr für etwas genehmigen würde, das er nur als einen weiteren Vermisstenfall betrachtete.

»Ich kann keine Überstunden für Sie beantragen, Nathan, und ich kann es nicht mal rechtfertigen, dass Sie Ihre normale Arbeitszeit darauf verwenden.«

»Das ist in Ordnung, Sarge. Wenn Sie meinen, da ist was dran, dann mach ich mit.«

»Danke, aber behalten Sie es für sich, ja?«

In der letzten Stunde, seit sie das Büro für sich hatten, waren sie eine Liste durchgegangen. Abgesehen von Angela Randall und dem vermissten Mountainbiker, einem Neunzehnjährigen namens Tim Galloway, hatte Nathan drei weitere Namen herausgesucht, die eventuell eine Verbindung mit den anderen haben könnten, wie dürftig auch immer.

James Bond (»Gott, der arme Kerl, stellen Sie sich den mal in der Schule vor!«, hatte Nathan gesagt). Achtundvierzig Jahre alt. Büroangestellter. Junggeselle, lebte allein. War eines Morgens in der Nähe des Flusses verschwunden. Keine Spuren, keine Leiche gefunden. Vorgeschichte geistige Verwirrtheit, hatte sich schon vorher aus einer psychiatrischen Anstalt abgesetzt und war nach drei Tagen im Eylam Moor gefunden worden. Wurde zwei Wochen später wieder vermisst.

Carrie del Santo. Neunzehn Jahre alt. Als Prostituierte bekannt. Zuletzt gesehen im Kathedralenhof in den frühen Morgenstunden am Karfreitag 1997. Wegen öffentlichen Sichanbietens und zwei Fällen von Handtaschenraub gegen Kaution auf freiem Fuß. Wurde erst nach mehreren Wochen als vermisst gemeldet.

Phyllis Spink, achtundsiebzig Jahre alt, vermisst seit 1999. Lebte allein in den Armenhäusern von St. Michael. Vorgeschichte geistige Verwirrung / Demenz.

»Na gut, schauen wir sie uns einen nach dem anderen an. Was ist Ihnen in Bezug auf Angela Randall daran aufgefallen?«

»Also, Mr 007 ... Wurde zuletzt am frühen Morgen gesehen, und der Treidelpfad am Fluss liegt in der Nähe des Hügels.«

»Bisschen dünn.«

»Ja, ich weiß. Und die Depressionsvorgeschichte und sein vorheriges Verschwinden bedeuten wahrscheinlich, dass er sich irgendwo meilenweit entfernt das Leben genommen hat und nie gefunden wurde. Nicht alle Leichen werden gefunden.«

»Nicht alle, aber die meisten, und wenn man Selbstmord begeht, hat man keine Kontrolle mehr darüber, was hinterher mit einem passiert.«

»Wohingegen bei Mord jemand anders die Kontrolle hat.«

»Genau. Behalten wir ihn vorläufig dabei, aber ich glaube nicht, dass er passt.«

»Okay ...« Nathan trank einen Schluck Limo, die er literweise in sich hineinschüttete, wischte sich mit dem Handrücken über den Mund und rülpste diskret, bevor er Freya sein entwaffnendes Lächeln schenkte.

»Das Mädchen ... Himmel, noch so ein Name, mit dem man erst mal leben muss. Wahrscheinlich Ausländerin. War vorbestraft, hatte also guten Grund abzuhauen. Vermutlich längst außer Landes, aber ich hab sie rausgesucht, weil sie am frühen Morgen gesehen wurde.«

»Ja, und es ist eine Frau. Wir lassen sie auch drin. Überprüfen Sie ihre Nationalität und vielleicht die Ortsangabe, aber verwenden Sie nicht zu viel Zeit darauf. Und dann noch unsere verwirrte Alte.«

»Mrs Spink. Ebenfalls weiblich.«

»Aber als verwirrt bekannt. Ist wahrscheinlich im Nachthemd losgetapert.«

»Und es wurde keine Leiche gefunden.«

»Na gut, auch sie bleibt drin. Nun zurück zu dem Mountainbiker.«

»Tim Galloway. Den hab ich dazugenommen, weil er zum letzten Mal am frühen Morgen auf dem Hügel gesehen wurde, und er war Sportler, wenn auch Radfahrer, kein Läufer.«

»Aber männlich.«

»Ja. Tut mir leid, Sarge, aber bei allen anderen passte gar nichts. Jede Menge Teenager, die sich mit ihren neuen Stiefvätern nicht verstanden haben oder in der Schule tyrannisiert wurden, arme Gören, und noch mehr Depressive. Zwei Kerle, die offenbar die Schnauze voll hatten von ihren Frauen, ein oder zwei, die unter Verdacht standen, gestohlen, betrogen oder ihre Arbeitgeber hintergangen zu haben. Nichts, was ihr Verschwinden mit dem von Ihrer Miss Randall in Zusammenhang bringt. Und außerdem liegt das zum Teil schon fünf Jahre zurück. Trotzdem bin ich überrascht, wie viele Leute in Lafferton verschwinden. So schlecht ist es hier doch nicht. Tut mir leid, dass ich's nicht besser hingekriegt habe.«

Sein junges, zerknautschtes Gesicht sah niedergeschlagen aus, seine Stimme klang gedämpft.

»Sie haben das prima gemacht, Nathan. Bei diesen Sachen ist man immer auf Vermutungen angewiesen.«

»Ich wollte das genau Passende für Sie finden, Sarge.«

Er war wie ein kleiner Junge, bemüht, seiner Lehrerin zu gefallen und eine gute Note zu bekommen.

Sie lachte. »Das funktioniert leider nie. Aber es nützt uns trotzdem was. Ich lese es mir zu Hause alles noch mal durch, um zu sehen, ob es sich lohnt, in irgendeinem Fall nachzuhaken … Kommen Sie, ich lade Sie zu einem Drink ein.«

Das Gesicht des DC hellte sich auf. Seine Durchschaubarkeit und die Ehrlichkeit, seine Reaktionen nie zu verbergen, gehörten zu den Gründen, warum Nathan Coates bei allen so beliebt war. Wenn er gelobt wurde, strahlte er, wenn etwas erfolgreich gewesen war, lief er mit einem permanenten Grinsen im Gesicht herum, und wenn nicht, sah er aus wie ein zerknitterter Clown.

Das Cross Keys war nur wenige Meter vom Polizeirevier entfernt, auf der gegenüberliegenden Straßenseite. Als sie das Revier verließen, bog der schwarze Polizeirover von DCI Simon Serrailler auf den für ihn reservierten Parkplatz. Freyas Magen zog sich zusammen. Verdammt. Verdammt, er würde sie mit dem jungen DC Coates sehen und glauben, zwischen ihnen liefe etwas, dass sie ein Paar wären, dass …

Oh, um Himmels willen, Frau!

Serrailler lief die Treppe hinauf, nahm zwei Stufen auf einmal und nickte ihnen kurz zu. Freya drehte den Kopf und erhaschte einen Blick auf sein blondes Haar, als er die Innentreppe hinaufsprintete.

Sekunden später bogen zwei weitere Autos hoher Beamter auf den Vorhof.

»Da tut sich was«, sagte Freya.

»Operation Merlin.«

»Wie bitte?«

»Große Drogenrazzia … Streifenpolizei und Drogendezernat.«

»Wie kommt es, dass Sie alles wissen, was ich nicht weiß, Nathan?«

Er tippte sich an die Nase und grinste.

Nicht, dachte sie, als sie sich in den vollen Pub schoben, dass sie irgendetwas über eine Drogenrazzia wissen wollte. Davon hatte es bei der Met mehr als genug gegeben.

»Was nehmen Sie?«

»Nein, Sarge, heute bin ich dran.«

»Kommt nicht infrage! Außerdem ist das die Bezahlung für Ihre Überstunden, also nehmen Sie was Teures.«

»Na gut, danke, ich nehm eine Limo.«

»Oh, bitte.«

»Mit einem Whisky hinterher.«

»Wenn ich langsam trinke und eine Tüte Chips dazu esse, darf ich mir ein Gläschen Weißwein erlauben.«

Nathan wirbelte herum, als zwei Männer von einem Ecktisch aufstanden, und besetzte ihn rasch, während Freya die Drinks bestellte.

»Falls diese Drogenrazzia ein Erfolg war, werden wir wahrscheinlich morgen früh davon hören.«

Nathan schüttelte den Kopf. »Die ist noch nicht zu Ende, hat gerade erst begonnen.«

»Himmel noch mal, haben Sie einen heißen Draht zum Büro des DCI?«

»Ich halte nur die Ohren offen.« Er trank von seiner Limo und goss dann den Whisky in einem Schluck herunter.

»Wie gefällt Ihnen Serrailler?«, fragte er so unerwartet, dass Freya überrumpelt wurde, bevor sie ein Rotwerden verhindern konnte. Rasch bückte sie sich und wühlte in ihrer Handtasche, aber als sie sich wieder aufrichtete, schaute Nathan Coates sie über sein Glas hinweg an.

»Entschuldigung«, sagte sie. »Der DCI? Scheint ganz in Ordnung zu sein. Hab noch kaum mit ihm gesprochen. Aber Cameron ... Gott, es gab noch jede Menge Bill Camerons bei der Met ... Zähe Burschen, alle übergewichtig, rauchten wie die Schlote, aber wenn sie auf deiner Seite standen und man jemanden brauchte, der einem den Rücken stärkte, konnte man niemand Besseren finden. Cameron ist genauso.«

Nathan zuckte die Schultern.

»Was ist?«

»Ich glaube, der sitzt nur die Zeit ab, bis er in Pension gehen kann. Aber er ist grundehrlich.«

»Was immer eine Menge aussagt.«

»Serrailler ist anders.«

»Sie wollen doch nicht sagen, dass er unehrlich ist …?«

»Himmel, nein. Ich meine nur, dass er anders ist. Nicht der durchschnittliche Polizist.«

Freya stand auf. »Noch ein Whisky und was von diesem scheußlichen Brausezeug? Chips, Wurstbrötchen, Schweinekrusten … Los, gönnen Sie sich was.«

»Nee, Emma kocht heute, sie ist dran. Sie hatte ein paar Tage frei und ist daher in Kochstimmung. Leber mit Zwiebeln. Ich muss los. Trotzdem vielen Dank.« Er trank sein Glas aus. »Aber lassen Sie sich nicht abhalten.«

»Irgendwie ist mir nicht danach, allein im Cross Keys zu trinken. Die Leute könnten auf dumme Gedanken kommen.«

»Wär kein Wunder, so gut, wie Sie aussehen, Sarge.« Nathan öffnete die Pubtür und hielt sie mit einem Lächeln und einer Verbeugung für Freya auf.

Drüben beim Revier ging Freya zu ihrem Auto, Nathan zum Fahrradständer. Emma und er wohnten nur ein paar Straßen entfernt.

»Danke für den Drink, Sarge. Bis morgen.«

»Gute Nacht, Nathan.«

Freya betrachtete die Autos auf den vorderen Parkplätzen. Simon Serraillers Rover stand immer noch da, und in seinem Büro im zweiten Stock brannte Licht. Sie wollte warten, wollte sich auf dem dunklen Parkplatz herumdrücken, in der Hoffnung, ihn vor seiner Heimfahrt abzupassen, vielleicht zur Tür hineingehen, wenn er herauskam, ein paar Worte mit ihm wechseln und dann …

Verdammt. Verdammt, verdammt, Scheiße, Scheiße, Mist, verdammt.

Verdammt.

Nathan fuhr auf seinem Rad vorbei und sah sie an. Dann bremste er und setzte einen Fuß auf den Boden. Freya drehte sich zu ihm um.

»Alles okay?«

Er schwieg, bis sie ein paar Schritte näher kam. Sie dachte, ihm wäre noch etwas zu den Vermisstenfällen eingefallen, und wollte nicht, dass er es über den ganzen Vorhof brüllte, auch wenn sie hier allein waren. Er hatte seinen neonblauen Fahrradhelm auf, unter dem sein schiefes Gesicht und die hellroten Haare noch merkwürdiger aussahen. Sein Gesichtsausdruck war besorgt.

»Serrailler«, sagte er.

Sie trat einen Halbschritt zurück, tiefer in den Schatten.

»Das führt zu nichts, Sarge. Sie wissen, was ich meine?«

Dann stieß er sich ab und radelte davon.

20

Debbie Parker lag im Bett, aufgestützt auf drei Kissen, mit einem Stoß Karten vor sich. Dava hatte sie ihr am gestrigen Nachmittag gegeben. Die Sitzung mit ihm war noch ergreifender gewesen als die erste; sie hatte auf der Couch gelegen und war wieder auf eine spirituelle Reise mitgenommen worden, und diesmal hatte er sie durch die fünf Portale geführt, wie er es nannte, Zugänge zu ihrem spirituellen Selbst und dessen einzigartiger Welt. Sie hatte beschrieben, was sie sah – wunderschöne Bilder von Gärten mit magischen Blumen, Kristallgrotten voller Regenbogenfarben, fedrige Engel und andere Lichtwesen. Sie hatte sich wunderbar gefühlt, war auf einer Wolke von Frieden und Harmonie dahingeglitten, Davas Stimme sanft in ihrem Ohr, wie durch einen leise rauschenden Wasserfall, und seine Hand auf ihrer Stirn hatte ihr Haar gestreichelt, aber weit weg, weit weg.

Er hatte gesagt, es ginge ihr viel besser, ihre Energien würden sich allmählich ausgleichen, und die negativen Kräfte würden sich langsam, aber sicher auflösen.

»Wir kämpfen nicht, Debbie. Ich spreche nicht von bezwingen und vernichten, ich spreche von auflösen und entmachten. Die negativen Kräfte, die dir so viel Qual bereitet haben, werden schwächer und lösen sich auf. Schließlich werden sie sich ganz zurückziehen und zu existieren aufhören.«

Er hatte ihr gesagt, sie stehe unter ganz besonderem Schutz, und wo immer sie hingehe, würde der Engel, dem sie begegnet war, sie beschützen.

»Das war eine seltene und ganz besondere Begegnung,

Debbie, ein außerordentlicher Gunstbeweis. Gerettet zu werden und Hilfe zu bekommen von einem der vielen Engel, die menschliche Gestalt annehmen, um uns beizustehen, ist etwas, für das man zutiefst und demütig dankbar sein sollte.«

»Oh, das bin ich«, hatte Debbie inbrünstig beteuert, »das bin ich wirklich.«

»Du weißt jetzt, dass du beschützt wirst, und in den nächsten ein, zwei Tagen wirst du ein Zeichen dafür entdecken. Irgendwo wirst du eine weiße Feder finden, und die musst du aufheben und immer bei dir tragen. Das wird das Symbol deines Beschützers sein. Jetzt atme tief und langsam. Ich möchte, dass du dich auf deine eigene, individuelle Farbe konzentrierst, auf Blau. Blau, aber mit einem pulsierenden goldenen Rand. Schau in das Herz und das Zentrum deines Blaus, Debbie. Ich werde dir ein paar Wörter und Sätze vorsprechen. Du wirst sie nicht vergessen, aber ich gebe dir auch ein paar Karten als Gedächtnisstütze. Lies sie immer und immer wieder. Jede Karte ist ein Talisman.«

Die Karten hatten verschiedene Farben, und Davas Sätze waren aufgedruckt. Er hatte jede Karte signiert.

BLAU

Friedvoll. Musikalisch. Spirituell heilend. Künstlerisch. Empfindsam. Aufrichtig.

BLAU

Bringt Frieden, Gelassenheit, Glaube an sich selbst.

BLAU

Ruft Ruhe, Glaube, Vertrauen hervor.

BLAU

Ist Ausdruck deiner Harmonie mit dem Universum.

Auf den anderen Karten waren Diagramme und Chakren aufgedruckt und Zeichnungen der sie heilenden Blumen und Pflanzen, ihre eigenen besonderen Daten, hervorgehoben auf einem Kalender. Sie hatte alle Karten gelesen, bis sie sie auswendig konnte. Jetzt schaute sie auf die Karte, die ihr die günstigsten Zeiten des Tages nannte. Die erste war neunzehn Uhr fünfunddreißig am Abend, eine seltsame Zeit, mit der Debbie nur wenig anfangen konnte, trotz der komplexen Phasen von Sonne und Mond und der Verbindungen zur astrologischen Himmelskarte. Mit der zweiten Zeit stellte sie jedoch sofort eine Verbindung her. Ihr Name war handschriftlich an verschiedenen Punkten eingetragen, sodass sie beim Betrachten der Karte eine persönliche Verbindung mit Dava durch seine kunstvolle, fließende schwarze Schrift verspürte.

MORGENGRAUEN
Die Stunde zwischen dem ersten Licht am Morgenhimmel und dem Sonnenaufgang ist deine allergünstigste Zeit. Jetzt, DEBORAH … bist du am lebendigsten und am meisten im Einklang mit dem Universum. Um diese Stunde, DEBORAH … bist du am lebensprühendsten und hoffnungsvollsten. Deine Energien sind fein eingestellt, deine Aura, die eine besonders ungewöhnliche und schöne ist, DEBORAH, hat lebhafte Farben und singt vor Freude. Das ist die Stunde, in der du dich beim Schöpfer des Universums bedanken solltest, die Stunde, die am vorteilhaftesten für dich ist, neue Entscheidungen zu treffen, deine kreativste Stunde. Stehe früh auf und zelebriere deine frühe Morgenstunde, und schlafe nach Sonnenuntergang, wenn deine Energie zu schwinden beginnt.

Es gab ebenfalls Karten mit Vorschlägen, welche Zeilen sie an den von ihr gewählten »heiligen Plätzen« bei Morgengrauen lesen sollte, zusammen mit einem Gebet.

Sie las, bis sie zu müde war, und dann machte sie das Licht aus und legte sich auf den Rücken, staunte darüber, wie anders sie sich fühlte, seit sie zu Dava ging, glücklicher, zuversichtlicher, optimistisch. Ihre Haut wurde auch allmählich reiner, und die Schwärze, die sie seit so vielen Monaten jeden Morgen gespürt hatte, war eher ein dünner Schleier, durch den sie hindurchsehen konnte, als eine dicke Wolke.

Wenn sie so weitermachte, das wusste sie, würde sie bald gesund genug sein, um sich nach einem neuen Job umzusehen, zuerst in Teilzeit, was zu einem neuen Freundeskreis führen würde.

Sie hatte vor, sich nach Davas Anweisungen zu richten. Auch wenn das meiste ihrer Sozialhilfe für ihre Sitzungen mit ihm und für die Kassetten und Bücher, die sie außerdem von ihm gekauft hatte, draufging, war das Geld gut angelegt, eine Investition für Glück und zukünftige Gesundheit.

Sie entspannte sich, spürte, wie ihr Atem langsamer und tiefer wurde, und konzentrierte sich dann auf den strahlend blauen Kreis, den sie sich vor Augen rief, mit dem schimmernden goldenen Rand und dem tiefvioletten Zentrum.

Die heilende Kraft floss in ihren Geist und ihre Adern.

Sie schlief ein.

Früher am Abend hatte Sandy versehentlich Debbies Handtasche vom Küchentisch gestoßen und in ihrer Eile, sich zu entschuldigen und den verstreuten Inhalt aufzuheben, die Karte von Debbies zweitem Termin bei Dava gefunden.

»O Debs.«

»Danke, ich mach das schon«, hatte Debbie steif erwidert, ihre Mitbewohnerin fast aus dem Weg geschubst vor Angst, sie könnte auch noch die anderen Karten finden und sich darüber lustig machen.

»Hör zu, es geht mich nichts an …«

»Genau.«

»Okay, aber … Und es gibt ein Aber, das weißt du.«

»Ich habe nichts eingenommen, ich habe keine weiteren Salben bekommen, falls du dir deswegen Sorgen machst.«

»Aber du musst eine weitere Rechnung bezahlen, oder?«

Debbie schob die letzten Sachen zurück in die Handtasche und schloss den Reißverschluss mit einem scharfen Schnarren. Ihr trotziger Ausdruck sagte mehr als Worte. Sandy setzte sich an den Tisch und sah sie an.

»Ich mache mir Gedanken um dich, ich mache mir Sorgen um dich, mir liegt was an dir, Himmel noch mal.«

»Kein Grund, sich Gedanken zu machen. Mir geht's gut, danke.«

»Aber es ist dir nicht gut gegangen.«

Debbie zögerte. In Sandys Stimme lag echte Besorgnis. Es war ihr wichtig, und sie war eine Freundin. Debbie setzte sich ihr gegenüber.

»Siehst du denn nicht, wie viel besser es mir geht?«

»Das liegt an Dr. Deerborns Tabletten, stimmt's? Also wirklich.«

»Ich meine nicht meine Haut. Damit hast du wahrscheinlich recht, aber ich meine mich. Ich bin erst zweimal bei ihm gewesen, und er hat alles verändert, Sandy, die Art, wie ich denke und fühle und wie ich mit mir selbst umgehe. Ich bin nicht mehr unglücklich, ich stehe morgens gerne auf und werde mir bald einen Teilzeitjob suchen. Ich lerne einfach so viel. Du musst dir wirklich keine Sorgen machen.«

Sandy seufzte. Ihre Stirn war immer noch gerunzelt. »Aber es ist so teuer. Ich frag mich nur, ob du nicht Beratung vom Gesundheitsdienst bekommen könntest.«

»Das ist keine Beratung.«

»Und was ist es dann?«

Worte wirbelten Debbie durch den Kopf, Davas Worte, die Worte auf den Karten, Wörter, die ihr neu waren und etwas bedeuteten, das der freimütigen, in einfachen Begriffen denkenden, bodenständigen Sandy unmöglich zu vermitteln war. Harmonie … Aura … Schwingungen … Energie … Frieden … Schutz … Engel …

Nichts davon konnte sie laut aussprechen, aus Furcht, albern zu klingen und verspottet oder missverstanden zu werden. Die Worte waren heilig geworden, wie Worte aus der Bibel oder Gebete, es waren keine Worte, die man locker an einem verkratzten Resopaltisch aussprach.

»Ich versichere dir, dass es mir gut geht. Ich weiß, was ich tue. Wenn mir dabei mulmig gewesen wäre und es mir nicht so gutgetan hätte, wäre ich nicht wieder hingegangen. Aber ich danke dir trotzdem. Ganz ehrlich. Danke.«

Sie war um den Tisch herumgegangen und hatte Sandy umarmt, hoffte, dass jetzt alles zwischen ihnen wieder in Ordnung war und Sandy ihre Wandlung nicht noch einmal infrage stellen würde. Denn dafür bestand wirklich kein Grund. Sie wusste, was sie tat. Alles war bestens. Wirklich bestens.

Am nächsten Morgen klingelte ihr Wecker um sechs. Sie hatte ihn leise gestellt, um Sandy nicht zu wecken. Durch das Küchenfenster war nur Dunkelheit zu sehen, aber es regnete wenigstens nicht, und als Debbie die Hintertür öffnete, wehte milde Luft herein. Sie trank ein Glas Orangensaft, um nicht den Kessel anschalten zu müssen, der so schrill pfiff, wenn das Wasser kochte, aß einen Sojajoghurt und steckte sich zwei Kekse in die Tasche ihrer Fleecejacke. Leise knipste sie das Licht aus und schloss noch leiser die Hintertür. Draußen auf der Straße blieb sie stehen und sah zurück. Die Wohnung lag nach wie vor in Dunkelheit.

Einen Augenblick lang dachte sie voller Zuneigung an Sandy in ihrem gelb-weißen Schlafzimmer mit dem flauschigen Bettvorleger und den beiden Gliederpuppen mit gelb-weißen Ginganhäubchen und Schürzen, die mit baumelnden Holzbeinen auf dem schmalen Bord saßen. Sie sah Sandys Make-up vor sich, ordentlich aufgereiht auf dem Frisiertisch mit dem gelb-weißen Volant, die Zeitschriften nach Datum geordnet zwischen den gelben Buchstützen auf dem Regal, Sandys Fotocollage an der Wand, jedes Foto in seinem eigenen ovalen Rahmen – Sandy und ihre Schwestern als Babys, als Kleinkinder, als Engel in einer Aufführung, als Pfadfinder, auf Ponys, in Bikinis an einem sonnigen Strand, Sandys Eltern, Sandys zahlreiche Katzen und Hunde. Jeden Samstagmorgen machte Sandy sauber, wischte Staub, fegte aus und brachte ihr Zimmer auf Hochglanz, ordnete alles auf den Möbeln, den Regalen wieder genauso an wie vorher. Eines Tages würde sie eine phantastische Hausfrau abgeben, würde persönlich jeden Vorhang und jeden Volant nähen, jede Wand streichen, Schablonen für jede Umrandung anfertigen, nach Anleitungen, die sie aus ihren Zeitschriften ausgeschnitten hatte. Plötzlich verspürte Debbie leichte Panik. Das würde passieren, natürlich würde es das, früher oder später würde Sandy in ein neues Heim ziehen, nachdem sie einen Andrew oder Mark, einen Steve oder Kev oder Phil kennengelernt hatte, und dann würde Debbie allein sein. Sie hatte keine Ahnung, wie sie damit fertig werden würde.

Die Straßen waren leer, wie gewöhnlich. Weiter entfernt auf der Hauptstraße war leichter Verkehr zu hören, hin und wieder ein Lieferwagen, der erste Bus, aber Debbie sah niemanden auf den Bürgersteigen gehen, nicht einmal einen Radfahrer auf dem Weg zur Frühschicht. Zwei von Davas Karten steckten in ihrer Fleecejacke, dazu eine kleine Taschenlampe in Form und Größe einer Kreditkarte, aber mit einem starken Strahl, der erstaunlich weit reichte. Sie hatte die Lampe in einem Souvenirladen in Starly entdeckt, als sie eine Duftkerze kaufte, die, wie Dava gesagt hatte, ihr Zimmer reinigen und Debbie helfen würde, sich auf ihre Gedanken zu konzentrieren.

Auf den Straßen, die zum Hügel führten, brauchte sie die Lampe kaum, aber als sie den Weg am Fuße des Hügels erreichte, knipste sie sie an, wollte sich nicht wieder von einem Kaninchen oder einem streunenden Hund überraschen und zu Tode erschrecken lassen wie letztes Mal.

Aber an diesem Morgen war nichts wie beim letzten Mal.

Die Luft roch mild und frisch, das Gefühl des Bodens unter ihren Füßen gab ihr Sicherheit, und sie schritt den Weg leichtfüßig hinauf. Als die Wernsteine im Strahl der Taschenlampe auftauchten, ging sie glücklich auf sie zu, streckte die Hand aus und berührte die kalte, feuchte Oberfläche, ließ dann die Hand nach unten gleiten, wo sie eine leichte Unebenheit und Rauheit spürte. Die uralten Steine standen seit undenklichen Zeiten hier, niemand wusste, wie lange oder warum, und Debbie stellte sich vor, dass es sie vielleicht schon zu Beginn der Welt gegeben hatte. Sie spürte das in die Erde drückende Gewicht des Steins und wie die Kraft der Jahrhunderte auf sie überging. Wie konnte sie sich neulich gefürchtet haben, wo sie sich doch im verzauberten Kreis der Wernsteine befunden hatte? Sie drehte sich um und sah zum Himmel. Am Horizont war ein dünner Lichtstreif zu sehen. Plötzlich war sie ganz aufgeregt. Sie stellte sich vor, wie es bei Tagesanbruch der Sommersonnenwende am Starly Tor oder in Stonehenge sein musste. Tja, das würde sie im Juni herausfinden, wenn sie mit all den anderen dort sein und tanzend die Geburt des Lichtes feiern würde. Von irgendwo weiter unten hörte sie ein schwaches Pfeifen. Die Hundebesitzer kamen auch früh hier herauf, aber es war immer noch zu dunkel, um Gestalten zu erkennen.

Sie stieg weiter nach oben, an den Büschen und dem Unterholz vorbei, wo sie sich so gefürchtet hatte, aber diesmal im Licht der Taschenlampe nichts als unschuldige Wurzeln und Äste, Dornen und Gestrüpp und Buschwerk und Kaninchenlöcher sah. Weiter hinauf. Allmählich kam sie außer Atem. Dava hatte ihr gesagt, sie müsse zu spüren lernen, wann ihr Körper im Gleichgewicht war, ihr Gewicht im Einklang mit ihrer Größe, ihren Gefühlen, ihrem Geist, müsse lernen, selbst alles an sich zu spüren. Seit sie nur noch Vollwertkost aß, hatte sie bereits ein paar Pfund abgenommen, obwohl es ihr bisher nicht gelungen war, Schokoriegel und Kekse aufzugeben, von denen sie jetzt einen auswickelte und zu essen begann. Dr. Deerborn hatte gesagt, sie habe keine Ahnung, ob Schokolade Hautunreinheiten wirklich verschlimmerte, das sei bisher auch noch nirgends nachgewiesen, hatte aber vorgeschlagen, Debbie solle den Verzehr allmählich einschränken. Na gut, sie hatte ihn eingeschränkt. Ein wenig.

Jetzt gewann das Licht zunehmend an Kraft. Debbie hatte fast die Kuppe des Hügels erreicht, wo ein großer Kreis alter Eichen stand, ein Wahrzeichen von Lafferton. Die kahlen Äste bewegten sich leicht, machten ein trockenes Geräusch, eine Brise fuhr Debbie durch die Haare. Hier oben stand eine Bank, nur eine Steinplatte über zwei andere Platten gelegt, und Debbie setzte sich, wandte sich nach Osten und dem heller werdenden Himmel zu, der jetzt in dem dünnen Streifen über der dunklen Erde einen schwachen Rosaton angenommen hatte. Intensiv und erregend war sie sich bewusst, dass dies ihre eigene, besondere Zeit war, in der sie am stärksten mit den Kräften, dem Universum, der Natur, der Harmonie der Sphären in Einklang war … Dingen, die sie nicht vollständig verstand, aber die sie jetzt ganz sicher zu spüren meinte. Zu diesem Zeitpunkt würde sie immer Stärke und Trost finden, sie würde ihre Energie aufladen und die Zukunft planen, sich der leitenden Hand des Lichtes überlassen. Sie hörte Davas Stimme, die immer weiter sanft in ihr Ohr gesprochen hatte, während sie auf der Couch lag, wie ein fließender Strom, ohne Unterbrechung, ohne Veränderung des Rhythmus.

Das Licht füllte den Himmel, kroch über die Dunkelheit und löschte sie aus, und dann stieg die Sonnenscheibe mit rosenrotem Glühen über den Rand der Welt. In den Bäumen direkt vor ihr begann ein Vogel zu zwitschern, wobei Debbie keine Ahnung hatte, was für ein Vogel das war. Später, im Frühjahr, würden hier die Vögel im Chor singen, und die

Leute kämen hierher, nur um ihnen zuzuhören. Sie war sich nicht sicher, ob ihr das gefiel. Sie wollte diesen Ort, in ihrer Zeit, für sich alleine haben.

Von weiter unten, auf den niederen Hängen, hörte sie ein Pfeifen. Sie konnte die Kathedrale jetzt deutlich erkennen, der Kirchturm berührt von der aufgehenden Sonne. Es war verblüffend. Die Welt wurde vor ihren Augen neu erschaffen, als sei sie tot gewesen und erwache wieder zum Leben, oder wie ein Bild, das von einer unsichtbaren Hand gemalt wurde, während Debbie zusah.

Sie nahm die Karten heraus und las sie, las die Anrufungen dann laut, wenn auch mit gedämpfter Stimme, wobei sie sich ein bisschen albern vorkam.

»Meine Zeit«, sagte sie freudig, »das ist meine Zeit.«

Sandy würde jetzt aufstehen, in ihrem frischen, zitronenfarbenen Morgenmantel im Badezimmer herumhantieren, den vertrackten Heißwasserboiler für ihre Dusche anstellen. Der gewöhnliche Tag begann. Für gewöhnliche Menschen, dachte Debbie plötzlich, weil sie ein jähes, merkwürdiges Gefühl hatte, nicht gewöhnlich zu sein, nicht wie die anderen, all diese Menschen in ihren kleinen Häusern und Wohnungen und Autos und Bungalows unter ihr in Lafferton, sondern anders, erwählt, ausgesucht wegen ihres besonderen Wissens, ausgestattet mit besonderen, ihr vorbehaltenen Einsichten. Sie war nicht mehr die alte übergewichtige, unglückliche Debbie Parker mit der unreinen Haut, sie war die von Dava Erwählte, eine Hand hatte sich auf sie gelegt und sie verwandelt.

Am liebsten hätte sie gesungen.

Außerdem war sie hungrig und musste aufs Klo. Die Morgendämmerung war vorbei, und damit auch ihre besondere Zeit. Sie steckte die Taschenlampe ein und machte sich freudig auf den Rückweg.

Als sie den Fuß des Hügels erreichte, erkannte sie den weißen Kleinbus, der in einem merkwürdigen Winkel quer über dem Weg stand. Ihr Herz machte einen Satz. Sie war sich sicher, ganz sicher, dass es der Kleinbus war, den ihr Retter gefahren hatte, der Mann, der weggefahren und verschwunden war, kein Mensch, sondern ein Engel. Sie blieb stehen.

Jemand schien halb zusammengekrümmt auf dem Vordersitz zu kauern, hing fast aus der offenen Tür heraus. Und es war keine Bewegung zu sehen.

Entweder beugte sich der Mann hinunter und fummelte an etwas nahe den Fußpedalen herum, was gut möglich war, wenn der Bus kaputtgegangen war, oder er war verletzt; vielleicht war ihm auch schlecht geworden.

Sie trat näher und schob sich zwischen die offene Bustür und die Büsche, überlegte rasch, ob sie Hilfe holen oder rufen sollte, ob sie genug über erste Hilfe wusste. Sie hatte keinen Zweifel daran, dass sie ihm helfen musste, genau wie er ihr geholfen hatte. Er hatte sie gerettet und in Sicherheit gebracht, und jetzt musste sie für ihn dasselbe tun.

Die Äste der Hecke schnappten an ihren Platz zurück, und jetzt stand sie neben seinen auf dem Vordersitz ausgestreckten Beinen, aber dann regte er sich, zog sich mit einer einzigen, kräftigen Bewegung hoch. Also war etwas mit dem Auto, nicht mit ihm. Sie war sehr erleichtert, merkte, dass sie Angst davor gehabt hatte, was sie vorfinden könnte, Blut oder einen an Herzschlag Gestorbenen.

Er richtete sich auf und sah ihr lächelnd in die Augen. Es war ihr Retter.

»Hallo, Debbie«, sagte er.

Sie hatte keine Chance, war überrumpelt und aus dem Gleichgewicht, wie er es vorausgesehen hatte. Im einen Augenblick stand sie da, voller Besorgnis, wollte etwas sagen, und im nächsten würgte er ihr mit einer raschen und kräftigen Armbewegung die Luft ab. Er beugte ihren Hals nach hinten, zog sie mit derselben eingeübten, selbstsicheren Bewegung von den Füßen. Debbie spürte einen Moment des Erstaunens, einen zweiten voll unerträglichen Schmerz, und dann war der Himmel ein schwarzer, mit brennenden Sternen gefüllter Strudel, und ihr Körper hob sich und fiel, hob sich und fiel. Sie bestand nur aus Schmerz, und die Dunkelheit war etwas, in das man hineinfiel. Was sie überhaupt nicht empfand, keine Gelegenheit dazu gehabt hatte, bevor alles passierte, war Angst.

Drei Minuten später kühlte ihre Leiche in dem Gefrierbehälter des Kleinbusses ab, während sie mit umsichtiger, gleichbleibender Geschwindigkeit weggefahren wurde, den Weg entlang und auf die Hauptstraße.

Das Whipple-Drive-Gewerbegebiet am Stadtrand von Lafferton war erst ein Jahr zuvor gebaut worden und bestand aus gut geplanten und weit verstreuten Gebäuden, darunter voll ausgestattete Büros in zweistöckigen Blocks, kleinere Lagerräume und abschließbare Garagen. Das Ganze war geschmackvoll gestaltet, mit ansteigenden Rasenflächen und frisch gepflanzten Ebereschen.

Der weiße Kleinbus fuhr über die nach wie vor leere Zubringerstraße und bog am hinteren Ende rechts ab zu der Ansammlung kleinerer Gebäude innerhalb des Zauns, hinter dem ein Brachland bis an die Bahnstrecke führte. Das letzte Gebäude war das größte und hatte den Eingang an der Seite. Vorne war ein kleines Büro untergebracht, mit größeren Räumlichkeiten dahinter, an die der Bus rückwärts heranfuhr. Die Bustüren wurden geöffnet, dann die des Gebäudes. Stahlschienen wurden sichtbar, auf denen der Gefrierbehälter mit Debbie Parkers Leiche hineingerollt wurde. Dann wurden die Türen wieder verschlossen, und der Bus fuhr in die Garage.

Von dort führte eine Innentür ins Gebäude.

Im Büro, an dessen Außentür *FLETCHER EUROPAAGENTUR* stand, knipste er das Neondeckenlicht an und dann die Kaffeemaschine.

Während der Kaffee durchlief, schlüpfte er aus Sakko und Schuhen, öffnete einen Metallschrank und nahm einen grünen Overall und ein Paar Gummiüberschuhe heraus. Die cremefarbenen Lamellen der Jalousie waren ständig geschlossen, verbargen das Büro und seine Insassen vor fremden Blicken, wobei ohnehin nur selten jemand vorbeikam.

Ruhig setzte er sich an den Schreibtisch und trank den heißen Arabica-Kaffee. Es war zehn nach sieben. Ihm blieb eine Stunde, in der er vorbereitende Arbeiten ausführen konnte, bevor er das Gebäude für den Rest des Tages verlassen musste – Arbeiten, die er kaum erwarten konnte. Das war mit ein Grund, warum er zuerst das Ritual des Kaffeetrinkens absolvierte, um seine anfängliche Erregung auszudehnen und sich gleichzeitig nach den paar gefährlichen Augenblicken auf dem Weg am Fuße des Hügels zu beruhigen.

Hier fühlte er sich sicher, hier war er auf seinem eigenen Territorium, hatte das Kommando. Dort hätte innerhalb eines Sekundenbruchteils alles Mögliche schiefgehen können, was allerdings noch nie passiert war, obwohl der junge Mountainbiker schwierig gewesen war, stark und flink. Der hatte ihn ins Schwitzen gebracht.

Das dicke Mädchen war einfach gewesen, vertrauensvoll und freundlich, vollkommen überrumpelt. Diesmal hatte er alles gut geplant, nichts dem Zufall überlassen, und es war reibungslos gelaufen. Er war stolz auf sich. Nie würde er so töricht sein zu glauben, dass es leicht geworden war und er keine Fehler machen konnte. Hochmut kommt immer vor dem tödlichen Fall. Das würde er nicht zulassen.

Denn er war noch nicht fertig, bei Weitem nicht.

Er schloss die Seitenschublade des Metallschreibtischs auf und nahm eine Aktenmappe heraus. Sie enthielt eine getippte Liste, die er jetzt zu seinem Vergnügen durchlas.

junger Mann, 18–30
Mann mittleren Alters, 40–70
älterer Mann, über 70
junge Frau, 18–30
Frau mittleren Alters, 40–60
ältere Frau, über 65

Das Wort »Hund« hatte er nie hinzugefügt. Hund hatte nicht zum Plan gehört, Hund war ein Spontaneinfall gewesen, weil Hund die wütende Eifersucht in ihm wieder hatte hochkochen lassen, auf jenen Hund, ihren Hund, den verhassten Hund. Der Köter hatte genauso ausgesehen, dieselbe Rasse, Farbe, Größe, alles. Hund hätte ein Klon von jenem sein können. Er hatte Hund gepackt, bevor er darüber nachgedacht hatte.

Hund war entsorgt worden.

Zwei Einträge auf der Liste waren mit roter Schrift abgehakt, und jetzt nahm er denselben Stift aus der Schublade und ließ die Spitze neben *junge Frau, 18–30* schweben. Er erinnerte sich an das Gefühl ihres dicken Halses, als er den Arm darumgelegt und sie zurückgezogen hatte. Sie hatte kaum ein Geräusch von sich gegeben, nur ein tiefes, ersticktes Gurgeln.

Er setzte die Stiftspitze auf das Papier und führte den roten Haken aus, verweilte bei dem kürzeren Abwärts- und dem längeren Aufwärtsstrich.

Drei Haken. Sechs Einträge.

Er überlegte, ob sechs reichen würden. Aber er hatte keine Eile, und außerdem konnte die Suche nach der richtigen Person Monate dauern. Es war unwahrscheinlich, dass er so schnell wieder Glück haben würde, und Auswahl und Planung waren entscheidend, damit ihm keine Fehler unterliefen.

Die kleine Uhr auf seinem Schreibtisch zeigte zwanzig nach sieben. Er legte die Liste zurück in die Mappe und verschloss die Schublade, ging dann durch das Büro und die Innentür zum Lagerraum. Dort knipste er das Oberlicht an, und sofort war der Raum genauso erleuchtet wie alle Sektionsräume, die er kannte. In einer Ecke gab es eine Stahlspüle, und eine Rinne im Gummiboden führte zu einem zentralen Abfluss. An einer Wand schimmerten graue Türen, die zu großen Aktenschränken zu gehören schienen. Daneben war der Metalltisch abgestellt. Er rollte ihn in die Mitte unter das Hauptlicht und über den Abfluss, dann klappte er ihn aus. Ein Metallwagen auf Gummirädern wurde in derselben Weise vorbereitet, die seitlich befestigte Schublade herausgezogen. Sie schwang zur Seite, und die Instrumente wurden sichtbar, so angeordnet, dass das Ganze wie eine Auslage wirkte, die durch ihre Ordnung und Symmetrie das Auge befriedigte.

Er trat zurück, überprüfte alles.

Als er zufrieden war, ging er zu dem rechteckigen Behälter auf den Metallschienen und schwenkte ihn herum, bis er auf gleicher Höhe wie der Tisch war.

Debbie Parkers Leiche fühlte sich bereits kühl an. Mit einer scharfen chirurgischen Schere schnitt er ihre Fleecejacke, die Hose, den Pullover und die Unterwäsche auf, die alle in einen schwarzen Müllsack für die spätere Entsorgung geworfen wurden. Ihre Armbanduhr, Hausschlüssel und Taschenlampe in Kreditkartengröße kamen in eine Extraschachtel. In einer der Jackentaschen fand er drei Karten. Er betrachtete sie kurz, stellte fest, dass es uninteressantes New-Age-Geschwafel war, und warf sie in den Sack zu den Kleidungsstücken.

Dann stellte er sich neben den Metalltisch und schaute auf den schwammigen, nackten Körper des Mädchens hinunter, mit vernarbter Gesichtshaut und Aknepickeln auf den Schultern. Er empfand nichts. Das war korrekt. Bei Obduktionen empfand der Pathologe nichts, kein Gefühl, kein Bedauern oder Mitleid, nur Neugier und intellektuelles sowie berufliches Interesse. Das erste Vergnügen, das die Jagd begleitete, das rasche Zuschlagen und das Töten, war vorüber. Der Rest kam noch und war anders, klinischer, weniger hitzig und viel langsamer. Das Erste war flüchtig, hastig und beängstigend; sein Blutdruck stieg, er schwitzte, sein Herz hämmerte. Er nahm ein entsetzliches Risiko auf sich. Jetzt war er sich sicher, dass überhaupt kein Risiko bestand, denn alles war so sorgfältig geplant worden, über einen so langen Zeitraum, und Übung half.

Langsam ging er um den Tisch herum, betrachtete die Leiche und begann währenddessen zu diktieren, wie Pathologen das tun, vermerkte alles an der Leiche auf dem Tisch unter seinem prüfenden Blick, ruhig und professionell, mit einem Ton, den er so oft gehört und bewundert und unzählige Male imitiert hatte. Er war inzwischen stolz auf seine Fachkenntnisse, überzeugt davon, dass er es mit jedem von ihnen aufnehmen konnte, den Besten der Welt, und diesen Dreckskerlen bewies, dass sie sich in ihm geirrt hatten. Sie hatten die Macht gehabt, ihn scheitern zu lassen, ihn als unwürdig zu verurteilen, in ihren Berufsstand einzutreten, und jetzt rächte er sich dafür.

Als er so weit war, nahm er das Skalpell. Jetzt hatte er nicht genug Zeit, aber er konnte es nicht mehr erwarten. Heute Abend würde er wiederkommen und so viel Zeit verbringen, wie er wollte. Hier, im Herzen von allem, würde er fachkundig die »junge Frau, 18–30« obduzieren. Seit dem Augenblick, als er den Arm um ihren Hals geschlungen hatte, existierte Debbie Parker nicht mehr als menschliches Wesen mit einer Persönlichkeit und einem Namen sowie einem Leben. Aus diesem Grund konnte er sie leidenschaftslos obduzieren. Das konnten sie alle. So wurde gearbeitet. Sie war ein Muster, ein Exemplar ihres Geschlechts und Alters, mehr nicht.

Er beugte sich vor und führte den ersten präzisen Schnitt aus.

21

Cat Deerborn war es gelungen, einen Raum in ihrem Bauernhaus für Kinder und Hunde zu sperren. Daher wurde er spaßhaft das »elegante Wohnzimmer« genannt, und hierhin hatten sie sich zurückgezogen, verteilt auf zwei zusammenpassende Sofas und tiefe, cremefarbene Ledersessel. Das Essen war vorüber, und sie hatten ihre Weingläser mitgenommen. Auf einem niedrigen Tisch standen eine Cafetiere und eine Kanne Tee. Cat war nur selten in der Lage, Treffen zu Hause abzuhalten, aber die Kinder hatten frei, und Meriel Serrailler hatte Sam und Hannah für zwei Tage mit nach London genommen, wo ihnen so aufregende Dinge wie das Eye, das Planetarium und das Hard Rock Cafe bevorstanden. Cat hatte Zeit gehabt zu kochen, das Haus aufzuräumen, sich zurechtzumachen und einige Notizen zusammenzustellen, die jetzt in getippter Form vor ihr lagen.

Die anderen, die sich bequem mit ihrem Wein und Kaffee zurücklehnten, waren Chris, der Osteopath Nick Haydn, der Akupunkteur Aidan Sharpe und Gerald Tait, Seniorpartner in einer Allgemeinpraxis in einem anderen Teil Laffertons und jemand, den beide Deerborns schätzten und verehrten, sowohl als Mensch wie auch als Arzt. Er vertrat die ältere Generation, aber seine Ansichten waren auf dem neuesten Stand und seine Interessen breit gefächert.

Beim Essen hatten sich die Gespräche um allgemeine medizinische Belange gedreht. Jetzt sollte es um etwas Spezielleres gehen. Cat stellte ihr Glas ab. »Dieses informelle Treffen war zwar meine Idee, aber das soll nicht heißen, dass ich eine

Art Vorsitz übernehmen will. Wir sind alle Gleichgestellte, und jeder sollte das sagen, was er denkt.

Gut. Chris und ich machen uns seit ein paar Monaten zunehmend Sorgen wegen einiger dieser – ich weiß nicht, welche Bezeichnung Sie bevorzugen – alternativen Therapeuten, Komplementärmediziner, Heilkundler, die in unserer Gegend praktizieren. Für viele davon sollte ich eigentlich den Ausdruck ›Quacksalber‹ oder ›Scharlatan‹ verwenden, und ich nehme an, Sie würden das auch tun. Sie wissen, dass sich um den Starly Tor eine ziemlich große Gemeinde ausgebreitet hat, wegen dessen Geschichte und zweifelhaften Rufs als historische Stätte von – tja, suchen Sie sich etwas aus – Hexerei, Druidenverehrung, Heilkunst, Kraftlinien … Viele New-Age-Anhänger tauchen im Frühjahr dort auf, und in Starly sind daher die entsprechenden Läden und Cafés und so weiter entstanden. Das ist nicht weiter bemerkenswert und größtenteils harmlos. Hin und wieder werden zwar auch Drogen genommen, doch mein Polizistenbruder behauptet, dass es dort merkwürdigerweise weniger ernste Drogenprobleme gibt als in Lafferton und sicherlich weniger als in Bevham. Nein. Drogen sind nicht das Problem. Was uns aufgefallen ist und Anlass zu wirklicher Sorge bietet, sind die Quacksalber. Im günstigsten Fall knöpfen sie leichtgläubigen Menschen, die es sich kaum leisten können, eine Menge Geld ab, und auch das ginge uns eigentlich nichts an. Aber eine Anzahl dieser sogenannten Therapeuten ist alles andere als harmlos. Der Punkt ist, dass, wie Sie wissen, weder Chris noch ich – noch die meisten anderen Allgemeinärzte in Lafferton – etwas gegen gut ausgebildete alternative Therapeuten haben, die auf bewährten Gebieten tätig sind. Daher haben wir Sie, Aidan und Nick, dazugebeten … Ich habe Patienten mit Rückenproblemen zu Nick geschickt, ich habe welche zu Aidan geschickt, weil ich weiß, dass Akupunktur unter bestimmten Bedingungen hilfreich sein kann. Aber Sie beide wissen, was Sie tun, und halten sich an das Prinzip aller konventionellen Ärzte: ›Richte keinen Schaden an.‹«

Aidan Sharpe räusperte sich. »Danke, Cat – tut mir leid, Sie zu unterbrechen, aber ich bin Ihnen dankbar für das Gesagte, und Nick sicherlich auch. Wir sind vernünftig ausgebildet und qualifiziert, wie Sie zu Recht sagen, aber ich fürchte, dass unsere Arbeit trotzdem einer Menge feindseliger Kritik ausgesetzt ist.«

Er hatte eine seltsam präzise und formelle Ausdrucksweise. Das hing vermutlich mit der Exaktheit und Präzision seiner Tätigkeit zusammen, dachte Cat. Sie hatte mit Aidan Sharpe lange über traditionelle chinesische Akupunktur gesprochen und bemerkt, dass diese Heilkunst ein sorgfältig ausgeführtes wissenschaftliches System der Körperkartographie mit der Notwendigkeit eines intuitiven, fast künstlerischen Gespürs für Diagnose verband. Cat gab nicht vor, die Theorie dahinter zu verstehen oder zu akzeptieren – sie stand im Widerspruch zu vielem, was ihr beigebracht worden war –, aber sie erkannte an, dass Akupunktur eine lange und ehrbare Geschichte hatte – und oft wirkungsvoll war.

Nick Haydn saß mit ausgestreckten Beinen auf einem der Sofas, ein großer, breit gebauter Rugbyspieler mit gewaltigen Händen, ein Therapeut, der den Körper seines Patienten mit Energie und Kraft beeinflussen konnte, eine ganz andere Arbeitsweise als die von Sharpe, gegen den er, wie Cat bemerkte, eine gewisse Abneigung zu hegen schien. Nun ja, sie befanden sich an den entgegengesetzten Enden des Spektrums, sowohl als Menschen wie auch als Therapeuten. Nick trug ein sauberes, aber verknittertes Sweatshirt mit dem Aufdruck *Guinness ist gut für dich* über ausgebeulten Cordhosen, Aidan Sharpe einen gut geschnittenen Anzug und eine Fliege mit Paisleymuster. Nicks Haar war lockig und hätte einen Haarschnitt vertragen können, Aidans war ordentlich gekämmt; Nick war sauber, brauchte aber eine Rasur; Aidan hatte einen Spitzbart. Cat mochte und respektierte beide. Es war gut, dass sie sich ergänzten.

»Wie kommen Sie ausgerechnet jetzt darauf? Starly ist seit Jahren ein Treffpunkt für Hippies und New-Age-Anhänger«, sagte Nick. »Die nehmen mir keine Patienten weg – mein Terminkalender ist immer voll.«

Aidan Sharpe nickte zustimmend.

»Aus zwei Gründen. Erstens hatte ich neulich einen Notruf von einem jungen Mädchen, das da oben wegen seiner Akne einen dieser Quacksalber aufgesucht hat. Er hat ihr pflanzliche Tabletten und eine übel riechende Salbe gegeben. Sie bekam eine ernsthafte allergische Reaktion auf eines oder beides, und ihre Mitbewohnerin musste mich rufen. Es geht ihr wieder gut, aber ich habe das Zeug von einem Kollegen im Kreiskrankenhaus Bevham untersuchen lassen. Die Tabletten waren harmlos – hauptsächlich getrocknete Petersilie –, aber die Salbe enthielt verschiedene Substanzen, die ich an niemandes Haut ranlassen würde.«

»Wer in Gottes Namen hat ihr das Zeug gegeben?« Gerald Tait war verärgert. »Das ist der Grund, warum die EU neue Bestimmungen für frei verkäufliche Medikamente erlassen hat, gefährliche Substanzen, die von geldgierigen Gaunern verkauft werden.«

»Aber diese EU-Vorschrift schüttet das Kind mit dem Bade aus«, warf Aidan ein, »weil die Leute dann einige der durchaus nützlichen Präparate nicht mehr kaufen können.«

»Besser das, als dass Schaden angerichtet wird.«

»Das Problem ist, dass Leute wie dieser Mann in Starly sich nie an die Bestimmungen halten werden.«

»Wer ist der Kerl überhaupt? Wissen wir das?«

»Er schmückt sich mit dem Namen Dava.«

»Dava wer?«, fragte Nick.

»Oh, so was Konventionelles wie einen Nachnamen hat er nicht.«

Nick schnaubte verächtlich.

»Es kommt noch schlimmer.« Cat warf einen Blick auf ihre Notizen. »Ein Psychochirurg fängt da oben an zu praktizieren.«

Gerald Tait blickte in die Runde. »Davon habe ich noch nie gehört. Was um Himmels willen ist ein Psychochirurg?«

»Darf ich etwas einwerfen?« Aidan rückte seine Fliege gerade, obwohl sie vollkommen korrekt saß. Ich weiß, was mich an Fliegen stört, dachte Cat, sie sehen nicht nur albern aus, sondern erinnern mich an all diese aalglatten Gynäkologen, denen ich begegnet bin.

»Ich weiß zufällig ein wenig über Psychochirurgie. Allerdings muss ich zugeben, ich hatte keine Ahnung, dass uns hier in der Gegend einer beehrt. Ich finde das erschreckend. Es ist ein überwiegend im Ausland praktiziertes Verfahren und natürlich eine Art Trick, der für gewöhnlich recht clever ausgeführt wird, aber jeder, der einem Zauberer auf die Schliche kommen kann oder sich mit Beschwörungen auskennt, kann Ihnen sagen, wie es funktioniert. Ihre Opfer sind die Armen und Leichtgläubigen, und sie behandeln überwiegend hoffnungslose Fälle. Aber natürlich muss es eine gewisse Erfolgsrate geben, sonst bleiben ihnen rasch die Patienten weg, also haben sie Komplizen.«

»Wie alle Zauberer«, sagte Chris. »Das Mädchen, das sich zersägen lässt, der Eingeschmuggelte im Publikum, der sich freiwillig die Augen verbinden lässt, bevor er eine Karte zieht.«

»Genau. Die Komplizen geben sich als Patienten aus, die alles Mögliche haben, von einem angeblich gebrochenen Bein bis zu einem Darmtumor. Sie kommen mit Krankengeschichten, gefälschten Arztbriefen und so weiter, und natürlich werden sie geheilt und verkünden, dass an ihnen ein Wunder vollführt wurde, und siehe da, die Leute stehen Schlange.«

»Großer Gott, gibt es keine Grenzen dafür, andere um ihr Geld zu bringen?«, rief Gerald. »Haben wir der englischen Öffentlichkeit während der Jahrhunderte erfolgreicher konventioneller Medizin denn gar nichts beigebracht?«

»Sie wären überrascht«, fuhr Aidan fort, »wenn Sie wüssten, wie viele Menschen zu mir kommen, die direkt zum Arzt hätten gehen sollen – wohin ich sie dann auch schicke, muss ich rasch hinzufügen. Aber wenn ich keine Skrupel hätte, könnte ich viel Schaden anrichten und dabei noch ein Vermögen verdienen. Die Menschen wollen glauben. Sie wollen glauben, dass ein Akupunkteur angeborene Blindheit und das Downsyndrom und einen Klumpfuß heilen und sogar den Alterungsprozess umkehren kann. Denken Sie nicht, dass ich auch nur die Hälfte der Patienten behandele, die zu mir kommen. Und für Nick gilt wahrscheinlich dasselbe.«

»Auf mich trifft das weniger zu«, sagte Nick Haydn. »Osteopathen werden praktisch als konventionell betrachtet – wir stehen in der Meinung der Leute auf derselben Stufe wie Physiotherapeuten. Aber es kommen tatsächlich auch Menschen mit gebrochenen Knöcheln zu mir, weil sie denken, ich könnte ihnen besser helfen als die Ärzte in der Notaufnahme.«

»Ich möchte gerne mehr über diese Psychochirurgie hören«, unterbrach ihn Gerald Tait.

Cat hörte zu, während Aidan Sharpe ihnen die Vorgehensweise näher erklärte. Der »Chirurg«, obwohl er einen Taschenspielertrick vollführte, manipulierte tatsächlich am Körper seiner Patienten, ritzte die Haut mit seinem Daumennagel oder einem in seiner Hand verborgenen abgerundeten Stab an, was Spuren und blaue Flecken hinterließ, aber er schnitt nicht, und dann tat er so, als entferne er Gewebe verschiedenster Art aus dem Körper.

»Und Sie behaupten, das würde sich zehn Meilen von hier entfernt abspielen, Cat? Großer Gott. Dagegen muss etwas unternommen werden.«

»Darum wollte ich ja, dass wir uns treffen. Der Punkt ist, Gerald, wenn wir, als konventionelle Mediziner, irgendwie zeigen, dass wir ernsthafte alternative Therapeuten wie Aidan und Nick durchaus unterstützen, würden die Leute dann vielleicht darauf kommen, dass die anderen unsere Zustimmung nicht haben?«

»Kann die Polizei nichts unternehmen? Können Sie Ihren Bruder nicht fragen?«

»Das habe ich die letzte Woche über versucht, doch die Polizei von Lafferton ist bis über beide Ohren mit einem Drogeneinsatz beschäftigt, und ich habe ihn nicht erreichen können, aber ich werde auf jeden Fall mit ihm darüber sprechen.«

»Gut.«

»Davon abgesehen finde ich es sehr gut, dass wir uns deswegen treffen, und ich möchte Ihnen danken« – Aidan drückte es auf seine präzise Art aus – »natürlich nicht nur für Ihre Gastfreundschaft, sondern auch für Ihre Geste des Vertrauens in Nick und mich … Ich weiß das sehr zu schätzen.«

»Ich auch«, sagte Nick und verzog das Gesicht, als Aidan nicht hinschaute.

Aidan hielt seine Kaffeetasse zum Nachfüllen hin. »Das ist ein Weckruf für alle, wenn ich es so ausdrücken darf.«

»Hören Sie«, Nick schlug seine langen Beine übereinander. »Wir sind uns alle einig, dass da ein paar Quacksalber am Werk sind, und ein oder zwei könnten tatsächlich gefährlich sein, aber ich frage mich, ob wir überhaupt die Autorität haben, sie aus der Stadt zu verjagen. Wir müssen da sehr vorsichtig sein. Ich denke, der gesetzliche Aspekt muss eindeutig geklärt werden, bevor wir irgendwas unternehmen.«

»Ganz meine Meinung«, sagte Chris Deerborn nachdrücklich, »und ich bin stärker gegen diese ganze Alternativszene als alle anderen hier. Wir können nicht Gott spielen, sosehr wir es auch möchten.«

Sie diskutierten einige Minuten lang darüber. Cat war enttäuscht. Sie hatte sich vorgestellt, sofort zu einem Konsens zu kommen und dann einen Schlachtplan aufzustellen, doch das funktionierte nicht. Dann ergriff Aidan das Wort.

»So kommen wir nicht weiter«, sagte er. »Ich glaube, wir sollten uns auf das konzentrieren, was wir erreichen wollen, was am dringlichsten scheint, und den Rest beiseitelassen. Erstens, Cat, verstehe ich es so, dass Sie die Idee hatten, eine Art Gruppe oder Bündnis mit uns und vielleicht anderen interessierten Allgemeinärzten und qualifizierten Komplementärtherapeuten zu bilden, damit Sie, die Ärzte, wissen, welche von uns Sie Ihren Patienten zur Behandlung empfehlen können, falls Sie danach gefragt werden, und welche nicht.«

»Das ist mehr oder weniger richtig, ja.«

»Aber zweitens wollen Sie diejenigen aussondern, die tatsächlich gefährlich sein könnten. Es gibt jede Menge Blödsinn, doch die Menschen werden immer darauf hereinfallen, und ich finde, das ist letztlich ihre Sache – Astrologie ist Blödsinn, Heilkristalle sind Blödsinn.«

»Kerzen in Kinderohren.«

»Iridologie.«

»Reflexzonen.«

»Nein, das ist passabel«, warf Nick Haydn ein.

Cat hob die Hand. »Sprechen Sie bitte weiter, Aidan.«

»Danke. Was uns wirklich Sorgen macht, darf ich wohl behaupten, sind der Heilkundler, der Medikamente ausgibt, und der Heilkundler, der vielleicht tatsächlichen körperlichen Schaden anrichtet – Ihr Psychochirurg.«

»Ich möchte noch hinzufügen, dass diejenigen, die vielleicht den meisten Schaden anrichten, die sind, die durch ungenügendes Wissen bei einem Patienten etwas wirklich Ernsthaftes übersehen. Sie richten Schaden durch Unterlassung an.«

»Sollten wir die Aufgaben vielleicht unter uns aufteilen? Cat, Sie wollten Ihren Bruder nach dem rechtlichen Aspekt fragen.«

»Gut. Und wir können uns von jetzt an alle Notizen machen über die alternativen Therapeuten, auf die wir stoßen.«

»Vielleicht mit einer netten Farbmarkierung? Rot für ›Gefahr‹, Blau für ›in Ordnung‹, Grün für ›absolut empfehlenswert‹«, schlug Nick vor. »Ich bin natürlich grün.«

»Die Roten sind die Wichtigen«, sagte Aidan Sharpe.

Das Tonband

Natürlich habe ich es dir nicht erzählt. Wie konnte ich es dir erzählen? Heute hörst du zum ersten Mal davon. Ich habe es geschafft, es die ganzen Jahre vor dir zu verbergen, und darauf bin ich sehr stolz, denn wenn du es je herausgefunden hättest, wäre ich gezwungen gewesen, ans andere Ende der Welt zu verschwinden, da du, obwohl es nicht meine Schuld war, mich dafür verantwortlich gemacht hättest, wie du es bei allem getan hast.

Ich hatte unglaublich hart gearbeitet, war Nacht für Nacht aufgeblieben, hatte die Dinge gelernt, die mir so schwerfielen, hatte chemische Formeln, Pharmakologie, Tropenkrankheiten gebüffelt – all das, was ich uninteressant fand, aber wissen musste. Sie waren ein Mittel zum Zweck, und nur der Gedanke an diesen Zweck ließ mich durchhalten. Ich ging nie aus, mischte mich nicht unters Volk, und nach kurzer Zeit wurde ich von niemandem mehr eingeladen, nicht einmal für einen Absacker in der Bar am Ende des Tages. Sie hatten bald begriffen, dass sie abblitzen würden. Ich war ein Außenseiter und ein Streber, sie konnten mich nicht einschätzen und hatten keine Lust, es auch nur zu versuchen. Ich hätte gerne ein paar Freunde gehabt, Menschen, mit denen ich mich richtig unterhalten konnte, aber ich hasste die lärmende Kameraderie in den Kneipen der Medizinstudenten, den geschmacklosen Humor, die zotigen Reden und besonders die Streiche, die sie einem spielten. Wenn ich also nicht büffelte oder Obduktionen besuchte, ging ich laufen. Ich wurde äußerst fit und liebte das Gefühl von Macht und Geschwindigkeit, während ich durch die Straßen und hinaus aufs Land lief, quer über Moore oder entlang endloser Strände. Laufen. Ich wünschte, ich hätte damit weitergemacht. Ich bin immer noch ziemlich fit und mache jeden Morgen und jeden Abend eine halbe Stunde lang meine Übungen, aber nachdem ich mir das Bein gebrochen hatte, konnte ich nicht mehr so weit und so schnell laufen, darum hörte ich damit auf. Ich möchte alles gut oder gar nicht machen.

Ich arbeitete. Oft kam es mir so vor, als würde ich gar nichts anderes machen – arbeiten und laufen, arbeiten und laufen –, aber ich war voll auf den Endzweck konzentriert.

Wenn ich nur nicht so ungeduldig gewesen wäre und das Ende hätte beschleunigen wollen. Wenn ich nur nicht meinen einzigen Fehler gemacht hätte und dabei erwischt worden wäre.

Ich war wirklich entsetzt, als ich vor Kurzem erfuhr, dass Medizinstudenten an vielen Unis keine Leichen mehr sezieren, genau wie Oberstufenschüler in Biologie keine Hundshaie und Frösche und Ähnliches mehr sezieren, wie wir das getan haben. Computerprogramme, virtuelle Realität, grafische Darstellungen, Diagramme und Plastikmodelle ersetzen das Sezieren, und viele Medizinstudenten benutzen erst im Operationssaal zum ersten Mal ein Skalpell.

Wir haben unser Handwerk ordentlich gelernt. Aber die Leichen, die wir in jenen ersten Jahren sezierten, hatten wenig Verbindung mit echten menschlichen Wesen oder den frisch Verstorbenen. Sie waren runzelig und uralt, konserviert und unwirklich, und obwohl sie ihren Zweck erfüllten und ich sie durchaus interessant fand, wollte ich mehr, und als ich zum ersten Mal die Pathologie betrat, wusste ich, dass ich es gefunden hatte. Ich wurde zum Witz der dort arbeitenden Teams, aber die älteren Pathologen bewunderten meinen Ehrgeiz und meine Ernsthaftigkeit, das weiß ich, und betrachteten mich insgeheim als einen der Ihren, einen zukünftigen Kollegen. Sie bekamen nicht so viele, dass sie es sich leisten konnten, mich mit Gleichgültigkeit zu behandeln. Medizinstudenten, die forensische Pathologen werden wollen, sind rar, selbst in dieser Zeit schauriger Fernsehdramen.

Die Pathologie wurde zu meinem zweiten Zuhause. Gegen Ende schaute ich fast jeden Tag bei einer Obduktion zu, manchmal sogar bei mehreren.

Nach einiger Zeit befriedigte mich das Zuschauen natürlich nicht mehr, es reichte nicht aus. Ich wollte es selbst tun, und die Gewissheit, dass ich noch mehrere Jahre warten musste, bis ich meinen Abschluss machte und die anderen Fachgebiete durchlief, war frustrierend. Ich lebte damit fast ein Jahr lang. Dann schaute ich eines Abends von dem Kapitel »Kongenitale Augenerkrankungen« auf und wusste, was ich tun würde. Es war so offensichtlich, dass ich nicht verstehen konnte, warum ich nicht längst daran gedacht hatte, und in diesem Moment ging ich innerhalb von Minuten von der Idee ins Planungsstadium über. Ich legte das Lehrbuch weg, ließ die Augen Augen sein und begann nachzudenken, und die Erregung, die in mir aufwallte, glich keiner, die ich je zuvor gespürt hatte.

22

Sandy kam im Bademantel aus der Dusche und betrat ihr Schlafzimmer in dem Moment, als die Dreiundzwanzig-Uhr-Nachrichten in ihrem Radiowecker angekündigt wurden. Während sie zuhörte, verspürte sie eine gewisse Beklemmung. Debbie hatte nichts davon gesagt, dass sie weggehen würde, hatte auch keine Nachricht hinterlassen, und das war ungewöhnlich. Gelegentlich war Debbie seit einiger Zeit abends unterwegs, doch sie war stets um zehn zurück, trank ihren Becher mit eklig riechendem Kräutertee und erzählte Sandy alles Mögliche über New-Age-Glauben, Chakren, Auren und Gott weiß was noch. Sandy hörte immer zu und stellte interessierte Fragen, und sie musste zugeben, dass Debbie besser aussah, viel besser; ihre Haut heilte ab, wobei das sicherlich an Dr. Deerborns Antibiotika lag, ihre Augen waren klar, und ihr Haar, das sie sich zu einer kleidsamen Kurzhaarfrisur hatte schneiden lassen, war nicht mehr strähnig und fettig, und sie hatte eindeutig abgenommen. Man konnte nicht über etwas herziehen, das ihr so deutlich guttat.

Sandy holte ihr Nagelnecessaire und den Beutel mit Nagellack heraus und nahm sie mit ins Wohnzimmer, wo sie sich eine Folge von *Friends* anschaute, während sie Peony Pink von ihren Fingernägeln entfernte und es durch Sugar Icing ersetzte. Die Folge war besonders komisch, und Sandy genoss sie in vollen Zügen. Debbie wäre es genauso gegangen, dachte sie, als die Sendung zu Ende war. Inzwischen war es fünf nach zwölf. Sandy wanderte in der Wohnung herum, setzte den Kessel auf und machte sich eine Tasse Tee, die sie zum Abkühlen stehen ließ, stellte das Radio an und wieder ab. Einmal ging sie sogar auf die Straße hinaus, die leer und still war; es brannten nur noch wenige Lichter – alle hier in der Gegend mussten frühmorgens zur Arbeit. Sandy blieb einen Moment lang stehen. Es war ein schöner Abend, mild und trocken. Debbie würde bestimmt gleich kommen, mit raschen Schritten die Straße entlanggehen oder sogar ein Taxi genommen haben, weil sie den letzten Bus verpasst hatte. Eine schwarze Katze schlich über die Straße und verschwand in einer Hecke. Ein Auto bog in die Straße ein, aber es war kein Taxi und fuhr einfach vorbei.

Um zehn vor eins griff Sandy zum Telefon. Sie hatte sich wieder angezogen, hatte das ungute Gefühl, dass sie vielleicht aus dem Haus musste, dass Debbie einen Unfall gehabt haben könnte und Sandy im Krankenhaus brauchen würde. Sie nahm den Hörer hoch, legte dann aber wieder auf, als sie draußen einen Motor zu hören meinte. Durch die Wohnzimmergardinen sah sie ein Auto in die Einfahrt gegenüber biegen und die Scheinwerfer ausschalten.

Halb zwei. Sie ging in Debbies Zimmer und suchte nach dem Notizbuch, in das sich Debbie Adressen und Telefonnummern notierte. Vielleicht hatte sie etwas über ein Treffen aufgeschrieben. Dann sah sie Debbies Handtasche über einer Stuhllehne hängen. Sandy starrte sie an. Wo auch immer Debbie hingegangen war, sie hätte ihre große, braune Tasche mitgenommen. Zögernd öffnete Sandy den Reißverschluss und sah hinein. Geldbeutel, Lippenstift, Kamm, Papiertaschentücher, Notizbuch, ein Taschenbuch über Meditation, ein paar Büroklammern … Das übliche Durcheinander. Die Haustürschlüssel fehlten ebenso wie der Inhalator, den Dr. Deerborn ihr nach dem Asthmaanfall mit der Anweisung verschrieben hatte, ihn stets bei sich zu tragen.

Sandy stand vor einem Rätsel. Debbie wäre auf keinen Fall ohne ihre Tasche ausgegangen. Sandy griff wieder zum Telefon. Es war zwanzig vor zwei.

Der Streifenwagen war innerhalb von fünf Minuten da, mit einem freundlichen älteren Polizisten und einer jungen Polizistin, die von Sandys Bericht irritiert zu sein schien. Beide lehnten den angebotenen Tee ab und setzten sich mit ihr in die Küche, stellten die üblichen Fragen.

»Ich möchte mir ihr Zimmer anschauen, wenn Sie es mir bitte zeigen würden«, sagte die junge Polizistin, die sich als Police Constable Louise Tiller vorgestellt hatte.

Sandy führte sie in Debbies Schlafzimmer. »Hier werden Sie nichts finden, fürchte ich«, sagte sie.

»Diese Beurteilung sollten Sie mir überlassen.«

»Aber ihre Handtasche ist hier, und die hätte sie nie dagelassen, wenn sie ausgegangen wäre.«

»Sie könnte eine andere genommen haben. Die Leute haben mehr als eine.«

»Nein«, sagte Sandy, »hat sie nicht.«

»Wie lange sind Sie beide schon zusammen?«

»Was, als Mitbewohnerinnen? Etwa ein Jahr.«

»Sie sind also nur Mitbewohnerinnen?«

Sandy wurde rot, hatte bereits große Abneigung gegen Police Constable Tiller gefasst.

»Ja, sind wir.«

»Na gut. Ist das die Handtasche?«

»Ja.«

Die Polizistin nahm sie, ging zum Bett und schüttete sie aus, sodass der Inhalt in einem Haufen vor ihr lag. Sie wühlte darin herum, griff nach dem Notizbuch und blätterte es durch.

»Sie haben wahrscheinlich schon bei all den Leuten angerufen und gefragt, ob sie dort ist?«

»Also … nein … Sie wäre nicht ohne ihre Handtasche ausgegangen.«

PC Tiller seufzte und verließ abrupt das Zimmer, ließ den Tascheninhalt verstreut auf Debbies Bett liegen. Sandy folgte ihr.

»Da ist nichts, Dave.«

Er stand auf. »Hören Sie, Miss Marsh, ich glaube, Ihre Freundin ist ausgegangen, es wurde spät, und sie übernachtet bei jemandem.«

»Das würde sie nie tun. Nicht, ohne es mir zu sagen. Oder anzurufen. Und sie wäre nicht ohne ihre Handtasche gegangen.«

»Ach, hat sie die dagelassen?«

PC Dave Grimes runzelte die Stirn. Seine Frau schien mit der jeweils bevorzugten Handtasche regelrecht verwachsen zu sein – sie trug ihr Leben darin herum.

»Dann pennt sie halt bei irgendnem Kerl, den sie im Pub aufgegabelt hat«, sagte die Polizistin mit breitem Akzent.

»Nein.«

»Was macht Sie da so sicher?«

»Debbie ist nicht so.«

»Wie was?«

»Debbie geht nicht in Pubs ... Hören Sie, ich kenne sie, ich wohne mit ihr zusammen, wir sind seit der Grundschule befreundet. Das ist nicht ihre Art. Sie ... Sie war bis vor Kurzem ziemlich depressiv, aber jetzt geht es ihr besser und ...«

»Schon gut, schon gut, ich weiß, was Sie uns sagen wollen.« Der Polizist sprach freundlich mit ihr. »Es passt nicht zu ihr. Manche gehen gern aus und treiben sich die ganze Nacht herum, und niemand käme auf die Idee, sie als vermisst zu melden, außer sie kommen wochenlang nicht nach Hause. Andere machen so was nie, sie rufen an, hinterlassen eine Nachricht oder gehen überhaupt nicht aus.«

»Wenn es eine psychiatrische Vorgeschichte gibt, wirft das allerdings ein ganz anderes Licht auf die Sache, nicht wahr?«

Sandy starrte die Polizistin an. Vor lauter Wut und Verzweiflung konnte sie kaum sprechen. »Was wollen Sie damit sagen?«

»Eine Vorgeschichte von Depression.«

»Ist schon gut, Louise. Heute Nacht können wir wirklich nichts tun, Miss Marsh, und ich bin sicher, Ihre Freundin wird morgen früh nach Hause kommen. Wenn Sie bis dann noch nichts von ihr gehört haben, rufen Sie uns an, und wir werden weitere Ermittlungen einleiten.«

Die Polizistin war bereits aus der Tür stolziert. Der Constable griff nach seinem Helm. »Es wird nicht leicht sein, aber versuchen Sie ein wenig zu schlafen. Mit Ihrem Anruf bei uns haben Sie genau das Richtige gemacht.«

Sandy war ihm dankbar und tat die Polizistin als hochnäsige Kuh ab. Trotzdem, was sie da angedeutet hatte, war beunruhigend. Debbie war es besser gegangen, viel besser. Aber Depression ist eine merkwürdige Sache, das wusste Sandy, und könnte Debbie plötzlich wieder überfallen haben, ohne Vorwarnung, sodass sie …

»Hör auf«, schalt sie sich, »hör sofort damit auf.«

Sie machte sich einen Drink, füllte eine Wärmflasche und ging mit einem Maeve-Binchy-Taschenbuch, das sie sich früher am Tag gekauft hatte, ins Bett. Vielleicht konnte sie sich in den Schlaf lesen.

Erst um halb vier schlief sie ein, und bereits um sechs wachte sie wieder auf. Rasch stieg sie aus dem Bett und ging direkt in Debbies Zimmer. Es war leer und noch genau so, wie sie es in der gestrigen Nacht verlassen hatte. Der Rest der Wohnung war ebenfalls leer. Sandy setzte sich an den Küchentisch und schaute hinaus auf das Rechteck perlgrauen Himmels über dem Dach des Nebenhauses. Sie fühlte sich ausgelaugt, müde, und von dem angespannten Schlafen taten ihr alle Muskeln weh. Aber da war auch noch etwas anderes, was sie zunächst nicht richtig einordnen konnte, fast wie ein Schmerz in der Brust. Dann erkannte sie, dass es Angst war. Sie hatte Angst um Debbie. Trotz der gleichgültigen Versicherungen von Police Constable Louise Tiller, Debbie sei über Nacht bei Freunden geblieben, wusste Sandy, dass ihre

Freundin das nicht getan hatte, in tausend Jahren nicht tun würde. Aber was hatte sie gemacht? Wohin war sie gegangen? Warum war sie nicht heimgekommen?

Sie ging ins Wohnzimmer und sah nach, ob das Telefon funktionierte, kramte dann ihr Handy hervor und überprüfte auch das. Dann rief sie in der Notaufnahme vom Kreiskrankenhaus Bevham an. Keine der Eingelieferten passte auf ihre Beschreibung von Debbie. Als Nächstes meldete sie sich im Büro und sagte Bescheid, dass sie heute nicht zur Arbeit käme. Danach duschte sie, zog sich an, verbrannte sich den Mund an einer viel zu heißen Tasse Tee und ging zum Polizeirevier Lafferton.

DC Nathan Coates war der Routinebericht über ein vermisstes Mädchen sofort aufgefallen. Als Freya zum Dienst kam, lag bereits eine Kopie auf ihrem Tisch.

»Was halten Sie davon, Sarge?«, fragte er.

Sie überflog den Bericht. »Krankenhäuser?«

»Nichts.«

»Hm.« Freya holte sich den ersten Kaffee des Tages. Der Ausdruck »psychiatrische Vorgeschichte« war ihr ins Auge gesprungen, was die Wahrscheinlichkeit erhöhte, dass es sich um ein depressives Mädchen handelte, das in einer besonders miesen Stimmung einfach abgehauen war und wiederauftauchen würde, hoffentlich lebend, aber möglicherweise tot, wenn sie selbstmordgefährdet war. Freya stand auf dem Treppenabsatz und trank nachdenklich aus der Plastiktasse. Das war das wahrscheinlichste Szenario, und doch ... Irgendetwas war an der Sache, irgendetwas stimmte nicht; Freya hatte Kollegen, die bei Fällen von intuitiven Gefühlen redeten, nie getraut, aber hin und wieder musste sie zugeben, dass sie selbst so ein Gefühl hatte. Genau wie jetzt. Das war eine Vermisstenanzeige, die sie nicht so einfach abgelegt sehen wollte.

Nathan kam aus der Schwingtür hinter ihr. »Sarge, die

Mitbewohnerin ist unten. Kam gerade, um zu melden, dass das Mädchen immer noch nicht wiederaufgetaucht ist.«

Wenn es sich nicht um eine Sache gehandelt hätte, die auch nicht im Entferntesten amüsant war, hätte Freya über den eifrigen Ausdruck in Nathans Gesicht gelächelt. Er hatte sich in den Fall von Angela Randall verbissen, und hier kam etwas Neues und möglicherweise Relevantes dazu. Nathan spürte Action, und nach all der Zeit, die er mit Aktendurchsicht am Computer verbracht hatte, war Action genau das, was er brauchte. Freya warf ihre leere Plastiktasse in den Abfalleimer und lief die Treppe hinunter. Ihr ging es nicht anders.

Nachdem sie mit Sandy gesprochen hatte, war sie mehr als überzeugt, dass tatsächlich eine Verbindung bestand. Die Mitbewohnerin des vermissten Mädchens war bleich vor Angst und kaum zu verstehen gewesen, und Freya hatte ihre ganzen Fähigkeiten einsetzen müssen, um sie zu beruhigen und die Einzelheiten aus ihr herauszuholen. Als Erstes hatte sie nach Debbie Parkers Gemütszustand gefragt, und die Freundin hatte sie wütend in Schutz genommen.

»Ja schon, sie war eine Weile depressiv. Sie hatte ihren Job verloren und sie … sie hatte wirklich wenig Selbstbewusstsein … Sie hat ein bisschen Übergewicht und … Hören Sie, ich möchte nicht illoyal erscheinen, ich kritisiere sie nicht, verstehen Sie, sie ist meine beste Freundin, und ich fühle mich für sie verantwortlich.«

»Das ist genau der Grund, warum Sie mir alles erzählen müssen, Sandy. Und natürlich sind Sie nicht illoyal. Sie möchten, dass sie schnell gefunden wird, und wir werden uns die größte Mühe geben, aber Sie dürfen aus falsch verstandener Loyalität nichts zurückhalten.«

»Ja, das verstehe ich. Okay, sie hat mehr als ein bisschen Übergewicht, sogar ziemlich viel. Das ist schlimmer geworden, nachdem sie ihren Job verlor und depressiv wurde, und sie litt unter ihrer Akne. Aber sie hat gerade angefangen, das alles zu überwinden, sie war bei einem Therapeuten in Starly, und der hat ihr eine richtig gute Diät verordnet – keine zum schnellen Abnehmen, nichts Gefährliches, nur eine vernünftige Ernährung.«

»Haben Sie den Namen und die Adresse des Therapeuten?«

»Na ja … nur einen Namen. Er nennt sich Dava.«

»Dava?«

»Debbie hat nie einen Nachnamen erwähnt. Ich hab ihr geraten, vorsichtig zu sein, aber ich glaube, er war harmlos … Na ja, bis auf das Zeug, das er ihr zum Einnehmen gegeben hat.«

Freya sah sie scharf an. »Zeug?«

Sandy erzählte ihr von Debbies allergischer Reaktion.

»Sind die Sachen noch in der Wohnung?«

»Nein, Dr. Deerborn hat sie mitgenommen. Sie sagte, sie wolle von jemand im Krankenhaus untersuchen lassen, was da drin ist.«

Freya machte sich eine Notiz. »Glauben Sie, Debbie könnte gestern Abend zu diesem Mann gegangen sein?«

»Das glaube ich nicht. Wir haben keine Geheimnisse voreinander, obwohl unser Lebensstil unterschiedlich ist. Außerdem wäre sie nirgends hingegangen, ohne ihre Handtasche mitzunehmen.«

Die Handtasche. Freya war das sofort aufgefallen, als sie den Bericht gelesen hatte. Keine Frau ging für einen Abend oder auch nur für eine Stunde aus, ohne ihre Handtasche mitzunehmen, und laut Sandy war es die einzige, die Debbie Parker besaß, und es war alles noch drin gewesen.

»Sie hat nur ihre Haustürschlüssel mitgenommen«, sagte das Mädchen jetzt.

»So was macht man, wenn man zum Laden an der Ecke geht, um einen Liter Milch zu holen.«

»Wir haben keinen Eckladen, und sie hat ihren Geldbeutel nicht mitgenommen.«

»Also, sind Sie sich ganz sicher ... denken Sie gut nach, Sandy ... ganz sicher, dass sie keine schlechten Nachrichten bekommen hat oder plötzlich in ein tiefes Stimmungsloch gefallen ist? Depression ist eine heimtückische Angelegenheit, sie kann wieder zuschlagen, wenn man meint, sie längst überwunden zu haben.«

»Ich weiß, dass es ihr besser ging, ich weiß es einfach. Sie fühlte sich zum ersten Mal seit Ewigkeiten wirklich wohl, sie hatte abgenommen, sah gut aus, hat davon geredet, sich bald einen neuen Job zu suchen. Sie hat sich viel mehr bewegt. Deswegen hab ich mir ja auch keine Sorgen gemacht, als ich nach Hause kam. Sie hat manchmal lange Spaziergänge gemacht ... Sie sagte, ihr sei noch nicht nach Joggen, aber wenn sie fitter sei, würde sie damit anfangen.«

O Gott, dachte Freya. »Wenn sie einen langen Spaziergang gemacht hätte, dann hätte sie ihre Handtasche nicht mitgenommen, oder?«

»Nein, die wäre ihr nur im Weg. Die Handtasche ist ziemlich groß.«

»Aber sie würde ihre Haustürschlüssel mitnehmen.«

»Ja. Daran hab ich auch gedacht. Zuerst. Nur eine Stunde lang, aber dann wurde es dunkel und die Zeit verging, und ich wusste, dass sie nicht bis nach Mitternacht spazieren gehen würde.«

»Hatte sie besondere Vorlieben für ihre Spaziergänge, eine bestimmte Route, wissen Sie das, oder ging sie einfach so los? Das würde ich zumindest tun.«

»Tagsüber ging sie vielleicht den ganzen Weg bis in die Stadt, kaufte etwas ein oder trank dort eine Tasse Kaffee. Aber meistens ging sie auf den Hügel.«

Freyas Herz sank, während sie gleichzeitig Erregung verspürte. Damit waren es drei, drei eindeutige. Der Mountainbiker, Angela Randall und jetzt Debbie Parker. Drei Menschen, die allein auf dem Hügel gefahren, gelaufen oder spazieren gegangen waren. Drei Menschen, die ohne jede Spur verschwunden waren, keine Nachricht hinterlassen hatten, keinen Wink oder Hinweis. Drei Menschen, die, soweit man das beurteilen konnte, keinen Grund gehabt hatten, absichtlich zu verschwinden, und die nirgends wiederaufgetaucht waren.

»Was wird jetzt passieren? Was werden Sie unternehmen? Sie werden doch nach ihr suchen? Die Polizistin, die gestern Nacht bei mir war, schien so abweisend zu sein, und ich glaube wirklich, Sie sollten …«

»Inwiefern abweisend?«

»Sie schien die Sache nicht sehr ernst zu nehmen. Ich hab mich ziemlich aufgeregt, weil sie zu glauben schien, es sei offensichtlich, dass sich Debbie wegen ihrer Depression … Dass sie sich, Sie wissen schon …«

»Das ist überhaupt nicht offensichtlich. Ich glaube Ihnen, Sandy. Sie kennen Ihre Freundin und sollten das beurteilen können. Ich halte es für unwahrscheinlich, dass Debbie depressiv genug war, sich Schaden zuzufügen. Aber ich musste Ihnen diese Fragen stellen, das verstehen Sie doch, oder?«

»Ja, und außerdem haben Sie sie anders gestellt.«

»Na gut. Ich glaube, Sie gehen jetzt besser nach Hause, falls Debbie zurückkommt.«

»Ich sollte wohl ihren Vater und ihre Stiefmutter anrufen, nicht wahr?«

»Warten Sie noch ein bisschen damit – vielleicht bis zum Mittag. Wenn sie bis dahin noch nicht aufgetaucht ist, dann ja, aber versuchen Sie, die beiden nicht in Panik zu versetzen. Ich möchte über das Radio eine Suchmeldung nach Debbie rausgeben. Könnten Sie Debbies Sachen durchschauen und herauszufinden versuchen, was sie getragen hat, als sie wegging? Ich komme später zu Ihnen, und wir besprechen, was gesendet werden soll. Hier ist meine Karte mit der Nummer des Reviers und meiner Durchwahl. Wenn ich nicht da bin und Sie eine Nachricht hinterlassen oder auch nur mit jemandem reden wollen, sprechen Sie mit DC Nathan Coates, der mit mir bei dieser Sache zusammenarbeiten wird.«

Sie sah dem Mädchen nach, als es über den Vorhof des Polizeireviers ging, den Kopf gesenkt, schlank, hübsch, verzweifelt vor Sorge. Wozu sie allen Grund hat, dachte Freya, als sie die Treppe zum Büro des Detective Inspector hinaufging.

Er war nicht da. Freya ging zurück ins Kriminaldezernat, wo Nathan geduldig Daten in den Computer eingab. Als er ihren kurzen Bericht über das vermisste Mädchen hörte, hellte sich sein Gesicht auf.

»Wir nehmen uns der Sache an, stimmt's?«

»Ja, nur ist Cameron nicht in seinem Büro.«

»Cameron ist nicht im Haus«, rief jemand von einem anderen Schreibtisch. »Hat einen Krankenhaustermin.«

Freya wusste, dass der DI seit mehreren Wochen auf einen Termin zur Untersuchung seines »schwachen Magens«, wie er es nannte, gewartet hatte. Ein paar Sekunden lang klopfte sie mit dem Bleistift an ihre Schreibtischkante. Also war er weg, vielleicht den ganzen Tag über, mindestens aber für den Rest des Vormittags, was bedeutete, ihr blieb keine Wahl, nicht wahr? Diese Sache konnte nicht warten.

»Läuft die Drogenrazzia immer noch?«, fragte sie Nathan. Er schüttelte den Kopf. »Sie haben sie gestern erst mal abgeschlossen.«

»Erfolgreich?«

»Ich habe gehört, dass ihnen ein paar kleine Fische ins Netz gegangen sind. Die großen haben rechtzeitig Wind davon bekommen. Also, was machen wir als Nächstes, Sarge?«

»Das«, sagte Freya, bereits auf dem Weg zur Schwingtür, »ist genau das, was ich herausfinden werde.«

Interessanterweise empfand Freya bei dem bloßen Gedanken, Simon Serrailler zu sehen und mit ihm zu sprechen, nicht dieses zittrige Vorgefühl, das sie beim letzten Mal, als sie an seine Tür geklopft hatte, nicht hatte unterdrücken können. Denn diesmal drehte es sich um die Arbeit und sie war angespannt wegen des Falls. Ihr Kopf war angefüllt mit Angela Randall und Debbie Parker, und sie wollte, dass sich die Räder in Bewegung setzten. Sie war froh, dass DI Cameron nicht da war, vor allem, weil sie hoffte, dass es dadurch schneller gehen würde.

»Herein.«

Beim Klang seiner Stimme machte ihr Herz einen Satz.

»Freya … Ich hoffe, Sie haben gute Nachrichten. Das könnte ich gebrauchen.«

»Nicht so ganz, Sir.«

Er strich sich das blonde Haar aus der Stirn, sah müde aus.

»Na dann. Was ist es? Setzen Sie sich, setzen Sie sich.«

Sie gab ihm einen Überblick zu Debbie Parker, ging dann von diesem Fall zu dem von Angela Randall über, mit der relevanten Verbindung zu dem Mountainbiker am Schluss. Das war die Art von Zusammenfassung, in der sie gut war, knapp, aber präzise, mit Betonung der wichtigsten Punkte, unter Auslassung nebensächlicher Einzelheiten, über die er später informiert werden konnte, wenn nötig. Er schenkte ihr seine volle Aufmerksamkeit, hörte zu, ohne sie zu unterbrechen. Als sie fertig war, schwieg er zunächst, machte dann mit dem Kopf diese komische kleine Ruckbewegung, die sie in Zukunft als Zeichen erkennen würde, dass er die Information verdaut und eine Entscheidung getroffen hatte.

»Sie haben recht. Ihr Instinkt war korrekt. Die drei zusammen – und sicherlich die beiden vermissten Frauen – sehen nach mehr als einem Zufall aus. Wir müssen dieses Mädchen, diese Debbie Parker finden … Was schlagen Sie vor?«

»Bitte um Mithilfe der Bevölkerung im Lokalradio BEV.

Und auch in der Abendzeitung, möglichst noch heute, mit ihrem Foto an der prominentesten Stelle, die sie uns einräumen. Handzettel, aber die vielleicht erst in achtundvierzig Stunden. Und der Hügel muss gründlich abgesucht werden. Gespräch mit dem Therapeuten am Starly Tor.«

»Gut. Was ist mit dem Vater und der Stiefmutter?«

»Ich habe die Mitbewohnerin gebeten, noch ein bisschen abzuwarten, falls Debbie auftaucht.«

Er sah auf die Uhr. »Nein, sie müssen jetzt benachrichtigt werden. Ich will, dass unter jedem Grashalm auf dem Hügel nachgeschaut wird. Ich will die Berichte über Angela Randall und den Mountainbiker auf meinem Schreibtisch, und ich möchte, dass Sie nach Starly fahren und diesen Hippieguru auseinandernehmen.«

Sie stand auf. »Ich mache mich sofort an die Arbeit.«

»Wen wollen Sie dazunehmen?«

»Nathan Coates. Er hat bereits ein paar Überprüfungen für mich durchgeführt und ist kaum noch zu bremsen.«

Serrailler lachte. »Bestens. Und gute Arbeit, Freya.«

Sie ging zur Tür. So sollte es laufen. Zu vermuten, dass ein Vorfall wichtig war, mit dieser Vermutung ernst genommen zu werden, den Fall verständlich darzustellen und grünes Licht zu bekommen – genau das liebte sie an ihrem Beruf. Fälle wie dieser hatten ihr Leben bei der Met während langweiliger Abschnitte, frustrierender und unerfreulicher Aufgaben erträglich gemacht und ihr vor allem die Möglichkeit gegeben, in der Arbeitszeit ihre katastrophale Ehe zu vergessen. Bei einem dieser Fälle, an dem sie wochenlang nebenbei weitergearbeitet hatte, weil ihr nicht gefiel, dass er offiziell zurückgestuft worden war, hatte sich ihre Einschätzung als triumphal richtig erwiesen, was zu ihrer Beförderung geführt hatte. Sie dachte an DI Cameron und seinen Krankenhaustermin. Sie wünschte niemandem eine ernsthafte Krankheit, aber andererseits hatte Nathan mehr als einmal angedeutet, dass Cameron nur seine Zeit bis zur Pensionierung absaß …, was bedeutete, dass die Stelle des DI frei werden würde.

Fast rennend durchquerte sie das Dezernatsbüro und signalisierte Nathan mit erhobenem Daumen, dass es geklappt hatte.

»Wir haben grünes Licht. Der DCI hat angebissen. Der Hügel wird durchkämmt, und es wird eine Bitte um Hinweise aus der Bevölkerung im Radio BEV gesendet. Ich brauche die Mitbewohnerin noch mal hier – können Sie sie mit dem Auto abholen lassen, Nathan? –, dann rufen Sie beim Radio an und bereiten die vor. Ich werde derweil den Aufruf verfassen, den wir auch an das Echo für die heutige Abendausgabe weitergeben. Oh, und könnten Sie Sandy Marsh bitten, ein Foto von Debbie mitzubringen, wenn sie eins finden kann, je neuer, desto besser?«

Nathan griff sofort zum Telefon. »Und was habe ich danach zu tun, Sarge?«

»Wir beide fahren nach Starly. Wir können im Biocafé ein Löwenzahnsandwich essen.«

23

Radio BEV, für Bevham, Lafferton und das County. Hier ist Robbie Muncaster mit den Lokalnachrichten und dem Wetter am Freitagmittag. Die Polizei von Lafferton bittet die Bevölkerung um Hinweise zu einem vermissten Mädchen. Die zweiundzwanzigjährige Debbie Parker vom Pyment Drive in Lafferton wird seit vierundzwanzig Stunden vermisst, und die Polizei ist mittlerweile ernsthaft beunruhigt. Dazu Detective Sergeant Freya Graffham von der Kriminalpolizei Lafferton.«

»Dieses Verschwinden ist völlig untypisch für Debbie Parker. Sie ist noch nie von zu Hause fortgegangen, ohne Bescheid zu sagen, und wir machen uns vor allem Sorgen, weil sie ihre Handtasche mit allen Utensilien in der Wohnung gelassen hat, also wollte sie eindeutig nicht lange fortbleiben. Wir bitten die Bevölkerung dringend um Mithilfe beim Auffinden Debbie Parkers oder um Informationen, die wichtig sein könnten, wie belanglos sie auch scheinen mögen. Falls Sie Debbie gesehen haben, setzen Sie sich bitte umgehend mit uns in Verbindung.«

»Das vermisste Mädchen wird als etwa ein Meter zweiundfünfzig groß, mollig, mit mittellangem, glattem braunem Haar beschrieben. Sie könnte Turnschuhe und eine Fleecejacke getragen haben, und die Polizei ist besonders daran interessiert, von jemandem zu hören, der eine junge Frau, auf die diese Beschreibung zutrifft, auf oder in der Nähe des Hügels gesehen hat. Wenn Sie irgendwelche Informationen haben, rufen Sie bitte die Kriminalpolizei Lafferton unter 019 90776776 an.

Ein Mann aus Bevham hat eine Abfindung von viertausend Pfund von der Firmer Walkes Electronics erhalten, für die er siebzehn Jahre lang gearbeitet hat, nachdem …«

Sandy Marsh stellte das Radio aus, und in der Küche wurde es still. Das konnte alles nicht wahr sein. Debbie würde jeden Moment zur Tür hereinkommen und der Albtraum wäre vorüber. Jeden Moment würde sie anrufen und fragen, was das alles sollte. Jeden Moment.

Sandy hatte ein schlechtes Gewissen, als hätte der Gang zur Polizei sie in Debbies Abwesenheit in etwas Böses und Furchterregendes verwandelt. Im einen Moment war Debbie einfach nicht heimgekommen, und im nächsten sprach die Polizei im Radio über sie, und alles war außer Kontrolle geraten. Ich hätte den Mund halten sollen, dachte sie, dann wäre sie einfach zurückgekommen. Ich hätte hier warten sollen und … Das war natürlich Unsinn. Sie stellte den Kessel für eine weitere Tasse Tee auf, weil sie etwas tun musste, irgendetwas, das ihre sich ständig im Kreis drehenden Gedanken unterbrach.

Vor einer halben Stunde hatte sie Debbies Vater und Stiefmutter in Stafford angerufen, sie aber gebeten, nicht gleich herzukommen, Debbie würde sich sicher melden, würde bestimmt bald zurückkommen, entweder zu ihr in die Wohnung oder vielleicht sogar zu ihnen nach Hause, als Überraschung. Wunschdenken, dachte Sandy.

Sie hatte ihnen nichts von der Polizeidurchsage im Radio erzählt.

Die Polizistin hatte Sandy zwei- oder dreimal angerufen, um nach Einzelheiten zu fragen, und ihr dann vorgelesen, was sie im Radio sagen würde. Sie war sehr nett, sehr verständnisvoll.

»O Gott, Debbie, wo bist du? Komm nach Hause, bitte, komm einfach zur Tür herein. Bitte, lieber Gott, lass sie einfach reinkommen.«

Sie hängte den Teebeutel in den Becher und füllte ihn mit Wasser. Debbie war ihre Freundin und Mitbewohnerin, und sie mochte sie, aber wie musste es erst sein, wenn das eigene Kind vermisst wurde oder der Ehemann? Sie konnte nicht zur Arbeit gehen, weil sie dort nichts zustande bringen würde. Sie hatte ganz ehrlich gesagt, was los war, statt sich mit Krankheit herauszureden. Die Kollegen waren sehr mitfühlend gewesen, man hatte ihr gesagt, sie solle gar nicht daran denken, zur Arbeit zu kommen, bevor Debbie nicht zurück war, und sie gefragt, ob jemand kommen und ihr Gesellschaft leisten solle. Letzte Woche, als es Debbie so viel besser gegangen war, hatte Sandy noch überlegt, ob sie ihr nicht eine Stelle bei Macaulay Prentice besorgen könnte, vielleicht in Teilzeit. Debbies alter Job bei der Baugesellschaft würde ihr bei der Kreditüberwachung zustattenkommen.

Wo ist sie? Sandy hämmerte plötzlich mit der Faust auf den Küchentisch. *Wo ist sie?*

Das Telefon klingelte, ließ sie aufspringen. Es war nicht Debbie, sondern deren Vater, der wissen wollte, ob es etwas Neues gab. Sandy bemühte sich, beruhigend zu klingen, ihn nicht zu alarmieren, nichts zu dramatisieren. Noch nicht. Aber falls Debbie nach dem Aufruf im *Echo* nicht zurückgekommen sein oder angerufen haben sollte, müsste man die Familie bitten, nach Lafferton zu kommen, hatte DS Graffham gemeint.

Sandy hatte einen Schnappschuss von Debbie gefunden, aufgenommen im letzten Winter auf der Eisbahn, wo sie sich an einem Samstagnachmittag so amüsiert hatten; das Foto sollte vergrößert und auf der Titelseite der Zeitung gebracht werden. Es war Wirklichkeit. Es passierte tatsächlich, und sie würde nicht aus einem Traum aufwachen. Debbie wurde vermisst seit – wann genau? Während sie darüber nachdachte, wurde Sandy zum ersten Mal klar, dass sie am Tag zuvor, als sie aufgestanden und zur Arbeit gegangen war, Debbie gar nicht gesehen hatte. Früher hatte sie darauf geachtet, zu ihr reinzugehen, die Vorhänge aufzuziehen, ihr Tee zu bringen und zu versuchen, sie zum Aufstehen zu bewegen, aber seitdem Debbie so viel fröhlicher wirkte und Sandy sich keine Sorgen mehr machen musste, dass ihre Freundin den ganzen Tag trübsinnig im Bett verbringen würde, hatte sie es nicht mehr getan. Meist stand Debbie jetzt mit ihr zusammen auf, aber gelegentlich hatte sie länger geschlafen, und Sandy hatte sie gelassen, da sie wusste, dass es sich nur um eine zusätzliche halbe Stunde handeln würde. Sie hatte sich keine Sorgen mehr gemacht.

Hatte Debbie noch geschlafen, als Sandy gestern zur Arbeit gegangen war? Sie hatte es angenommen, aber jetzt ging ihr auf, dass sie es nicht genau wusste, es nicht hätte beschwören können. Am Abend zuvor war sie definitiv zu Hause gewesen; sie hatten sich zusammen *Coronation Street* angeschaut und dann das Video *Ocean's Eleven.*

Vermutlich hatte Debbie am nächsten Morgen schlafend im Bett gelegen, aber seit sie zu diesem Dava ging, hatte sie auch ein- oder zweimal frühmorgens einen ihrer neuen langen Spaziergänge gemacht.

Sandy ging ins Wohnzimmer, von dort in ihr Schlafzimmer und kam dann wieder in die Küche zurück, konnte sich nicht beruhigen, wusste nicht, was sie tun sollte, ob sie die Polizei anrufen sollte, ob es ein Fehler gewesen war, nicht früher darauf zu kommen. Sie hatte ja nichts verschwiegen, es war ihr nur nicht eingefallen. Und schließlich wusste sie es nicht genau und konnte sich nicht sicher sein. Debbie konnte zu Hause gewesen sein, Debbie konnte nicht zu Hause gewesen sein. Debbie war vermutlich zu Hause gewesen. Debbie …

Wieder klingelte das Telefon.

»Hallo, Sandy, Freya Graffham. Ich dachte, es würde Sie vielleicht interessieren, dass wir bereits eine Menge Reaktionen auf den Aufruf bei Radio BEV bekommen haben, einige davon recht hilfreich. Wir gehen ihnen nach.«

»Hat jemand sie gesehen? Weiß man, wo sie ist?«

»Bisher nichts Konkretes. Es sind ein paar Wichtigtuer dabei, aber das ist nicht ungewöhnlich, und wir können sie leicht aussortieren. Wie geht es Ihnen?«

Sandy schluckte. »Ganz gut. Hören Sie …«

»Ist Ihnen noch etwas eingefallen?«

»Ja«, sagte Sandy. »Nein … es …«

»Warten Sie … Versuchen Sie nicht, es mir am Telefon zu erklären, Sandy. Sie klingen verstört. Ich komme zu Ihnen.«

Eine Stunde später, nachdem sich Freya Sandys Bericht angehört hatte, fuhr sie zum Hügel, wo die Durchsuchung bereits im Gange war. Polizisten bewegten sich in einer weit auseinandergezogenen Reihe langsam die steilen Pfade hinauf und suchten den Boden ab, während andere auf die Büsche und das Unterholz schlugen. Als Freya aus dem Wagen stieg, sah sie Simon Serrailler mit dem uniformierten Inspector reden, der die Suche leitete, und ging zu ihnen. Die Jagd nach Debbie Parker beschäftigte sie jetzt ganz und gar, ihre gesamte Energie und Aufmerksamkeit waren darauf gerichtet, und doch reagierte ein Teil von ihr freudig auf Serraillers Anblick. Sie unterdrückte das Gefühl, verdrängte es, um es so gut wie möglich ignorieren zu können, solange die Ermittlungen liefen.

»Freya?« Er drehte sich sofort zu ihr um. »Gibt's was Neues?«

»Ich bin mir nicht sicher.« Sie nickte dem Inspector zu, der sich entfernte und wieder zu dem Polizeibus ging, dem Treffpunkt der Suchmannschaft.

»Ich war gerade bei Sandy Marsh, Debbies Mitbewohnerin. Sie ist sehr verstört. Ihr ist plötzlich eingefallen, dass sie Debbie gestern Morgen gar nicht gesehen hat. Am Abend vorher war sie auf jeden Fall da. Sie haben gemeinsam ferngesehen, und Sandy ist später, gegen halb elf, in Debbies Zimmer gegangen, um sich Papiertaschentücher zu leihen. Debbie lag im Bett und hat bereits fest geschlafen. Also ist Sandy reingeschlüpft und wieder hinaus, ohne sie zu wecken. Aber Sandy fragt sich jetzt, ob Debbie nicht am nächsten Morgen vor ihr aufgestanden ist und einen ihrer langen Spaziergänge gemacht hat.«

Serrailler runzelte die Stirn. »Irgendwelche Reaktionen auf die Rundfunkdurchsage?«

»Viele Anrufe, die üblichen Wichtigtuer, nichts Konkretes. Sir, ich denke, wir sollten noch einen Aufruf durchgeben und dabei auch Angela Randalls Verschwinden erwähnen. Es liegt zwar schon länger zurück, aber ich bin sicher, dass es da eine Verbindung gibt. Das könnte bei jemandem eine Erinnerung an die andere Frau auslösen.«

»Schon möglich, trotzdem würde ich damit lieber noch warten, bis Debbies Eltern hier sind und wir die Möglichkeit hatten, ihnen den neuesten Stand mitzuteilen. Ich möchte nicht, dass sie aus dem Radio von einer weiteren vermissten Frau erfahren, bevor wir sie vollständig ins Bild gesetzt haben. Und ich möchte auch nicht, dass die Presse eine Ausrede hat, uns SERIENMÖRDER in Balkenlettern ins Gesicht zu schreien.«

»Stimmt.«

»Was haben Sie jetzt vor?«

»Ich fahre zurück zum Revier und hole Nathan Coates ab, um mit ihm zusammen in Starly diesen Therapeuten aufzustöbern.«

»Dava.« Der DCI verzog das Gesicht. »Ich würde gerne hören, was meine Mutter dazu meint.« Sie lächelten sich an, erkannten ein gemeinsames Verständnis für Meriel Serrailler.

»Ihre Mutter hat mich übrigens gebeten, ihr bei einem Frühjahrsbasar zu helfen.«

»Tja, nehmen Sie sich in Acht. Sie hat Stahlklauen.«

»Ich weiß nicht mal, wofür der Basar ist … Ein Tagesheim?«

»Ja. Sie ist Schirmherrin. Ein Tagesheim für alte Menschen mit Demenz und ähnlichen Problemen. Als Nächstes wird sie Sie für das St.-Michael-Hospiz krallen.«

»Von dem sie ebenfalls Schirmherrin ist?«

»Vorsitzende.«

Es war angenehm, hier in der Wintersonne zu stehen, mit ihm zu reden, beide entspannt, miteinander zu scherzen und einen Moment lang den Grund ihres Hierseins beiseitezuschieben. Er hatte eine Art, ihrem Blick zu begegnen und zu lächeln, nicht flirtend, sondern einfach, als möge er sie und wolle sich mit ihr über andere Dinge in ihrem Leben als den Beruf unterhalten. Lass den Augenblick verweilen, dachte Freya, lass ihn verweilen.

»Ich verdanke Ihrer Mutter viel. Sie hat mich willkommen geheißen und mich Leuten vorgestellt, Freunden. Es ist nicht leicht, an einem fremden Ort neu anzufangen.«

»Das kann ich mir vorstellen. Sie werden allerdings merken, dass in Lafferton gerne getratscht wird. Wir sind eigentlich nicht mehr als ein Marktflecken mit einer Kathedrale. Trotzdem muss es leichter sein als in London, hier neue Freunde zu finden.«

»Wissen Sie, ich glaube, ich möchte London nie wiedersehen.«

»Das geht vorüber.«

»Ich vermisse dort niemanden.«

Wieder begegnete er ihrem Blick. Er ist direkt, dachte sie, weicht nicht aus.

»Starly, DS Graffham«, sagte er dann.

»Ja, Sir.«

Für den Rest des Tages trug sie sein Lächeln mit sich.

24

Colin …!«

Noch nie hatte er Annie brüllen hören, und dies war ein Brüllen, das man besser nicht ignorierte. Das Haus könnte in Flammen stehen.

»Colin …!« Sie kam ohne anzuklopfen herein. »Hast du die Nachrichten auf Radio BEV gehört?«

»Natürlich nicht, ich hatte den ganzen Morgen Kundschaft.«

»Eine von denen wird vermisst. War der Aufmacher der Nachrichten.«

Colin Davison alias Dava hatte seine Robe aufgehängt und schlüpfte in seine Jeansjacke. Seit neun Uhr hatte er einen Kunden nach dem anderen gehabt, zwischendurch hatte es gerade für eine Tasse Kaffee gereicht – echten, nicht dieses Löwenzahngebräu –, und er war hungrig. Aber was ihm seine Sekretärin da sagte, war alarmierend.

»Um wen geht es denn, Annie? Beruhige dich.«

»Sie war Anfang dieser Woche hier, und davor schon einmal, ich hab nachgeschaut. Debbie. Debbie Parker.«

»Du weißt, dass ich sie sofort vergesse, wenn sie den Raum verlassen haben.«

»Pummeliges Mädchen mit Pickeln.«

Er erinnerte sich ganz genau. Sie war eine derjenigen gewesen, die sofort Vertrauen fassen, alles in sich aufsaugen und entschlossen sind, ihr Leben zu ändern. Beim zweiten Mal war die Veränderung bereits sichtbar gewesen. Es erforderte so wenig, hatte er gedacht, nichts, was sie nicht selbst für sich hätten tun können, und doch kamen sie zu ihm, kamen immer wieder, brauchten Bestätigung, wollten sich an die Hand nehmen lassen, hatten kein Vertrauen in sich selbst. Sie taten ihm wirklich leid.

»Und, was ist mit ihr passiert?« Er griff in die Tasche. »Hast du mal Feuer?«

»In meiner Schreibtischschublade, aber hör zu ... Es war der Aufmacher, wie gesagt. Die Polizei bittet alle um Hinweise, die sie gesehen haben. Sie ist nicht nach Hause gekommen.«

»Tja, was soll's, viele Leute gehen nicht nach Hause, finden es da schrecklich, haben die Schnauze voll davon. Das kann man ihnen nicht vorwerfen.«

Er verließ sein Zimmer durch das Kabuff, in dem Annie ihr Büro hatte, und nahm die Büchse aus dem Schreibtisch. Fünfundsiebzig Pfund.

»Die letzten beiden haben bar bezahlt«, sagte Annie, die hinter ihm hergekommen war, »aber nimm nicht alles, Colin, die Stromrechnung ist fällig.«

Er nahm dreißig.

»Findest du nicht, dass du anrufen solltest? Der Polizei sagen solltest, dass das Mädchen hier war?«

»Weshalb? Ich glaube nicht, dass ich der Letzte war, der sie gesehen hat.«

»Die Polizei hat um jede Art von Information gebeten.«

»Wir können ihnen keine geben.«

Er warf einen Blick in den Terminkalender. Nur noch einer, und erst um drei Uhr, und morgen auch nur einer. Nicht gut.

»Wird Zeit, dass wir mehr Werbung machen«, sagte er zu Annie.

»Ich denk beim Essen drüber nach.«

Colin Davison sah eher durchschnittlich aus, ein unauffälliger Mann zwischen vierzig und fünfzig auf dem Weg ins Biocafé Green Man, der nichts von dem charismatischen Dava an sich hatte. Irgendetwas geschah, wenn er das Licht dämpfte und seine Robe anzog, irgendetwas kam über ihn und verlieh ihm Macht und Präsenz, sobald ein Kunde hereinkam. Er spürte es und wusste, dass es funktionierte. Colin war kein Zyniker. Auf seine Weise glaubte er an das, was er tat, wenn auch keineswegs an alles, was er sagte. Man brauchte nur an das Mädchen zu denken, diese Debbie ... Wie sie von ihm profitiert hatte. Er tat, was andere nicht tun konnten – Ärzte, Psychiater, nicht einmal Kosmetikerinnen.

Wenn er das Ganze ein bisschen aufmotzte, war das durchaus harmlos, und es half alles – die blaue Karte, die Termine zum »günstigsten Zeitpunkt für dich«, die Musik, die er laufen, die Zeilen, die er sie auswendig lernen ließ. Sie brauchten ihn.

Das Café war ziemlich voll, und als er hereinkam, entdeckte ihn Stephen Garlick und deutete auf einen freien Platz neben sich am Fenster. Colin holte sich einen Teller mit einer Käse-und-Tomaten-Quiche und Salat, dazu einen Zimtmuffin, und nahm es mit hinüber. Er mochte Stephen, der in seinem Laden kaum Umsatz machte mit Kerzen und Räucherstäbchen, Windspielen und Traumfängern, ökologischem Waschmittel und Gesichtscremes ohne Tierversuche und Büchern über alles von Fengshui bis zu vegetarischer Küche. Er war ein Träumer, ein hundertprozentig Gläubiger, Recycler und Tierschützer, aufrichtig und unbestechlich. Manchmal, wenn er mit Steve zusammen war, schämte sich Colin etwas.

»Hallo.«

»Gesundheit und Glück«, erwiderte Steve. »Ich hatte gehofft, dich zu treffen.«

»Probleme?«

»Ja, aber nicht meine. Oder, na ja, nicht nur meine. Hast du von dem Typen gehört, der Hen Lane 12 übernommen hat?«

Colin schüttelte den Kopf, den Mund voll mit der warmen und sehr leckeren Quiche. Die konnten hier wirklich gut kochen, besonders solche Sachen. Man musste sich nur vor dem merkwürdigeren Zeug hüten.

»Er heißt Anthony Orford.«

Colin sah ihn verständnislos an.

»Niemand ist sich sicher, woher er kommt, möglicherweise aus Nordengland, obwohl jemand anders von Brighton gesprochen hat. Er zieht alle paar Jahre um, wahrscheinlich, wenn ihm der Boden unter den Füßen ein bisschen zu heiß wird.«

»Gott, du kriegst nicht nur allen Klatsch mit, du *bist* der Klatsch. Wer ist der Typ?«

»Ein alternativer Therapeut.«

Colin senkte seine Gabel. »Das ist allerdings besorgniserregend. Wir sind schon genug hier, und es gibt zu wenig Kunden. In welchem Bereich ist er tätig?«

»Er bezeichnet sich als Psychochirurg.«

»O mein Gott, von dem hab ich gehört. Er eröffnet eine Praxis, ist monatelang ausgebucht, sein Ruf verbreitet sich in Windeseile, und die Leute kommen aus dem ganzen Land zu ihm.«

»Was genau macht er denn?«

»Behauptet, von dem Geist eines Arztes besessen zu sein, der vor hundert Jahren oder so gelebt hat, und führt Operationen durch … Nur sind es keine. Aber die Leute scheinen das zu glauben.«

»Wie bitte?«

»Ich weiß nicht, wie er es macht, aber sein Ruf eilt ihm voraus. Er habe Menschen von schweren Krankheiten geheilt … Tumoren, Geschwüren, MS … Wenn die Leute mal entdeckt haben, wo er ist, werden sie Schlange stehen, und wir anderen gehen leer aus.«

»Mir kann das nicht schaden … oder dem Café.« Stephen sah sich um. »Und ich glaube, du brauchst dir auch keine Sorgen zu machen, deine Arbeitsweise ist doch ganz anders.«

»Ja, aber die Leute wählen zwischen uns aus, die machen nicht erst die Runde.« Debbie Parker fiel ihm ein. Sie war auch bei anderen Therapeuten gewesen, hatte sie ihm erzählt, wobei die alle in Lafferton waren.

»Hast du die Mittagsnachrichten im Radio BEV gehört? Annie kam zu mir reingerannt, um es mir zu erzählen. Offenbar hat die Polizei einen Aufruf wegen eines vermissten Mädchens durchgegeben.«

»Wieso, kennst du sie?«

»Sie war bei mir. Dickes Mädchen mit schlechter Haut. Nett. Naiv. Ich hoffe nur, dass ihr nichts zugestoßen ist.«

Stephen trank seinen Becher aus und stand auf. »Ich muss die neuen Bremsen an meinem Fahrrad montieren lassen, bevor ich den Laden aufmache.« Stephen war ein strikter Autogegner, ließ es Dava aber gerade noch durchgehen, dass der seinen alten Kleinbus brauchte, um täglich die siebzehn Meilen von zu Hause nach Starly zu fahren.

»Weißt du, wann dieser Typ seine Praxis aufmacht?«

»Der Psychochirurg? Keine Ahnung. Aber sie sind schon am Renovieren. Kann nicht mehr lange dauern.«

Colin stöhnte. Er hatte genug über Anthony Orford gelesen, um zu wissen, dass der eine ernste Bedrohung für sein eigenes Geschäft war. Colin war sich nicht sicher, wie der Mann zu seinem Ruf gekommen und ob da irgendetwas dran war, wobei er das eher bezweifelte. Ihm gefiel die Sache ganz und gar nicht. Mit Leuten zu reden, sie dazu zu bringen, sich zu entspannen, zu meditieren und sich auf Dinge außerhalb ihrer selbst zu konzentrieren, ihnen sogar Vitamine und pflanzliche Mittel zu verschreiben, all diese Dinge, die er tat, waren in Ordnung, aber er hatte nie vorgegeben, ein Heiler zu sein, nie behauptet, Krankheiten heilen zu können, wenn er sich auch sicher war, dass viele, die zu ihm kamen, von stressbedingten Symptomen geheilt wurden. Durch Anspannung verursachte Kopfschmerzen und Müdigkeit und Verdauungsstörungen konnten durchaus verschwinden, obwohl er nie Versprechungen machte. Krebs und Herzkrankheiten und Multiple Sklerose – das war etwas völlig anderes, und vorzugeben, Operationen an Menschen durchzuführen, ging entschieden zu weit. Es schockierte ihn. Solche Leute verliehen anständigen Therapeuten wie ihm, die ihren Lebensunterhalt verdienen und unglücklichen Menschen ein wenig helfen wollten, einen gefährlich schlechten Ruf.

Er aß auf, ging zum Zeitungskiosk, um sich den *Guardian* zu kaufen, und machte dann mit raschem Schritt seinen üblichen Stadtrundgang von einer Dreiviertelmeile, die einzige Bewegung, die er während des Tages bekam. Als er oben in die Straße zu seinem Haus bog, sah er einen schwarzen Rover 45 davor anhalten. Eine Frau und ein Mann stiegen aus und fanden, nachdem sie wie alle ein paar Sekunden gesucht hatten, die Klingel. Colin blieb, wo er war, sah, wie Annie die Tür öffnete und die beiden hineinließ.

Er hatte vor drei Uhr keinen weiteren Termin, also wer war das? Er ging den Hügel hinunter und musterte das Auto. Ein völlig anonymes Fahrzeug, nichts lag auf den Sitzen oder der Ablage, nichts steckte in den Türtaschen, außer einer zusammengefalteten Straßenkarte. Welche Art Menschen besaßen ein total sauberes und leeres Auto? Er steckte den Schlüssel in die Tür.

»Colin? Da bist du ja.« Annies Gesichtsausdruck war dramatisch. »Die Polizei ist da.«

Natürlich. Er trat in die Nische, die als Garderobe diente, wusch sich die Hände, spülte seinen Mund aus und band den Pferdeschwanz neu. Besser, sich ihnen so zu präsentieren, in einer ganz gewöhnlichen Jacke statt in seiner Robe mit offenen Haaren. Annie hatte die Polizisten in seinen Raum geführt, wo der Mann die Schautafeln mit den Chakren und astrologischen Zeichen betrachtete und die Frau mit übergeschlagenen Beinen – hübschen Beinen, bemerkte er – am Tisch saß und etwas schrieb.

»Entschuldigung, ich war in der Mittagspause. Ich bin Colin Davison.«

Er hatte es immer für richtig gehalten, freundlich zu Polizisten zu sein, selbst wenn sie einen nur anhielten, weil der Auspuff vom Bus herunterhing. Erstaunlich, wie oft sich das auszahlte.

»Detective Sergeant Freya Graffham, und das ist DC Nathan Coates.«

Colin schüttelte beiden die Hand und setzte sich ebenfalls an den Tisch. Es hatte keinen Zweck, dachte er, so zu tun, als wisse er nicht, worum es sich handelte.

»Ich nehme an, Sie sind wegen Debbie Parker hier?«

Wenn die Polizistin wegen seiner Direktheit überrascht war, verbarg sie es gut.

»Das stimmt. Wie haben Sie davon gehört?«

»Ich selbst gar nicht, sondern Annie, meine Assistentin – sie hörte die Durchsage auf Radio BEV und hat es mir sofort erzählt. Es ist schrecklich.«

»Debbie war eine Patientin von Ihnen?«

»Ich nenne sie Kunden, Sergeant. Ich bin kein Arzt. Ja, sie war bei mir. Zum zweiten Mal erst diese Woche. Nettes Mädchen.«

»Können Sie mir sagen, warum sie bei Ihnen war? War sie krank?«

»Also, wie gesagt, ich bin kein Arzt. Wenn jemand tatsächlich körperlich krank ist und den Hausarzt noch nicht aufgesucht hat, schicke ich ihn direkt dorthin. Wenn er bereits dort war und nur eine spirituelle Aufmunterung und Anleitung braucht, um den tiefsten Teil seiner Psyche zu erreichen und den Heilungsprozess zu unterstützen, dann ist das in Ordnung, und wir können daran arbeiten.«

»Und Debbie sagte, sie wäre bei ihrem Arzt gewesen?«

»Ja.« Es schien besser zu lügen. Sie würden es nicht wissen. »Ihr wahres Problem war ihr Mangel an Selbstachtung. Da war viel Arbeit erforderlich. Ich hatte damit begonnen, sie dazu zu bringen, tief in sich hineinzuschauen und ihre wahre Natur zu entdecken, ihren wahren Pfad. Sie besaß kein Wissen über die Führung, die sie dort finden konnte, und war sehr empfänglich.«

Geschwafel, dachte sie. Es hätte ihr ebenso gut auf die Stirn geschrieben sein können.

»Wie wirkte sie, als sie zum letzten Mal hier war?« Das war der junge Mann, der eines der hässlichsten Gesichter hatte, die Colin je untergekommen waren. Er und diese Debbie hätten gut zusammengepasst.

»Na ja, wie ich schon sagte, wir arbeiteten zusammen an einigen ihrer tief sitzenden …«

»Ja, ja, aber schien sie todunglücklich zu sein? Sie wissen, worauf ich hinauswill – als ob sie weglaufen wollte?«

»Wenn Sie meinen, ob ich den Eindruck hatte, sie sei selbstmordgefährdet, dann nein. Nichts in der Art.«

»Notieren Sie sich Einzelheiten über das Privatleben Ihrer Kunden, Mr Davison?«

Die Frau gefiel ihm. Sie war direkt, fragte nicht nach einer Sache und ging dann auf eine andere über. Er schenkte ihr sein Lächeln, das nie seine Wirkung verfehlte.

»Eigentlich nicht. Ich entdecke sehr viel, wenn ich sie besser kennenlerne … durch Intuition, durch das Meditieren mit ihnen, durch das, was sie mir selbst erzählen. Ich notiere mir natürlich Namen und Adresse, und familiäre Beziehungen, die unharmonisch laufen, werden oft aufgedeckt. Ich kann sie immer spüren. Aber bloße Details über Eltern, Geschwister, all das, schreibe ich nicht auf.«

»Hat Debbie im Verlauf der Sitzungen irgendwas gesagt, das uns einen Hinweis darauf geben kann, wohin sie gegangen sein könnte?«

Er sah lange auf den Tisch hinunter. Im Raum war es still. Keiner der Detectives bewegte sich oder unterbrach ihn.

Am Ende sagte er: »Ich muss darüber meditieren. Debbie hatte vieles, das entwirrt werden musste, Dinge aus ihrer Kindheit, die sie immer noch beeinträchtigten ... Ich bin kein Psychiater, verstehen Sie, aber Menschen erinnern sich an Dinge, die geschehen sind und ihr jetziges Wohlbefinden umwölken, und Meditation und andere Therapien helfen dabei, das aufzuklären. Debbie war nicht glücklich mit sich, aber sie kam allmählich in Einklang, wurde ausgeglichener, begann ihren Weg zu sehen. Das ist eine sehr aufregende Zeit. Sie bewegte sich vorwärts.«

»Also ist es eher unwahrscheinlich, dass sie wie früher vor sich weglief?«

»Ihre Art des Laufens war nach innen gerichtet, in die Dunkelheit.«

»Hat sie irgendwelche Freunde erwähnt – jemanden, den sie besuchen wollte?«

»Nein.«

»Welche Art Behandlung haben Sie ihr vorgeschlagen?« Wieder der Mann.

Colin seufzte. »Ich habe ihr geraten, ihre Ernährung umzustellen. Naturkost, Obst, Gemüse und Vollkorn, viel reines Quellwasser. Keine Milchfette, kein Zucker oder Koffein.«

»Also Bußübungen.« Der Detective Constable grinste ihn an. Was sein Gesicht um hundert Prozent besser aussehen ließ.

»Die meisten Menschen profitieren davon.«

»Bestimmt. Sonst noch was?«

»Bewegung. Debbie bewegte sich wenig oder kaum. Auch das ist ein Rat, den die meisten Menschen benötigen, und es tut ihnen immer gut. Vieles von dem, was ich vorschlage, sind ganz offensichtliche Veränderungen des Lebensstils, und gleichzeitig arbeiten wir an spiritueller Energie und innerer Harmonie.«

»Welche Art von Bewegung?«, fragte die Polizistin.

»Sie war nicht fit genug zum Laufen, und zum Schwimmen, was das Beste von allem ist, hätte sie nach Bevham fahren müssen. Ich habe ihr vorgeschlagen, spazieren zu gehen, jeden Tag ein bisschen weiter, in möglichst flottem Tempo. Sie musste so oft wie möglich an die frische Luft, vorzugsweise in der freien Natur.«

»Wissen Sie, wo sie ihre Spaziergänge machte?«

»Sie erwähnte den Treidelpfad beim Fluss, aber das fand ich nicht so gut. Fließendes Wasser hat therapeutische Wirkung, doch Treidelpfade sind oft genau der Ort, wo Exhibitionisten und andere krankhafte Individuen lauern. Keine gute Idee für eine junge Frau ganz allein.«

»Kennen Sie Lafferton?«

»Ja, aber ich wohne nicht dort.«

»Gibt es irgendeinen Ort, wo sie spazieren gegangen sein könnte?«

»Na ja, bestimmt der Hügel. Die Wernsteine dort oben sind uralt, es ist ein Ort mit sehr positiver Energie. Und es kann nur guttun, sich bergauf ein wenig anstrengen zu müssen.«

»Also haben Sie ihr vorgeschlagen, auf den Hügel zu gehen?«

»Ich kann mich nicht erinnern, dass ich es ihr tatsächlich vorgeschlagen habe – ich meine, es hätte ebenso gut von ihr kommen können. Sie wohnt ja dort in der Nähe, nicht wahr, und es ist der bekannteste Teil von Lafferton außer der Kathedrale, daher bietet es sich geradezu an, oder?«

»Hat sie Ihnen erzählt, dass sie dort spazieren gegangen ist? Vielleicht bei ihrer zweiten Sitzung?«

»Ich erinnere mich nicht. Ich habe viele Kunden, wissen Sie, mein Terminkalender ist auf Wochen ausgebucht. Ich glaube, sie hat definitiv gesagt, sie sei spazieren gegangen ... Und ich habe es bemerkt – man kann immer erkennen, wenn jemand begonnen hat, sich im Rhythmus der Natur zu bewegen.«

»Sie hat Ihnen gegenüber also nie erwähnt, dass sie auf dem Hügel war?«

Das gefiel ihm nicht. Er war offen und geradeheraus gewesen und hatte ihnen Zeit gewidmet, und es gefiel ihm nicht, dass sie immer weiterbohrten, auf dieser einen Sache beharrten. Was dachten die sich?

»Ich sagte …«

»Sie sagten, Sie hätten viele Kunden, ja, schon gut.«

Die Frau wirkte plötzlich warmherziger und mitfühlender, als sie sich etwas vorbeugte, seinen Blick festhielt. »Was Sie uns bisher erzählt haben, ist wirklich hilfreich, Mr Davison. Aber diese Sache ist sehr wichtig. Selbst die kleinste Einzelheit, an die jemand sich erinnert, könnte uns helfen. Momentan wird der Hügel gründlich abgesucht.«

Die Atmosphäre im Raum hatte sich verändert. Plötzlich ging es um Leben und Tod. Er konnte sich die Reihe der Uniformierten vorstellen, wie sie mit ihren Stöcken hier und dort hinschlugen, überall herumstocherten, sich langsam vorwärtsbewegten.

»Das verstehe ich«, sagte er leise, den Blick auf die Frau gerichtet.

»Ich weiß, dass wir über den Hügel gesprochen haben, dass sie lieber dahin gehen sollte als auf den Treidelpfad, aber ich kann mich wirklich nicht mehr erinnern, ob ich es vorgeschlagen habe oder sie. Ist sie dort zum letzten Mal gesehen worden?«

»Wir sammeln alle Arten von Informationen, Mr Davison.« Die Polizistin erhob sich. Ihr Gesicht war ausdruckslos, während sie ihm in dieser nichtssagenden Amtssprache antwortete, der Augenblick scheinbarer Intimität zwischen ihnen vorüber.

Sie reichte ihm ihre Karte. »Ich möchte, dass Sie noch mal

genau über Ihre beiden Treffen mit Debbie Parker nachdenken. Wenn möglich, überprüfen Sie bitte alle Notizen, die Sie sich zu ihr gemacht haben. Und wenn Ihnen irgendwas einfällt, und sei es noch so unbedeutend, rufen Sie uns bitte dringend an. Es spielt keine Rolle, ob es sich als nichtig herausstellt – überlassen Sie uns die Beurteilung.«

»Selbstverständlich. Ich werde heute Abend darüber meditieren, wenn meine Sitzungen beendet sind.«

»Wir wissen das wirklich zu schätzen.« Der Ton des jungen Mannes war ironisch, aber als Colin zu ihm aufsah, verriet sein Gesicht nichts.

25

Besser, viel besser. Jetzt noch einmal von vorn.«

Der Chor stöhnte leise. Sie hatten heute Abend härter gearbeitet als je zuvor, und es war halb zehn, Zeit, den Durst zu löschen.

»Wenn Sie so weit wären, meine Damen und Herren.«

»Sadist«, sagte jemand, gerade noch hörbar.

Der Chorleiter David Lester lächelte.

»Vielen Dank. Also, Dona nobis pacem ... Paaaa ... cem, und bitte denken Sie daran, das Wort bedeutet Frieden ... Baritone, bitte nicht brummen ... Konzentrieren Sie sich und ... drei, vier.«

Trotz der Müdigkeit und der trockenen Kehlen floss die Musik aus ihnen heraus, inspirierte sie, besser zu singen denn je. Freya hatte sich nie so versunken in die Musik gefühlt, noch war sie von dem, was sie sang, je so bewegt gewesen, wie schwierig sie es auch fand. Sie hörte zu, während der Alt einige Takte Pause hatte, stellte sich vor, wie Brittens mächtiges Oratorium mit vollem Orchester in der Kathedrale klingen würde statt nur mit dem stellvertretenden Chorleiter am Klavier, wie gut der auch war.

Leise verklang der letzte Ton. Mehrere Sekunden lang hustete niemand, bewegte sich keiner. David Lester runzelte leicht die Stirn. Sie warteten darauf, dass er ihnen sagte, er wolle es noch einmal hören, und noch einmal ...

»Ich frage mich, warum ich immer bis zur Pub-Zeit warten muss, damit Sie Ihr Bestes geben. Das war's. Vielen Dank.«

Stühle wurden zurückgeschoben, Notenständer zusammengeklappt.

»Kommen Sie noch mit ins Keys?« Joan Younger, die neben Freya im Alt sang, berührte sie am Arm.

»Weiß nicht. Ich bin total erledigt.«

»Ich hab von dem vermissten Mädchen gehört.«

»Ja. Großeinsatz.«

»Umso mehr brauchen Sie die Entspannung.«

»Vielleicht.«

Freya steckte die Noten in ihre alte schwarze Notenmappe, die sie schon seit der Schulzeit besaß, und entfernte sich von den anderen. Sie war tatsächlich müde, außerdem hatte sie Kopfschmerzen. Tage wie diese waren für alle stressig, egal, wie erfahren sie waren. Obwohl ihr eigentlich mehr nach einem heißen Bad und frühem Schlafengehen war, hatte sie an der Chorprobe teilgenommen, weil sie wusste, dass sie die Musik nicht nur zur Ablenkung brauchte, sondern auch als Balsam für ihre Seele und weil das Singen selbst sie stets belebte. Das hatte auch diesmal funktioniert. Sie war mehr mit sich im Reinen, aber ihr war nicht danach zumute, jetzt noch eine Stunde lang in dem verrauchten, vollen Pub zu trinken und sich in höchster Lautstärke zu unterhalten. Da sie erst nach halb acht eingetroffen war, hatte sie sich einen Weg durch ihre Reihe bahnen müssen, als alle anderen schon an ihrem Platz saßen. David Lester hatte unterbrochen und gereizt wegen der Störung um Aufmerksamkeit gebeten. Jetzt ging Freya allein in die kühle, sternklare Nacht, glücklich, wieder an der frischen Luft zu sein. Ihr Auto stand auf der anderen Seite der Kathedrale, da bei ihrer Ankunft kein Parkplatz mehr frei gewesen war, und als sie um die Ecke bog, weg von der westlichen Haupteingangstür, wurde alles wunderbar ruhig. Die Häuser um sie herum waren dunkel, aber es gab Straßenlaternen, altmodisch wie aus einem Märchen, von denen topasfarbene Lichttümpel auf das Kopfsteinpflaster fielen.

An so einem Abend war es eine Freude, langsam durch

diesen alten Stadtteil zu schlendern, aber Freyas Gedanken drehten sich wieder um die beiden vermissten Frauen. Sie waren irgendwo allein spazieren gegangen oder gelaufen. Was war dann passiert, und wo waren sie jetzt, in Sicherheit oder in Gefahr, lebend oder tot? Ein Schauder überlief sie, nicht aus Angst, vor allem nicht hier an diesem heiligen und geschützten Ort, sondern weil ihr professioneller Geist unvermeidlich wieder auf Gewaltszenen und die Folgen zurückgekommen war. Es war der erste Fall, seit sie nach Lafferton gekommen war, der sie so voll in Anspruch nahm wie viele Fälle, mit denen sie bei der Met zu tun gehabt hatte. Unwillkürlich hatte sie begonnen, sich mit den beiden Frauen zu identifizieren. Sie fühlte sich ihnen gegenüber verantwortlich, musste für sie tun, was sie nicht für sich selbst tun konnten.

Die Suche auf dem Hügel war bei Anbruch der Dunkelheit abgebrochen worden. Man hatte nichts gefunden. Am nächsten Morgen würde die Suche wieder aufgenommen und weitergeführt werden, bis entweder etwas gefunden wurde oder das gesamte Gebiet ohne Ergebnis durchkämmt worden war.

Sie ging die letzten paar Meter zu ihrem Auto. Sie wollte ihren Kopf frei machen von dem Fall und konnte es nicht, würde es nicht können, bevor er auf die eine oder andere Weise gelöst war. Das lag in der Natur der Arbeit und in ihrer eigenen. Ein Detective Inspector von der Met hatte ihr einmal gesagt, das sei ihre Schwäche.

»Um nach oben zu kommen, müssen Sie lernen, Abstand zu gewinnen, Freya, und dazu scheinen Sie nicht fähig zu sein. Es gelingt Ihnen nicht, die Dinge am Ende des Tages zurückzulassen. Sie nehmen sie mit nach Hause. Sie nehmen sie mit zum Essen, mit ins Bett. Auf diese Weise brennen Sie aus.«

In gewissem Sinne war es genau das, was ihr passiert war – sie war bei der Met ausgebrannt. Aber Lafferton hatte ihr ein neues Leben gegeben und ein neues Gespür für Verantwortung. Sie wusste, dass sie manche Fälle zu sehr an sich heranließ, sie in ihre Träume einbaute, aber sie war, wer sie war, und sich in eine andere Form zu zwingen wäre ein Betrug. Es würde sie, dessen war sie sich sicher, auch zu einer weniger effektiven Polizeibeamtin machen.

Tief in Gedanken versunken, wich sie einen Schritt vom Weg ab, als ein Auto um die Kurve bog und sie mit den Scheinwerfern erfasste. Freya drehte sich um, als der Fahrer bremste und hupte.

»Freya?«

Das grelle Licht blendete sie. Das Fenster des silbernen BMW glitt hinunter, die Scheinwerfer wurden abgeblendet.

»Wer ist da?«

Als sie ein paar Schritte näher kam, erkannte sie ihn mit freudigem Schreck.

»Sir?«

»Was machen Sie denn hier so ganz alleine?«

»Ich komme von der Chorprobe in der Kathedrale. Ich war so spät dran, dass ich keinen Parkplatz mehr bekommen habe, daher musste ich mein Auto hier abstellen.«

»Hat meine Mutter mitgesungen?«

»Und wie. Sie ist mit den anderen ins Cross Keys gegangen, aber mir war heute nicht danach.«

»Warten Sie.«

Er parkte sein Auto neben einem der dunklen Häuser, stellte den Motor ab und stieg aus.

»Sind Sie hier, um Meriel abzuholen?«

Er lachte. »Nein, um nach Hause zu gehen. Ich wohne hier.«

»Du meine Güte. Ich wusste nicht, dass hier jemand wohnt, dachte, das wären alles Büros.«

»Fast. Es gibt Büros und mich. Die Geistlichen wohnen alle am anderen Ende, direkt bei der Kathedrale.«

»Soso.«

»Kommen Sie mit rauf und schauen Sie es sich an. Trinken Sie etwas mit mir am Ende eines schlimmen Tages.«

Wie leicht bedeutsame Worte oft klingen, dachte sie, wie ungezwungen ein Satz, den sie vielleicht für den Rest ihres Lebens wie ein kostbares Objekt mit sich herumtragen würde.

»Kommen Sie mit rauf und schauen Sie es sich an. Trinken Sie etwas mit mir.« Sie folgte ihm in das dunkle, stille Gebäude und die Treppen hinauf, betrachtete seinen Rücken, seinen Kopf, seine weißblonden Haare, seine langen Beine, die Schuhe, die er trug, die Farbe seiner Socken, prägte sich alles ein. Als junger Mensch kneift man sich, um zu sehen, ob das alles tatsächlich passiert, ob man es selbst ist und wach und lebendig. Jetzt konnte sie kaum atmen, aber das unwirkliche Gefühl war dasselbe, der Unglauben, die geschärfte Wahrnehmung. Die Freude.

Serrailler. Sie starrte auf das Namensschild neben der Tür. *Serrailler.* Die Buchstaben waren keine gewöhnlichen Buchstaben. Der Name war erleuchtet. *Serrailler.*

Er trat vor ihr ein. Licht wurde angeschaltet. Freya blieb im Türrahmen eines Zimmers stehen, das ihr den Atem nahm.

Er sah sie an und lächelte, dieses Lächeln, das sein Gesicht erhellte, das ganze Zimmer, den Raum zwischen ihnen. »Einen Drink? Kaffee?«

»Lieber Kaffee.« Ihre Stimme klang seltsam, aber er schien es nicht zu bemerken.

»Stört es Sie, wenn ich einen Whisky trinke?«

»Natürlich nicht.«

»Setzen Sie sich doch.«

Er ging durch eine Tür zur Linken. Mehr Licht, helleres Licht auf blassen Wänden. Die Küche.

Freya trat ans Fenster. Die Läden waren offen, und sie sah hinunter auf den stillen, vom Licht der Straßenlaternen beleuchteten Kathedralenhof. Trotz des Gefühls, hier in diesem erstaunlichen Raum zu sein, von Simon Serrailler eingeladen worden zu sein, trotz ihrer zitternden Hände gingen ihre Gedanken wieder zu den vermissten Frauen. Sie hatte Angst um sie, und die Enttäuschung, nichts erfahren, nichts entdeckt zu haben, war unerträglich. Jede Stunde, die verging, bedeutete Zeit, in der etwas hätte getan, etwas Lebenswichtiges hätte entdeckt werden können. Sie hatte die Akten immer wieder durchgelesen, nach etwas gesucht, das sie vielleicht übersehen hatte. Sie drehte sich um und betrachtete erneut den Raum. Er war perfekt, hatte alles, was sie wohl auch ausgesucht hätte, aber besser entworfen und arrangiert, als sie es hätte tun können – Möbel, Teppiche, Bilder, Bücher, die Beleuchtung, der Abstand zwischen allem genau richtig. Sie sah sich die vier gerahmten Zeichnungen über dem schokoladenbraunen Ledersofa genauer an. Venedig – die Kirchen Santa Maria della Salute und San Giorgio Maggiore, dazu zwei Kirchen, die sie nicht kannte, der Strich kraftvoll und klar, die Details minutiös und doch wunderbar sparsam. In der unteren rechten Ecke waren jeweils die Initialen *so* gerade noch zu erkennen.

»Hier, bitte schön.« Er kam mit einem Tablett aus der Küche und stellte eine Glascafetiere, Milch, Zucker und einen kleinen Keramikbecher auf den niedrigen Tisch.

»Von wem sind die Zeichnungen? Sie sind wunderschön.«

»Von mir.«

»Das wusste ich nicht.«

»Ein Täuschungsmanöver … ›O‹ ist mein mittleres Initial.«

»Die sind wunderschön, Simon. Was machen Sie bei der Polizei?«

»Tja, würde ich Kunst genauso genießen, wenn ich mich ausschließlich damit beschäftigte? Zeichnen hält mich davon ab, verrückt zu werden.« Er ging zu einem weiß gestrichenen Kubus an der Wand, öffnete ihn und nahm eine Whiskyflasche und ein Glas heraus.

»Malen Sie auch?«

»Nein. Zeichnen ist mein Element – ich arbeite mit Bleistift, Tinte und Holzkohle, nie mit Farbe.«

»Wie lange machen Sie das schon?«

»Seit Ewigkeiten. Ich war auf der Kunstakademie, habe aber abgebrochen, da niemand an Zeichnen oder dem Unterricht in Zeichnen interessiert war. Es war eine schlimme Zeit. Alle wollten nur dieses Konzeptzeug. Installationskunst. Das hat mich nie interessiert.«

»Aber warum dann …«, Freya setzte sich aufs Sofa, »die Polizei?«

»Nach der Kunstakademie habe ich Jura studiert, damit ich wegen des Examens schneller befördert wurde. Für mich hat es immer nur die beiden Möglichkeiten gegeben – Zeichnen oder Polizeidienst.«

»Aber Ihre Eltern sind Ärzte.«

»Alle in meiner Familie sind seit Generationen Mediziner. Ich bin das schwarze Schaf.«

»Ich hätte das als erfrischende Abwechslung betrachtet.«

»Meine Mutter hat sich durchgerungen, es inzwischen zumindest teilweise auch so zu sehen.«

»Ihr Vater?«

»Nein.«

Er sagte das auf eine Weise, die sie davon abhielt weiterzufragen. Stattdessen drückte sie auf das Sieb in der Cafetiere und sah zu, wie es niedersank, den Kaffeesatz auf den Boden presste.

Simon nahm auf dem tiefen Sessel ihr gegenüber Platz, schlug die Beine übereinander und lehnte sich zurück, das Whiskyglas in der Hand. Freya konnte kaum atmen. Es war ihr nicht möglich, ihn anzuschauen.

»Ich habe es nicht zum Hügel geschafft, bevor die Suche abgebrochen wurde, aber ich nehme an, dass nichts gefunden wurde?«

»Überhaupt nichts.« Sie goss sich Kaffee ein, um den Kopf gesenkt halten zu können, mit zitternder Hand.

Sie wollte, dass er weitersprach, wollte den Klang seiner Stimme so gut kennenlernen, dass sie sie, wenn sie von hier wegging, immer noch genau hören, sie mitnehmen konnte.

»Aber wir haben jetzt dienstfrei. Seit wann sind Sie Chorsängerin?«

Anderthalb Stunden später hatte Freya offener über sich und ihr bisheriges Leben gesprochen als je zuvor. Simon war ein guter Zuhörer, warf nur selten ein kurzes Stichwort ein und schaute sie die ganze Zeit an, während sie sprach. Sie erzählte von ihrer Familie, ihrer Ausbildung, der Met, ihrer Ehe und deren Auseinanderbrechen und wollte immer weiterreden, wollte, dass er alles über sie erfuhr. Nach einer Weile konnte sie ihn auch anschauen, sein Gesicht im Licht der Stehlampe hinter seinem Sessel betrachten, im Profil, als er seinen Whisky trank, als er sie wieder ansah.

Sie war total verliebt in ihn, das wusste sie jetzt, aber der heutige Abend hatte alles verändert. Sie wollte sich nicht mehr dagegen wehren, wollte nicht mehr fluchen, kein »verdammt, verdammt, verdammt« mehr bei dem Gedanken an ihn und bei seinem Anblick – im vollen Bewusstsein ihrer Reaktion. Noch nie war sie einem Mann begegnet, der ihr so vollständig und konzentriert seine Aufmerksamkeit geschenkt, ihr zugehört und sie auf diese Weise angeschaut hatte, als sei sie und das, was sie sagte, wichtig und als gäbe es nichts und niemanden sonst auf der Welt, an dem er interessiert war.

Die Uhr der Kathedrale schlug Mitternacht, machte ihr bewusst, wie lange sie geredet, wie viel sie von sich preisgegeben hatte. Sie verstummte. Sein Zimmer, diese Wohnung, in dieser Ecke des stillen Kathedralenhofs war der schönste, friedlichste Ort, an dem sie je gewesen war, und hatte eine einmalige Atmosphäre. Nur hier zu sitzen, schweigend ihm gegenüber, ließ sie zittern.

»Du meine Güte«, sagte sie jetzt.

»Vielen Dank.«

»Wofür?«

Er lächelte. »Dass Sie mir so viel erzählt haben. Die Menschen sind nicht oft so freigiebig mit sich.«

Das so auszudrücken war einzigartig, außergewöhnlich. Aber er ist auch einzigartig, dachte sie, so jemanden wie ihn kann es auf der Welt nicht noch einmal geben.

»Ich muss gehen.«

Er versuchte weder, sie zurückzuhalten, noch sprang er auf, erpicht darauf, sie hinauszuführen. Er blieb einfach sitzen, entspannt und immer noch im Licht der Lampe.

»Ich danke Ihnen«, sagte Freya. »Ich bin zum Chor gegangen, damit mir der Fall nicht ständig im Kopf herumging. Das Singen und die Zeit hier haben mir genau das gegeben, was ich brauchte.«

»Ruhe und Entspannung. Es ist wichtig, sich so weit wie möglich von dieser Art Fall zu entfernen …, wenn nicht körperlich, dann spirituell, geistig. Sonst brennt man aus.«

Erst jetzt stand er auf und ging mit ihr zur Tür. »Ich bringe Sie nach unten«, sagte er.

»Nein, das geht schon.«

»Es ist spät, es ist dunkel, niemand ist um diese Zeit noch unterwegs, und Sie sind allein.«

Sie lachte. »Ich bin Polizistin, Simon.«

Er öffnete die Tür und sah Freya an, sein prägnantes Gesicht ernst. »Und zwei Frauen werden vermisst.«

Sie erwiderte seinen Blick. »Ja«, meinte sie leise.

»Ich wünschte, ich müsste nicht auf diese Weise an sie denken«, sagte Simon und legte ihr die Hand auf den Rücken, um sie die Treppe hinabzuführen. Die Berührung brannte sich in sie ein.

Bei ihrem Auto hielt er ihr die Fahrertür auf. Für einen Sekundenbruchteil zögerte sie. Er bewegte sich nicht.

»Noch mal vielen Dank.«

»Gern geschehen. Gute Nacht, Freya.«

Er hob die Hand und sah ihr nach, bis sie aus dem Hof und unter dem Torbogen hindurchgefahren war.

26

Mr Victor Freeborn verschwand irgendwann nach vier Uhr nachmittags aus dem Pflegeheim Four Ways. Niemand hatte ihn gesehen oder herabkommen und aus der Eingangstür gehen hören, die Mrs Murdo, die Sekretärin, unverriegelt vorfand, als sie um fünf vor fünf zum Briefkasten hinausschlüpfte.

Erst zwanzig nach sechs brachte ein Streifenwagen Mr Freeborn zurück, nachdem er auf einer Bank am Fluss gefunden worden war, nur in Pyjama und Pantoffeln.

Das war schon früher passiert, aber wegen Angela Randalls Verschwinden war Carol Ashton aufgeregter als sonst, und es dauerte lange, bis das ganze Haus wieder zur Ruhe kam. Inzwischen hatte der Schlosser ein neues und komplizierteres Schloss angebracht, und es hatte ein Treffen mit allen Angestellten gegeben, um zu besprechen, was man sonst noch gegen das »Houdini-Problem«, wie es die Haushälterin Pam Thornhill nannte, unternehmen konnte.

Daher war es bereits nach acht, als Carol endlich nach Hause kam, das *Echo* aufschlug und es bei einem dringend nötigen Schluck Gin las.

Das Verschwinden von Debbie Parker war der Aufmacher der Titelseite. Ihr Foto, ein dickes, kicherndes Mädchen auf einer Eisbahn, war ins Dramatische vergrößert worden. Carol las den Bericht rasch durch, suchte nach einer Erwähnung von Angela Randall. Es gab keine. Und doch schienen die beiden Fälle viele Gemeinsamkeiten zu haben.

Aber wenn die Verbindung so offensichtlich war, warum gab es dann keinen Hinweis auf Angela? Was dachte sich die

Polizei? War der Fall einfach abgelegt und vergessen worden? Carol erinnerte sich an die junge, hübsche, effizient wirkende Polizistin Freya Graffham, die wirklich nicht den Eindruck gemacht hatte, die Notizen über ihre Gespräche in einer Schublade verschwinden zu lassen. Carol war verärgert. Noch jemand wurde vermisst, genau wie Angela, und Carol meinte, es ihrer Kollegin schuldig zu sein, die Polizei an deren Namen zu erinnern; sie war auch wütend, dass sie etwas Wichtiges gemeldet hatte und beiseitegedrängt worden war.

Sie trank ihren Gin Tonic aus, goss sich noch einen Schluck ein, verschraubte die Flasche und griff zum Telefon.

»Tut mir leid, DS Graffham ist nicht im Haus«, antwortete die Stimme. »Kann Ihnen sonst jemand weiterhelfen?«

Carol zögerte. Sie wollte die ganze Geschichte nicht noch einmal jemandem erzählen, der nichts davon wusste.

»Können Sie mir sagen, wann ich sie erreichen kann?«

»Sie könnten es morgen früh wieder versuchen.«

»Kann ich eine Nachricht hinterlassen?«

Sie nannte ihren Namen und ihre Telefonnummer und bat dringend um Rückruf der Polizistin.

Aber sie wird nicht zurückrufen, dachte Carol, als sie in die Küche ging, um sich etwas zu essen zu machen. Ihrer Erfahrung nach riefen Leute, wie charmant und wohlmeinend sie auch waren, nur selten zurück. Sie schlug zwei Eier für ein Omelett auf, doch als sie Zutaten für einen Salat aus dem Kühlschrank geholt hatte, fühlte sie sich zu ruhelos, um bis zum nächsten Tag zu warten. Sie verließ die Küche und griff wieder nach dem Telefon.

»Zeitungsverlage für Bevham und Umgebung, was kann ich für Sie tun?«

Ein paar Minuten später sprach sie mit jemandem namens Rachel Carr. Vierzig Minuten später klingelte dieselbe Rachel Carr an ihrer Haustür.

»Mrs Ashton, erzählen Sie mir von der Dame, die vermisst

wird, wie Sie sagen – Angela Randall. Wenn ich es recht verstehe, arbeitet sie bei Ihnen?«

Sie machte sich keine Notizen, sondern hatte ein kleines Aufnahmegerät auf den Couchtisch zwischen ihnen gestellt. Carol sah, wie sich die schokoladenbraunen Spulen drehten, während sie sprach, von sich und dem Four Ways, von Angela, von deren Verschwinden, von Carols beiden Unterhaltungen mit der Polizei und schließlich von dem Schock, den sie bekommen hatte, als sie las, dass eine weitere alleinstehende Frau vermisst wurde.

»Daher habe ich natürlich erwartet, dass in dem Artikel etwas über Angela steht … Na ja, das ist doch naheliegend. Aber da stand nichts.«

»Haben Sie heute Abend bei der Polizei angerufen?«

»Ja, aber diejenige, mit der ich gesprochen hatte, war nicht da. Mir wurde geraten, es morgen wieder zu versuchen.«

»Nicht sehr effektiv, oder?«

»Ich verstehe nur nicht, warum Angela nicht erwähnt wurde.«

»Sie haben also das Gefühl, die Polizei ginge ziemlich nachlässig damit um?«

»Nicht so direkt … Ich meine, wir wissen ja nicht, was da vorgeht. Ich möchte es nur erfahren, mehr nicht. Es verwirrt mich. Ich bin es Angela schuldig. Sie hat sonst niemanden, der sich für sie einsetzt.«

Das Gerät klickte und piepte, und Rachel Carr drehte die Kassette um. Sie war eine groß gewachsene, junge Frau mit einem scharf geschnittenen Gesicht, ovaler Designerbrille und einer teuer aussehenden hellen Lederjacke.

»Ich weiß, dass es eine schwierige Frage ist, aber – was, glauben Sie, ist mit Angela Randall passiert? Sie scheinen sich recht sicher zu sein, dass sie nicht zu den Menschen gehört, die einfach verschwinden, ohne Ihnen Bescheid zu sagen oder sich mit Ihnen in Verbindung zu setzen.«

»Sie wäre die Letzte, die so etwas tut. Die Letzte.«

»Also?«

Carol sah auf ihre Hände. Die Spulen drehten und drehten sich. Plötzlich widerstrebte es ihr, laut auszusprechen, was sie dachte, erfüllt von der abergläubischen Furcht, dass dann ihre schlimmsten Befürchtungen Wahrheit werden könnten.

»In Ihrem Herzen glauben Sie, dass ihr etwas zugestoßen ist, nicht wahr?«

Carol Ashton schluckte. »Ja«, erwiderte sie. Das kam nur als Flüstern heraus. Sie räusperte sich. »Ich habe keinen Grund dazu, das zu sagen, außer ... Nach der langen Zeit kann ich mir nicht mehr vorstellen, dass es eine harmlose Erklärung gibt.«

»Da stimme ich Ihnen zu. Und als Sie von diesem anderen vermissten Mädchen – Debbie Parker – lasen, wie war da Ihre Reaktion?«

»Wie schon gesagt, ich habe mich gefragt, warum Angela nicht erwähnt wurde ..., eine weitere Frau aus Lafferton, die unter ähnlichen Umständen verschwunden ist.«

»Und was haben Sie dann gedacht?«

»Dass es eine Verbindung zwischen den beiden geben muss.«

Sie sah die Reporterin an, deren Gesichtsausdruck gleichzeitig ernst und erwartungsvoll war.

Dann sagte Rachel: »Ich möchte Sie nicht beunruhigen, Mrs Ashton, aber schließlich sind Sie ja keine Verwandte von Miss Randall, also ist meine Frage vielleicht nicht zu gefühllos. Halten Sie es für möglich, dass sie inzwischen tot ist?«

»Das ist das, was ich befürchte.«

»Glauben Sie, diese andere junge Frau könnte auch tot sein?«

»Großer Gott, ich hoffe nicht. Es ist ja noch nicht so lange her, vielleicht wurde sie inzwischen gefunden … Es sind erst zwei Tage, nicht wie bei Angela.«

Die Reporterin schwieg, schaute Carol nur an und wartete.

»Es ist zu schrecklich, darüber nachzudenken … alle beide.«

Schweigen.

»Wenn es eine Verbindung gäbe, scheint es …«

Rachel Carr hob leicht die Augenbrauen, ließ Carol aber immer noch weitersprechen.

»Die Überlegung ist zu schrecklich.«

»Machen Sie der Polizei Vorwürfe, weil sie die Suche nach Miss Randall verzögert hat?«

Tat sie das? Sie fragte sich, ob sie nicht schon zu viel gesagt, Dinge impliziert hatte, über die sie sich nicht ganz sicher war. Aber trotzdem …

»Ich bin verärgert«, sagte sie, »und ich bin beunruhigt. Es dauert schon zu lange. Und jetzt dieser neue Fall … Das beängstigt mich. Das würde doch jedem so gehen, oder?«

»Sie glauben also, andere Frauen aus Lafferton haben momentan guten Grund, verängstigt zu sein?«

Tat sie das? Wenn es zum Schlimmsten kam …

Nach einem Augenblick nickte Carol Ashton.

Auf ihrem Weg zurück in die Redaktion überschritt Rachel Carr die Geschwindigkeitsbegrenzung – aber das tat sie dauernd. Dafür war ihr roter Mazda MX5 da. Zudem war sie äußerst aufgeregt. Die Geschichte hat Biss, dachte sie, und auf so etwas wartete sie schon seit Wochen; sie konnte damit aufmachen, die Dinge zuspitzen, der Polizei unbequeme Fragen stellen und die, wie sie fand, halb komatöse Bevölkerung Laffertons wachrütteln. Sie sah schon Tag für Tag ihren Namen auf der Titelseite prangen, nachdem sie eine groß angelegte Medienkampagne in Gang gesetzt hatte.

Don Pilkington, Chefredakteur des *Echo,* war bereits fort, als sie in die Redaktion kam, aber der Nachrichtenredakteur

Graham Grant saß noch an seinem Schreibtisch. Rachel zog sich einen Stuhl heran und begann zu reden, ließ sich nicht von ihm unterbrechen, bis sie alles berichtet und ihre Pläne umrissen hatte.

Er wirkte überfahren und griff nach der Ausgabe einer überregionalen Zeitung. »Die Polizei ist uns einen Schritt voraus. Der Commissioner der Met hat gerade zugegeben, dass es ein Fehler war, die Bobbys von der Straße zu holen und dadurch das Vertrauen der Öffentlichkeit zu verlieren. Die Leute wollen sich in Sicherheit fühlen, und patrouillierende Bobbys sorgen dafür. Sie stellen verstärkt neu ein und planen, wieder Streifenpolizisten auf die Straße zu schicken.«

»Ja, ja, genau wie unsere Regierung plant, mehr Ärzte in die Krankenhäuser und mehr Lehrer in die Schulen zu schicken ... und wie viele haben wir gesehen? Bist du in letzter Zeit mal im Kreiskrankenhaus Bevham gewesen? Lafferton ist nicht die Met, es dauert lange, bis sich so was nach unten durchsetzt, und außerdem geht es nicht darum, was in der Zukunft passieren wird, sondern was hier und jetzt passiert – oder nicht passiert. Ich will, dass wir groß damit rauskommen, Graham. Zwei Frauen werden vermisst, also wieso hat die Polizei uns nur von einer berichtet? Beide waren dafür bekannt, alleine auf den Hügel zu gehen, keine gehörte zu der Art Frauen, die ohne Nachricht verschwinden, es gibt keine Spur von ihnen, und keine hat sich gemeldet ... Was versucht die Polizei zu vertuschen – ihre eigene Unfähigkeit? Warum wird auf dem Hügel nicht Streife gegangen – das ist genau der Ort, wo Perverse rumhängen, genau wie der Treidelpfad, wo Jogger immer wieder auf diesen Exhibitionisten stoßen. Warum hat die Polizei den noch nicht festgenommen? Warum?«

Graham Grant hob müde die Hand. »Nun mal langsam, Rachel, eins nach dem anderen. Okay, du kannst dich in Lafferton nach dieser anderen vermissten Frau erkundigen. Ich halte es für wichtig. Alles andere, und besonders jede Art von Anti-Polizeikampagne, musst du mit dem Chefredakteur absprechen.«

»Ich ruf ihn zu Hause an.«

»Da erwischst du ihn nicht, der ist bei einem Galadinner der Freimaurer in Bevham.«

Rachel schnaubte.

»Besorg dir die Einzelheiten über diese andere Frau, krieg alles über sie raus, dann bringen wir es morgen als Schlagzeile, wenn es immer noch nichts Neues über die beiden gibt – die Polizei will sowieso, dass das vermisste Mädchen im Bewusstsein der Öffentlichkeit bleibt. Aber warte, bis du mit Don gesprochen hast, bevor du die Öffentlichkeit in Angst und Schrecken versetzt.«

Frustriert stapfte Rachel durch die Redaktion zu ihrem Schreibtisch. Es war immer dasselbe, die großen Jungs steckten miteinander unter einer Decke, jederzeit bereit, sich gegenseitig Feuerschutz zu geben und den Rücken zu stärken. Die Hälfte der Polizei war bei den Freimaurern, das war allgemein bekannt, genau wie die Hälfte der Anwälte, Bankiers und einflussreichen Geschäftsleute, sowohl in Lafferton wie auch in Bevham, große Jungs, die Kleine-Jungs-Spiele spielten. Aber das war egal. Wenn es darum ging, die Öffentlichkeit zu täuschen und etwas durch Schweigen zu vertuschen, allerdings nicht.

Rachel saß einen Moment lang an ihrem Schreibtisch und starrte in die Luft, stellte sich die Kampagne vor, die sie sich immer noch genehmigen lassen und in Gang setzen wollte, so oder so – und sie war gut darin, Don herumzukriegen. Und dann ließ sie ihrer Phantasie weiteren Lauf bis zu dem Punkt, wo ihre Arbeit für das *Echo* von Fleet Street bemerkt wurde und sie einen Anruf mit der Aufforderung bekam, sich beim Chefredakteur der *Daily Mail* zu melden … Rachel Carr hatte nicht vor, in diesem Provinznest Lafferton zu versauern.

Sie griff nach dem Telefon und rief im Polizeirevier an, aber inzwischen war es fast zehn, bei der Kriminalpolizei war niemand mehr zu erreichen, und der Diensthabende wiederholte nur die allgemeine Verlautbarung über das vermisste Mädchen, sagte, es gebe nichts Neues, und wollte zu anderen Vermissten keinen Kommentar abgeben.

»Ich schlage vor, Sie rufen morgen früh wieder an.«

»Und spreche mit wem?«

»DS Graffham.«

»Um welche Zeit kommt er denn hereinspaziert?«

»Sie. DS Freya Graffham. Gewöhnlich kurz nach neun. Wenn sie nicht erreichbar ist, könnten Sie auch mit DC Coates sprechen. Tut mir leid, dass ich Ihnen heute Abend nicht weiterhelfen kann, Madam.«

Rachel knallte den Hörer auf. Es gefiel ihr nicht, bis morgen warten zu müssen, um die Genehmigung vom Chefredakteur zu bekommen, dann mit einem blöden weiblichen Detective zu sprechen, der sie vermutlich nur abwimmeln oder auf die nächste Presseerklärung verweisen würde.

Eine Stunde später hatte sie, wie sie fand, einen ziemlich guten, scharf formulierten Artikel fertig. Die Story und ihre Sicht der Dinge waren zu hochkarätig, um auf das *Lafferton Echo* beschränkt zu bleiben, und schließlich hatte sie ja versucht, mit dem Chefredakteur zu sprechen, oder? Sie konnte doch nichts dafür, dass er bei dem Freimaurer-Dinner war. Sie holte ihr Adressbuch auf den Schirm und klickte einen Eintrag an.

An: ed@bevpost.com
Cc: newsed@bevpost.com

Schicke dir im Anhang einen Artikel über die Nachricht, die heute wegen einer vermissten Frau aus Lafferton verbreitet wurde. Habe Zugang zu Infos, die noch nicht freigegeben wurden. Story hat Implikationen, die für die breitere Leserschaft der Bevham Post von Interesse sind. Habe meinen Chefredakteur nicht erreichen können, halte den Artikel aber für zu wichtig, ihn über Nacht liegen zu lassen.

Alles Gute
Rachel Carr
rcarr@laffertonecho.com

Sie zögerte kurz, bevor sie auf *Senden* klickte, und sah zu, wie ihre Mail und der Anhang vom Bildschirm flogen.

Fünf Minuten später brauste sie mit dem Mazda nach Hare End und zu der umgebauten Scheune, die sie sich mit ihrem Geliebten John Blixen, Rugbykapitän des Countys, teilte.

27

Brüllen lag DCI Simon Serrailler nicht. Er zog es vor, seine Wut zu zeigen, indem er leise und eisig sprach.

»Freya, kommen Sie bitte zu mir. Und bringen Sie Nathan mit.«

Zwanzig Sekunden später wurde an die Tür geklopft.

»Herein.« Er deutete auf die Zeitung, die auf seinem Schreibtisch lag.

»Ich nehme an, Sie haben die *Post* von heute Morgen schon gesehen?«

»Ja, Sir.«

»Gott weiß, woher das kam, Chef, aber bestimmt nicht von hier, das kann ich Ihnen versichern.«

»Freya?«

»Absolut nicht, Sir.«

»Woher weiß dann diese Reporterin Rachel Carr von der anderen vermissten Frau, wie hat sie ihren Namen herausgefunden, ihre Adresse, wo sie arbeitet? Jemand muss mit ihr geredet haben.«

»Niemand vom Revier. Zunächst mal wissen nur wenige von Angela Randall, sie ist nur ein weiterer Name auf der Vermisstenliste. Nathan und ich waren die Einzigen, die sich den Fall genauer vorgenommen haben, und keiner von uns hat diese Reporterin informiert.« Auch in Freyas Stimme schwang Eis mit.

»Na gut, ich verlasse mich auf Ihr Wort. Aber das sind genau die Schlagzeilen, die ich vermeiden wollte … Schauen Sie sich diese provokativen Fragen an – *Können sich Frauen aus Lafferton in ihrer eigenen Stadt noch sicher fühlen?* …

Hat die Polizei von Lafferton versagt, diejenigen, die sich im schönsten Freizeitgebiet der Stadt, dem Hügel, vergnügten, vor einem Serienmörder zu schützen? Serienmörder, Himmel noch mal, es gibt ja nicht einmal eine Leiche. Stimmt, wir sollten uns besser darauf vorbereiten. Ich will, dass wir für zwölf Uhr eine Pressekonferenz einberufen. Ich will das Lokalradio BEV, das regionale Fernsehen, die Nachrichtenagenturen, alles, was Beine hat, dabeihaben – und machen Sie sich sofort daran, bevor die uns überfluten. Ich habe die Suchmannschaft wieder auf den Hügel geschickt, sie werden heute Nachmittag fertig sein. Irgendwas in Starly erreicht?«

»Was? Bei Dava der Diva? Gott, was für ein Knallkopf.«

»Ich bezweifle, dass er irgendwas über Debbies Verschwinden weiß«, sagte Freya. »Sie hatte zwei Termine bei ihm, und er hat uns mit all diesem New-Age-Psychogebabbel überschüttet, aber ich habe nicht den Eindruck gewonnen, dass er was zu verbergen hat.«

»Trotzdem, wir behalten ihn vorläufig im Auge. Möglicherweise hat Debbie in Starly auch ein paar neue Freunde gewonnen, und ihre Mitbewohnerin hat uns vielleicht nicht alles über sie erzählt. Das ist ein besserer Ansatz dafür, wohin sie gegangen sein könnte, als alles andere.«

»Zu den zerlumpten Zigeunern, ja. Als Kind wollte ich auch immer ein Zigeuner sein …«

»Danke, Nathan, ersparen Sie uns Ihre Kindheitserinnerungen und setzen Sie sich ans Telefon. Ich möchte, dass diese Pressekonferenz ordentlich, organisiert und äußerst professionell wird. Wir haben das Kommando, wir haben die Kontrolle, und wir haben eine Botschaft rüberzubringen. Das Vertrauen der Öffentlichkeit wird durch diesen Mist einen Knacks bekommen. Oh, und wenn die überregionale Presse Wind davon bekommt und anruft, stellen Sie das Gespräch zu mir durch. Sagen Sie selbst nichts.«

»Sir.«

Freya schaute zu Serrailler, während sie sich umwandte, um zu sehen, ob in seinen Augen etwas von der gestrigen Intimität aufblitzte. Nichts. Sie zögerte eine Sekunde, ließ Nathan als Ersten aus der Tür gehen.

Das Telefon klingelte.

»Serrailler. Guten Morgen, Sir. Ja, ich habe es gelesen.«

Freya floh.

Zur mittäglichen Pressekonferenz kamen mehr Medienvertreter als seit Langem. Sie spürten, dass es sich um eine große Sache handeln könnte, und rochen Blut. DCI Serrailler betrat den Raum mit dem Glockenschlag und stellte sich mit Freya und Inspector Black, der die Durchsuchung des Hügels leitete, ans Rednerpult.

»Guten Morgen, meine Damen und Herren. Danke, dass Sie alle gekommen sind. Wie Sie wissen, wurde gestern ein Aufruf veröffentlicht, uns Informationen zukommen zu lassen über eine Frau aus Lafferton, Debbie Parker, die zum letzten Mal am Abend des Einunddreißigsten gesehen wurde und ihre Wohnung möglicherweise früh am Morgen darauf verlassen hat. Seitdem ist sie weder gesehen worden, noch hat man von ihr gehört, sie hat keine Nachricht hinterlassen, sie hat sich nicht mit ihrer Familie oder Freunden in Verbindung gesetzt, und, soweit wir wissen, hatte sie keinen Grund, aus freien Stücken zu verschwinden. Außer ihrem Hausschlüssel hat sie nichts mitgenommen. Ihre Handtasche und alle anderen persönlichen Dinge sowie ihre Mäntel und Jacken sind in ihrer Wohnung zurückgeblieben.

Wir machen uns zunehmend Sorgen um die Sicherheit Debbie Parkers, daher der Aufruf um Hinweise aus der Bevölkerung. Außerdem haben wir Suchmannschaften auf dem Hügel und in den umliegenden Gebieten, wo sie möglicherweise spazieren gegangen ist.

Wie Sie sicherlich wissen, werden Menschen aus verschiedensten Gründen vermisst; weil sie vielleicht in der Vergangenheit depressiv waren oder andere psychische Probleme hatten, weil es Schwierigkeiten im häuslichen Bereich, mit der Familie gab oder weil sie Geldprobleme haben. Normalerweise kehren sie aus eigenem Antrieb zurück. Wir nehmen Vermisstenanzeigen stets sehr ernst, aber bei manchen Fällen haben wir mehr Grund zur Besorgnis, was auf die junge Debbie Parker sicherlich zutrifft.

Eine weitere Frau aus Lafferton, Angela Randall vom Barn Close 4, wurde am achtzehnten Dezember letzten Jahres von ihrer Chefin beim Pflegeheim Four Ways als vermisst gemeldet, aber obwohl wir zu der Zeit alle Aussagen aufgenommen und Ermittlungen durchgeführt haben, hatten wir keinen Grund, Miss Randalls Verschwinden als verdächtig einzustufen. Doch im Lichte von Debbie Parkers Verschwinden untersuchen wir auch das von Angela Randall erneut, da es bestimmte Verbindungen zwischen den beiden gibt.

Nach der Rundfunkdurchsage haben wir Anrufe aus der Bevölkerung bekommen, und wir verfolgen mehrere Hinweise, haben aber bisher keine eindeutigen Informationen, die uns zu Debbie Parker führen könnten. Wir werden eine ähnliche Durchsage wegen Angela Randall veranlassen. Selbstverständlich werden wir Sie alle über die Entwicklungen auf dem Laufenden halten. Allerdings wäre ich dankbar, wenn die Presse wilde und reißerische Spekulationen unterlassen würde, die nicht nur wenig dienlich sind, sondern auch die Familien und Freunde der vermissten Frauen quälen und die allgemeine Öffentlichkeit alarmieren.«

Rachel Carr erhob sich. »Chief Inspector, Ihnen muss doch klar sein, dass in dem Moment, wo Sie eine Bitte um Informationen über eine vermisste junge Frau veröffentlichen, dadurch, wie Sie es ausdrücken, ›die allgemeine Öffentlichkeit alarmiert wird‹.«

»Natürlich werden sich die Leute Sorgen machen, aber

wir haben unsere Bitte um Informationen so undramatisch wie möglich formuliert, um eben keinen Alarm auszulösen, während die Menschen gleichzeitig auf den Fall aufmerksam gemacht werden.«

»Warum haben Sie das Verschwinden von Angela Randall vertuscht?«

»Niemand vertuscht hier irgendwas, Miss …«

»Entschuldigung, Rachel Carr, Bevham Zeitungsverlage …«

»Ja, ich dachte mir schon, dass Sie das sein müssen.«

Ein leises Lachen ging durch die Reihen. Rachel Carrs Kratzbürstigkeit und nackter Ehrgeiz machten sie bei ihren Kollegen nicht sonderlich beliebt.

»Nun ja, Miss Carr … Das ist genau die Ausdrucksweise, die ich gemeint habe. Angela Randalls Verschwinden wurde uns gemeldet, und wir haben die entsprechenden Ermittlungen durchgeführt. Wir können jedoch nicht bei jeder vermissten Person einen allgemeinen Aufruf oder eine öffentliche Verlautbarung herausgeben, selbst in einem Ort von der Größe Laffertons.«

»Aber Sie nehmen ihren Fall jetzt ernst?«

»Wie ich schon sagte, wir nehmen jede Vermisstenanzeige ernst. Gibt es sonst noch Fragen, da Miss Carr beschlossen zu haben scheint, dass die Fragestunde eröffnet ist?«

»Jason Fox, County News Agentur. Chief Inspector, machen Sie sich Sorgen um die Sicherheit einer oder beider vermisster Frauen?«

»Da sich keine von ihnen gemeldet hat und Zeit vergangen ist, ohne dass wir von ihnen gehört haben, gibt es jetzt tatsächlich Anlass dafür, sich Sorgen zu machen. Aber ich möchte betonen, uns liegen keine Beweise dafür vor, dass einer oder beiden Frauen etwas zugestoßen sein könnte.«

Jetzt kamen die Fragen rasch hintereinander.

»Führen Sie eine Mordermittlung durch?«

»Hat die Suche auf dem Hügel Spuren von einer oder beiden Frauen erbracht?«

»Warum ist nicht in anderen Teilen der Stadt gesucht worden?«

»Wird der Bevölkerung geraten, sich vom Hügel fernzuhalten?«

»Müssen sich Frauen, die allein unterwegs sind, in Lafferton um ihre Sicherheit sorgen?«

Und wieder Rachel Carr: »Warum wird Lafferton von der Polizei nur ungenügend überwacht? Warum gibt es im Bereich des Hügels keine regelmäßigen Streifengänge?« Und noch einmal: »Wenn Sie, wie Sie sagen, sich Sorgen um die Sicherheit dieser beiden Frauen machen, und wenn Sie, wie Sie sagen, das Gefühl haben, es gebe eine Verbindung zwischen ihrem Verschwinden, suchen Sie dann nach irgendjemandem im Zusammenhang mit den vermissten Frauen? Halten Sie es für möglich, dass sie entführt oder ermordet wurden? Läuft ein Serienmörder frei in Lafferton herum und lauert Frauen auf?«

Jim Williams hatte die gestrige Rundfunkdurchsage mit der Bitte um Informationen über das vermisste Mädchen gehört und sich danach zum Nachdenken in seinen bequemen Parker-Knoll-Sessel gesetzt. Am heutigen Morgen war er wie üblich die halbe Meile zur Akre Street gegangen, um sich die *Post* und seine Rolle Mints zu kaufen. Es war ein wunderschöner Tag, zu schön – zu warm, die Narzissen waren schon zu weit aufgeblüht, die Vögel zwitscherten zu fröhlich. Das konnte nur die Rückkehr der Graupelschauer, Ostwinde und starken nächtlichen Frost verheißen. Er hatte den weißen Fleece, mit dem er liebevoll die Kamelien in ihren Töpfen auf der Terrasse abdeckte, schon abgenommen, aber er würde kurz vor den Zehn-Uhr-Nachrichten noch einmal aufs Thermometer schauen und die Blumen wieder zudecken, wenn es nach Frost aussah.

Auf dem Heimweg dachte er an die Kamelien. Die *Post* trug er gefaltet unter dem Arm. Er gönnte es sich nicht, die Zeitung schon auf der Straße zu öffnen, weil es ihm einerseits das Vergnügen verdarb, sie bei seinem Tee zu lesen, und er andererseits das Gefühl hatte, wenn es schon als ordinär galt, auf der Straße zu essen, könnte das aufs Zeitunglesen genauso zutreffen.

Die Durchsage über das vermisste Mädchen hatte er nicht vergessen. Er dachte immer noch darüber nach, als er sich seinen Speck mit Eiern und Pilzen briet, das Brot aufschnitt und mit Butter bestrich, die Teekanne vorbereitete und den Kessel aufsetzte. Dann öffnete er das Küchenfenster, und der unverwechselbare Frühlingsgeruch wehte herein. Sobald der Erste in der Straße seinen Rasen mähte, würde der Geruch noch stärker werden.

Zehn Minuten später saß er am Tisch, den gefüllten Teller vor sich, den Tee eingeschenkt und die *Post* an die Teekanne gelehnt. Die Schlagzeilen galten dem vermissten Mädchen. Aber als er weiterlas, verblüffte ihn am meisten die Erwähnung der anderen Frau, Angela Randall, die vor Weihnachten verschwunden war. Beide Frauen waren dafür bekannt gewesen, auf dem Hügel zu laufen oder spazieren zu gehen, und als Jim sich das Bild von Debbie Parker genauer ansah, war er sich ziemlich sicher, sie tatsächlich dort gesehen zu haben, obwohl sich das nach dem verschwommenen Foto eines auf Schlittschuhen schwankenden Mädchens schwer sagen ließ. Doch sie kam ihm bekannt vor, und wenn er die Augen schloss, konnte er sie dort beim Spazierengehen sehen. Aber die Polizei würde mehr als das wissen wollen; wahrscheinlich würden Dutzende anrufen und behaupten, sie »meinten« das Mädchen »vielleicht« auf dem Hügel gesehen zu haben, obwohl sie nicht genau sagen konnten, wann.

Doch was die andere Frau betraf, da war sich Jim schon eher gewiss. In der Zeitung war zwar kein Foto von Angela

Randall, aber eine gute Beschreibung. Was seine Erinnerung am stärksten beflügelte, war die Tatsache, dass man sie als Letztes hatte auf den Hügel zulaufen sehen, sehr früh an jenem Dezembermorgen, als es so neblig gewesen war. Jim war an dem Tag mit Skippy unterwegs gewesen, ebenfalls sehr früh, weil er nicht hatte schlafen können, und er erinnerte sich an den Nebel, weil er beim Verlassen des Hauses nicht so schlimm gewirkt hatte, nur ein paar dünne Schwaden, aber dann, als Jim den Hügel erreichte, sehr dicht und feucht geworden war, ein Nebel, der sich einem auf Gesicht und Haare legte und kalt bis in die Knochen drang.

Er wischte seinen Teller mit einer halben Brotscheibe sauber und ging zum Kühlschrank, um nachzusehen, was er sich später zum Essen machen könnte. Da war noch ein Schweinekotelett, das er mit Kartoffeln und Gemüse essen konnte, und dann dieser kleine Apfelkuchen, den er gestern bei der Cross-Bäckerei gekauft hatte, mit einer Dose Devon Custard dazu. Das war sein Lieblingsnachtisch, wobei er den Apfelkuchen im Sommer meist mit Eis aß.

Sorgfältig las er den Artikel in der *Post* noch einmal. Nein, über Debbie Parker wusste er vermutlich nicht genug, um die Polizei damit zu belästigen, aber je länger er darüber nachdachte, desto mehr kam er zu der Ansicht, er sollte aufs Revier gehen und berichten, dass er die andere Frau durch den Nebel hatte laufen sehen.

Nachdem er sich entschieden hatte, faltete er die Zeitung zusammen, deckte den Tisch ab und spülte die Töpfe aus, bevor er sich im Wohnzimmer niederließ, um sich die Fußballvorberichterstattung anzusehen. Neben ihm auf einem kleinen Hocker lag die Fernsehzeitschrift, geöffnet auf der heutigen Seite, die Sendungen, die er sich anschauen wollte, rot unterstrichen. Er ging die Zeitschrift am Tag der Lieferung immer Seite für Seite durch und plante sein Fernsehprogramm für die Woche. An diesem Nachmittag standen ihm fast drei Stunden genussvoller Sportsendungen bevor, und dann wäre es Zeit, seinen kurzen Spaziergang zu machen, bis zum Ende der Straße, um die Ecke und auf der anderen Seite zurück, bevor er sich seinen Tee zubereitete und für die Abendsendungen fertig machte. Daher würde er jetzt zum Polizeirevier gehen, am Vormittag. Er würde dafür sorgen, dass er seine Geschichte nicht einfach demjenigen erzählte, der Dienst am Empfang hatte, sondern jemandem, der mit dem Fall betraut war. Er kannte sich mit Nachrichten aus, die nicht ausgerichtet wurden, Notizen, die in Unterlagen verschwanden und nie wieder angeschaut wurden.

Jim stellte den Fernseher aus und zog Mantel und Mütze an. Er würde der Polizei alles erzählen, woran er sich erinnerte. Aus irgendeinem Grund hatte er das Gefühl, dass er das nicht nur der vermissten Frau schuldig war, sondern auch Phyllis – und nach ihr Skippy.

Als Freya nach der Pressekonferenz durch das Dezernatsbüro ging, fing das Telefon auf ihrem Schreibtisch an zu läuten.

»DS Graffham.«

Der Diensthabende war am Apparat und berichtete ihr von einem älteren Mann, der auf dem Revier gewesen war.

»Sagte, er wolle etwas über die vermisste Angela Randall melden, aber er wollte es mir nicht erzählen, er will mit jemandem sprechen, der direkt mit dem Fall zu tun hat.«

»Was für eine Art älterer Mann, Roy?«

»In den Siebzigern, Regenmantel und Mütze. Ich glaube nicht, dass er sich nur wichtig machen wollte, er wirkte aufrichtig.«

»Wo ist er jetzt?«

»Nach Hause gegangen. Hat eine Weile gewartet und dann seine Anschrift hinterlassen.«

»Lassen Sie hören.«

Sie notierte sich Namen und Adresse. Als sie auflegte, klingelte das Telefon erneut.

»Freya, würden Sie bitte kurz zu mir reinkommen?«

Diesmal ging sie ohne Nathan im Schlepptau über den Flur zu Simon Serraillers Büro.

»Danke«, sagte er, als sie die Tür öffnete.

»Diese junge Frau vom *Echo* will unser Blut.«

Simon machte eine wegwerfende Geste. »Die ist nur ein kläffender Terrier. Also, wegen Debbie Parker. Die einzige wirkliche Spur, die wir von ihr haben, führt nach Starly. Das war etwas Neues in ihrem Leben, es hatte sie gepackt, und ich habe das Gefühl, wenn es irgendwelche Hinweise gibt, warum sie verschwand und wo sie jetzt ist, dann finden wir sie dort. Sie waren bei dem einen Therapeuten, aber ich will viel mehr. Ich will, dass Starly von Uniformierten überschwemmt wird, jeder Laden, jedes Beratungszimmer, jedes Café … jeder Wigwam. Eine Haus-zu-Haus-Befragung. Lassen Sie das Foto von Debbie auf Flugblätter drucken und verteilen Sie die überall. Wir wollen mit jedem sprechen, der sie wiedererkennt oder mit ihr bekannt ist. Die Suche auf dem Hügel war ergebnislos.«

»Sir. Aber was ist mit Angela Randall?«

»Was soll mit ihr sein?«

»Na ja, soweit wir wissen, hatte sie nichts mit Starly zu tun.«

»Nein.«

»Also … haben wir von ihr überhaupt keine Spur.«

»Nein. Die einzige Spur ist die sehr vage, die auf den Hügel deutet, und dort haben wir nichts gefunden. Bis sich wegen ihr etwas Neues ergibt, konzentrieren wir uns auf Debbie Parker.«

»In Ordnung.«

Persönlich mochte sie sich zwar jedes Mal, wenn sie ihn sah, mehr in Simon Serrailler verlieben, das änderte jedoch nichts daran, dass sie sein Beiseiteschieben des Falles Angela Randall für falsch hielt. Das Bild des sterilen, einsamen kleinen Hauses kam Freya in den Sinn, die stummen Zimmer, die furchtbare, trostlose Stille, die über allem hing, und dann das Bild des goldenen Päckchens, die teuren Manschettenknöpfe mit dem Kärtchen dazu. Es war das Kärtchen, das Angela Randalls tiefste, intimste Gefühle preisgab, das Kärtchen, das Freya berührte und eine Saite in ihr zum Schwingen brachte. Auf dem Rückweg zu ihrem Schreibtisch wurde ihr klar, warum sie nicht bereit war, den Fall Angela Randall zu den Akten zu legen. Das dem Geschenk beigefügte Kärtchen war irgendwie voller Verzweiflung, eine Enthüllung, trotz des fehlenden Namens, etwas, das auf eine obsessive Leidenschaft deutete. Angela Randall liebte einen Mann, dem sie regelmäßig teure Geschenke machte, für die sie tief in ihre Ersparnisse aus einem bescheidenen Gehalt greifen musste. Freya verstand sie und das, was sie motiviert hatte, nur zu gut.

Bisher hatte sie niemandem erzählt, was sie von dem Juwelier in Bevham erfahren hatte.

»Nathan?«

»Sarge.«

»Der DCI möchte eine Haus-zu-Haus-Befragung in Starly, Plakate, Flugblätter mit Debbie Parkers Foto darauf, und das sofort. Er glaubt, alles, was wir ausgraben können, lässt sich dort oben finden.«

»Der Ort da jagt mir ’ne Gänsehaut über den Rücken. Ich wette, sie ist da oben. Hat sich irgendeinem bekloppten Hexenzirkel angeschlossen.«

»Tja, wenn das so ist, werden die Uniformierten sie schon ausräuchern.«

»Gibt es was für mich zu tun?«

»In Starly?«

»Wo auch immer. Nur, Matt Ruston möchte, dass ich ihm

bei den Drogendateien helfe. Da ist wahnsinnig viel Zeug durchzusehen.«

»Versuchen Sie, mir irgendwas zu sagen?«

»Stellen Sie sich doch nicht dümmer, als Sie sind, Sarge. Ich liebe Sie von ganzem Herzen, würde für Sie sterben, aber wenn's zurück nach Starly geht …«

»Geht es nicht, sondern zu einem kleinen Mann, der nur mit wichtigen Personen von der Kripo reden will, und wenn wir das getan haben, hab ich da noch was, über das ich Ihre Meinung hören möchte.«

Nathan schenkte ihr sein Affengrinsen. »Super!«

28

Hast du gerade Zeit oder gibst du den Kindern was zu essen, machst Hausaufgaben mit ihnen, versorgst die Pferde …?«

»Hallo, Karin. Kinder haben gegessen, Hausaufgaben sind erledigt, Pferde haben ihr Heu gekriegt, jetzt muss ich Papierkram aus der Praxis erledigen, also ist jede Unterbrechung höchst willkommen. Wie geht es dir?«

»Ich melde mich zum Rapport, wie erbeten.«

»Gut. Was hast du unternommen?«

»Reflexzonenmassage.«

»Bloß nicht, ich könnte es nicht ertragen, an den Füßen gekitzelt zu werden.«

»Das ist kein Kitzeln, sondern Drücken, und ziemlich fest. Die reine Wonne. Ich bin fast eingeschlafen. Im Raum brannten köstliche Duftkerzen. Auch die junge Frau war nett. Ich hab ihr nichts erzählt, und nach einer Weile hat sie gefragt, ob ich Probleme mit den Brüsten hätte.«

»Gut geraten. Das haben Frauen in deinem Alter oft.«

»Zynikerin. Hinterher ging's mir phantastisch.«

»Dagegen ist nichts einzuwenden.«

»Ich führe ein Tagebuch.«

»Über das, was du unternimmst, oder schreibst du auch deine Gefühle auf?«

»Alles. Sonst hat es keinen Zweck. Ich muss ehrlich mit mir sein, Cat.«

»Und was kommt als Nächstes?«

»Am Mittwochmorgen hab ich einen weiteren Termin bei meiner Geistheilerin. Das ist bisher wirklich das Beste. Ich komme da raus und habe das Gefühl, den Mount Everest besteigen zu können, gleichzeitig fühle ich mich sehr ruhig und ausgeglichen.«

»Darf ich dir einen Vorschlag machen?«

»Dafür bist du da, du bist meine Ärztin.«

»Ich finde, du solltest eine weitere Kernspintomographie vornehmen lassen.«

»Warum?«

»Ich möchte sehen, was tatsächlich passiert ... im Vergleich zu dem, wie du dich fühlst.«

»Darüber muss ich erst nachdenken.«

Cat seufzte. Sie hielt sich so weit zurück, wie sie es wagte, blieb so aufgeschlossen, wie sie es für beruflich vertretbar hielt, aber ihre Befürchtungen nahmen täglich zu. Karin sah gut aus und fühlte sich gut. Cat musste wissen, was mit dem Krebs passierte.

»Findest du das fair?«

»Wem gegenüber?«

»Na ja, mir. Ich lass dir sehr viel Spielraum, Karin.«

»Ich brauche nur noch ein bisschen länger.«

»Wovor hast du Angst?«

»Was?«

»Entschuldige, Karin – das ist mir so rausgerutscht.«

»Du glaubst, ich hätte Angst davor, mich mit dem, was du Fakten nennst, auseinanderzusetzen.«

»Ich kenne die Fakten erst, wenn wir sie erfahren.«

»Jetzt noch nicht.«

Cat zögerte, beschloss dann, sie vorerst nicht zu drängen.

»Okay, und was kommt als Nächstes? Fengshui?«

»Der Psychochirurg.«

»Nein, Karin, absolut nein.«

»Hör zu, dabei geht es nicht um mich. Ich glaube nicht daran, halte es für einen Trick und finde, dass man ihm möglicherweise Einhalt gebieten muss, aber momentan haben wir nichts als Gerüchte. Jemand muss da hingehen, es rausfinden und mit einem vernünftigen Bericht zurückkommen. Damit tue ich allen einen Gefallen.«

»Dann komme ich mit. Ich will auch wissen, was da vor sich geht. Ich verstehe, worauf du hinauswillst, und vielleicht könntest du als Versuchskaninchen dienen. Aber du bist verletzlich.«

»Der Termin ist am Donnerstagmorgen um Viertel nach zehn. Da hast du Sprechstunde.«

»Ja, und Chris gibt Unterricht im Kreiskrankenhaus. Verdammt. Na gut, aber wenn dir irgendwas unheimlich vorkommt, hau sofort da ab. Hier geht es nicht um Duftkerzen.«

»Ich weiß.«

»Übrigens, hat meine Mutter dich angerufen?«

»Wegen der Dinnerparty? Ja, hat sie, und wir gehen hin.«

»Hervorragend.«

»Wer wird sonst noch da sein?«

»Wir, Nick Haydn, Aidan Sharpe und ein recht attraktiver weiblicher Detective Sergeant, der mit Si zusammenarbeitet. Vielleicht auch David Lester, aber das ist noch nicht sicher. Ein bisschen Tuttifrutti, aber du kennst ja meine Mutter. Ich glaube, sie will sich als Kupplerin betätigen.«

»Oder Spenden sammeln oder eine Hilfsmannschaft für den Krankenhausbasar rekrutieren.«

»Oder einfach nur Dad auf die Palme bringen. Es wird ihm natürlich total gegen den Strich gehen.«

»Das scheint sie nie zu bemerken.«

»Oh, sie bemerkt es schon. Aber sie marschiert einfach unbeirrt weiter. Das ist ihre Art, damit fertig zu werden.«

»Bis dahin bin ich natürlich schon psychisch operiert.«

»Gott, damit erstickst du jede Unterhaltung im Keim. Und, Karin …«

»Ich weiß, ich weiß.«

»Die Tomographie. Hier spricht deine Ärztin.«

»Wiedersehen, Cat.«

Karin war am folgenden Donnerstagmorgen um halb zehn in Starly. Es war ein Tag, an dem sich jeder besser fühlen musste, hatte sie gedacht, während sie über die Landstraßen fuhr, an Hecken vorbei, die mit weißen Schwarzdornblüten gesprenkelt waren. Sie war entschlossen gewesen, ihre Gesundheit selbst in die Hand zu nehmen, entschlossen und positiv. Sie glaubte an das, was sie tat. Trotzdem, im Dunkeln der Nacht kamen ihr Zweifel, wenn sie sich vorstellte, wie sich der Krebs in sie hineinfraß. Dann fragte sie sich, was sie sich dabei gedacht hatte, Cats Ratschläge und bewährte medizinische Behandlung abzulehnen, und Furcht ergriff sie, dass es durch die Verzögerung für jede Hilfe zu spät war. Aber am Tage, wenn sie Bücher so voller Wunder und Erfolgsgeschichten las, so überschäumend vor Optimismus und Selbstvertrauen, und sich ihre Kassetten anhörte, die sie in Sphären der Schönheit und Ruhe und lebensprühender Gesundheit versetzten, veränderte sich alles; die nächtlichen Ängste zogen sich in ihre Winkel zurück, und sie fühlte sich wieder fit und selbstsicher.

Genauso erging es ihr jetzt, als sie auf den Parkplatz hinter dem Markt von Starly bog. Es war still, die Sonne überzog die Baumstämme mit zitronengelbem Licht, und eine Mutter mit einem lachenden, hüpfenden Kleinkind und einem Säugling im Tragegurt ging vorbei; Karin und sie wechselten ein paar Bemerkungen über das frühlingshafte Wetter, und das Kind blies einen Strom von Seifenblasen durch ein Röhrchen, das es in eine Flüssigkeit getaucht hatte. Die Seifenblasen schwebten hoch, schimmerten in irisierenden Regenbogenfarben.

Karin ging den Hügel hinunter, schaute in Schaufenster, in denen Traumfänger, Gläser mit Biohonig und kleine Kristalle ausgestellt waren. Einer der Kristalle, ein rosafarbener Quarz, der wie verfestigte Rosenblätter aussah, fiel ihr ins

Auge; sie fühlte sich magisch davon angezogen. Sie kaufte ihn für fünf Pfund, und als sie das Päckchen in ihre Handtasche steckte, spürte sie, wie sich ihre Stimmung hob.

Sie kaufte eine Zeitung und nahm sie mit in das Biocafé, um sie bei einem Glas selbst gemachter Limonade zu lesen. »Wenn dir das Leben Limonen schenkt, mach Limonade draus.« Das hatte sie, zusammen mit vielen anderen optimistischen Mottos, in einem ihrer amerikanischen Bücher gelesen, in dem ihr auch geraten wurde, sich in weißes Licht zu hüllen, sich ihr eigenes Goldgewand zu weben und jeden Morgen beim Aufwachen die Hand nach ihrem eigenen Regenbogen auszustrecken. Doch der Rat mit der Limonade gefiel ihr.

Sie schaute durch das Fenster des Cafés und fühlte sich gut. Das sagte sie sich. Sie fühlte sich glücklich und positiv und gut. Dessen war sie sich sicher. Doch sie war auch voller Befürchtungen wegen des vor ihr liegenden Termins. Reflexzonenmassage und Aromatherapie waren das eine, ein Psychochirurg aber etwas ganz anderes. Zur Beruhigung legte sie ihre rechte Hand um das Handy in ihrer Tasche.

Um zehn betrat sie das Haus am Fuße des Hügels, auf dessen Glastür in schwarzer Schrift *Praxis* stand; das Wort *Zahnarzt* war flüchtig weggekratzt worden. Was Karin, die eine Zahnarztphobie hatte, nicht gerade beruhigte.

»Guten Morgen. Haben Sie einen Termin?«

Die nicht mehr ganz junge Frau in einer kamelfarbenen Strickjacke hätte ebenso gut Sprechstundenhilfe in einer Praxis in der Harley Street sein können. Karin nannte ihren Namen.

»Ja, vielen Dank, Mrs McCafferty. Nehmen Sie doch bitte Platz. Dr. Groatman wird gleich bei Ihnen sein.«

»Wie bitte?«

Die Frau lächelte. »Dr. Groatman. Das ist der Name des Arztes, der durch Anthony Patienten behandelt.«

»Verstehe. Und ich nehme an, dass dieser Arzt …«

»Um 1830 in London gelebt hat.«

»Ah ja.«

Die Frau lächelte, bevor sie sich wieder ihrem Computer zuwandte.

»Haben Sie viele Patienten?«

»O ja, der Doktor ist auf Wochen ausgebucht. Die Leute kommen von weit her zur Behandlung.«

Karin griff nach einer Ausgabe von *World Healing*. Noch als sie den Umschlag betrachtete, öffnete sich eine Innentür und eine ältere Frau kam heraus, die verwirrt und ziemlich blass aussah.

»Mrs Cornwell? Bitte setzen Sie sich einen Augenblick, damit Sie die Orientierung wiederfinden. Ich hole Ihnen ein Glas Wasser.« Die Sprechstundenhilfe ging zu einem Wasserspender auf der anderen Seite des Raumes. »Es ist wichtig, dass Sie das trinken, Mrs Cornwell. Wie fühlen Sie sich?«

Die Frau zog ein Taschentuch heraus und wischte sich über das Gesicht. »Ein bisschen schwach.«

»Das ist normal. Trinken Sie das Wasser ganz langsam und stehen Sie nicht auf. Haben Sie irgendwelche Beschwerden?«

Die Frau sah überrascht hoch. »Nein. Habe ich nicht. Überhaupt nicht. Ist das nicht seltsam?«

Die Sprechstundenhilfe lächelte. »Das ist normal.«

Dann öffnete sich die Tür erneut, und ein Mann kam heraus und ging direkt zum Empfangstresen, ohne eine der Frauen anzusehen. Er war schmächtig, hatte sandfarbenes Haar und ein wenig bemerkenswertes Gesicht. Er gab etwas in den Computer ein, tippte mit zwei Fingern, schaute dann kurz in eine Mappe auf dem Schreibtisch, bevor er durch den Raum zurückging und die Tür hinter sich schloss. Alles war still. Mrs Cornwell trank von ihrem Wasser, wischte sich das Gesicht und sah immer noch verwirrt aus; die Sprechstundenhilfe wandte sich wieder ihrer Arbeit zu. Karin öffnete die Zeitschrift erneut.

Ein Summer ertönte.

»Würden Sie bitte hineingehen, Mrs McCafferty?«

Karins Beine waren wie aus Gummi, und ihre Kehle war trocken. Es war genau wie beim Zahnarzt. Sie wollte nicht hineingehen. Sie wollte sich umdrehen und hinauslaufen, solange sie noch konnte.

Die Sprechstundenhilfe lächelte. Karin schaute die andere Patientin an. Was passiert? Wie ist es? Was macht er? Warum sind Sie hier? Wie geht es Ihnen wirklich? In ihrem Kopf überschlugen sich die Fragen.

»Direkt dort durch die Tür. Dr. Groatman wartet.«

O Gott, ich muss verrückt sein.

Sie wünschte, Cat wäre mitgekommen. Langsam ging sie durch den Raum.

Der Mann war stark verkrümmt und bewegte sich mit einem sichtbaren Humpeln. Er trug eine Beinschiene, und die eine Schulter war etwas höher als die andere. Sein Haar hatte die gleiche sandige Farbe wie das des Mannes, der durch das Wartezimmer gegangen war, doch es war zerzaust. Er trug einen weißen Kittel und stand bei der Untersuchungsliege. Der Raum war schwach erleuchtet, die Lamellen der Jalousien vor den Fenstern geschlossen. Es gab eine Spüle mit Wasserhahn. Einen nackten PVC-Boden. Sonst nichts.

»Auf die Liege, bitte. Wie lautet der Name, den Sie benutzen?«

Seine Stimme klang barsch und hatte einen leichten Akzent, den sie nicht einordnen konnte.

»Karin.«

»Bitte legen Sie sich hin.«

Karin legte sich auf die Untersuchungsliege. Er stand über ihr und ließ seine Hände rasch über ihren Körper gleiten, ohne ihn zu berühren.

»Sie haben Krebs. Ich fühle den Krebs in den Brüsten und

den Drüsen und Metastasen im Magen. Bitte knöpfen Sie Ihre Bluse auf, aber ziehen Sie sie nicht aus, und ziehen Sie auch die andere Kleidung oder die Unterwäsche nicht aus.«

Jetzt war der Akzent auf jeden Fall ausländisch, vielleicht deutsch oder holländisch. Während sie die Bluse aufknöpfte, sah er weg.

»Ich werde das Geschwür hier in der Halsdrüse entfernen. Das ist der Stammtumor. Wenn wir den los sind, werden die anderen schrumpfen und verschwinden. Sie nähren sich von dem Stammtumor.«

Alles in ihr wollte sich vor seinem Anblick verschließen. Er brauchte eine Rasur, obwohl seine Haut und die Hände sauber zu sein schienen. Er griff unter die Liege und zog ein Instrumententablett hervor. Sie hörte, wie ein Eimer verschoben wurde. Karin zwang sich hinzusehen, alles so genau wie möglich zu beobachten, sich sein Gesicht einzuprägen, seine Hände, seinen Körper. Er nahm ein Instrument vom Tablett und schien seine Hand darüber zu schließen.

Dann streckte er sie zu ihrem Hals aus.

»Sie brauchen keine Angst zu haben, es gibt keinen Grund zur Besorgnis. Schauen Sie sich Ihren Pulsschlag an, viel zu schnell, lächerlich. Beruhigen Sie sich. Ich mache Sie gesund. Der Tumor wird entfernt, Sie werden gesund, was gibt es da zu fürchten?«

Dann bewegte sich die Hand schnell, und Karin spürte, dass er nach einer Hautfalte an ihrem Hals griff, weit unten, dann ein merkwürdiges Gefühl, als würde etwas über ihre Haut gezogen und sich die Hand in ihrem Hals drehen und bewegen. Er hatte die Augen halb geschlossen, aber sie wusste, dass ihm ihr beobachtender Blick nicht entging. Die drehende Bewegung verschärfte sich, Karin spürte einen stechenden Schmerz und einen Ruck.

»Ah. Da ist er. Gut.«

Seine Hand bewegte sich rasch von ihr weg und nach

unten. Irgendetwas fiel in den Eimer zu seinen Füßen. Als seine Hand wieder hochkam, waren die Finger blutig. Jetzt schwebten seine Hände wieder über ihr, und er murmelte etwas, das wie ein beschwörendes Gebet klang.

»Sie sind in Gottes Händen, Karin. In Sicherheit. Sie sind vollkommen gesund. Sie müssen sich ausruhen, und Sie sollten gut essen, hungern Sie nicht, verleugnen Sie Ihren Körper nicht. Geben Sie ihm, wonach er verlangt, wenn er es verlangt. Trinken Sie Wasser, viel Wasser. Ruhen Sie sich aus. Leben Sie wohl.«

Er stand bewegungslos da. Karin blieb liegen, etwas benommen, etwas verwirrt, aber nach ein paar Sekunden schwang sie die Beine von der Liege und stand schwankend auf. Weder half ihr Dr. Groatman, noch sprach er mit ihr, und sein Gesichtsausdruck änderte sich nicht. Sie meinte, in ihm den Mann in dem Sportsakko zu erkennen, der durch das Wartezimmer gegangen war, dass er seinen Körper verdreht, seinen Rücken und die Schulter ausgestopft, sein Haar zerzaust hatte – meinte es, war sich aber nicht sicher.

Als sie die Hand auf den Knauf an der Tür legte, die zurück ins Wartezimmer führte, sagte er leise: »Misstrauen und Argwohn sind gefährliche Begleiter. Bleiben Sie unvoreingenommen und offenherzig, Karin, sonst machen Sie meine Heilung unwirksam.« Seine Stimme war unfreundlich und der Akzent fast vollständig verschwunden.

Karin fiel fast aus dem Behandlungszimmer.

Zwei Patienten warteten draußen.

»Bitte setzen Sie sich und trinken Sie ein Glas Wasser, Mrs McCafferty.«

»Nein, ich muss gehen, tut mir leid …«

»Das ist wirklich wichtig. Sie müssen ihre Orientierung wiederfinden. Bitte.«

Zitternd setzte sie sich und trank Wasser aus dem Pappbecher; die Frau hatte recht, sie brauchte es, sie war durstig und unsicher auf den Beinen. Der Summer für den nächsten Patienten ertönte.

»Soll ich jetzt bezahlen?«

»Ja, bitte. Lassen Sie sich Zeit, warten Sie, bis Sie sich wieder ganz ruhig fühlen.«

»Es geht mit gut. Danke.« Karin stand auf. Sie wurde nicht ohnmächtig. Der Raum drehte sich nicht. Sie ging hinüber zum Schreibtisch, und die lächelnde Frau reichte ihr eine kleine Karte. *Mrs McCafferty. Für die Behandlung: £ 100. Bitte stellen Sie den Scheck auf SUDBURY & CO aus.*

Karin kam an die frische Luft und rechnete im Kopf rasch nach. Sie war vielleicht zehn Minuten im Behandlungszimmer gewesen, mehr nicht. Wenn man für jeden Patienten eine halbe Stunde einschließlich Wartezeit einkalkulierte, und das von neun bis fünf – sechzehn Patienten pro Tag, abzüglich einer Stunde Mittagspause machte vierzehn Patienten, vierzehnmal £ 100 = £ 1400.

Wieder im Biocafé, setzte sie sich an einen Fenstertisch in die Sonne und schrieb bei Tee und Karottenkuchen, der schwer und köstlich war, die Seiten des Spiralhefts voll, das sie extra dafür gekauft hatte, während ihr der Besuch noch frisch in Erinnerung war – Gerüche, Anblicke, Geräusche, was er gesagt hatte, was sie gefühlt hatte.

Vom Auto aus rief sie Cat an.

»Dr. Deerborn musste zu einem Notfall. Kann ich ihr etwas ausrichten?«

Karin hinterließ ihren Namen und bat darum, dass Cat sie abends zurückrief.

Langsam fuhr sie nach Lafferton zurück, erfreute sich sogar noch mehr an dem Sonnenschein, fühlte sich erlöst und erleichtert und versuchte, das Erlebnis des heutigen Morgens zu vergessen. Sie hatte vorgehabt, den Nachmittag im Garten zu verbringen, um Platz für die Saatkartoffeln zu schaffen. Sie ging ins Haus, hob die Post hoch, die hinter der

Tür lag, und setzte in der Küche den Kessel auf, bevor sie alte Jeans, Jacke und Stiefel anzog. Die Sonne schien auf die große Vase mit Narzissen auf dem Tisch, ließ sie aufflammen. Karin nahm den Teebecher und die Post mit hinüber zum Sofa. Fünf Minuten später war sie eingeschlafen. Sie bewegte sich nicht, träumte nicht und blieb, als sie zwei Stunden später aufwachte, still liegen, verspürte ein außerordentliches Gefühl von Frieden und Erfrischung. Die Sonne war durch das Zimmer gewandert und warf längliche Lichtblöcke auf die weiße Wand. Karin starrte sie an. Sie schienen Energie auszuströmen und eine Schönheit zu haben, die jenseits aller Erklärungen und Worte lag.

Sie dachte an den Morgen zurück – Starly, das seltsame Behandlungszimmer, der Mann mit dem gebeugten Rücken und dem lahmen Bein, sein merkwürdiger Akzent, seine brüsken Bemerkungen. Sie war nervös und misstrauisch gewesen, erleichtert, von dort wegzukommen. Doch jetzt, als sie hier lag und die weiße Wand betrachtete, fühlte sie sich kraftvoll und gesund, als ob sich etwas in ihr tatsächlich verändert hatte und ihr Geist erneuert worden wäre. Sie fragte sich, was sie Cat Deerborn jetzt erzählen konnte.

29

Er wollte wissen, was vorging. Im Radio BEV und in der Lokalzeitung hatte es Berichte gegeben, die, wenn auch nur in kurzen Artikeln, von den überregionalen Zeitungen aufgegriffen worden waren. Überall wurde geredet. Die Leute machten sich Sorgen. Stellten Vermutungen an.

Es wäre zu gefährlich, jetzt mit dem Kleinbus zu fahren.

Den vergangenen Abend hatte er mit Debbie Parker verbracht. Er hatte den Obduktionsbericht geschrieben und ihn abgelegt, dann war sie wiederinstandgesetzt worden, die Organe eingefügt, die Wunden vernäht. Er bildete sich gerne ein, dass er stets einwandfreie Arbeit leistete und dass er respektvoll war, immer respektvoll. Das hatten sie ihm beigebracht. Im Leichenschauhaus und an den Obduktionstischen wurden oft grobe Witze gemacht, besonders wenn die Polizei anwesend war; das war ihre Art, mit dem fertig zu werden, was sie gesehen hatten, und um das Entsetzen von sich fernzuhalten, aber er hatte das nie gut gefunden und sich mit Sicherheit nicht daran beteiligt, und jetzt, wo er allein war, arbeitete er schweigend oder gelegentlich zu Musik. Für Debbie hatte er Vivaldi gespielt.

Als er fertig gewesen war, hatte er sie abgedeckt und ihre Leiche wieder in den Kühlbehälter zu den anderen geschoben. Jede Schublade hatte ein Namensschild, aber die Namen, die er ihnen gab, waren nicht ihre eigenen, sondern sorgfältig von ihm ausgewählte.

Achilles.

Medusa.

Er hatte *Circe* in sauberer schwarzer Tinte auf das Schild

geschrieben und es in den Schlitz an der Schublade gesteckt, in der Debbie Parker lag. Dann hatte er seinen grünen Laborkittel ausgezogen und in die Waschmaschine gelegt, bevor er seine Alltagskleidung wieder anzog und das Gebäude verschloss, jeden Teil einzeln mit doppelt gesicherten Vorhängeschlössern, war aus der Seitentür hinausgegangen, die sich herunterziehen und am Zementboden verriegeln ließ.

Den Kleinbus ließ er auf dem Parkplatz eines Pubs stehen und ging durch den angenehmen Frühlingsabend auf den Hügel zu. Der Hügel war immer noch mit Polizeiband abgesperrt, und an jedem Eingang hingen Warnschilder. Niemand war zu sehen. Die Polizei und ihre Autos und Ausrüstung waren verschwunden.

Er ging den Weg am Fuße des Hügels entlang, sah hinauf zu den verlassenen Hängen, dem Unterholz, den Wernsteinen, den Eichenkronen auf der Kuppe. Es gab keinen Hinweis, wie lange die Polizei die Sperrung aufrechterhalten würde, doch selbst wenn der Hügel wieder zugänglich war, würde es lange dauern, bis hier Normalität einkehrte. Alle würden jetzt ängstlich sein, Gerüchte würden die Runde machen, niemand würde sich sicher fühlen, alles würde beobachtet werden, die Polizei würde sichtbar und regelmäßig hier Streife gehen.

Er verließ den Hügel, schlug einen anderen Rückweg zu seinem Kleinbus ein. Man konnte nie zu vorsichtig sein, durfte nie die Wachsamkeit vernachlässigen.

Er setzte sich an die Bar des Pubs, die leer war, bestellte Rotwein und eine heiße Pastete und lieh sich die Abendzeitung aus, die auf dem Tresen lag. Der Raum war groß und anonym, ein Pub für Durchreisende. Sein Essen wurde ohne Interesse serviert, und man würde sich nicht an ihn erinnern. Zwei Gruppen von Männern kamen herein und würdigten ihn keines Blickes.

Im *Lafferton Echo* stand ein weiterer Artikel über Medusa und Circe. Die Pastete war köstlich. Die Abendsonne fiel rubinrot durch die Fensterscheiben hinter ihm auf die Zeitung. Er war zufrieden.

30

Sharon Medcalf war diese Woche wegen einer Erkältung nicht in der Chorprobe gewesen, was Freyas Plan durchkreuzt hatte. Jetzt lag Sharons Telefonnummer vor ihr, aber Freya zögerte noch. Sie musste mit jemandem über Simon Serrailler sprechen, Antworten auf die Fragen bekommen, die sie immer dann beschäftigten, wenn sie sich nicht auf die Arbeit konzentrierte, und Sharon hatte sich beide Male, als sie sich privat unterhalten hatten, als begeisterte Klatschbase erwiesen. Warum rufe ich sie dann nicht an?, fragte sich Freya jetzt.

Sie ließ das Telefon stehen, schenkte sich ein Glas Wein ein und setzte sich, um nachzudenken. Sie wollte über ihn reden, seinen Namen hören und ihn selbst aussprechen, mehr über sein Leben erfahren. Wen sonst konnte sie fragen? Die Menschen, die sie am besten kennengelernt hatte, seit sie nach Lafferton gezogen war, waren Arbeitskollegen. Außer Bekannten, die meisten aus dem Chor, war Meriel Serrailler die Einzige, die sie als Freundin bezeichnen konnte, und die kam natürlich nicht infrage. Weshalb nur die einschüchternd gut gekleidete Sharon Medcalf übrig blieb, die geschieden war und Designerboutiquen in Bevham besaß. Aber Sharon war Chormitglied, und als der Dirigent sie gebeten hatte, ein paar Takte einer Soloarie aus dem Messias zu singen, um zu verdeutlichen, worauf er hinauswollte, hatte Freya sie mit neuem Respekt betrachtet. Sharons Sopran war wunderbar, voll und klar, beeindruckend in den hohen Tönen. Der Rest des Chors hatte mit absoluter Aufmerksamkeit zugehört. Sharon Medcalf war mehr als nur teure Kleidung. Freya hatte aufgehört zu fluchen, wenn sich ihre Gedanken Simon zuwandten. Tief in ihr murmelte eine kleine, wütende, unabhängige Stimme von Zeit zu Zeit Verächtliches. Sie murmelte auch Warnungen. Freya ignorierte sie.

Sie stellte den Fernseher an, schaltete von einer Gartensendung zu einer über Häuserkauf und einem europäischen Fußballspiel um, stellte den Fernseher wieder aus. Mit der Tageszeitung war sie durch, und sie hatte kein neues Buch zum Lesen. Sie trank ihren Wein aus und zog das Telefon näher zu sich.

»Spricht dort Sharon?«

»Ja.«

»Hier ist Freya Graffham ... Ich wollte nur mal hören, wie es Ihnen geht. Bei der Chorprobe hieß es, Sie hätten Ihre Stimme verloren.«

»Nett von Ihnen, ja, es war widerlich, aber es geht mir heute schon viel besser. Wie war die Chorprobe?«

»Gut. Es nimmt jetzt wirklich Form an, aber der Sopran klingt eindeutig dünner ohne Sie. Der andere Grund meines Anrufs ist, dass ich Mittwoch frei habe und Sie fragen wollte, ob wir nicht zusammen zu Mittag essen könnten? Wenn es Ihnen gut genug geht.«

»Bis dahin wird es vorbei sein. Gerne. Wo?«

Wenn sie über Simon reden wollten, wäre es besser, sich nicht in Lafferton zu treffen.

»Irgendwo außerhalb der Stadt ... Wie wär's mit dem Fox and Goose in Flimby? Das Essen ist ausgezeichnet, und dort ist es nur abends wirklich voll.«

»Da war ich schon seit Ewigkeiten nicht mehr. Wenn der Tag so wie heute wird, kann es da draußen sehr schön sein. Danke, Freya.«

»Sollen wir uns um halb zwölf treffen?«

Am liebsten hätte Freya gesungen. Sharon hatte über die Serraillers gesprochen, als sie sie vom Chor nach Hause gefahren hatte. Möglicherweise kannte sie Simon nicht sehr gut, aber sie würde ihr sicher die eine Frage beantworten können, die an Freya nagte, seit sie in seiner Wohnung gewesen war. Sie konnte sie weder ignorieren noch als unwichtig abtun. Sie musste es wissen.

Sie ließ sich ein Bad ein, und während sie im warmen Wasser lag, dachte sie nicht an Simon, sondern an die Arbeit. Die einzige halbwegs positive Information über die beiden vermissten Frauen stammte von Jim Williams, der, soweit sie wussten, Angela Randall als Letzter durch den Nebel hatte laufen sehen. Aber danach hatte der Nebel sie verschluckt, und zu Debbie Parker gab es überhaupt keine Hinweise. Die Durchsuchung des Hügels hatte nichts ergeben. Ein paar Leute aus Starly erkannten Debbie auf dem Foto, und einer hatte ihren Namen gewusst, aber niemand hatte sie in letzter Zeit gesehen. Haus-zu-Haus-Befragungen, überall Plakate, eine weitere Rundfunkdurchsage, mehr Artikel in den Zeitungen – und nichts.

Kurz dachte sie an Jim Williams Hund Skippy. Auch der war zuletzt auf dem Hügel gesehen worden und hatte sich dann offenbar in Luft aufgelöst – oder in dichten Nebel. Aber Hunde liefen weg, jagten einem Geruch nach, buddelten sich zu tief in ein Kaninchenloch ein, und ein vermisster Hund war keine vermisste Person. Hunde wurden gestohlen. Jim Williams hatte niemanden gesehen, hatte jedoch ein Auto gehört. Zerrten Hundefänger ihre Opfer in Autos und rasten dann davon? Sie dachte an Cruella de Vil.

Der Frühling hatte sich zurückgezogen, und der Winter holte zum letzten Schlag aus, als Freya zwei Tage später nach Flimby fuhr. Der Wind trieb Graupelschauer und kleine Hagelkörner gegen ihre Windschutzscheibe, und als sie beim Fox and Goose parkte, fegte ein beißender Nordostwind direkt über die Felder auf sie zu.

Der Pub war ruhig, das Kaminfeuer und die bernsteinfarbenen Lampen auf den Tischen wirkten einladend. Im Nebenraum sah sie Stammgäste sitzen, alte Männer vom Land, die immer noch in und um die Dörfer wohnten. Das leise Gebrumm ihrer Stimmen klang wie Bienensummen.

Freya bestellte sich einen Wodka Tonic und besetzte einen kleinen Tisch am Feuer. Es gab Frauen, die täglich in Landgasthöfen zu Mittag essen konnten, wenn sie wollten, aber sie hatten sicherlich nicht so viel Vergnügen daran wie Freya an ihrem kostbaren freien Tag. In London hatte sie solche freien Tage nie genossen. Ihre Freizeit war mit Hausarbeit angefüllt gewesen und mit dem Bemühen, durch die Zubereitung ausgefallener Gericht zu beweisen, dass es ihr gefiel, Don glücklich zu machen.

Nie mehr, dachte sie und krümmte die Zehen in ihren Stiefeln, nie wieder.

Als sei das Licht angeknipst worden, sah sie Simons Wohnung vor sich, den langen, friedvollen Raum mit seinen Bildern, Büchern und harmonisch zueinander passenden modernen und antiken Möbelstücken. Sie wollte dort sein, jetzt, wie sehr sie auch den völlig anderen Raum genoss, in dem sie sich tatsächlich befand, die Baumwollvorhänge und das Messinggeschirr. Sie wollte in Simons Raum aufgehen, damit sie dorthin gehörte, genauso gut hineinpassen wie eine Vase oder ein Hocker oder eine seiner Zeichnungen an der Wand.

»Gott, was für ein Tag!«

Sharon Medcalf stand neben dem Tisch und zog ihren langen Wildledermantel aus. Freya hatte eine Stunde darauf verwandt, ihre Kleidung auszuwählen und sich fertig zu machen, entschlossen, sich nicht klein zu fühlen angesichts von Sharons Designerpräsentation, und als sie sich vor dem Verlassen ihres Hauses im Spiegel betrachtet hatte, war sie ziemlich zufrieden gewesen. Sie besaß ein paar gute Sachen und hatte die, wie sie fand, mit einigem Geschick kombiniert. Ihr Arbeitsleben verbrachte sie in Kleidung, die weder übertrieben elegant noch zu freizeitartig war und die nicht auffiel; sie hatte die Chance genossen, sich etwas schicker zu kleiden. Doch bei Sharons Anblick überlegte sie, warum sie sich überhaupt die Mühe gemacht hatte. Sharon trug Armani mit einem aufsehenerregenden Schal und ließ eine Louis-Vuitton-Handtasche auf den Boden neben sich fallen.

Freya konnte nicht widerstehen, die reine Seide in leuchtendem Blau, Weiß und Fuchsiarot zu berühren.

»Das ist phantastisch ... So was habe ich noch nie gesehen.«

»Werden Sie auch nicht ... Ist ein altes Stück von Ungaro.«

Freya seufzte.

»Ach was, das bringt der Job mit sich, ich könnte genauso gut Jeans vom Top Shop tragen.«

»Hm. Und wie geht es Ihnen?«

»Viel besser. Vielen Dank, Freya, für den Vorschlag, hierherzukommen. Ich freue mich, dass Sie sich mit mir anfreunden wollen.« Sie sagte öfter solche Dinge, und irgendwie klangen sie bei ihr nicht aufgesetzt.

Sharon Medcalf war vermutlich Ende vierzig, sehr groß, sehr schlank, mit sehr langem, gut geschnittenem blondem Haar, dessen diskrete Färbung ein Vermögen gekostet haben musste. Ihr Make-up sah aus, als sei es heute Morgen von einem Profi aufgetragen worden.

»Ich bin seit Jahren nicht hier gewesen, und ich habe rasenden Hunger.«

»Die Speisekarte steht auf der Tafel hinter der Bar.«

»Ich weiß, und ich kann sie nicht lesen.« Sie hievte ihre Louis-Vuitton-Tasche hoch und holte ihr Brillenetui heraus.

Dior? Chanel?

Sharon setzte eine Yves-St.-Laurent-Brille auf und zog eine Grimasse. »Also gut, was essen wir?«

Sie bestellten, und Freya ersetzte ihr leeres Wodkaglas durch Mineralwasser und lehnte sich zurück. Sie hatte keine Ahnung, wie sie Simon Serraillers Namen ins Gespräch bringen sollte, aber das erwies sich dann als relativ einfach. Als ihre Vorspeise kam, sagte Sharon: »Sie wissen, dass nächsten Monat die Vorstandswahlen für den Chor sind und Peter Longley und Key nicht wieder kandidieren werden?«

»Nein, um diese Sachen habe ich mich noch gar nicht gekümmert.«

»Meriel hat Ihren Namen erwähnt. Sie möchte Sie im Vorstand.«

»Wirklich? Ich bin doch gerade erst beigetreten.«

»Ja, sie hat mich angerufen. Meriel ist eine erstaunliche Frau, kennt jeden und ist überaus geschickt darin, die Leute für ihre Pläne einzuspannen.«

»Sie hat mich dazu eingespannt, sechs Schokoladentrüffeltorten für eine Hospizveranstaltung zu backen und ihr beim Frühlingsbasar zu helfen. Sie muss sehr dynamisch gewesen sein, als sie noch praktiziert hat.«

»Die Leute sprechen immer noch mit gedämpfter Stimme von ihr, obwohl ich annehme, dass die Assistenzärzte zitterten, wenn sie mit ihr zusammen Visite machten. Sie ist die Art Mensch, der nie in Pension gehen sollte. Jetzt muss sie all diese Energie auf ihre Wohltätigkeitsorganisationen richten.«

Der Hauptgang kam, Seeteufel in dicken, fleischigen Stücken, umgeben von einer Soße mit leichtem Currygeschmack, dazu große Schüsseln mit frischem Gemüse. Freya ging zur Bar und holte sich noch mehr Mineralwasser. Sie überlegte, ob Angela Randall mit dem Mann, dem sie all die teuren Geschenke gemacht hatte, je in einem Lokal wie diesem gewesen war; sie hoffte es, und dass sie für ihre Extravaganz etwas zurückbekommen hatte. Wie hatte sie ihn kennengelernt? Wo war er jetzt? Freya war sich sicher, dass die Geschenke mit dem Verschwinden der Frau in Verbindung standen, hatte aber immer noch keine Spur. Debbie Parker, dachte sie, während sie die tiefblauen Flaschen auf den Tisch zwischen ihnen stellte, war mit ziemlicher Sicherheit nie im Fox and Goose gewesen, mit oder ohne ihre neuen Freunde aus Starly. Freya hatte ein schlechtes Gewissen, weil sie Debbie nicht sehr interessant fand.

Sie setzte sich, goss sich ein Glas Wasser ein und sagte dann:

»Die Serrailler-Familie ist ja das reinste Medizinunternehmen.«

»Schon seit Generationen. Kennen Sie die anderen?«

Freya beugte sich über ihren Teller. »Nein. Obwohl ich natürlich mit Simon zusammenarbeite.«

»Ja, er ist die Ausnahme. Seine Eltern waren nicht besonders begeistert, als er beschloss, ausgerechnet Polizist zu werden. Gott, ich kann nicht glauben, was ich da gerade von mir gegeben habe.«

»Keine Bange, wir wissen, dass wir eine ziemlich niedere Lebensform sind.«

»Aber für sie ist ein Serrailler, der kein Arzt ist, kein wirklicher Serrailler. Man würde doch meinen, es reichte, dass zwei von den Drillingen Ärzte geworden sind, oder?«

»Kennen Sie ihn gut?«

»Richard?«

»Ich meinte Simon, aber ja, auch Richard.«

Sharon warf ihr einen raschen Blick zu, legte Messer und Gabel zusammen und lehnte sich zurück.

»Kaum«, sagte sie. »Er und Meriel ergeben kein Paar, wenn Sie verstehen, was ich meine. Sie macht ihre eigenen Sachen.«

»Ich fand ihn nicht sehr sympathisch, als wir uns kennenlernten.«

»Niemand tut das. Ich glaube, sie hat es sehr schwer gehabt. Er ist ein verbitterter Mann.«

»Wieso, weil sein Sohn zu den Bullen gegangen ist?«

»Das und Martha. Wissen Sie von Martha?«

»Nein. Wollen Sie Nachtisch?«

»Was glauben Sie, wie ich in meine Kleider passe? Aber Kaffee gerne.«

Sie bestellten Espresso.

»Martha ist die jüngste Serrailler, zehn Jahre jünger als die Drillinge. Sie leidet unter einem angeborenen Hirnschaden und ist in einem Heim auf der anderen Seite von Bevham. Soviel ich gehört habe, hat das Richard fast umgebracht. Martha stellt für ihn ein Versagen dar. Er wollte eine perfekte Familie, geformt nach seinem Entwurf. Es hat nicht geklappt.«

»Arme Meriel.«

»Ja, sie ist diejenige, die leidet. Darum unternimmt sie ständig etwas, und das meiste außer Haus, fern von ihm.«

»Vermutlich ist er ebenfalls pensioniert?«

»Ja. Er war Neurologe. Niemand weiß, was er jetzt mit sich anfängt. Dazu gehört sicherlich nicht, seiner Frau Hilfe und Unterstützung zu geben.«

Ihr Espresso kam, dazu ein Teller mit vier Schokotrüffeln. Sharon schob sie weg. »Wie arbeitet es sich denn so mit Simon?«, fragte sie.

Freya fühlte sich überrumpelt. Sharon musterte sie aufmerksam.

»Er ist ein sehr guter DCI. Führt ein gutes Team.«

»Und?«

»Wie bitte?«

»Sagen Sie nicht, Sie hätten sich nicht in ihn verliebt. Jede zweite Frau, die Simon Serrailler begegnet ist, hat das getan.«

Freya schluckte einen Mund voll brühheißem Kaffee herunter. Schmerz schoss ihr durch die Kehle. Sharon beugte sich vor. Begierig auf Vertraulichkeiten und Geständnisse, dachte Freya. Sei vorsichtig, sei vorsichtig. Aber sie wollte unbedingt über ihn reden und musste mehr über ihn erfahren; alles andere war ihr egal.

»Okay«, sagte Sharon, »hab schon kapiert. Jetzt hören Sie …«

»Ich muss nur eines wissen, Sharon. Ist er schwul? Es scheint irgendwie offensichtlich, dass er das ist – sein muss, natürlich muss er das sein.«

»Großer Gott, nein.«

Freya spürte, wie ihr Schweiß über den Rücken rann. Ihr schwamm der Kopf.

»Es ist eine Art Mysterium, was er ist. Jeder hat versucht, das Rätsel zu lösen, aber niemandem ist es je gelungen. Sie sind Detective, Sie haben eine genauso gute Chance dazu wie alle anderen. Ich kenne Simon nicht gut, eher Meriel, aber ich habe viele Menschen getroffen, denen er wehgetan hat. Er ist ein charmanter Mann, gut aussehend, kultiviert, warmherzig, eine angenehme Gesellschaft. Er hat die Karriereleiter mit Riesenschritten genommen, was auch ein attraktiver Zug ist. Aber er hat mehr Herzen gebrochen, als ich warme Mahlzeiten genossen habe, Freya. Er bezaubert Frauen, er ist freundlich, gibt ihnen das Gefühl, die Einzige auf der Welt zu sein, schenkt ihnen seine volle Aufmerksamkeit, hört zu … Er ist ein sehr guter Zuhörer. Ob das nur daran liegt, dass er einfach keine Ahnung hat, weiß ich nicht. Er ist mit Sicherheit kein sadistischer Frauenhasser, darauf würde ich wetten. Aber er zieht sich zurück, wenn sie zu eifrig werden, und wenn er sich zurückzieht, dann vollkommen. Die Frauen wissen nicht, was sie getroffen hat. Und da ist noch etwas – niemand weiß Genaueres, aber er hat eindeutig noch ein anderes Leben, das sich nicht in Lafferton abspielt, und diese beiden Leben treffen sich nie – vermutlich nicht einmal in seinem eigenen Kopf, wenn Sie wissen, was ich meine. Ich bestelle mir noch einen Kaffee – für Sie auch?«

Freya nickte. Sie hätte kein Wort herausgebracht. Sharon stand auf und ging hinüber zur Bar. Das Summen fröhlicher Unterhaltungen und Gelächter dröhnte durch den Raum, der Geruch nach Kaffee und Zigarrenrauch hing in der Luft. Es war eine Atmosphäre, in der sie sich verstecken konnte, während sie sich bemühte, ihre Gefühle zu sortieren. Sharon war scharfsichtig genug, sie sofort durchschaut zu haben. Sei vorsichtig, warnte sie sich wieder, sei vorsichtig.

Als Sharon zurückkam, sagte Freya: »Hören Sie, Sharon …«

Sharon hob die Hand. »Ich weiß. Kein Wort zu irgendjemand.«

»Es gibt nichts zu erzählen.«

»Wie Sie meinen. Sie arbeiten mit ihm, Sie wollen nicht, dass es durchsickert. Ich bin kein Idiot.«

»Es gibt kein ›es‹ … Wirklich. Ich bin nur neugierig.«

»Ah ja. Neugierig.«

»Na gut, auch von ihm angezogen.«

»Ich wollte Sie nur warnen.«

»Mich warnen – oder mir sagen, ich soll gefälligst die Finger von ihm lassen?«

»Absolut nicht. Erstens ist er nicht mein Typ, und zweitens bin ich versorgt. Aber ich habe zu oft erlebt, dass Ihr DCI Frauen sehr unglücklich gemacht hat.«

»Danke, ich bin gewarnt. Nachdem ich mir von einem Mann die besten Jahre meines Lebens habe zerstören lassen, will ich nicht, dass das noch mal passiert. Aber ich sage Ihnen etwas – wenn er schwul wäre, würde er es dann nicht verbergen und aus einem bestimmten Grund von seinem heimatlichen Terrain fernhalten?«

»Wegen seines Vaters?«

»Nach allem, was Sie mir erzählt haben.«

»Könnte sein.«

»Gut, jetzt aber genug von Männern. Wenn ich in einen Ihrer Läden käme, wie viel Rabatt würde ich auf ein Paar Armanihosen bekommen?«

Auf dem Heimweg machte Freya einen Umweg über den Hügel. Niemand war zu sehen. Das Polizeiband versperrte immer noch die Eingänge, wurde vom Wind hin und her gezerrt und erinnerte an Tod und Unheil wie bei jedem Tatort. Wenn es ein Tatort ist …, dachte sie, ging langsam zu einer der Lücken, die zu den im schwindenden Licht kahl und öde wirkenden Hängen hinaufführten. Es war leicht, hier Geister heraufzubeschwören, ebenso wie Vorstellungen von Furcht und Gewalt. An einem sonnigen Sommertag würde der Hügel Charme und Ausgelassenheit verströmen, mit umherrennenden Kindern, Leuten, die ihre Hunde ausführten, Läufern, die in Trikothemden und Lycra schwitzten.

Was war hier passiert? Sie wusste, dass es hier gewesen war, sie hatte das sichere Gefühl, es gab zu viele Verbindungen. Der junge Mountainbiker war hier zuletzt gesehen worden. Jim Williams hatte Angela Randall in den Nebel laufen sehen. Debbie Parker hatte sich angewöhnt, hier am frühen Morgen spazieren zu gehen, weil ihr gesagt worden war, es sei eine günstige Zeit. Selbst Skippy, der Yorkshireterrier, war hier von Jim Williams weggelaufen und im Unterholz verschwunden.

Was passierte hier und warum? Wo war die Verbindung, nicht nur zwischen drei Menschen und einem Hund, die alle zuletzt auf dem Hügel gesehen worden waren, sondern auch in jedem anderen Sinn? Gab es eine? Wenn ja, war sie verborgen, und Freya bekam keinen Zugang dazu.

Sie sah sich noch einmal um. Als Polizistin hatte sie stets das Gefühl motiviert, den Verbrechensopfern etwas schuldig zu sein, jenen, die aus dem einen oder anderen Grund nicht für sich selbst sprechen, sich nicht verteidigen oder sogar rächen konnten, weil sie entweder unfähig, bedroht oder tot waren.

Jetzt war sie derselben Überzeugung. Sie musste für die Vermissten arbeiten, selbst für den vermissten Hund. Keiner von ihnen war aus eigenem Antrieb verschwunden, daran zweifelte sie nicht.

Sie stieg wieder ins Auto und fuhr weg, aber die Melancholie und Einsamkeit des Hügels ließen sich auf dem Heimweg nicht abschütteln.

Das Essen mit Sharon war erfreulich und mal etwas ganz anderes gewesen, ungeachtet des wirklichen Grundes ihrer Verabredung. Freya mochte Sharon, mit leichtem Vorbehalt, und würde versuchen, die Freundschaft zu pflegen, obwohl sie ihr nie ihre Geheimnisse anvertrauen würde, dazu hatte es in Sharons Augen zu eifrig geglitzert und das Verlangen nach Klatsch war zu deutlich gewesen. Freya konnte über alles, was mit ihrer Arbeit zusammenhing, den Mund halten. Aber es war auch nicht die Arbeit gewesen, über die sie mit Sharon Medcalf hatte reden wollen.

Den Rest des Nachmittags verbrachte sie mit Verdrängungsaktivitäten – einkaufen, Wäsche waschen und bügeln. Sie putzte das Badezimmer und duschte. Sie sah sich die Nachrichten im Fernsehen an.

Um halb neun verließ sie das Haus. Sie hatte keinen Plan, fuhr einfach los, parkte auf der Seite der Kathedrale, auf der sie auch am Abend der Chorprobe hätte parken sollen.

Es war dunkel. Auf den Straßen war nichts los. Der Kathedralenhof war leer bis auf eine Frau auf einem Fahrrad und drei Jungen, die auf die Chorschule zugingen. Freya wartete, bis sie weg waren, dann trat sie ein, blieb im Schatten, ging auf die Häuser am Ende des Hofs zu.

Er war vielleicht noch auf dem Revier oder dienstlich unterwegs. Seine Wohnung würde dunkel sein, und sie hätte ihre Zeit verschwendet. Wenn das Licht brannte, was bedeutete, dass er da war, würde sie glücklich sein. Sie würde stehen bleiben und hinaufschauen, ihn sich in dem großen Raum vorstellen, dortbleiben, so lange, wie sie es brauchte. Bei ihm zu klingeln kam nicht infrage. So dumm war sie nicht.

Als sie auf das Gras an der Seite des Weges trat, hörte sie ein Auto. Simon Serrailler fuhr an ihr vorbei. Freya erstarrte.

Wenn er sich umdrehte, würde er sie sehen. Sie huschte zurück in den Schatten.

Einige Autos parkten vor seinem Haus. Simon setzte seines daneben, und die Scheinwerfer wurden ausgeschaltet, aber im Licht der Straßenlaterne sah Freya, wie sich beide Autotüren öffneten. Er stieg zuerst aus, dann eine Frau. Sie war schlank und klein und trug einen hellen Trenchcoat.

Freya war plötzlich entsetzlich übel. Sie wollte weglaufen, sie wollte es nicht sehen, musste es aber sehen, musste stehen bleiben, jede Einzelheit beobachten.

Sie gingen auf das Haus zu, aber statt hineinzugehen, blieben sie bei einem der geparkten Autos stehen. Simon hatte der Frau den Arm um die Schultern gelegt und beugte sich hinunter, um etwas zu sagen. Beim Auto drehte sie sich um, und er breitete seine Arme aus.

Freya wandte sich ab. Sie konnte nicht rennen, sie war wie gelähmt, und wenn sie jetzt erwischt worden wäre, hätte sie erstarrt dagestanden wie ein Wildtier im Scheinwerferlicht. Sie wollte nichts mehr sehen, wollte nicht hier sein, das alles ertragen müssen. Sie war wütend auf sich selbst.

Sie hörte, wie die Autotür zuschlug, der Motor angelassen wurde, sich die Reifen auf dem Kopfsteinpflaster drehten. Rasch schaute sie auf. Simon stand im Eingang seines Hauses, die Hand erhoben. Dann, als das Auto davonfuhr, an Freya vorbei, drehte er sich um, schob die Haustür auf und ging hinein.

Freya wartete. Es hatte zu regnen begonnen. Nach wenigen Minuten ging das Licht im obersten Stock des dunklen Hauses an. Sie stellte sich die Wohnung vor, die Lampen, die Bilder. Simon. Dann ging sie weg.

31

Er dachte, er wisse alles über sich. Er hatte so viel Zeit allein verbracht, seine Seele erforscht, versucht, alles, was er tat und dachte und brauchte, zu den Ursprüngen zurückzuverfolgen, dass er gemeint hatte, durch nichts je wieder überrascht werden zu können.

Er hatte schon so lange gewusst, was er tun musste und warum. Er hatte gewusst, dass es ihm eine nur kurzfristige Befriedigung verschaffte, ein Stück Wissen, das allmählich zu einem Ganzen werden würde. An der Verfolgung und dem Überwältigen der Beute hatte er nie ein wirkliches Interesse gehabt. Es war Mittel zum Zweck. Er musste die Menschen finden, sie sorgfältig auswählen, beobachten, aufspüren, sie ein letztes Mal verfolgen und dann, aus Notwendigkeit, zum Schweigen bringen. Er vermied Wörter wie »Mord« und »umbringen« und »Tod«. Nichts davon machte ihm Vergnügen. Sadisten und Psychopathen, böse Menschen, fanden Befriedigung im Akt des Tötens und wahrscheinlich in allem, was dazu führte. So war er nicht. Die Vorstellung entsetzte ihn.

Was er tat, war etwas völlig anderes.

Daher traf es ihn wie ein Schock, dass er sich danach sehnte, zum Hügel zurückzukehren, zu dem ihm momentan der Zugang verwehrt war. Er wollte seine Schritte nachvollziehen, dort stehen, wo er mit jedem von ihnen gestanden hatte, sich an alles erinnern. Wenn die Polizei das Gelände nicht abgesperrt hätte, wäre er vielleicht nie darauf gekommen. Am Abend zuvor hatte er auf seine Liste geschaut, und noch etwas hatte ihm Sorgen gemacht. Drei Exemplare fehlten noch. Mann mittleren Alters. Ältere Frau. Älterer Mann.

Die anderen waren vollständig, waren untersucht, obduziert, aufgezeichnet und abgelegt worden. Seine Forschung war einmalig. Niemand sonst hatte auf die gleiche Weise wie er experimentiert, die Art verglichen, in der jeder von ihnen getötet worden war, und die minutiösen Unterschiede zwischen ihnen.

Bald würde es vorbei sein. Er würde das, was er sich vorgenommen hatte, vollendet haben. Mehr waren nicht nötig. Als ihm das klar wurde, erkannte er, dass er nicht zwanghaft war, sondern süchtig. Selbst bei dem Gedanken, es für immer entbehren zu müssen, selbst bei Ausdrücken wie »das Ende« und »das letzte Mal« und »nie wieder« brach ihm der Schweiß aus und lief ihm kalt und unangenehm über den Rücken. Er hatte aufstehen und im Raum auf und ab gehen müssen, dann hinaus auf die Straße, bevor er sich einigermaßen beruhigte.

Wie konnte es je vorbei sein? Er hätte nichts mehr, wofür es sich zu leben lohnte. Wenn es keine Arbeit mehr zu tun gab, dann musste es einen anderen Grund geben weiterzumachen, und er musste weitermachen. Er brauchte den Kick. Er brauchte ihn, um leben und funktionieren zu können, um nicht verrückt zu werden, um die Kontrolle zu behalten.

Er wagte nicht, den Kleinbus zu nehmen, und konnte nicht in seinem Auto fahren. Zu viele Leute kannten es, kannten ihn und würden ihm vielleicht freundlich zuwinken. Er musste zu Fuß gehen, und das am späten Abend; tagsüber würde er zu sehr auffallen. Die Leute mieden den Hügel jetzt. Er wusste, dass er ihn auch meiden sollte, denn dort hinzugehen würde bedeuten, alle Regeln zu brechen. Er war in der Lage gewesen, seine Arbeit fortzusetzen, eben weil er diese Regeln kannte und sich immer daran hielt. Er wusste, dass die meisten erwischt wurden, weil sie die Regeln gebrochen hatten, und das hatten sie getan, weil sie überheblich und sorglos geworden und weil sie dumm waren. Aber er war schlau, er hatte einen geschulten Verstand, er war systematisch in allem, was er tat, er hatte nie aus einem Impuls heraus gehandelt, immer alles überprüft und noch einmal überprüft. Warum war er dann so verzweifelt, dass er bereit war, jetzt ein Risiko einzugehen? Er spürte, wie sich das Verlangen in ihm aufbaute, und begriff, dass nur das Macht über ihn hatte. Er musste es ignorieren, musste es unter Kontrolle halten.

Stundenlang dachte er an den Hügel. Mehrere Nächte lang lag er wach, ließ jedes Mal, wenn er dort gewesen war, um »zu arbeiten«, wie er es nannte, erneut vor seinem inneren Auge ablaufen.

Er hatte den Hügel lieb gewonnen, wegen des Gefühls uralter Geschichte, wegen der tief in die Vergangenheit reichenden Wurzeln, der Wernsteine, um die sich seit so vielen Jahrhunderten der Aberglaube rankte. Er liebte die Stille und die verschiedenen Geräusche, die der Wind dort machte, je nachdem, aus welcher Richtung er blies. Er liebte die Art, in der die Bodenfalten und Vorsprünge und hervortretenden Steine gestaltet waren, und das Gebüsch und das Unterholz und die Kronen der Eichen. Er liebte die Kaninchen und die Kaninchenlöcher. Er hatte den Hügel aus praktischen Erwägungen gewählt und liebte ihn jetzt aus sentimentalen Gründen.

Um sich zu beruhigen, fuhr er in das Gewerbegebiet. Es war nach neunzehn Uhr. Kein Mensch war mehr da, alles war verschlossen und lag in Dunkelheit. Er schloss die Seitentür auf und schlüpfte in das kühle, stille Gebäude. Wie erstaunt sie alle sein würden, wenn sie entdeckten, was er hier erreicht hatte; den Männern, die ihn hinausgeworfen und vernichtet hatten, war er sicher keinen zweiten Gedanken wert gewesen, nachdem er das Medizinstudium abgebrochen hatte, aber sie hatten jemanden verloren, der ihnen Ehre gemacht hätte. Warum hatten sie das nie begriffen? Wenn man ihm erlaubt hätte, weiterzumachen und seinen gewählten Weg zu verfolgen, könnte er inzwischen an der Spitze seines Berufszweigs stehen, und sie hätten es sich zugutehalten können, ihn ausgebildet zu haben. Jetzt durfte er sich das alles allein anrechnen.

Er knipste die bläulichen Neonröhren an und blieb einen Moment lang stehen, lauschte auf die Stille der Toten. Dann ging er durch die Tür hinten in der Betonwand und betrat das Herz seines Reiches. Es war klein, nur die hintere Hälfte einer Garage, aber alles, auf das es ankam, war da. Er zögerte, ließ die Hand über einem Schubladengriff schweben, bevor er sie zum nächsten bewegte, schließlich entschied er sich für die zweite von rechts. Er überprüfte die Stromzufuhr, die Thermometer und Anzeigen, wie er es täglich tat. Er war akribisch. Etwas anderes konnte er sich nicht erlauben.

Er zog die Schublade auf.

Angela Randall lag mit dem Gesicht zu ihm, als die Schublade auf geräuschlosen Rollen aufglitt. Er blickte in ihr weißes Marmorgesicht. Angela Randall. Ihre Besessenheit von ihm war anfänglich schmeichelhaft gewesen, und als die Geschenke einzutreffen begannen, hatte er sich gefreut. Niemand hatte je zuvor Leidenschaft für ihn empfunden, das hatte er nie zugelassen. Aber nach einiger Zeit wurden die Briefe, die so mitleiderregend nach Verzweiflung rochen, die Geschenke, die Einladungen, das Flehen lästig. Am Ende hatte er sie verachtet. Nicht dass sie aus diesem Grunde hier war; er hatte nie zugelassen, bei der Arbeit von Emotionen beeinflusst zu werden. Sie war hier, weil sie das richtige Alter, Geschlecht und die richtige Größe für seine Forschungen hatte und weil sie so leicht auf dem Hügel aufzuspüren gewesen war.

Er zog die Schublade ganz heraus und betrachtete sein Werk. Er fand, dass er bei Angela Randall bessere Arbeit geleistet hatte als bei den anderen, präzise, gleichmäßig, sauber.

Alles war entfernt worden, untersucht, seziert, gewogen, aufgezeichnet, bevor es wieder zurückgelegt wurde. Er kannte ihre Körperteile ebenso gut wie seinen eigenen Handrücken, hatte sie genauso sorgfältig untersucht. Jetzt war sie instandgesetzt, die Nähte bleich und schimmernd zwischen den chirurgischen Stichen.

Er fragte sich, was sie ihm wohl als Nächstes geschenkt hätte.

Bevor er die Stromzufuhr und die Thermometer erneut überprüfte, das Licht ausschaltete und die Vorhängeschlösser an jeder Tür verschloss, hatte er einige Zeit damit verbracht, sie alle noch einmal zu betrachten. Er war ein wenig unzufrieden mit seiner Arbeit an dem jungen Mann, der so fit gewesen war, so schlank und muskulös, und überlegte, ob er das Ganze wiederholen sollte. Aber es war ihm äußerst schwergefallen, ihn zu überwältigen, der Junge hatte sich gewehrt, war sehr stark gewesen. Nicht so wie die arme, dicke Debbie.

Drei Schubladen waren noch leer. Eine hatte noch kein Namensschild. Die anderen waren für die beiden Älteren bestimmt, für Proteus und Anna. Aber wenn es auf dem Hügel so weiterging wie jetzt, würde es einige Zeit dauern, bis er sie hier willkommen heißen konnte. Er ging durch den Innenraum und dann durch den äußeren, lief auf und ab, frustriert, ungeduldig. Er geriet nicht in Wut, das tat er nie. In Wut zu geraten, selbst über geringfügige, alltägliche Dinge, war gefährlich. Er wäre mit seiner Arbeit nicht so weit gekommen, wenn er auch nur in der geringsten Weise zu Wutanfällen geneigt hätte. Aber er spürte, dass ein Kanal eingedämmt werden musste. Er hatte diese Verzögerung nicht verursacht, und sie gehörte nicht zu seinem Plan. Doch es war sicherlich eine Schwäche von ihm, nicht mit dem Unvorhergesehenen gerechnet zu haben, denn das gehörte nun einmal zum Leben, und er musste sich in erster Linie mit dem Leben auseinandersetzen.

Er stapfte um das Gebäude herum, bis er seine Gefühle unter Kontrolle hatte, dann fuhr er nach Hause, um seine Pläne zu überarbeiten.

32

Die schwache Nachmittagssonne verbreitete keine Wärme, tauchte aber die umliegenden Felder in ein schönes Licht. Karin und Cat gingen um die Koppel, gegen den scharfen Ostwind, der durch ihre dicken Pullover, Fleecewesten und angeblich wetterfesten Jacken drang. Hannah Deerborn saß auf ihrem rundlichen Pony Peanuts; beiden schien die Kälte nichts auszumachen. Sie war dreimal im Kreis geführt worden, und als sie das Gatter erreichten, sagte Cat: »Okay, das ist das letzte Mal jetzt, und ich meine es ernst. Karin und ich haben keine Hände und kein Gesicht mehr.«

»Red doch nicht solchen Quatsch.«

»Trotzdem, jetzt ist es genug, Hanny. Karin, gib Peanuts einen Klaps aufs Hinterteil, damit er sich bewegt.«

Schwungvolle Bewegungen gehörten nicht zum Repertoire des Ponys, und auf Karins Klapse reagiert es nur mit Verachtung.

Karin war vorbeigekommen, um Cat von ihrem Besuch in Starly zu erzählen, doch bei ihrer Ankunft hatte Cat gerade ihre Tochter und das Pony zum Reiten fertig gemacht.

»Keine Schule?«

»Fortbildungstag. Heute Morgen war Mum hier. Ich hatte ihr versprochen, um halb zwei zurück zu sein, aber natürlich wurde es fünf vor drei. Doch sie kennt das ja. Sie hat gesagt, sie hätte mich nicht vor vier erwartet.«

Sie waren in den Wind hinausgegangen, nachdem sich Karin einen Pullover und eine Jacke geborgt hatte, aber es war schwierig, hier draußen zu reden.

Karin war aus dem tiefen Schlaf, in den sie nach dem Besuch bei dem Psychochirurgen gefallen war, aufgewacht und hatte sich ausgeruht und etwas benommen gefühlt. Das Erlebnis war ihr seltsam fern vorgekommen, und erst später am Tag hatte sie sich hinsetzen, alles sorgfältig durchdenken und sich eine Meinung dazu bilden können. Während sie das tat, war ihr immer unbehaglicher geworden. Cat war mitten in der Sprechstunde gewesen, als Karin sie angerufen hatte.

»Komm morgen zum Tee zu mir nach Hause, dann können wir reden.«

»Beweg dich, du fauler Peanuts, beweg dich.« Hannah hob ihre Beine, bis sie fast waagrecht vom Körper abstanden, und hieb sie dem Pony in die Flanken. Diesmal hatte es den gewünschten Effekt. Cat und Karin mussten rennen, um mit dem Pony Schritt zu halten, und Cat wurde fast die Longe aus der Hand gerissen. Als sie das Gatter erreichten, ließ Cat die Longe los und rutschte auf dem Hintern durch den Matsch. Hannah blieb im Sattel sitzen, die Wangen gerötet, die Augen blitzend wie Sterne, lachte und lachte.

Der Vorfall versetzte alle drei in eine ausgelassene Stimmung, von der sie sich auch eine halbe Stunde später noch nicht erholt hatten. Hannah sah sich das Kinderprogramm im Fernsehen an, und Cat und Karin saßen gemütlich in der Küche.

»Das vermisse ich wirklich«, sagte Karin. »All diese Sachen wie Ponys und *Blue Peter* und Schulranzen und Pausenbrot. Und sag mir nicht, ich wüsste nicht, wie glücklich ich mich schätzen kann.«

Cat goss ihnen Tee ein. »Nein, und ich werde dir auch nicht sagen, Mutterschaft sei die Hölle, weil diese Hölle nur das Fegefeuer ist und auch viele himmlische Seiten hat. Wenn ich mehr Mitgefühl für eine Patientengruppe habe als für eine andere, dann für die Frauen, die keine Kinder bekommen können.« Sie schaute zu Karin. »Und diejenigen, bei denen es möglich gewesen wäre, die sich aber zu spät dazu entschlossen haben.«

»So, wie die Dinge jetzt stehen, wäre es für jedes Kind, das ich hätte bekommen können, ziemlich schwierig gewesen.«

»Das stimmt. Also gut, spuck's aus.«

Karin schwieg einen Moment, sammelte ihre Gedanken. Die Katze sprang aufs Sofa und rollte sich neben ihr zusammen.

»Es ist besorgniserregend. Ich glaube wirklich, dass man ihm Einhalt gebieten sollte.«

»Was ist passiert?«

Karin erzählte es ihr so detailliert, wie es ihr möglich war, zitierte alles, was er ihrer Erinnerung nach gesagt hatte, beschrieb, was er getan hatte. Cat hörte zu, ohne sie zu unterbrechen, trank ihren Tee, runzelte gelegentlich die Brauen. Aus dem Fernseher im anderen Zimmer drang der Klang einer Band, die »Morning has broken« spielte. Draußen bogen sich die Buchen am Ende des Gartens im Wind. Als Karin ihren Bericht beendet hatte, schwieg Cat, stand auf, um den Kessel neu zu füllen und nach Hannah zu sehen.

Karin wartete. Sie beneidete Cat nicht nur um deren Kinder, sondern auch um etwas Undefinierbares, das mit dem Haus und Cats Familienleben zu tun hatte, eine Wärme und ein Glück, zusammen mit einem Vertrauen in die Zukunft, das jeder Besucher zu spüren bekam. Und auch wenn sie Cat oft genug weiß vor Erschöpfung am Ende eines anstrengenden Tages oder voller Besorgnis wegen eines Patienten erlebt hatte, während gleichzeitig eines der Kinder krank war oder es Probleme in der Schule gab, nahm Karin doch jedes Mal, wenn sie von hier fortging, von der Atmosphäre dieses Hauses etwas mit, das ihr guttat und sie erfrischte. Seit ihrem Berufswechsel und der Befriedigung, die ihre neue Tätigkeit ihr verschaffte, erlebte auch sie eine tiefe Zufriedenheit in ihrem Leben, die manchmal das Fehlen eigener Kinder fast wettmachte. Alles war endlich an seinen Platz gefallen. Sie hatte sich geschworen, wegen der Krebserkrankung niemals »Das ist nicht fair« oder »Warum ich, warum jetzt?« zu sagen, ja, es nicht einmal zu denken.

Cat kam zurück und stellte Hannahs Teller und Becher auf das Abtropfbrett.

»Gut, ich hab's verdaut. Ich bin entsetzt. Dieser Mann ist gefährlich, da hast du recht, obwohl ich mir nicht sicher bin, ob er irgendwelchen körperlichen Schaden anrichtet, und es hört sich so an, als hätte er bewusst vermieden, von dir zu verlangen, dich auszuziehen oder dich auf irgendeine Weise oder an Stellen zu berühren, die man als sexuelle Belästigung auslegen könnte. Dessen bist du dir ganz sicher? Denn wenn er das getan hat, haben wir ihn. Ich kann sofort zum Hörer greifen und meinen Bruder anrufen.«

Karin schüttelte den Kopf. »Darauf habe ich natürlich am meisten geachtet, sobald ich den Behandlungsraum betrat. Er war sehr, sehr vorsichtig.«

»Natürlich ist er das bei einer Frau, die offensichtlich wachsam und intelligent ist. Aber verhält er sich genauso einwandfrei bei einem jungen Mädchen oder gar einem Kind ... behandelt er auch Kinder?«

»Weiß ich nicht. Im Wartezimmer waren nur ältere Leute.«

»Das Bösartige ist natürlich die Täuschung ... und die Tatsache, dass er mit seiner Pantomime Menschen falsche Hoffnungen macht. Er wird manche auch davon überzeugen, dass sie geheilt sind und keine vernünftige medizinische Behandlung brauchen, was das Schlimmste daran ist.«

»Ich fand es ziemlich beängstigend.«

»Das glaube ich dir gern. Großer Gott, stell dir vor, du wärst alt und gebrechlich und würdest tatsächlich glauben, dass er dich aufgeschnitten und Teile aus dir entfernt hat – du könntest glatt vor Schock sterben. Ich frag mich, ob das schon mal passiert ist.«

»Um das zu erfahren, musst du rausfinden, woher er kommt, wo er vorher gearbeitet hat.«

»Ich werde ein bisschen nachforschen, sobald ich eine Minute Zeit dazu habe.«

»Dabei kann ich dir helfen. Ich surfe mal im Internet, und ich habe einen Freund bei der *Sunday Times,* den ich anrufen kann. Die sind sehr gut darin, die unappetitliche Vergangenheit von Leuten auszugraben. Vielleicht bringen sie sogar eine Hintergrundgeschichte.«

»Gute Idee. Wir haben demnächst ein Treffen dieses neuen Komitees aus Ärzten und Komplementärtherapeuten. Da werde ich davon berichten. Das Problem ist nur, dass das alles Zeit braucht. Und ich habe heute Nacht Bereitschaftsdienst. Das ist eine Sache, die ich mit Freuden aufgeben würde, und doch lernt man dabei seine Patienten oft am besten kennen – wenn's morgens um vier ernst wird.«

»Du bist eine Heilige. Ich hoffe, Sie wissen das, Dr. Deerborn.«

»Nein. Bei dir habe ich keinen Erfolg gehabt.«

Aus dem Fernsehzimmer kündete eine Hornpipe das Ende von *Blue Peter* an.

Karin stand auf. »Danke für den Tee. Ich überlasse dich jetzt deiner Tochter.«

Cat verzog das Gesicht.

Draußen pfiff der Wind durch den Garten, riss Karin die Autotür aus der Hand. Sie schaute zurück zu dem erleuchteten Küchenfenster und sah, wie Cat Hannah auf die Arbeitsplatte neben der Spüle hob; beide lachten. Ja, dachte sie. Kinder. Aber sofort hatte sie sich wieder im Griff. »Kein Gejammer.«

Selbstmitleid und Unzufriedenheit waren schlecht für die Gemütsverfassung, und sie war entschlossen, positiv, optimistisch und dankbar zu bleiben.

Als sie zu Hause ankam, klingelte ihr Handy.

»Cat hier. Ich werde mir den Kerl selbst anschauen. Kannst du mir seine Telefonnummer per SMS schicken?«

»Was ist, wenn er spitzkriegt, dass du Ärztin bist?«

»Wird er nicht. Und wenn doch, was soll's?«

»Kann sein, dass du einige Zeit warten musst, er behauptet, vollkommen ausgebucht zu sein.«

»Das gibt uns beiden Gelegenheit, ein bisschen tiefer zu graben. Ich will jede kleinste Einzelheit über unseren Psychochirurgen wissen, bevor ich zu ihm gehe.«

Als Cat ihren Bruder anrief, war es fast Mitternacht.

»Ich dachte mir, dass du noch nicht im Bett bist.«

»Bin erst vor einer halben Stunde nach Hause gekommen.«

»Und ich habe Bereitschaftsdienst, da lohnt es sich nie, früh zu Bett zu gehen – oder überhaupt, wenn man es recht bedenkt. Si, habt ihr irgendwas in Starly laufen …, offiziell?«

»Gewissermaßen. Wir haben neulich eine Haus-zu-Haus-Befragung durchgeführt wegen des vermissten Mädchens. Debbie Parker. Kam aber nichts bei raus.«

»Ja, ich weiß, dass sie da bei einem Therapeuten war. Sie war Patientin bei mir.«

»Ist … Ich möchte optimistisch bleiben.«

»Sind eure Leute da auf einen Kerl gestoßen, der sich als Psychochirurg bezeichnet?«

»Als was?«

Sie wiederholte Karins Geschichte.

»Der ist mir neu. Ich kann nachprüfen, ob unsere Leute bei ihm waren. Sie müssen in dem Haus gewesen sein, sie waren überall. Aber ich habe keinen Bericht darüber vorliegen, dass Debbie Parker bei ihm war. Sie bevorzugte einen Typen in blauer Robe, der sich Dava nennt.«

»Sie hat mir von Dava erzählt. Hör zu, Si, dieser Dr. Groatman oder Anthony Orford oder wie immer sein richtiger Name lautet – der ist gefährlich. Aus verschiedenen Gründen muss ihm das Handwerk gelegt werden.«

»Es war richtig, Karin zu fragen, ob man ihm sexuelle Belästigung zur Last legen könnte, aber es klingt nicht so, als träfe das zu.«

»Kannst du ihn nicht für etwas anderes drankriegen?«

»Und für was? Er verstößt nicht gegen irgendein Gesetz. Du weißt selber, dass jeder eine Alternativpraxis eröffnen kann, ohne Ausbildung, ohne Qualifikationen, Schild an die Tür und los geht's. Dafür gibt es keine Vorschriften. Wenn wir beweisen könnten, dass er tatsächlich ein Instrument in die Hand genommen und jemanden aufgeschnitten hat, könnten wir ihn sicherlich verhaften. Hat er das?«

»Es sind alles Taschenspielertricks.«

»Behauptet er, Menschen operiert zu haben ...? Sagt er das in seinen Veröffentlichungen?«

»Oh, ich glaube, er ist zu clever, irgendwas veröffentlicht zu haben.«

»Wie kommt er an seine Patienten?«

»Mund-zu-Mund-Propaganda. Die Leute erzählen von den Wundern, die er vollbracht hat.«

»Wie lange ist er schon in Starly?«

»Nicht sehr lange. Karin versucht rauszufinden, wo er vorher war.«

»Und warum er von dort verschwunden ist. Ich veranlasse morgen auch ein paar Überprüfungen, aber nach dem, was du mir erzählt hast, haben wir nicht mal eine Begründung, ihn zu befragen. Jemand muss bei uns formell Anzeige erstatten.«

»Mist. Der Kerl bringt mich wirklich auf die Palme. Denk an all die Leute, die er betrügt, an das Geld, das er einstreicht. Denk an die ernsten Erkrankungen, mit denen Leute zu ihm gehen, statt zu uns zu kommen.«

»Eines könntest du tatsächlich tun ... Was ist neben einer polizeilichen Ermittlung das Nächstbeste? Vielleicht sogar noch besser?«

»Keine Ahnung.«

»Die Presse. Bring einen Reporter dazu, sich als Patient auszugeben und dann in Starly herumzuschnüffeln. Zehn zu eins, dass er kein Interview von ihm kriegt, dazu ist der Kerl zu gerissen, aber wenn ein guter Journalist der Sache auf den Grund geht und es da dreckige Wäsche gibt, wird das im gesamten Distrikt bekannt.«

»Kennst du jemanden, der daran interessiert sein könnte?«

»Allerdings.« Cat hörte das Lächeln in der Stimme ihres Bruders.

»Ich kenne genau die richtige Person. Hast du einen Stift zur Hand?«

Rachel Carr kam jeden Morgen um acht in die Redaktion. Sie hatte schon vor geraumer Zeit herausgefunden, dass Morgenstund Reportergold im Mund hatte, und würde sich nie von einem Kollegen die über Nacht eingetroffenen Agenturmeldungen vor der Nase wegschnappen lassen. Außerdem machte es Spaß, mit dem Mazda über die halb leeren Straßen zu brettern. Nach acht verdarben ihr der stadteinwärts rauschende Verkehr und die Mütter, die ihre Kinder zur Schule fuhren, sämtliche Freude an ihrem kostbaren Spielzeug. Daher war Rachel am Telefon, als Cat Deerborn anrief, und innerhalb von Sekunden erreichte Rachels Adrenalinspiegel einen Höchststand.

Noch im Laufe des Vormittags ließ sich Rachel die Sache vom Chefredakteur absegnen, machte ein paar Anrufe bei Leuten, die vielleicht etwas über den Psychochirurgen in Erfahrung bringen konnten, und vereinbarte einen Termin für sich selbst. Nachdem ihr gesagt wurde, er sei für die nächsten sechs Wochen ausgebucht, behauptete sie, akute Schmerzen zu haben und völlig verzweifelt zu sein, und ließ die Erwähnung von einer Freundin einfließen, die gesagt habe, der Chirurg habe bei ihr ein Wunder vollbracht und sei ihre einzige Hoffnung.

»Warten Sie bitte einen Augenblick.«

Die Sprechstundenhilfe war nach zwanzig Sekunden wieder am Apparat und sagte, sie könne Rachel kommenden Freitagnachmittag am Ende der Sprechstunde einschieben.

»Dr. Groatman hält sich immer ein wenig Zeit frei für Menschen, die starke Schmerzen haben.«

Rachel bedankte sich tränenreich und überschwänglich.

»Wegen des zusätzlichen Verwaltungsaufwands könnten etwas höhere Kosten entstehen.«

»Das ist mir egal, ich bezahle alles, die Kosten spielen keine Rolle. Vielen, vielen Dank.«

Sie legte auf, ging direkt ins Internet und gab *Dr+Charles+Groatman+Psychochirurg* bei Google ein.

Die angegebene Website war veraltet. Dr. Charles Groatman alias Brian Urchmont warb damit, in einer Klinik in Brighton zu praktizieren. Neben seinem Foto gab es Auszüge aus Briefen dankbarer Patienten, die ihn lobten und weiterempfahlen, dazu Angaben der Sprechzeiten. Als sie die angegebene Telefonnummer anrief, erfuhr sie durch eine Ansage der Telefongesellschaft, dass die Nummer nicht mehr in Betrieb war. Rachel dachte kurz nach, dann fiel ihr Duggie Hutton ein, der Chefreporter gewesen war, als sie anfing, und zum *Brighton Argus* gewechselt war. Sie wurde direkt durchgestellt.

»Rachel Carr, natürlich erinnere ich mich. Was machst du jetzt?«

»Chefreporterin in Lafferton.« Sie hoffte, dass niemand zuhörte.

»Tolle Sache.«

»Ich werd nicht ewig hier bleiben.«

»Die *Daily Mail* als Nächstes?«

»Kann schon sein.«

»Was kann ich für dich tun?«

Sie begann zu erzählen, aber er unterbrach sie fast sofort.

»Gott, lass mich bloß mit diesem Psychochirurgen in Ruhe. Wir haben tonnenweise Material über ihn, aber er kommt immer mit reiner Weste davon – gewissermaßen. Also ist er da bei euch in der Provinz gelandet. Viel Glück.«

»Ich recherchiere verdeckt. Kannst du mir was von dem Material schicken?«

»Klar. Der Typ ist durchtrieben, Rachel. Pass auf dich auf. Der hat eine Nase für Journalisten und quiekt sofort ›Verleumdung‹ wie ein abgestochenes Schwein. Außerdem schleppt er alle möglichen Leute an, die ihn verteidigen, dankbare Patienten, deren Leben er gerettet hat, du kennst das ja. Wir haben Berge von Briefen bekommen.«

»Was ist passiert?«

»Wir haben die Sache fallen lassen. Zu viel Ärger. Außerdem macht er nichts Illegales. Er ist sehr, sehr vorsichtig.«

»Danke dir, Duggie, ich bin dir was schuldig.«

»Ein Wort ins Ohr der *Daily Mail*, sobald du dort bist. Das würde reichen.«

33

Sandy Marsh war nur am Tag von Debbies Verschwinden nicht zur Arbeit gegangen. Seitdem war sie immer früh gekommen und bis spät geblieben, weil sie es nicht ertragen konnte, allein in der Wohnung zu sein, und die Arbeit sie zumindest zeitweilig von Debbie ablenkte.

Heute ging sie kurz nach acht durch das Großraumbüro und erwartete, noch eine halbe Stunde lang niemand anders zu sehen. Aber Jason Webster war da, steckte ein paar Narzissen in eine Vase auf Sandys Schreibtisch. Alle waren sehr nett zu ihr gewesen, besonders Jason, das Büro war zu einem zweiten Zuhause voll mitfühlender Angehöriger geworden. Man nahm ihr Arbeit ab, brachte ihr Kaffee, lud sie in jeder Mittagspause ein und nahm sie meist zum Abendessen zu sich nach Hause, damit sie keinen Abend allein in der Wohnung verbringen musste, wenn sie nicht wollte.

»Die sind wunderschön, Jase. Sehen aus wie der Frühling.«

»Bringen dich zum Lächeln.«

Sandy ließ ihre Handtasche und den Mantel fallen und umarmte Jason. Die Narzissen leuchteten wie Goldmünzen in dem sonst so sterilen grauen und stahlfarbenen Büro.

»Kaffee?«

Sandy schaltete ihren Computer ein und betrachtete die neue Akte, die ihr Bereichsmanager ihr gestern spätabends auf den Schreibtisch gelegt hatte. Noch mehr Leute mit Schulden, mehr Firmen, die um Zahlungsaufschub baten, mehr Ausreden. Sandy arbeitete bei der Kreditüberwachung, wo die Verzweifelten landeten, jene, die alle nur möglichen Mahnungen bekommen hatten und es nicht nur versäumten zu zahlen, sondern auch keinerlei Verbindung aufnahmen oder Erklärungen, Gründe oder Entschuldigungen anboten. »Saloon zur letzten Chance« hatte jemand in Rot ausgedruckt und vor Ewigkeiten über Sandys Arbeitsplatz gepinnt.

Sie genoss ihre Arbeit. Sie war akribisch, arbeitete gern mit Zahlen, aber solchen, die mit Menschen zu tun hatten, und war froh, dass es ihr, wenn auch nur manchmal, gelang, Menschen aufzufangen, bevor sie über den Rand ihres Schreibtisches fielen und vor dem Konkursrichter landeten.

»Ich hab schon Zucker reingetan.« Jason stellte das Tablett ab. Er hatte zwei Tassen Kaffee und zwei Donuts mitgebracht.

»Nein, Jase ...«

»Du wirst immer dünner, Sandy. Das gefällt mir nicht.«

Es stimmte, sie hatte fast drei Kilo abgenommen, seit Debbie vermisst wurde. Jason hockte sich auf die Ecke ihres Schreibtisches. »Noch nichts Neues?«

Sandy schüttelte den Kopf. Sie hatte es aufgegeben, im Polizeirevier anzurufen. Die waren zwar immer sehr nett zu ihr, sagten, sie würden sich natürlich sofort mit ihr in Verbindung setzen, wenn ... Alles nur Menschenmögliche würde getan ... Eine Menge Spuren würden verfolgt ... Mit anderen Worten, überhaupt nichts.

»Ich habe nachgedacht«, sagte Jason. »Die haben den Hügel abgesucht, stimmt's?«

»Sind überall rumgekrochen.«

»Aber wonach haben sie gesucht? Ich meine, sie kannten Debbie nicht, aber du schon. Sie hätten etwas übersehen können, das du sofort entdeckt hättest.«

»Was denn?«

»Das ist das Problem.«

»Ich glaube nicht, dass sie etwas übersehen haben ... Da waren so viele, Jason. Obwohl ich annehme, dass sie ...«, sie schluckte, fuhr dann schnell fort, » … nach Teilen ihrer Kleidung gesucht haben – oder Blut oder … so was.«

»Ist schon gut, reg dich nicht auf.«

»Es regt mich aber auf. Entschuldige, ich wollte dich nicht anschnauzen.«

»Nein, ist schon gut. Aber ich frag mich trotzdem, ob es nicht sinnvoll wäre, wenn du und ich da raufgingen und noch mal nachschauten.«

»Das gäbe mir das Gefühl, etwas zu tun. Es gibt sonst nicht viel, was ich tun kann, außer immer und immer wieder alles durchzugehen, was sie gesagt hat, was sie getan hat, irgendwas, das ein Hinweis sein könnte. Doch davon bleibe ich nur die ganze Nacht wach. Ich würde es nicht wagen, allein da raufzugehen, aber du hast recht. Vielleicht spüre ich da oben irgendwas. Klingt verrückt.«

»Nein, tut es nicht.«

»Gestern Abend habe ich gedacht – ich bin wütend auf sie geworden, weißt du? Wenn sie absichtlich verschwunden ist und es einfach niemanden wissen lässt, aus welchem Grund auch immer, ob sie nun depressiv war oder was, dann macht mich das wütend. Ich weiß, dass das falsch ist, aber ich kann es nicht ändern. Dann denke ich wieder, das sieht Debbie nicht ähnlich, liegt einfach nicht in ihrer Natur. Sie ist ein rücksichtsvoller Mensch, wirklich fürsorglich. So was würde sie uns niemals antun. Sie hätte mich oder ihren Vater angerufen oder mir eine SMS geschickt. Ich bin ihre beste Freundin, seit wir fünf waren, seit dem ersten Tag der Vorschule, Jase. Ich kenne Debbie. Ich weiß einfach, dass ihr etwas zugestoßen ist. Aber niemand scheint mehr etwas unternehmen zu wollen. Es ist nicht die Rede davon, die Ermittlungen auszuweiten oder die Bitte um Mithilfe der Bevölkerung landesweit zu senden, und sie sagen mir nicht, warum. Das macht mich fertig. Ich bin die ganze Zeit wütend. Wenn nicht auf Debbie, dann auf die Polizei.«

»Und das tut dir nicht gut. Also, was hältst du davon, wenn wir da raufgehen?«

»Der Hügel ist immer noch abgesperrt.«

»Nein, das Absperrband und das ganze Zeug sind verschwunden, ich bin heute Morgen dran vorbeigefahren.«

»Das heißt, sie haben aufgegeben.«

»Was auch immer. Wir nicht.«

»Aber was können wir tun?«

Jason stand auf. »Ich weiß es nicht, Babe, ich glaube nur, dass es dir hinterher besser gehen wird.«

»Nein. Ich könnte da nicht hingehen, ohne mich schrecklich zu fühlen. Aber trotzdem vielen Dank.«

»Keine Ursache.«

Er griff nach seinem Kaffee und den Resten des Donuts und ging durch das Büro zu seinem Schreibtisch.

Sandy klickte die erste Datei des Tages an und vertiefte sich in die Arbeit. Sie hatte viel zu tun, was half, und als drei ihrer Kolleginnen vorschlugen, rasch in einem nahe gelegenen Bistro zu Mittag zu essen, stimmte sie gerne zu.

An diesem Abend blieb Sandy zum ersten Mal seit Debbies Verschwinden allein in der Wohnung. Sie hatte versucht, das zu vermeiden, und für eine kurze Weile hatte es geholfen, aber es war nicht ihre Art, Schwierigkeiten aus dem Weg zu gehen, und nachdem sie ihre Meinung geändert und mit Jason vereinbart hatte, am Wochenende doch den Hügel abzusuchen, war sie entschlossen, sich jetzt der leeren Wohnung zu stellen.

Sobald sie zur Tür hereinkam, machte sie das Radio an, fand einen Sender, der Oldies spielte, und drehte Blondie mit »The tide is high« lauter. Sandy nahm das Radio mit ins Badezimmer, wo sie lila Bademilch namens »Intensity« ins Wasser goss, die so schäumte, dass hinterher sogar die Matte voller Schaum war. Die Bademilch roch exotisch, und Sandy aalte sich darin, während die Musik zu den Wings mit »Mull of Kintyre« überging. Na komm, so schlimm ist es doch nicht, du schaffst das prima. Nach dem Bad verbrachte sie eine halbe Stunde mit Maniküre und Pediküre, probierte verschiedene Nagellackfarben aus, trug eine Gesichtsmaske auf und danach Antifaltencreme, die sie in der Mittagspause gekauft hatte. Außerdem hatte sie noch zwei neue Tops erstanden, die nach wie vor in der Tragetasche auf ihrem Bett lagen; sie wollte sie später anprobieren, nachdem sie sich Nudeln mit frischer Tomaten- und Pilzsoße und Parmesan gekocht und ein halbes Glas Weißwein getrunken hatte, der noch von Weihnachten übrig war. Danach wollte sie sich *Coronation Street* und *The Bill* anschauen, hatte ein paar Schecks auszustellen und einen neuen Penny-Vincenzi-Roman, der gelesen werden wollte. Sie hätte das schon längst machen sollen. Wegzulaufen hatte noch nie jemandem gutgetan.

Kurz nach zehn ging sie mit ihrem Buch und einer Tasse Tee zu Bett. Sie hatte es neu bezogen, damit es sich kühl und frisch anfühlte.

Sandy hatte zwei Seiten gelesen, als sie ohne Vorwarnung oder Reaktion auf einen bestimmten Gedanken, eine bestimmte Erinnerung zu weinen begann. Sie setzte sich auf und griff nach der Schachtel mit Papiertaschentüchern, weinte zwanzig Minuten lang, Tränen der Furcht und Verzweiflung, die ihr über das Gesicht liefen, Tränen, die die aufgestaute Anspannung der letzten Woche lösten, Tränen, die unter lautem, ersticktem Schluchzen hervorquollen. Debbie fehlte ihr, sie wagte sich nicht vorzustellen, was mit ihr passiert war oder wo sie sein konnte, befürchtete aber, dass Debbie nicht mehr lebte.

Diesen Gedanken hatte sie tagelang verdrängt; sie war optimistisch geblieben, hatte entschlossen daran geglaubt, dass es eine logische Erklärung geben musste – vielleicht keine einfache und auch keine, die ihr gefiel, aber trotzdem eine

Erklärung, und wenn sie die von Debbie hören würde, wäre alles wieder gut.

Jetzt fand sie sich damit ab, dass es keine andere Erklärung als die schlimmste geben konnte. Sie hatte die Wahrheit gesagt, als sie Jason erklärt hatte, Debbie sei die Letzte, die ohne Vorwarnung verschwinden würde. Wo ihre Freundin auch hingegangen sein mochte, falls sie versucht hatte, ein Problem zu lösen, über das sie nie gesprochen hatte, sie hätte sich trotzdem mit Sandy in Verbindung gesetzt, vor allem mit ihr. Sie hatten sich immer alles erzählt, was wichtig war, seit sie kleine Kinder auf dem Spielplatz gewesen waren. Debbie war tot. Jemand hatte sie überfallen und weggeschleppt. Jemand hatte sie ermordet. Das sagte sie sich immer wieder, während sie weinte, und schließlich musste sie ihr Gesicht mit kaltem Wasser abspülen, um sich zu beruhigen.

Dann ging sie wieder zu Bett und lag immer noch weinend da, wollte das Licht nicht ausmachen, konnte nicht lesen, stellte sich aber Stunde um Stunde dieselbe schreckliche Frage.

34

Das blaue Kostüm, das Jackenkleid in Braun und Pink, ein schlichter, mauvefarbener Pullover samt Tweedrock lagen ausgebreitet auf dem Bett, aber sie konnte sich immer noch nicht entscheiden, was die passende Kleidung für diesen Anlass wäre, und dann ging ihr plötzlich die komische Seite an der Sache auf. Es musste eine komische Seite geben.

Hier stehe ich, dachte Iris Chater, überlege hin und her, was ich anziehen soll, als ginge ich zu einem wichtigen Essen, wo es doch nur eine … Sie konnte sich kaum dazu überwinden, das Wort auch nur zu denken. Trotzdem war es komisch; als würde es irgendjemanden interessieren, was sie zu einer Gruppenséance anzog, als würden die anderen sie nach ihrer Kleidung beurteilen oder Iris überhaupt bemerken.

Schließlich entschied sie sich für Pullover und Rock.

Sie hatte lange gebraucht, den Entschluss zu fassen. Nach dem ersten Besuch bei Sheila Innis hatte Iris den Gedanken beiseitegeschoben, einerseits, weil er sie beunruhigte, aber hauptsächlich, weil es sie immer noch bedrückte, dass Harry nicht mit ihr gesprochen hatte. Alles andere war zu seltsam gewesen, um es einordnen zu können, und der Vorschlag, zu einer Gruppe zu gehen, erforderte auch einiges Nachdenken. Schließlich hatte die Neugier gesiegt. Nachdem sie die Frau kannte und die Einzelsitzung mit ihr sie nicht verängstigt hatte, wo sie fast vergessene Dinge über ihre Vergangenheit erfahren, Botschaften von Menschen erhalten hatte, an die sie seit fünfzig Jahren nicht mehr gedacht hatte, war ihr bewusst geworden, dass sie irgendwann zu der Séance gehen würde, und dann hatte sie eigentlich nur noch den richtigen Augenblick abwarten müssen.

Sie war nicht mehr so niedergeschlagen, und es half, dass es morgens früher und abends länger hell war und sie ein bisschen im Garten arbeiten konnte. Der späte Abend war am schlimmsten. Dann fehlte ihr Harry am meisten, und sie schien sich auf nichts konzentrieren zu können. Doch tagsüber ging sie häufiger aus, selbst wenn es nur zum Einkaufen war und einmal in der Woche zum Friseur, und zweimal waren Pauline und sie mit dem Bus nach Bevham gefahren und hatten dort zu Mittag gegessen. Sie war viel mit Pauline zusammen, aber nicht mehr auf dieselbe abhängige Weise. Irgendwann hatte Iris ihr doch von dem Besuch bei dem Medium erzählt; schließlich war es Pauline gewesen, die als Erste den Vorschlag gemacht hatte, und Geheimnisse kamen immer ans Tageslicht. Iris hatte sich nicht mehr geschämt. Pauline war interessiert und sehr verständnisvoll und mitfühlend wegen Harrys Schweigen gewesen.

Trotzdem, irgendetwas hielt Iris davon ab, ihr zu erzählen, dass sie zu einer Gruppenséance ging. Vielleicht würde sie später davon berichten, vielleicht auch nicht.

Für einen Teil des Weges wollte sie den Bus nehmen, den Rest dann zu Fuß gehen, und sollte es sehr spät werden, würde sie mit dem Taxi nach Hause fahren. Harry hatte es nie gerne gesehen, wenn sie nach Einbruch der Dunkelheit noch unterwegs gewesen war, und sie dazu gebracht, ein Taxi zu nehmen, als er selbst nicht mehr Auto fuhr, daher hatte sie die Telefonnummern stets bei sich. Mrs Innis würde bestimmt nichts dagegen haben, wenn Iris eines anrief. Sie hatte Iris gebeten, um sieben Uhr bei ihr zu sein. »Es werden noch sechs andere kommen, Mrs Chater, und Sie werden merken, dass alle sehr freundlich sind und das Treffen ganz informell und entspannt ablaufen wird.«

Dann hatte sie Iris gefragt, wie es ihr gehe und ob sie jetzt besser zurechtkäme.

»Das Einzige ist, dass es Tage gibt, an denen er überhaupt nicht im Haus zu sein scheint, wie sonst immer am Anfang, wenn ich ins Zimmer kam und ›Hallo, Harry‹ sagte, weil ich wusste, dass er da ist.«

»Er ist nach wie vor bei Ihnen, aber Sie gehen mehr aus, denken nicht mehr nur an ihn, konzentrieren sich nicht mehr ausschließlich auf ihn.«

»Er fehlt mir immer noch, ich denke immer viel an ihn.«

»Wir müssen nach vorne schauen. Die Menschen, die wir geliebt haben, wollen nicht, dass wir in der Vergangenheit verharren. Aber sie sind nie weit von uns entfernt.«

Nach diesem Gespräch hatte sich Iris besser gefühlt.

Als sie das Haus verließ, hatte sich der beißende Wind gelegt, sodass man, trotz der Kälte, gut zu Fuß gehen konnte. Wie geplant stieg sie eine Haltestelle früher aus, um ihre Nerven zu beruhigen.

All die Geschichten, die ihre Mutter ihr über Tischrücken und spiritistische Buchstabentafeln erzählt hatte, wirbelten ihr durch den Kopf, all diese gespenstischen Vorkommnisse hinter geschlossenen Vorhängen. Damals ging alle Welt zu Séancen, sie hatten Unterhaltungswert, aber als Iris jung gewesen war, hatte sie nichts davon hören wollen, fand den lustvollen Ton in der Stimme ihrer Mutter peinlich, wenn sie davon sprach, wer »durchgedrungen« war und wie das Medium in Trance ausgesehen hatte, »ganz weiß im Gesicht und eigentümlich«. Iris bemühte sich, an das freundliche Zimmer in Sheila Innis' Haus zu denken, den bequemen Sessel, die Blumenvasen und hübschen Vorhänge, den dicken Kater Otto.

Als sie in die Straße einbog, hörte sie Schritte hinter sich. Ein älterer Mann ging an ihr vorbei und nickte ihr grüßend zu.

Ein paar Minuten später sah sie ihn durch das Gartentor vor dem Haus des Mediums treten, und gleich darauf standen sie gemeinsam auf der Türschwelle.

»Wir haben also dasselbe Ziel. Ich glaube nicht, dass wir uns hier schon mal begegnet sind, oder?«

»Nein, ich bin zum ersten Mal hier … Na ja, ich war vorher schon bei Mrs Innis.«

»Aber nicht bei einer Séance? Sie werden es interessant finden, sehr interessant. Ich bin Jim, Jim Williams.«

Sie schüttelten sich die Hand, als Sheila Innis die Tür öffnete.

Diesmal war es ein anderes Zimmer mit einem langen Tisch und Stühlen. Die Vorhänge waren zugezogen und Lampen brannten, worauf sich Iris Chater beim Hereinkommen gleich behaglich fühlte, fast wie zu Hause, und Jim Williams setzte sich neben sie, nachdem er seinen Mantel aufgehängt hatte. Es waren noch fünf andere da, vier Frauen mittleren Alters und ein jüngerer Mann. Er sah unglücklich aus, fand Iris, angespannt und niedergeschlagen, war bleich, hatte schlechte Haut und dunkle Ringe unter den Augen, und als er seine Hände hob, sah Iris, wie abgebissen seine Nägel waren.

Sheila Innis kam herein. »Wie schön, dass Sie alle da sind. Guten Abend.«

Alle erwiderten die Begrüßung murmelnd, bis auf den jungen Mann, der auf seinem Stuhl nach unten rutschte, als würde er sich am liebsten verkriechen.

Das Medium nahm seinen Platz am Kopf des Tisches ein. Sie trug eine cremefarbene Bluse, dazu eine blaue Perlenkette und eine hellblaue Jacke. Sieht gut aus, dachte Iris und überlegte, ob sie nicht doch das Jackenkleid hätte anziehen sollen.

»Wir haben heute Abend nur einen neuen Gast. Iris, wenn ich Sie auf diese Weise vorstellen darf. Wir sind nicht gerne zu formell.«

Alle sahen sie an und lächelten, und Iris fühlte sich willkommen geheißen, als gehörte sie zu ihnen. Sie fragte sich, warum sie so nervös gewesen war. Nur der junge Mann schaute weg. Das Medium hatte ihn nicht als neu vorgestellt, also musste er mit all dem hier vertraut sein. Was ist nur mit ihm?, dachte Iris. Eine Tragödie, der Verlust seiner jungen Frau? Auf jeden Fall etwas, wovon er sich noch nicht erholt hat.

Das Licht wurde gedämpft, obwohl keiner einen Lichtschalter berührt hatte. Musste irgendein cleverer Mechanismus unter dem Tisch sein. Eine Stehlampe hinter Sheila Innis schien ein bisschen heller, wobei ihr Gesicht im Schatten blieb. Alle waren ganz still geworden.

»Lasst uns die Köpfe senken und um den Segen für unseren heutigen Kreis bitten. Lasst uns unsere spirituellen Führer einladen, zu uns zu kommen, genau wie auch unsere geliebten Menschen von der anderen Seite. Lasst uns gleichzeitig alle verwirrten, heimtückischen oder boshaften Geister abwehren und sie auffordern, Führung und Frieden in anderen Sphären zu suchen.«

Es war wie ein Gebet, aber nicht ganz dasselbe. Iris schloss die Augen, faltete die Hände und stellte sich vor, in der Kirche zu sein, sah den Altar und das Kreuz. Dann versuchte sie sich Harry vorzustellen, aber es gelang ihr nicht. Rasch öffnete sie wieder die Augen. Gebeugte Köpfe, Hände auf dem Tisch gefaltet. Die Lampe, die auf das Medium schien. Die Stille im Zimmer. Ihr Herz begann zu hämmern. Sie sah zu Sheila Innis, deren Gesicht starr und ausdruckslos war, die Augen geschlossen, der Kopf leicht nach hinten geneigt. Niemand sprach. Nichts bewegte sich. Aus dem Augenwinkel sah sie die Ledereinfassung an Jim Williams' Sportjackett.

»Ich habe jemanden bei mir …, eine junge Frau, eine sehr attraktive junge Frau. Sie trägt ein ungewöhnliches Armband … Ich kann es nicht genau erkennen … Komm näher,

Liebes, zeig mir das Armband ... Danke, jetzt hält sie es hoch. Es ist aus Silber ... und in Form einer Schlange ... Der Kopf und die Schwanzspitze kommen an ihrem Handgelenk zusammen, aber nicht ganz. So etwas habe ich noch nie gesehen. Kennt irgendjemand ...?«

»Das ist Carol. Meine Carol hatte so ein Armband, sie hat es vom Urlaub aus Bali mitgebracht, kurz bevor sie getötet wurde, es war ihr letzter Urlaub. Sagt sie irgendwas? Sieht sie aus, als ginge es ihr gut?«

»Kannst du lauter sprechen ...? Bist du Carol? Jetzt nickt sie und lacht und hält das Armband hoch. Und jetzt malt sie etwas in die Luft ... lacht immer noch ... will uns necken, glaube ich ... Sie macht große Kreise mit ihrem Arm. Ich weiß nicht, was das bedeuten soll ... Sie sagt, dass Sie ... ja, dass Sie sie mit zum Jahrmarkt genommen haben. Kerry war dabei ...«

»Kenny ... ihr Bruder Kenny. Ja, das stimmt, wir sind alle zusammen auf den Jahrmarkt gegangen, und sie ist mit dem Riesenrad gefahren. Das ist Carol!«

Iris sah zu der Frau ihr gegenüber. Sie lächelte und weinte gleichzeitig, wischte sich die Augen mit einem Papiertaschentuch, das ihr jemand gereicht hatte, verschmierte damit die Wimperntusche über ihre Wangen.

Das Gesicht des Mediums hatte sich nicht verändert, doch jetzt hatte ihre Stimme einen seltsamen, ausdruckslosen Ton angenommen, wie von jemandem, der im Schlaf spricht. Iris fragte sich, ob Harry kommen würde – ob er sich bei all diesen Menschen hier zeigen würde. Er war schüchtern gewesen, hatte sich unter Fremden nicht wohlgefühlt. Vielleicht würde er sich lieber nicht mit ihr in Verbindung setzen.

Die Person zu ihrer Rechten griff plötzlich nach Iris' Hand. Die Frau starrte mit weit aufgerissenen Augen auf Sheila Innis, klammerte sich aber an Iris. Etwas, das Iris sich nie vorgestellt oder für möglich gehalten hatte, passierte da, etwas, das sie nicht verstand und später nie würde beschreiben oder erklären können. Sie hatte schon einmal davon gehört, es aber als Witz abgetan. Als sie jetzt das Medium ansah, erkannte sie, dass es kein Witz war.

Sheila Innis war nicht mehr Sheila Innis. Ihr Gesicht veränderte sich, während Iris hinschaute. Statt der blassen Frau mittleren Alters, die aussah, als schlafe sie, wurde das Gesicht älter und sank um den Mund herum ein, die Nase wirkte größer, die Wangen sackten ab, das Kinn trat stärker hervor. Das Gesicht einer sehr alten Frau, die Brauen gerunzelt und unfreundlich, mit einem boshaften Starren aus durchdringenden dunklen Augen. Iris packte ihrerseits die Hand ihrer Nachbarin.

»Jemand hat mich umgebracht. Ich wurde umgebracht. Ich wurde eingesperrt. Jemand wollte nicht, dass ich das Tageslicht sah. Warst du das? Warst du das? Ich weiß, wer von euch es war, und du weißt es auch, nicht wahr? Du dachtest, ich würde nie zurückkommen, um dich anzuklagen, du dachtest, du könntest mich loswerden, mich vergessen und mein Geld nehmen, sobald ich tot war. Du kannst kein reines Gewissen haben, nicht wahr? Wirst du wohl mit mir sprechen! Du weißt meinen Namen. Du weißt, wer du bist, und ich weiß, wer du bist. Schau mich an, schau mich an, schau, schau …«

Jemand bewegte sich. Der junge Mann hatte den Kopf gesenkt, aber sein Gesicht schimmerte in einem schrecklichen Gelb, sah wächsern und krank aus. Seine Hände lagen auf dem Tisch, die Finger ineinander verschränkt. Er sagte nichts.

Alle starrten Sheila Innis an, die nicht mehr Sheila Innis war, sprachlos und entsetzt.

Aber was als Nächstes kam, war fast noch schlimmer, und es kam so plötzlich, dass Iris meinte, ohnmächtig zu werden, ihr Herz schien zu erstarren und dann schmerzhaft in ihrer Brust zu pochen; sie bekam kaum noch Luft.

Die alte Frau verschwand aus dem Gesicht des Mediums,

und eine Sekunde lang sah es so aus, als kehre das vertraute, angenehme Gesicht von Sheila Innis zurück. Dann kam kläffendes Gebell aus ihrem Mund, wie von einem grimmigen kleinen Hund, der sein Territorium verteidigt. Das Bellen hörte nicht auf, wurde lauter und wütender, bis sich Iris die Ohren zuhalten oder aus dem Zimmer laufen wollte. Der Hund klang, als versuche er zu fliehen, aus dem Bellen wurde Winseln, schmerzlich und verängstigt, dann wieder ersticktes Bellen.

Iris wurde plötzlich auf Jim Williams neben sich aufmerksam. Er hatte seinen Stuhl zurückgeschoben, und als sie ihn anschaute, sah sie, dass sein Gesicht gerötet war und er die Augen in entsetztem Erstaunen weit aufgerissen hatte. Er legte die Hand an die Kehle. Das Bellen ging immer weiter, der Mund des Mediums öffnete und schloss sich, ihr Kopf ruckte hin und her, wobei ihr das Haar über die Augen fiel.

Jim stand auf. »Skippy«, sagte er flehend. »Skippy. Skippy. Wo bist du? Was passiert mit dir? Skippy …«

Keiner wusste, was er tun sollte. Jim stand mit der Hand an der Kehle da, seine Schultern zuckten.

Abrupt ging das Licht an. Sheila Innis öffnete die Augen, sah aus, als sei sie aus tiefem Schlaf erwacht. Jim Williams sackte auf seinem Stuhl zusammen.

Gleich darauf öffnete sich die Tür, und ein Mann mit Schnurrbart in einem blauen Hemd und mit Krawatte kam mit einem großen Tablett voller Teebecher und Untersetzer herein, das er auf den Tisch stellte; er lächelte in die Runde, als sei er in ein Treffen der Frauenvereinigung hineingeplatzt statt in eine Séance, die unheimlich und beängstigend geworden war.

Die anderen rührten sich und griffen nach den Bechern. Der Mann verließ das Zimmer und kam mit einem zweiten Tablett zurück, auf dem Teekanne, Milch, Zucker und Kekse standen. Sheila Innis lächelte. »Danke, mein Lieber«, sagte sie.

Alles wirkte normal, als sei nichts geschehen. Das Gesicht von Jim Williams war immer noch gerötet und verstört, und als er nach einem Becher griff, zitterte seine Hand.

»Geht es wieder? Das hat Sie ziemlich mitgenommen, nicht wahr?«

Es gelang ihm, einen Schluck Tee zu trinken, dann setzte er rasch den Becher wieder ab, um nichts zu verschütten. »Ich habe den kleinen Hund verloren«, sagte er heiser.

»Skippy. Er klang genau so. Das war Skippy.«

»Es ist schrecklich, ein Tier zu verlieren. Das ist den Menschen nie klar. Wenn sie selbst keines gehabt haben, verstehen sie es nicht, meinen, das wäre anders, als einen Menschen zu verlieren, aber eine Weile lang ist es wirklich so.«

»Er ist verschwunden. Einfach verschwunden. Ich bin selbst schuld daran, hätte ihn nicht von der Leine lassen sollen, Phyllis machte das nie, hätte es nie getan, ich fand, sie machte zu viel Theater, aber sie hatte recht, verstehen Sie, ich hätte ihn nicht losmachen dürfen, und als ich es tat, verschwand er. Und das war sein Bellen. Also ist er tot. Das muss es bedeuten.«

»Wo haben Sie ihn verloren?«

»Auf dem Hügel. Er ist in den Büschen verschwunden. Ich habe gerufen und gerufen, war fast jeden Tag da oben bis zu dieser Polizeisache.«

»Das arme Mädchen?«

»Und die andere. Es wird noch eine vermisst, wissen Sie, eine ältere Frau, seit kurz vor Weihnachten. Ich habe sie gesehen. Ich hab es der Polizei gemeldet. Ich habe auch von Skippy erzählt, aber natürlich waren sie daran nicht so interessiert, na ja, kann man ihnen nicht vorwerfen, wenn es um Menschen und einen Hund geht, da gibt es keine Konkurrenz, das verstehe ich schon. Aber ich habe das Gefühl, Phyllis enttäuscht zu haben. Sie hat mir Skippy anvertraut, wissen Sie. Ich hab sie enttäuscht.«

»Aber er könnte wiederkommen. Geben Sie die Hoffnung nicht auf. Hunde rennen weg, finden nicht mehr nach Hause, vielleicht hat jemand ihn zu sich genommen … Haben Sie es beim Tierheim probiert? Oder Sie könnten eine Anzeige in eine der kostenlosen Wochenzeitungen setzen, haben Sie daran schon gedacht?«

Jim schüttelte den Kopf. »Das hätte ich tun können«, sagte er. »Aber jetzt nicht mehr. Jetzt nicht mehr, seit ich das gehört habe.« Er blickte zum Medium.

Sie stand hinter den anderen, hielt ihren Teebecher in der Hand und unterhielt sich. Als sei alles normal, als wäre nichts passiert, als hätte sich ihr Gesicht nicht in das einer boshaften alten Frau verwandelt und als hätte es keinen kläffenden Hund gegeben. Wenn Jim nicht da gewesen wäre, hätte Iris meinen können, sie würde verrückt. Inzwischen hatte sie die Hoffnung aufgegeben, von Harry zu hören. Er würde nicht kommen, wo hier so viel los war.

»Mein Mann ist gestorben«, sagte sie zu Jim. Sie hatte nicht gewusst, dass sie das sagen würde. Er tätschelte ihr die Hand. »Kurz vor Weihnachten. Es war eine barmherzige Erlösung, er war sehr krank gewesen, nur … na ja, es ist immer noch schwer. Immer noch sehr schwer.«

»Haben Sie von ihm gehört? Es gelingt ihr, zu vielen Menschen durchzudringen … Manchmal sind es drei oder vier. Geben Sie nicht auf, genau wie Sie es wegen Skippy gesagt haben. Er kann immer noch kommen, wissen Sie.«

»Sind Sie jede Woche hier?«

»Meistens. Na ja, es ist interessant. Ich finde es interessant. Und man ist in Gesellschaft. Ich habe Bücher über die Geisterwelt gelesen, habe mich ziemlich intensiv damit beschäftigt.«

Aber es hat dich nicht darauf vorbereitet, Skippy bellen zu hören, dachte sie.

Jim schien es besser zu gehen; er hatte seinen Tee ausgetrunken, ohne etwas zu verschütten, und sein Gesicht wirkte ganz fröhlich. Sie stellte sich vor, jede Woche herzukommen, nur aus Interesse und der Gesellschaft wegen. Lieber würde sie einen ganzen Monat zu Hause sitzen, ohne eine lebende Seele zu sehen.

»Wie geht es Ihnen, Mrs Chater? Ich hoffe, wir hören im zweiten Teil des Abends von Ihrem lieben Mann. Ich bin mir sicher, dass jetzt mehrere darauf drängen, zu uns durchzudringen. Dieses Mal benutze ich die Tafel. Damit erhalte ich sehr gute Resultate.«

Iris stand auf. »Ich fürchte, ich muss gehen, ich muss mich um … meine Nachbarin kümmern. Sie ist krank geworden. Ich habe ihr versprochen, nicht zu lange wegzubleiben.«

Sheila Innis legte Iris die Hand auf den Arm, die sich warm anfühlte. Beruhigend. Iris sah ihr ins Gesicht, versuchte die alte Frau darin zu finden, aber da war keine Ähnlichkeit, überhaupt keine.

»Machen Sie sich keine Sorgen, Mrs Chater. Manchmal sind die Dinge etwas merkwürdig, vielleicht sogar beängstigend, wenn man neu ist … Natürlich weiß ich nicht, was passiert, ich bin dann in Trance, habe keine Kontrolle darüber. Das ist ganz anders als bei den individuellen Sitzungen – aber das haben Sie sicher schon selbst bemerkt.«

Doch Iris hatte bereits ihre Handtasche über dem Arm. Das Zimmer wirkte heiß, und irgendetwas darin roch fremdartig, ekelhaft süß und unangenehm.

»Es tut mir leid.«

Jim stand auf, schob seinen Stuhl zurück. »Ich hoffe, Sie kommen wieder. Ich hoffe, es hat Ihnen gefallen.« Seine Augen waren wässrig und sahen sie bittend an.

»Und ich hoffe, Sie finden Ihren kleinen Hund. Versuchen Sie es mit der Anzeige.«

Die anderen unterhielten sich. Niemand nahm von ihr Notiz, bis auf den jungen Mann mit den abgebissenen Fingernägeln und der schlechten Haut, der aufschaute und sie mit bleichen, ausdruckslosen Augen anstarrte.

Der Flur war leer. Nirgends war etwas von Mr Innis zu sehen.

Iris öffnete die Haustür, schlüpfte hinaus und lehnte sich, nachdem sie die Tür leise geschlossen hatte, ein paar Sekunden zitternd dagegen, wie Jim Williams gezittert hatte, aber mit einer großen Woge der Erleichterung. Die Luft war mild und kühl und roch nach Hecken und Auspuffgasen. Es roch wunderbar, fand Iris, so wunderbar wie nichts anderes, was sie in ihrem Leben gerochen hatte.

Als sie auf die Straße bog, sah sie, dass das Licht hinter den geschlossenen Vorhängen plötzlich gedämpft worden war.

Ihr ging auf, dass sie bei ihrem hastigen Aufbruch nicht darum gebeten hatte, sich ein Taxi rufen zu dürfen, aber da es ein milder Abend war, machte es ihr nichts aus, zu Fuß in die Stadt zu gehen. Freie Taxis fuhren nie durch Straßen wie diese, aber vielleicht hatte sie Glück und erwischte einen Bus.

Sie schritt rasch aus, war jedoch nach ein paar Metern so atemlos, dass sie stehen bleiben musste. Als sie weiterging, fühlten sich ihre Beine an, als wären sie aus Gummi, und die Atemlosigkeit wurde noch schlimmer. Iris setzte sich auf die niedrige Steinmauer eines Hauses. Im Haus brannte Licht. Wenn sie sich nicht bald besser fühlte, würde sie klingeln und bitten, ihr ein Taxi zu bestellen. Die meisten Menschen waren sehr hilfsbereit.

Ja. Genau das würde sie tun. Sie erhob sich, aber dann passierten zwei Dinge gleichzeitig. Ganz plötzlich hatte sie Angst, ein schreckliches Gefühl von Vorahnung und Verhängnis. Es war keine Furcht, es war Todesangst, es war die Gewissheit, dass ihr etwas Entsetzliches zustoßen würde. Gleichzeitig packte sie ein Schmerz in der Brust wie mit Metallzangen und nahm ihr jeglichen Atem. Wieder kam dieser Schmerz. Wenn sie es bis zur Haustür schaffte, wenn es ihr bloß gelang, gehört zu werden. Iris kämpfte gegen den Schmerz, kämpfte darum, aufstehen zu können, kämpfte gegen die Wellen der Angst, versuchte zu rufen, aber dann war sie in Sicherheit, jemand kam. Es gelang ihr aufzustehen, sogar den rechten Arm ein wenig zu heben, um dem Auto zu winken, und alles war gut. Sie spürte, wie die Helligkeit der Scheinwerfer sie mit Wärme und Licht und Sicherheit einhüllte. Sie blickte auf und sah, wie das Auto neben ihr anhielt. Das Licht war wunderschön.

»Harry«, sagte sie. Und dann nichts mehr.

35

Detective Sergeant Freya Graffham hatte den größten Teil eines langen kalten Tages zusammen mit Nathan Coates und DC Gary Walsh in einer Unterführung von der Straße nach Bevham zur Sir Eric Anderson High School, der Gesamtschule von Lafferton, herumgestanden und danach noch Adressen in zwei Sozialbausiedlungen aufgesucht.

Den Rest der Zeit hatten sie in geparkten Autos gesessen, beobachtet, gewartet und Kaffee aus Pappbechern getrunken. Die große Drogenrazzia ging in die vierte Woche, und es war bekannt, dass die Dealer die Unterführung benutzten, um an die Schüler der High School heranzukommen. Und obwohl sich der größte Teil des Drogenhandels in Bevham abspielte, war die Hartfield-Siedlung in Lafferton eine der Hauptzulieferadern. In der Unterführung waren mehrere Typen festgenommen worden, aber sie waren eher unbedeutend. Sie brauchten die Drogenbosse, und jemand aus Bevham hatte entschieden, dass in Hartfield möglicherweise ein oder zwei zu finden waren. Was unwahrscheinlich war. Große alte Häuser in Flimby und Woodford Pines, einzeln stehende Häuser an der Mill Road – dort würden die Bosse wohnen, mit Privatschulen für ihre Kinder, 3-Liter-Jaguars für sich selbst und Gucci-Handtaschen und Wohltätigkeitsessen für ihre Frauen. Aber es gab keine handfesten Beweise. Ohne die würden die Wohlhabenden und Einflussreichen von Lafferton und Umgebung nicht erfreut sein über ein Klopfen an der Tür und einen ihnen vor die Nase gehaltenen Dienstausweis.

Freya fror und war voll angestauter Gereiztheit, die ein

sinnloser Tag ohne jegliche Ergebnisse immer mit sich brachte. Drogenrazzien waren das Allerschlimmste, und es sah so aus, als würde der nächste Tag genauso frustrierend werden, da sie weitere Akten durchkämmen musste, um zu versuchen, Verbindungen zwischen Diebstählen frisch installierter Haushaltsgeräte aus Neubauten herzustellen. Da hatte sich jemand eine clevere Masche ausgedacht, aber herauszufinden, wer es war, indem sie sechs Stunden oder mehr an ihrem Computer verbrachte, war eine deprimierende Aussicht.

Die Schüler waren längst weg, in den Schulgebäuden befand sich nur noch die Putzkolonne, und die Unterführung lag verlassen da. Ihre Besuche in der Sozialbausiedlung hatten außer einer Menge schimpfender Anwohner und einer toten Katze nichts ergeben. Die meisten hatten ihnen nicht einmal die Tür geöffnet.

»Okay, das war's. Wir brechen ab.« Nathan reckte zustimmend den Daumen hoch und ließ das Auto an. Als sie losfuhren, blinkte das ein paar Meter hinter ihnen geparkte Auto mit den Scheinwerfern und folgte ihnen.

»Einen Moment lang dachte ich, Sie würden Überstunden vorschlagen, Sarge.«

»Verschwendung von Polizeiressourcen, Constable.«

»Ja, genau wie der Rest des Tages. Haben Sie heute Abend was Besonderes vor?«

»Sie klingen genau wie das Mädchen, das mir bei meinem Friseur die Haare wäscht.« Freya machte sie nach: »Irgendwas Besonderes fürs Wochenende geplant, ja? Schon was Tolles für den Urlaub vor?«

»Und, haben Sie was vor?«

»Nein. Morgen ist Chorprobe.«

»Also ein Abend zu Hause mit der Katze und dem Fernseher. Sie sollten mehr rauskommen, Freya ... mit Em und mir am Freitag mal um die Häuser ziehen.«

»Klar, bin immer gern das fünfte Rad am Wagen.«

»Nee, da arrangieren wir vorher was für Sie. Gibt ein paar wirklich nette junge Ärzte im Kreiskrankenhaus Bevham.« Nathan warf ihr einen raschen Blick zu. »Außer Sie haben selbst was in der Hinterhand.«

»Das reicht, DC Coates.«

»Sie stehen auf Blonde, oder?«

»Ich sagte, das reicht, Nathan.«

»Entschuldigung, da bin ich ein bisschen zu weit gegangen.«

»Sehr viel zu weit.«

»Nur, ich mag Sie, Sarge. Ich möchte nicht, dass Sie versauern.«

»Ich versauere nicht.«

»Gibt da ein Gedicht ... Keine Ahnung, wer's geschrieben hat, ist eigentlich nicht mein Ding, aber Em hat's im Radio gehört. Geht darum, wie man Liebe heilt, wissen Sie, was ich meine?«

Quietschend brachte Nathan das Auto zum Stehen, als die Ampel im Stadtzentrum auf Rot schaltete.

»Erzählen Sie weiter.«

Er drehte den Kopf zu ihr, sein Affengesicht leuchtete freundlich im Licht der Straßenlaterne. Du würdest selbst mit einem Mord durchkommen, dachte Freya, und das wird sich vermutlich nie ändern.

»Also, in dem Gedicht heißt es, es gebe zwei Möglichkeiten. Man kann Stunden neben dem Telefon sitzen, versauern, warten und hoffen, die Minuten zählen ...« Er schaltete und raste erfolgreich einem BMW davon, der auf der Nebenspur herangekommen war. »Jaaaaaa!«

»Oder?«

»Oder man versucht, ihn besser kennenzulernen.«

Freya lachte. »Na schön, sehr gut. Aber jetzt sind Sie dran, Constable.«

»Ich? Na, Sie wissen ja. Leb sehr glücklich mit meiner Em zusammen.«

»Genau.«

»Was?«

»Zusammenleben. Gute Güte. Und wie lange schon?«

»An die zwei Jahre.«

»Wird Zeit, dass Sie das Richtige tun.«

»Und was soll das Richtige sein, Sarge?«

»Wie viel Mann kann ein Mann sein? Heiraten Sie das Mädchen, Constable Coates, halten Sie um ihre Hand an, werfen Sie sich vor ihr auf die Knie, sparen Sie Ihr Überstundengeld für einen Diamantring. Im Schaufenster von Duckhams in Bevham gab's sehr hübsche, als ich zum letzten Mal reingeschaut habe.«

»Als Sie nach Gold geschürft haben?«

»Ernsthaft. Ihre Emma ist so ein nettes Mädchen. Sie hat mehr verdient, als bloß ›zusammenzuleben‹. Natürlich nur, wenn sie verrückt genug ist, Ja zu sagen.«

»Ja, ja.«

»Wollen Sie denn nicht sesshaft werden?«

»Ich bin sesshaft.«

Freya schüttelte den Kopf. »Das ist anders.« Sie meinte es ernst. Ihr eigener Fehler hatte nicht dazu geführt, dass sie die Ehe generell ablehnte, und die hübsche, entzückende und überaus vernünftige Emma war genau das, was Nathan brauchte.

Nathan setzte das Auto sauber in eine Parklücke vor dem Revier, und sie gingen hinein.

Freya betrat das sich leerende Kriminaldezernat und schaute sich um. Das Büro hatte das übliche heruntergekommene Aussehen am Ende eines Arbeitstages, Papierkörbe, die von zerknülltem Papier und leeren Plastikbechern überquollen, die Schreibtische voller Computerausdrucke, die Stühle überall kreuz und quer im Raum. Ihr eigener Schreibtisch sah nicht viel besser aus, und sie verbrachte fünf Minuten damit, ihn aufzuräumen, damit sie der Anblick am nächsten Morgen nicht zusätzlich deprimieren würde.

Ihr Computer war noch an, und einen Augenblick überlegte sie, ob sie nicht eine weitere Stunde auf die Drogendateien verwenden oder nachsehen sollte, ob etwas Neues – wie wenig auch immer – über die vermissten Frauen eingetroffen war.

Aber sie war müde, gereizt und hungrig, und die Stunde wäre höchstwahrscheinlich verschwendet. Nach Hause, sagte sie sich, nahm ihre Lederjacke von der Stuhllehne und band sich ihren cremefarbenen Paschminaschal um; nach Hause, ein kleines Filetsteak mit Pilzen und Tomaten, zwei oder drei Glas Rotwein und eine halbe Stunde mit den Bach-Noten für die morgige Chorprobe.

Sie knipste ein paar Lampen aus, sagte gute Nacht zu dem Einzigen, der noch im Büro war und auf seine Tastatur einhämmerte, ging dann hinaus und den Flur entlang.

In Simon Serraillers Büro brannte Licht, und die Tür stand einen Spaltbreit offen. Freya zögerte. Tu's nicht, tu's nicht, lass es sein. Wenn Nathan es schon bemerkt hatte, wie vielen von den anderen war es dann auch aufgefallen? Tu's nicht, wo bleibt dein Stolz?

Sie klopfte an die Tür.

»Herein.«

Er hatte das Jackett ausgezogen, die Krawatte gelockert, und das blonde Haar war zerzaust. Sein Schreibtisch war mit hohen Aktenstapeln bedeckt.

»Freya – Gott sei Dank, eine Ausrede aufzuhören. Kommen Sie rein, bitte, bitte, kommen Sie rein.«

»Sagen Sie bloß, das ist alles Drogenzeug.«

»Tonnen davon. Heute irgendwelches Glück gehabt?«

Sie schüttelte den Kopf. »Das war von vornherein abzusehen.«

»Ich weiß, was Sie von alldem halten. Wir wollen nicht die kleinen Fische, und in der Unterführung zur Eric Anderson hängen nur kleine Fische rum, und in den Wohnungen der Hartfield-Siedlung hausen auch nur kleine Fische. Aber erstens können uns diese Fische zu den Haien führen und tun das auch, und zweitens hat es so viele Beschwerden aus der Öffentlichkeit gegeben, besonders von Eltern, wegen des Drogenverkaufs an die Schulkinder, dass wir sie ernst nehmen müssen. Und wie Sie wissen, hat es nicht viel Sinn, Autos voller Streifenpolizisten auffahren zu lassen, um die Dealer zu verscheuchen, bis das Theater vorüber ist. Ertragen Sie es mit einem Lächeln, Freya. In letzter Zeit ist es ziemlich ernst geworden, und es scheint so, als machten wir Fortschritte. Die Polizeikräfte des halben Landes sind im Drogeneinsatz.« Er sah sie kurz an. »Aber deswegen sind Sie nicht hier, oder?«

Freya erstarrte. Was meinte er, was wollte er damit sagen? Was hatte er bemerkt?

Dann stand der DCI auf und schob seinen Stuhl zurück. »Mir reicht's. Ich bin total erledigt. Genau wie Sie. Wie viele Tassen Kaffee haben Sie heute getrunken?«

Danach war es einfach. »Genug, um zu wissen, dass ich eine Woche lang keinen mehr will.« Sie wandte sich zum Gehen, dachte an das Steak und das Glas Wein und die Bach-Noten. Es hätte Schlimmeres zu Hause auf sie warten können.

»Sandwiches? Kartoffelchips, KitKats …?«

»Die Chips hab ich ausgelassen.«

»Gut, wir brauchen beide etwas Ordentliches zu essen. Kennen Sie den Italiener in der Brethren Lane?«

Der Boden schwankte unter Freyas Füßen.

»Wenn wir mit meinem Auto fahren, könnten wir es im Kathedralenhof stehen lassen und zu Fuß zu Giovanni gehen, das sind nur fünf Minuten. Sie können Ihres hierlassen und mit dem Taxi heimfahren. Wenn wir es so machen, könnten wir uns eine Flasche Wein gönnen.« Simon war schon an der Tür, hatte die Krawatte gerade gezogen, das Jackett über die Schulter geworfen. Er schaute sich zu ihr um. »Oder – nicht?«

Das sind die Momente, die man bis an sein Lebensende im Gedächtnis behält, diese ganz gewöhnlichen, ungeplanten, erstaunlichen, freudigen Dinge, diese spontanen, unerwarteten Dinge. Man erinnert sich an jedes Wort, jede Geste, die Farbe der Tischdecke im Restaurant und den Geruch der Flüssigseife auf der Toilette, sodass man für den Rest seines Lebens, wenn man ihn wieder riecht, dorthin zurückversetzt wird und dieselbe Person ist, die man war, an jenem Tag, zu jenem Zeitpunkt, mit denselben Gedanken, denselben Gefühlen. Das sind die Momente.

»O Gott, Entschuldigung … Ich war meilenweit weg. Danke – klingt gut.«

»Unterzuckerung. Macht einen müde, schwindlig und gereizt. Giovannis *Fegato alla Venezia* ist genau das Richtige dagegen. Kommen Sie.«

Lachend liefen sie die Treppe hinunter und zu seinem Auto. Verweile doch, du Augenblick, dachte Freya rasch, schaute zum sternenlosen, mondlosen Himmel hinauf, bitte, lieber Gott, lass den Augenblick verweilen.

Im Auto fiel ihr auf, dass sie nach dem Ende eines langen Arbeitstages aussah, nicht nach dem Beginn eines festlichen Abends. Der cremefarbene Paschmina war das Einzige, was ihre Aufmachung ein wenig aufpeppte. Ihr nächster Gedanke war, dass er sie mögen musste, wenn er sie zum Essen einlud, egal, wie sie aussah.

Das Restaurant war eine schimmernde, warme Oase, eines der kleinen, altmodischen italienischen Lokale, das keine Zugeständnisse an Inneneinrichtung und Moden des einundzwanzigsten Jahrhunderts machte.

»Ich mag es, weil es direkt aus den Sechzigern stammt«,

sagte Simon, als sie vom Besitzer überschwänglich begrüßt und an einen gemütlichen Tisch in einer Fensternische geführt wurden.

»Schauen Sie, die Kerzen stehen tatsächlich noch in Chiantiflaschen mit Strohkörben.«

»Ich hoffe, es gibt gute Nachspeisen.«

»Mit jeder Menge Sahne.« Die Speisekarten wurden gebracht, Spezialitäten des Tages liebevoll von einem Kellner mit der Art italienischem Akzent beschrieben, über den die Leute gerne witzeln. »Der Unterschied ist, dass das Essen phantastisch schmeckt. Sie haben zwar Krabbencocktail auf der Karte, aber die Krabben sind frisch, in köstlicher hausgemachter Mayonnaise, und das Kalbfleisch ist papierdünn, und die Leber zergeht einem auf der Zunge.«

»So sollte es sein.«

Eine Flasche Chianti wurde gebracht und eingeschenkt, rubinrot, in große Gläser.

»Und auch das richtige Getränk.« Simon hob sein Glas und lächelte, dieses verheerende, außergewöhnliche Lächeln. Das Restaurant war voll, aber es war niemand sonst im Raum, in Lafferton, auf der Welt. Das ist Glück, dachte Freya, das, jetzt. Vielleicht habe ich bis heute Abend nicht gewusst, was Glück ist. Und dann unterhielten sie sich, wie sie sich an jenem Abend in seiner Wohnung unterhalten hatten, füllten mehr von den Lücken, die sie damals offen gelassen hatten, entdeckten mehr über ihr jeweiliges Leben, sprachen über Simons letzte Reise nach Italien und die Vorbereitungen für seine nächste Ausstellung, ein bisschen über den Chor – aber er sang nicht, war nicht an Musik interessiert, mochte die Stille; über Kricket, das er beim Polizeiverein von Lafferton spielte und auch im Dorf seiner Mutter; erneut über seine Kindheit, die er, wie Freya fand, sich selbst nach wie vor genauso zu erklären versuchte wie ihr; darüber, dass er ein Drilling war und es ihn mehr zu faszinieren als zu irritieren schien, der Außenstehende der drei zu sein. Sie gingen zu Freyas Kindheit über, der Metropolitan Police und dann zu ihrer Ehe, über die sie beim letzten Mal rasch hinweggeglitten war; das war wie Simons Kindheit – sie musste versuchen, es zu begreifen und sich selbst zu erklären, und während sie jetzt mit ihm darüber sprach, hatte sie das Gefühl, zumindest damit begonnen zu haben. Dann kamen sie auf Bücher – bei Belletristik hatten sie einen ähnlichen Geschmack –, aufs Essen – er kochte, doch die Fertiggerichte von Tesco waren ihm, wie er sagte, auch nicht unbekannt – und auf Meriels Wohltätigkeitsvereine. Über die Arbeit sprachen sie nicht. Das Essen war genauso gut, wie er versprochen hatte, altmodisch und typisch sechziger Jahre italienisch, hervorragend gekocht, wunderbar frisch. Nostalgisch betrachteten sie einige Augenblicke lang die Dessertauswahl – Tiramisu, Zuppa inglese, Tartuffo, Panna Cotta, Zabaglione –, entschieden sich dann aber doch für Cappuccino. Das Restaurant leerte sich. Sie blieben sitzen, redeten und redeten. Regen schlug plötzlich gegen die Fensterscheiben.

Simon Serrailler fing ihren Blick auf und hielt ihn fest. »Vielen Dank für diesen Abend«, sagte er und lächelte wieder.

Freya hörte Sharon Medcalfs Stimme in ihrem Kopf. Gott, er hat mehr Herzen gebrochen, als ich warme Mahlzeiten gegessen habe. Und der muntere Nathan, das Gesicht voller Sorge um sie. Sie bellen den falschen Baum an, Sarge.

Sie schaute über den Tisch. O nein, den absolut richtigen Baum.

Simon rührte in seinem Kaffee. »Es gefällt Ihnen in Lafferton, oder?«

»Sehr. Ich hätte schon vor langer Zeit hierherziehen sollen. Ich habe Glück gehabt, so rasch Freunde gefunden zu haben, Glück mit den Kollegen bei der Arbeit. Einfach Glück.«

»Tut mir leid, Ihnen das mit der Drogenrazzia verdorben zu haben.«

Sie winkte ab. Aber dann durchbrach sie für einen Moment ihre Trance benebelten Entzückens, und sie musste an die anderen denken und was sie ihnen schuldig war.

»Nur eines, Sir – es hat allerdings mit der Arbeit zu tun, und wenn Sie lieber nicht …«

»Nein, ist schon gut. Und hier bin ich Simon.«

Sie merkte, wie sie errötete. Konzentrier dich, sagte sie sich, konzentrier dich. »Ich bin unglücklich darüber, dass die Vermisstenfälle zurückgestuft worden sind.«

Serrailler seufzte. »Ich weiß. Ich verstehe, wie viel Arbeit Sie da reingesteckt haben, aber der Superintendent hat sich die Akten genau durchgesehen und gesagt, es sei genug. Ich hatte keine wirksame Begründung, ihn davon abzubringen. Die Bitte um Mithilfe der Bevölkerung hat sehr wenig ergeben, und Beweise für ein Gewaltverbrechen liegen uns nicht vor. Ohne das können wir den Fällen einfach keine hohe Priorität mehr geben. Das wissen Sie. Wir haben schon sehr viel investiert.«

»Angenommen, die Frauen sind ermordet worden?«

»Aber wir haben keinen Grund zu dieser Annahme.«

»Irgendwas ist passiert. Sie sind nicht freiwillig verschwunden. Das weiß ich eben. Genauso wenig wie der Mountainbiker und, in diesem Zusammenhang, Jim Williams' Hund.«

»Ich denke, den Hund lassen wir mal raus.«

»Da ist etwas … Ich weiß, dass da etwas ist.« Mit der Rückseite ihres Teelöffels zerbröckelte sie einen Zuckerwürfel auf der Tischdecke. »Kommen Sie, da stimmen Sie mir doch zu, oder?«

Simon schüttelte den Kopf. »Mag sein. Aber wie stark Ihr und mein instinktives Gefühl auch sein mag, es …«

» … rechtfertigt keine weiteren Ressourcen. Gott, wie ich das Wort hasse.«

»Was – Ressourcen?«

»Warum sagen wir nicht alle, was wir meinen, nämlich

Geld? Letztlich geht es doch nur um Geld. Das Leben von Menschen reduziert sich auf Geld.«

»Nein. Beim ersten noch so kleinen Beweis, dass auch nur einem dieser Vermissten etwas zugestoßen ist, wird das Ganze sofort wieder hochgestuft, und wir legen alles rein, was wir haben.«

»Dann sollte ich schauen, dass ich den finde.«

Der Kellner fegte ostentativ nicht vorhandene Krümel vom nächsten Tisch.

»Gott, wir sind die Letzten. Wie spät ist es?«

Simon lachte. »Zwanzig nach zwölf.«

Freya griff nach ihrer Handtasche, aber er war bereits aufgestanden; Giovanni kam auf ihn zu und reichte ihm die Rechnung. Die ganze Angelegenheit wurde rasch und ohne Aufhebens erledigt. Das hat er schon oft gemacht. Er war schon oft hier. Mit wem? Wann? Wie viele …?

Hör auf. Es spielt keine Rolle. Du bist hier, das ist das Jetzt.

»Ich bringe Sie zum Taxistand am Marktplatz.«

»Nein, das ist ja nicht weit, und Sie sind beinahe vor Ihrer Haustür.«

Sie traten hinaus auf die schmale Gasse und hörten, wie fast sofort die Restauranttür hinter ihnen verriegelt wurde.

»Ich glaube, wir haben die Gastfreundschaft ein wenig überstrapaziert«, sagte Freya. »Hören Sie, von hier aus kann ich gut alleine gehen.«

»Nicht um diese Nachtzeit, nicht mal in Lafferton.«

»Ich bin in ziemlich finsteren Gegenden Londons Streife gegangen.«

»Vergessen Sie, dass Sie Polizistin sind. Betrachten Sie sich als junge, attraktive und daher verletzliche Frau.«

Das ist das Jetzt. Das ist der Anfang. Das ist alles.

Sie erreichten den leeren Marktplatz. Am Taxistand auf der anderen Seite warteten zwei Taxis, beide leer, aber als sie näher kamen, tauchte ein Fahrer auf.

»Wie aus dem Nichts«, sagte Simon. »Die verstecken sich zum Wärmen in Löchern im Boden.«

Von der anderen Seite des Platzes kam ein Windstoß. Freya zog den Paschminaschal enger um ihren Hals.

Und dann war es vorbei, der Motor wurde angelassen, Simon öffnete die Taxitür und schloss sie so rasch hinter ihr, dass sie sich immer noch murmelnd bedankte, als das Taxi bereits fuhr. Sie schaute zurück und sah, wie Simon kurz die Hand hob und dann in Richtung Kathedrale und seiner Wohnung verschwand. Mit einem schmerzhaften Ruck landete sie wieder auf der Erde, auf dem Rücksitz des Taxis, das nach Leder und abgestandenem Rauch roch. Simon hatte keine Anstalten gemacht, sie auf die Wange zu küssen, ihre Schulter zu berühren, irgendetwas anderes zu tun, als wieder zu lächeln, sich zu verabschieden und sie ins Taxi zu setzen. Aber diese Reaktion hielt nur an, bis sie ihr Haus betrat und das Licht anschaltete. Es war immer noch angenehm warm. Sie setzte sich aufs Sofa und ging jeden Augenblick des Abends durch, jedes Wort, das er gesagt, jeden Blick, den er ihr zugeworfen hatte, jede Nuance von allem, und als sie sich ins Bett legte, konnte sie nicht einschlafen und führte sich alles erneut vor Augen.

Erst am nächsten Morgen fiel ihr der Abend ein, als sie in dem dunklen Hof vor seinem Haus gestanden und ihn mit der kleinen Frau im Trenchcoat hatte kommen sehen, wie er sie, mit dem Arm um ihre Schultern, zu ihrem Auto geführt hatte.

Giovanni, dachte sie sofort, sie waren bei Giovanni gewesen.

Sie ging die ganze Strecke bis zum Revier zu Fuß. Das dauerte vierzig Minuten, und der Wind war so bitterkalt, dass Freya ihr Gesicht kaum mehr spürte, als sie zur Tür hereinkam. DC Nathan Coates kam ihr schnell durchs Büro entgegen, sobald er sie sah.

»Dachte, Sie kämen nie mehr, Sarge.«

»Was ist passiert?«

»Eine ältere Frau wird vermisst. Die Nachbarin hat angegeben, dass die Frau gestern Abend um halb sieben weggegangen ist, zu Fuß … Ist die ganze Nacht nicht heimgekommen.«

Freya zog Mantel und Schal aus und warf beides auf ihren Stuhl.

»Weiter.«

»Die Nachbarin hat einen Schlüssel. Ist gestern Nacht reingegangen. Alles ganz normal, nur lag Kleidung auf dem Bett, als hätte sie überlegt, was sie anziehen soll.«

»Mantel und Handtasche sind nicht da?«

»Ja, sie ist nicht nur mal schnell zum Briefkasten gegangen.«

»Heute Morgen?«

»Kein Anzeichen. Alles noch genau so wie gestern, als die Nachbarin im Haus war. Keine Nachricht oder Botschaft.«

»Angehörige?«

»Keine. Verwitwet. Keine Kinder.«

»Alter?«

»Einundsiebzig.«

»Ich brauche einen Kaffee.«

In der Kantine roch es wie immer am frühen Morgen nach gebratenem Speck, und es herrschte das übliche Stimmengewirr. Freya holte zwei Tassen Kaffee und setzte sich mit Nathan an einen Fenstertisch.

»Weiter. Ähnlichkeiten mit unseren anderen vermissten Frauen?«

Nathan rührte drei Päckchen Zucker in seine Tasse. »Die Frau war allein unterwegs. Kein ersichtlicher Grund für ihr Verschwinden. Keine Nachricht. Keine Botschaften. Keine Spuren. Wobei es noch früh ist – wir haben noch nicht alles überprüft.«

»Die Streifenpolizei muss zum Bahnhof, zum Busterminal, zu den Krankenhäusern und so. Unterschiede?«

»Sie war nicht in der Nähe des Hügels.«

»Das ist der bedeutsamste.«

»Sie war ordentlich zum Ausgehen gekleidet.«

»Das waren die anderen auch, auf ihre Art – der Mountainbiker und Angela Randall trugen Kleidung zum Radfahren und Laufen und folgten einer bekannten Routine, Debbie Parker trug Kleidung für einen Spaziergang. Ich meine, keiner von denen ist im Nachthemd und mit Lockenwicklern im Haar rausgeschlüpft.«

»Was denken Sie, Sarge?«

»Ich denke, dass wir mit dieser Nachbarin sprechen sollten – und dann hoffe ich, dass wir den DCI dazu bringen können, die Sache ernst zu nehmen und die ganze Ermittlung wieder hochzustufen, bevor noch jemand vermisst wird.«

Auf der anderen Seite der Kantine brach ein ganzer Tisch voll Uniformierter in brüllendes Gelächter aus. Freya hatte die Kameradschaft auf dem Revier immer gemocht, beobachtete gern, wie unterschiedlich die Menschen sich entspannten und die Anspannung einer schwierigen Schicht überwanden, mit Witzen, Gelächter und lärmender gegenseitiger Unterstützung. Es gab Unstimmigkeiten und Reibungen – nicht jeder kam mit allen aus, nicht jeder traute jedem, aber das war unvermeidlich an Orten, wo Menschen unter Druck eng zusammenarbeiteten, unterbrochen von Perioden der Langeweile. Wann immer es einen besonders verstörenden Fall gab – einen Mord, Kindesmissbrauch, einen schlimmen Unfall –, rückten alle zusammen, wurden Streitereien beiseitegeschoben, nahmen sich alle in unausgesprochener Übereinstimmung zusammen. Die Polizeiarbeit würde unerträglich, wenn das nicht der Fall wäre, und Freya war immer dankbar dafür gewesen, sowohl in London wie jetzt auch hier.

Sie trank ihren Kaffee aus und räumte Nathans Zuckertütchen ordentlich auf.

»Gott, Sarge, das ist ja schlimmer, als wenn man eine Ehefrau hätte. Ist es das, was mir bevorsteht?«

»Habe ich richtig gehört?«

Sie schaute zu Nathan, als sie durch die Schwingtüren der Kantine hinausgingen. Sein pockennarbiges, hässlich-schönes Gesicht war knallrot.

»Hey!«

»Nein, nein, hören Sie, ich hab nichts gesagt, warten Sie … Sie haben mich nur zum Nachdenken gebracht, mehr nicht.«

»Tja, denken Sie nicht zu lange nach. Tun Sie es!«

»Weil Sie das wegen Em gesagt haben, dass ich aufpassen muss, sie nicht zu verlieren … Ich meine, ich weiß nicht, wie's wär, wenn ich sie nicht mehr hätte. Wenn sie keine Lust mehr hat, auf mich zu warten, und einfach abhaut. Wie Sie gesagt haben.«

An ihrem Schreibtisch griff Freya nach einem leeren, sauberen Plastikbecher und ließ ein paar Münzen hineinfallen. »Na gut. Das ist ein Anfang.«

»Was?«

»Ich spare für Ihren Toaster.«

Sie nahm einen Filzstift und schrieb in großen Buchstaben NATHANS HOCHZEITSGESCHENK auf den Becher.

Er riss ihn ihr aus der Hand und wischte die Schrift mit dem Ärmel ab. »Lassen Sie das, die anderen ziehen mir die Hosen runter, wenn sie das sehen. Haben Sie doch ein Herz, Sarge.«

»Okay, aber die Uhr tickt. Jetzt kommen Sie.«

»Ich liebe diese kleinen Straßen«, sagte Freya, als sie in die Nelson Street bogen und auf der Suche nach der richtigen Nummer langsam an den Häusern entlangfuhren. »Die können sich kaum verändert haben, seit sie von den Viktorianern als Arbeiterhäuser gebaut wurden. In London gibt es noch viele davon, allerdings größtenteils von Yuppies bewohnt, nachdem die kleinen alten Damen, die jeden Morgen die Stufen geweißelt haben, weggestorben sind. Die Häuser passen zu den Menschen und haben es immer getan – bescheiden, hübsche Gärten nach hinten raus, nachbarschaftlich. Genau richtig.«

»Sie haben den Beruf verfehlt, Sarge … Da ist die 39. Hätten Immobilienmaklerin werden sollen.«

Pauline Moss hielt bereits am Fenster nebenan nach ihnen Ausschau und kam zur Tür, als das Auto anhielt. Sie trug eine Kittelschürze und sah verstört aus.

»Sie ist nicht zurückgekommen, hat nicht angerufen, nichts …«, sagte sie, während sie die beiden Polizeibeamten in ihr vollgestopftes Wohnzimmer führte und eine Tigerkatze vom Sessel hob. »Warten Sie, lassen Sie mich das erst abwischen, bevor Sie sich setzen, sonst haben Sie überall Katzenhaare.« Energisch wischte sie mit einem Tuch und der Hand über die Polster und betrachtete das Ergebnis sorgfältig. »Ich habe bis halb neun gewartet, dann musste ich Sie einfach anrufen, das ist nicht normal. Ich hab die ganze Nacht nicht geschlafen, weil ich mir Sorgen um sie gemacht habe. Wo ist sie bloß hingegangen, das macht sie sonst nie, sie war nie über Nacht von zu Hause fort – schon lange bevor Harry krank wurde, und das ist mindestens drei Jahre her.«

»Daraus schließe ich, dass Sie Mrs Chater gut kennen?«

»Sehr gut, wir sind seit dreißig Jahren Nachbarn. Als ihr Harry und mein Clive noch lebten, waren wir alle befreundet. Dann war Harry so lange krank, und nachdem er starb, hab ich mich um sie gekümmert. Sie war sehr tapfer, wirklich tapfer, und hat sich so bemüht, ihr Leben wieder aufzunehmen, aber es fiel ihr schwer. Wir hocken nicht dauernd aufeinander, wissen Sie, wir lassen uns – wie sagt man heute – gegenseitig Raum, haben das immer respektiert. Aber wir sehen uns fast täglich, trinken Kaffee oder Tee zusammen, gehen mal zusammen einkaufen, oder sie kommt zum Fernsehen zu mir oder ich zu ihr, und manchmal spielen wir Karten.«

»Wann haben Sie sie zum letzten Mal gesehen, Mrs Moss?«

»Gestern Morgen. Sie hängte Wäsche auf, und ich rief sie auf eine Tasse Kaffee rein. Ich hatte auch gerade gebacken. Ich hatte einen Brief vom Gemeinderat bekommen und wollte, dass sie ihn sich anschaute. Dann haben wir darüber gesprochen, nächsten Monat einen Ausflug zu machen. Einen Busausflug, wissen Sie? Das haben wir früher manchmal gemacht, zu viert, aber nachdem Harry krank wurde, ging das natürlich nicht mehr, doch ich habe versucht, sie zu bewegen, wieder das eine oder andere zu unternehmen, die Zügel in die Hand zu nehmen – das muss man doch, nicht wahr? Als Clive starb, hat sie dasselbe für mich getan.«

»Hatte sie Lust, einen Ausflug zu machen?«

»Ja, sie meinte, es sei Zeit, wieder nach vorne zu schauen. Wir haben lange darüber geredet, ich hatte einen Prospekt. Wir haben an Chatsworth gedacht. Man kann dort einen herrlichen Tag verbringen, das Gelände ist wunderschön, und man kann da auch essen. Es ist nicht zu weit. Ich wollte die Fahrkarten besorgen, wir mussten uns nur noch auf einen Tag einigen.«

»Es gab also keinen Hinweis darauf, dass sie irgendwo allein hinfahren wollte?«

»Das würde sie nie tun, nicht in einer Million Jahre. Außerdem fährt man nicht weg, ohne jemandem Bescheid zu sagen, und schon gar nicht am Abend, oder? Natürlich tut man das nicht, wer immer man ist. Und sie hat nur ihre Handtasche mitgenommen.«

»Ich nehme an, Mrs Chater hat keine Verwandten?«

»Nein. Sie hatten keine Kinder. Das war immer sehr traurig. Harry hatte eine Schwester, aber die ist gestorben, vor fünf

Jahren oder so, und ich glaube nicht, dass Iris mit der Familie Kontakt gehalten hat, die leben irgendwo in Schottland, Aberdeen, das war es. Nein, sie war allein, nachdem Harry gestorben ist. Bei mir ist es anders, ich habe zwei Söhne, die in der Nähe wohnen.«

»Hat sie andere Freunde?«

»Ja, schon, aber keine engen, wir kennen beide viele Leute hier aus der Nachbarschaft, wenn auch nicht mehr so viele wie früher, das ändert sich alles, nicht wahr? Früher ging sie auch in die Kathedrale, aber damit hat sie aufgehört, als sie nicht mehr so leicht aus dem Haus kam. Harry brauchte rund um die Uhr Pflege.«

»Haben Sie sie weggehen sehen?«

»Nein, ich war im Bad. Ich habe das Zuschlagen der Haustür gehört und ihre Schritte beim Vorbeigehen …, mehr nicht. Ich hab mir nicht viel dabei gedacht, nur dass sie nichts davon erwähnt hatte, ausgehen zu wollen, aber wir hocken, wie gesagt, auch nicht ständig aufeinander.«

»Sie haben also keine Ahnung, wohin sie wollte?«

Pauline hatte eine Ahnung, wollte das aber nicht erwähnen. War Iris zu dem Medium gegangen? Iris war enttäuscht gewesen, dass Harry »nicht durchgedrungen« war. Hatte sie einen weiteren Versuch unternommen? Tja, das war ihre Privatsache, darüber würde Pauline nicht reden. Es kam ihr falsch vor, es ohne Iris' Einwilligung gegenüber zwei Fremden zu erwähnen, selbst wenn sie von der Polizei waren, und Pauline konnte sich nicht vorstellen, dass es eine Rolle spielte. Doch sie behielt den Gedanken im Kopf. Vielleicht später, falls Iris nicht zurückkam. Aber sie würde zurückkommen, natürlich würde sie das.

»Wie ist es ihr in letzter Zeit gegangen? War sie immer noch deprimiert über den Tod ihres Mannes?«

Aufmerksam musterte Pauline den jungen Mann. Er hatte ein Gesicht, das nur eine Mutter lieben konnte. »Ich glaube nicht, dass das der richtige Ausdruck ist, wissen Sie«, sagte sie mit fester Stimme. »Es wird zu viel über Depression geredet. Sie hatte einen Trauerfall, ihr Mann, mit dem sie vierzig Jahre verheiratet war, ist gestorben. Sie war nicht depressiv, das ist man nicht, man trauert, man ist unendlich traurig, aber das ist normal, nicht wahr? Wenn man das nicht wäre, was wäre man dann für ein Mensch? Aber nicht depressiv in dem Sinne, dass man Tabletten nehmen muss.«

»Tut mir leid, meine Liebe.« Er mochte zwar ein hässliches Gesicht haben, hatte aber ein gewinnendes Lächeln. Pauline stand auf. »Ich mache uns eine Kanne Tee, ja?«

»Dachte, Sie würden nie fragen. Ich helfe Ihnen.«

Freya lächelte, blieb aber im Wohnzimmer. Nathan konnte mit seinem Charme ebenso Vögel von den Bäumen locken wie die Damen zum Teekochen bewegen, und das half ihm immer, kleine Dinge herauszufinden, die »vergessen« worden waren.

Sie sah sich in Pauline Moss' Wohnzimmer um. Schade, dass der Originalkamin herausgerissen und durch einen scheußlichen Elektroheizofen ersetzt worden war. Das Fenster musste früher einen Holzrahmen gehabt haben, jetzt war es eine doppelt verglaste Monstrosität aus Aluminium.

Aus der Küche hörte sie Lachen und das Klappern von Geschirr. Zu der Kanne Tee gab es selbst gebackene Scones und Ingwerplätzchen, alles auf einem riesigen Tablett von einem lächelnden Nathan hereingetragen. Freya verdrehte die Augen, aber er zwinkerte ihr verschwörerisch zu. Also hatte er bei seiner Plauderei mit Mrs Moss etwas Brauchbares herausgefunden. Freya ließ ihm Zeit damit, bis der Tee eingeschenkt, die Scones gebuttert und Nathan sich darauf gestürzt hatte, als wäre er beim Frühstück zu kurz gekommen und wolle für den Lunch schon mal vorbeugen.

Freya aß ein Scone und redete ganz allgemein über die Veränderungen in diesen heimeligen Straßen und wie das

Leben noch vor dreißig Jahren gewesen war, als Pauline Moss mit ihrem Mann und den beiden kleinen Söhnen hier einzog, über Nachbarschaftlichkeit und deren Verfall, arbeitende Frauen und die Einsamkeit derer, die zurückgelassen wurden, pensioniert und nicht mehr am Geschehen beteiligt.

»Wir haben viel Glück gehabt, Iris und ich«, sagte Pauline Moss, »wir hatten dieselben Häuser, dieselben Straßen, dieselben Läden und einander ... Das hilft, wissen Sie, wenn man plötzlich allein ist, dass manche Dinge dieselben bleiben. Man verlässt sich darauf. Ich hab das getan, und Iris genauso. Mir tun diejenigen leid, die allein sind, ohne zu wissen, wer nebenan wohnt, wo alles anders ist, oder die vom Gemeinderat gezwungen werden, woanders hinzuziehen. Was hier Gott sei Dank nicht passiert ist, aber in Bevham haben sie so viele rausgeworfen, als all diese Umbauten vorgenommen wurden, und daran sind eine Menge alter Menschen gestorben.« Sie plauderte munter weiter, drängte Nathan gelegentlich eine weitere Tasse Tee auf, noch ein Scone, noch ein Plätzchen. Freya wartete.

Vor dem Fenster hing ein Meisenknödel, an dem Blaumeisen mit kleinen, raschen Bewegungen und glänzenden, wachsamen Augen pickten, bevor sie wieder davonflatterten. Der Garten war gut gepflegt, und es gab einen Steingarten mit einem kleinen Wasserfall, der in ein Becken lief. Ein zufriedenes Leben, dachte Freya, der altmodische Lebensstil, den so viele Menschen im ganzen Land noch pflegten ... Selbst kochen, gärtnern, Nachbarschaft pflegen, einkaufen, ein Tagesausflug mit dem Bus, vielleicht gelegentlich Bingo und sonst Abende vor dem Fernseher oder mit Büchern aus der Bücherei. Pauline Moss und Iris Chater spielten Karten zusammen.

Mittelengland, traditionelle Werte. Werft sie nicht über Bord, niemals, dachte Freya. Das ist unsere Herkunft, das ist letztlich, wer wir sind, und es ist absolut das, was wir, Nathan und ich, zu bewahren und zu beschützen haben.

Nathan schob die letzten Krümel auf seinem Teller zusammen und schenkte Pauline Moss ein anerkennendes Lächeln.

Freya wartete noch ein paar Sekunden. Nichts. Sie blickte zu Nathan. Er ließ nichts raus.

»Sie haben uns wirklich sehr geholfen, Mrs Moss. Haben Sie vielleicht einen Schlüssel für Mrs Chaters Haus? Ich würde mich dort gern rasch einmal umschauen.«

»Ich glaube nicht, dass Sie in ihren Sachen rumschnüffeln sollten.«

»Natürlich nicht. Aber es könnte etwas geben, das Ihnen nicht aufgefallen ist oder das Sie für unwichtig hielten. Wir möchten Mrs Chater so schnell wie möglich finden.«

Pauline stand auf. »Sie müssen Ihre Arbeit machen. Ich lasse Sie rein.«

»Danke.«

Freya sah, wie eine Blaumeise vom Futterplatz aufflatterte, alarmiert durch die Bewegungen hinter der Scheibe. Man stelle sich vor, sein ganzes Leben am Rande eines Nervenzusammenbruchs verbringen zu müssen, nie in der Lage zu sein, eine ruhige Mahlzeit zu genießen. Die Erinnerung an das mit Simon genossene Essen war wie ein sicheres Boot, auf dem sie durch das ruhige Wasser des Tages glitt.

Sie folgten Pauline Moss in die Nelson Street 39. Ein weiteres leeres Haus, das einer verschwundenen Frau gehörte, eine weitere Reihe von Zimmern, angefüllt mit dem Leben und den Privatangelegenheiten eines anderen Menschen. Aber hier herrschte eine warme und tröstliche Atmosphäre, die in Angela Randalls sterilem kleinem Haus im Barn Close so gefehlt hatte. Iris Chaters Zimmer waren voll mit Möbeln, Ornamenten, Bildern, Nippes, Uhren, Wandbehängen, Ofenschirmen, Topfpflanzen, Stehlampen, Türstoppern, Selbstgestricktem, Puzzles, Läufern, Matten,

Platzdeckchen, Fotos, Schalen, Vasen, Behältern für alles Mögliche, Schondeckchen für alles. Nichts war fehl am Platz, alles vereinte sich zu einem gemütlichen Durcheinander.

Sie schauten sich um. Im Flur überprüfte Freya Mäntel und Schals, im Schrank unter der Treppe Stiefel und Schuhe, einen Staubsauger und Koffer. Das Bett war ordentlich gemacht und hatte eine Tagesdecke aus Satin, der Klodeckel einen flauschigen lila Überzug. Auf dem Bett lag eine Auswahl zweckmäßiger Kleidungsstücke.

Iris Chater war ein häuslicher Mensch. Sie war nicht einfach gegangen. Sie hatte vorgehabt, wieder nach Hause zu kommen. Das strömte das ganze Haus aus. Das war Freya ebenso klar wie die Verbindung, die zwischen dieser vermissten Frau und den anderen bestehen musste. Sie brauchte sich in diesem behaglichen, vollgestopften, gemütlichen kleinen Heim nicht weiter umzuschauen.

»Vielen Dank, Mrs Moss. Das genügt uns erst mal. Wenn Ihnen noch etwas einfällt, das Sie für wichtig halten, rufen Sie uns bitte an. Hier ist die Nummer des Reviers – lassen Sie sich mit einem von uns beiden verbinden. DS Graffham. DC Coates.«

Sie gingen hinaus in den Sonnenschein. Pauline Moss schloss die Tür von Nummer 39 sorgfältig ab und drehte sich zu ihnen um, den Schlüssel in der Hand. Aber es war Nathan, den sie ansprach. »Ich frage das nicht gern, nur kann ich nicht anders, es hat mich die ganze Nacht lang beschäftigt.«

Nathan legte ihr die Hand auf den Arm. »Was denn, meine Liebe?«

»Das vermisste Mädchen, nach dem auf dem Hügel gesucht wurde …«

»Nichts deutet darauf hin, dass Ihre Nachbarin dort oben war, also machen Sie sich keine Sorgen.« Nathans Stimme war beruhigend.

»Ich danke Ihnen«, sagte sie. Nathan tätschelte ihr noch einmal den Arm.

Freya fuhr vom Bürgersteig weg. »Sie haben Ihren Beruf verfehlt, DC Coates. Sie würden einen hervorragenden Vikar abgeben. So umgänglich mit den Damen.«

»Ist manchmal sehr nützlich. Pauline Moss hat uns noch nicht alles erzählt.«

»Noch nicht?«

»Oh, sie wird schon damit rausrücken. Ich geh später noch mal bei ihr vorbei.«

»Wenn Sie zur rechten Zeit kommen, hat sie bestimmt ein frisches Blech mit Scones fertig.«

Simon Serrailler hörte ihr genauso aufmerksam zu wie jedem aus seinem Team – es war eine seiner besten Eigenschaften, dass er nie abweisend war, nie geringschätzig, selbst wenn er eine andere Ansicht vertrat. Er lehnte sich auf dem Stuhl zurück, während Freya berichtete.

»Keine offensichtlichen Verbindungen, so viel ist klar, aber es ist einfach eine zu viel.«

»Finde ich auch. Mrs Chater war in Trauer, und das ist manchmal ein Grund dafür, warum Menschen verschwinden … Aber ich stimme Ihnen zu. Also, höchste Priorität … Haus-zu-Haus-Befragungen, Krankenhäuser und Bahnhöfe, Rundfunkdurchsage, und setzen Sie die Presse darauf an.«

36

Es war nicht seine Schuld. Er war methodisch und vorsichtig, ließ sich Zeit und plante alles sorgfältig. Impulsive Handlungen hatte er nie gemocht und konnte sie sich momentan auch nicht leisten. Auf diese Weise wurden Fehler gemacht, und außerdem verachtete er diejenigen, die in Situationen hineinstolperten oder zuließen, dass sie von ihren Gefühlen überwältigt wurden und dadurch die Kontrolle über ihre Denkfähigkeit verloren, die töteten, weil ihr inneres Selbst in Aufruhr war und ihre Leidenschaften sie beherrschten. Solche Menschen mordeten, wenn sie betrunken waren oder unter Drogen standen. Solche Menschen brachten ihre Nachbarn um, weil sie wegen eines Streits über Lärmbelästigung in Zorn gerieten, oder ihre Frauen, aus einem flüchtigen Eifersuchtsanfall heraus, oder sie ermordeten Prostituierte in einem sexuellen Wutrausch. Er verachtete sie alle. Wenn er von ihnen las, wollte er, dass sie erwischt und bestraft wurden, und hätte der Polizei seine Dienste angeboten, falls das zu so einem Ergebnis beigetragen hätte.

Also war es eindeutig nicht seine Schuld. Die Polizei hatte den Hügel abgesperrt und war überall herumgekrochen. Zuerst hatte die Öffentlichkeit keinen Zugang gehabt, danach hatten die Leute zu viel Angst, dorthin zu gehen, und wer konnte ihnen das verdenken?

Aber es hatte seine Pläne durcheinandergebracht. Er hatte alles so gut ausgearbeitet, und alles war so gut gelaufen, doch jetzt gab es keinen Plan, und daher hatte er etwas getan, was er sich geschworen hatte, nie zu tun, und hatte impulsiv gehandelt, ohne Vorbereitung.

Es schien erfolgreich gelaufen zu sein, aber er kam nicht zur Ruhe, war nicht zufrieden. Er war nervös, musste alles immer und immer wieder durchgehen, versuchte, einen Makel zu finden, den winzigen Fehler, der ihn ins Verderben stürzen könnte. Es schien keinen zu geben, und trotzdem kam er nicht zur Ruhe, konnte nicht schlafen, fühlte sich nicht, wie bisher jedes Mal, ruhig und überlegen. Er konnte es nicht genießen.

Eigentlich hatte er an dem Abend gar nicht aus dem Haus gehen wollen. Er hatte Rechnungen bezahlt, Buchführung gemacht, seine Unterlagen für die Umsatzsteuer durchgeschaut, und im Zimmer war es stickig gewesen. Er hatte sich verkrampft gefühlt, wollte an die frische Luft. Er war zum Briefkasten gegangen, und die Luft hatte ihm tatsächlich gutgetan, ihm den Kopf frei gemacht und ihn besänftigt. Irgendetwas roch neu, irgendetwas roch nach Frühling. Das hatte ihn erregt, und als er wieder zu Hause ankam, war er von einem ruhelosen Bedürfnis erfüllt, etwas zu tun, irgendwo hinzugehen, und die Ruhelosigkeit hatte sein Blut in Wallung gebracht.

Der Kleinbus stand natürlich im Gewerbegebiet. Er hatte die Haustür abgeschlossen und seinen Wagen genommen, war langsam, ziellos durch die Straßen gefahren. Er wollte nirgends hin, hielt nach nichts Ausschau. Oder nach niemandem.

Als er sie sah, passte plötzlich alles zusammen, das erkannte er sofort.

Ältere Frau.

Sie lehnte an einer Wand, als sei sie außer Atem. Jeder hätte sich um sie Sorgen machen und anhalten können, jeder gewissenhafte Passant. Als er aus dem Auto stieg, sackte sie seitwärts zusammen, auf das Pflaster neben der Wand. Die Straße war leer. Kein Fußgänger, kein Auto. In allen Häusern waren die Vorhänge zugezogen.

Er beugte sich über sie. Sie hatte entweder einen Schlaganfall oder eine Herzattacke erlitten. Er kannte die Anzeichen. Doch als er sie aufrichtete, lebte sie noch – atmete kaum, war leichenblass, aber am Leben.

Er hob sie hoch, öffnete die hintere Tür des Autos und sah, wie sie seitlich schwer auf den Sitz fiel.

Er wusste nicht, in welchem Augenblick es passiert war. Er fuhr schnell, doch als er sein Gebäude im Gewerbegebiet erreicht hatte, war sie tot. Dann musste er sich beeilen, weil die Wachleute in unregelmäßigen Abständen vorbeikamen, wenn auch nicht so oft, wie sie es ihrer Bezahlung nach tun sollten, das wusste er – meist parkten sie irgendwo, tranken Tee aus der Thermosflasche und schalteten auf ihrem winzigen Fernseher im Auto den Pornokanal ein. Irgendwann drehten sie vielleicht einmal die Runde über die leeren Straßen des Gewerbegebiets, ohne auszusteigen. Er wusste das, hatte Wochen damit verbracht, in dem dunklen Büro seines Gebäudes zu sitzen, hatte ihre Routine genau verfolgt, alles auf einer Zeittafel notiert. Doch er wusste nicht, ob sie an diesem Abend bereits da gewesen waren, und er war in seinem eigenen Auto gekommen, das sie nicht kannten. Angenommen, sie kamen vorbei und notierten sich, in einem Anfall schlechten Gewissens, sein Autokennzeichen?

Er arbeitete sehr schnell, was er nicht leiden konnte. Es brachte ihn ins Schwitzen, und er hasste Schweiß.

Er trug sie seitlich um das Gebäude und schloss es auf, schob die Tür nach innen. Es war schwierig, die Frau festzuhalten und gleichzeitig das Licht anzuschalten. Es war nicht das Übliche. Das war nicht seine Vorgehensweise.

Aber dann lief alles wie immer, und sie war rasch ausgezogen, in den Leichensack gesteckt und verstaut worden, die Schublade glitt auf und zu, und die Sache war erledigt. Er überprüfte die Messinstrumente. Die Kleidung und die Handtasche wanderten in den üblichen schweren, schwarzen Müllsack. Er nahm weder etwas aus der Handtasche noch aus den Manteltaschen, schaute nicht einmal hinein. Das hatte er nie getan. Er war kein gewöhnlicher Dieb. Die Müllmänner kamen am Donnerstag, dann würde er den schwarzen Müllsack zu den anderen hinausstellen. Je offensichtlicher und normaler alles lief, desto besser. Das wusste er. Er lenkte keine Aufmerksamkeit auf sich, indem er volle Säcke zur Deponie fuhr, er machte, was alle im Gewerbegebiet taten, und stellte seinen Müll am richtigen Tag für die Müllabfuhr hinaus.

Er verließ das Gebäude und stieg angespannter und nervöser als seit Jahren ins Auto. Als er wegfuhr, hämmerte sein Herz, und seine Hände auf dem Steuer waren schlüpfrig. Er sah niemanden. Die Wachleute kamen nicht vorbei. Er bog auf die Hauptstraße und fuhr im Eiltempo nach Hause.

Doch es nahm ihn sehr mit. Stundenlang blieb er wach, schwitzte vor Angst, und seine Hände zitterten, als er sich einen Drink eingoss. Am nächsten Morgen schob er Fieber und eine Bronchitis vor und blieb zu Hause. Er befürchtete, dass er sich nicht mehr trauen konnte, sich nicht mehr auf seine absolute Selbstkontrolle, seinen eisernen Willen, seine Entschlossenheit verlassen konnte. Er hatte impulsiv gehandelt, ohne Vorwarnung oder Planung. Vielleicht war alles gut gegangen, man hatte ihn weder gesehen noch gehört, und das Glück war auf seiner Seite. Aber er verließ sich nicht auf Glück, traute ihm nicht. Das führte zum Wahnsinn. Schon immer hatte er nur auf sich vertraut und war nie enttäuscht worden. Bis jetzt.

37

Auf dem Heimweg kaufte sich Freya die Abendzeitung und fand auf der Stelle, was sie suchte.

WUNDERHEILER ODER GESCHICKTER BETRÜGER?
von Rachel Carr

»Es ist ein Wunder. Mehr kann ich dazu nicht sagen. Er hat mir das Leben wiedergeschenkt.«

Das sagte mir Mrs Glenda Waller vom Orchard Park Close in Lafferton und stimmte einen Lobgesang auf den Mann an, der sie, wie sie glaubt, von einer möglicherweise tödlichen Krankheit geheilt hat, gegen die Schulmediziner nichts tun konnten.

Mrs Waller ist Ende dreißig und litt seit einiger Zeit unter Magenschmerzen. »Es war kaum auszuhalten, ich war völlig verkrampft vor Schmerzen. Ich konnte nicht richtig laufen, konnte nichts essen, daher nahm ich ab, aber als ich zum Arzt ging, sagte er mir, das sei nur eine Magenverstimmung. Es wurde schlimmer, also ging ich wieder hin und er schickte mich ins Krankenhaus, aber dort konnte niemand herausfinden, was mir fehlte, und es ging mir immer schlechter. An manchen Tagen konnte ich kaum aufstehen, es kostete mich unendliche Mühe, nur das Allernötigste zu tun.« Mrs Waller ist mit Rob verheiratet, einem Fernfahrer, und das Paar hat zwei Söhne im Teenageralter. »Sie waren alle sehr lieb zu mir, aber allmählich verloren sie die Geduld, und ich wurde depressiv. Ich war mir sicher, dass ich etwas sehr Ernstes hatte, aber warum konnten die Ärzte dann nicht herausfinden, was es war?«

Als ich mich mit Mrs Waller auf eine Tasse Tee in ihrem gemütlichen Heim traf, konnte ich kaum glauben, dass sie so krank gewesen war. Sie ist ein fröhlicher Mensch und wirkt kerngesund. Ich hatte ihre Geschichte von jemandem gehört, der mir sagte, er kenne »eine Frau, die durch ein Wunder gerettet wurde«. Obwohl das keine alltägliche Behauptung ist, war ich natürlich misstrauisch. Wir haben alle traurige Geschichten über todkranke Menschen gehört, die glauben, sie seien durch konventionelle oder alternative Behandlung geheilt worden, nur um traurigerweise herauszufinden, dass es bloß eine vorübergehende Besserung war. Aber Glenda Wallers Geschichte faszinierte mich, nicht zuletzt, weil die Person, die, wie Mrs Waller behauptet, ein Wunder an ihr vollbracht hat, ein, gelinde gesagt, etwas außergewöhnlicher Heilkundler ist.

»Gehen Sie selbst zu ihm«, drängte mich Mrs Waller. »Skeptisch zu sein ist leicht. Der Himmel weiß, dass ich es auch war – skeptisch und voller Angst. Schließlich hört man die merkwürdigsten Dinge. Aber sobald ich Mr Orford kennenlernte, hatte ich das Gefühl, dass etwas Erstaunliches mit mir geschehen würde. Und so war es auch.«

Mit Glenda Wallers Worten im Ohr machte ich mich also auf in das Dorf am Starly Tor, sechs Meilen von Lafferton entfernt. Ich hatte einen Termin bei dem Mann, dessen richtiger Name Anthony Orford ist, der aber außerdem behauptet, Dr. Groatman zu sein.

Starly ist ein hübsches, dicht zusammengedrängtes Dorf mit steilen Gassen, die auf einen kleinen Marktplatz führen, an dem es ein paar Läden und Cafés für die Hunderte von Menschen gibt, die jedes Jahr herkommen, um sich von den zahlreichen alternativen und New-Age-Therapeuten behandeln zu lassen.

Die Kristalle und Räucherstäbchen, Perlen, Traumfänger und zweifelhaften Tränke, die es dort zu kaufen gibt, beeindruckten mich nicht, und einige der Therapeuten, die in jedem Schaufenster für sich werben, entlockten mir nur zynische Reaktionen ... Traditionelle Chinesische Medizin, Traumheilung, Regressionen in ein früheres Leben, Blütentherapie ... Dagegen wirken die gute alte Reflexzonenmassage und Aromatherapie regelrecht konventionell.

Aber wenn sie alle etwas übergeschnappt klangen, was war dann mit dem Mann, den ich gleich aufsuchen wollte? Was um alles in der Welt würde ich herausfinden? Hätte Glenda Waller ihn nicht so nachdrücklich empfohlen, wäre ich vielleicht umgekehrt und wieder nach Hause gefahren.

Stattdessen ging ich durch die steilen Straßen Starlys und klingelte an einer Tür, die so aussah, als führe sie in eine Zahnarztpraxis – was Mr Orfords Behandlungsräume vorher auch tatsächlich waren.

Mein erster Eindruck war, dass eine Menge Zahnärzte sich das eine oder andere von dem hellen und einladenden Empfangsbereich abschauen könnten, aus dessen hohen Fenstern man in einen gepflegten Garten schaut, sowie von der charmanten Sprechstundenhilfe Mrs Esme Cox, die bei Mr Orford arbeitet, seit er Ende vergangenen Jahres seine Praxis in Starly eröffnet hat.

»Die Menschen, die hier hereinkommen, wirken verängstigt und angespannt und natürlich oft krank«, erzählte sie mir, »und ich sehe sie mit neuer Zuversicht wieder gehen, mit federnden Schritten und einem Leuchten in den Augen. Ich höre von den wunderbaren Dingen, die Mr Orford getan hat, den Heilungen, den Wundern – ja, ich glaube wirklich, dass das Wort manchmal zutrifft –, und ich kann nur sagen, dass ich dankbar und voller Demut bin, für diesen bemerkenswerten Mann arbeiten zu dürfen.«

Man hätte sich denken können, dass sie so etwas sagen

würde, nicht wahr? Also setzte ich mich, blätterte in den glänzenden neuen Zeitschriften und wartete auf den Arzt.

»Nein«, sagte er sofort, als er mir die Hand schüttelte, »so dürfen Sie mich nicht nennen. Ich bin kein Arzt.«

Anthony Orford ist ein ganz gewöhnlicher, nett aussehender Mann mittleren Alters mit gebildeter Stimme und einem Tweedjackett. An ihm ist also nichts Besorgniserregendes. Er führte mich in sein Behandlungszimmer, das im Halbdunkel lag – die Jalousien waren heruntergezogen – und nur eine Liege und eine Spüle mit Wasserhahn enthielt. Und einen großen Eimer. Alarmiert betrachtete ich den Eimer.

»Wir brauchen nicht hier drin zu bleiben«, sagte er. »Ich dachte nur, Sie würden gerne sehen, wo ich arbeite. Ganz profane Umgebung, wie Sie erkennen können.«

»Wie bei einem Zahnarzt ohne Instrumente.« Anscheinend konnte ich den Zahnarzt nicht aus meinen Gedanken vertreiben.

Als wir ins Wartezimmer zurückkamen, brachte Mrs Cox uns Tee. Ich wollte das Gespräch wieder übernehmen.

»Dr. Groatman …«

»Ein bemerkenswerter Mann, sehr bemerkenswert, ein Diagnostiker, Kliniker, Chirurg …«

»Aber tot«, sagte ich.

Zum ersten Mal wurde das warme Lächeln etwas frostiger.

»So etwas wie den Tod gibt es nicht, Miss Carr … Nicht in dem Sinne, den Sie meinen.«

Ich fragte mich, welchen Sinn er wohl meinte.

»Dr. Groatman wohnte und praktizierte zu seinen Lebzeiten während des neunzehnten Jahrhunderts in Limehouse. Jetzt praktiziert er durch mich, von der anderen Seite. Er leitet mich, lehrt mich, operiert durch mich.«

»Wenn Sie sagen, ›operiert‹ …«

»In der Tat. Psychisch.«

Ich fragte ihn, was genau das bedeute, aber seine Antwort wirkte ein wenig ausweichend. Als ich nachhakte, verschwand das kühle Lächeln vollkommen im Tiefkühlfach.

Von dem Moment an bekam ich ein unangenehmes Gefühl. Nichts war mit mir geschehen, nichts war gesagt worden, das mich zum Schaudern brachte, doch während ich hier mit diesem korrekt wirkenden Mann saß, passierte mir genau das.

»Die Menschen kommen zu mir voller Schmerzen und Qualen. Sie waren vielleicht schon bei vielen Ärzten, mussten sich anhören, dass ihnen nichts fehlt oder dass ihre Krankheit unheilbar ist. Sogar tödlich. Dr. Groatman findet durch mich heraus, welche Krankheit es ist, und behandelt sie für gewöhnlich operativ, manchmal auch nicht. Er behandelt sie psychisch, entfernt vielleicht einen Tumor oder einen Polypen, löst einen Gallenstein auf, schneidet eine Entzündung heraus oder sterilisiert eine tiefsitzende Infektion. Die Ergebnisse sind bemerkenswert.«

»Und Sie haben das Gefühl, nichts damit zu tun zu haben?«

»Ich habe nichts damit zu tun. Wie gesagt, ich bin nur eine Art Kanal.«

»Ein gut bezahlter.«

Jetzt wurde auch die Stille im Raum frostig. Seltsam. Aber ich wusste, dass der Psychochirurg hohe Honorare nahm. Mrs Waller hatte mir erzählt, dass sie 150 Pfund bezahlen musste. Gut angelegtes Geld, versicherte sie mir. Für die Erlösung von monatelangen Schmerzen mag das wohl zutreffen.

»Wenn Sie kein Arzt sind …«

»Das bin ich absolut nicht.« Mr Orford achtete darauf, dass ich das auch bestimmt notierte.

»Wie können Sie dann Operationen durchführen?«

»Das tue ich nicht.«

»Aber …«

Er seufzte, und ich kam mir allmählich vor wie ein sehr dummes Kind.

»Dr. Groatman operiert. Psychisch.«

»Sie meinen, er schneidet Menschen auf?«

»Sozusagen.«

»Psychisch?«

»Ja.«

Wir drehten uns im Kreis.

»Wo haben Sie praktiziert, bevor Sie nach Lafferton kamen, Mr Orford?«

»In Brighton.«

»Es wundert mich, dass jemand aus Brighton fortzieht. Ich würde das sicher nicht tun.« Ich hoffte, noch viel mehr über Brighton zu hören. Ich wollte, dass Mr Orford mir von den Heilungen erzählte, die er – oder vielmehr Dr. Groatman – dort durchgeführt hatte. Würde es denn nicht all seine neuen Patienten beeindrucken – um nicht zu sagen, beruhigen –, wenn sie von früheren Erfolgsgeschichten erfuhren? Aber er schien abgeneigt, mir weitere Einzelheiten zu berichten.

Wir plauderten noch ein paar Minuten länger, doch mit Anthony Orford zu reden ist, als würde man durch einen Rauchschleier sprechen. Je direkter meine Fragen waren, desto verschwommener wurden seine Antworten, obwohl er immer höflich blieb.

Er stand auf und streckte die Hand aus. Offensichtlich hatte ich meine Zeit überschritten. An der Tür bat ich ihn jedoch noch einmal, mir ein bisschen näher zu erklären, wie Dr. Groatman arbeitet.

»Sollten Sie je krank werden – und natürlich hoffe ich sehr, dass das nicht eintritt – und Ihr Hausarzt nicht in der

Lage zu sein scheinen, Ihnen helfen zu können, machen Sie einen Termin bei mir aus. Dann werden Sie alles selbst erfahren.«

Das Lächeln tauchte wieder auf, als ich mich verabschiedete. Aber der Thermostat stand immer noch auf unter null.

Verwirrt verließ ich Starly.

Wer also ist Anthony Orford? Wer war Dr. Groatman? Und hat einer von »ihnen« eine Lizenz, auf die Art zu praktizieren, wie »sie« es tun? Offenbar ja. Es gibt überhaupt keine Vorschriften, an die sich alternative Heilkundler halten müssen. Nur die voll ausgebildeten dürfen als Ärzte praktizieren. Und Mr Orford hat mir gegenüber immer wieder betont, dass er nicht behauptet, einer zu sein.

Ich fand das alles sehr alarmierend.

Daher ging ich noch einmal zu Glenda Waller und bat sie, mir genau zu erklären, was während ihrer Behandlung bei Orford/Groatman passiert war. Ihre Antwort war eine Überraschung. Denn der Mann, den sie mir jetzt als »den Doktor« beschrieb, war gewiss nicht der Mann, den ich an diesem Nachmittag aufgesucht hatte. Offenbar verwandelt sich Anthony Orford, wenn er von Dr. Groatman übernommen wird. Er schrumpft, bekommt einen krummen Rücken, sein Gesicht wird faltig und sein Haar dünner. Die Stimme, die mir Glenda Waller beschrieb, war nicht die von Anthony Orford.

»Er trägt einen weißen Kittel«, sagte sie, »und man muss in einer Kabine ebenfalls eine Art Krankenhauskittel anziehen. Alles ist sehr sauber, und er hat ein Tablett mit Instrumenten. Eigentlich wie beim Zahnarzt. Zuerst lässt er einem die Hände über den Körper gleiten, aber ohne ihn zu berühren, nur oben drüber, verstehen Sie? Dann findet er heraus, was einem fehlt und wo es ist. Und dann, na ja, nimmt er eins dieser Instrumente.«

Was als Nächstes mit Mrs Waller passierte, klingt, offen

gesagt, unglaublich. Der Psychochirurg nimmt offenbar eine Art unsichtbaren Schnitt am Patienten vor und entfernt rasch krankes Gewebe, einen Tumor, eine Entzündung oder was immer das Problem hervorzurufen scheint. Glenda Waller behauptet, »irgendwas« gespürt zu haben, aber keinen Schmerz. Sie sagt ebenfalls, sie habe »etwas Blutiges, vermischt mit Gewebe und Watte«, gesehen, das aus ihrem Körper gezogen und in den Eimer unter der Liege geworfen worden sei.

Ich fragte sie, wie sie sich gefühlt habe. »Ein bisschen schwindelig«, erwiderte sie, »ein bisschen benommen. Aber ich war nicht besorgt oder verängstigt, und man würde doch meinen, das hätte der Fall sein müssen, nicht wahr?«

Allerdings. Ich fand es schon besorgniserregend und beängstigend, allein davon zu hören.

»Aber ich habe ihm vertraut. Ich war mir ganz sicher, dass er weiß, was er tut, und dass alles gut gehen würde. Und so war es ja auch, oder?«

Ich musste Glenda Waller zustimmen. Sie sieht strahlend aus. Was immer ihr gefehlt hat, ist nicht mehr vorhanden. Sie hat keine Schmerzen und ist nicht mehr depressiv. Es wäre unfair, ihre Worte in Zweifel zu ziehen, kleinherzig, nicht beeindruckt zu sein.

Trotzdem bleiben Fragen über Psychochirurgie offen, die beantwortet werden müssen. Wenn der Heilkundler nichts zu verbergen hat, warum war er dann so unwillig, viele meiner Fragen vollständig und offen zu beantworten? Was geht wirklich in dem Behandlungsraum und auf dem »Operationstisch« dieses Mannes vor – oder sollte ich sagen, dieser Männer? Nur sie wissen es – aber sie sagen es nicht.

Wunderheiler oder Betrüger? Die Geschworenen beraten noch.

Der Artikel nahm die ganze Mittelseite des *Lafferton Echo* ein, dazu Fotos vom Starly Tor und von der Außenseite der Praxis des Psychochirurgen. Und ein Foto von Rachel Carr in einem kleinen Kasten neben ihrem Namen. Blasiert, dachte Freya, blasiert und arrogant.

Im Moment hatte sie andere Dinge im Kopf, während sie badete, ihr Haar sorgfältig wusch und föhnte, ein Kleid auswählte, sich umentschloss, ein anderes aussuchte und sich schließlich für ihre schwarze Seidenhose, das schwarze Satinjackett und ein tief ausgeschnittenes Seidentop in knalligem Pink entschied.

In letzter Zeit verließ sich Freya immer mehr auf ihre Gefühle, die ihr jetzt sagten, dass Simon Serrailler höchstwahrscheinlich auf der Dinnerparty seiner Mutter auftauchen würde.

Aber als Meriel sie in den Salon führte, wo Getränke gereicht wurden, war Simon nicht der Erste, den sie sah, sondern die kleine, schlanke Frau, mit der Simon an dem Abend, als Freya draußen im Dunklen gestanden hatte, zu seinem Haus gefahren war.

Ihr wurde schlecht, und ihr Magen hob sich, als führe sie in einem rasch abwärts sausenden Lift. Simon war also hier, in einem anderen Raum, würde aber in diesen zurückkehren, zu der Frau, die einen schlichten grauen Kaschmirpullover zu einem langen Rock in dunklerem Grau trug. Freya überlegte, ob sie einfach gehen sollte, jetzt gleich, ob sie ein plötzliches Unwohlsein vorschieben konnte – was ja nicht ganz gelogen war –, wie sie hier herauskommen konnte, ohne ihn sehen zu müssen.

Meriel hielt noch ihren Arm. »Freya, Sie kennen Cat noch nicht, oder?«

Die Frau lächelte, ein offenes, warmes, einladendes, freundliches Lächeln. Freya hasste sie. Die Frau streckte die Hand aus.

»Hallo. Ich habe schon viel von Ihnen gehört.«

Freya konnte nicht sprechen, lächelte stattdessen und schüttelte die Hand der Frau.

Die Frau lachte. »Oh, keine Bange … nichts Schlechtes, nur Gutes.«

»Wie bitte?« Es gelang ihr, die Worte herauszubringen, aber sie klangen seltsam. Wie eine fremde Sprache.

»Simon hat mir von Ihnen erzählt.«

Freya hatte das Gefühl, so glotzäugig zu schauen wie ein Fisch im Aquarium.

Jetzt berührte die Frau ihre Schulter. »Sie arbeiten mit ihm zusammen, stimmt's?«

Sie hatte vergessen, wie man nickt, und dann kamen wundersamerweise Worte aus ihrem Mund. Bläschen von dem Fisch, dachte sie. »Woher wissen Sie das?«

»Gott, diese Familie ist hoffnungslos … Mutter hat mich nicht richtig vorgestellt. Ich bin Cat Deerborn. Geborene Serrailler. Simon ist mein Bruder.«

Das Zimmer nahm wieder Gestalt an.

Freya wurde Cats Mann vorgestellt, dann einem kräftig gebauten Osteopathen mit dickem Hals und einer großen und sehr schönen Frau in einem langen Mantel aus bedrucktem Samt, um den man sie beneiden konnte. Die Gruppe, sagte Cat Deerborn, hätte gerade über einen Artikel in der heutigen Abendzeitung diskutiert.

»Doch nicht etwa der über den Psychochirurgen?«

»Ja. Heißt das, die Polizei ist an ihm interessiert?«

»Nein, nein … Oder zumindest nicht offiziell. Ich hab es trotzdem registriert.«

Als sie zum Essen hineingingen, war klar, dass die Gästeliste komplett war. Simon war nicht dabei. Freya kam sich vor wie ein Kind, bitter enttäuscht, weil ein versprochenes Vergnügen abgesagt worden war, ein Teenager, augenblicklich niedergedrückt durch das strenge Wort eines bewunderten Lehrers … und genauso schnell wieder aufgemuntert. Heute Abend nicht, dachte sie, nahm eine Gabel voll von der köstlichen Fischterrine, wunderschön verziert mit dem Korallenrot der Kammmuscheln. Heute freust du dich über die Anwesenden und sehnst dich nicht nach dem, der nicht da ist. Der heutige Abend ist dazu gedacht, noch mehr neue Freunde zu gewinnen. Cat, dachte sie, blickte über den Tisch zu ihr. Ja, Cat auf jeden Fall, und nicht nur, weil sie Simons Schwester ist, die ihm so gar nicht ähnelt. Cat, weil sie warmherzig und einnehmend war, intelligent und wach, die Art Mensch, auf den Freya sofort reagierte. Momentan musste sie sich jedoch denjenigen zuwenden, die rechts und links von ihr saßen. Sie war rechts neben ihren Gastgeber Richard Serrailler platziert worden, der allerdings gerade die Runde machte und Wein einschenkte. Freya wandte sich an ihren anderen Tischnachbarn.

»Wir sind uns noch nicht richtig vorgestellt worden«, sagte sie. Er war vermutlich in den Fünfzigern, trug einen gut geschnittenen, dunkelgrauen Anzug und hatte, wie sie bemerkte, erstaunlich schlanke, sauber manikürte Hände. Chirurg, entschied sie, und ein richtiger, kein psychischer.

»Aidan Sharpe. Sehr erfreut. Ich hörte, Sie singen mit Meriel im Chor?«

»Ja. Sie hat mich unter ihre Fittiche genommen …«

»Meriel hat so eine Art, Menschen um sich zu scharen und in ihre Projekte einzubeziehen. Sie umhüllt sie mit dem prächtigen Gespinst ihrer eigenen Welt, und ehe sie es sich versehen, übernehmen sie einen Stand auf dem Hospizbasar.«

»Komisch, dass Sie gerade das erwähnen.«

Freya aß die letzten Bissen ihrer Terrine. Ihr Tischnachbar hatte seine Portion in feinste Scheiben geschnitten, bevor er jede vorsichtig auf die Gabel nahm. Chirurg, ganz eindeutig.

»Sind Sie Ärztin?«, fragte er.

Das war der Moment. Freya sammelte Reaktionen von

Leuten, wenn sie ihnen sagte, was sie beruflich machte. Ob Simon das wohl auch tat? Manche waren schockiert, manche alarmiert, manche beschwerten sich sofort aggressiv über die zunehmende Kriminalität/zu wenige Streifenpolizisten in ihrem Wohngebiet/Ungerechtigkeiten der Verkehrspolizei …, andere waren begierig auf Insiderinformationen über fast alles, was mit der Polizei im Allgemeinen und der Kriminalpolizei im Besonderen zu tun hatte.

Jetzt sah sie Aidan Sharpe direkt in die Augen und sagte: »Nein. Ich bin ein Detective Sergeant.«

Seine Augen weiteten sich ganz leicht, doch sonst veränderte sich sein Gesichtsausdruck nicht im Geringsten. Er war ein gut aussehender Mann – hätte ohne den Spitzbart noch besser ausgesehen, dachte Freya.

»Darf ich raten, welchen Beruf Sie haben?«

Er lächelte. »Das genieße ich immer.«

»Ach ja?«

»Erinnern Sie sich – nein, natürlich nicht, dazu sind Sie viel zu jung … Es gab eine Fernsehsendung mit dem Titel *Heiteres Beruferaten.* Menschen mit ungewöhnlichen Berufen wurden von einem Rateteam befragt – ich glaube, sie durften nur mit Ja und Nein antworten –, und das Rateteam musste sich langsam zu der richtigen Antwort vortasten. Der Kandidat musste am Anfang eine typische Handbewegung machen, aber das war der einzige Hinweis.«

»Na gut. Machen Sie Ihre Handbewegung.«

»Himmel … Ich glaube, das kann ich nicht.«

»Das müssen Sie doch können.«

»Könnten Sie es? Handschellen anlegen, nehme ich an.«

Ein Mädchen mit weißer Schürze ging um den Tisch und räumte Teller ab. Meriel trug eine große Auflaufform herein und stellte sie auf den Serviertisch.

Freya schaute sich um, betrachtete die Gesichter der redenden und lachenden Menschen im warmen Kerzenlicht.

Nett, dachte sie, gute Gesellschaft, gutes Essen. Glücklich. Ja. Aber Simon … Sie wandte sich wieder ihrem Tischnachbarn zu. »Also los.«

Einen Moment lang saß er schweigend da, dann legte er Zeigefinger und Daumen sorgsam zusammen und machte mit ihnen eine einzige, vorsichtige, fast zarte Vorwärtsbewegung. Freya schaute genau hin. Es sagte ihr überhaupt nichts.

»Eigentlich hatte ich Sie als Chirurg eingestuft. Aber wenn Sie einer sind, weiß ich nicht, was Sie da eben gemacht haben.«

Er lächelte wieder.

»Sind Sie Chirurg?«

»Nein.«

»Verdammt.«

Und so ging es weiter, ein leichtherziges, amüsantes Geplänkel, bei dem sie sich ganz entspannt fühlte. Nach einigen Augenblicken und einer Pause, während der ihre Teller mit Ente in cremiger Aprikosensoße gefüllt wurden, sagte Freya: »Okay, ich gebe auf.«

»Sind Sie sicher?«

»Wahrscheinlich werde ich mich treten, weil ich nicht draufgekommen bin.«

»Das glaube ich nicht.«

»Nun sagen Sie schon.«

Aidan Sharpe warf ihr einen fast flirtenden Blick zu. »Ich bin Akupunkteur.«

Sie lachten beide, Freya vor Erstaunen, Sharpe vor Vergnügen.

»Niemand hat das je erraten. Niemand.«

»Aus der Handbewegung konnte ich nicht viel entnehmen.«

»Nein, ich fürchte, es ist fast unmöglich, eine erkennbare zu machen.«

»So, so. Dann erzählen Sie mir doch, was Sie von diesem

Orford halten … Dem Psychochirurgen, wenn Sie schon von ihm gehört haben.«

Aidan legte Messer und Gabel ab. »Natürlich habe ich von ihm gehört«, sagte er, »und es macht mich sehr wütend. Entschuldigen Sie, falls ich gleich ziemlich irrational werde.«

Doch ihr Gespräch wurde unterbrochen. Das Gemüse wurde gereicht, und Freya gab die Schüssel an Richard Serrailler weiter.

»Vielen Dank, Sergeant.« Der Sarkasmus in seiner Stimme war nicht zu überhören. Er wandte sich abrupt von ihr ab, um das Gemüse weiterzureichen, griff dann nach Messer und Gabel.

»Ich bin nicht im Dienst«, sagte Freya leichthin. »Freya genügt vollkommen.«

Er grunzte nur.

Richard Serrailler war genauso gut aussehend wie sein Sohn, hatte dieselbe Nase und Stirn, dasselbe glatte, nach vorne fallende Haar, nur war seines grau. Aber er schien ein permanentes, leicht höhnisches Lächeln im Gesicht zu haben, und seine Augen waren kalt.

»Ich arbeite mit Simon zusammen«, sagte sie.

»Mir wäre es natürlich lieber, Sie täten es nicht. Das hätte er Ihnen sagen können.«

Freya entschloss sich, sowohl das Dummchen wie auch die Charmante zu spielen, und sah ihn mit großen Augen an. »Sie meinen, Sie lehnen mich ab? Das müssen Sie mir bitte erklären. Sie müssen etwas Nachteiliges über mich gehört haben.«

»Hat nichts mit Ihnen zu tun.«

»Jetzt bin ich total verwirrt. Bitte klären Sie mich auf, Dr. Serrailler.«

Er bot ihr nicht an, ihn beim Vornamen zu nennen, sagte nur:

»Mein Sohn hätte Arzt werden sollen. Er hätte einen guten Arzt abgegeben.«

»Er gibt einen mehr als guten Detective Chief Inspector ab.«

»Merkwürdige Berufswahl.«

»Nein. Aufregend, herausfordernd. Gefährlich. Wichtig.«

»Sie haben eine hohe Meinung von sich.«

Wenn der Mann nicht Simons Vater gewesen wäre, hätte sie ihn gefragt, ob er es genoss, beleidigend zu sein, und das zu einem Gast an seiner Tafel. Stattdessen kaute sie sehr langsam auf einem Bissen von ihrer Ente, bevor sie fragte: »Wie viele Ärzte gibt es in Ihrer Familie?«

»Sieben lebende – von denen vier jetzt pensioniert sind.«

»In dem Fall müssten Sie doch einen Sohn entbehren können.«

»Das ist wohl meine Sache.«

»Nicht seine?«

Aber Richard Serrailler hatte sich schon demonstrativ dem Mann an seiner anderen Seite zugewandt, dem Osteopathen Nick Haydn. Freya aß, ließ ihre Wut abflauen. Sie fragte sich, was Serrailler hatte so bitter werden lassen, so ablehnend, so überaus unfreundlich.

»Schwierig«, hörte sie Aidan leise sagen.

Sie verzog das Gesicht.

»Machen Sie sich nichts daraus, meine Liebe, das gilt nicht Ihnen, so ist er zu allen. Vergessen Sie es.«

»Danke, dass Sie das gesagt haben.«

Er lächelte und wollte ihr mehr Wein einschenken, aber sie legte die Hand über ihr Glas.

»Wasser?«

»Ich kann …«

Doch er war schon aufgesprungen und brachte ihr die Flasche von der anderen Seite des Tisches. Der Akupunkteur mochte zwar nicht augenfällig und unmittelbar attraktiv wirken, wenn sie nach einem attraktiven Mann Ausschau halten würde, aber sein Benehmen und seine Freundlichkeit waren ihr nach dem Zusammenstoß mit Richard Serrailler durchaus angenehm. Nach dem Essen ging sie hinter Aidan Sharpe her in den Salon und setzte sich sofort mit ihm zu Nick Haydn und Cat Deerborn. Kaffee und Tee wurden auf zwei kleine Tische gestellt.

»Ich würde gerne mehr über den Psychochirurgen erfahren«, sagte Freya. »Zum Teil aus Neugier, nachdem ich den Artikel gelesen habe, wobei es auch einen polizeilichen Aspekt gibt, sollte ich wohl besser zugeben.«

»Dann sollten Sie mit Karin sprechen«, erwiderte Cat, nickte in Richtung der schönen Frau, die neben Meriel Serrailler auf dem Fenstersitz saß. »Sie hat ihn aufgesucht.«

»Was?« Aidan Sharpe schaute Cat entsetzt an.

»Fragen Sie sie. Es klingt sehr nach einem cleveren Trick … Einem, bei dem man ins Blinzeln kommt, weil er so effektiv ist. Ich glaube nicht, dass dieser Mann tatsächlich mehr tut, als die Leute zu betrügen.«

»Ist das nicht mehr als genug? Leichtgläubige Menschen, verletzliche Menschen … Hokuspokus.«

»Dem kann ich nur beipflichten.«

Cat schaute zu Freya. »Hat es irgendwas mit meiner vermissten Patientin zu tun?«

»Welcher?«, fragte Freya trocken.

Um zehn Minuten vor eins brachen die meisten auf.

»Hier ist meine Privatnummer, Freya.« Cat war mit ihr zum Auto gekommen. »Ich würde mich gern mal mit Ihnen treffen. Ich hab zwar nicht viel Zeit, wegen der Arbeit und der Familie, aber ab und zu habe ich einen halben Tag frei, und es gibt ja noch die Sonntage … Vielleicht könnten Sie dann mal zum Mittagessen kommen?«

Freudig nahm Freya die Visitenkarte entgegen. Das war noch etwas, noch jemand, der sie Simon näherbrachte, eine Einladung in seine Familie.

Sie bog aus der Einfahrt auf die dunkle Straße. Meriel hatte sie auf beide Wangen geküsst und sie umarmt. Richard Serrailler hatte Hände geschüttelt und nichts gesagt, überhaupt nichts.

Auf ihrem Anrufbeantworter war eine Nachricht von Nathan.

»'n Abend, Sarge … Mitteilung vom DCI. Einsatzbesprechung wegen der vermissten Frauen. Hohe Priorität. Pünktlich um neun. Bis dann.«

38

Guten Morgen allerseits. Ich komme direkt zur Sache. Wie Sie wissen, sind inzwischen drei Frauen aus Lafferton als vermisst gemeldet worden.

Ich möchte Ihre Aufmerksamkeit auf die Tatsache lenken, dass vor dem Verschwinden von Angela Randall innerhalb der letzten sechs Jahre genau vier Frauen aus Lafferton vermisst wurden, von denen, wie sich später herausstellte, eine Selbstmord begangen hatte, eine weitere eines natürlichen Todes gestorben war, die dritte sich schließlich mit ihren Verwandten in Verbindung setzte, nachdem sie aus eigenen Stücken fortgegangen war, und die vierte, eine ältere, an Demenz leidende Dame, aufgegriffen und in ein Krankenhaus gebracht wurde. Wenn also drei Frauen innerhalb weniger Wochen spurlos verschwinden, müssen wir das als höchst verdächtig betrachten.

Gut. Ich möchte wissen, was wir bisher an möglichen Verbindungen haben. Gibt es Verbindungen? Hatten diese Frauen irgendwas gemeinsam?«

»Nun ja ... zumindest die Tatsache, dass sie Frauen waren«, sagte Freya. »Aber ihr Alter ist unterschiedlich – eine von ihnen ist zwanzig, eine dreiundfünfzig, eine einundsiebzig.«

»Der Hügel verbindet zwei von ihnen.«

»Zwei leben allein.«

Serrailler nickte. »Angela Randall ist alleinstehend, und es scheint, als hätte sie keine nahen Verwandten. Mrs Iris Chater ist verwitwet und lebt allein. Sie hat keine Kinder.«

»Ja, aber Debbie Parker hat einen Vater und eine Stiefmutter. Ich weiß, dass sie nicht hier wohnen, doch es fällt aus dem Muster«, warf Nathan Coates ein.

»Je mehr ich es betrachte, desto deutlicher scheint es mir, dass sie außer ihrem Geschlecht nichts gemeinsam haben«, sagte Freya.

»Was ist mit dem Hund?«

Der DCI wirkte irritiert.

»Jim Williams, Sir«, erinnerte ihn Freya.

»Ach ja, der Mann, der Angela Randall als Letzter gesehen hat. Sein Hund ist weggelaufen. Ich sehe nicht, dass das von Bedeutung sein könnte. Hunde rennen öfter weg.«

»Das Tier ist spurlos verschwunden, auf dem Hügel. Genau wie Angela Randall und vermutlich auch Debbie Parker.«

»Mag sein. Na gut, hat sonst noch jemand etwas beizusteuern? Irgendwas?«

»Angela Randall«, meinte Freya nachdenklich. »Ich habe in ihrem Schrank ein Paar teure Manschettenknöpfe gefunden, als Geschenk verpackt und mit einer rätselhaften Widmung auf einer Karte. Als ich bei dem Juwelier in Bevham – Duckham – nachfragte, habe ich erfahren, dass sie eine Reihe teurer Geschenke – eine Uhr, eine Krawattennadel, einen silbernen Brieföffner, alles Dinge für Männer – bei demselben Juwelier gekauft hat, innerhalb von etwa acht Monaten. Von ihrer Chefin im Pflegeheim wissen wir jedoch, dass Angela Randall offenbar keine nahen Verwandten hat, und ihre Nachbarn sagten aus, sie hätte nie Besuch bekommen. Für wen waren die teuren Geschenke? Auf der Karte stand *Für Dich, mit all meiner hingebungsvollen Liebe, von Mir.*«

»Wenn es einen Mann in Angela Randalls Leben gibt, dann ist er der einzige in diesem Fall. Debbie Parker hatte keinen Freund, Mrs Chater hatte ihren Mann kurz vor Weihnachten verloren.

Lassen Sie uns eine weitere Rundfunkdurchsage senden

und noch eine Pressekonferenz einberufen. Ich werde eine Haus-zu-Haus-Befragung im gesamten Stadtgebiet von Lafferton veranlassen … Wir haben bisher nur in den Straßen, in denen die drei Frauen wohnten, und im Gebiet rund um den Hügel Befragungen durchgeführt, aber ich möchte, dass sie ausgeweitet werden. Wir lassen den Fluss mit Tauchern absuchen, ebenso sämtliches Brachland, sämtliche Spielfelder, alles. In großem Umfang. Niemand in Lafferton soll behaupten können, von der Tatsache, dass diese drei Frauen vermisst werden, nichts mitbekommen zu haben.«

»Die überregionale Presse, Sir?«

»Ja. Ich werde mit dem Superintendent sprechen. Aber Presse, Fernsehen und Radio müssen noch heute Abend berichten. Leider fällt alles damit zusammen, dass die laufende Drogenfahndung ebenfalls um einen Gang höher geschaltet wird. Wir haben ein paar hervorragende Informationen bekommen, wie einige von Ihnen wissen werden, und wir müssen innerhalb der nächsten paar Tage zuschlagen. Wir sind ein wenig überlastet. Ich leite die Drogenfahndung, aber ich möchte über alles informiert werden, absolut alles, was mit diesen Frauen zu tun hat. Freya, ich möchte, dass Sie für den Augenblick die Leitung dieser Fälle übernehmen. Alle Berichte gehen an Sie. Wir müssen diese Frauen finden, und bisher haben wir so gut wie keine Anhaltspunkte … Niemand hat sie gesehen, es gibt keine Spuren, nichts von diesen drei Frauen, weder lebendig noch tot. Das an sich ist schon äußerst ungewöhnlich.«

»Unter uns, Sir, worauf würden Sie Ihr Geld setzen?«, fragte Nathan.

Simon Serrailler runzelte die Stirn und dachte kurz nach. Dann sagte er leise: »Ich fürchte – und das ist wirklich unter uns, Nathan, nur eine private Meinung, ja? Wir haben keine Beweise, und ich will nicht, dass es nach außen dringt.«

»Sir.«

»Dann glaube ich, dass wir es mit drei Frauen zu tun haben, die entführt wurden, sehr geschickt entführt, von jemandem oder mehreren Personen, die gekonnt ihre Schritte verwischen und keine Spuren hinterlassen.«

»Also Mord.«

Im Raum wurde es absolut still.

»Ich schließe nichts aus«, sagte Serrailler leise.

Das Tonband

Erst nach über sechs Monaten konnte ich mich überwinden, dir zu gestehen, dass ich kein Medizinstudent mehr war. Ich hielt den Schein sehr gut aufrecht. Aber dann kam natürlich die Frage des Geldes ins Spiel, da du dich an meinen Gebühren beteiligt hast. Ich habe dir geschrieben und gelogen. Ich wollte dich nicht sehen – zu dem Zeitpunkt wollte ich dich überhaupt nicht mehr sehen –, aber ich wusste, dass ich dir eine Erklärung liefern musste, und du wirst dich erinnern, dass ich behauptet habe, man hätte mir geraten, das Studium aus gesundheitlichen Gründen nicht fortzusetzen. Ich hätte ja schon immer leichtes Asthma gehabt, aber es sei weit schlimmer geworden, könne jederzeit ausbrechen, und ein ernsthafter Anfall könnte mein Herz schwächen.

Danach hattest du fast zwei Jahre lang keine Ahnung, wo ich mich aufhielt. Ich schlüpfte einfach aus deinem Leben, wie jemand, der ins Meer taucht und Tausende von Meilen entfernt wieder auftaucht. Ich wusste nicht, was du dabei gedacht hast, ob du den Versuch unternommen hast, mich zu finden, ob du dich je mit der medizinischen Fakultät in Verbindung gesetzt hast. Wegen dir machte ich mir keine Sorgen.

Ich verbrachte einige Jahre damit, eine Zukunft für mich aufzubauen, und nahm während dieser Zeit Aushilfstätigkeiten an, damit ich leben konnte, Büroarbeiten hauptsächlich, und immer nur befristet. Ich meldete mich bei einer Agentur an, und es gab immer genug zu tun. Ich war akribisch, verlässlich, arbeitswillig, methodisch, ordentlich, alles Qualitäten, die mich bei den Arbeitgebern beliebt machten. Ich verursachte keinen Ärger, verschwendete keine Zeit, tratschte nicht und hatte kaum gesellschaftliche Kontakte. Aber während der ganzen Zeit arbeitete ich im Geist, wie eine Untergrundarmee, an meiner Zukunft, probierte Ideen aus und schmiedete Pläne. Arzt konnte ich nicht mehr werden, aber ich hatte nie den Wunsch aufgegeben, im medizinischen Bereich tätig zu sein, und da mir Leichen so am Herzen lagen, spielte ich oft mit dem Gedanken, mich einfach in einem Beerdigungsunternehmen anstellen zu lassen oder Assistent im pathologischen Labor einer Klinik zu werden, vorzugsweise im Ausland.

Aber ich hätte nie die zweite Geige spielen können, hätte es nie ertragen, nicht selbst das Heft in der Hand zu halten, mich nie irgendeinem »qualifizierten« Pathologen unterordnen, nie Woche um Woche die Plackerei eines Dienstboten hinnehmen können, unbemerkt, unbeachtet, denn ich wusste ebenso viel wie sie, hätte ihre Arbeit leisten können. Ich wäre vor Enttäuschung geplatzt.

Mehrere Monate lang plante ich, meine medizinische Ausbildung wieder aufzunehmen, vielleicht Empfehlungen zu fälschen, über mein Alter zu lügen, ins Ausland zu gehen, aber Täuschung ist mir nie leichtgefallen. Der einzige Mensch, den ich je getäuscht und belogen habe, warst du. Ich wollte mich nicht wie ein Kleinkrimineller verhalten, und wenn man mich erwischte, wäre die Demütigung traumatisch gewesen, mehr, als ich hätte ertragen können. Ich hatte genug von Demütigungen. Mein Hass auf jene, die mich verdammt, mich mit Verachtung gestraft und geschmäht hatten, war und ist immer noch absolut, ein reiner, bitterer Hass, nicht wie ein Gift, sondern wie eine Säure.

Jede andere Tätigkeit im medizinischen Bereich, die ich in Erwägung zog, über die ich mich sogar genauer informierte, kam für mich nicht infrage, weil sie untergeordnet war, nur das Zweitbeste und mit niedrigem Status. Ich wollte kein Krankenpfleger werden oder als Sanitäter arbeiten. Vielleicht hätte ich es mit Zahnheilkunde versuchen können, aber das lehnte ich ab, weil es der Medizin zu sehr ähnelte und man mich wieder hätte schikanieren können.

Ich will, dass du alles erfährst. Dadurch kann kein Schaden entstehen, weil du mir nicht mehr schaden kannst, mich nicht mehr verhöhnen kannst, wie du es so oft getan hast, weil du unfähig bist, mich zu demütigen. Du wolltest stolz auf mich sein, und das wärst du jetzt auch. Jetzt bist du keine Bedrohung mehr für mich und würdest es auch nicht sein wollen. Ich musste alles selbst herausfinden, für mich und nur mir selbst gegenüber verantwortlich sein. Darauf hatte ich während meiner gesamten Kindheit und Jugend gewartet.

Mit fehlten das Krankenhaus und die Pathologie sehr. Ich träumte davon. Ich träumte davon, eine Obduktion nach der anderen durchzuführen und erstaunliche Entdeckungen zu machen, Probleme zu lösen, Geheimnisse des Körpers zu lüften. Während ich vorübergehend an dem einen oder anderen Schreibtisch arbeitete, ging ich im Geist durch die Flure des Krankenhauses, zog meinen grünen Kittel und die Kappe an, griff nach den Instrumenten. Ich lebte in zwei Welten, und doch vernachlässigte ich nie die Arbeit, die ich zu erledigen hatte, war in der Lage, meine Arbeitgeber ohne Weiteres zufriedenzustellen, während ich mein anderes Leben führte.

Aber nach einer gewissen Zeit reicht mir das nicht mehr. Ich musste etwas unternehmen, eine Entscheidung treffen, die Richtung finden, die mein Leben nehmen sollte.

Am Ende geschah es durch Zufall. Mir wurde eine befristete Stelle in der Verwaltung einer Firma angeboten, die Automaten vermietet. Die Firma lag in einiger Entfernung von meinem möblierten Zimmer, in einer Gegend, die ich nicht kannte. Ich nahm den Zug und musste dann zehn Minuten laufen, eine langweilige Strecke, die ich aber jeden Tag variieren konnte, indem ich eine Abkürzung nahm oder eine Seitenstraße durch verschiedene Wohngebiete. Sie glichen sich ziemlich, die Häuser waren groß, in unterschiedlichen Stilrichtungen und aus diversen Zeitperioden, und ich spekulierte gern über ihre Besitzer, fragte mich, welcher Beruf genug Gehalt einbrachte, um sich Aldine Lodge und Manor House und West End und The Poplars leisten zu können. An einem Haus hing das Messingschild eines Zahnarztes. Manchmal fuhren Leute heraus, wenn ich vorüberging, in großen, bequemen, teuren Autos, die zum Status ihrer Häuser passten.

Ich war nicht neidisch, obwohl ich gern irgendwo gewohnt hätte, wo es nicht so eng und schäbig war wie in dem möblierten Zimmer, auf das ich mich beschränken musste.

Aber ich wusste immer, dass es nur eine Unterkunft auf Zeit war, genau wie meine Arbeitsstellen auf Zeit waren, und dass mein wahres Leben und Schicksal irgendwo warteten, um von mir entdeckt zu werden. Ich verzweifelte nie und war deswegen nie deprimiert. Du wärst in dieser Zeit stolz auf mich gewesen, stolz auf die Tatsache, dass ich mich gut kleidete, auf meine Sachen und meinen Körper achtete und nie das Vertrauen in mich verlor.

Ich erinnere mich noch genau an den Morgen. Man behält die Tage im Gedächtnis, an denen das Schicksal zuschlägt. Nie habe ich den verzierten Rahmen eines der Fotos in dem Raum vergessen, wo ich vom Dekan der medizinischen Fakultät hinausgeworfen wurde. Wenn ich die Augen schließe, sehe ich immer noch das dünne, verschlungene Band aus Goldfarbe vor mir.

Daher ist es nicht erstaunlich, dass ich mich an alles erinnere, was an dem Tag geschah, als ich durch die Spencer Avenue ging, eine der beiden langen, von Bäumen gesäumten Straßen, die mich auf einem leichten Umweg zu meinem Büro brachten. Die Häuser hatten meist Giebel und waren in nachgemachtem Tudor- oder echtem Edwardianischen Stil erbaut, die Hecken, größtenteils Forsythien, in voller, gelber

Blüte an diesem ziemlich feuchten, milden Frühlingsmorgen. Dir hätte die Spencer Avenue gefallen. Es war die Art Straße, in der du gern gewohnt hättest, obwohl du nie hoffen konntest, dir das Leben in solchen Häusern leisten zu können. Aber als ich ein Junge war und dich noch liebte, noch mit dir redete und dir Dinge erzählte, machten wir ähnliche Spaziergänge, und ich zeigte dir Häuser, die ich für uns kaufen würde, wenn ich ein berühmter Arzt geworden wäre, und du würdest dann die Farbe der Vorhänge und die Büsche aussuchen, die du im Vorgarten pflanzen würdest.

Ich war früh dran. Das war ich immer. Unpünktlichkeit konnte ich nie ertragen, weder bei mir noch bei anderen. Ich brauchte mich nicht zu beeilen.

Es geschah, als ich zwei Drittel des Weges hinter mir hatte, auf der rechten Seite, der, auf der ich ging. Das Haus war imposant, wenn auch nicht sonderlich attraktiv. Es hatte schwarz-weißes Fachwerk und in Blei gefasste Fenster, die es düster aussehen ließen. Es war groß, die Auffahrt sehr gepflegt, und rechts daneben stand ein Fliederbusch in voller Blüte. Es war das Schild am Torpfosten, das meine Aufmerksamkeit auf sich zog. Noch ein Zahnarzt? Oder ein Gynäkologe mit einer großen Privatpraxis? Ein Psychiater? Ein Augenarzt?

Ich war verblüfft, als ich las, was in diesem Haus tatsächlich unter dem Namen »John F. L. Shinner« untergebracht war.

Darauf war ich noch nie gekommen, wusste nicht viel darüber, womit es zu tun hatte – damals gab es erst wenige von uns. Aber ich starrte das Schild mit einem Gefühl der Erleuchtung an. Ich brauchte mir Namen und Adresse nicht zu notieren, sie waren bereits in meinem Gedächtnis gespeichert.

Ich ging schneller, nicht weil ich mich verspätet hatte, sondern weil ich aufgeregt war. Ich sah, wie sich mein Leben vor mir öffnete. Ich würde mich ausbilden lassen, und ich würde praktizieren. Ich würde meinen Namen an einem Haus wie diesem haben, in einer von Bäumen gesäumten Straße. Es wäre einer medizinischen Praxis sehr ähnlich, und ich würde nur mir selbst gegenüber verantwortlich sein. Zum ersten Mal fand ich es schwer, mich auf meine Arbeit zu konzentrieren, und sobald es ein Uhr war, ging ich zum öffentlichen Telefon vor dem Postamt, suchte mir die Telefonnummer heraus und rief an, um einen Termin zu vereinbaren. Ich erklärte, dass ich keine Behandlung brauchte, sondern über die Möglichkeit sprechen wollte, mich in diesem Beruf ausbilden zu lassen. Nach kurzem Zögern stellte mich die Sprechstundenhilfe durch.

»Ich würde Sie gern empfangen und hoffe, dass ich Ihnen weiterhelfen kann. Seit wann sind Sie daran interessiert?«

»Ich habe dreieinhalb Jahre Medizin studiert, habe aber eines der Examen nicht bestanden und bin fast sofort danach sehr krank geworden. Jetzt geht es mir wieder gut, es liegt schon einige Zeit zurück, aber inzwischen war ich unzufrieden damit geworden, wie man uns ausgebildet hat. Ich fing an, mich sehr für alternative Behandlungsweisen zu interessieren.« Ich merkte, dass ich leidenschaftlich an alles glaubte, was ich sagte, noch als die Worte aus meinem Mund kamen.

»Haben Sie mit anderen Therapeuten gesprochen?«

»Ich habe mich über Homöopathie informiert.«

»Und?«

»An Pharmazie war ich nie interessiert. Behandlungen mit chemischen und homöopathischen Mitteln kommen mir sehr ähnlich vor. Ich kann es nur schwer erklären, aber Homöopathie erscheint mir doch zu kopflastig.«

Mr John F. L. Shinner lachte leise. »Unsere Ausbildung ist sehr rigoros – fast wie die konventionelle medizinische Ausbildung. Aber ich würde diesen Wissenszweig nicht als zu kopflastig bezeichnen. Es geht um ganzheitliche Einschätzung, Behandlung und Pflege des Patienten. Sie haben mit

Menschen zu tun, nicht nur mit bloßer Symptombehandlung.«

»An bloßer Symptombehandlung bin ich nicht interessiert.«

»Dann kommen Sie zu mir. Wenn ich Ihnen helfen kann, werde ich es tun.«

In der Nacht konnte ich nicht schlafen. Schließlich stand ich um halb drei auf und machte einen Spaziergang durch die engen, heruntergekommenen Straßen, wo die Fliederbüsche und Forsythien und einzeln stehenden Häuser der Spencer Avenue tausend Meilen weit weg zu sein schienen und doch mit solcher Sicherheit ein Teil meiner Zukunft waren, dass sie mir wirklicher vorkamen als die Straßen, durch die ich ging. Ich nahm nichts wahr, roch nur das ranzige Fett aus einer Fisch-und-Chips-Bude und den Dieselgestank von der nahen Durchgangsstraße. Ich verspürte eine absolute Sicherheit wegen allem, als sei ich zur Spencer Avenue geleitet worden und zu dem Messingschild von John F. L. Shinner, die mein Schicksal bestimmten. Es war seltsam, dieses Schicksalsgefühl. So etwas kannte ich nicht, aber ich erlaubte mir, mich zunächst einmal darauf einzulassen.

Ich weiß nicht, warum die Anziehung meines zukünftigen Berufes so stark war, so zwingend, denn ich wusste wenig davon, hatte keine Ahnung, wie lange die Ausbildung dauern, wie viel sie kosten, wohin sie mich führen würde. Doch die Ungewissheit über diese Dinge war nebensächlich, und mit der Zeit würde alles klarer werden. Ich hatte keine Zweifel, nicht die geringsten. Aber ich wusste, dass ich dir nichts davon sagen, mich nicht mit dir in Verbindung setzen würde, bevor ich alles erreicht hatte.

Ich habe nie irgendetwas bedauert oder zurückgeschaut, habe nie gezweifelt. Ich wusste, dass ich recht hatte, und genau so war es.

Was die anderen Dinge betrifft – ich glaube, sie waren immer da, schlummerten knapp unter der Oberfläche. Ich würde einen Beruf ergreifen, der mich erfüllte und befriedigte, aber die alten Bedürfnisse waren nicht besiegt. Man hatte mich abgewürgt, bevor ich das tun konnte, was ich tun musste, tun wollte, und es würde andere Möglichkeiten geben, mein Ziel zu erreichen, aber das konnte warten. Letztlich musste es jahrelang warten, doch es spielte keine Rolle. Denn ich habe es ja erreicht, nicht wahr? Ich habe alles vollbracht.

John Shinner war sehr hilfreich. Wir hatten den Termin so gelegt, dass sein letzter Patient bereits gegangen und mein Arbeitstag zu Ende war. In freudiger Erregung ging ich durch die Avenue zu seinem Haus.

Er war ein kleiner, rundlicher Mann, zwar mit einem englisch klingenden Namen, aber zumindest teilweise orientalischer Abstammung.

»Unsere Disziplin hat ihren Ursprung in China«, sagte er. Shinner zeigte mir den Raum, in dem er praktizierte und den ich mir sofort als Vorbild nahm, denn er war so ordentlich, so steril, so sauber. Es gab keine überflüssige Dekoration, keine Bilder, nichts, was nicht direkt mit seiner Arbeit zu tun hatte. Die Wände waren cremefarben gestrichen, das Leder der Behandlungsliege und seines Bürostuhls war schwarz. Der Raum strahlte eine wunderbare Ruhe und Harmonie aus, die ich immer nachzuahmen versucht habe. Meine Patienten haben mir gesagt, sie seien sich dessen bewusst und es würde die Wirksamkeit meiner Behandlung unterstützen.

»Für Komplementärtherapien gib es wenig Vorschriften«, erklärte mir Mr Shinner. »Jeder kann eine Praxis eröffnen, ohne Ausbildung und Qualifikationen. Würde jemand als Zahnarzt oder Orthopäde praktizieren, ohne Ausbildung und Qualifikationen? Natürlich nicht, doch es wird nichts unternommen, und die Öffentlichkeit kann hohen Risiken ausgesetzt werden. Unsere Disziplin ist alt und bewährt. Um eine Zulassung von unserem nationalen Institut zu

erhalten, werden Sie viel lernen müssen. Sie werden sich anstrengen müssen und nie aufhören zu lernen, selbst nachdem Sie jahrelang praktiziert haben. Ich lerne täglich dazu. Und doch werden wir von der Schulmedizin missachtet, abgelehnt, mit Geringschätzung und Verachtung gestraft, vor Gericht verlacht. Sind diese Leute vielleicht bei unseren Operationen – Organentfernungen, Kaiserschnitten – dabei gewesen, durchgeführt an Patienten, die hellwach sind, reden, lachen und während des ganzen Vorgangs keine Schmerzen haben? Unsere Kritiker tun uns als Lügner ab. Aber natürlich ist der Großteil unserer Arbeit nicht so dramatisch. Wir helfen, wir geben Hoffnung, wir heilen manchmal vollständig, wir mindern Schmerzen, wir lindern chronische Symptome bei unheilbaren Krankheiten. Wir wirken auf Körper, Geist und Seele ein, wir berühren die tiefsten Teile der Psyche wie auch die oberflächlichsten Bereiche des Körpers.«

Er drehte sich mit seinem Stuhl herum und sah mich lange an, sein Blick stetig und eindringlich.

»Wie kommen Sie darauf, dass hierin Ihre Zukunft liegt?«

»Durch innere Überzeugung.«

»Hoffen Sie, dadurch reich zu werden?«

Ich lachte. »Ich erwarte nicht, Millionär zu werden.«

»Sie haben meine Frage nicht beantwortet.«

»Ich bin nicht hier, weil ich erwarte, ein Vermögen zu verdienen. Aber ich war arm und muss gestehen, dass es eine unerfreuliche Erfahrung war.«

Er schwieg, stand aber auf und ging zu seinem Schreibtisch, wo er einige Namen und Adressen aufschrieb.

»Lassen Sie sich Informationen schicken, finden Sie so viel wie möglich heraus. Diese Leute werden Ihnen Ratschläge geben. Erwähnen Sie meinen Namen. Aber wenn Sie Erfolg haben sollten, seien Sie auf Spott und Feindseligkeit gefasst. Können Sie damit umgehen?«

»Ja«, antwortete ich zuversichtlich. Es hat mich nie interessiert, was andere von mir halten.

Schließlich lieh er mir drei Bücher. »Wenn Sie die sorgfältig und aufmerksam gelesen und dann über das Gelesene nachgedacht haben, werden Sie Gewissheit erlangen. So oder so.«

Ich dankte ihm und erhob mich. Ich war begierig darauf, nach Hause zu kommen und mit dem Lesen zu beginnen, die erste Tür zu meinem zukünftigen Leben zu öffnen. Aber die Gewissheit hatte ich bereits.

39

Sarge?«

»Hallo, Nathan, was hat sie Ihnen diesmal aufgetischt?«

»Schokoladenkuchen, für den man sterben könnte.«

»Und?«

»Das alte Mädchen war bei einem Medium. Wollte sich mit Harry in Verbindung setzen.«

»Warum hat uns die Nachbarin das nicht früher erzählt?«

»Sagte, es käme ihr wie eine Art Verrat vor, meinte, Mrs Chater würde nicht wollen, dass jeder Tom, Dick und Harry davon erfährt … Na ja, dass Harry es erfuhr, schon, wenn Sie verstehen, nur …«

»Lassen Sie die blöden Witze.«

»Entschuldigung … Also, Mrs Moss, die ich jetzt Pauline nennen soll …«

» … was Sie bestimmt auch tun.«

»Sie sagte, es sei alles eine Art Geheimnis …, sie hatte den Namen dieser Geisterbeschwörerin herausgefunden und ihn Mrs Chater gegeben, die sofort hinging und dann nichts mehr darüber sagte. Ich glaube, Pauline versucht sie vor allem zu beschützen, wissen Sie, damit sich keiner über Mrs Chater lustig macht.«

»Haben Sie den Namen erfahren?«

»Kommt noch.«

»Guter Junge. Übrigens, der DCI plant eine Rekonstruktion – Debbie Parker, die am frühen Morgen ihre Straße entlanggeht und dann den Rundweg um den Hügel einschlägt.«

»Wann?«

»Donnerstagmorgen. Sie suchen jetzt nach einem passenden Mädchen.«

»Wie wär's mit Ihnen?«

»Ich muss zu dem Juwelier in Bevham … Und ich will rauf nach Starly, um noch mal mit unserem Freund Dava zu sprechen, ihn richtig in die Mangel nehmen.«

»Moment mal, Sarge, was ist mit meinem Mittagessen?«

»Sie brauchen keines, Sie haben gerade einen halben Schokoladenkuchen verputzt.«

»Sarge! Seien Sie nicht so herzlos.«

»Okay, Sie können eine Tasse Löwenzahntee in dem Biocafé da oben trinken.«

Nathan machte ein würgendes Geräusch und beendete das Gespräch.

Der Juwelier war höflich, kühl, wollte ihr gerne helfen, war sich aber sicher, dass er ihr nichts Weiteres berichten konnte.

»Ich möchte Sie bitten, sich die Zeit zu nehmen und sich noch mal Mrs Randalls Besuche hier vor Augen zu führen. Können Sie sich an die Unterhaltungen mit ihr erinnern, als sie diese Schmuckstücke aussuchte und kaufte? Ich möchte, dass Sie sich daran zu erinnern versuchen, ob sie irgendwas gesagt hat, das uns einen Hinweis darauf geben könnte, wer der Empfänger war.«

»Oder die Empfänger?«

»Ich will darauf hinaus, dass man im Allgemeinen eine Art Unterhaltung führt, wenn man solche Sachen kauft … Das ist ja kein schneller Kauf wie der eines Stücks Seife beim Drogisten. Wenn ich hier reinkäme und etwas Teures und Besonderes für jemanden kaufen wollte – für einen Geburtstag, zum Beispiel –, würde ich mir beim Aussuchen Zeit lassen und den Verkäufer in ein Gespräch verwickeln … Das gehört doch zum Spaß an der Sache, wenn Sie so wollen. Vor allem, wenn es teure Stücke sind und man so etwas nicht täglich kauft. Ich würde vielleicht sagen, diese Goldkette sei ein Taufgeschenk für eine gerade geborene Nichte, oder Sie fragen, ob Sie mir für den vierzigsten Geburtstag meines Bruders ein Paar ganz besondere Manschettenknöpfe zeigen könnten.«

»Ja, so etwas kommt vor.«

»Oft?«

»Ziemlich oft, ja.«

»Aber nicht bei Angela Randall? Nie? Nicht ein einziges Mal? Kam Ihnen das nicht seltsam vor?«

»Miss Randall bat mich nur darum, ihr Stücke einer bestimmten Art oder innerhalb eines bestimmten Preisrahmens zu zeigen. Sie sprach nie darüber, warum sie sie kaufte.«

»Oder für wen?«

»Nein.«

»Und Sie haben sie nicht gefragt?«

Er sah sie streng an. »Selbstverständlich nicht. Es geht uns nichts an, außer der Kunde kommt von sich aus darauf zu sprechen.«

»Hatten Sie je das Gefühl, dass es Geschenke für einen Liebhaber wären?«

»Nein. So jemand war sie nicht.«

»Und wie war sie dann?«

Er dachte einen Moment nach. »Unaufdringlich. Zurückhaltend. Freundlich, aber … ja, zurückhaltend trifft es am ehesten – nicht die Art Dame, die Smalltalk macht.«

»Glauben Sie, dass Sie zum Beispiel mit ihrer Friseurin über persönliche Angelegenheiten reden würde?«

»Nein. Und wir sind natürlich kein Frisiersalon.«

Was Friseurinnen in deinem Weltbild zu einer absolut niederen Lebensform macht, dachte Freya, als sie den Laden verließ und quer über die Straße zu ihrem Lieblingscafé ging.

Es leerte sich gerade nach dem Mittagsbetrieb, und sie fand einen Tisch am Fenster, bestellte sich eine Ciabatta mit Brie und Salat, dazu einen großen Cappuccino, und zog ihr Notizbuch heraus. Es half immer, wenn sie nach einer Befragung eine ruhige halbe Stunde hatte, das Gespräch noch einmal im Kopf durchging und sich alles notierte, was ihr dazu einfiel. Aber ihr fiel nichts ein. Der Besuch bei Duckham war reine Zeitverschwendung gewesen. Die ganze Ermittlung erbrachte bisher gar nichts und lief sich in einem undurchdringlichen Nebel fest. Angela Randall war als Letztes gesehen worden, wie sie in so einen Nebel lief. Das schien zu passen. Wenigstens war sie von jemandem gesehen worden. Niemand hatte Debbie Parker oder Mrs Iris Chater gesehen. Sie beschloss, Angela Randalls steriles kleines Haus noch einmal aufzusuchen.

Freya biss in ihre Ciabatta, wobei ihr Salatdressing vom Brot auf Kinn und Hände lief. Als sie das Dressing mit einer Papierserviette aufwischte, schaute sie hoch und sah jemand auf der anderen Seite der Scheibe, die hereinblickte und ihre Aufmerksamkeit zu wecken suchte. Es war Simon Serraillers Schwester.

Jede Unterbrechung dieses frustrierenden Gedankenkreislaufs war willkommen, aber Cat Deerborn war willkommener als jeder andere, mit Ausnahme von Cats Bruder.

»Ist das nicht typisch? Immer erwischt einen jemand, wenn man sich mit Salatsoße bekleckert. Diese Dinger kann man wirklich nicht appetitlich essen.«

»Wie Eclairs.«

»Setzen Sie sich doch zu mir – trinken Sie einen Kaffee?«

Cat Deerborn setzte sich und stellte zwei große Einkaufstüten auf den Boden.

»Kindersachen einzukaufen ist so langweilig. Unterhemden, Socken, Pyjamas, Unterhosen ... Ich hätte gern einen doppelten Espresso und – kein Sandwich. Was dann?« Sie sah in die Speisekarte. »Einen getoasteten Teekuchen. Wie schön, Sie wiederzusehen. Sind Sie nicht im Dienst?«

»Doch, ich habe gerade jemanden befragt. Aber wir dürfen zwischendurch essen. Und Sie?«

»Halber freier Tag. Und die Kinder sehen in ihren Sachen schon verwahrlost aus, weil sie wieder aus allem rausgewachsen sind. Dagegen musste ich was unternehmen.«

Freya betrachtete sie genauer. Wenn man wusste, dass Simon und sie Geschwister waren, konnte man die Ähnlichkeit erkennen, um die Augen, den Mund, aber ihre Gesichtsfarbe war anders. Simon wirkte älter, und man wäre nicht auf den Gedanken gekommen, dass die beiden zu Drillingen gehörten.

Cat biss in ihren Teekuchen, wobei ihr warme Butter über das Kinn lief. Sie kicherten beide.

Das ist Simons Schwester, sein eigen Fleisch und Blut. Das ist nicht nur eine Frau, die ich mag und die vielleicht zu einer Freundin wird, das ist jemand, der ihn besser als sonst jemand kennt. Ich möchte sie über ihn ausfragen, ich möchte alles von ihm erfahren, seinen Geschmack, wie er sich als Kind benommen hat, seine Beziehung zu seinem Vater, wo er Urlaub macht, wer seine Freunde sind … die Frauen, die laut Sharon in ihn verliebt waren, die Herzen, die er gebrochen hat.

Es schien unmöglich, einen Anfang zu finden. Cat brachte das Gespräch auf Starly. »Wissen Sie, die Menschen haben alle möglichen Gründe, Arzt werden zu wollen …, nicht immer gute Gründe, aber ich schätze, die meisten sind ehrbar. Ich kann nur nicht begreifen, was hinter jemandem liegt, der sich zu solchen extremen Alternativen versteigt. Was ist dieser Kerl, dieser sogenannte Psychochirurg? Ist er verrückt oder böse?«

»Dieselbe Frage stellen wir uns über Menschen, die bestimmte Verbrechen begehen. Pädophile, gewisse Mörder. Verrückt? Was ist verrückt? Das können Sie besser beantworten als ich.«

Cat schüttelte den Kopf. »Nur in den offensichtlichsten und eindeutigsten Fällen, und davon gibt es äußerst wenige, wissen Sie. Echt, nachweisbar, auf Dauer ›verrückt‹ – geistesgestört, ohne jeden Bezug zur normalen menschlichen Realität. Das ist selten.«

»Dann also böse. Ich weiß nicht, ob irgendjemand von denen wirklich böse ist. Fehlgeleitet.«

»Vielleicht hatten sie den Wunsch, Gutes zu tun, zu heilen …, und der wurde durchkreuzt, in die falsche Richtung gelenkt oder auf irgendeine Weise verbogen.«

»Es muss auch etwas mit Machtgefühl zu tun haben. Vor allem, wenn Menschen so dankbar sind, dass sie einen als Wunderheiler bezeichnen.«

»Manchmal glaube ich, dass alle Medizin mit Machtgefühlen zu tun hat. Ich denke da an einige Ärzte, die sich in ihrem Machtgefühl sonnen.«

»Wissen Sie, ich finde es verwirrend, dass dieser Kerl – und nicht nur er – tatsächlich etwas zu bewirken scheint. Die Leute behaupten, geheilt worden zu sein.«

»Die meisten Beschwerden, die nicht lebensbedrohlich sind, kurieren sich sowieso von allein aus, und die Wirkung von Placebos sollte niemals unterschätzt werden. Ich würde gerne mal mit jemandem sprechen, der behauptet, von Krebs oder Multipler Sklerose oder Neuromyotonie durch einen Psychochirurgen oder einen Kristallkundler geheilt worden zu sein. Ich möchte während der nächsten zehn Jahre alle sechs Monate mit ihm sprechen und sehen, ob er die Behauptung immer noch aufrechterhält. Was er natürlich nicht tun wird.«

»Niemandem Schaden zufügen … Ist das nicht Ihre Maxime?«

»Ja. Aber ich bin ausgebildete Ärztin.«

Die Kellnerin kam, um ihren Tisch abzuräumen.

»Noch einen Kaffee?«

»Ich müsste eigentlich los.«

»Ich auch.«

»Dann trinken wir noch einen Kaffee. Und ich möchte noch eines klären … War mein Vater neulich Abend sehr grob zu Ihnen?«

Freya verzog das Gesicht. »Ziemlich.«

Cat wurde rot. »Gott, er macht mich so wütend. Er tut das, um alles, was Mutter macht, zu zerstören, um alle anderen daran zu hindern, sich zu amüsieren, um den Spaß zu verderben.«

»Er kommt mir recht verbittert vor.«

»Ist er auch.«

»Ist er sehr enttäuscht worden?«

»Nein. Na ja – dass Si nicht Medizin studiert hat, war ein Schlag. Als gäbe es nicht genug Serrailler-Ärzte, um ihn glücklich zu machen. Er konnte es nicht verkraften, in Pension zu gehen. Er war aufgebracht, deprimiert, wütend …, wohingegen meine Mutter das Unvermeidliche einfach hinnahm und sich auf die anderen Dinge in ihrem Leben konzentrierte.«

»Und wie.«

»Absolut. Dad suhlte sich ein paar Jahre lang in Selbstmitleid und gewöhnte sich dann seine Grobheiten an. Es tut mir leid, dass es Sie erwischt hat, und ich entschuldige mich dafür.«

»Ich bin schon mit Schlimmerem fertiggeworden – denken Sie sich nichts dabei. Es hat mich eher verwirrt als sonst etwas.«

Ihr Kaffee wurde gebracht, und Cat rührte mehrmals in ihrem Espresso, bevor sie Freya wieder ansah und sagte: »Dann ist da natürlich noch Martha. Hat Si sie erwähnt?«

»Nein, aber …«

»Nein, ich nehme nicht an, dass er seinen Kollegen davon erzählt. Er findet es schwierig.«

»Ich war mit Simon auch schon außerhalb der Arbeit zusammen.«

»Ach ja?« Cat sah sie scharf an.

»Wir waren zusammen essen.«

»Ach so.«

Freya wollte Cat so gerne von dem Abend in Simons Wohnung erzählen, von dem Essen beim Italiener, von ihren Gefühlen. So ein Gespräch könnte sie einander näherbringen. Doch Cat sagte: »Martha ist unsere jüngere Schwester ..., zehn Jahre jünger als wir. Sie wissen, dass wir Drillinge sind? Es gibt auch noch Ivo, der in Australien lebt.«

»Ja, das hat Simon mir erzählt.«

»Martha ist schwerstbehindert, geistig und körperlich. Das war sie von Geburt an. Erstaunlich ist nur, dass sie nicht schon als Kind gestorben ist. Sie lebt in einem Behindertenheim in Chanvy Wood. Das hat meinem Vater sehr zugesetzt, und er erwähnt sie kaum – ich glaube nicht, dass er und ich mehr als zwei- oder dreimal in meinem Leben über Martha gesprochen haben. Wenn ihn etwas bitter, wütend und abweisend gemacht hat, dann das.«

»Das muss schwer für Meriel sein.«

»Sehr schwer. Aber es gab eine ganze Menge, was schwer für sie war, und sie hat es einfach auf sich genommen und ist ihren Weg weitergegangen. Ich mag zwar nicht immer gut mit Ma zurechtkommen – sie macht mich manchmal schier wahnsinnig –, aber ich bewundere sie mehr, als ich sagen kann.«

»Gibt Ihr Vater irgendjemandem – oder irgendetwas die Schuld an Marthas Verfassung?«

»Keine Ahnung. Oh, vermutlich sich selbst, tief in seinem Inneren, wo ihn niemand je erreichen könnte. Natürlich ist das Blödsinn, es ist einfach ein Chromosomendefekt. Es gibt dazu keine Vorgeschichte in unserer Familie. Aber es ist schwer, so etwas rational zu betrachten, wenn es einem selbst zustößt. Ich weiß das, weil ich mit Patienten in ähnlichen Situationen zu tun hatte.«

»Ich frage mich, warum Simon es nicht erwähnt hat.«

»Simon hat vieles von meinem Vater in sich, aber auf positivere Weise. Er ist ebenfalls sehr zurückhaltend …, auch er hat etwas tief in seinem Inneren, das niemand erreicht. Man rührt einfach nicht daran.«

»Niemand?«

Cat sah sie lange an. »Niemand. Es geht mich zwar nichts an, Freya …, aber versuchen Sie es nicht. Ich liebe meinen Bruder sehr, doch ich bin, abgesehen von Mutter, wahrscheinlich die einzige Frau auf der Welt, der das gelingt.«

Sie trank den Espresso aus und sammelte ihre Einkaufstüten zusammen. »Ich muss meine Unterhemden und Unterhosen heimbringen.« Sie wollte ihren Geldbeutel herausziehen, aber Freya streckte die Hand aus. »Nein, das zahlt die Kripo. Sie haben der Polizei bei ihren Ermittlungen geholfen. Das haben Sie tatsächlich – ich musste mit jemandem über diese Starly-Sache reden.«

»Besuchen Sie uns doch mal zu Hause, ja? Wenn Sie das Chaos eines Sonntagsbrunchs ertragen?«

»Aber gerne.«

»Ich ruf Sie an.« Cat beugte sich plötzlich vor und legte ihre Wange kurz an Freyas. »Ich bin wirklich froh, dass ich durchs Fenster geschaut habe.«

Freya sah ihr nach, wie sie sich mit den Einkaufstüten durch die Tür schob, und fühlte sich in Hochstimmung versetzt, trotz der Warnung wegen Simon, derselben Warnung, die auch Sharon Medcalf ihr gegeben hatte. Sie mochte Cat um ihrer selbst willen. Sie glaubte auch, dass Cat, trotz ihrer pflichtbewussten Ansprache, Freya mochte und sie vielleicht sogar als gut für ihren Bruder betrachtete. Bitte, dachte sie und steckte ihr Notizbuch weg, ja, bitte.

40

Er war um halb sechs Uhr morgens zum Gewerbegebiet gefahren, um sich die echte Debbie anzuschauen, damit er sie deutlich vor Augen hatte, wie sie jetzt war und wie sie gewesen war. Als er am Fuße des Hügels ankam, waren sie bereits da, in großer Anzahl. Mannschaftswagen der Polizei, Reporter, Fernsehcrews, wie an einem Filmset, mit all den Neugierigen, die dazugehörten. Es war noch früh, aber viele hatten davon gehört und kamen zum Zuschauen, hauptsächlich Frauen und ein paar Teenager, bevor sie zu ihren Schulbussen mussten.

Er war entschlossen gewesen, dem Ganzen fernzubleiben, wusste ganz genau, was all die Psychologen und Profiler von Menschen wie ihm sagten. »Auf die eine oder andere Weise kehren sie immer zum Tatort zurück. Sie können sich nicht fernhalten. Bei einer Suche bieten sie vielleicht ihre Hilfe an, nach einem Aufruf um Mithilfe aus der Bevölkerung melden sie sich vielleicht mit falschen Informationen, bei einer Rekonstruktion kommen sie zum Zuschauen.«

Er brauchte das nicht. Das Geschehen auf dem Hügel war unwichtig, nur ein notwendiges Vorspiel. Worauf es ankam, geschah in dem Gebäude im Gewerbegebiet. Die Jagd, das Überwältigen, das Töten interessierten ihn nicht. Ihm war völlig verständlich, warum vor Jahrhunderten in den dunklen Straßen Edinburghs Leichenräuber eingesetzt wurden. Wenn er Leute hätte anstellen können, die ihm die nötigen Leichen brachten, hätte er das getan.

Was ihn an diesem Morgen zum Hügel trieb, war der Wunsch zu sehen, wie die Polizei die Sache durchführte, welche Fehler sie machte, wie weit sie danebenlag. Ein Ergebnis war sowieso ausgeschlossen. Wie viele Menschen auch zum Zuschauen kamen, wie viele sich meldeten, keiner konnte der Polizei in irgendeiner Weise nützlich sein, weil keiner hier gewesen war. Niemand war hier gewesen. Er war der Einzige, der wusste, was passiert war.

Er zögerte. Bei der Gruppe der Uniformierten um einen der Mannschaftswagen sah er die junge Frau, die er auf der Dinnerparty kennengelernt hatte, Freya Graffham. Wenn sie ihn entdeckte, würde er mit ihr sprechen, würde einen Grund für seine Anwesenheit nennen müssen. Er bewegte sich etwas außer Sichtweite und überlegte. Es fiel ihm rasch und ohne großes Kopfzerbrechen ein, wie alles. Er wusste, was er sagen würde, und freute sich sogar darauf. Doch das Bühnenbild war aufgebaut, die Schauspieler warteten, der Vorhang würde sich gleich heben. Er ging ein wenig nach links, um besser sehen zu können.

Sofort erkannte er, dass vieles falsch war. Das Mädchen war nicht dick genug und ihr Haar etwas zu hell. Aber die Fleecejacke stimmte und die furchtbare Akne. Eine andere junge Frau sprach mit ihr, den Kopf nahe bei ihr, redete und redete, gestikulierte mit den Händen. Die Mitbewohnerin.

Jemand bat um Ruhe. Einen Augenblick lang herrschte äußerste Stille. Dann ging das Mädchen los, die Kameras begannen zu laufen, die Fernsehcrew ging rückwärts vor ihr her, die Männer mit den flauschigen Mikrophonen daneben.

Die Kleidung war identisch, und sie ging fast genau wie Debbie. Fast. Er beobachtete sie. Jetzt überquerte sie die Straße, steuerte auf den Eingang zu, der zum Hügel selbst führte. Er wollte ihr Anweisungen zurufen, ihr sagen, sie solle schneller gehen, ihren Gesichtsausdruck ändern, zum Hügel hinaufschauen, nicht geradeaus. Wer immer das Mädchen war, sie war sich der Kamera vor ihr zu bewusst, ihr Gang war zu zögerlich.

Alle anderen sahen aufmerksam zu, einige von ihnen, einschließlich Freya Graffham, folgten als Gruppe ein paar Meter hinter dem Mädchen. Freya hatte ihn nicht gesehen, dessen war er sich ziemlich sicher. So war es auch besser. Seine Geschichte würde später nützlicher sein.

Das Mädchen war jetzt auf dem Hügel, und die anderen blieben zurück. Das Wetter stimmte nicht, aber als er sie betrachtete, scheinbar allein, während sie auf die Stelle zuging, wo sie sich getroffen hatten, merkte er, dass Erregung in ihm aufstieg. Er wusste, was passieren würde, es lief in seinem Kopf ab wie ein Film, den er bereits gesehen hatte und dessen Ende vollkommen stimmig war. Ein paar Sekunden lang ging sie in die falsche Richtung, und er wollte ihr etwas zurufen, aber dann drehte sie wieder um, und alles war richtig, es war, als wisse sie Bescheid, als sei sie Debbie, kein Ersatz, und ein Machtgefühl überkam ihn. Es war außergewöhnlich. Sie tat genau das, was er wollte. Sie gehorchte seinen stummen Befehlen, als sei sie eines der ferngesteuerten Flugzeuge, die die Jungen am Sonntagmorgen auf dem Hügel fliegen ließen. Jeder Schritt war wie von ihm vorgegeben. Er musste sich zurückhalten, um nicht zu ihr zu laufen. Sie war fast da, das arme, fette, schlecht gekleidete, pickelige Mädchen. Wie konnte es zwei von ihnen auf der Welt geben? Er brauchte keine zwei, aber wenn er allein gewesen wäre, hätte er sie trotzdem genommen.

Sie war nur ein paar Meter entfernt. Er hielt den Atem an, bis ihm der Brustkorb wehtat. Jemand rief. Die Frau. Freya Graffham.

»Okay, Caroline, okay, Sie können jetzt stehen bleiben.«

Freya kam heraufgerannt, und die anderen folgten ihr. Alles war verdorben, die letzten paar Sekunden, die letzten paar Schritte. Der Film war gerissen.

Er beobachtete Graffham, ihre Hand auf der Schulter des Mädchens. Er konnte sie nicht mehr hören. Das Mädchen hatte ihn in Erregung versetzt, und dann hatte die Polizistin ihn zurückgeholt.

Er wollte sie töten.

Als Cat Deerborn auf dem Weg zur Praxis am Hügel vorbeifuhr, war niemand mehr da, aber sie hatte den Umweg absichtlich gewählt, um möglichst viele Erinnerungen an Debbie Parker wachzurufen, die von Nutzen sein könnten. Debbie war ein merkwürdiges Mädchen gewesen, einerseits ernsthaft depressiv, entstellt von der Akne, übergewichtig – und doch hatte sich Cat, wenn Debbie in die Sprechstunde kam, nie so ausgelaugt und müde gefühlt wie bei vielen anderen ihrer Patienten mit einem Stimmungstief. Sie hatten gewitzelt, Debbie hatte scharfe, gut beobachtete Bemerkungen gemacht, da waren Intelligenz und Wärme unter dem trübsinnigen Äußeren gewesen. Und wo war sie jetzt? Unterwegs mit einem Zigeuner-Hippie-Clan in einem uralten Bus, ohne sich je zu waschen? Auf dem Weg zu den Gurus in Indien? Beides kam ihr unwahrscheinlich vor.

Das Verschwinden von Mrs Chater war sogar noch beunruhigender. Cat dachte an die Stunden, die sie mit ihr und dem sterbenden Ehemann in dem heißen Vorderzimmer verbracht hatte. Nein, auch sie war keine Frau, die ohne Vorwarnung verschwinden würde. Sie war aus härterem Holz, die Art Frau, die ihr Leben, solange es noch dauerte, weiterführen und das Beste daraus machen würde. Es passte nicht zu ihr, einfach wegzulaufen. Was wohl ebenso auf Debbie zutraf, dachte Cat.

Sie bog auf den Praxisparkplatz und blieb noch einen Moment im Auto sitzen, nachdem sie den Motor abgestellt hatte. Ein hohles, leicht schmerzhaftes Gefühl in der Magengrube beunruhigte sie. Tot, dachte sie. Sie waren beide tot. Woher weiß ich das? Warum bin ich mir so sicher? Freya Graffham hatte sie gefragt, ob sie ihr irgendetwas über die beiden Frauen erzählen konnte, und in gewissem Sinne gab es eine

Menge zu erzählen – all das, worüber sie gerade nachgedacht hatte. Aber was würde das für die polizeilichen Ermittlungen bringen? Nichts. Vage, ominöse Gefühle. Es würde sich nicht lohnen, deswegen anzurufen.

Aber sie wollte Freya gerne wiedersehen. Sie mochte sie, hatte das zufällige Treffen und das Gespräch mit ihr genossen. Und sie wünschte sich sehr, dass Simon keinen Platz in diesem Bild fand. Sie hatte die von Freya ausgehenden Signale nur zu gut erkannt. In der Vergangenheit hatte es weiß Gott genug davon gegeben. Si zog Frauen an, was kein Wunder war. Er mochte Frauen, war gern mit ihnen zusammen, führte sie aus, unterhielt sich mit ihnen und, was noch wichtiger war, hörte ihnen aufmerksam zu. Danach ergriff ihn Panik. Außerdem gab es wahrscheinlich immer noch Diana.

Cat war das einzige Mitglied der Familie und möglicherweise der einzige andere Mensch, der von Diana Mason wusste. Simon kannte Diana seit fünf oder sechs Jahren; die beiden hatten sich in Florenz kennengelernt, wo er, wie so oft, zum Zeichnen hingefahren war. Sie waren ins Gespräch gekommen, hatten sich gut verstanden und festgestellt, dass ihre Hotels in derselben Straße lagen. Das hätte alles gewesen sein können, war es aber aus irgendeinem Grund nicht. Als sie nach England zurückgekehrt waren, hatte Si sie angerufen.

Diana Mason wohnte in London, war seit über zwanzig Jahren verwitwet und wollte nie wieder heiraten. Stattdessen wollte sie einen Beruf ergreifen, wozu sie vorher nicht in der Lage gewesen war, und hatte sich mit dem von ihrem Mann geerbten Geld ihr erstes Restaurant in Hampstead gekauft. Inzwischen besaß sie eine Kette von neun Restaurants, alle unter dem Namen »Mason«, in London und geschickt gewählten Orten wie Bath, Winchester, Cambridge und Brighton. Die Mason-Restaurants waren gemütliche Brasserien, in denen man ausgezeichnet essen konnte, geöffnet von zehn bis zehn, wo man den besten Kaffee, das beste Eis und American Salad bekam, Kinder, Familien und Studenten willkommen waren, mit genau der richtigen Atmosphäre, Ausstattung und dem richtigen Personal. Diana hatte alles selbst entworfen und ausgesucht, jedes Detail wurde von ihr entschieden, und sie vertrat jetzt die vernünftige Ansicht, dass sie eine gewinnbringende Formel gefunden hatte und sich an sie halten sollte. Sie arbeitete schwer, fuhr ständig zwischen ihren Restaurants hin und her, überprüfte Einzelheiten, sprach mit dem Personal, aß abwechselnd in dem einen oder anderen. Und sie verdiente viel Geld damit. Mehrere große Restaurantketten hatten ihr angeboten, sie aufzukaufen, aber sie hatte immer abgelehnt, hatte gesagt, wenn sie keinen Spaß mehr daran hätte, würde sie aufhören, aber noch sei es nicht so weit. Die Beziehung zwischen Diana und Simon war unorthodox, und das passte ihnen beiden gut. Cat war vor langer Zeit zu der Ansicht gekommen, dass die beiden nicht ineinander verliebt waren und es aus diesem Grund so gut funktionierte. Sie mochten sich, waren gern zusammen, trafen sich an mehreren Wochenenden im Jahr, waren sogar ein- oder zweimal wieder zusammen in Urlaub gefahren. Aber sie waren beide unabhängige Menschen, die es aus unterschiedlichen Gründen vorzogen, keine festen Bindungen einzugehen. Beide mochten ihre Arbeit und brauchten Raum für sich, hatten ihre eigenen Freunde, ihr eigenes Leben.

Hinzu kam noch, dass Diana Mason zehn Jahre älter war.

Simon erwähnte sie fast nie, selbst Cat gegenüber, die sich manchmal gefragt hatte, ob es einem von ihnen etwas ausmachte, wenn sich der andere ernsthaft in einen anderen Menschen verliebte. Wahrscheinlich nicht sehr viel.

Trotzdem, Frauen wie Freya Graffham, nette Frauen, machten ihr Sorgen. Si war entweder begriffsstutzig oder wollte die gebrochenen Herzen nicht bemerken, die er regelmäßig zurückließ. In gewisser Weise war er gleichgültig, sogar gefühllos, und zumindest Freya hatte etwas Besseres verdient. Aber wie man sie warnen konnte, wie man das Thema überhaupt anschneiden sollte, war ein Problem, das Cat fürs Erste beiseiteschob. Abgesehen von allem anderen wusste sie aus Erfahrung, dass Freya, wenn sie in Simon verliebt war, wie Cat vermutete, das Stadium überschritten hatte, sich irgendwelche Warnungen zu Herzen zu nehmen.

Eine Stunde später wusch sich Cat gerade die Hände, nachdem sie ein Kind mit vereitertem Trommelfell behandelt hatte – warum hatte die Mutter dem armen Kind nicht wenigstens saubere Papiertücher gegeben, die es gegen das Ohr halten konnte? –, als das Telefon klingelte.

»Können Sie einen Anruf von Aidan Sharpe entgegennehmen? Er sagt, er könnte es später noch einmal versuchen, wenn es jetzt nicht passt.«

»Nein, stellen Sie ihn durch und gönnen Sie mir eine Pause.«

»Tee?«

»Sie haben meine Gedanken gelesen. Danke.«

Das Gespräch wurde durchgestellt. »Aidan? Guten Morgen.«

»Cat, meine Liebe, rufe ich zu einem sehr ungünstigen Zeitpunkt an? Ich hatte gesagt, dass ich es gerne auch später probieren könnte.«

Sie lächelte über seine recht altmodische Ausdrucksweise, seine extreme Höflichkeit. Chris sagte immer, Aidan Sharpes Benehmen passe zu seinen Fliegen.

»Geht schon. Ich kann eine Pause gebrauchen.«

»Schlimmer Morgen?«

»Viel zu tun. Und bei Ihnen?«

»Wie immer. Aber ich hatte eine Absage, und es gibt da etwas, was ich Ihnen gegenüber unbedingt erwähnen wollte. Ich habe mir den ganzen Morgen Sorgen darüber gemacht.

Ich weiß nicht, ob es Ihnen bekannt ist, aber die Polizei hat eine Rekonstruktion der letzten Schritte des jungen Mädchens vorgenommen, das vermisst wird.«

»Debbie Parker, ja. Ich bin dran vorbeigefahren. Ich habe Sie nicht gesehen.«

»Oh, ich bin auch nur vorbeigefahren, genau wie Sie. Um die Wahrheit zu sagen, ich wusste zuerst nicht, was da vorging. Ich dachte, jemand würde einen Film drehen, bis ich die Polizeiwagen sah. Aber verstehen Sie, genau deshalb mache ich mir Sorgen und habe ein richtig schlechtes Gefühl. Ich hätte eher daran denken sollen, hätte etwas unternehmen sollen, habe es aber nicht getan.«

»Woran hätten Sie denken sollen?«

»Cat, die junge Frau war bei mir. Ich habe sie behandelt.«

»Du meine Güte. Davon hat sie mir gegenüber nichts erwähnt.«

»Ach, war sie auch bei Ihnen Patientin?«

»Ja. Sie war in letzter Zeit sogar mehrfach bei mir.«

Schweigen, dann ein kleines Geräusch, was ein Seufzen und Einatmen hätte sein können.

»Aidan, Sie sagten, Sie haben sie behandelt?«

»Habe ich, aber nur ein Mal. Ich hatte sie gebeten, weitere Termine zu vereinbaren, doch das hat sie nie getan. Vielleicht mochte sie keine Nadeln. Aber ihre Akne war sehr schlimm, und wir haben da manchmal gute Erfolge, obwohl ich der Meinung war, sie hätte zusätzlich eine Oxytetrazyclin-Kur gebraucht.«

»Die habe ich ihr auch verschrieben. Sie kam schließlich damit zu mir … Sie hätte eher kommen sollen, aber Debbie hatte es mehr mit – alternativen Therapien. Sie war zu einem dieser New-Age-Heiler in Starly gegangen.«

Aidan stöhnte auf. »Zu welchem? Guter Gott, es sind diese armen kleinen Mädchen wie Debbie, um die man sich Sorgen machen muss.«

»Zu einem eher zwielichtigen Typ in einer blauen Robe namens Dava. Er hat ihr eine potenziell gefährliche Hautcreme und irgendwelches pflanzliches Zeug gegeben, auf das sie stark allergisch reagiert hat. Ich musste sie als Notfall behandeln.«

»Über diesen Fall haben Sie berichtet, nicht wahr?«

»Ja. Aber ich verstehe nicht ganz, warum Sie sich jetzt Sorgen wegen Debbie machen, Aidan. Was hat das mit Ihnen zu tun?«

»Na ja, ich hätte das doch sicher bei der Polizei melden müssen, oder? Das ist eine Information.«

»Ich glaube nicht, dass es irgendwelche Relevanz für ihr Verschwinden hat. Sie etwa?«

»Nun ja, nein, aber es hieß, die Polizei wolle alles in Verbindung mit ihr erfahren ... Ich hatte es einfach vergessen, und das ist mir jetzt sehr unangenehm. Ich scheine allmählich nachzulassen.«

Cat lachte. »Besser nicht. Ich habe ein paar Patienten mit hartnäckigen Arthroseschmerzen, die ich zu Ihnen schicken möchte, und Sie haben da bisher immer helfen können.«

»Meine Liebe, Sie sind sehr freundlich. Ich kann Ihnen gar nicht sagen, was es für mich bedeutet, in dieser Weise Ihr Vertrauen zu haben.«

»Das haben Sie. Und nun machen Sie sich keine Sorgen mehr wegen Debbie Parker.«

»Ich befürchte, das tue ich doch. Ich kann es nicht ändern. Ich habe ein ungutes Gefühl.«

»Ich auch, unter uns gesagt.«

»Ich glaube wirklich, ich sollte zur Polizei gehen.«

»Wenn das Ihr Gewissen erleichtert, dann sollten Sie es wohl tun, Aidan.«

Cat legte auf. Aidan Sharpe war ein altes Tratschweib, aber sie mochte und respektierte ihn. Typisch für ihn, so ein Theater zu machen, weil ihm vorübergehend entfallen war, dass er Debbie Parker behandelt hatte. Als sie den Summer für den nächsten Patienten drückte, fragte sie sich, was Aidan dazu veranlasst hatte, Akupunkteur zu werden. Er war ein ungewöhnlicher Heilkundler. Eines Tages würde sie ihn bitten, ihr seine Geschichte zu erzählen.

Die Tür öffnete sich, und herein kam eine hochschwangere Frau mit einem Kleinkind an der Hand und einem Einjährigen auf dem Arm. So viel zu den vielen Stunden, die ich im Familienplanungszentrum verbracht habe, dachte Cat müde.

»Hallo, Tracey. Kommen Sie, setzen Sie sich.« Sie lächelte das erschöpft aussehende Mädchen an. »Jetzt dauert es ja nicht mehr lange. Wie geht es Ihnen?«

Tracey setzte sich, schob sich das Baby irgendwie auf den Schoß, zog das Kleinkind mit dem Fuß zu sich heran und brach in Tränen aus. Die Vormittagssprechstunde nahm ihren Lauf.

Der Diensthabende wollte sie gerade anrufen, als Freya Graffham durch die Tür in die Halle kam und stehen blieb.

»Mr Sharpe? Hallo. Kann ich Ihnen irgendwie weiterhelfen?«

»Aidan, bitte.«

»Ich war mir nicht sicher, ob es hier um eine offizielle Angelegenheit geht.«

»Meine Liebe, wie schön es auch ist, Sie wiederzusehen, ich fürchte, es geht um etwas Offizielles. Um das vermisste Mädchen, Debbie Parker.«

»Gut, dann setzen wir uns hier hinein.«

Er folgte ihr in ein kleines Verhörzimmer.

»Nehmen Sie bitte Platz. Entschuldigen Sie die Möblierung. Möchten Sie einen Kaffee?«

»Eine Tasse Gift, meinen Sie.«

»Wenn Sie den Automatenkaffee meinen, muss ich Ihnen zustimmen.«

»Tja, erinnern Sie mich eines Tages daran, Ihnen zu erzählen, welche furchtbaren Dinge Kaffee Ihrem gesamten Organismus antut, geistig und körperlich.«

Er setzte sich. Sie war hübscher, als er sie in Erinnerung hatte, sah intelligent aus, hatte glänzendes Haar. Natürlich war es richtig gewesen, hierherzukommen, statt anzurufen, und auch der Zeitpunkt war genau richtig – einzutreffen, als sie das Gebäude verlassen wollte. Er betrachtete sie erfreut. Sie würde zuhören, was er zu sagen hatte, würde es nicht einfach abtun, vielleicht auch nur, weil sie sich gesellschaftlich begegnet waren und sie gute Manieren hatte. Aidan Sharpe lächelte.

»Also, Debbie Parker. Wir haben heute am frühen Morgen eine Rekonstruktion ihrer letzten bekannten Schritte vorgenommen.«

»Wirklich? Ihrer letzten bekannten Schritte? Es ist also bekannt, wo sie zuletzt gesehen wurde?«

Freyas Mund wurde schmal. »Nicht so direkt. Wir sind uns ziemlich sicher, dass sie spazieren gegangen ist, und wir sind uns ebenfalls ziemlich sicher, dass sie auf dem Hügel war. Dort war sie in den letzten Wochen oft, und nach dem, was wir zusammenstückeln konnten, war sie vermutlich sehr früh am Morgen unterwegs. Wir hofften, jemand hätte sie gesehen … Erinnerungen können erstaunlich lange nach dem Ereignis wachgerüttelt werden, wenn wir es richtig hinkriegen.«

»Haben Sie schon viele Reaktionen bekommen?«

Freya zuckte die Schultern. »Dies und das. Natürlich gibt es immer eine ganze Reihe von Spinnern … Leute, die behaupten würden, sie hätten gesehen, wie der Mond rosa wurde, wenn wir die Öffentlichkeit darum bitten, sich deswegen mit uns in Verbindung zu setzen.«

Sie wirkte so charmant, so entspannt, so freundlich, aber sie war klug, gab nichts preis, wandte die übliche Verschleierungstaktik an. Er ließ sich davon nicht einen Moment lang täuschen. Die Rekonstruktion hatte bei der breiten Bevölkerung keine Reaktion ausgelöst, die für die Polizei von Nutzen war. Aber so würde es immer sein.

»Ich habe momentan die Leitung dieses Falls übernommen, wenn Sie also meinen, etwas zu wissen, das uns weiterhelfen kann, bin ich die richtige Ansprechpartnerin.«

Er lehnte sich auf dem unbequemen Stuhl zurück und seufzte.

»Ich weiß es nicht, ich weiß es einfach nicht. Ich weiß nur, dass ich mir deswegen Sorgen mache. Es wird sehr lahm und pathetisch klingen, wenn ich Ihnen sage, dass ich nicht früher gekommen bin, weil ich es einfach vergessen hatte. Was keine Entschuldigung ist. Ich habe es einfach vergessen.«

»Was haben Sie vergessen?«

»Dass Debbie Parker bei mir gewesen ist.«

»Sie meinen, als Patientin?«

»Ja. Sie kam nur ein einziges Mal. Sie hatte schlimme Akne, das arme Ding ... Schreckliche Haut, und sie war depressiv, zum Teil wegen ihres Aussehens. Sie war auch ziemlich übergewichtig. Ich weiß nicht, ob Sie das wissen?«

Freya nickte nur.

»Akupunktur bringt nachweisbare Erfolge bei Hautkrankheiten, eines der Gebiete, auf dem wir nach gewisser Zeit einen sichtbaren Nutzen der Behandlung erkennen können.«

»Was, soll das heißen, dass Ihre Behandlungen nicht auf alles anwendbar sind?«

»Absolut nicht. Wir haben unsere Stärken ... genau wie Nick Haydn – Sie erinnern sich an ihn von Meriels Dinnerparty?«

»Der Osteopath, ja. Ich hatte kaum Gelegenheit, mit ihm zu sprechen.«

»Sein Fachgebiet hat in manchen Fällen enormen Erfolg und ist für die Behandlung anderer Fälle völlig ungeeignet. Man würde niemanden mit Akne zu ihm schicken.«

»Wann war Debbie Parker bei Ihnen?«

»Ich habe in der Datei nachgeschaut. Im Oktober. Sie kam zu einer Anamnese, die ziemlich lange dauert, und zu einer Behandlung. Ich habe ihr vorgeschlagen, drei weitere folgen zu lassen, aber sie kam nicht wieder.«

»Hat sie sich mit Ihnen in Verbindung gesetzt oder erklärt, warum?«

»Nein. Allerdings hat es mich nicht sonderlich überrascht.«

»Warum?«

»Sie schien sich nicht wohlzufühlen. War nervös.« Er dachte an den Ausdruck in Debbies dickem, unattraktivem Gesicht.

»Manche Menschen können die Nadeln nicht ertragen. Die tun nicht weh, aber sie haben Angst davor. Sie können sich nicht entspannen. Debbie war ein unglückliches Mädchen.«

»Unglücklich genug, nach Ihrer Meinung, um sich das Leben zu nehmen?«

Er zögerte. »So etwas ist immer sehr schwer zu beantworten.«

»Nur eine Meinung. Aber es könnte wichtig sein.«

»Dann – nach meiner professionellen Meinung, ja. Ich glaube, sie war die Art junger Frau, die so etwas tun könnte.«

Er sah Freya Graffham ins Gesicht, erhielt aber keine Reaktion. Glaubte sie ihm? Er konnte es nicht erkennen, und das ärgerte ihn.

»Hat sie Selbstmordgedanken geäußert?«

»Nein, nein. Nichts in der Art. Soweit ich mich erinnere, sagte sie, sie fühle sich manchmal ›ein bisschen niedergeschlagen‹ – aber das geht auch vielen anderen Patienten so.«

»Sie hatten nicht das Gefühl, dass ein unmittelbares Selbstmordrisiko bestand?«

Er seufzte wieder und schüttelte den Kopf. »Aber Sie verstehen jetzt, warum ich mir Vorwürfe mache, nicht wahr?«

»Wir haben keinerlei Grund zu der Annahme, dass Debbie sich das Leben genommen hat – dass sie überhaupt tot ist.«

»Unter uns, halten Sie das nicht für die wahrscheinlichste Erklärung?« Sag es mir, dachte er, drängte sie innerlich, sag mir, was du denkst, sag mir, wie das offizielle Polizeiurteil lautet, sag es mir.

Aber Freya Graffham schüttelte nur leicht den Kopf. »Ich danke Ihnen, dass Sie gekommen sind. Für so was ist es nie zu spät. Damit können wir ein weiteres Puzzlestück einpassen. Also nochmals vielen Dank. Und machen Sie sich keine Gedanken, dass es Ihnen nicht früher eingefallen ist.«

Effizient. Kühl. Professionell. Aber nicht brüsk, dachte er, überhaupt nicht brüsk.

Sie ging mit ihm zusammen aus dem Revier und die Stufen hinunter.

»Sie erinnern sich nicht zufällig, ob eine der anderen beiden vermissten Frauen Sie aufgesucht hat?«

Der übliche Trick, eine letzte Frage zurückzuhalten und sie dann plötzlich zu stellen, wie einen nachträglichen Einfall, unwichtig, eigentlich nicht der Rede wert, aber … Er war nicht im Geringsten überrascht, stotterte nicht, zögerte nicht.

»Ich habe nur von einer anderen Frau gelesen. Allerdings kann ich mich nicht an den Namen erinnern.«

»Angela Randall.«

Er blieb stehen, dachte kurz nach, schüttelte dann den Kopf.

»Ich schaue natürlich nach, aber ich glaube nicht. Doch Sie erwähnten, dass es außer Debbie noch zwei andere gibt? Ist das nicht allmählich sehr besorgniserregend? Wie viele Frauen werden normalerweise in Lafferton im Laufe eines Jahres vermisst, ganz zu schweigen von einigen Wochen?«

»Nicht allzu viele. Im Lokalradio BEV und im Fernsehen

wurde ein Aufruf mit der Bitte um Mithilfe in allen drei Fällen gesendet.«

»Den muss ich verpasst haben.«

»Die Dritte wird erst seit zwei Tagen vermisst.«

»Oh, in dem Fall …«

»Ja?«

Sie beobachtet mich. Sie sieht mich an und versucht, etwas zu entdecken. »Wie lange dauert es, bis Sie in Panik geraten?«, fragte er lächelnd.

Aber sie erwiderte das Lächeln nicht. »Wir geraten nicht in Panik. Wir nehmen alles mehr oder weniger ernst, je nach den jeweiligen Umständen.«

»Und wie waren die?«

»Anders als bei den anderen beiden.«

Ja. Anders. Ungeplant. Ein Fehler.

»Ich bezweifle, dass ich weitere Patienten unter Ihren Vermissten finden werde, aber nennen Sie mir einen Namen.«

»Chater. Mrs Iris Chater.«

»Alter?«

»Einundsiebzig.«

»Ich werde meine Unterlagen sorgfältig durchgehen … Bis wie weit zurück, meinen Sie?«

»Das bleibt Ihnen überlassen … Vielleicht zwei Jahre für den Anfang. Heben Sie die vollständigen Unterlagen noch länger auf?«

Aidan Sharpe drückte auf den funkgesteuerten Türöffner an seinem Autoschlüssel, und die Blinker leuchteten auf. Er ging zur Fahrertür, öffnete sie und drehte sich erst dann wieder mit einem Lächeln zu Freya um.

»Ich vernichte meine Unterlagen überhaupt nicht. Ich schaue nach und rufe Sie an. Geben Sie mir Ihre Nummer?«

»Wenn ich nicht hier auf dem Revier bin, wird mir jede Nachricht ausgerichtet.«

Sie blieb vor den Stufen stehen und sah seinem abfahrenden Auto nach. Als er auf die Hauptstraße bog, winkte ihr Aidan Sharpe zu.

»Können Sie für mich einen Mann namens Aidan Sharpe überprüfen?«

»Warten Sie, Sarge … Ich brauche einen Stift.«

»S-h-a-r-p-e … Er ist Akupunkteur. Seit ein paar Jahren in Lafferton, und ich weiß nicht, wo er davor war. Schauen Sie im Nationalregister nach, überprüfen Sie seine Qualifikationen … Es ist unwahrscheinlich, dass da mehr ist, ich bin sicher, er hat keine Vorstrafen, aber lassen Sie ihn trotzdem durchlaufen.«

»Wonach suche ich?«

»Keine Ahnung. Nach allem. Wahrscheinlich nach nichts.«

»Tausend Dank. Wie heiß ist die Sache, Sarge? Der DCI springt nämlich im Siebeneck, vierundzwanzig Stunden, um jeden Dealer und User im Umkreis von fünfzig Meilen zu finden, jede Garage, jeden Schuppen zu durchsuchen, jeden zu verhaften, der seine Parkzeit auch nur um zehn Minuten überschreitet, ich weiß nicht, wer ihm im Nacken sitzt.«

»Bevham. Die Sache ist außer Kontrolle geraten, das wissen die und versuchen, von sich abzulenken. Erübrigen Sie fünf Minuten für mich.«

»Was ist mit diesem Sharpe?«

»Er trägt eine Fliege.«

»Also ein Weichei.«

Freyas Telefon klingelte.

»Sarge? Wegen Ihrer Fliege.«

»Irgendwas?«

»Nee. Besitzt sämtliche Qualifikationen, alle Zertifikate und so.«

»Wo wurde er ausgebildet?«

»London und China. Hat er auch einen Zopf?«

Das Tonband

Ich habe Angst. Du wusstest immer, was zu tun war, wenn ich Angst hatte. Du hast immer die Lampe brennen lassen, hast mit leiser Stimme zu mir gesprochen, bist bei mir geblieben. Aber jetzt brauche ich dich viel mehr als damals, und du hörst mich nicht, du antwortest nicht, du hast dich mir entzogen, und das ist grausam von dir.

41

Das Telefon drang in Cat Deerborns seltsamen Traum von einem weißen Pony. Es war halb vier. Sie nahm automatisch ab, bevor ihr einfiel, dass sie keinen Bereitschaftsdienst hatte.

»Cat? Karin hier ... Hör zu, tut mir leid, dich zu wecken ...«

Cat setzte sich auf. Chris bewegte sich, murmelte etwas und schlief weiter.

»Ist schon gut, keine Bange, aber warte mal kurz. Ich gehe an den anderen Apparat.«

Sie schlüpfte aus dem Bett und ging leise in die Küche hinunter. Die Katze lag auf dem alten Sofa am Herd, und Cat setzte sich daneben.

»Gut, hier bin ich. Was ist los?«

Schweigen am anderen Ende. Cat wartete. Sie wusste, es war erfolgversprechender, Karin nicht mit Fragen zu bombardieren.

Die Spülmaschine summte leise auf der letzten Stufe. In der Küche war es wunderbar gemütlich.

»Ich habe Angst. Bin schon seit Ewigkeiten wach und musste dich einfach anrufen.«

»Gut, dass du es getan hast. Ist Mike da?«

»Nein, er ist in New York. Außerdem kann ich nicht mit ihm reden.«

»Okay.«

»Ich weiß, dass ich das Richtige tue, ich weiß es immer noch. Es gibt keine Möglichkeit für mich, den anderen Weg einzuschlagen.«

»Da spricht nicht nur der Stolz aus dir, oder? Wenn nicht, vergiss es. Spielt keine Rolle.«

»Es ist kein Stolz.«

»Ist irgendwas passiert?«

»Nein … eigentlich nicht.«

»Also doch.«

»Ich habe schreckliche Rückenschmerzen. Nicht solche wie nach der Gartenarbeit.«

»Wo?«

»Im Kreuz und ein bisschen darunter. Nicht zwischen den Schultern.«

»Die ganze Zeit?«

»Mehr oder weniger.«

»Aber insgesamt mehr.«

»Erst seit ein paar Tagen.«

»Soll ich zu dir rüberkommen?«

»Himmel, nein, bitte nicht. Ich habe nur Angst, Cat. Vorher habe ich keine Angst gehabt. Ich hatte alles unter Kontrolle.«

»Ist das ein Teil des Problems?«

»Ich weiß es nicht. Aber heute Nacht … alles … Tod … Grabsteine … Erde in meinem Mund … Sauerstoffmasken … Ohnmacht … Schmerz. Schreckliche Schmerzen, gegen die man nichts tun kann.«

»Ich bin in einer halben Stunde da.«

»Nein, hör zu …«

»Und ich brauche einen doppelten Espresso.«

Cat legte auf.

Auf der Koppel tauchte das graue Pony bedrohlich auf und starrte sie, weiß wie ein Geist, über das Gatter an. »Du bist in meinen Traum eingebrochen«, sagte sie zu ihm und ließ das Auto einige Meter den Abhang hinunterrollen, bevor sie den Motor anließ und auf die dunkle Landstraße bog.

Karin öffnete die Haustür. Sie trug einen langen weißen

Morgenmantel, und ihr Haar war hochgesteckt. An ihr ist nie etwas Zerzaustes oder Ungepflegtes, dachte Cat, selbst in den frühen Morgenstunden. Aber sie war dünn geworden, hatte zu schnell an Gewicht verloren, und ihr Gesicht hatte ein neues Aussehen angenommen – irgendetwas war mit den Augen, und die Wangenknochen traten stärker hervor.

Cat küsste sie auf beide Wangen und nahm sie lange und fest in die Arme. Karins Körper fühlte sich schmächtig an.

»Du bist eine Heilige«, sagte Karin.

»Nein, nur eine Ärztin.«

»Und eine Freundin.«

»Das zuallererst.«

»Hast du das mit dem doppelten Espresso ernst gemeint?«

»Vielleicht lieber Tee?«

»Klingt viel besser.« Karin füllte den Wasserkessel. »Ich hab dich nicht mal gefragt, ob du Bereitschaftsdienst hast, weil ich so neben mir stand.«

»Spielt keine Rolle.«

»Es ist bei mir angekommen. Ich glaube, das war es bisher nicht.«

»Irgendwann musste es passieren.«

»Ich wusste nicht, was ich tun sollte. Ich hab noch nie so viel Angst gehabt. Bis jetzt hatte ich dem Tod noch nicht ins Auge geschaut. Wollte nicht wissen, wie er aussieht.«

»Abgesehen von den Ängsten, wie ist es dir sonst ergangen?«

»Ganz gut, bis ich die Rückenschmerzen bekam. Das ist nervig. Was könnte es sein?«

»Das schau ich mir gleich mal an, wenn du willst. Ich weiß es nicht. Du hast gesagt, es wären keine Rückenschmerzen wie nach der Gartenarbeit, aber hast du draußen gearbeitet? Du weißt, wie das ist – die ersten warmen Tage des Jahres, jeder geht raus zum Umgraben, und wir kriegen die Auswirkungen zu spüren.«

»Ich habe nicht im Garten gearbeitet.«

Sie stellte zwei Becher auf den Tisch. Cat bemerkte, dass Karin diesmal auch schwarzen Tee trank, keinen Kräutertee.

»Sonst noch was?«

»Eigentlich nicht.«

»Also was?«

Karin zuckte die Schultern. »Müde. Das hat nichts zu bedeuten.« Ihre Haut, sonst immer so strahlend, hatte ein transparentes Schimmern.

»Lässt du noch mal eine Tomographie machen?«

»Oh, Cat, was soll das? Wir wissen beide, was es ist, was mit mir passiert. Warum das noch mal hervorheben? Ich möchte es lieber nicht wissen.«

»Das sieht dir nicht ähnlich.«

»Es sieht diesem neuen Selbst ähnlich.«

Sie hob den Becher, trank einen Schluck Tee, setzte ihn wieder ab und sah zu Cat, die Augen voller Tränen. »Was wird passieren?«, fragte sie.

»Ich bin absolut aufrichtig, wenn ich dir sage, dass ich es nicht weiß. Ich brauche etwas, von dem ich ausgehen kann, Karin.«

»Eine begründete Vermutung.«

»Nein.«

»Na gut, dann tue ich es für dich. Metastasen. Vermutlich in der Wirbelsäule. Ich huste auch. Also ebenfalls in der Lunge. Aber ich gehe nicht ins Krankenhaus, ich suche keinen Onkologen auf. Wenn ich einen Arzt brauche, dann will ich nur dich, wenn dir das recht ist. Ich gehe weiter zu meiner Heilerin. Ich habe morgen den nächsten Termin. Das hilft wirklich.«

»Ich weiß.«

»Ich halte die Diät auch strikter ein.«

»Was isst du?«

»Rohes, Biologisches.«

»Was?«

»Gemüse, ein bisschen Obst. Wasser. Sie empfehlen Kaffee-Einläufe.«

»Ein absolutes, kategorisches Nein, Karin. Damit kannst du dir selbst viel Schaden zufügen. Hör zu, mir macht nicht das Sorgen, was du isst, sondern was du nicht isst. Natürlich brauchst du frisches Obst und Gemüse, aber du brauchst auch Milch, Eier, ein bisschen Käse, viel Fisch, etwas Hefe für zusätzliches Vitamin B, Vollkorngetreide – Haferflocken sind am besten. Ein, zwei Glas Rotwein jeden Abend.«

»Du hast gerade ein Dutzend toxischer Substanzen in einen einzigen Satz gestopft.«

Cat schnaubte und goss sich mehr Tee ein.

»Was kannst du wegen meines Rückens tun? Und wegen meiner allgemeinen Trübsal? Muss ich damit leben, bis es mir wieder besser geht?« Karins Augen blickten Cat groß und furchtsam an.

»Kommt darauf an. Wenn du eine Tomographie machen ließest, damit ich weiß, was mit deinem Rücken los ist, wäre mir wohler bei der Behandlung. Ich meine, Paracetamol ist ja eine feine Sache … Ich würde dir auch gern ein leichtes Antidepressivum verschreiben …, eins der neueren Art, aus der SSRI-Gruppe. Aber ich befürchte, auch das ist voller Toxine. Gewisse Aromatherapien sollen angeblich stimmungshebende Eigenschaften haben, doch darin bin ich keine Expertin. Sie sind aber entspannend und angenehm.«

»Ich weiß, ich gehe jede Woche zu einer. Angenehm … Aber ich glaube, es hilft nicht viel.«

»Wenn wir lokalisiert haben, was mit deinem Rücken los ist, schicke ich dich möglicherweise zu Aidan Sharpe. Er ist sehr sorgfältig, ich habe viel Vertrauen zu ihm … Er würde dich nicht behandeln, wenn er es für falsch hielte. Es könnte gegen deine Rückenschmerzen helfen.«

»Gut.«

»Aber auch er würde dich zur Tomographie schicken wollen.«

»Na gut.« Karin klang plötzlich erschöpft und besiegt. Sie saß da und starrte in ihren leeren Becher.

»Ich glaube, du solltest mit den Antidepressiva anfangen. Die wirken rasch … Eine Woche, und du wirst dich schon besser fühlen. Wenn es dir immer noch ernst damit ist, die Sache auf deine Weise anzugehen – oder auf meine Weise, wenn es dazu kommt –, musst du dich gut fühlen, und das tust du nicht. Wir müssen deine Stimmung heben, dann kommt auch dein Kampfgeist zurück. Einverstanden?«

Karin schwieg einen Moment. »Alles noch einmal durchgehen.«

»Genau. Komm morgen Vormittag in die Praxis. Ich schiebe dich um halb acht ein, vor der regulären Sprechstunde. Ich muss dich untersuchen, dir die Tabletten verschreiben, damit du gleich damit anfangen kannst. Und einen Termin für eine Kernspintomographie im Kreiskrankenhaus Bevham vereinbaren. Für eine Uhrzeit, zu der ich mitkommen kann. Es ist ein bisschen beängstigend. Inzwischen mach du mit deiner Aromatherapie weiter, und dann komm zu uns zum Mittagessen, damit ich was Ordentliches in dich reinkriege. Schau mich nicht so an, es sind unsere eigenen Eier, und die sind biologisch. Danach sehen wir weiter. Und lass es gar nicht erst wieder so weit kommen wie jetzt. Sprich mit mir, sprich mit Chris, ruf uns jederzeit an. Sitz hier nicht rum und brüte, besonders wenn Mike nicht da ist. Die Dinge wachsen.«

»Das kann man wohl sagen.«

»Es gibt einen Trick gegen Albträume. Schreib sie auf – leg Stift und Papier neben dein Bett. Nimm morgens das Papier und halte ein Streichholz dran. Sieh zu, wie es verbrennt, und zermahle die Flocken zu Asche. Du verbrennst deine Albträume, damit sie nicht wiederkommen. Altmodischer, aber bewährter Trick.«

Cat band sich den Schal um den Hals und griff nach ihren Autoschlüsseln. »Bis morgen früh.«

Chris war wach, als sie sich wieder ins Bett legte. »Geht es Karin gut?«

»Nein.«

»Was war?«

»Sie hat Angst.«

»Du bist ein gutes Mädchen.«

Cat drückte ihr Gesicht an seinen warmen Rücken. »Sie hatte dieses Aussehen«, sagte sie. Chris grunzte verständnisvoll.

Eine Woche später fuhr sie Karin nach Bevham.

Irgendetwas war seit ihrem Besuch in den frühen Morgenstunden passiert. Karin hatte ihr lebensprühendes und kraftvolles Vertrauen in den von ihr gewählten Weg verloren und Cat zweimal angerufen, einmal, um wegen der Tomographie zu fragen, und noch einmal, um der Blutuntersuchung zuzustimmen, die ihnen mehr über ihren Zustand verraten würde.

»Wenn ich auch nicht verstehe, was jemand aus einem Tropfen Blut herauslesen kann.«

»Das Labor sucht nach Tumormarkern.«

Das Ergebnis war besorgniserregend, und die Blutuntersuchung hatte auch gezeigt, dass Karin anämisch war.

»Daher kommt deine Müdigkeit in letzter Zeit. Dagegen können wir etwas tun.«

Abzuwägen, wie viel man einem Patienten mitteilen sollte und in welcher Ausführlichkeit, war immer schwierig. Am Anfang hatte Karin es vorgezogen, ihrem eigenen Behandlungsplan zu folgen, jeden Tag so zu nehmen, wie er kam, und sich nicht zu sehr mit ihrem körperlichen Zustand auseinanderzusetzen. Solange sie sich gut fühlte, ginge es ihr gut, hatte sie immer behauptet.

Jetzt fühlte sie sich nicht mehr gut.

»Ich will Bescheid wissen. Ich will wissen, gegen was ich kämpfe. Man kann keinen Feind bekämpfen, wenn man nicht weiß, wie stark er ist.«

»Gut, ich versuche dir zu helfen, obwohl diese Dinge immer relativ sind, weißt du. Zu sehen, wie eine Blutuntersuchung oder eine Tomographie ausfällt, ist eine Sache, eine Prognose zu stellen aber eine ganz andere.«

Als sie jetzt auf der Umgehungsstraße nach Bevham fuhren, sagte Karin plötzlich: »Glaubst du an Geister?«

Cat lachte. »Nein. Nein, eigentlich nicht.«

»Aber du glaubst ...?«

»Wenn du Gott meinst, dann ja. Das muss ich. Ich habe zu viel gesehen, um nicht davon überzeugt zu sein, und ich könnte meine Arbeit nicht tun, wenn ich nicht glauben würde.«

»Aber warum dann nicht an Geister?«

»Bin mir nicht sicher ... Wahrscheinlich, weil ich sie für überflüssig halte. Und es gibt so oft rationale Erklärungen für angebliche Geistererscheinungen.«

»Du glaubst also nicht, dass wir zurückkommen?«

»Nicht als Geister im üblichen Sinne. Glaubst du das?«

Karin antwortete nicht, sagte aber nach kurzer Pause: »Was ist mit Orten, die eine schlechte Atmosphäre haben? Im Allgemeinen sagt man, dort spukt es, aber es gibt doch Orte, die definitiv etwas Böses ausstrahlen.«

»Ja«, sagte Cat, »an die glaube ich. Ich weiß nicht, warum das so ist, aber manchmal ist es tatsächlich so. Wir waren mal in einem Haus in Frankreich im Urlaub, bevor wir die Kinder hatten – ein schönes Haus, richtig bezaubernd, und es war ein lauer Abend. Wir suchten nach einem Zimmer für die Nacht, und jemand hatte uns dorthin geschickt, weil das Hotel voll war. Als wir eintraten, überkam mich eine grauenvolle Angst ... Irgendetwas Böses war dort, traf mich wie ein Schlag ins Gesicht. Nichts passierte, nichts war zu sehen …, aber ich hätte nicht dortbleiben können. Ich musste das Haus sofort verlassen.«

»Hast du herausgefunden, was da war?«

Cat schüttelte den Kopf.

»Ich hab eine ähnliche Erfahrung mit Menschen gemacht. Ich erinnere mich an eine Kellnerin in einem Restaurant in London … Ein ganz normales kleines Bistro, vor etwa zwanzig Jahren. Als sie unsere Bestellung aufnahm, fing es an und wurde immer schlimmer … Sie war eine Hexe. Ich bin immer noch davon überzeugt, dass an ihr etwas wirklich Böses war … Die Freundin, mit der ich dort war, spürte es auch. Aber was war es tatsächlich? Sie sah nicht ungewöhnlich aus, nur wollte ich sie nicht in meiner Nähe haben.«

»Hast du wieder Albträume gehabt?«

»Ein paar … Nicht oft. Dein Kommen neulich hat sie vertrieben.«

»Gut. Aber wenn du welche hast, sprich darüber. Friss es nicht in dich hinein.«

»Ich habe immer noch Angst.«

»Was ist mit deiner Heilerin?«

»Ich habe gestern mit ihr darüber gesprochen. Ihr Haus ist genau das Gegenteil. So etwas habe ich noch nie erlebt. Schon wenn ich den Garten betrete, noch bevor ich nach drinnen komme, habe ich dieses unglaubliche Gefühl, an einem heilenden Ort zu sein. Dort herrscht eine so wunderbare Atmosphäre von Frieden und Güte. Wenn ich zu ihr gehe, sauge ich das nur so in mich auf. Diese Orte … Gute Schwingungen, schlechte Schwingungen … Ich möchte es verstehen.«

»Ja.«

»Hat es was damit zu tun, dem Tod nahe zu sein, Cat?«

»Ich weiß es nicht«, erwiderte Cat. Sie bogen in die Krankenhauseinfahrt, aus der gerade unter Sirenengeheul ein Krankenwagen hinausschoss. »Ich weiß es einfach nicht.«

42

Seine Hand mit dem Skalpell erstarrte. Die Brusthöhle der älteren Frau auf dem Obduktionstisch war bereits geöffnet. Er arbeitete noch spät, verglich dieses Herz und seine kranken Arterien mit dem frischen, gesunden des Mädchens. Es war fesselnd, faszinierend.

Das plötzliche Geräusch eines Autos hatte ihn erschreckt. Es war bis zu seinem Gebäude gefahren, hatte gewendet und nicht weit entfernt davon angehalten. Jetzt, nachdem die Autotür zugefallen war, herrschte wieder Stille. Es war schon nach Mitternacht. Niemand tauchte um diese Zeit hier auf. Die Wachmannschaft patrouillierte auf dem Hauptweg des Gewerbegebiets und kam manchmal bis zur Abzweigung dieses Seitenwegs, aber er kannte das Geräusch ihres Kleinbusses, der immer lautstark wendete und nie bis zu seinem Ende kam. Er wartete. Das Licht hier drinnen war vom Hauptweg aus nicht zu sehen, auch nicht, wenn man direkt am Gebäude vorbeiging, dafür hatte er gesorgt und sich dessen immer wieder versichert. Aber er fühlte sich gestört und konnte sich nicht mehr konzentrieren.

Verärgert betrachtete er den Leichnam. Er konnte ihn in die geöffnete Schublade zurücklegen, denn er war längst noch nicht fertig, oder ihn grob wieder zunähen und beim nächsten Mal von vorne anfangen. Auf diese Weise war er noch nie unterbrochen worden. Das veränderte die Dinge, und selbst die kleinste Veränderung machte ihn nervös.

Er wartete, aber von draußen war nichts mehr zu hören, und schließlich gelang es ihm, den Brustkorb zu schließen und alles ruhig und ohne Panik wieder aufzuräumen.

Er hängte seinen Kittel auf, wusch sich die Hände, überprüfte die Aggregate, knipste das Licht aus und verschloss das Gebäude. Draußen war es kalt und sehr still unter einem sternklaren Himmel.

Leise ging er ein kleines Stück den Weg entlang. Ein weißer Kleinbus war deutlich zu erkennen, und unter einem der Garagentore schimmerte ein Lichtstreifen. Soviel er wusste, war das nur ein Lagerraum ohne dazugehöriges Büro. Er hatte dort noch nie jemanden gesehen.

Er merkte sich das Kennzeichen des Busses, das mit Dreck und Schlamm verschmiert war, und nachdem er eine Weile im Schatten gewartet hatte, schlich er zurück zu seinem Auto. Er ließ den Motor an und fuhr langsam an dem Kleinbus vorbei. Dann parkte er einen Block entfernt und ging zu Fuß zurück. Nichts. Niemand. Er war nicht gehört worden, keiner hatte ihn bemerkt.

Rasch fuhr er aus dem Gewerbegebiet hinaus, machte die Scheinwerfer erst an, als er die Hauptstraße erreichte. Unterwegs begegnete er fast keinem anderen Fahrzeug. Zu Hause goss er sich einen Whisky mit Wasser ein und schaltete die Lampe neben seinem Stuhl an. Seine Notizen würde er morgen vervollständigen. Jetzt wollte er über Detective Sergeant Freya Graffham nachdenken.

Das Wetter war unverhofft frühlingshaft warm geworden. Im Dezernatsbüro schien die Sonne durch die großen Fenster und ließ es im Raum heiß und stickig werden. DC Coates saß an seinem Schreibtisch, den Computerbildschirm vor sich, sein Blick verschwommen. Freya beobachtete ihn kurz, dann stand sie auf und stellte sich vor ihn. Keine Reaktion.

»Erde an Nathan … Sind Sie auf Empfang?«

Seine Augen wurden klarer, aber er reagierte immer noch nicht auf sie.

»Nathan!«

»Was? Sarge! Ich hätt ’nen Herzschlag kriegen können.«

»Alles, nur damit wir Sie wieder bei uns haben. Wo waren Sie denn?«

Nathan drehte sich in seinem Stuhl zum Fenster, kniff die Augen gegen die Sonne zusammen. »Würden Sie nicht gern an einem Swimmingpool sitzen, bei einem dieser schicken Häuser in der Flixton Road? Nettes Buch, schönen kühlen Drink.«

»So warm ist es nun auch wieder nicht.« Sie sah auf die Autodächer, die unter ihnen in der Sonne funkelten. Die Magnolie in einem der gegenüberliegenden Gärten stand in voller, wächserner Blüte.

»Ich hab gerade dran gedacht, Sarge – was Sie neulich gesagt haben.«

»Was?«

»Über mich und Em.«

»Ach so.«

»Sie ist nicht da ... Ist für eine Woche nach Carlisle gefahren, zu ihrer Oma. Ich find's schrecklich, allein in der Wohnung zu sein. Ich weiß nicht, wie Sie das so ganz allein aushalten.«

»Mir gefällt es. Zumindest im Moment.«

»Sie hat mir schon gefehlt, da war sie noch keine halbe Stunde weg. Ich bin ihr nicht böse, sie liebt ihre Oma, und die alte Dame war in letzter Zeit nicht so gut drauf.«

»Aber Em fehlt Ihnen trotzdem.«

»Ja. Also hab ich nachgedacht. Vielleicht hatten Sie ja doch 'ne gute Idee.«

»Wegen der Heirat?«

»Ja. Ich find's inzwischen richtig gut, wissen Sie.«

»Dann tun Sie es. Zögern Sie es nicht mehr hinaus.«

»Vielleicht mach ich's wirklich. Was für eine Art Ring soll ich ihr kaufen, was meinen Sie?«

»Keine ›Art Ring‹. Ich glaube, Sie sollten sie fragen, und wenn sie Ja sagt, gehen Sie mir ihr los, damit sie sich selbst einen aussucht.«

»Ja, genau, weil ich bestimmt den falschen nehme. Glauben Sie, sie weiß, welchen sie will?«

»Sie könnte Sie vermutlich mit verbundenen Augen hinführen. Aber jetzt müssen wir erst mal arbeiten.«

Nathan stöhnte. »Das geht mir im Moment so auf den Wecker. Alles hängt fest. Die Drogensache hat sich festgefahren, nichts Neues über die vermissten Frauen. Kann jeden Moment passieren, dass die mich für Ladendiebstähle einteilen.«

»Ja, ich hab gehört, dass die Streifenpolizei Überwachung für die Spielhalle braucht.«

»Da steht man nur rum und wartet darauf, dass Teenager Zeitschriften von den Regalen klauen. Dann ist mir meine Datenbank doch lieber.«

Freya ging zurück an ihren Schreibtisch. Nathan hatte recht. Von dem Drogeneinsatz wusste sie nicht viel mehr, als dass alle darauf warteten, mit der Razzia zu beginnen, wenn genug Informationen beisammen waren, aber das Revier war voll mit frustrierten Beamten, die in der Kantine herumhingen und zu viel Tee tranken. Und auch sie war zutiefst frustriert. Die Ermittlungen zu den vermissten Frauen waren seit der Rekonstruktion von Debbie Parkers frühmorgendlichem Spaziergang, die zu kaum einer Reaktion aus der Öffentlichkeit geführt hatte, nicht einen Schritt weitergekommen. Nathan hatte bei seinen Nachforschungen zur Liste des Juweliers, zu Starly und zu dem von Iris Chater besuchten Medium kein Glück gehabt. Mrs Innis hatte ihm nur berichten können, dass Mrs Chater die Séance gegen neun Uhr abends verlassen hatte. Alle anderen waren in Mrs Innis' Haus geblieben. Mrs Chater war nicht nach Hause gekommen und offenbar seither auch von niemandem gesehen worden. Wie Angela Randall und Debbie Parker hatte sie sich anscheinend in Luft aufgelöst. In Kürze würden die Ermittlungen heruntergestuft werden, das wusste Freya, und sie würde an etwas anderem arbeiten müssen.

Als hätte er ihre Gedanken gelesen, sah Nathan von seinem Bildschirm auf. »Die teilen uns für die Haushaltsgerätesache ein, Sarge, garantiert.«

Freya stöhnte. Mittlerweile sah es in diesem Fall nach einer Diebesbande aus, die Tipps von den Lieferwagenfahrern bekam und den Erlös teilte, nachdem die Geräte verkauft worden waren. Bisher hinkte ihnen die Polizei stets einen Schritt hinterher. Es gab bestimmt langweiligere Aufgaben, doch Freya fiel gerade keine ein.

Eine Fliege summte am Fenster hinauf und wieder hinunter, hoch, bzzzzz, und wieder runter, bzzzzz. Freya überlegte, ob sie sich den Drogenfahndern in der Kantine anschließen sollte.

Bzzzzz.

Das Klingeln des Telefons an ihrem Ellbogen ließ sie aufschrecken.

»DS Graffham.«

»Freya? Hallo, und wie nett, gleich zu Ihnen durchgestellt zu werden.« Die etwas weinerliche und gepflegte Stimme identifizierte sich selbst.

»Aidan ... Wie geht es Ihnen?«

»Ist das nicht ein wunderbares Wetter? Wird Ihnen da nicht leichter ums Herz?«

»Allerdings. Die gesamte Kriminalpolizei heckt Pläne für einen gewagten Ausbruch aus.«

»Ich kann Ihnen keine Flucht in die Sonne anbieten, fürchte ich, doch ich habe überlegt, ob ich Sie vielleicht für heute Abend auf einen Drink einladen kann? Ich weiß nicht, wie lange Sie arbeiten, aber ich habe noch einen späten Patienten. Bei mir ginge es ab halb sieben.«

Sie zögerte. Das war eine private Einladung, und alle Gründe, die sie hatte, sich mit Aidan Sharpe zu treffen, waren beruflicher Natur. Sie hatte kein Interesse daran, eine engere Beziehung mit ihm einzugehen. Andererseits, was hatte sie an diesem Abend sonst schon zu tun? Außerdem gab es keinen Grund, warum sie Arbeit und Entspannung nicht in gewissem Maße miteinander verbinden sollte.

»Das wäre sehr nett. Vielen Dank. Wo sollen wir uns treffen?«

»Es gibt eine neue Bar im Ross Hotel.«

»Den Embassy Room? Davon habe ich gehört …, war aber noch nicht da.«

»Gut. Wie wäre es um Viertel vor sieben?«

Nathan schaute sie interessiert an, als sie den Hörer auflegte. Freya schüttelte den Kopf.

»Nein, nein. Hat was mit Arbeit zu tun.«

»Na klar doch.«

»Genau – geht um Mr Fliege, Nathan.«

»Verstehe. Trotzdem, schicke Hütte.«

»Hab ich auch gehört.«

»Schwätzen Sie ihm einen von diesen Cocktails mit den kleinen Schirmchen ab.«

»Mal sehen. Jetzt geh ich erst mal Tee trinken.«

»Dachte schon, Sie würden nie darauf kommen.«

Nathan sprang auf seinen Schreibtisch und auf der anderen Seite wieder herunter.

»Ich sag Ihnen was, Sarge – ich führ Em dahin aus und frag sie dort.«

»Warten Sie, bis ich mir den Laden angeschaut habe.«

»Ja, gut, wenn ich's schon mache, dann muss es was Tolles sein, verstehen Sie?«

Nathans Affengesicht strahlte vor Aufregung. Freya spürte einen plötzlichen Stich von – was? Neid? Einsamkeit? Dem Gefühl, übergangen zu werden?

»Glückliche Em«, sagte sie.

Nathan sprang vor ihr die Treppe hinunter, nahm zwei Stufen auf einmal.

43

Das Wartezimmer war leer, die Zeitschriften ordentlich gestapelt, und der Computer der Sprechstundenhilfe war abgedeckt. Karin setzte sich. Es war sehr still, sehr sauber, aber aus irgendeinem Grund, trotz der hübschen, wenn auch nichtssagenden Aquarelle, kam ihr der Raum eher leblos als friedvoll vor.

Sie war angespannt, was ihre Rückenschmerzen verstärkte.

Die Uhr war elektrisch, der Teppich dick, die Fenster waren doppelt verglast, wodurch der Raum seltsam still wirkte.

Weil sie Cats Patientin war und weil er Karin kannte, hatte Aidan Sharpe ihr sofort einen Termin nach Ende der offiziellen Sprechstunde gegeben, wofür sie dankbar war. Aber jetzt, wo sie hier war, fühlte sich Karin unwohl. Sie war so unbekümmert ihren Weg gegangen, hatte die Tatsachen ignoriert, sich zu einer positiven Gemütsverfassung gezwungen, sich geweigert, das Vorhandensein irgendwelcher Schatten zu akzeptieren, ganz zu schweigen davon, in sie hineinzuschauen. Jetzt holte sie das alles ein.

Die Sonne hatte den Raum verlassen. Karin wäre am liebsten aufgestanden und gegangen. Ach, um Himmels willen.

»Mrs McCafferty, tut mir so leid, dass Sie warten mussten.«

Sie stand auf. »Karin«, sagte sie, obwohl sie auf der Dinnerparty der Serraillers nicht viel miteinander gesprochen hatten.

»Kommen Sie herein.«

Jedes Behandlungszimmer, in dem sie während der Wochen ihrer Erforschung alternativer Therapien gewesen war, hatte eine warme, einladende, zwanglose Atmosphäre gehabt – viele wirkten wie *echte* Räume in ganz gewöhnlichen Häusern, wie das helle, friedvolle, mit Blumen gefüllte Wohnzimmer, in dem ihre Geistheilerin arbeitete. Sie mochte das. Krankenhäuser und Arztpraxen waren so kalt, so karg, so kahl. Der Tomographieraum, das Sprechzimmer der Onkologin, das Wartezimmer der Strahlentherapie – aus allen hatte sie weglaufen wollen.

Aidan Sharpes Sprechzimmer verunsicherte sie. Obwohl an den farblosen Pastelltönen nichts Ungewöhnliches war, vermittelte es überhaupt kein entspannendes, beruhigendes Gefühl.

Unsicher blieb sie stehen.

Er trug einen weißen Kittel, zugeknöpft bis zum Hals.

»Cat hat mir die Tomographieergebnisse geschickt. Wie ich höre, haben Sie Rückenschmerzen?«

»Ja.« Nein, wollte Karin sagen. Ihre Kehle wurde eng.

»Kommen die Schmerzen stoßweise oder sind sie ständig vorhanden?«

Er hatte eine Mappe in der Hand und blickte auf ein Blatt Papier, das er herausgezogen hatte. Vermutlich ihre Tomographieergebnisse.

»Sie lassen selten nach, sind aber unterschiedlich stark, je nachdem, was ich tue.«

»Sind sie stärker, wenn Sie stehen, sitzen oder liegen? Sind sie schlimmer, wenn Sie sich bewegen oder sich nicht bewegen?«

»Ich kann mich besser davon ablenken, wenn ich mich bewege.«

»Verstehe. Gut. Wenn Sie jetzt bitte hinter den Vorhang gehen, alles bis auf die Unterwäsche ausziehen und den dort hängenden Kittel überziehen würden?«

Der Raum hatte so still gewirkt, aber als sich Karin auf die hohe Liege legte, hörte sie ein schwaches, summendes

Geräusch, als sei der Boden unter ihr mit Elektrizität aufgeladen.

Aidan Sharpe saß auf einem hohen Hocker neben ihr und nahm ihre Hand, um ihr den Puls zu fühlen. Karin schaute auf. Seine Augen starrten sie nicht an, sondern in sie hinein. Es waren außergewöhnliche Augen, kalt, schmal, wie harte kleine Steine; die Lider verschleierten sie etwas.

Ein schreckliches Gefühl stieg tief aus ihrem Bauch auf, durch ihren Brustkorb und in ihre Kehle. Angst, Übelkeit, das Gefühl, in der Falle zu sitzen. Sie erinnerte sich an das Gespräch mit Cat im Auto. Sie wollte sich aufrichten, von der Liege springen und wegrennen, jetzt, die Türen aufreißen und in die Sicherheit und frische Luft der Straße flüchten.

Die Übelkeit schmeckte wie Galle in ihrem Mund.

Sein Blick blieb unverwandt auf ihrem Gesicht. Er blinzelte kaum. »Ihr Puls ist sehr unregelmäßig.«

Ihre Zunge war geschwollen wie die einer Kuh, lag riesig in ihrem Mund. Sie bewegte den Kopf ein wenig. An der Decke über ihr pulsierte sanft das bläuliche Neonlicht.

Sie hörte das Geräusch von Metall auf Metall. Aidan Sharpe hatte ihr Handgelenk losgelassen und streckte seine Hand nach einem Tablett mit akribisch sortierten kleinen Nadeln aus. Er wählte eine und schaute beim Umdrehen wieder auf sie hinunter. Seine Augen waren so kalt, so schmal und doch starrend und seltsam ausdruckslos. Er roch schwach nach einem Antiseptikum, schwach nach einer männlichen Seife, und doch roch Karin nur den Geruch des Todes. Ihr schwamm der Kopf.

»Entspannen Sie sich, bitte.«

Die Nadel berührte ihre Stirn, und ein heißer Schmerz schoss durch ihren Rücken.

»Gut.«

Eine weitere Nadel, neben ihrem linken Nasenloch, und wieder derselbe Schmerz, jetzt tiefer im Rücken.

Jesus, lieber Gott, hilf mir – dachte Karin.

Ihr wurde klar, dass außer ihnen niemand im Haus war. Die Sprechstundenhilfe war längst gegangen, Karin war die letzte Patientin des Tages. Sie spürte den Rest von Aidan Sharpes Haus, leer und still, hinter den Wänden der Praxis.

Weitere Nadeln folgten, sorgfältig positioniert. Nach einiger Zeit fühlte sie sich schläfrig und benommen, als sei sie hypnotisiert worden. Der Schmerz in ihrem Rücken war verschwunden, aber ihre Beine fühlten sich schwer und taub an.

Aidan Sharpe starrte sie weiter an, während er arbeitete, aber er sprach nicht.

Die Nadeln schienen sie an der Liege festzupinnen, sodass sie Angst hatte, auch nur die kleinste Bewegung zu machen, fürchtete, regelrecht zerfetzt und skalpiert zu werden. Ihr war heiß und sie hatte Durst.

Sie sah auf. Seine Augen waren nur mehr Nadelspitzen, stachen in ihren Schädel. Sie hatte jegliches Zeitgefühl verloren. Stunden mochten vergangen sein oder nur ein paar Augenblicke.

Sie fragte sich, ob irgendjemand wusste, wo sie war. Der Termin war telefonisch vereinbart worden, als sie allein zu Hause war. Sie glaubte nicht, dass sie ihn irgendwo notiert hatte. Sonst hatte niemand angerufen. Mike war nicht da, sie wurde an diesem Abend nirgendwo erwartet. Warum kommen mir diese Gedanken?, dachte sie und gab sich größte Mühe, nicht immer tiefer zu sinken, sondern sich nach oben zu kämpfen, zur Oberfläche des Bewusstseins und der Kontrolle. Aidan Sharpe war sehr still.

»Es könnte sein, dass Sie sich etwas benommen fühlen.« Seine Stimme war leise.

Karin wollte etwas sagen.

»Bitte bewegen Sie sich nicht.«

Irgendetwas in seiner Stimme warnte sie davor, sich ihm

zu widersetzen, etwas Kaltes, Trockenes, dem jede Emotion fehlte, das aber unendlich mächtig war.

Jetzt schien ihr Brustkorb aufzuplatzen, während sie Luft zu holen versuchte, und ihre Lunge schmerzte beim raschen, rasselnden Ein- und Ausatmen, ihr war schwindelig, und ihr Kopf war voller Dampf, ihre Glieder verloren jegliches Gefühl, außer ihren Fingern, die kribbelten, als würden tausend kleine Nadeln hineingestochen. Sie merkte, wie Aidan Sharpe nach ihr griff. Sie sah das Muster kleiner knallgelber Kommas auf dem dunkelblauen Stoff seiner Fliege. Es verwirrte ihre Augen.

»Versuchen Sie nicht, sich aufzusetzen.«

Seine Hände waren auf ihren Armen und schienen sie hinunterzudrücken, sodass sie sich nicht bewegen konnte. Sie wehrte sich nur leicht.

Das blaugelbe Muster tanzte wie elektrisiert in ihrem Kopf. Es war das Letzte, was sie bewusst wahrnahm, bevor sie in die wirbelnde Dunkelheit fiel.

44

Freya hatte überlegt, rasch nach Hause zu fahren und sich umzuziehen, weil sie nicht wusste, ob ihre Arbeitskleidung zu der Kleiderordnung im Embassy Room passte, aber als sie kurz vor Viertel vor sieben hereinkam, entspannte sie sich. Die Bar war stilvoll und topmodern, was bedeutete, dass alles erlaubt war, von Jeans und Jacketts bis zum diamantbesetzten kleinen Schwarzen und zu schlichten Leinenanzügen. Das gleiche Summen der Gespräche erfüllte den Raum, das sie in ihrem Lieblingscafé so genossen hatte, als ihr Cat Deerborn zufällig über den Weg gelaufen war. Beide Lokale erinnerten sie an das modische London, während sie gleichzeitig fest in Lafferton verankert war.

Das Embassy war nicht Chrom und Neon, wie sie erwartet hatte, sondern helles Bugholz und leuchtend pinkfarbener Tweed, ansprechend und gemütlich. Es erinnerte sie an einige Bars in Barcelona, wo sie an einem ihrer Wochenendtrips mit Don gewesen war. Die Bar war voll, junge Leute, die nach der Arbeit herkamen, vermischten sich mit Paaren, die vor dem Essen noch einen Aperitif trinken wollten, dazu ein paar ältere Golf- und Bridgespieler. Niemand wirkte unpassend, alle sahen entspannt aus.

Aidan Sharpe war noch nicht da. Mit einiger Schwierigkeit fand Freya einen Ecktisch für zwei und bestellte einen nichtalkoholischen Cocktail namens »Sunshine Moonshine«, der in einem schalenförmigen Glas serviert wurde, mit Eis, Strohhalmen, Schirmchen und aufgespießten Erdbeeren und sowohl sehr fruchtig wie auch leicht bitter schmeckte.

Sie lehnte sich auf dem gebogenen Stuhl zurück und spürte

eine plötzliche, intensive Sehnsucht nach Simon, wollte hier mit ihm sitzen, lachen, reden, es genießen, Zeit verbringen, bevor sie irgendwo anders zum Essen gingen. Ihr letztes Treffen vor dem Revier lag schon zu lange zurück. Er hatte mit der Leitung der Drogensache alle Hände voll zu tun, und wenn er nicht in Besprechungen saß, war er unterwegs. Mehrmals war Freya an seiner Bürotür vorbeigekommen und hatte gezögert, wollte aus keinem anderen Grund hineingehen, als ihn zu sehen, mit ihm zu reden; mehrfach hatte sie zum Telefon gegriffen, um seine Privatnummer zu wählen, hatte aber immer aufgelegt. Sie wollte ihn einladen, mit ihr essen zu gehen, und wusste, dass sie genau das nicht tun durfte, er könnte das in die falsche Kehle bekommen; sie wollte mit ihm unbedingt alles richtig machen. Sie hatte gewartet, hatte sich zurückgehalten, hatte geschwiegen und musste daher jetzt eine Stunde mit einem steifen Alternativtherapeuten in den Fünfzigern verbringen, der eine Fliege trug.

Aus welcher Richtung er auch gekommen war, sie hatte ihn nicht gesehen, daher schrak sie zusammen, als er neben ihr auftauchte und ihr mit einer Geste, die sie irritierte, die Hand küsste.

»Es tut mir leid … Meiner letzten Patientin wurde schwindelig, und ich musste sie nach Hause bringen. Gefällt es Ihnen hier? Ich finde es ziemlich interessant.«

Freya wären verschiedene Adjektive für den Embassy Room eingefallen, doch »interessant« hätte nicht dazugehört. Sie wettete im Stillen mit sich, dass er einen Gin Tonic bestellen würde. Und gewann.

»Ich nehme an, Sie sind ziemlich ausgebucht … Akupunktur scheint in Mode zu sein.«

»Oje, ich hoffe nicht. Heute modern, morgen unmodern.«

»Wie die Bar hier.«

»Nein, meine Liebe, ich glaube, der Embassy Room wird Bestand haben, genau wie mein Beruf.«

Sein Drink kam. Die Kellnerin, die gefälschte Markenjeans und Stiefel zu einem weißen Hemd trug, lächelte kühl, bevor sie den Nachbartisch abwischte. Aidan Sharpe beugte sich vor, um nach seinem Glas zu greifen. Dabei rutschte sein Jackettärmel hoch. Freyas Magen verkrampfte sich. Die Uhr an seinem Handgelenk war aus Gold, hatte römische Ziffern und unten ein zusätzliches, mitternachtsblaues Zifferblatt, das die Mondphasen anzeigte.

Ihr fiel ein, dass sie die Uhr unterbewusst schon einmal wahrgenommen hatte, am Abend der Dinnerparty bei den Serraillers, die Bedeutung aber nicht erfasst hatte.

Sie schaute auf und direkt in Aidan Sharpes seltsame, ausdruckslose, intensiv starrende Augen.

Am Nebentisch stand ein Paar auf, stieß dabei einen Stuhl um, der gegen Freya fiel, und durch die Entschuldigungen und das allgemeine Hin und Her löste sich der Moment auf, doch sie hatte keinen Zweifel daran, dass er ihren Blick auf die Uhr und ihre plötzliche Erkenntnis bemerkt hatte.

»Die Bar könnte ebenso gut in London sein«, sagte Freya. »Lafferton holt definitiv auf.« Sie lehnte sich zurück und schaute sich um, anscheinend ganz entspannt, während sie gleichzeitig scharf nachdachte. Der Juwelier hatte gesagt, dass Mondphasenuhren heutzutage schwer zu bekommen waren – schwer, aber nicht unmöglich, und sicherlich war die von Angela Randall gekaufte kein Einzelstück. Durch jahrelange Erfahrung hatte Freya gelernt, dass Zufälle eine größere Rolle im Leben spielen als fast alle anderen Faktoren, und genau darum musste es sich hier handeln – um einen Zufall. Aber sie musste auch eine andere Erklärung zulassen und hatte ebenfalls gelernt, auf ihren Instinkt zu hören, wenn auch ihm nicht immer zu folgen, und diese Lektion war ihr stets zustattengekommen. Seit seinem Erscheinen auf dem Revier riet ihr Instinkt zur Vorsicht gegenüber Aidan Sharpe.

Sie wandte sich ihm wieder zu. Er saß sehr aufrecht, sehr still, hielt seinen Drink in der Hand und sah sie an, mit einem Lächeln auf den Lippen, aber nicht im Gesicht und mit Sicherheit nicht in den Augen. Seine Hände waren bleich, die Finger lang, die Nägel sauber geschnitten und seltsam blutleer.

»Warum sind Sie nach Lafferton gekommen?« Seine Stimme hatte sich verändert. Er klang amüsiert.

»Aus persönlichen Gründen ... Und ich hatte genug von London. In der Met kann es ganz schön heftig zugehen und ziemlich schmutzig.«

»Sie werden vielleicht merken, dass Lafferton keine ländliche Idylle ist.«

»Die will ich auch nicht. Und Sie haben recht, hier gibt es die üblichen Probleme ..., frustrierte Jugendliche, Kleinkriminelle, Drogen. Aber die ganze Atmosphäre ist eine Erleichterung nach London.«

»Sie scheinen Beschäftigung gefunden zu haben.«

»Privat, meinen Sie?«

Wieder dieses schwache Lächeln.

»Ich habe ein paar Freunde gewonnen. Anschluss gefunden.«

»Ich kann mir vorstellen, dass die Immobilienpreise eine angenehme Überraschung waren.«

»Himmel, ja. Ich habe für mein Haus um einiges weniger bezahlen müssen, als ich für meines in Ealing bekommen habe. Tut gut, mal Geld auf der Bank zu haben.«

»Ealing? Na, so was! Da habe ich während meiner Ausbildung gewohnt. Kennen Sie die Woodfield Road?«

»Ja.«

»Ich nehme an, Sie haben irgendwo außerhalb Laffertons gekauft ... Es gibt so viele hübsche Dörfer in der Umgebung.«

»Nein, in der Altstadt. Ich wollte mittendrin sein.«

»Sie hätten es nicht besser treffen können … Diese Straßen rund um die Kathedrale sind perfekt. The Apostles?«

»Sanctuary Street.«

»Eine der hübschesten. Lafferton hat aus den Fehlern anderer Orte gelernt. Man hat das Ganze unter Denkmalschutz gestellt, bevor jemand auf die Idee kam, den Dachstuhl auszubauen oder Alufenster einzusetzen. Das war eine gute Investition. Werden Sie bleiben?«

»In der Altstadt?«

»In Lafferton.«

Freya zuckte unverbindlich die Schultern. Aidans Blick hatte ihr Gesicht während des dahinplätschernden Gesprächs nicht ein Mal verlassen.

»Ich würde Ihnen gern einen weiteren Drink bestellen. Wie nennt sich dieses dekorative Etwas?«

»Nein, vielen Dank. Ich fürchte, ich muss gehen.«

»Wirklich?«

Sie konnte seinen Ton nicht deuten. Zweifelnd?

»Papierkram.«

»Wie viele Patienten könnte ich zusätzlich behandeln, wie viel mehr Verbrechen könnten aufgeklärt werden, wenn dieser Papierkram nicht wäre.« Er griff nach der Rechnung, und sie bahnten sich einen Weg durch die Menge zur Kasse. Freya drehte sich um, während sie wartete, bis er bezahlt hatte, und sah über eine Reihe von Köpfen hinweg den von Simon Serrailler, größer als die meisten, blonder als alle. Er hatte sie höchstwahrscheinlich nicht bemerkt.

Aidan Sharpe legte ihr die Hand an den Ellbogen und führte sie hinaus. Sein Griff war fest.

»Vielen herzlichen Dank. Jetzt weiß ich, wie der Embassy Room wirklich ist.«

»Hat es Ihnen Spaß gemacht?«

Aber seiner Stimme war kein Spaß zu entnehmen.

»Viel Spaß.«

Sie drückte auf den Schalter zum Öffnen ihrer Autotüren und stieg rasch ein. Es wurde dunkel, aber die Bar wurde außen von hellem Licht angestrahlt, das die Menschen wie Motten anzog.

Freya schaute in den Rückspiegel, sah Aidan Sharpe regungslos neben seinem dunkelblauen BMW stehen und sie anstarren, ein Starren, das sie noch lange spürte, nachdem sie es nicht mehr sehen konnte.

Zu Hause knipste sie alle Lampen an und schloss die Vorhänge. Im Wohnzimmer war es warm. Sie legte ihre Post und den Aktenkoffer auf den Tisch und goss sich ein Glas Wein ein. Auf dem Anrufbeantworter waren drei Nachrichten, eine von Cat, die sie zum Sonntagsbrunch einlud, eine von Sharon Medcalf mit der Frage, ob sie Tennis spielte. Sie notierte sich die Telefonnummern und klickte auf die letzte Nachricht.

»Freya, Simon Serrailler hier. Es ist zwanzig nach sechs. Ich dachte, wir könnten zusammen was trinken gehen, aber Sie sind nicht da. Verschieben wir es auf ein andermal.«

Verdammt. Verdammt, verdammt, verdammt. Er war dort gewesen. Sie hatte eine Stunde in der unheimlichen Gesellschaft von Mr Fliege verbracht, während sie, wie sie es sich gewünscht hatte, mit Simon im Embassy hätte sein können.

Verdammt. Sie spielte die Nachricht noch einmal ab, um seine Stimme zu hören, und als sie die anderen zwei löschte, ließ sie seine drauf.

Verdammt.

Im Haus war es sehr still. Sie schenkte sich noch ein Glas Wein ein und blätterte die uninteressant aussehende Post durch. Gleich würde sie sich einen Salat machen.

»Verdammt«. Diesmal sagte sie es laut in den stillen Raum hinein.

Vor Karin hingen grüne und graue Farnwedel, und sie versuchte, sich einen Weg hindurchzubahnen, aber sie klebten an ihrem Gesicht und ihren Händen und zogen sie zurück. Sie rochen schwefelig und faulig, und das Wasser, durch das sie schwamm, war schlammig.

Dann kam sie plötzlich frei. Sie setzte sich auf.

Ihr Schlafzimmer wurde von einer niedrigen Lampe auf dem Frisiertisch erleuchtet, und eine Sekunde lang war sie verwirrt von dem sanften Schein nach der schleimigen Düsterheit ihres Traums. Karin beugte sich vor, zog die Knie an sich. Auf ihrem Nachttisch standen ein Krug und ein Glas, und sie schenkte sich Wasser ein. Es war ziemlich kalt, und sie wunderte sich darüber. Sie konnte sich nicht erinnern, es dort hingestellt zu haben. Das Trinken half ihr nicht nur gegen den trockenen Hals, sondern es schien ihr auch die Sinne zu klären, bis ihr einfiel, dass sie überhaupt nicht hier gewesen war, sondern auf der Liege in Aidan Sharpes Behandlungsraum und sich krank und desorientiert gefühlt hatte. Seine Hände hatten auf ihren Armen gelegen, und er hatte sie durchdringend angestarrt. Alles andere war wie ausgelöscht. Er musste sie nach Hause gefahren und ihr geholfen oder sie hier hinaufgetragen haben. Sie war vollständig bekleidet und lag unter der Decke. Die Vorhänge waren geschlossen und die Lampe angeknipst worden. Vermutlich hatte er ihr auch das Wasser geholt.

Sie blieb noch ein paar Augenblicke sitzen, versuchte, den Kopf freizubekommen. Sie fühlte sich etwas merkwürdig, aber nicht mehr schwindelig.

Als Nächstes wurde sie wütend. Sie war als Patientin in gutem Glauben zu einem Akupunkteur gegangen, und durch die Behandlung war ihr wahrscheinlich schwindelig und übel geworden. Aber sie hätte in Gefahr sein können und nicht einfach halb ohnmächtig nach Hause gebracht, ins Bett gelegt und allein gelassen werden dürfen. Sein Verhalten während der Behandlung war merkwürdig gewesen, fiel ihr jetzt ein; sie hatte sich unwohl und bedroht gefühlt, hatte fliehen wollen, von Panik ergriffen. Er hatte ihr weder etwas erklärt, noch schien ihn ihre Reaktion beunruhigt zu haben.

Sie trank ein weiteres Glas Wasser, stand vorsichtig auf und ging ins Bad. Sie war müde, aber nicht unsicher auf den Beinen, und nachdem sie sich Hände und Gesicht gewaschen und das Haar zurückgebunden hatte, kam sie wieder ins Schlafzimmer, griff zum Telefon und rief Cat an, die sofort abnahm.

»Hast du eine Minute Zeit? Es ist was passiert.«

»Klar, aber ich mache gerade einen Lammauflauf zum Einfrieren, also muss ich den Hörer zwischen Schulter und Ohr klemmen. Was ist los?«

Karin holte Luft und begann so sorgfältig und ruhig wie möglich zu erzählen. Cat hörte zu, wie sie es immer tat, ohne zu unterbrechen, nahm jede Einzelheit in sich auf.

»Und jetzt bin ich wieder hier. Mir geht es gut, aber ich bin wütend. Ich weiß nicht, ob das unangemessen ist.«

»Nein. Was noch?«

»Immer noch ein bisschen durcheinander.«

»Das hätte nicht passieren dürfen. Ich verstehe Aidan nicht, er ist immer sehr zuverlässig gewesen.«

»Du glaubst mir nicht.«

»Natürlich glaube ich dir. Ich finde es nur rätselhaft. Ich würde ja zu dir kommen, aber ich bin allein mit den Kindern, und mein Auto ist in der Inspektion ... Chris kommt erst später zurück.«

»Nein, ist schon in Ordnung, das brauchst du nicht. Ich musste nur darüber reden.«

»Willst du herkommen? Du bist herzlich eingeladen und kannst über Nacht bleiben.«

»Ich glaube nicht, dass ich fahren kann.«

»Nein, besser nicht. Akupunktur kann einen ganz schön fertigmachen ... Das ist übrigens normal, mach dir also keine Sorgen, wenn du dich müde und benommen fühlst.«

Karin schaute sich in ihrem Schlafzimmer um. Sie wollte nicht alleine hierbleiben, nicht heute Abend, nicht über Nacht.

»Ich könnte ein Taxi nehmen. Wenn es dir nichts ausmacht …«

»Ich würde Chris bitten, dich abzuholen, nur weiß ich nicht, wann er zurückkommt, er ist im Kreiskrankenhaus.«

»Wenn es dir wirklich nichts ausmacht, es gibt ein Taxi hier im Dorf.«

»Komm, wann immer du willst. Ich muss Schluss machen, die Zwiebeln brennen an.«

Um neun setzte das Taxi Karin an der Tür der Deerborns ab. Sie hatte ihre Sachen in eine Reisetasche geworfen, das Haus abgeschlossen und war geflohen. Cat bettete sie aufs Sofa, die Beine hoch, und maß ihren Blutdruck.

»Der ist ganz in Ordnung …, ein bisschen niedrig, aber das kommt von der Behandlung. Ich verschreibe Pfefferminztee – Alkohol solltest du heute Abend besser lassen.«

»Pfefferminztee ist dein Allheilmittel.«

»Ist ja auch gut, das Zeug.«

»Bin ich hysterisch?«

»Nein, und ich mache mir Sorgen. Es sieht dir nicht ähnlich … Du bist zu unserem Freund, dem Psychochirurgen, gegangen, und es hat dir nichts ausgemacht.«

»Wie gut kennst du ihn?«

»Aidan? Nicht sehr gut. Ich schicke manchmal Patienten zu ihm. Er behandelt meine Arthritispatienten und ist zum Essen hier gewesen, und wir haben diese informelle Gruppe, an der er teilnimmt … und ziemlich vernünftiges Zeug sagt. Aber eigentlich ist es eher eine berufliche Bekanntschaft.«

»Ist er dir unheimlich?«

Cat warf ihr einen scharfen Blick zu. »Nicht besonders. Zugeknöpft. Ich nehme an, dass er einiges verdrängt; er ist nicht verheiratet – ist überhaupt nichts, soweit ich weiß, und er lässt nicht viel raus. Was meinst du mit unheimlich?«

Karin zuckte die Schultern. »Vergiss es. Achte nicht darauf. Ich bin nur völlig überdreht.«

»Mag sein. Das war vermutlich eine leichte Panikattacke, und wenn man da mitten drin ist, verliert man jeden Sinn für Realität und Verhältnismäßigkeit. Das ist einer der unangenehmsten Aspekte daran. Normale Dinge wirken furchterregend, ganz gewöhnliche Menschen erscheinen einem als unheimlich und bedrohlich.«

»Bei dir klingt das so, als sei das ganz alltäglich.«

»Ist es auch. Was es trotzdem nicht besser macht. Ich kann dir für ein paar Tage ein mildes Beruhigungsmittel verschreiben. Nimm es abends, aber fahr dann nicht mehr Auto. Es haut dich nicht um, macht dir die Dinge nur leichter. Das ist eine Phase, die du durchmachst. Dir ist es noch nie so gegangen wie jetzt. Alles hat miteinander zu tun.«

Karin trank ihren Tee, hörte Cats kühler, beruhigender Ärztinnenstimme zu, und, ja, sie glaubte ihr, ja, sie hatte sich aufgeregt, ja, alles war aus dem Ruder gelaufen, als sie sich damit auseinandergesetzt hatte, was ihrem Körper fehlte, vielleicht zum ersten Mal. Sie fühlte sich viel besser, seit sie hier war, hatte sich mehr im Griff, war ruhiger.

Aber die Wut über das, was passiert war, war immer noch da. Das und das Gefühl von Unbehagen, wenn sie an Aidan Sharpe dachte.

»Was soll ich tun?«

Cat schüttelte den Kopf. »Nichts. Ich rufe Aidan morgen an. Du bist meine Patientin, und das hätte nicht passieren dürfen. Bestimmt hat er sich davon überzeugt, dass mit dir alles in Ordnung war, bevor er ging, aber Fakt ist, dass du dich an nichts erinnern kannst, was bedeutet, du hättest in Gefahr sein können. Er hätte mich anrufen müssen.«

»Danke. Du glaubst nicht, dass ich …«

Cat stand auf. »Ich glaube, du solltest ein Bad nehmen – in meinem Badezimmer, das ziemlich zivilisiert ist, die Kinder haben keinen Zutritt. Du kannst einen Schuss von dem himmlisch riechenden Jo-Malone-Zeug ins Badewasser tun, das Mum mir zum Geburtstag geschenkt hat. Dann packe ich dich im Gästezimmer mit einem netten Buch, einer Wärmflasche und einer Tablette ins Bett.«

Die Kombination von alldem plus der Tatsache, hier in diesem Haus zu sein, das ihr immer von allen Häusern, die sie kannte, als das glücklichste erschienen war, hatte Karin in einen rosaroten und traumlosen Schlaf versetzt, der bis nach acht Uhr am nächsten Morgen anhielt. Welches Unbehagen sie auch wegen ihres Besuchs bei Aidan Sharpe empfunden hatte, es war verflogen, sodass sie sich jetzt ziemlich töricht vorkam. Sie hatte sich benommen gefühlt, was, wie Cat sagte, eine normale Reaktion auf die Behandlung sein konnte. Sie war leicht desorientiert gewesen und deshalb in Panik geraten. Anblicke, Geräusche, Vorgänge, die ganz normal waren, hatten sich verzerrt. Das war alles. Aidan Sharpe hatte sie nach Hause gefahren und dafür gesorgt, dass sie sicher ins Bett kam. Sie erinnerte sich an gar nichts davon, aber das musste nicht heißen, dass sie bewusstlos gewesen war, nur in einem benebelten Zustand oder unter leichtem Schock. Sie hatte Krebs, hatte deswegen eine stressreiche Woche hinter sich – war es da ein Wunder, dass sie so heftig reagiert hatte? Vermutlich hätte er sich mit Cat in Verbindung setzen sollen, aber es war lange nach ihrer Sprechstunde, und er hatte eindeutig alles überprüft und war nicht zu besorgt gewesen, Karin allein zu lassen. Er war gewissenhaft, er hatte einen guten Ruf, und Cat hielt viel von ihm.

Karin ließ sich zurücksinken und griff nach dem Roman, den sie kaum zu lesen begonnen hatte, bevor sie am Abend zuvor eingeschlafen war. Ein Sonnenstrahl fiel durch die hübschen Vorhänge des Gästezimmers, und sie hörte Sam und Hannah unten lachen. Das Leben kam ihr sehr gut vor.

Leben war das, was sie sich verzweifelt wünschte, mehr von diesem gewöhnlichen, wenig bemerkenswerten, wundersamen Leben, jede Menge davon. Mut und Optimismus sprudelten in ihr hoch.

45

»Wo sind Sie?«

»Hi, Sarge. Das Übliche – hängen nur rum.«

»Noch nichts passiert?«

»Nee. Schätze, jemand hat Wind von uns bekommen.«

»Wer ist bei Ihnen?«

»Dave Green, aber der ist gerade pinkeln. Hätt ja auch gern 'ne Tasse Tee, aber solchen Luxus wie Eckläden gibt's in Meadow View nicht.«

»Nur Eckdealer.«

»Sind auch keine von denen nicht da.«

»Das ist eine doppelte Verneinung, Nathan.«

»Was ist los?«

»Vergessen Sie's. Hier ist es wie im Leichenschauhaus.«

»Die sind alle irgendwo hier draußen. Wie's heißt, ist für später eine Razzia im Calden-Gewerbegebiet geplant. Mal sehen, ob ich da hinkann. Hier nippeln uns die Gehirnzellen ab.«

»Ihre was?«

»Haha. Sie klingen, als hätten Sie Ihren Drink mit der Fliege überlebt, Sarge.«

»Wenn Emma Ja sagt, lade ich Sie beide in den Embassy Room ein. Toller Schuppen.«

»Ich nehm Sie beim Wort.«

»Wieso, hat sie Ja gesagt?«

»Sie kommt erst später zurück, aber daran ist nichts mehr zu rütteln, verstehen Sie.«

»Nathan, hören Sie zu – die Fliege. Er trug eine Mondphasenuhr.«

»Sieh an. Angela Randall. Könnte Zufall sein.«

»Könnte.«

»Sonst noch was?«

»Nein. Nichts Konkretes.«

»Tja, das ist das ganze Problem mit diesen vermissten Frauen, nicht? Muss los, Sarge, da tut sich was. Bis dann.«

Das Gespräch wurde beendet.

Freya ging hinunter in die Kantine. Vier Uniformierte saßen zusammen beim Frühstück, sonst war keiner da. Sie holte sich Kaffee und eine Banane und setzte sich an einen Fenstertisch.

Aidan Sharpe war aufs Revier gekommen, aus heiterem Himmel, um zu berichten, dass Debbie Parker seine Patientin gewesen war, obwohl er das bis dato vergessen hatte. Warum hatte er es vergessen? Und wenn die Uhr ein Geschenk von Angela Randall war, woher kannte er sie? Auch als Patientin? Wenn ja, warum hatte er das nicht gesagt? Warum war ihm zu ihrem Namen nichts eingefallen?

Sie würde Nathan zu ihm schicken. Wenn es da irgendetwas gab, würde er sich dahinterklemmen. Nathan hatte einen guten Instinkt, empfing dieselben Schwingungen wie sie, deswegen arbeiteten sie auch so gut zusammen. Aber ehrlich gesagt, dachte sie und warf die Bananenschale in den Mülleimer, das ist nichts als das Greifen nach einem Strohhalm.

46

Er hatte kaum geschlafen und fuhr um sechs zum Gewerbegebiet hinaus. Am Morgen hatte er in den Spiegel gesehen und zum ersten Mal Furcht und Unsicherheit in seinem Gesicht entdeckt. Er hatte zugelassen, dass Dinge passierten, die nicht hätten passieren dürfen, war unvorsichtig gewesen, impulsiv, nachlässig. Das Verlangen, Karin McCafferty zu töten, hatte sich kaum bezwingen lassen. Noch nie hatte ihn dieser Drang in solcher Form überkommen, ungebeten und willkürlich, und jetzt war er entsetzt darüber, wie stark der Drang gewesen war. Irrational und ohne jedes Motiv. Er brauchte Karin McCafferty nicht, obwohl möglicherweise ihr Zustand von marginalem Interesse hätte sein können. Ihm lagen die Berichte vor, und er hätte der Erste sein können, der das Ausmaß des Tumors wirklich sah, der Erste, der nichts ableiten musste, sondern es tatsächlich gewusst hätte.

Aber er hatte nicht einschätzen können, wie viele Personen von ihrem Termin bei ihm wussten, er hatte keine sorgfältigen Überprüfungen vorgenommen und nicht vorausgeplant. Eine impulsive Handlung war genug. Er hatte nie mit dem Risiko gespielt und würde das auch in Zukunft nicht tun. Das führte nur zu Gefahr, Wahnsinn und zur sicheren Aufdeckung. Risiken gingen nur die Dummen ein.

Karin McCafferty war in Panik geraten und hatte schlecht auf die Behandlung reagiert. So etwas kam gelegentlich vor. Er hatte sie in halb bewusstlosem Zustand nach Hause gefahren, die Schlüssel aus ihrer Tasche genommen, ihr nach oben geholfen und in ihr Bett, war dann noch eine Viertelstunde bei ihr geblieben, um zu sehen, ob man sie gefahrlos allein lassen konnte. Das war ein weiteres Risiko gewesen, das er auf sich genommen hatte, weil er nicht zu spät zu seiner Verabredung mit Freya Graffham kommen wollte.

Als er dann an die Polizistin im Embassy Room dachte, schick zwischen all den schicken Menschen, musste er lächeln. Sie fand ihn interessant, das merkte er, war fasziniert von ihm. Sonst hätte sie sich nicht mit ihm getroffen. Es war der richtige Schritt gewesen, der intelligente Schritt, mit dem er in seinen Augen den Fehler wiedergutgemacht hatte. Weitere Fehler würde es nicht geben.

Er fuhr die Zufahrtsstraße entlang und bog in das Gewerbegebiet. Der erste Verbindungsweg war leer, aber als er den zweiten erreichte, der zu dem Seitenweg führte, an dem sein Gebäude lag, sah er vier Polizeiwagen und drei Zivilfahrzeuge, dazu einen weißen Mannschaftswagen, dessen rückwärtige Türen offen standen. Hundeführer stiegen mit ihren Hunden aus und sammelten sich auf dem Pfad.

Er bog scharf nach links auf den südlichen Verbindungsweg. Als er die Ausfahrt zur Hauptstraße erreichte, kamen zwei weitere Polizeiwagen in hohem Tempo hereingeschlittert.

Die Tatsache, dass es sich hier eindeutig um einen Art Razzia handelte, hätte ihn nicht beunruhigen müssen. Die Polizei würde sich kaum für sein Gebäude interessieren, dennoch musste er herausfinden, was hier wirklich vorging und wo, und im Moment hatte er keine Ahnung, wie er das bewerkstelligen sollte. Er hielt in einer Parkbucht und dachte gründlich nach, gestattete sich nicht, in Panik zu geraten, zügelte seine Gefühle, als wollte er ihnen einen Maulkorb anlegen.

Er konnte in das Gewerbegebiet zurückkehren und einfach einen Polizisten fragen. Er konnte im Revier anrufen. Doch er bezweifelte, dass man ihm Auskunft geben würde.

Er konnte Freya Graffham anrufen, aber das würde zu unvermeidlichen Fragen führen.

Er konnte nichts tun. Im Zweifelsfall am besten gar nichts tun, diese Regel hatte er oft befolgt, und es war ihm gut zustattengekommen. Die waren nicht an ihm oder seinem Gebäude interessiert. Wie sollten sie auch? Woher sollten sie etwas darüber wissen? Er ließ den Motor an und bog auf die Hauptstraße.

Zu Hause machte er sich Toast und schnitt einen Apfel in ein Schälchen Vollkornmüsli, füllte Wasser in die Kaffeemaschine und holte die Zeitung herein. Er fühlte sich ziemlich ausgeglichen, war bereit für einen Tag voller Termine und für den kommenden Abend.

Aber während der nächsten paar Stunden schweiften seine Gedanken immer wieder ab, ohne dass er es verhindern konnte, Bilder schossen ihm durch den Kopf, von Karin McCafferty auf der Behandlungsliege, wo jetzt ein anderer Patient lag, von den Hunden und ihren Hundeführern, die aus dem Mannschaftswagen stiegen, hundert Meter entfernt von dem Gebäude, in dem er seine Arbeit verrichtete.

47

Um ein Uhr war das Dezernatsbüro halb leer. Um zehn nach sprangen die Türen auf, und ein halbes Dutzend Beamte platzten herein, unter ihnen DC Coates, mit Mordgelüsten in den Augen.

»Ehrlich, Sarge, ich glaub, ich bewerb mich als Hundeführer.«

Er ließ sich auf seinen Stuhl fallen, hängte ein Bein über die Armlehne. »Coole Sache, konnten den ganzen Morgen fröhlich im Gewerbegebiet rumschnüffeln, und was haben wir gemacht?«

»Im Auto bei der Meadow-Field-Siedlung rumgesessen.«

»Genau. Jetzt ist alles wieder abgeblasen.«

»Haben die im Gewerbegebiet jemanden geschnappt?«

»Keine Ahnung. Jemand sagte Ja, ein anderer war sich nicht sicher, das Übliche. Aus denen kriegt man nicht viel raus.«

»Ich kann Sie mir nicht am anderen Ende einer Hundeleine vorstellen.«

»Nee, das sind alles starke, schweigsame Typen. Und damit meine ich nur die Hunde. Haben Sie nichts für mich, Sarge? Ich könnte ein bisschen Action brauchen. Ich hab die Schnauze voll davon, mit Dave Green in Autos rumzusitzen. Der schwätzt doch nur von den Bolton Wanderers und der Kampagne für echtes Ale.«

»Suchen Sie DC Hardy, ja, Nathan? Ich möchte, dass Sie sich mal mit Aidan Sharpe unterhalten.«

Nathan Coates parkte vor Aidan Sharpes Haus und Praxis am Willow Wood Drive, blieb einen Moment lang sitzen, betrachtete das Anwesen und überlegte, wie viel es wohl gekostet hatte. Diesen Teil von Lafferton kannte er kaum und mochte ihn noch weniger. Die einzeln stehenden Häuser mit den Auffahrten und Magnolien, schmiedeeisernen Toren und nachgemachten Tudorgiebeln erfüllten ihn nicht mit Neid, sondern mit einer Art Verblüffung, wie jemand danach streben konnte, in so einem Ding zu wohnen. Sie wirkten so unnahbar, so nachbarschaftsfeindlich und abweisend; Leute, die schicke Autos fuhren und ihre Kinder mit Panamahüten und wappenverzierten Kappen zur Schule schickten und sich absonderten, außer vielleicht zu ein paar Cocktailpartys an Weihnachten.

Wenn er und Emma heirateten, würde er gerne ein Cottage mit ein bisschen Grund und Boden in einem der Dörfer bei Lafferton kaufen, oder wenn sie sich das nicht leisten konnten, eines der hübschen Vierzimmerhäuser in der Siedlung am St. Michael's Gate. Aber er würde nie so abgeschieden wohnen wollen wie hier, trotz der großen Erkerfenster und breiten Einfahrten, trotz der glänzenden dunkelblauen BMWs, die hier geparkt waren – wie der vor Aidan Sharpes Haus.

Er schaute in den Wagen, als er und DC Will Hardy daran vorbeigingen – champagnerfarbene Ledersitze, ein hochmoderner CD-Player, sonst nichts ... keine Straßenkarten, Ersatzschuhe, aufgerissenen Briefumschläge, Ersatzjacketts. Das Auto hätte an diesem Morgen aus dem Ausstellungsraum gekommen sein können. Er warf DC Hardy einen Blick zu, doch der zuckte bloß mit den Schultern.

Nathan drückte die Praxisklingel und schob die Haustür auf. *Empfang. Praxis. Privat.*

Der Empfang war freundlich eingerichtet, und auch die Sprechstundenhilfe schien in Ordnung zu sein, gepflegtes Haar, modische ovale Brille und ein professionelles Lächeln auf den Lippen.

»Kann ich Ihnen helfen?«

Nathan klappte seinen Dienstausweis auf. »DC Coates,

Kriminalpolizei Lafferton. Ich hätte gerne Mr Sharpe gesprochen.«

Sie wirkte etwas verblüfft, verlor aber nicht die Fassung.

»Mr Sharpe hat im Moment einen Patienten. Da kann ich leider nicht stören.«

»Macht nichts. Wir warten.«

»Ja, natürlich. Bitte setzen Sie sich doch, und ich spreche mit ihm, sobald er frei ist. Kann ich Ihnen eine Tasse Tee bringen oder Kaffee? Ein Glas Mineralwasser?«

Nathan und Will schüttelten den Kopf. »Nein, danke.«

Sie setzten sich und betrachteten die Zeitschriften ..., schicke Zeitschriften, *Vogue, Tatler, Country Life, Spectator*, jeweils die neueste Ausgabe. Mit diesem alternativen Medizinzeug ließ sich offenbar Geld verdienen. Nathan dachte an das durchschnittliche Wartezimmer einer Hausarztpraxis, ganz zu schweigen von denen im Krankenhaus ... Ein paar Ausgaben von *Women's Own* und *Reader's Digest* von vor drei Jahren, wenn man Glück hatte, abgewetzte Stühle und der Geruch nach sehr alten Menschen und Babys mit schmutzigen Windeln. Hier roch es nach Blumen und Politur und etwas leicht Antiseptischem.

»Wie viele Patienten hat er pro Tag?«

Sie schaute über den Computerbildschirm zu ihm. »Mr Sharpe hat einen sehr vollen Terminkalender.«

»Ja, ja. Wie viele?«

»Vier Erstkonsultationen pro Tag ... Die dauern eine volle Stunde. Und vier halbstündige Termine für weiterführende Behandlungen.«

»Alle möglichen, ja?«

»Wie bitte?«

»Männer, Frauen, Kinder, Alte, Junge ... Sie wissen schon.«

»Mr Sharpe behandelt selten Kinder. Ansonsten könnte man wohl sagen, dass wir einen guten Querschnitt aus der Bevölkerung behandeln, ja.«

»Tut es weh? Ich lass nicht gerne Nadeln in mich reinpiksen.«

Sie lächelte geduldig. »Da täuschen sich viele Menschen, die keine Ahnung von Akupunktur haben. Sie stellen sich vor, sie wären …«

»Eine Art Nadelkissen?«

»Mehr oder weniger. Doch tatsächlich ist es sehr gezielt … Manchmal werden nur zwei oder drei Nadeln gesetzt, vielleicht ein paar mehr … Jeder Fall ist anders, jeder Patient bekommt eine andere Behandlung.«

Nathan war sich sicher, dass sie ihm beim Gehen eine hübsche Broschüre überreichen würde. »Ich nehme an, das ist mehr was für Frauen als für Männer.«

»Ach ja?«

»Ja, all dieses Zeug liegt doch eher Frauen, oder?«

»Wie kommen Sie denn darauf?«

»Dann kommen auch Männer?«

»Selbstverständlich.«

Die Tür öffnete sich, und eine Frau mittleren Alters kam heraus. Das ist sie, dachte Nathan, schickes Kostüm, tadellose Frisur, teure Handtasche und Schuhe, die typische Durchschnittspatientin.

»Bitte setzten Sie sich, Mrs Savage. Ich stelle Ihnen gleich die Rechnung aus.« Sie sah zu Nathan hinüber. »Ich sage Mr Sharpe Bescheid.« Mit klappernden Absätzen verließ sie das Wartezimmer.

Nathan grinste die Frau an. »Hat wehgetan, oder?«

Sie warf ihm einen Blick zu, ohne zu lächeln. »Nein.«

»Kann's mir nicht so recht vorstellen. Aber wenn Sie meinen, dass es guttut …«

Sie beugte sich vor und griff nach einer schimmernden neuen Ausgabe von *Country Life*.

Nathan hätte am liebsten eine dieser Grimassen geschnitten, mit denen er als kleiner Junge Passanten über die Schulhofmauer hinweg erschreckt hatte, aber er begnügte sich damit, eine Augenbraue in Richtung des DC zu heben, der grinste und wegschaute.

Die Stöckelabsätze kamen zurück. »Mr Sharpe bittet Sie, um halb sechs wiederzukommen, wenn die Sprechstunde beendet ist. Er muss jetzt zwei Anrufe machen und hat dann den nächsten Patienten, aber später wird er Sie gerne empfangen.«

Als Nathan und DC Hardy wiederkamen, stand die Tür einen Spaltbreit auf, das Wartezimmer war leer, der Computer abgedeckt und die Zeitschriften waren ordentlich aufgestapelt. Nathan wartete. Er konnte keine Klingel finden.

»DC Coates?«

Sharpe schien sich geräuschlos zu materialisieren, als sei er aus der Wand hervorgetreten. Die Fliege war rot mit dünnen blauen Streifen.

»Ich entschuldige mich dafür, Sie gebeten zu haben, später wiederzukommen, aber ich war mitten in der Sprechstunde. Und Sie sind?«

»DC Hardy.«

Aidan Sharpe nickte. »Bitte kommen Sie mit.«

Nathan hatte erwartet, Sharpe im Wartezimmer zu befragen, aber stattdessen wurden sie durch eine Tür mit der Aufschrift *Privat* geführt und dann einen kurzen Flur entlang in die Wohnung.

»Darf ich Ihnen eine Tasse Tee anbieten?«

»Nein, danke.«

»Womit kann ich Ihnen helfen? Es geht wohl um dieses arme Mädchen, Debbie Parker. Haben Sie Neuigkeiten von ihr?«

»Leider nicht, Sir, aber wir verfolgen einige Hinweise.«

»Ah ja. Hinweise.«

Das Zimmer wirkte erdrückend, vollgestellt mit einem riesigen Sideboard, Kommode, Tisch und Bücherschränken in schwerer dunkler Eiche, dazu ein Sofa und Sessel, bezogen mit braunem Leder. Auch der Kamin war dunkel und kunstvoll verziert. An den Wänden hingen Porträts in schweren Goldrahmen, alte Männer mit Perücken, dicke Männer auf Pferden und ausgestopfte Fische in einem Schaukasten.

Ihnen gegenüber saß Aidan Sharpe reglos im Sessel, die Hände zusammengelegt, Finger an Finger. Seine Augen starrten. Überrasch ihn, beschloss Nathan, kein Vorgeplänkel, kein Charme, direkt hinein.

»Besitzen Sie eine Armbanduhr mit Mondphasen?«

Kein Zwinkern. Der Blick löste sich nicht von Nathans Gesicht, die Finger blieben reglos.

»Ja.«

»Tragen Sie sie jetzt, Sir?«

»Ja.«

»Ich möchte sie bitte sehen.«

»Darf ich fragen, warum?«

»Nehmen Sie sie einfach ab, Mr Sharpe.«

Ein dünnes Lächeln, wie das Vorschnellen einer Eidechsenzunge. Verschwunden.

»Ich möchte gerne wissen, warum Sie das von mir verlangen.«

»Woher haben Sie die Uhr?«

»Wenn Sie damit meinen, wo sie gekauft worden ist, da habe ich keine Ahnung.«

»Wieso das?«

»Es war ein Geschenk.«

»Von wem, Sir?«

»Das geht Sie nichts an.«

»Wir untersuchen das Verschwinden von drei Frauen.«

Sharpe reagierte nicht.

»Eine davon ist Miss Angela Randall. War sie Patientin bei Ihnen?«

»Ich habe sehr viele Patienten. Da müsste ich nachschauen.«

»Sie waren bei uns, um uns mitzuteilen, dass Debbie Parker Ihre Patientin war.«

Schweigen. Die Augen starrten.

»Also müssten Sie auch wissen, ob Angela Randall Ihre Patientin war, nicht wahr?«

»Wie gesagt, da müsste ich nachschauen.«

»Würden Sie das tun?«

»Morgen. Ich werde meine Sekretärin darum bitten. Wenn sie herausfindet, dass diese … Miss Randall hier behandelt worden ist, werde ich mich mit Sergeant Graffham in Verbindung setzen.«

»Hat Miss Randall Ihnen die Uhr geschenkt, Mr Sharpe?«

Ein Blinzeln. Die Augen schauten einen Moment lang wütend.

»Mr Sharpe?«

»Warum fragen Sie?«

»Ich habe bereits gesagt, dass wir Angela Randalls Verschwinden untersuchen. Kannten Sie sie?«

»Nicht dass ich mich erinnern kann.«

»Könnte ich Ihre Uhr sehen?«

Er lächelte, schob die Manschette zurück, nahm die Armbanduhr ab und hielt sie Nathan hin. Eine hübsche Uhr, dünn wie eine Oblate. Neben dem Mond waren auf dem dunkelblauen Emaille Sterne zu sehen. Anscheinend war heute Halbmond.

Nathan gab die Uhr zurück. »Danke.«

»Ist das alles?«

»Im Moment, ja. Aber würden Sie bitte morgen früh in Ihren Unterlagen nachschauen, wie Sie angeboten haben?«

»Selbstverständlich.«

Auf dem Weg zur Eingangstür sagte Aidan Sharpe: »Heute am frühen Morgen schien etwas Wichtiges vorzugehen … Ich bin zufällig am Gewerbegebiet vorbeigekommen. Überall Polizei – Mannschaftswagen, Spürhunde … Worum ging es da, um alles in der Welt?«

»Tut mir leid, Sir, nicht meine Abteilung.«

»Eine Drogenrazzia, nehme ich an?«

»Ich weiß es wirklich nicht, Mr Sharpe. Danke für Ihre Hilfe.«

Nathan schaute vom Auto aus zurück. Die Fliege stand immer noch da, starrte ihn an.

Hinter der nächsten Ecke hielt er an und nahm sein Handy heraus. »Sarge?«

»Was hat er gesagt?«

»Nicht viel. Ich hab ihn gefragt, ob er die Randall kennt, ob sie ihm die Uhr geschenkt hat … Keine Reaktion. Behauptet, sich nicht zu erinnern, ob sie Patientin bei ihm war … Sagte, er würde Sie anrufen, wenn er ihren Namen in seinen Unterlagen findet.«

»Mich?«

»Ja. Sergeant Graffham, sagte er. Will wohl nicht mit Unterlingen reden. Er ist gruselig, nicht? Waren Sie in seinem Haus?«

»Nein.«

»Wie eins von diesen Schlössern, die man auf Schulausflügen besucht. Lauter große schwarze Möbel und so. Echtes altes Zeug, wissen Sie? Gespenstisch.«

»Aber mehr war nicht?«

»Nur eins … Als ich gerade gehen wollte, fragte er, was heute früh im Gewerbegebiet los gewesen sei … Sagte, er sei da vorbeigefahren und habe all die Mannschaftswagen und Spürhunde und so gesehen. Fragte, ob es sich um eine Drogenrazzia gehandelt habe. Nur, was hat er da um halb fünf oder sechs Uhr morgens gemacht? Die waren vor acht Uhr schon wieder weg. Und außerdem waren die ganz hinten; wenn er nur vorbeigefahren ist, konnte er sie von der Straße aus überhaupt nicht sehen.«

48

Chris Deerborn hatte Bereitschaftsdienst und nahm den Anruf entgegen. Cat kniete auf dem Boden in ihrem Büro, sortierte einen Stapel medizinischer Zeitschriften, von denen sie die meisten aus Zeitmangel nicht gelesen hatte. Links kamen die hin, die sie aufheben sollte, weil sie wichtige Artikel enthielten, rechts der Rest. Frustriert stellte sie fest, dass der linke Stapel immer höher wurde. Alles war wichtig, alles schien entscheidende Informationen zu enthalten.

»Kannst du übernehmen?« Chris versuchte, die Tür zu öffnen, die aber von den Zeitschriftenstapeln blockiert wurde.

»Wer ist dran?«

»Eine hysterische Frau.«

»Du hast Bereitschaft, nicht ich.«

»Sie will nicht mit mir reden, sagt, sie könnte nur dir erzählen, was passiert ist.«

»Wer ist es?«

»Mrs Marion Keith. Sie ist Patientin bei mir«, sagte Chris, »aber sie will unbedingt dich.«

»Was, ist ihr irgendwas peinlich? Wenn sie dringend einen Arzt braucht, muss sie mit dem vorliebnehmen, der Dienst hat, egal welchen Geschlechts.«

»Also soll ich ihr das sagen?«

»Verdammt. Na gut, gib schon her.«

Cat zog die Tür auf, schubste die Zeitschriften aus dem Weg, bis sie wieder völlig durcheinander auf einem Haufen lagen, während Chris ihr das schnurlose Telefon hinhielt und die Treppe hinauffloh.

»Cat Deerborn.«

Sie war gereizt. Sie wusste bereits, was sie sagen würde. Wenn sie mit dieser Mrs Keith fertig war, würde die Frau sich wünschen, mit Chris vorliebgenommen zu haben.

Sie hörte die ersten paar stotternden Worte und verstummte. Fünf Minuten später saß sie auf der Treppe und redete leise.

»Ich komme zu Ihnen, Mrs Keith … Natürlich verstehe ich Sie. Natürlich. Ist jemand bei Ihnen? Na gut, dann versuchen Sie, ruhig zu bleiben. Ich bin in einer Viertelstunde bei Ihnen.«

Die Frau war völlig außer sich und kaum zu verstehen, aber Cat hatte alles erfahren, was sie wissen musste. Sie lief nach oben.

»Ich muss zu ihr. Sie ist in einem furchtbaren Zustand.«

»Ich weiß. Viel verstehen konnte ich nicht.«

Cat zog rasch den alten Trainingsanzug aus, den sie zum Aufräumen ihres Büros getragen hatte. »Sie war bei dem Psychochirurgen, und der hat sich an ihr vergangen. Wir haben ihn, Chris.«

»Was meint sie damit? Vergewaltigung?«

»Irgendwas Sexuelles, aber das ist schwer zu sagen.«

»Du bittest besser die Polizei, sich dort mit dir zu treffen. Wir brauchen einen Zeugen, und die werden wissen wollen, ob es sich um einen tatsächlichen Übergriff handelt.«

»Du hast recht.« Sie zog den Reißverschluss ihrer Jeans zu und griff nach dem Telefon, aber bei Simon war nur der Anrufbeantworter dran. Sie wählte die Nummer des Reviers.

»DCI Serrailler, bitte … Dr. Deerborn … Ja, ich warte.« Sie wandte sich an Chris. »Er ist unterwegs wegen einer Ermittlung, aber sie versuchen, ihn zu erreichen … Ja? Danke. Ich bleib dran.«

»Serrailler.«

»Si, ich bin's. Hör zu, ich sag dir kurz, worum es geht. Bury Park 17, eine Patientin von Chris hat in hysterischem

Zustand angerufen. Sie war bei diesem Kerl in Starly, der sich Psychochirurg nennt, und sie behauptet, von ihm sexuell belästigt worden zu sein.«

»Okay. Ich veranlasse, dass ein Streifenwagen hingeschickt wird.«

»Kannst du nicht Freya Graffham schicken?«

»Nein, das ist keine Sache für die Kriminalpolizei, du brauchst Uniformierte. Ich bin momentan im Einsatz, Cat, ich gebe es weiter.«

»Danke.«

Chris kam mit hinunter zum Auto und informierte Cat unterwegs über seine Patientin Marion Keith. »In den Fünfzigern, verwitwet, zwei verheiratete Töchter. Vorgeschichte von Gastritis, Darmreizung, alle Untersuchungen wurden durchgeführt, jeweils ohne Befund, was sie aber möglicherweise nicht geglaubt hat. Vielleicht dachte sie, er würde etwas finden und es rausholen.«

Er küsste Cat und schloss die Autotür.

Der Streifenwagen wartete schon, als sie bei dem Bungalow in Bury Park ankam.

»N'Abend, Dr. Deerborn.«

»Hallo, Mike.«

Cat kannte viele der Polizeibeamten aus Lafferton, nicht durch Simon, sondern weil sie und Chris auch als Polizeiärzte tätig waren. Constable Mike Major hatte sie zum letzten Mal im vorigen Sommer getroffen, in einer Wohnung, in der ein älterer Mieter seit einem Monat tot gelegen hatte. In solchen Situationen verließ man sich aufeinander, nicht nur, um die jeweilige Arbeit professionell zu erledigen, sondern auch für moralischen und manchmal sogar physischen Beistand. Cat war nicht diejenige gewesen, die damals rasch an die frische Luft gemusst hatte.

»Sie waren noch nicht drin, oder? Ich muss erst mit ihr reden.«

»Nein, schien mir das Beste, hier zu warten.«

»Sie wissen, worum es geht?«

»So ziemlich. Hab letzte Woche im *Echo* von diesem Irren gelesen.«

»Hoffen wir, dass wir diesmal an ihn rankommen.«

Marion Keith hatte sich in einen Morgenmantel und eine Decke gehüllt und kauerte in der Ecke des Sofas. Sie war eine etwas verblichen aussehende Frau mit hübschen Gesichtszügen, aber ihr Gesicht war grau, in ihren Augen stand Entsetzen.

Cat stellte ihre Tasche ab und setzte sich neben die Frau. »Hallo, Mrs Keith. Ganz ruhig, alles wird gut.«

Marion Keith brach in Tränen aus.

»Weinen Sie nur, das ist schon in Ordnung.« Cat griff nach ihrer Hand. »Ich möchte, dass Sie versuchen, mir genau zu erzählen, was passiert ist. Lassen Sie sich Zeit. Wenn nötig, werde ich Sie untersuchen. Es könnte eine strafbare Handlung vorliegen, und aus dem Grund habe ich die Polizei benachrichtigt. Die Beamten warten draußen im Wagen, bis Sie bereit sind, mit ihnen zu sprechen. Wenn ich den Eindruck bekomme, dass Sie tätlich angegriffen wurden, werden sie von Ihnen hören wollen, was passiert ist. Sind Sie damit einverstanden?«

Nach kurzem Zögern nickte die Frau.

»Gut. Dann erzählen Sie.«

Stockend und teilweise unverständlich begann Marion Keith zu sprechen. Seit dem Tod ihres Mannes litt sie unter Bauchschmerzen und anderen Beschwerden. Wie Chris gesagt hatte, war bei den Untersuchungen nichts Anomales herausgekommen, aber die Medikamente hatten ihr nur vorübergehend Erleichterung verschafft. Das Problem flammte immer wieder auf. Sie arbeitete Teilzeit als Anwaltssekretärin, und eine Kollegin hatte ihr von dem Psychochirurgen erzählt.

»Sie hat gesagt, er habe so viele Menschen geheilt und das, worunter ich litte, sei seine Spezialität. Sie hat mich einfach davon überzeugt. Ich war verzweifelt, ich hatte schon alles versucht. Ihr Mann ist ein guter Arzt, das weiß ich, aber nichts, was er mir verschrieb, hat über längere Zeit geholfen, und ich wollte, dass diese Schmerzen und all das endlich aufhörten. Die haben mir in letzter Zeit das Leben verdorben. Ich fand, ich hätte nichts zu verlieren, und ich hab mir Sorgen gemacht, dass im Krankenhaus vielleicht etwas übersehen worden war. Man hört ja so viel darüber. Eine Freundin von mir hatte Darmkrebs, ich weiß, was das alles bedeuten kann.«

»Das verstehe ich. Die Leute machen sich Sorgen, dass ihnen etwas Ernsthaftes fehlt, wenn die Symptome sich nicht bessern. Niemand macht Ihnen Vorwürfe, Mrs Keith.«

Sie habe keine Angst gehabt, sagte sie, denn sie habe wunderbare Dinge über Dr. Groatman gehört, und selbst als sie merkte, dass sie allein mit ihm im Behandlungszimmer war, hatte sie das nicht alarmiert. Die schwebenden Hände über ihrem Körper, das Sondieren und Verdrehen, der scheinbare Schnitt, wonach etwas in einen Eimer unter der Liege fiel. Das sei alles sonderbar gewesen, sagte Marion Keith, aber ihr sei nichts »falsch« vorgekommen. Er schien zu wissen, wovon er sprach … »So überzeugt«, sagte sie. Er hatte ihr gesagt, sie habe »schlechtes Gewebe«, er müsse einen septischen Klumpen entfernen, ihr Magen sei ernsthaft entzündet und ihr Darm sowohl »verdreht« als auch »infiziert«. Er sei in der Lage, alles während einer einzigen Konsultation zu heilen. Sie würde den Raum schmerzfrei verlassen, und die Beschwerden würden ein Ding der Vergangenheit sein.

Es sei alles sonderbar gewesen, unglaublich … Doch dann habe er eine Art Gebet gesprochen, und sie habe fest an den Geist geglaubt, der durch ihn arbeitete. Dadurch sei für sie alles in Ordnung gewesen.

Cat schwieg, wunderte sich über die Leichtgläubigkeit ansonsten vorsichtiger und intelligenter Menschen und stellte sich deren Reaktion vor, wenn sie als ausgebildete Ärztin auch nur die Hälfte dessen getan hätte, was sie diesem Mann gestatteten.

»Dann sagte er, da sei noch etwas. Er sagte, meine Magenprobleme hätten eine tiefere Ursache, als er gedacht habe. Sie säßen in meinen weiblichen Organen, und das sei das eigentliche Problem. Er sagte, er müsse das genauer untersuchen, und wenn ich mich entspannte, könne er mich heilen. Er wisse, wo das Problem liege. Ich habe nicht nachgedacht. Ich habe einfach nicht nachgedacht. Ich hätte es merken müssen.«

»Was ist dann passiert?«

»Er murmelte irgendwas … in einer Art fremden Sprache. Seine Stimme wurde tiefer und heiserer, und dann wurde es ziemlich beängstigend. Seine Augen starrten. Irgendwie starrte er direkt in mich hinein. Seine Augen veränderten sich. Ich kann es nicht erklären. Sie veränderten sich einfach.«

»Hat er Sie gebeten, sich auszuziehen?«

»Nur meinen Rock und meine Bluse, und er gab mir einen Kittel, ähnlich wie ein Krankenhauskittel, also hab ich mir keine Gedanken gemacht. Aber jetzt sagte er, ich müsse meine Strumpfhose und die Unterhose ausziehen.«

»Und das haben Sie getan?«

»Es klingt dämlich, es klingt, als sei ich ein Schwachkopf, nicht wahr? Aber da war etwas an ihm, an seinen Augen und seiner Stimme. Ich hatte Angst. Seine Augen schienen mich …«

»Zu hypnotisieren?«

»Ich hatte sagen wollen, ›zu bannen‹, aber ich nehme an, es war hypnotisieren, was er gemacht hat, ja. Jetzt erkenne ich das. Ich habe getan, was er mir gesagt hat, weil ich Angst davor hatte, es nicht zu tun. Ich hatte das Gefühl, dass er Macht über mich hatte.«

Sie hatte sich wieder hinlegen müssen, und diesmal hatte sie zuerst ein kaltes Instrument gespürt und dann seine Finger, die in ihre Vagina eindrangen und darin herumstocherten. Dann hatte er sie gebeten, sich umzudrehen, auf ihren Rücken und die Nierengegend gedrückt und ihr schließlich die Finger in den Anus gesteckt. Sie brauchte lange, um Cat alles zu erzählen, und musste immer wieder ermuntert werden weiterzureden. Cat achtete genau darauf, ihr keine Worte in den Mund zu legen. Die Frau war von Scham und Verlegenheit erfüllt, fand es sogar beschämend, einer Ärztin erzählen zu müssen, was ihr angetan worden war.

»Marion, ich weiß, wie schwierig das für Sie ist, aber Sie verstehen doch, dass ich mir über alles absolut sicher sein muss, ja?«

»Ich weiß.« Ihre Stimme war kaum mehr ein Flüstern.

»Hat er Sie vergewaltigt? Hat er Geschlechtsverkehr mit Ihnen gehabt?«

Eine lange Pause entstand. Cat wartete, hielt immer noch die Hand der Frau. Mrs Keith leckte sich mehrmals die Lippen und fuhr sich mit der Hand über die Augen. Sie sah Cat nicht an.

»Kann sein«, sagte sie schließlich. »Ich bin mir nicht sicher. Kann sein.«

»Wieso sind Sie sich nicht sicher?«

»Ich weiß es nicht. Mir war komisch. Ich hatte Angst.«

»Es ist wichtig. Das wissen Sie.«

»Ja.«

»Wenn er Sie vergewaltigt hat, kann er verhaftet werden, und selbst das, was Sie mir erzählt haben, stellt eine strafbare Handlung dar, daran gibt es keinen Zweifel. Aber wenn wir beweisen können, dass Sie vergewaltigt wurden, kann er wegen eines viel schwereren Vergehens angeklagt werden. Ihre Aussage kann dazu beitragen, dass er nicht ungeschoren davonkommt.«

»Was wollen Sie? Ich kann mich nicht erinnern.« Sie begann wieder zu weinen.

»Ich möchte Sie darum bitten, mit der Polizei zu sprechen, aber da der Verdacht auf Vergewaltigung besteht, müssten Sie mit aufs Revier fahren und sich dort vom Polizeiarzt untersuchen lassen.«

»Nein.«

»Marion …«

»Ich kann nicht. Ich habe mit Ihnen gesprochen. Ich hab gesagt, dass ich sonst niemanden hier haben will.«

»Sie würden von einer Ärztin untersucht werden, und es ist auch eine Schwester dabei. Ich kann mitkommen, wenn Ihnen das hilft.«

»Nein.«

»Würden Sie dann jetzt wenigstens eine Aussage vor der Polizei machen? Den Beamten das erzählen, was Sie mir erzählt haben?«

»Können Sie das nicht für mich tun?«

»Leider nicht. Die Polizei braucht Ihre Aussage.«

»Nein. Ich habe nicht darum gebeten, dass die Polizei kommt, ich wollte nur Sie sehen. Ich habe mit Ihnen gesprochen, habe Ihnen alles erzählt, was er getan hat. Ich könnte das nicht wiederholen.«

Erst nach zwei war Cat wieder zu Hause. Sie hatte Marion Keith schließlich überzeugen können, ihre Aussage zu machen und mit aufs Revier zu fahren. Sie hatte Blut und Wasser geschwitzt. Cat hatte ein schlechtes Gewissen, eine derart verstörte Frau dazu überredet zu haben, gegen ihr Gefühl zu handeln und über Dinge zu sprechen, die sie als beschämend und intim empfand, in einer unpersönlichen Umgebung mit vollkommen Fremden. Warum sollte Marion Keith das alles erdulden müssen, wo sie bereits durch das, was der Mann ihr angetan hatte, traumatisiert war?

Chris wachte auf, als sie die Lampe anknipste. Zum Glück

hatte es keine weiteren Notarzteinsätze gegeben, sonst hätte er eine Vertretung anrufen müssen. Es schien noch in weiter Ferne zu liegen, bis Hannah und Sam allein gelassen werden konnten.

»Und?«

Cat setzte sich auf den Bettrand. Gleich würde die Erschöpfung einsetzen, doch bis dahin hielt sie pures Adrenalin in Gang. Marion Keith tat ihr leid, doch gleichzeitig war Cat höchst befriedigt.

»Wir haben ihn«, sagte sie leise. »Damit können wir ihn festnageln. Ich bin gegangen, als die Polizeiärztin kam … Sie muss noch die Untersuchung durchführen. Marion Keith hatte ein entsetzliches Erlebnis, aber es hat auch was Gutes gebracht. Dieser Dr. Groatman alias ein halbes Dutzend anderer Namen ist ein absoluter Widerling.«

»Marion … Keith … kommt wieder auf den Damm …?« Chris' Stimme war schläfrig.

»Marion Keith«, sagte Cat, »ist eine Heldin.«

Ein paar Stunden später machte sie gerade Sams Turnbeutel und Hannahs Brotzeitdose fertig, als das Telefon klingelte.

»Cat Deerborn.«

»Guten Morgen, Dr. Deerborn. Sergeant Winder, Polizeirevier Lafferton.«

»Morgen, Sergeant. Schwierigkeiten?«

»Dr. Maskray hat mich gebeten, Sie so früh wie möglich anzurufen.«

»Ah ja – geht es um die Vergewaltigung von Mrs Keith?«

»Ja, nur es gab keine.«

»Wie bitte?«

»Keine Vergewaltigung. Dr. Maskray fand keinerlei Anhaltspunkte, und Mrs Keith hat ihre Aussage zurückgezogen.«

»O Gott.«

»Sie wurde nach Hause gefahren. War ziemlich aufgeregt.

Hätte wegen Vergeudung von Polizeiressourcen angezeigt werden können, aber die Ärztin war dagegen.«

»Na gut, Sergeant, danke, dass Sie mir Bescheid gesagt haben.«

Sie stand da, einen Bananenjoghurt in der einen Hand, den Telefonhörer in der anderen. Oben brüllte Chris Sam und Hannah zu, mit der Zankerei aufzuhören und sich endlich anzuziehen.

»Mist«, sagte Cat. »Verdammt und zugenäht.«

Während sie angestrengt nachdachte, ging sie hinüber zur Kommode und stellte den Joghurtbecher auf die Telefongabel.

49

Angela Randall. Dämliche Kuh. Hatte von Anfang an Ärger gemacht. Erst diese schwierigen Telefongespräche. Dann Briefe. Karten. Zweimal war sie einfach nachts auf seiner Türschwelle erschienen, ihr Kuhgesicht voll trübseligen Selbstmitleids, wollte hereingebeten werden, wollte ihn. Er fand sie abstoßend. Schließlich hatte er sich geweigert, sie zu behandeln, sie hatte sowieso keine Krankheit oder körperlichen Beschwerden; ihre Probleme waren die verdrehten emotionalen einer alten Jungfer in den Wechseljahren. Als die ersten beiden Geschenke kamen, hatte er sie zurückgeschickt. Sie kamen wieder und dann andere, immer anonym, immer mit einem lächerlichen Kärtchen. Nach einer Weile hatte er beschlossen, sie zu ignorieren, und die Geschenke waren weiterhin eingetroffen, teure, unpassende Geschenke, für die sie sich hätte schämen sollen. Ihm waren sie vollkommen gleichgültig.

Auch jetzt war sie diejenige, die Ärger machte. Er dachte an sie, wie sie da in ihrer Schublade lag, hager und mitleiderregend, obwohl er nie Mitleid empfand.

Freya Graffham hatte die Uhr bemerkt, aber wie hatte sie überhaupt davon erfahren? Angela Randall musste dumm genug gewesen sein, irgendwas in ihrem Haus herumliegen zu lassen, eine Rechnung, seinen Namen und die Adresse. Irgendetwas hatte Graffham alarmiert.

Er war müde. Seine Handlungen und Pläne wurden von außen gesteuert, durch Ereignisse und andere Menschen, und er hatte immer darauf geachtet, das nicht geschehen zu lassen. Es machte ihn nervös. Er hatte nicht gut geschlafen.

Die Polizei im Gewerbegebiet herumschnüffeln zu sehen war auch nicht besonders hilfreich gewesen.

Er bestrich eine Scheibe Brot mit Butter und schnitt die Verpackung einer geräucherten Makrele auf. Er dachte, er wisse, wie man mit Enttäuschungen umgeht, meinte, das Jahre zuvor gelernt zu haben, aber die zunehmende Anspannung in seinem Körper und Geist verriet ihn.

Er seufzte, während er sich einen Salat mischte. Wieder wurde er zu etwas gezwungen, und ihm blieb nicht genug Zeit. Er wusste, was er als Nächstes tun musste.

Er setzte sich, drehte am Radio, bis er eine Sendung mit Musik von Philip Glass fand, und begann dann zu essen und methodisch nachzudenken.

Die Kathedrale war voll. Freya Graffham saß in der mittleren Reihe des Alts, lauschte den brausenden Klangwellen, die vom Orchester unter ihr kamen, und fühlte sich erfrischt. Singen hatte sie immer auf eine andere Ebene von Entzücken und Erfüllen gehoben. Es war eine berauschende Befriedigung, im Chor mit anderen Töne und Melodien hervorzubringen, und die Musik nahm aus der Perspektive des Ausführenden in der Mitte von allem eine andere Dimension an. Zuhören war dem weit unterlegen, ein ärmlicher Ersatz für das hier. Die Akustik in der Kathedrale war nicht einfach, und die Pianissimopassagen hatten die Tendenz, sich wie dünner Kerzenrauch zum Dach hinaufzuringeln, aber es half, dass die Kathedrale so voll war, und die Crescendi waren großartig. Sie bemerkte Cat Deerborn, als der Alt sich erhob, und fragte sich, wo Simon war, aber der größte Teil des Publikums verschwand im Schatten.

Wie immer beim Singen und Zuhören vergaß sie rasch alles andere; so ging es ihnen allen. Das Hochgefühl des Auftritts riss sie mit, auch noch lange danach, im Gemeindesaal von St. Michael, als sie die Kathedrale wieder ihren Wölbungen und einer Stille überlassen hatten, die immer noch voller

Musik zu sein schien, bei den üblichen Drinks und Sandwiches und gegenseitigen Gratulationen zum Konzert. Die Musik trug sie alle hinaus auf die Straße, zu ihren Autos, lachend und rufend, und trug sie nach Hause.

Freya war zu Fuß gekommen und trennte sich erst an ihrer Straße von einem halben Dutzend Chormitgliedern. Die Nacht war mild, voller Sterne und dem süßen Duft frisch gemähter Rasenflächen. Sie war müde, aber es würde lange dauern, bis sie einschlief. Sie würde ein Bad nehmen, ein bisschen herumkramen, einen Spätfilm ansehen und sich allmählich und zufrieden entspannen.

Sie sah nach ihrem Auto, wie immer. Es war unter einer Straßenlaterne ein paar Meter von ihrer Haustür entfernt geparkt. Sie hatte sich um eine der wenigen Garagen in der Altstadt beworben, aber es war unwahrscheinlich, dass in absehbarer Zeit eine frei werden würde. Die Straße war ruhig, wie gewöhnlich, und sie machte sich keine besonderen Sorgen darum, dass ihr Auto gestohlen oder mutwillig beschädigt werden könnte. Sich sicher zu fühlen, in ihrem Auto und ihrem Haus, war etwas, an das sie sich immer noch nicht gewöhnt hatte nach den Jahren in London.

Als sie die Haustür schloss und spürte, wie sich die angenehme Atmosphäre ihres Heims um sie legte, fragte sie sich, ob sie je wieder in der Lage sein würde, das alles aufzugeben, jemals ihren Freiraum, ihre Mußestunden, ihre tägliche Routine mit jemandem würde teilen wollen, auch wenn sie ihn noch so liebte. Würde Simon, ebenso gemütlich untergebracht in seiner Wohnung am Kathedralenhof, wie sie es hier war, jemals diese Unabhängigkeit aufgeben wollen?

Im Moment hatte Freya alles, was sie wollte, in ihren friedvollen Räumen, erfüllt mit der glücklichen Befriedigung der Musik, an der sie mitgewirkt hatte, im Kopf immer noch die Stimmen und Instrumente um sie herum. Leise summend ging sie in die Küche.

Zuerst war sie sich nicht sicher, ob an der Haustür ein Geräusch gewesen war oder nicht. Lauschend blieb sie stehen. Da war es wieder, ein leises Klopfen.

Es war zwanzig vor zwölf, und in den Nachbarhäusern brannte kein Licht mehr. Dann fiel ihr Simons Telefonnachricht ein. Sie fuhr sich mit einem Kamm aus ihrer Handtasche durch das kurze Haar und ging dann rasch mit klopfendem Herzen zur Tür, um sie zu öffnen.

Bevor sie Zeit hatte, das Geschehen zu begreifen, war Aidan Sharpe eingetreten und hatte in einer einzigen Bewegung die Tür zugemacht und abgeschlossen. Den Schlüssel steckte er in die Tasche.

»Ich muss mit Ihnen reden«, sagte er.

Instinktiv wandte sich Freya zum Wohnzimmer um und ging rasch hinüber zum Tisch, auf dem sie ihr Handy abgelegt hatte. Normalerweise befand es sich in ihrer Handtasche oder Jackentasche, aber wegen des Konzerts hatte sie es zu Hause gelassen.

»Wir wollen doch nicht gestört werden.« Er war an ihrem Ellbogen, und seine behandschuhte Hand tauchte vor ihr auf und griff nach dem Handy.

»Geben Sie es mir bitte wieder.«

»Setzen Sie sich, Miss Graffham. Sie sind jetzt nicht im Polizeirevier von Lafferton und auch nicht diensthabende Beamtin.«

»Geben …«

Aus der linken Jackentasche zog er eine Spritze. Freya sah, dass sie mit einer Flüssigkeit gefüllt war. Sie schluckte, ihr Mund war plötzlich wie ausgetrocknet.

»Ich sagte, setzen Sie sich.«

Seine Stimme war sehr leise und hatte etwas manisch Ruhiges und scheinbar Vernünftiges, wie sie es schon bei anderen gefährlichen Menschen erlebt hatte. Sie wusste nur zu gut, dass sie ihm zunächst einmal seinen Willen lassen und ihm gehorchen musste. Aidan Sharpe wandte den Blick nicht von ihr ab, als er durch das Zimmer ging, das Deckenlicht ausschaltete und nur die beiden Stehlampen anließ. Dann setzte er sich ihr gegenüber in den Sessel und lehnte sich zurück, ein schwaches Lächeln um die Lippen. Seine Augen starrten. Freya dachte fieberhaft nach, wie sie mit ihm umgehen, mit ihm sprechen, seine Stimmung beeinflussen und wie sie entkommen konnte. Die eine Tür führte vom Zimmer in den Flur hinaus, die andere in die Küche, von dort ging eine weitere zu einem Gang, der zwischen ihrem und dem Nachbarhaus entlangführte. Am Ende des Ganges befand sich eine von innen verriegelte Holztür.

»Ich muss mit Ihnen reden«, wiederholte Aidan Sharpe.

»Über Angela Randall? Oder Debbie …? Vielleicht über beide?«

»Halten Sie den Mund.«

Er war ein völlig anderer Mann als der, der ihr im Embassy Room gegenübergesessen hatte, anders und doch erkennbar derselbe, wie so viele Psychopathen, mit denen sie zu tun gehabt hatte. Sie hätte die Anzeichen erkennen müssen und merkte nun, dass ihr Unterbewusstsein es auch getan hatte.

»Angela Randall war eine dumme Kuh. Eine sehr ermüdende dumme Kuh.«

»Sie sagen ›war‹ …, heißt das …«

»Ich hab gesagt, Sie sollen den Mund halten.«

Sie musste rational und ruhig bleiben, keinen Angstgeruch verströmen, nicht mit dem kleinsten Blinzeln verraten, was sie vorhatte.

»Ich verabscheue Frauen, aber diese dämliche Kuh habe ich am meisten verabscheut. Sie hatte keinen Stolz, verstehen Sie, hat sich mir wie eine läufige Hündin zu Füßen geworfen, hat mir Botschaften in abscheulicher Sprache geschickt, katzbuckelnd und klammernd und unterwürfig. Wo war da ihr Stolz? Sie hat mir Karten geschickt, sie hat mir Geschenke geschickt. Das hier …« Er schob die Manschette hoch und zeigte ihr die Uhr.

»Ja, natürlich, und noch so viele andere Sachen. Sie hat ihr Geld verschwendet, hat sich vermutlich in Schulden gestürzt, und dann immer diese pathetischen Kärtchen. Sie hat sich entwürdigt. Ich habe sie verachtet. Die meisten Sachen habe ich verkauft. Ich wollte sie nicht in meiner Nähe haben, mich nicht davon vergiften lassen, aber die Uhr habe ich behalten. Ich kannte mal jemanden, der genau so eine Uhr hatte, als ich Kind war. Ein Verwandter, den ich oft besuchte und den ich mochte. Seitdem habe ich so eine Uhr nie mehr gesehen.«

Jetzt hatte sich seine Stimme wieder verändert, war gleichgültig geworden, als wolle er sie einlullen, als sei es eine Plauderei unter Freunden.

»Das ist typisch für sie, wissen Sie, dass sie diejenige war, die Sie alarmiert hat. Typisch für sie, dafür die Schuld zu haben. Keiner von den anderen hätte das getan.« Er schwieg einen Moment lang, hatte das eine Bein über das andere geschlagen, die Hand hinter dem Kopf, und starrte und starrte immer noch. Freya rechnete sich aus, wie viele Schritte sie machen musste, um die Küche und die Außentür zu erreichen, wie leicht oder schwer es sein würde, bis zum Ende des Gangs zu kommen.

»Ich mag meine Arbeit, wissen Sie, finde sie befriedigend. Und ich bin gut. Eine Menge Menschen haben Grund, mir dankbar zu sein. Das haben Sie bestimmt auch von unserer Freundin Dr. Deerborn gehört. Ich habe vieles dafür geopfert. Ich wohnte in einem Zimmer von der Größe meines jetzigen Badezimmers und habe jahrelang alles Geld zusammenkratzen müssen, um dorthin zu gelangen, wo ich jetzt bin. Aber es konnte niemals reichen. Ich glaube nicht, dass ich jemals geglaubt habe, dass es reichen würde, wenn man bedenkt, wie nahe ich daran war, Arzt zu werden. Ich bin ungerecht behandelt worden, schikaniert und betrogen. Ich hatte alles genau geplant, und sie haben es zerstört. Und ich habe entdeckt, dass ich sie nicht brauche. Seit Jahren geht der Witz auf ihre Kosten. Das Studium des menschlichen Körpers, der genaue, detaillierte Vergleich zwischen dem einen und dem anderen. Die Stadien von Leben und Tod. Ich weiß inzwischen mehr darüber als sonst jemand auf der Welt, weil ich den Luxus der Zeit hatte und in der Lage war, meine eigenen Forschungsräume einzurichten.«

Wieder schwieg er, diesmal mehrere Minuten lang, schaute völlig reglos zu ihr hinüber.

Die Angst, die Freya empfand, war anders als alles, was sie bisher gekannt hatte. Sie hatte sich mit wütenden und gewalttätigen Männern auseinandersetzen müssen, mit bewaffneten Männern, mit geistesgestörten und gefährlichen, in schwierigen Situationen, und Furcht, selbst entsetzliche Angst waren die unvermeidliche Reaktion; aber es war nie so überwältigend gewesen, immer hatte es eine Ecke ihrer selbst gegeben, in der sie sich nicht fürchtete, sondern von dem Vertrauen in ihre Fähigkeiten und Entschlossenheit erfüllt war, während das Adrenalin durch ihren Körper rauschte, ihr Denken beschleunigte und ihr half, mit der Situation fertigzuwerden. Jetzt konnte sie diese Ecke der Ruhe und des Selbstvertrauens nicht finden. Aidan Sharpe war verrückt auf die allergefährlichste Weise, beherrscht, ruhig, rational. Seine Gewalttätigkeit war keine hitzige, explosionsartige Reaktion darauf, plötzlich in Gefahr zu sein. So eine Bedrohung war alarmierend, aber man konnte leichter damit umgehen. Das hier war ein lächelnder Psychopath, der sich etwas vormachte und die ganze Kraft und Gerissenheit eines Menschen hatte, der sich für allmächtig und unberührbar hält. Konfrontiert mit ihm und der kleinen, mit einer vermutlich tödlichen Flüssigkeit gefüllten Spritze, während sie in ihrem eigenen Sessel saß, spätnachts in diesem stillen Haus ohne Möglichkeit, Hilfe zu holen, und seiner monotonen, selbstgefälligen Stimme lauschte, begriff Freya die Lähmung jeder gejagten und verfolgten Kreatur.

»Würden Sie nicht gerne noch mehr hören? Ich habe Ihre Neugier geweckt, nicht wahr?«

»Wenn Sie das Bedürfnis haben, bitte, erzählen Sie weiter.«

Aidan Sharpe lachte, ein Lachen, das fast neutral klang. »Oh, meine liebe Freya, wie charmant! Da kommt der gut ausgebildete Detective Sergeant zum Vorschein, der seinen praktischen Psychologielehrgang bestanden hat … ›Lassen Sie ihm seinen Willen, hören Sie geduldig zu. Er wird das Bedürfnis haben, alles zu gestehen, also lassen Sie ihn. Das wird ihn einlullen, in seiner Wachsamkeit nachzulassen.‹ Ich habe kein Bedürfnis zu gestehen, das versichere ich Ihnen. Ich genieße meine Arbeit und werde das noch viele Jahre lang tun. Geständnisse stehen nicht auf der Tagesordnung. Ich kenne mich, verstehen Sie. Ich kenne meine eigene Psychologie sehr viel besser als jeder andere. Eine junge Australierin galt noch vor Kurzem als seit fünf Jahren vermisst, haben Sie davon gelesen? Ihre Familie hielt eine Trauerfeier für sie ab, und ein junger Mann wurde angeklagt, sie ermordet zu haben. Ganz plötzlich tauchte sie wieder auf. Sie hatte sich nicht weit von ihrem Zuhause entfernt versteckt. Was spricht also dagegen, dass diese drei vermissten Frauen auch wiederauftauchen?«

»Aber ich dachte, Sie wollten mir erzählen, warum das nicht der Fall sein wird.«

»Wollte ich das? Wie besorgt sind Sie? Wie neugierig sind Sie?«

»Sehr.«

»Das Wissen wird Ihnen natürlich nichts nützen.«

Freya spürte, wie sich ihr Magen verkrampfte. Sie befürchtete, sich übergeben zu müssen.

»Sie verstehen, was ich damit sagen will.«

Die Wände des Zimmers schienen ganz nahe zu rücken, Atemluft war anscheinend kaum mehr vorhanden. Sie hätten in einem unterirdischen Keller sein können, wo die Luft nur noch für kurze Zeit reichte. Ihr Brustkorb schmerzte, als sie versuchte, normal zu atmen. Warte. Bleib ruhig und denk nach, denk nach. Du musst hier raus, und es gibt nur zwei Ausgänge. Er hat den Haustürschlüssel in der Tasche, also musst du durch die Küche raus. Lass ihn reden, und ermuntere ihn dazu. Was immer er behauptet und wie er auch wirkt, seine Nerven müssen angespannt sein und sein Blutdruck durch die Erregung gestiegen. Er will dir von den Frauen erzählen. Lass ihn. Halt sein Interesse wach und dann denk nach, plane einen Schritt nach dem anderen. Wenn du etwas unternimmst, dann beweg dich sehr schnell und ohne Vorwarnung, aus dem Sitzen heraus quer durch das Zimmer, in die Küche, aus der Tür hinaus, den Gang entlang, und schrei dabei, schrei immer weiter, schrei laut, schrei: »Polizei! Polizei! Polizei!« Es spielt keine Rolle, dass keiner es hören wird, ihn wird es aus dem Konzept bringen. Denk nach. Denk nach. Ist die Hintertür abgeschlossen? Ja. Steckt der Schlüssel? Himmel, sie konnte sich nicht erinnern. Wenn nicht, würde er auf dem Bord liegen, was eine weitere Verzögerung bedeutete. Reichte die Zeit? Während du rennst, schau zur Tür, greif nach dem Schlüssel, schließ auf, schieb den Riegel zurück ... Nein, er wird direkt hinter dir sein und verzweifelt versuchen, dich aufzuhalten, und in seiner Panik wird er mehr Kraft haben als sonst, weil er absolut nichts zu verlieren hat.

Denk nach, denk nach. Wenn du die Küchentür erreichst und er hinter dir ist, dreh dich um und versetz ihm einen Schlag, weil du ihn damit überrumpelst, die Oberhand gewinnst und ihn zu Boden werfen kannst. Er ist nicht groß oder besonders schwer. Wenn nötig, versetz ihm einen Handkantenschlag gegen den Hals, damit ihm die Luft ausgeht, dann schlag ihn k. o. Das wird nicht leicht sein. Er wird nicht so schnell aufgeben. Du wirst kämpfen müssen.

Sie saß reglos da, beobachtete ihn, bemühte sich, weniger fieberhaft zu denken, um ihren Atem nicht zu beschleunigen. Er war wachsam. Er würde es kommen sehen. Er beobachtete sie so genau, wie sie noch nie beobachtet worden war.

»Wollen Sie es mir jetzt erzählen?«, fragte Freya.

»Ich glaube, ich hätte gern etwas zu trinken. Sollen wir die Sache nicht etwas geselliger gestalten und uns einen Drink genehmigen?«

Unternimm noch nichts, während du die Flasche und die Gläser aus dem Schrank holst. Er beobachtet dich, erwartet, dass du den Moment nutzen wirst, also lass es sein.

Sie stellte die Whiskyflasche auf den niedrigen Tisch zwischen ihnen.

»Wenn Sie Wasser wollen, muss ich es aus der Küche holen.«

»Ich hätte gerne Wasser.«

Sie zögerte, stand dann auf. Genau wie er. Er folgte ihr auf den Fersen und sah zu, wie sie den Krug nahm und ihn mit kaltem Wasser aus dem Hahn füllte. Sie schaute nicht zu der Tür, die zum Gang führte, drehte sich bloß um und ging zurück ins Wohnzimmer. Sie spürte seine Körperwärme, nahm seinen Geruch hinter sich wahr.

»Danke.« Er machte eine auffordernde Handbewegung, als sie Wasser zu seinem Drink hinzufügte. »Bitte, trinken Sie auch etwas.«

Freya schüttelte den Kopf.

»Dann vielleicht etwas anderes? Ich trinke nicht gern allein.«

Sie goss sich ein Glas Wasser ein.

Aidan Sharpe lächelte. »So ist es richtig. Lass ihm seinen Willen, mach ihn nicht wütend. Aber, meine Liebe, ich bin nicht im Geringsten wütend.« Er trank von seinem Whisky, schaute sie über den Glasrand an.

Sie war froh um das Wasser.

»Erzählen Sie mir«, sagte er mit einer so freundlichen und vernünftigen Stimme, dass sie verblüfft war; sie hätten noch immer im Embassy Room sitzen können. »Was motiviert Ihrer Meinung nach einen Serienmörder? Das frage ich mich schon seit Langem.«

Sie öffnete den Mund, und ihre Zunge klebte am Gaumen fest.

»Ich nehme an, dass Sie während Ihrer Zeit bei der Met dem einen oder anderen begegnet sind?«

»Sie ... sie sind weniger häufig, als die Leute denken. Aber, ja.«

»Und?«

Sie wusste, was sie antworten musste, und konnte es doch nicht aussprechen, nicht hier in ihrem eigenen Wohnzimmer, während sie diesem Mann gegenübersaß. Es kam ihr lächerlich vor, ein rationales, intelligentes Gespräch über die Motive von Massenmördern zu führen.

»Dennis Nielsen zum Beispiel war verrückt, er tötete, um Gesellschaft zu haben, wissen Sie. Die Wests waren einfach nur böse. Böse, aber nicht verrückt. Menschen, die Kinder töten, sind der reinste Abschaum, satanische Pädophile. Aber sind Sie nie auf den Gedanken gekommen, dass es gute Motive geben könnte? Verständliche Motive?«

Sie trank mehr Wasser, schüttelte den Kopf. Sprechen konnte sie nicht.

»Ich töte im Zuge meiner Arbeit.« Er starrte sie an und hielt inne.

Reagier nicht, beweg keinen Muskel, gib nichts preis.

»Der Nutzen wird gewaltig sein. Das Studium des menschlichen Körpers in seinen vielen Stadien wird schließlich zu mehr Wissen über den Prozess des Alterns führen, den Prozess der Krankheit, den Verlauf verschiedener Todesarten und dann den Prozess des Todes, als man je zuvor errungen hat. Ich töte, um diese Arbeit zu fördern. Diejenigen, die ich töte, sterben zum Nutzen der Menschheit und lassen, wie Sie ja herausgefunden haben, selten jemanden zurück, der sie betrauert. Darin bin ich äußerst sorgfältig. Angela Randall wurde nicht vermisst. Sie ist tot von größerem Wert, als sie es lebend je war, verstehen Sie. Und das ist sie mir schuldig.«

Freya war jenseits des Entsetzens. Nur ihr Gehirn arbeitete noch, versuchte nach wie vor, die Flucht zu planen. Gib nichts preis, warte, dann beweg dich, beweg dich schnell, schnell, schnell.

Aidan Sharpe trank seinen Whisky. »Es gibt natürlich welche, die schlicht nur verrückt sind«, sagte er, »diejenigen, die überhaupt kein Motiv haben, nicht viel von dem wissen, was sie tun. Sie wiederholen einfach nur ein Muster, wie Kinder bestimmte Spiele spielen. Wenn sie einen Grund für ihre Handlungen haben, ist es normalerweise ein gestörter, verzerrter, ein Produkt des Wahnsinns. Schizophrene hören Stimmen, die ihnen zu töten befehlen. Sie haben eine mitfühlende Behandlung verdient, meinen Sie nicht auch?«

Sie überlegte, aus welchem Motiv heraus er ihr erzählte, dass er getötet hatte. Aus Stolz? Angeberei? Selbstgefälligkeit? Sie warf ihm einen Blick zu. Er sah so sauber, gepflegt und ordentlich aus, saß so zufrieden da – ein pedantischer kleiner Mann, wie ihre Mutter gesagt hätte. Aber in einem hatte er recht. Sie wollte es wissen. Bevor sie floh, musste sie erfahren, was er mit den vermissten Frauen angestellt und wie und ob es noch andere vor ihnen gegeben hatte, andere, von denen niemand wusste.

Wieder trank sie Wasser.

»Die sind in vollkommener Sicherheit, wissen Sie«, sagte er, erneut mit diesem schmalen Lächeln. »Ich passe sehr gut auf sie auf.«

Dann erkannte sie in seinen Augen nicht nur, dass er wahnsinnig war, sondern sah auch das Ausmaß seines Wahnsinns und dessen intensive Konzentration.

»Ich plane. Ich gebe mir große Mühe. Manchmal warte ich monatelang. Auf die arme Debbie Parker habe ich sehr lange gewartet.«

»Iris Chater?« Sie hörte ihre Stimme, seltsam verzerrt in ihren Ohren wie die Stimme am falschen Ende eines Sprachrohrs.

Aidan Sharpe neigte den Kopf. »Sie haben recht«, sagte er, wie in aufrichtigem Bedauern, »natürlich haben Sie in diesem Fall recht. Da gab es keinen Plan. Ich habe gegen meine sämtlichen Instinkte gehandelt. Das war töricht. Das war falsch. Aber ich habe sie nicht getötet. Sie ist an einem Herzschlag gestorben, und ich habe die Leiche behalten. Ich bin ein Risiko eingegangen, und es hat sich zufällig bezahlt gemacht, aber es hätte so leicht schiefgehen können.«

»Sie meinen … es tut Ihnen leid?«

»O nein, das nicht. Ich bedaure es, ein Risiko eingegangen zu sein. Aber wenn es nicht Mrs Chater gewesen wäre, dann jemand Ähnliches wie sie. Eine ältere Frau stand als Nächste auf meiner Liste. Ich hatte genau dieses Stadium in meiner Arbeit erreicht. Wie könnte mir das leidtun?«

Freya fühlte sich benommen vor Angst und dem Gefühl, selbst verrückt zu werden, eingeschlossen mit einem Wahnsinnigen in dessen klaustrophobischer, doch seltsam plausibler Geisteswelt. Warum hätte es ihm auch nur im Geringsten leidtun sollen? Wie konnte er so unvorsichtig gewesen sein, ein Risiko einzugehen? Und wenn es nun nicht geklappt hätte? Welche Konsequenzen hätte das für sein Lebenswerk gehabt, wie dumm wäre das gewesen … Da musste sie ihm doch sicherlich zustimmen?

»Sie sind so still, Freya? Das sieht Ihnen gar nicht ähnlich. Ich hatte einen Sturzbach von Fragen erwartet – unangenehme Fragen, vielleicht, oder interessierte Fragen, aber nicht dieses Schweigen. Hat Sie denn nichts von dem, was ich erzählt habe, interessiert? Sie wirken irgendwie abwesend.«

Aber die Fragen waren da, schwirrten wie Fledermäuse unter ihrer Schädeldecke, flatterten herum, verwirrten sie. Sie wollte sie herauslassen, aussprechen, sie zum Schweigen bringen, aber sie konnte den Mund nicht öffnen. Sie klammerte sich nur an das Bewusstsein, was sie tun musste und wie und in welchem Augenblick.

»Vielleicht kann ich noch einen kleinen Schluck von Ihrem ausgezeichneten Whisky haben?«

Aidan Sharpe beugte sich etwas vor und streckte die Hand aus. In Freyas Kopf ging ein Licht an. Jetzt, sagte sie, jetzt. Los! Los! Los!

50

Ja!«, brüllte Nathan. »Jaaaaa!« Und sprang auf den Esstisch.

»Komm da runter, du Idiot.« Aber Emma lachte.

»Nee, ich heb dich lieber hier rauf, und wir tanzen. Ich möchte tanzen, Em. Wo können wir tanzen gehen?«

»Komm runter – und um diese Nachtzeit kann man nirgends mehr tanzen.«

»Mir ist aber danach. Ich will tanzen …« Er machte ein paar Tanzschritte und fuchtelte mit den Armen.

Emma hatte Ja gesagt. Er hatte gewusst, dass sie es tun würde, und hatte schreckliche Angst gehabt, sie würde es nicht tun, er war sich sicher gewesen, dass sie nichts anderes wollte, und genauso sicher, dass sie ihn mit einem Fußtritt die Treppe hinunterbefördern würde. Er würde warten, hatte er gedacht, er würde sie jetzt nicht fragen, sie hatte gerade eine lange Fahrt hinter sich, sie war müde, er würde bis zum Wochenende warten. Oder bis zu ihrem Urlaub. Sie hatte ihre Reisetasche abgestellt und war direkt unter die Dusche gegangen. Zehn Minuten später war sie mit feuchtem Haar und in ihrem alten Jogginganzug in die Küche gekommen, er hatte sich vom Spülbecken, an dem er sich die Hände gewaschen hatte, umgedreht und gesagt: »Em, ich möchte dich wirklich, wirklich heiraten. Willst du mich heiraten?«

»Ja«, hatte Em geantwortet und sich eine Flasche Sprudel aus dem Kühlschrank geholt.

»Was hast du gesagt?«

Sie sah zu ihm hoch. »Kannst du mir die aufmachen? Ich schaff das nicht. Ich habe Ja gesagt.«

Das war vor zwei Stunden gewesen, und Nathan schwebte

vor Aufregung, Überraschung, Entzücken und Ungläubigkeit immer noch wie auf Wolken. Er stand auf dem Tisch und streckte die Arme aus. »König«, brüllte er. »Jaaaaa.«

»Komm runter!«

Er sprang auf den Boden.

»Nath, sei leise, unter uns schlafen Leute.«

»Woher weißt du, dass sie schlafen?«

»Weil sie um zehn ins Bett gehen und es jetzt nach Mitternacht ist.«

»Ja, stimmt.«

»Ich bin auch total erledigt.«

»O nein, bist du nicht, du wirst mich heiraten. Das können wir nicht einfach so stehen lassen.«

»Na ja, ich wollte es auch nicht so stehen lassen, ich wollte dich heiraten, aber nicht heute Nacht.«

»Komm, gehen wir los und suchen uns was …, wecken jemanden auf.«

»Sei doch kein Schwachkopf.«

»Hast du denn keine Kolleginnen, die gerade vom Dienst kommen?«

»Nein. Die liegen entweder schlafend im Bett oder arbeiten. Genau wie deine Kollegen.«

»Ja, stimmt, wir könnten aufs Revier gehen. Oder zum Krankenhaus.«

»Die würden es uns nicht danken. Wir können es allen morgen früh erzählen.«

»Dann lass uns was trinken gehen.«

»Wo denn?«

»Wir finden schon was.«

»Jetzt hat doch nichts mehr offen.«

»Hey, ich weiß was. Da ist doch noch die Flasche Sekt, die du bei der Tombola gewonnen hast.«

»Es ist viel zu spät, um die aufzumachen, und wir kriegen einen schrecklichen Kater.«

»Nicht, wenn wir nur ein bisschen davon trinken, und wir werden nur ein bisschen trinken, weil wir sie mit jemandem teilen werden.«

»Mit wem?«

»Ich sag dir, mit wem. Weißt du, wer mich zu diesem ›Willst du mich heiraten‹-Ding angestachelt hat?«

»Du meinst, das war nicht deine Idee?«

»Doch, schon, ich war nur noch nicht dazu gekommen.«

»Das hab ich bemerkt.«

»Ich weiß nicht, wann ich's geschafft hätte, um ehrlich zu sein, wegen diesem und jenem, und du weißt, wie schüchtern ich bin.«

»Hallo?«

»Ja, bin ich, eigentlich bin ich sehr schüchtern. Sergeant Graffham hat mich zum Nachdenken gebracht. Ich weiß nicht mehr, wie wir darauf gekommen sind – hatte irgendwas mit den vermissten Frauen zu tun, glaube ich. Sie hat nur gesagt, ich sollte mich ranhalten, hat mich immer wieder angestachelt, mir gesagt, wie gut du zu mir passt ... und was für einen guten Ehemann ich abgeben würde und all das. Ehrlich, du schuldest ihr was, Em.«

»Ich werde daran denken, mich bei ihr zu bedanken.«

»Das kannst du jetzt tun, wir gehen zu ihr. Wir werden vor ihrem Haus tanzen und die Flasche Sekt mitnehmen. Komm.«

»Nathan, sei doch nicht verrückt. Du kannst nicht einfach bei deinem Sergeant reinplatzen und sie aufwecken.«

»Ach, die ist bestimmt noch nicht im Bett, geht nie vor zwei Uhr schlafen, hat sie mir erzählt, und außerdem hat sie heute Abend in einem Konzert in der Kathedrale gesungen, also ist ihr definitiv nach einem Drink.«

»Sie wird eher völlig erledigt sein.«

»Nee ... Nun komm schon, ich schieb dein Fahrrad an.«

»Ich brauch kein Anschieben. Bist du dir wirklich sicher, Nathan? Ich weiß nicht ...«

Aber Nathan hatte schon nach ihrer Hand gegriffen und nach der Flasche Sekt und schob Em aus der Tür.

Die Straßen waren leer und friedvoll. Ihre Fahrräder machten seidig schwirrende Geräusche auf dem Asphalt.

»Das ist wie in der Kinderzeit, wenn man irgendwas Verrücktes gemacht hat, sich rausgeschlichen hat, wo Mum und Dad dachten, man läge schon im Bett.«

»Du hast mir nie erzählt, dass du so was gemacht hast.«

»Es gibt eine Menge Sachen, die ich dir nicht erzählt habe. Warum sollte ich?«

»Weil ich Polizist bin. Du wirst eine Polizistenfrau. Das bringt Verantwortung mit sich.«

Sie sausten um die Ecken der schmalen Straßen, begegneten niemandem, wichen hier und da einer Katze aus, die über die Straße flitzte, kicherten.

»Ich sag dir was, warum nehmen wir nicht den längeren Weg, auf der Straße am Hügel vorbei?«

»Weswegen?«

»Da ist es richtig gruselig, und ich will dich zu Tode erschrecken.«

»Es braucht mehr als den Hügel in einer dunklen Nacht, um mich zu erschrecken, Nathan Coates.«

»Nicht, wenn ich dir erzähle, was da passiert ist. Nicht, wenn ich dir erzähle …«

»Na gut, dann fang mich doch!«

Emma raste voraus, überraschte ihn damit, und er musste wie wild in die Pedale treten, um sie einzuholen.

Freya schaffte es in die Küche, schloss die Tür auf und rannte den schmalen Gang entlang. Es war ihr also doch gelungen, ihn zu überraschen.

Er holte sie erst ein, als sie die Hand schon am Riegel der Seitentür zur Straße hatte, aber dann spürte sie einen Schmerz im Rücken, als er sie mit der Faust schlug, der ihr den Atem nahm, und einen noch stärkeren, als er sie am Handgelenk von der Tür wegriss. Er hatte nicht besonders stark gewirkt, nicht so stark wie jetzt.

Freya begann zu schreien. Sie schrie, bis er ihr den Arm über den Mund und um den Hals schlang, während er sie gleichzeitig vor sich her stieß, zurück in die Küche, zurück ins Wohnzimmer. Sie stolperte und fiel, prallte mit dem Gesicht auf den Boden.

Erinnere dich, erinnere dich daran, was du tun solltest, lass dich nicht von ihm überraschen, bring ihn zu Fall, roll dich herum und tritt ihn ganz fest, lass …

Ihr Arm wurde fast aus dem Gelenk gerissen, als er sie mit einem Ruck hochzerrte. Sie sah sein Gesicht, totenbleich mit knallroten Flecken auf den Wangen, und seine Augen, die sie mit irrem Blick anstarrten, die glitzernde Spritze hoch erhoben in seiner Hand. Irgendwie hatte sie erwartet, dass er lachen würde, aber das tat er nicht, in seinem Gesicht lag verbissene Konzentration. Freya trat nach ihm und zielte mit dem Knie auf seine Weichteile, aber er packte sie wieder am Arm und drehte ihn ihr so fest auf den Rücken, dass sie spürte, wie der Knochen brach. Übelkeit stieg in ihr auf.

Lass nicht, lass ihn nicht, lass nicht …

Ein Sekundenbruchteil so intensiver Schmerzen, dass es sich nicht wie Schmerz anfühlte, sondern wie ein blendendes Licht, das sich in ihren Schädel bohrte.

Lass nicht …

Dann nichts mehr.

Schließlich hielten sie doch nicht auf der Hügelstraße an, verfolgten sich, sausten in der Dunkelheit am Hügel vorbei, und ihr Gelächter schwebte zu den Wernsteinen und den Bäumen hinauf, löste die Geister auf.

»Hey, hey, hey …«, brüllte Nathan und streckte die Beine rechts und links von seinem Fahrrad aus.

Emma war immer noch vor ihm, als sie um die Ecke von Freyas Straße sausten.

»Siehst du, ich hab's dir doch gesagt, bei ihr brennt noch Licht«, rief Nathan.

Sie radelten die letzten paar Meter an geparkten Autos entlang, vorbei an all den dunklen Häusern zu dem einen, aus dem nach wie vor gedämpftes Licht drang. Nathan stieg vom Fahrrad und lehnte es an die niedrige Mauer.

»Was sollen wir machen, singen? Los, singen wir ihr ein Lied.«

»Sei still, du weckst die ganze Straße auf. Klopf einfach an die Tür, und wenn sie nicht aufmacht ...«

»Natürlich wird sie aufmachen.« Nathan öffnete das Gartentor und ging zur Haustür, schwenkte die Sektflasche und lachte, zog Emma an der Hand hinter sich her.

In Freya Graffhams Haus war es sehr still. Er hatte das übliche Machtgefühl empfunden, und das Adrenalin hatte ihn auf den Höhepunkt der Erregung und Kraft hinaufgeschwemmt. Aber danach, wie er aus Erfahrung wusste, verließ ihn die Energie so rasch, dass er sich hinsetzen und langsame, tiefe Atemzüge machen musste. Seine Hände zitterten. Alkohol vermied er jetzt besser, aber er schenkte sich das letzte Wasser aus dem Krug ein und goss es mit einem Schluck hinunter.

Sie lag auf dem Boden, nicht weit von ihm entfernt, das eine Bein in einem merkwürdigen Winkel zurückgebogen, der Kopf mit dem Gesicht nach unten auf dem Teppich. Blut war unter ihr hervorgesickert und bildete einen großen Fleck. Er wollte kein Blut, noch nicht, hatte Blut stets vermieden und war wütend auf sich wegen seiner Unachtsamkeit.

Alles war so schnell gegangen, sie hatte ihn zum Handeln gezwungen, als er nicht darauf vorbereitet war. Das war ihre Schuld. Aber sie war nicht diejenige, um die er sich Sorgen machte. Er musste sich in Sicherheit bringen. Es hatte wenig Lärm gegeben, abgesehen von dem Gerangel im Gang, und niemand war gekommen, kein Licht war angegangen.

Er rührte sie nicht an, war überzeugt, dass es nicht nötig

war. Gleich, wenn er wieder ruhig und sicher auf den Beinen war, würde er zur Haustür hinaus und durch die stille, dunkle Straße zu seinem Auto gehen, das am anderen Ende geparkt war. Er wusste, dass es ein paar Augenblicke akuter Gefahr geben würde, wenn er sie aus dem Haus tragen und auf den Rücksitz legen würde, aber die Leute schliefen, seit über einer Stunde war kein Auto vorbeigekommen, und für Heimkehrer aus dem Pub oder dem Kino war es zu spät.

Dann hörte er draußen Geräusche. Zuerst war es schwierig zu begreifen, was da los war. Ein Auto hatte er nicht gehört. Stimmen. Stimmen und unterdrücktes Gelächter. Er wartete, hielt vor Anspannung sogar die Luft an. Betrunkene, die wahllos an Türen klopften? Kinder?

Es wurde kurz still. Er dachte, sie wären weitergezogen. Er würde noch zehn bis fünfzehn Minuten warten, vielleicht mehr. Er musste Gewissheit haben, durfte sich nicht in Gefahr bringen.

Jemand klopfte, zuerst leise, dann ein bisschen lauter, und kurz darauf wurde der Briefkastenschlitz geöffnet und eine Stimme drang in hörbarem Flüstern in den Flur.

»Sarge? Hey … Sarge … Ich bin's, Nathan.«

Der verdammte kleine Constable mit dem abgrundhässlichen Gesicht. Aidan Sharpes Herz begann sehr schnell zu schlagen. Er musste nachdenken, planen, ruhig bleiben, und er konnte nicht denken, hatte keine Zeit zu planen, war nicht ruhig.

Rasch sah er sich im Zimmer um und ging dann zu der Hintertür, die von der Küche in den Gang hinausführte. Sie war nach wie vor unverschlossen und ließ sich geräuschlos öffnen. Wieder hörte er die Stimmen vor dem Haus. Er zögerte. Wenn er durch das Gartentor auf die Straße trat, würde man ihn hören und dann sehen. Er ging rückwärts und schaute sich um. Ein Zaun trennte ihr Haus vom Nachbargrundstück. Der Garten lag im Dunkeln, aber er war sein einziger Fluchtweg, und falls er nicht hinauskam, konnte er sich wenigstens für kurze Zeit im Schatten verstecken.

Er bewegte sich seitwärts, blieb stehen, wartete. Schlich weiter. Er spürte Gras unter den Füßen. Der Garten war ziemlich lang, und weiter hinten gab es Büsche und einen Schuppen. Inzwischen konnte er besser sehen. Auf der einen Seite war der Zaun niedriger, aber er konnte nicht hinüberklettern, ohne dass der Zaun eventuell zusammenbrach oder zumindest laut knarrte.

Er ging weiter. Dann stieß er am Ende des Gartens in der Dunkelheit plötzlich auf eine niedrige Steinmauer mit einem Baum daneben. Von der Straße hörte er wieder Stimmen und Klopfen. Aidan Sharpe stellte einen Fuß auf die niedrige Mauer. Sie hielt stand, und er hatte kein Geräusch gemacht. Nach kurzem Zögern schwang er sich mithilfe eines Astes ganz hinauf und rutschte dann auf die Erde des Gartens vom hinteren Nachbargrundstück.

Es war leicht. Es war so wunderbar leicht, dass er in der Dunkelheit schmunzeln musste. Er sollte davonkommen, es war vorbestimmt. Er hatte einen klaren Kopf bewahrt und war ruhig geblieben, und jetzt ging er einfach über den langen Grasstreifen und schlüpfte zwischen zwei Häusern auf die Straße hinaus. Dort war es ebenfalls dunkel. Kein Licht, in keinem der Häuser. Nichts. Er zog die Handschuhe aus und steckte sie tief in die Taschen.

Natürlich konnte er sein Auto jetzt nicht holen, daher ging er die zweieinhalb Meilen zu Fuß nach Hause, schritt gleichmäßig und ruhig durch die nächtlichen Straßen Laffertons. Er bedauerte nur, dass Freya Graffham, obwohl ihr Tod hatte sein müssen, für ihn jetzt verloren war. Das ist schade, dachte er. Sie hatte zum Schweigen gebracht werden müssen, aber hätte er ungestört weitermachen können, wäre das nicht das Ende gewesen. Sie hätte ihm noch von Nutzen sein können.

51

Der Raum war voll. Kripobeamte und Uniformierte saßen und standen in Dreierreihen. Gemurmel war zu hören, aber nichts von dem üblichen Gelärme, Stühlerücken, Witzeln und Lachen. Alle hatten beim Dienstantritt davon gehört, und die vom Nachtdienst waren dageblieben, um mehr zu erfahren. Es hatte sich wie ein Lauffeuer verbreitet, doch die Informationen waren lückenhaft.

DC Dave Pearce setzte sich rücklings auf einen Stuhl neben DC Justin Weekes. »Ich bin gerade reingekommen. Die halbe Altstadt ist abgesperrt. Irgendwas Neues?«

Justin schüttelte den Kopf. »Ich weiß nur, dass Nathan und seine Freundin sie gefunden haben und im Krankenwagen mit ihr ins Kreiskrankenhaus gefahren sind. Mehr hab ich nicht gehört.«

»Irgendwelche Ideen?«

Dave legte den Kopf schräg. Im Raum wurde es still, als DCI Simon Serrailler hereinkam. Nathan Coates, der mitgenommen aussah, folgte ihm und setzte sich auf einen Stuhl an der Seite.

»Guten Morgen. Die meisten von Ihnen werden wissen, worum es geht, aber ich möchte Sie alle ins Bild setzen, bevor sich Gerüchte verbreiten. Letzte Nacht kam DC Nathan Coates etwa zwanzig nach zwölf zum Haus von DS Graffham. Er wurde von der Hebamme Emma Steele begleitet. Sie hatten sich früher am Abend verlobt und wollten DS Graffham die gute Nachricht mitteilen. Sie sind mit dem Fahrrad zu ihr gefahren, falls sie zufällig noch wach war, um mit ihr zu feiern. Sie sahen, dass Licht brannte und Sergeant Graffhams Auto draußen geparkt war. Als weder auf ihr Klopfen noch auf das Telefon oder Sergeant Graffhams Handy, das sie drinnen klingeln hören konnten, reagiert wurde, brachen sie die Tür auf und fanden DS Graffham auf dem Boden ihres Wohnzimmers liegend vor. Sie war bewusstlos und hatte schwere Verletzungen. Es gab kein Anzeichen gewaltsamen Eindringens, auch schien nichts entwendet oder beschädigt worden zu sein. Die Küchentür, die zu einem Gang an der Seite des Hauses führt, war unverschlossen.

Sergeant Graffham hatte mit der Operation Osprey zu tun sowie mit Ermittlungen der Kriminalpolizei zu einer Diebstahlserie von Haushaltsgeräten. Außerdem leitete sie die Ermittlungen zum Verschwinden von drei Frauen aus Lafferton, Angela Randall, Debbie Parker und Iris Chater, und ich konzentriere mich auf Dinge im Zusammenhang mit diesen Fällen bei der Suche nach …«

Leise wurde die Tür geöffnet. Alle schauten zu Inspector Jenny Leadbetter, die Serrailler zunickte.

»Entschuldigen Sie mich für einen Moment.«

Er ging hinaus und schloss die Tür hinter sich. Die Zurückgebliebenen wechselten Blicke, scharrten mit den Füßen, rutschten auf ihren Stühlen herum, es wurde nur wenig gesprochen. Jemand stand auf und öffnete das Fenster.

Der DCI kam zurück. Sie sahen ihn an und wussten Bescheid. Die Haut schien sich über seinem Gesicht zu spannen, und neben seinem Mund zuckte ein Nerv.

Er räusperte sich und blickte zu Boden.

Niemand schien zu atmen.

»Ich habe gerade Nachricht vom Krankenhaus bekommen. Es tut mir leid … Freya Graffham ist vor fünfzehn Minuten ihren Verletzungen erlegen. Sie hat das Bewusstsein nicht wiedererlangt. Daher handelt es sich jetzt um eine Mordermittlung. Ich berufe später am Tag eine weitere Konferenz ein. Danke.«

Mit raschen Schritten verließ er den Raum, hielt nur ganz kurz inne, um Nathan Coates zu bedeuten, ihm zu folgen.

In seinem Büro goss sich der DCI Kaffee aus seiner Kaffeemaschine ein. Nathan hatte immer noch den Styroporbecher mit kaltem Tee in der Hand, den er vor der Konferenz aus dem Automaten geholt hatte und umklammert hielt, als sei er ein Rettungsanker. Simon Serrailler setzte sich auf seinen Bürostuhl, trank sehr schnell eine Menge sehr schwarzen Kaffee und blickte hinüber zu dem Detective Constable, dessen Gesicht zerfurcht und bleich war von dem Schock der gerade erhaltenen Nachricht.

Beide wollten nicht sprechen. Nathan ließ seine Teereste im Becher herumwirbeln. Draußen auf dem Flur gingen Kollegen vorbei, Stimmen waren zu hören.

Dann beugte sich Simon vor. »Ich übernehme diesen Fall, Nathan. Fühlen Sie sich in der Lage, bei dem Team mitzumachen? Wenn nicht, können Sie es ruhig sagen und Routinearbeiten übernehmen … Niemand wird Ihnen einen Vorwurf machen.«

»Den Teufel werd ich tun, Chef! Sie war mein Sarge, ich will dem Dreckskerl eigenhändig die Luft abwürgen.«

»Lassen Sie sich Ihr Urteilsvermögen aber weder von Ihrer Wut noch von Ihrem Kummer trüben. Ich weiß, das ist schwer.«

»Ich bin ihr was schuldig. Sie hat mich angestachelt, um Ems Hand anzuhalten – vergeuden Sie keine Zeit, hat sie gesagt, lassen Sie sie nicht gehen, tun Sie es, fragen Sie sie. Das wollten wir ihr gestern Abend erzählen.«

»Ich weiß.«

»Ich will ihn verhaften.«

»Sharpe?«

»Ganz genau.«

»Nicht genug Beweise, Nathan … Überhaupt keine Beweise, um genau zu sein.«

»Die Uhr.«

»Könnte die sein, die Angela Randall gekauft hat.«

»Ist diejenige, ist.«

»Wir können ihn bitten, sie uns zu überlassen, und der Juwelier wird es uns entweder bestätigen oder nicht. Aber selbst wenn er eine Uhr trägt, die Randall ihm geschenkt hat, heißt das noch nicht, dass er etwas mit ihrem Verschwinden zu tun hat oder dem der anderen Frauen, und es bedeutet sicherlich nicht, dass er gestern Nacht Sergeant Graffham angegriffen hat.«

»Sie ermordet hat.«

»Ja.«

»Sie können ihn herbringen. Lassen Sie mich mit ihm in ein Verhörzimmer, nur …«

»Nein. So weit sind wir noch nicht. Aber ich werde mit ihm reden.«

»Wenn er überhaupt da ist, wenn er nicht abgehauen ist … Sie war ihm auf der Spur, Sir, und das wusste er. Als ich gestern bei ihm war, wusste er es. Er ist gerissen, aber nicht so gerissen, wie er denkt.«

»Ja, und ich will, dass er auseinandergenommen wird und seine Räumlichkeiten auch. Die Spurensicherung ist inzwischen in Sergeant Graffhams Haus, und wenn es da irgendwas von ihm oder jemand anderem gibt, finden sie es. Beten wir, dass ihnen das gelingt und wir ihn wegen etwas Handfestem herholen können. Aber falls es nicht Aidan Sharpe war, müssen wir uns woanders auch umsehen.«

»Er war es. Sie müssen ihm nur in die Augen gucken. Der Kerl ist ein Psychopath. Was soll ich jetzt tun, Chef?«

»Fahren Sie wieder zu Sergeant Graffhams Haus … Schauen Sie nach, wie weit die sind, machen Sie Dampf, ich will, dass da rasch etwas vorwärtsgeht. Geben Sie mir Bescheid. Ich werde Sharpe verhören. Gibt es irgendwas Besonderes, weswegen ich ihn unter Druck setzen sollte?«

Nathan dachte nach. Er kippte seinen kalten Tee hinunter. »Da ist die Sache, die er über das Gewerbegebiet gesagt hat.«

Er schaute über den Schreibtisch, und Simon Serrailler sah, dass Nathans Augen voller Tränen standen.

»Wir waren einfach nicht früh genug da. Wir haben rumgetrödelt, sind aus Blödsinn um den Hügel gefahren … Wenn wir das nicht getan hätten, wären wir rechtzeitig dort gewesen.«

»Das können Sie nicht wissen.«

»Ich weiß es aber, verdammt noch mal«, brüllte Nathan und fuhr sich mit dem Ärmel über die Augen. »Entschuldigung, Chef, Entschuldigung.«

»Ist schon gut, Nathan. Gehen Sie es heute Morgen langsam an. Sie stehen unter Schock.« Er stand auf und schaute geistesabwesend aus dem Fenster in den grauen Morgen über den Hausdächern. »Wir stehen alle unter Schock.«

52

Er war sofort und ohne Schwierigkeiten eingeschlafen, hatte weder geträumt noch sich herumgewälzt, wachte aber kurz nach fünf auf, kam sofort zu sich, erinnerte sich an alles und brach dann vor Panik in Schweiß aus, weil ihm klar war, dass die Polizei entweder bereits Bescheid wusste oder es bald wissen würde. Er war unvorsichtig in dem Haus gewesen, hatte eilig verschwinden und ihre Leiche auf dem Boden liegen lassen müssen. Sein Auto parkte noch dort. Schon bald würden sie es finden.

Er stand auf und stellte sich ans Fenster. Sie würden es nicht nötig haben, nachzuforschen und zu schnüffeln, ihn zu verhören, hier oder auf dem Revier, ihren Verstand einzusetzen. Er hatte ihnen alles auf dem Silbertablett serviert. Er verachtete sie, aber sich selbst noch mehr dafür, es ihnen so leicht gemacht zu haben. Er hatte Angst. Aber er konnte immer noch klar denken. Sein Geist hatte ihn nie im Stich gelassen.

Er wusste genau, wohin er musste und was er zu tun hatte.

Eine Viertelstunde später ging er wieder zu Fuß los, diesmal mit einer Nylonreisetasche in der Hand. Auf den Nebenstraßen war noch niemand unterwegs. Die Hauptstraße mied er so lange wie möglich, aber als ihm nichts anderes mehr übrig blieb, rauschte der Verkehr zur Schnellstraße in Richtung Bevham an ihm vorbei. Keiner interessierte sich für einen Fußgänger.

Das Gewerbegebiet machte ihm Sorgen. Die Polizei war gestern sehr früh dort gewesen. Aber sein Glück hielt. Die Wege waren leer. Keine Polizei. Keine Autos. Niemand. Keiner, der früh in seine Firma kam. Mit großer Erleichterung sah er sein Gebäude am Ende des Seitenwegs. Nur mit Mühe konnte er sich zurückhalten, einfach loszurennen.

Niemand beobachtete ihn. Niemand war da. Er schlüpfte zum Seiteneingang und schloss die Vorhängeschlösser auf.

Drinnen blieb er zitternd stehen, und wieder brach ihm der Schweiß am ganzen Körper aus. Er betrat das Büro und überprüfte, ob die Jalousien fest geschlossen waren. Es war hell genug für ihn, er musste die Neonleuchten nicht anschalten.

Er stellte die Tasche ab, zog den Reißverschluss auf, nahm Lebensmittel, Milch, ein Buch, eine Zahnbürste und einen Einmalrasierer heraus. Er hatte hier eine Decke und ein altes Kissen, konnte auf dem Teppich in seinem Büro schlafen. Er konnte einen oder zwei Tage hierbleiben und dann im richtigen Moment verschwinden, nach Einbruch der Dunkelheit. Sein Haus würde unter Beobachtung stehen. Dorthin konnte er nicht zurück, also hatte er Geld, Kreditkarten, Pass und alles mitgebracht, was ihm einen neuen Start ermöglichen würde.

Er füllte den Elektrokessel und holte Kaffeebecher und Milch heraus. Er trank, aß Brot und Käse und einen Apfel aus seiner Tasche. Alles um ihn herum war still. Er hob eine Ecke der Jalousie an. Der Weg draußen war immer noch leer.

Er ging aus dem Büro und in den Arbeitsraum hinüber. Alles war noch so, wie er es verlassen hatte. Niemand war hier gewesen. Warum auch? Irgendwann würde man ihn hier aufspüren, aber im Moment war das sein Zufluchtsort und sein Zuhause, der Ort, an dem er sich sicher fühlte und am meisten wie er selbst, am lebendigsten.

Er konnte anfangen. Er würde schwer arbeiten müssen, aber das war ihm hier nie schwergefallen. Er zog sein Jackett aus und hängte es auf, nahm einen frischen Kittel vom Regal und schlüpfte mit den Armen hinein. Er lächelte schwach, stellte sich vor, was inzwischen in der Außenwelt passierte.

Eine Stunde später stand er in der Mitte des Hauptarbeitsraums. Sie waren alle hier, um ihn versammelt, auf Rollbahren. Seine Freunde. Er ging zu jedem Einzelnen und berührte ihn sanft. Er sprach mit ihnen. Er brauchte sie jetzt. Sie waren nicht mehr nur Dinge, mit denen er arbeitete, sie hatten sich verändert. Sie hatten einen Wert für ihn, der den ursprünglichen weit überstieg.

»Debbie«, sagte er und berührte ihr kaltes, steifes Gesicht, bevor er zum Nächsten ging. Dann holte er sich einen Hocker und setzte sich friedlich hin, umgeben von seinen Lieben.

Kurz nach halb zehn bog Simon Serraillers Auto in die Auffahrt von Aidan Sharpes Haus. Als er ausstieg, öffnete sich die Haustür, und eine Frau mittleren Alters kam rasch auf ihn zu.

»Bringen Sie mir schlechte Nachrichten?«

Serrailler öffnete seinen Dienstausweis.

»Ich wusste es, ich wusste es … Bitte sagen Sie mir, was passiert ist.«

»Entschuldigung, Sie sind …?«

»Julie Cooper, ich bin Mr Sharpes Sprechstundenhilfe … Bitte sagen Sie mir, was passiert ist.«

»Können wir ins Haus gehen, Mrs Cooper?«

Sie zögerte, drehte sich dann um und brabbelte immer noch leicht hysterisch, während sie ihn in den Empfangsbereich führte.

»Bitte, sagen Sie es mir.«

»Ich wollte zu Mr Aidan Sharpe. Ich nehme an, er ist nicht da?«

»Nein, natürlich nicht, darum geht es ja.«

»Ich bringe keine Nachrichten. Ich möchte mit Mr Sharpe sprechen.«

»Als ich herkam, war alles normal … Nur ist er sonst immer als Erster da, bereitet alles vor, aber er war nicht da, also bin ich in seine Privaträume gegangen, doch da ist er auch nicht. Ich glaube, er war die ganze Nacht nicht da, und sein Auto ist auch weg. Da kann was nicht stimmen, so etwas hat er noch nie getan.«

»Wann haben Sie Mr Sharpe zuletzt gesehen?«

»Gestern Nachmittag. Ich bin wie üblich um fünf gegangen. Da war er noch hier.«

»Hat er gesagt, dass er irgendwohin wollte?«

»Nein. Natürlich nicht, daran hätte ich mich ja schließlich erinnert, nicht wahr?«

»Hat er sich normal verhalten? War irgendwas Ungewöhnliches an ihm, das Ihnen aufgefallen ist?«

»Nein. Nichts. Überhaupt nichts … Ich hoffe, Sie finden heraus, was passiert ist, wo Mr Sharpe ist, ich …«

»Ich möchte, dass Sie hierbleiben, falls Mr Sharpe zurückkommt. Sie haben doch sicher Arbeit, die Sie erledigen können?«

»Ich muss seine heutigen Patienten benachrichtigen … Damit habe ich bereits angefangen.«

»Gut, dann machen Sie bitte weiter. Ich werde einen Polizeibeamten herschicken für den Fall, dass Mr Sharpe zurückkommt. Machen Sie sich deswegen keine Sorgen.«

»Was meinen Sie damit?«

»Wir müssen ihn verhören, Mrs Cooper.«

Als Simon eintraf, waren die Leute von der Spurensicherung, die jeden Quadratzentimeter von Freyas Haus absuchten, immer noch bei der Arbeit, verwandelten das, was einmal ein Heim gewesen war, in einen Tatort, drangen ein, stöberten, schnüffelten, nahmen Fingerabdrücke und machten Fotos. Was der Pathologe einer Leiche antat, tat die Spurensicherung einem Haus an, entweihte alles – so kam es ihm immer vor, trotz der respektvollen Art, in der diese Profis ihre Arbeit verrichteten.

Langsam betrat er Freya Graffhams Haus, und sofort

tauchte ihr Bild vor ihm auf, was bis zu diesem Augenblick nicht der Fall gewesen war. Er sah ihre schlanke Figur, ihr kurz geschnittenes Haar, ihr scharfes Profil. Das Haus war sie, genau sie, das erkannte er sofort. Bequem, unbeschwert, ordentlich … Er betrachtete die Bücher, die Chornoten auf dem Tisch – vom Konzert gestern Abend, an dem auch seine Mutter teilgenommen hatte; es gefiel ihm hier augenblicklich, die Atmosphäre war einladend und angenehm, recht ungezwungen, sehr charakteristisch.

»Morgen, Sir.«

Der Beamte im weißen Overall schaute von einem Teil des Teppichs unter dem Tisch auf, wo er kleine Flusen mit einer Pinzette entfernte und in einen durchsichtigen Plastikbeutel fallen ließ.

»Irgendwas gefunden?«

»Jede Menge Fingerabdrücke. Allerdings nicht unbedingt seine. Ein paar dunkle Haare auf der Sessellehne dort drüben, ein Schuhabdruck draußen im Garten … Sie dürften genug haben, mit dem Sie etwas anfangen können. Sofern es Vergleichsmöglichkeiten gibt, natürlich.«

»Ich brauche es vorgestern.«

»Das sagen Sie immer.«

»Dieser Fall ist etwas anderes.«

»Ich weiß, Sir. Ich habe Sergeant Graffham nicht persönlich gekannt, aber wenn es einen der Unseren trifft, ist es immer am schlimmsten. Haben Sie eine Ahnung, worum es hier ging?«

»Ja.«

Simon trat aus der offenen Küchentür und schaute in den schmalen Garten. Gras, ein Fliederbusch, ein paar Rosensträucher. Mauer. Zaun. Sie war also keine Gärtnerin, saß vielleicht nur gerne ein bisschen draußen.

Er ging ein paar Schritte über das Gras. Zwei Männer in weißen Overalls knieten auf der Erde am hinteren Ende des

Gartens. Er ließ sie in Ruhe. Im Moment würde er einfach weitermachen, die Jungs ihrer Arbeit überlassen, Sharpe finden – und sie würden ihn finden, das sollte nicht schwer sein. Die Sache zu Ende bringen. Dann konnte er nach Hause gehen, die Tür seiner Wohnung hinter sich schließen und versuchen herauszufinden, was er für Freya Graffham empfand.

Gegen fünf lagen die Berichte vor.

»Nathan?«

»Sir?«

»Sharpe hat sein Auto in Freyas Straße stehen lassen. Er wird nicht weit kommen, wir haben seine Beschreibung durchgegeben. Sie sollten sich besser sein Haus vorknöpfen. Ich habe zwei Uniformierte dort postiert für den Fall, dass er auftaucht.«

»Was er nicht tun wird.«

»Vermutlich nicht. Aber suchen Sie ein Foto von ihm, ja? Geben Sie es an die Presse, zusammen mit einer Beschreibung. Wenn Sie das erledigt haben, können Sie heimgehen.«

»Kommt nicht infrage. Ich bleibe hier, bis wir ihn haben.«

»Machen Sie sich doch nicht lächerlich, das kann Tage dauern.«

»Heute Nacht auf jeden Fall. Ich gebe nicht auf, Sir. Ich meine, gehen Sie nach Hause und legen die Füße hoch?«

Niemand außer Nathan, dachte Simon Serrailler, als er den Hörer auflegte, hätte es geschafft, ihm jetzt ein Lächeln zu entlocken.

Aidan Sharpe war offenbar kamerascheu gewesen. Sie stellten sein ganzes Haus auf den Kopf, sehr zum Missvergnügen von Julie Cooper, und fanden nichts.

»Hier gibt es überhaupt keine Fotos, von niemandem«, sagte Nathan, als sie durch das Haus streiften. »Man könnte meinen, die verdammte Kamera sei noch nicht erfunden worden.«

»Ich weiß, dass es eins in der Zeitung gab«, sagte die

Sprechstundenhilfe plötzlich, »vor einer Weile, bei einem Geschäftsessen. Soweit ich mich erinnere, war es kein sehr gutes. Aber wenn es Ihnen helfen würde, ihn zu finden …« Niemand hatte ihr bisher gesagt, warum nach ihrem Arbeitgeber gefahndet wurde. »Ich hoffe, das hat nichts mit diesen anderen zu tun«, hatte sie gesagt, als Nathan eintraf. »Diesen vermissten Frauen. Glauben Sie, da gibt es einen Zusammenhang?«

Sie tat Nathan leid.

»In welcher Zeitung war das?«

»Im *Echo*, aber wie gesagt, das ist eine Weile her.«

»Ich glaube nicht, dass er sich seitdem sehr verändert hat.«

Hatte er auch nicht. Die Zeitung schickte das Foto per E-Mail an das Revier in Lafferton. Aidan Sharpe stand in einem Dinnerjackett mit einem Glas in der Hand da und sah in der Gruppe von einem halben Dutzend anderer Männer etwas hochnäsig aus.

Simon Serrailler betrachtete das Gesicht, den kleinen Spitzbart, das sorgfältig zurückgekämmte Haar, die schwarze Fliege, die seltsamen Augen. Er hatte selten solche Gefühle, Gefühle, die er sich nicht erlauben durfte. Seine Arbeit war das Aufspüren, nicht die Rache, nicht die Verurteilung, nicht einmal die Bestrafung, aber beim Anblick von Aidan Sharpes selbstgefälligem Äußerem verspürte er ein Verlangen nach all dem, das in seiner Intensität biblisch war.

Er griff nach dem Telefon und bat Nathan, in sein Büro zu kommen.

»Lassen Sie das vervielfältigen, schauen Sie zu, dass die ihn ordentlich rausvergrößern und das Bild schärfer machen. Ich will es in allen Morgenzeitungen haben, und Sie können morgen früh als Erstes zum Gewerbegebiet rausfahren und es verteilen, schauen, ob es da irgendwas gibt …«

»Gut. Wenigstens etwas, womit wir weitermachen können.« Er schaute Simon direkt an, sein Affengesicht mitgenommen, die Augen rot vor Müdigkeit und Kummer. Serrailler verstand ihn nur zu gut. Nathan musste nach jedem Strohhalm greifen, sich auf alles stürzen, um sich selbst davon zu überzeugen, dass er mithalf, Freya Graffhams Mörder zu schnappen. Wenn Serrailler ihm befohlen hätte, barfuß nach Bevham und zurück zu gehen, in der vagen Hoffnung, dass das etwas nützte, hätte Nathan es getan.

»Sie können so früh anfangen, wie Sie wollen«, sagte er jetzt, »aber wenn Sie das mit den Fotos erledigt haben, gehen Sie nach Hause, essen Sie und schlafen Sie ein wenig. Sonst sind Sie keine Hilfe für mich, und ich ziehe Sie von dem Fall ab. Verstanden?«

Nathan griff nach dem Ausdruck und ging.

Eine halbe Stunde später fuhr Simon in seinem Wagen vom Revier weg, aber nicht zum Kathedralenhof, sondern hinaus zum Bauernhof seiner Schwester.

53

Er wartete, saß reglos da, wie in Meditation versunken, bis kurz nach Mitternacht, als er die Wachleute auf ihrer Runde hörte; erst da legte er alles, was er mitgebracht hatte, in die Reisetasche zurück und verstaute sie in einem Regal. Sie würden sie natürlich leicht finden – er war einfach nur ordentlich. Er räumte das Instrumententablett ab, klappte es gegen die Wand zurück und wischte den Boden auf.

Dann verabschiedete er sich. Er verbrachte ein paar Momente mit jedem von ihnen, berührte ihre Gesichter, legte seine Hände über die ihren, redete leise mit ihnen. Er sprach ihre Namen aus, als würde er ihnen seinen Segen geben. Ein Dankgebet an sie und für sie.

Einige Zeit zuvor hatte er in ihren Unterlagen die Einzelheiten ihrer Todesarten nachgelesen.

Angela Randall – tödliche Blutungen durch Stichwunden
Debbie Parker – Strangulierung
Tim Galloway – stumpfes Trauma an der linken Schläfe
Iris Chater – Herzstillstand

Nur das Ertränken des Hundes war ausgelassen worden.

Wenn seine Aufzeichnungen gefunden und die Entdeckungen, die er gemacht hatte, verstanden und veröffentlicht worden waren, würde man erkennen, welchen Beitrag er geleistet hatte, und man würde seine Arbeit preisen. Dann würden die Menschen verstehen. Wenn es etwas zu verzeihen gab, würden sie ihm verzeihen.

Er zögerte, bevor er sich entschied, sie hier gemeinsam liegen zu lassen und sie nicht in den inneren Raum zurückzubringen. Es würde nicht lange dauern. Man brauchte nicht allzu viel Klugheit, um das Gebäude aufzuspüren und sie zu finden. Ihnen würde kein Unheil geschehen.

Er sah sich um, zog sein Jackett an und verstaute alles, was er für seine Reise brauchte, in einer der Taschen. Dann verließ er zum letzten Mal das Gebäude und schloss die Türen hinter sich ab.

Die Nacht war kühl, und eine Mondsichel war zu sehen. Er war erstaunt, wie sehr er all das Laufen genoss. Er hätte quer durch England laufen können, wenn er so weit hätte gehen müssen. Er zählte seine Schritte, holte nicht weit aus, ging nicht zu schnell, genoss den Geruch der Nacht und den Anblick des maisfarbenen Mondes über sich, tief am Himmel.

Lafferton schlief. Allmählich kannte er es fast genauso gut wie bei Tage, wenn auch nie so gut, wie er es in jenen frühen Morgenstunden kennengelernt hatte. Er mochte es, die Straßen für sich zu haben, auf die dunklen Fenster zu schauen, eine Maus vorbeihuschen zu sehen, eine Katze, die ihn von einer Mauer mit feindseligen Augen anstarrte.

Er war ganz ruhig. Er dachte nicht nach, schaute nicht zurück, ließ seinen Geist nicht über den Ereignissen schweben, weder triumphierend noch bedauernd. Mehr als alles andere war er zufrieden, dass ihm die Dinge nicht aus der Hand genommen worden waren, wie er befürchtet hatte. Er war immer noch sein eigener Herr.

Er kam zu der Umgehungsstraße und musste sich einen Moment gegen den dicken Stamm eines Baumes drücken, als ein Auto vorbeisauste, die Scheinwerfer auf Fernlicht gestellt, aber dann war da nur noch Ruhe und Stille, genau wie er sie hier immer vorgefunden hatte.

Er trat auf das Gras und begann, gleichmäßig und mit ruhiger Zielstrebigkeit, den Hügel hinaufzusteigen.

Kurz nach halb sieben marschierte Netty Salmon, groß

und stämmig und in ihrem üblichen alten Schaffellmantel, mit ihren Dobermännern auf den Hügel. Es nieselte leicht, und um die Bäume auf der Kuppe hing eine niedrige Nebelwolke. Aber das Wetter interessierte Ms Salmon nicht sonderlich und hatte keine Wirkung auf sie; sie schritt einfach weiter aus, mit sich rhythmisch anspannenden Wadenmuskeln, den steilen Pfad hinter den Hunden her.

Die Mountainbiker waren noch nicht unterwegs, andere Spaziergänger gab es nicht, und den kleinen, mitleiderregenden Mann auf der Suche nach seinem Yorkshireterrier hatte sie seit Wochen nicht mehr gesehen.

Sie war keine Frau, die ihre Gefühle analysierte, aber wenn sie es getan hätte, dann hätte sie gesagt, sie sei zufrieden. Sie fühlte sich in ihrer eigenen Gesellschaft durchaus wohl und noch wohler in der ihrer Dobermänner. An der üblichen Stelle blieb sie stehen, um wieder zu Atem zu kommen, und in dem Moment begannen die Hunde zu bellen. Aber da war nichts, was sie anbellen konnten. Sie jagten gerne Kaninchen oder Eichhörnchen, doch dabei bellten sie nicht so. Sie bellten Fremde an. Und alles, was merkwürdig oder alarmierend war.

Netty Salmon schaute hoch. Die Hunde waren zur Kuppe des Hügels gerannt, standen unter einem der Bäume, und jetzt wurde ihr Bellen wütend und dringlich. Sie war kurzsichtig, musste weiter hochsteigen, bevor sie es erkennen konnte. Es hatte keinen Zweck zu versuchen, die Hunde zum Schweigen zu bringen. Wenn sie so bellten, ließen sie sich nicht zum Schweigen bringen.

Dann sah sie es, baumelnd von einem hohen Ast des Baumes – angestrengt blinzelte sie in den Nieselregen. Irgendetwas war da aufgehängt worden, eine Art Figur. Eine Stoffpuppe. Netty Salmon war verwirrt. Sie stieg das letzte Stück hinauf, bis sie die hysterischen Hunde erreichte, direkt unter der Eiche, und schaute erneut nach oben.

Nein, keine Stoffpuppe. Sie war keine nervöse Frau. Sie schrie nicht, als sie die Leiche eines Mannes erkannte, der an einem Strick hing. Sie drehte sich bloß um und marschierte den Hügel wieder hinunter, zog die Hunde hinter sich her, bis sie zwei junge Männer auf Mountainbikes sah, die auf sie zukamen, und die Arme weit ausbreitete, um sie aufzuhalten.

Drei Polizeiwagen, einschließlich dem von DCI Simon Serrailler, fuhren durch das Gewerbegebiet und bogen nach links ab. Nathan Coates wartete mit zwei Männern vor einem kleinen, grün gestrichenen Gebäude am hinteren Ende.

»Nathan.«

»Morgen, Chef. Das hier sind Mr Connolly, der Verwalter des Gewerbegebiets, und Terry Putterby vom Wachdienst.«

»Gut, was haben wir hier?«

»Mr Connolly hat das Zeitungsfoto erkannt, wie gesagt, nur hat Sharpe sich hier Dr. Fentiman genannt. Aber er ist es.«

»Ah ja.« Serrailler wandte sich an den Verwalter. »Haben Sie die Schlüssel?«

»Hab ich, aber diese Gebäude werden in gutem Glauben vermietet, ich glaube, ich sollte …«

»Niemand wirft Ihnen etwas vor. Ich habe einen Durchsuchungsbeschluss.«

»Ich wollte nur …«

»Schon gut. Also, wir haben keine Ahnung, ob er hier ist, aber wenn ja, dann ist er gefährlich. Ich gehe als Erster rein, die Uniformierten als Verstärkung hinter mir. Nathan …«

»Ich gehe mit Ihnen.«

Simon wusste, dass er ihn nicht davon abhalten konnte. »Seien Sie vorsichtig. Er ist wahrscheinlich nicht bewaffnet, aber wenn er sich in die Enge gedrängt fühlt, wird er meinen, er hätte nichts zu verlieren. Er wird uns gehört haben. Könnte ich jetzt bitte die Schlüssel haben? Sie beide bleiben dort drüben.«

Serrailler drehte den Schlüssel im Schloss und trat rasch ein, Nathan auf seinen Fersen. Ein paar uniformierte Beamte blieben dicht hinter ihnen. Stille empfing sie. Simon legte die Hand auf den Knauf der Innentür, die ins Büro führte, öffnete sie dann schnell.

»Sharpe?« Er sah sich hastig um. »Keiner da. Sieht nicht so aus, als würde er mit seinem Import und Export große Geschäfte machen. Wir überlassen das hier später der Spurensicherung.«

Er öffnete ein paar Schubladen. »Immer noch nichts.«

»Hier, Sir.« Nathan trat zurück. Die Reisetasche lag in einem Regal.

»Nehmen Sie sie runter«, sagte Serrailler.

»Wenn er abgehauen ist, hat er sein Übernachtungszeug vergessen.«

»Außer es sind Ersatzsachen, die er aus irgendeinem Grund hier verwahrt.«

»Die Zahnbürste ist feucht, Sir.«

»Na gut. Lassen Sie die Tasche erst mal stehen.«

»Warten Sie ...« Nathan nahm ein kleines Päckchen vom Regal.

»Adressiert an Dr. Cat Deerborn, Sir.«

Simon warf ihm einen scharfen Blick zu. Der braune Umschlag war unversiegelt, und Nathan hielt ihn hoch. Drei Tonbänder rutschten heraus.

»Gut, tüten Sie die später mit den anderen Sachen ein. So, jetzt haben wir noch den großen Lagerraum hinten und eine Art Innenraum. In einem davon könnte er sein. Der Seiteneingang wird bewacht, da kommt er nicht raus, aber passen Sie auf.«

Vorsichtig gingen sie weiter.

»Sharpe?«

Die Stille war so dicht, dass man hätte hören können, wie der Staub aufwirbelte.

Der DCI rüttelte an der Metalltür. »Sharpe?«

»Er ist nicht da«, sagte Nathan.

»Vermutlich nicht, aber der Kerl ist gerissen. Gut, gehen wir rein.«

Er schob den Riegel zurück, steckte den Schlüssel ins Schloss und drehte ihn um. Dann wartete er eine volle Minute. Hinter sich spürte er Nathans Körperwärme und den Atem des jungen Mannes in seinem Nacken.

»Wir kommen rein.«

Er stieß die Tür weit auf, und die beiden traten fast gleichzeitig in einen Raum, den sie im ersten Moment für leer hielten.

»Großer Gott.« Simon Serrailler sprach so leise, dass Nathan Coates ihn nicht verstand, sondern dem Blick des DCI zum anderen Ende des Raumes folgen musste.

»Herr im Himmel«, wollte Nathan sagen, doch als er den Mund öffnete, kam nur ein unterdrückter, maunzender Laut heraus.

Das Tonband

Jetzt habe ich es dir erzählt. Ich habe mit dir geredet. Ich habe all die Lügen und das Schweigen wiedergutgemacht. Jetzt, da wir uns vielleicht demnächst von Angesicht zu Angesicht gegenüberstehen, muss ich dir mehr denn je die Wahrheit sagen, nicht wahr?

Ich habe es gehasst, mit dir zu reden. Ich habe es gehasst, wenn du versucht hast, mich zum Sprechen zu bringen, unter meine Haut zu dringen, mein Leben an meiner Seite zu leben.

Aber letztlich hat es mir gefallen, alles bloßzulegen. Es gefällt mir, dass du von mir weißt – zumindest das, was ich dich wissen lassen will. Denn am Ende habe ich die Wahl und die Macht. Das letzte Wort. Ich.

Nicht du.

Ich. Ich. Ich. Ich. Ich. Ich.

54

O Jesu Christ, meins Lebens Licht
Mein Hort, mein Trost, mein Zuversicht
Auf Erden bin ich nur ein Gast
Und drückt mich sehr der Sünden Last.

Der Choral, gesungen von der ganzen Gemeinde, den St.-Michael-Sängern und dem Chor, schien die Kathedrale bis zum Dach hinauf zu füllen. Freya Graffhams Sarg stand auf Böcken vor den Stufen der Kanzel. Sie hatte zum Dach mit den vergoldeten Engeln und Streben hinaufgeschaut, als sie selbst gesungen hatte, und daher fand Cat es in diesem Fall noch angemessener als sonst, den Sarg dort aufzustellen. Der wunderschöne Choral hatte alle tief bewegt.

Die Kathedrale war voll. Kollegen aus Freyas altem Team bei der Met saßen zwischen denen aus Lafferton. Goldtressen blinkten. Chief Constables und stellvertretende Chief Constables, Chief Superintendents, Superintendents. DCI Simon Serrailler saß am Gangende einer Bank, von der er aufgestanden und ans Lesepult gegangen war, um die Lesung aus dem Alten Testament vorzunehmen. Nathan Coates saß mit seiner Verlobten in der zweiten Reihe, bei seinen und Freyas gemeinsamen Kollegen. Auf ihrem Platz im Alt hatte Meriel Serrailler den vertrauten Bibelworten gelauscht und zum ersten Mal seit Freyas Tod nicht nur Trauer empfunden, nicht nur den Verlust einer neuen Freundin, die sie so sehr gemocht hatte, sondern Bedauern um etwas Größeres, das sie nicht benennen konnte. Sie machte das Beste aus allem, schaute nach vorn, arbeitete, hielt sich nicht zu lange mit Dingen aus der Gegenwart auf. Auf diese Weise hatte sie eine lange und schwierige Ehe mit einem zornigen und verbitterten Mann ertragen, aber aus irgendeinem Grund kam durch Freyas Tod jetzt alles deutlich zum Vorschein. Die verschwendete Zeit, das verschwendete Leben, all die ungetanen Dinge, das Unterdrücken von so viel Wut schienen sich hier, in diesem Gebäude, das sie liebte, zuzuspitzen, und sie wusste nicht, wie sie damit umgehen oder darauf reagieren sollte. Sie dachte an Aidan Sharpe, wahnsinnig, geistesgestört, böse, verdreht – was? Seit wann? Und warum, warum, warum?

Stühle wurden gerückt, als der Choral endete. Nathan Coates erhob sich und ging zum Lesepult. Sein Gesicht war verzerrt von der Anstrengung, sich zu beherrschen, und in seinem hellgrauen Anzug mit der schwarzen Krawatte sah er aus wie ein Schuljunge. Er legte beide Hände aufs Pult und räusperte sich. Emma ballte die Fäuste vor Mitgefühl. Zuerst hatte er gesagt, er könne das nicht, er habe Angst, weinen zu müssen, wie er seit dem Tod seines Sergeants so oft geweint hatte. Dann hatte er ganz plötzlich seine Meinung geändert. »Hab mich zusammengerissen«, hatte er zu ihr gesagt. Aber sie wusste, wie schwer es für ihn sein musste.

»Die Lesung ist aus dem Evangelium nach Lukas, Kapitel zehn. ›Es war ein Mensch, der ging von Jerusalem hinab nach Jericho und fiel unter die Räuber …‹«

Seine Stimme wurde kräftiger, während er das Gleichnis vom guten Samariter vorlas, sodass sie am Ende klar und stolz und kraftvoll durch die Kathedrale hallte. Als er zu seiner Bank zurückging, blieb er am Sarg stehen und beugte den Kopf.

»Lasset uns beten.«

Emma nahm Nathans Hand und drückte sie zwischen ihre beiden Hände, um das Zittern zu beruhigen.

Karin McCafferty war müde. Sie wäre fast zu Hause geblieben, gedrängt von Mike, sich nicht dazu zu zwingen, Mike, der Angst um sie hatte, Angst um sich hatte, hilflos war angesichts dessen, was er als ihr Todesurteil betrachtete. Er hatte nicht an den Weg geglaubt, den sie eingeschlagen hatte, und auch ihre Gründe dafür nicht verstanden. Jetzt, nachdem er recht zu haben schien – nachdem alle anderen recht zu haben schienen, außer ihr –, fand er Ausreden, sich von ihr fernzuhalten, damit er nicht zusehen musste, wie es ihr schlechter ging und sie schwächer wurde.

Aber mir geht es nicht schlechter, sagte sie sich, als sie sich zum nächsten Choral erhoben, das weiß ich. Ich weiß es. Seit Wochen fühlte sie sich abgeschirmt, eingehüllt in den Kreis einer starken, schützenden Kraft. Langsam, allmählich wurde sie geheilt und gestärkt. Sie hatte nicht die geringste Angst, während sie unter all den Menschen stand und zu singen begann.

Jesus, meine Zuversicht und
Mein Heiland, ist im Leben
Dieses weiß ich; sollt ich nicht
Darum mich zufriedengeben,
Was die lange Todesnacht
Mir auch für Gedanken macht?

Sie fragte sich, wer den Choral ausgesucht hatte, ob Freya Anweisungen für ihre Beerdigung hinterlassen hatte. Vielleicht taten Menschen, deren Arbeit sie in Gefahr brachte, so etwas oft, vielleicht nur ein paar hingekritzelte Notizen auf einem Stück Papier in einer Schublade.

In dem Moment, als sie gehört hatte, was passiert war, hatte Karin im Geist die Tür geschlossen, die zu dem Raum führte, wo sie auf der Behandlungsliege gelegen hatte, während sich Aidan Sharpe über sie beugte, hatte die Tür zugemacht, verriegelt, verschlossen. Sie würde sich ihr nie wieder nähern.

Sie hatte über alles mit Cat Deerborn gesprochen, hatte es ihrer Heilerin erzählt und dann für sich die Entscheidung getroffen. Sie konnte das Geschehene nicht annähernd begreifen, ganz zu schweigen davon, es zu beurteilen. Besser, man ließ es einfach in Ruhe.

Sandy Marsh glaubte, sie müsse hinausgehen, als der Choral gesungen wurde, derselbe, den sie für Debbie gesungen hatten. Sie saß ganz hinten in der Kathedrale. Jason war mitgekommen, obwohl sie das nicht gewollt hatte, aber jetzt, mitten in alldem hier, wo die Erinnerungen sie wieder überfluteten, war sie froh, ihn bei sich zu haben, dankbar für seine beruhigende Gegenwart und den unerschöpflichen Vorrat sauberer Taschentücher.

Ihr Leben war von dem Abend an, als Debbie nicht nach Hause gekommen war, auf den Kopf gestellt worden, und es würde nie wieder richtig zusammengesetzt werden, nie wieder so sein, wie es gewesen war. Sie hatte nicht nur ihre älteste Freundin und Mitbewohnerin an einen Mörder verloren, sondern auch etwas anderes, das sie nicht definieren konnte, etwas Sorgloses und Optimistisches, etwas, das stets da war, seit Debbie und sie Kinder gewesen waren. Das war für immer fort.

Sie würde aus der Wohnung ausziehen, hatte sie beschlossen, sobald sie gehört hatte, was mit Debbie passiert war, wollte aber weder Lafferton noch ihren Job aufgeben, sie brauchte Freunde und all das Vertraute um sich herum, obwohl es an manchen Tagen schwer zu ertragen war, wenn sie den Hügel oder einen Bus nach Starly sah oder an ganz gewöhnliche Orte kam, die Debbie und sie zusammen aufgesucht hatten, Läden, das Café, die Stadtbücherei.

Im Moment wohnte sie bei einer Kollegin, deren Mann in der Navy und oft lange fort war. Sie wollte sich eine eigene Wohnung suchen, aber jemanden zu finden, der sie mit ihr teilen würde, war nicht leicht, und allein konnte sie sich die

Miete nicht leisten. Debbie und sie waren gut miteinander ausgekommen, hatten einander so gut gekannt, dass das Leben reibungslos abgelaufen war, selbst in Debbies trübsinnigen Phasen.

Sie erhoben sich für den letzten Choral. Jason berührte sie am Arm. Liebenswürdiger Jason, guter, netter, freundlicher Jason. Aber sie wusste, Jason wollte mehr, und sie musste ihm sagen, dass sie das nicht wollte. Sie mochte ihn und war ihm dankbar. Im Büro konnte man viel Spaß mit ihm haben. Das war alles. Selbst wenn sie für eine ernsthafte Beziehung bereit wäre, dann sicherlich nicht mit Jason.

Mitten wir im Leben sind
Mit dem Tod umfangen.
Wen suchen wir, der Hilfe tu,
Dass wir Gnad erlangen?
Das bist du, Herr, alleine.

Simon Serrailler stand am Lesepult. Er hatte seine Notizen vor sich liegen, in die er nicht ein einziges Mal schaute.

»Wir sind hier, um uns von Freya Graffham zu verabschieden, Tochter und Schwester und Tante, Kollegin und Freundin, und sie zu ehren, und ich weiß, dass dies eines der schwersten Dinge ist, die man auf sich nehmen kann. Freya war erst seit kurzer Zeit bei uns in Lafferton, aber wenige Menschen haben je so klare und eindrucksvolle Zeichen gesetzt und so rasch unsere Zuneigung gewonnen.«

Cats Blick ließ das Gesicht ihres Bruders nicht los. Er war ein guter Redner, nicht großspurig, sondern klar, eindrucksvoll und absolut aufrichtig. Er ließ Freya wieder lebendig werden, fing etwas von ihrer lebensprühenden Art und ihrem Sinn für Humor ein, ihrer Intelligenz, ihrer Liebe für ihren Beruf, ihr neues Haus, ihre Kollegen, ihre Freunde, für das Singen – und diese Kathedrale. Er sprach bewegend über ihren Tod und bitter über die Begleitumstände, bedauerte die Verschwendung, lobte die Tapferkeit seiner Kollegen, erinnerte sie an die Risiken, denen sich Polizeibeamte täglich aussetzten, bat sie um ihre Unterstützung und Gebete für die Lebenden, selbst während sie eine Frau ehrten, die tot war. Es war eine leidenschaftliche Rede, die die Gemeinde überwältigte und erneut zu Tränen rührte.

Dann das Abschlussgebet und der Segen. Plötzlich wanderten Cats Gedanken zu Aidan Sharpe; er stand ihr lebhaft vor Augen, selbstgefällig, reuelos, lächelnd. Es kam ihr vor, als schaute sie dem Bösen direkt ins Gesicht.

Die sechs Sargträger der Polizei, einschließlich Simon und Nathan Coates, traten vor und hoben Freyas Sarg auf ihre Schultern.

Gott helfe uns, dachte Cat, betrachtete das helle Holz, den Kranz aus weißen Rosen und Freesien auf dem Sargdeckel, die ernsten Gesichter der Träger. Sie senkte den Kopf, als sie an ihr vorbeikamen. Lieber Gott …

Aber darüber hinaus nichts. Die Beerdigungen von Debbie Parker und Iris Chater waren kleinere Angelegenheiten in anderen Kirchen gewesen, traurige, trostlose Ereignisse, voll unbeantworteter Fragen, Bestürzung und Wut, ohne das Gefühl von Auflösung. Doch hier, während die Orgel Bachs »Erwachet, ihr Schläfer« spielte, schien es eine Art Auflösung zu geben, einen Schimmer von Richtigkeit. Tod war Zerstörung, Auseinanderbrechen, Hässlichkeit, aber ein Trauergottesdienst wie dieser warf ein Licht, spendete Trost und Kraft.

Wo wäre ich, und wie sollte ich weitermachen, wenn ich das nicht hätte?, dachte Cat.

Die Ehrengarde der Polizei säumte den Pfad vor der Kathedrale, als der Sarg zum Leichenwagen getragen wurde, und hier und da blitzten im Sonnenlicht Silber und Gold auf und für Sekunden fiel es auf die weißen Blumen und das helle Holz, bevor der Wagen im Schatten verschwand.

Die Menschen, die aus der Kirche kamen, verteilten sich in Paare und Gruppen, sprachen leise miteinander, warteten auf die offiziellen Wagen oder gingen zu Fuß weg. Im Schutz eines der hohen Strebepfeiler bei der Seitentür weinte Nathan Coates hemmungslos in Emmas Armen.

Jim Williams bog alleine in den Kathedralenhof ein, ohne zurückzublicken, war sich nicht sicher, warum er hergekommen war, ob er froh darüber war oder nicht, und ein paar Meter entfernt beobachtete ihn Netty Salmon, überlegte kurz, ob sie ihn ansprechen sollte, und tat es dann doch nicht.

Allmählich leerte sich der Vorplatz. Als Erstes gingen die hochrangigen Polizeibeamten. Im Polizeirevier Lafferton lag ein Kondolenzbuch für Freya Graffham aus, in das sich jeder aus der Gemeinde eintragen konnte.

»Sir.«

Simon sah sich um. »Nathan.«

»Da war alles drin … in dem, was Sie gesagt haben.«

»Vielen Dank.«

»Aber ich glaub es nicht, ich glaub einfach nicht, dass sie in dem Sarg liegt, den wir gerade getragen haben. Ich krieg's einfach nicht in meinen Kopf.«

»Nein.«

»Nathan …«, sagte Emma sanft.

Nathan wischte sich über die Augen. »Ja, ich weiß. Ich wollt nur sagen, dass wir heiraten, Chef. Wir wollten noch warten, wollten eine richtige Feier, aber … das geht nicht. Jetzt nicht mehr. Wir gehen Donnerstagmorgen aufs Standesamt, ganz früh. Nur wir und meine Brüder und Emmas Mum und Dad. Nur …«

»Würden Sie einer unserer Trauzeugen sein?«, beendete Emma den Satz für ihn.

»Ich würde mich sehr geehrt fühlen.«

»Danke. Vielen Dank. Wir sehen uns ja gleich noch auf dem Revier.«

Sie gingen los, wurden von einem anderen Kollegen mitgenommen.

Simon hatte seinen Fahrer gebeten, nicht zu warten. Nachdem die Letzten gegangen waren und er die Chorknaben aus der Seitentür der Kathedrale kommen hörte, drehte er sich um und ging wieder hinein. Die Kirche schien noch von dem Gottesdienst widerzuhallen, den Tönen der Orgel, den Stimmen, den Gebeten. Es war warm, roch nach Blumen und Mänteln. Einige Gottesdienstprogramme waren in den Bänken liegen geblieben.

Langsam ging er den Seitengang entlang und schaute auf die Stelle, wo Freyas Sarg gestanden hatte. Freya. Er sah sie nicht vor sich und wusste im Moment nicht, was er empfand oder dachte. Das würde kommen. Er war ein Mann, der solche Dinge an ihren Platz fallen ließ, wenn es so weit war.

Seine Gedanken an Aidan Sharpe waren nicht klarer und würden es vermutlich nie sein. Cat hatte gesagt, dass man Menschen wie ihn nur dem Verständnis Gottes überlassen konnte. Simon war sich nicht sicher.

Ein Küster löschte die Kerzen, ein weiterer sammelte die Gesangbücher ein und trug sie in ordentlichen Stapeln weg. Ein plötzliches Quietschen ertönte und dann ein einzelner Basston von der Orgel. Simon sah nach oben. Der Organist klappte seine Noten zusammen und knipste das Licht über dem Notenständer aus.

Draußen war es still, und die Sonne war schon fast über die große Westtür hinweggeglitten.

Simon trat rasch hinaus in den Kathedralenhof und ging auf seine Wohnung zu. Er würde nicht mehr zum Revier fahren. Sollten sie denken, was sie wollten. Für den Rest des Tages mochte er niemanden sehen.

In seiner Wohnung warf er das Jackett aufs Sofa, ging dann in die Küche und schenkte sich einen Whisky mit Wasser ein. Es war kühl hier, kühl und friedvoll, geordnet und still.

Die Uhr der Kathedrale schlug vier.

Als er nach einem Augenblick das Licht an seinem Anrufbeantworter blinken sah, beugte er sich vor und drückte auf Wiedergabe. Die Stimme war sowohl warm wie auch geschäftsmäßig.

»Diana hier. Haben uns lange nicht gesprochen. Vermisse dich. Rufst du mich an?«

Das war die einzige Nachricht.

Simon zögerte kurz, bevor er den Löschknopf drückte.

Weitere Kampa Bücher stellen wir Ihnen auf den folgenden Seiten vor. Das Gesamtprogramm finden Sie auf: www.kampaverlag.ch

Wenn Sie zweimal jährlich über unsere Neuerscheinungen informiert werden möchten, schreiben Sie uns bitte an: newsletter@kampaverlag.ch oder Kampa Verlag, Hegibachstr. 2, 8032 Zürich, Schweiz

KAMPA VERLAG

Susan Hill

Phantomschmerzen

Auszeit für Inspector Serrailler

Roman

Aus dem Englischen von

Susanne Aeckerle und Marion Balkenhol

Ob auf einer abgelegenen schottischen Insel
oder in seiner südenglischen Heimat:
Inspector Serrailler hat keine Zeit für eine Auszeit.

Simon Serrailler hat seinen letzten Fall nur knapp überlebt. Wird er körperlich und psychisch je wieder in der Lage sein, als Detective Chief Inspector zu arbeiten? Er sucht Abstand von seinem Leben in der gemütlichen südenglischen Stadt Lafferton mit ihrer schönen Kathedrale, von seiner Schwester, der Ärztin Cat, die gerade seinen Vorgesetzten Kieron Bright geheiratet hat, und von seinem Vater Richard und dessen viel zu junger französischer Freundin. Gibt es einen besseren Ort, um sich zu erholen, als das Zuhause alter Freunde auf einer abgelegenen schottischen Insel? Mit der Ruhe ist es allerdings schnell vorbei, als eine Frau unter mysteriösen Umständen ermordet wird und Serrailler als einziger Polizist vor Ort die Ermittlungen auf Taransay übernehmen muss. Und auch ein alter Fall in Lafferton holt ihn ein. Ist die 24 Jahre alte Kimberley Still ein weiteres Opfer des Serienmörders Lee Russon?

»Bei Susan Hill findet man alle Zutaten großer
englischer Kriminalliteratur.«
Daily Mail, London